문선(文選)역주 색인

허성도(許成道)는 서울대 중어중문학과 졸업. 동 대학원에서 박사 학위를 받음. 한국중국어문학회 회장, 한국중국언어학회 회장, 서울대 중앙도서관장, 서울대 중국어문학연구소 소장을 역임. 현재 서울대 중어중문학과 교수 및 중국 북경어언대학 해외객좌교수로 재직 중. 주요 저서로는 『現代 中國語 語法 硏究』와 『현대중국어 어법의 이해』가 있음.

역자

김영문(金永文)은 경북 영양(英陽) 출생. 경북대 중문과 졸업. 서울대 중어중문학과 대학원에서 석·박사 학위를 받음. 경북대 인문과학연구소, 서울대 인문학연구원의 선임연구원으로 재직함. 현재 대구대와 충주대의 외래교수. 저역서로는 『노신의 문학과 사상』(공저, 백산서당), 『인물로 보는 중국 현대소설의 이해』(공역, 역락), 『루쉰과 저우쭤런』(공역, 소명출판) 등이 있음.

김영식(金映植)은 전북 남원 출생. 전북대 중어중문학과 졸업. 서울대 중어중문학과 대학원에서 석·박사학위 취득. 서울대 인문학연구원의 선임연구원을 지냈으며, 현재 서울대, 강릉원주대, 성결대 등에서 강의. 역서로 『상군서(商君書)』(홍익), 『박물지(博物志)』, 『귀곡자(鬼谷子)』(지식을만드는지식) 등이 있음.

양중석(梁仲錫)은 경기도 수원 출생. 2003년 한양대 중문과를 졸업하고 서울대 중문과 대학원에 입학. 2005년에 「사기 열전의 중출사건 양상」으로 석사학위 취득. 같은 해 동 대학원 박사과정 진학 후 2007년 박사과정 수료. 현재 박사논문 준비 중.

염정삼(廉丁三)은 경기도 수원 출생. 서울대 중어중문학과 졸업. 동 대학원 중어중문학과 석·박사 학위 취득. 중국문자학 전공. 현재 서울대 인문학연구원 HK연구교수. 역서로 『설문해자주 부수자 역해(說文解字注 部首字 譯解)』(서울대 출판부)가 있으며 그 외 중국문자에 관한 다수의 논문을 발표함.

강민호(姜旼昊)는 경남 진주 출생. 서울대 중어중문학과를 졸업. 동 대학원에서 석사와 박사 학위를 취득. 서울대 중어중문학과 조교 역임. 현재 서울대, 서울시립대 등에서 강의. 박사학위 논문 『두보 배율 연구(杜甫 排律 硏究)』 외에 다수의 고전시 관련 소논문이 있음.

문선(文選)역주 색인

초판 인쇄 2010년 11월 15일 **초판 발행** 2010년 11월 25일
옮긴이 김영문, 김영식, 양중석, 염정삼, 강민호 **연구책임** 허성도
펴낸이 박성모 **펴낸곳** 소명출판 **출판등록** 제13-522호
주소 서울시 서초구 서초동 1621-18 란빌딩 1층
전화 02-585-7840 **팩스** 02-585-7848 **전자우편** somyong@korea.com **홈페이지** www.somyong.co.kr

값 44,000원

ISBN 978-89-5626-501-8 94820
ISBN 978-89-5626-491-2 (전10권)

ⓒ 2010, 김영문, 김영식, 양중석, 염정삼, 강민호

* 이 역서(譯書)는 2006년 정부의 재원으로 한국연구재단의 지원을 받아 수행된 것임(KRF-2006-322-A00084)을 밝힌다.

문선 역주

색인

김영문
김영식
양중석
염정삼
강민호

소명출판

1. 『문선(文選)』 역주본의 원문 저본은 『이선주문선(李善注文選)』 호극가본(胡克家本)이다. 호극가본을 저본으로 택한 이유는 다음과 같다. 『문선(文選)』 여러 판본 중에서 가장 선본(善本)에 속한다는 점. 둘째, 청(淸) 가경(嘉慶) 이래 가장 광범위하게 통용되어온 판본이라는 점. 셋째, 현재 하바드대학에서 출판된 『문선주인서인득(文選注引書引得)』(중국어 번역본, 上海古籍出版社, 1990)과 일본 학자 사파육랑(斯波六郎)이 완성한 『문선색인(文選索引)』(日本京都大學 人文科學研究所, 1957~1959년판)이 모두 호극가본을 저본으로 사용하고 있다는 점 등이다.

2. 그러나 이 역주본은 호극가본을 바탕으로 서울대학교 규장각본 『육신주문선(六臣注文選)』을 일일이 대조하여, 그 문자 상의 이동(異同)을 표기하였다. 규장각본은 지금 전해지고 있는 어떤 『문선』 판본보다 오래된 『이선주(李善注)』와 『오신주(五臣注)』를 저본으로 완성된 최초의 『육가본(六家本)』으로 알려져 있다. 또 최근 중국 측 문선학 연구에 의하면 규장각본이 최초의 육가본인 『수주주학본(秀州州學本)』의 면모를 그대로 보존하고 있다는 결론에 도달하고 있다.

3. 이 역주본 원문의 표점 부호는 대부분 한국식 문장부호를 사용하여 새로 표기하였다.

4. 이 역주본에서는 원문과 역주 그리고 해설과 번역 부분에서 서명(書名)은 『』로, 편명은 < >로 표기하여 독서상의 편의를 제공하였다.

5. 역주의 표제자는 원문을 중시한다는 점에서 한자를 먼저 쓰고 괄호 속에 한글 발음을 병기하였지만, 역주의 설명 부분에서는 한글 해설이 위주가 되기 때문에 한글을 먼저 쓰고 괄호 속에 한자를 표기하였다.

6. 이 역주본에서는 중국의 인명과 지명, 일본의 인명과 지명 모두 한국 독자를 위해 일괄적으로 한국 한자음으로만 표기하였다.

7. 이 역주본의 체재는 '작자소개', '해제', '원문', '각주', '한글 번역'으로 나뉘어져 있다.

8. 이 역주본의 작자 소개는 『中國文學家大辭典』(臺北, 世界書局, 1981)과 위의 참고문헌 속의 해당 작자 소개 및, 인터넷상의 바이두백과(百度百科), 네이버백과(naver백과) 등의 자료를 두루 활용하였기 때문에, 따로 출처를 명기하지 않았다.

9. 이 역주본의 문체(文體) 해설은 맨 앞 「해제」 부문에서 일괄 처리하였고, 문체의 종류는 최근 문선학의 업적에 근거하여 모두 39종으로 나누었다.(「해제」 참조)

10. 이 역주본에서 주로 참고한 책은 다음과 같다.

陳宏天 등, 『昭明文選譯注』, 長春, 吉林文史出版社, 1988; 張啓成 등, 『文選全譯』, 貴陽, 貴州人民出版社, 1994; 周啓成, 朱宏達, 『新譯昭明文選』, 臺北, 三民書局, 1997; 張啓成, 徐達 등, 『昭明文選』, 臺北, 臺灣古籍出版社, 2001; 岡田正之, 佐久節, 『文選』(『國譯漢文大成』본), 東京, 國民文庫刊行會, 1923; 小尾郊一, 花房英樹, 『文選』(『全釋漢文大系』본), 東京, 集英社, 1974; 高橋忠彦, 『文選』, 東京, 學習研究社, 1985; David R. Knechtges, Wen Xuan, Princeton University Press, 1982.

서울대학교 중국어문학연구소 연구총서 발간사

　인문학의 목적은 진실한 사람의 모습과 진실한 삶의 양식을 찾아가는 것이다. 이러한 길은 다양하다. 나를 보고 나를 찾아가거나 타인을 보고 나를 찾아가기도 하며, 나와 타인을 보고 진실한 인류의 모습과 진실한 인류의 삶의 양식을 찾아가기도 한다. 외국어문학 연구는, 이러한 방법 중에서, 시간과 공간과 종족과 문화의 경계를 넘어선 곳에서 살아가는 다른 나라 사람들의 모습에서 또 하나의 진실한 사람의 모습과 삶의 양식을 찾아가는 분야이다.

　이 길을 걷는 사람들은 가끔 외로움을 느끼며 심지어 절망감에 젖기도 한다. 연구의 대상인 그들은 우리에게 낯선 사람들이며, 그들에게도 우리는 낯선 사람들이기 때문이다. 그러므로 길을 함께 가면서도 영원히 손잡을 수 없고 영원히 마주 볼 수 없을 것 같다는 적막감은 외국어문학 연구자들에게 피할 수 없는 숙명인지도 모른다. 그러나 외국어문학 연구자들은 이러한 생경함 속에서도 이 길을 묵묵히 걷고 또 걷는다. 그것은 언젠가는 그들의 모습에서 그들의 정신적 문화적 기반을 찾을 수 있고, 그리하여 마침내 진실한 사람의 모습과 진실한 삶의 양식을 찾게 될 것이라는 믿음이 있기 때문이다.

중국은 역사적으로 언제나 우리 옆에 존재해온 나라이다. 우리와 그들이 같은 곳을 바라보고 걸어가든, 서로 다른 곳을 바라보고 걸어가든, 그들은 영원히 우리 옆에 있을 것이다. 두 개의 평행선에는 합쳐지지 않는 배타성도 있지만 마주보며 나아간다는 친밀성도 존재한다. 중국어문학 연구는 이와 같이 우리 옆에 있는 사람들의 삶의 진실성을 찾아간다. 이 연구 대상에는 그들이 말하고 생각한 것이 포함되며, 우리가 관찰하고 보아낸 것도 포함된다.

우리가 찾아낸 그들의 진실한 사람의 모습과 삶의 양식이 우리와 같을 때 느끼는 희열은 크다. 이는 두 문화권, 나아가 인류의 보편적 삶의 체계를 확인할 수 있기 때문이다. 그들의 진실한 사람의 모습과 삶의 양식이 우리와 다를 때 느끼는 희열도 또한 크다. 이는 우리에게 새로운 사유와 삶의 질서를 더해줄 수 있기 때문이다. 같음과 다름은 이와 같이 인류의 정체성을 찾아가는 동일한 길 위에 빛나는 모습으로 놓여있다. 이러한 같음과 다름의 기저구조를 찾아가는 것이 중국어문학 연구의 꿈이며 소망이다. 이제 이러한 꿈과 소망을 담아 『서울대학교 중국어문학연구소 연구총서』를 간행한다. 씨앗은 어둠 속에서 자란다. 씨앗은 넓은 땅을 필요로 하지 않는다. 그러나 광대하고 울창한 숲은 모두 한 알의 씨앗에서 움터 나온다. 『서울대학교 중국어문학연구소 연구총서』가 언젠가 우리의 삶을 풍요롭게 하고, 나아가 인류의 삶을 풍요롭게 하는, 작지만 단단한 한 알의 씨앗이 되기를 기대한다.

서울대학교 인문대학
중국어문학연구소

서문

　　중국 양(梁) 나라 소명태자(昭明太子) 소통(蕭統)이 편집한 『문선(文選)』이, 중국 사회에 엄청난 영향을 주어온 중요한 서적일 뿐 아니라 우리나라 사회에도 역대로 많은 영향을 주어온 문집이라는 것을 의심하는 사람은 없다. 『문선(文選)』에는, 중국의 주(周) 나라로부터 남북조 시대의 양(梁) 나라에 이르는 동안의 130여 명의 작가, 750여 편의 시문(詩文)이 선택 수록되어 있다.

　　선집(選集)에는 선택의 관점과 기준이 작용한다. 그러므로 『문선(文選)』에는 그 시대의 문학적·철학적·역사적 가치관이 나타나 있다고 보아야 한다. 『문선(文選)』이 중요한 이유의 하나는 여기에 있다. 향후 『문선(文選)』의 연구가 심도 있게 진행된다면 우리는 당시의 지성사의 흐름을 찾아낼 수 있을 것이다. 『문선(文選)』에는 또한 주대부터 양대에 이르는 기간의 문학의 정수가 모여 있다. 이러한 『문선(文選)』의 중요성에도 불구하고 이 책의 방대함과 난해성으로 인하여 그 동안 국내에는 우리말 번역서가 존재하지 않았다.

서울대학교 인문대학 중국어문학연구소에서는 개인의 노력으로 번역하기 어려운 중요서적의 번역을 계획하고 있었는데, 그 가운데『문선(文選)』의 번역이 가장 시급하다는 견해를 가지고 있었다. 이 시기에 마침 한국연구재단 인문사회분야의 기초연구과제로서 '문선역주(文選譯註) 사업'이 선정되었다. 이에 따라 본 연구소는 2006년 7월에 전임연구원 3명과 박사급 보조연구원 1명으로 역주 작업을 시작하였다.

이 역주사업은 전임연구원인 김영문 박사, 김영식 박사, 염정삼 박사와 박사 보조원인 양중석 군을 중심으로 진행되었다. 그러나 작업이 진행되는 도중에 염정삼 박사가 서울대학교 HK사업단으로 자리를 옮기면서 강민호 박사로 교체되는 일도 있었다. 그러나 염정삼 박사는 이 사업이 끝날 때까지 사업의 전반적인 기획과 조정 역할을 담당해주었고, 양중석 군은 궂은 일을 마다하지 않고 도와주었다.

이 역주 사업에서는 내용의 정확성을 기하기 위하여 번역문의 교열 작업을 병행하였다. 교열 작업은, 매 5개월간의 초역본을 한 단위로 묶은 후, 이를 대상으로 진행되었다. 교열 작업은 서울대학교 중문학과의 류종목 교수, 송용준 교수, 오수형 교수, 이영주 교수께서 맡아주셨다. 교열이 끝나면 교열 원고는 해당 번역자에게 전달되었으며, 해당 번역자는 교열의 결과를 반영한 2차 원고를 작성하였다. 이러한 작업은 2년 6개월 동안 계속되었고, 마침내 2008년 12월 말에 모든 작업이 완료되었다. 이 작업은 색인을 포함하여 원고지 25,000매에 해당하는 방대한 작업이었다.

이 사업이 시작될 때, 적지 않은 어려움이 있었다. 예산의 삭감으로 인하여 전임 연구원과 보조 연구원의 수를 줄여야 했던 일도 그 중의 하나였다. 그러나 이 사업에 참여한 연구원들은 이러한 어려움을 참아내며 이 사업이 끝날 때까지 걸음을 함께 해주었다. 강성위 박사와 김창환 박사는 중국어문학연구소의 연구원으로서 이 사업의 초기 단계의 기획안을 만들어 주었으며, 김월회 교수는 이 책이 출판될 수 있도

록 도움을 주었다. 이 모든 분들에게 감사드린다. 특히 교열을 담당해 주신 네 분의 교수님들은 자신의 바쁜 시간을 할애하여 이 일에 땀과 정성을 쏟아 주셨다. 이 분들께도 머리 숙여 감사드린다. 그리고 이익이 보이지 않는 이 책의 출판을 기꺼이 맡아 주신 소명출판 박성모 대표님께도 함께 감사드린다.

이 책에는 이토록 수많은 因과 緣이 이어져 있다. 이러한 因과 緣이 다른 因과 緣을 낳고, 이들이 또 다른 因과 緣을 낳아서, 이 분야에 대한 연구가 찬연하게 빛나리라는 꿈과 소망이 언젠가 현실로 이루어지기를 기대한다.

2010년 6월
이 사업의 책임 연구원
허성도 삼가 씀

차
례

서울대학교 중국어문학연구소 연구총서 발간사　Ⅲ

서문　Ⅴ

1획

一　1

｜　18

丶　20

丿　21

乙　25

亅　27

2획

二　28

亠　31

人·亻　35

儿　71

入　75

八　76

冂　85

冖　86

冫　86

几　87

凵　88

刀·刂　89

力　99

勹 103
匕 103
匸 105
匚 106
十 106
卜 110
卩·巳 111
厂 112
厶 113
又 114

3획

口 120
囗 142
土 148
士 153
夂 154
夕 155
大 158
女 171
子 177
宀 182
寸 194
小 198
尢 200
尸 200
屮 203
山 203
巛·川 207
工 207
己 209
巾 209
干 212
幺 215
广 216
廴 218
廾 220
弋 220
弓 220
彐 224

彡 224

彳 225

4획

心·忄 234

戈 259

戶 265

手·扌 267

支 285

攴·攵 285

文 295

斗 297

斤 297

方 299

无 306

日 308

曰 326

月 329

木 337

欠 352

止 355

歹 361

殳 363

毋 363

比 364

毛 364

氏 365

气 365

水·氵 366

火·灬 391

爪 400

父 403

爻 403

爿 404

片 404

牙 404

牛 404

犬·犭 406

5획

玄 411

玉·王 413

瓜 418

瓦 418

甘 418

生 419

用 420

田 420

疋 424

疒 425

癶 425

白 428

皮 434

皿 434

目 435

矛 439

矢 439

石 441

示·礻 442

禸 446

禾 446

穴 451

立 453

6획

竹 455

米 458

糸 459

缶 471

网·罒·罓 471

羊 473

羽 475

老 478

而 479

耒 488

耳 488

聿 492

肉·月 493

臣 497

自 502

至 504

臼 506

舌 509

舛 509

舟 509

艮 510

色 510

艸·艹 511

虍 531

虫 533

血 535

行 536

衣·衤 538

襾 541

7획

見 543

角 546

言 547

谷 559

豆 559

豕 563

豸 563

貝 564

赤 568

走 569

足 571

身 574

車 576

辛 579

辰 580

辵·辶 581

邑·阝(右) 597

酉 599

釆 600

里 601

8획

金 603
長 607
門 609
阜·阝(左) 612
隹 618
雨 625
靑 628
非 629

9획

面 633
革 633
韋 633
音 633
頁 634
風 638
飛 640
食 642
首 644
香 644

10획

馬 645
骨 648
高 649
髟 651
鬥 651
鬯 651
鬲 651
鬼 652

11획

魚 653
鳥 655
鹵 657

鹿 657
麥 658
麻 658

12획

黃 659
黍 659
黑 659
黹 660

13획

黽 660
鼎 660
鼓 660
鼠 661

14획

鼻 661
齊 661

15획

齒 663

16획

龍 663
龜 664

17획

龠 664

1획

一 ─────────────

一不堪也　7-286

一不拜職　3-52

一人不能獨盡其經　7-349

一人守隘　1-341

一人尺土　6-198

一人有慶　2-38

一人炊之　6-471

一人荷戟　9-176

一介之才必記　9-185

一以當千　7-119

一佐成湯　7-82

一何壯士　3-155

一何至此　7-36

一何遼落　6-394

一六合而光宅　1-346

一別如雨　4-170

一別阻河關　3-491

一化而不易　9-80

一匡天下　8-411

一匡靖亂　7-103

一口所敵　1-462

一哀不足以傷身　8-480

一唱萬夫歎　5-411

一啜而散　6-104

一國共攻而圍之　7-144

一夫九首　6-78

一夫作難而七廟墮　8-382

一夫奮臂　7-384

一夫揮戟　7-182

一夫縱衡　9-68

一宇宙之氣　9-34

一尉候於西東　8-75

一年三秀　4-132

一彈再三歎　5-215

一往不復還　3-455

一往形不歸　4-215

一征而滅　6-201

一徂輒三齡　5-34

一從一橫　7-457

一德無爽　9-407

一心抱區區　5-226

一息不相知　5-158

一悟得所遣　4-62

一擧滅獫虜　5-31

一擧還故鄉　5-399

一擧陵倒景　4-91

一日三四遷　4-189

一日之戰　2-136

一日二日　9-183

一旦值明兩　5-424

一旦成市　6-441

一旦更離傷　4-101

一旦而服千人　7-230

一旦迫之　7-294

一旦逢世難　5-431

一旦雲集　9-183

一旦魂斷　3-108

一時俱逝　7-214

一時并祀　6-343

一時排冥筌　5-498

一暑一寒　9-202

一曰帝堯之苗裔　8-432

一曰微而顯　8-15

一曰風　1-66, 7-496, 8-27

一朝力屈　6-343

一朝指麾　7-82

一朝振矜　9-65

一朝棄甲　7-23

一朝總集　6-391

一朝而臣四海　8-458

一朝萬化盡　4-165

一朝許人諾　5-441

색인 1

一梯旣啓　9-492

一爲黃雀哀　4-118

一物之微　6-487

一由我聖君　5-36

一畝十斛　8-481

一皆懲革　9-199

一眄之榮　8-112

一簡之內　8-352

一簣之釁　8-47

一粒有餘賞　4-416

一紀於玆　8-104

一絶如流光　5-272

一經神怪　1-340

一緯人理　1-340

一縱兩禽連　5-70

一聞苦寒奏　5-20

一自以爲禽鳥　1-463

一自以爲魚鼈　1-463

一至於斯　6-380

一至於此　9-130

一與之齊　9-440

一行作吏　7-288

一見孟嘗尊　4-406

一角之獸　6-334

一觸雕獨進　5-326

一言之譽　8-112

一言分珪爵　5-170

一言幾於喪國　1-280

一言獨敗秦　5-36

一說而定五州　6-249

一越三千　2-341

一身不自保　4-103

一身仕關西　5-354

一鄉可以爲績　6-246

一醉累月　1-335

一釁也　9-125

一除名　3-52

一陰一陽　7-481

一隨往化滅　4-155

一音稱物　9-385

一顧傾城　1-214

一馬之田　6-216

一麾乃出守　3-498

丁令屠各　7-408

丁厥子而剚刃　3-21

丁奉離斐以武毅稱　9-38

丁年奉使　7-125

丁所生母憂　9-361

丁爲理屈　6-414

丁生怨在朝　4-208

丁繇惠而被戮　2-469

七不堪也　7-287

七九而衰　9-8

七十子卒而大義乖　7-346

七十有二乃設用於文武　7-450

七子均養者　3-311

七子囂其漏網　9-67

七子賦詩　7-248

七年　8-104

七年之間而天下密如也　2-136

七年五月三日　8-106

七日不饑　8-478

七澤藹荊牧　5-2

七百歲而不絶　7-451

七盤起長袖　5-354

七相五公　1-91

七萃連鑣　8-81

七葉珥漢貂　3-458

七葉重光　6-406

七襄無成文　4-378

七雄幷爭　1-225

丈夫志四海　4-217

三不堪也　7-286

三世于今矣　6-277

三事九司　2-304

三事大夫　7-248

三五二八時　5-357
三五以降　6-328
三五明月滿　5-226
三五正從橫　5-252
三人皆詐僞　8-388
三仁去國　9-431
三仁殊於一致兮　2-478
三代之前　8-219
三代之君與天下共其民　8-446
三代以上　8-410
三代所以直道　9-60
三令五申　1-266
三傾五城　1-469
三光厭分景　5-374
三光參分　8-199
三光宣精　1-147
三入承明廬　3-509
三公遣令史祭以中牢　9-343
三十六所　1-94
三十有二　2-327
三千之徒幷受其義　8-5
三千景附　6-390
三台摛朗　4-325
三台樹位　9-208
三后始基　3-360
三命皆有極　3-430
三國爲墟　7-184
三夫不窋　7-204
三夫人　8-310
三奏四上之調　8-59
三妨儲隷　3-404
三季之衰　2-34
三蘗幷根　4-310
三屬之甲　1-441
三川養聲利　3-502
三年　2-412, 8-103
三年不見　7-214
三年五倍其初　8-294

三年於茲　7-431
三徑就荒　7-490
三成帝畿　1-88
三接三捷　1-442
三推而舍　2-31
三方圮裂　6-357
三方是通　1-294
三旬將欲移　4-113
三旬有餘　2-134
三日婉而成章　8-15
三日比　1-66, 7-496
三日神武有徵應　8-432
三月癸未朔　6-327
三朝國慶畢　5-354
三桃表櫻胡之別　3-60
三楚多秀士　4-117
三爕同於一體兮　2-476
三正迭紹　3-360
三歲字不滅　5-226
三江事多往　4-481
三江五湖浩汗無涯　7-304
三江改獻　4-249
三河未澄　8-369
三淮南之心思墳墓　6-438
三湘淪洞庭　5-2
三王傳禮　7-467
三王從風　8-147
三王易爲比也　6-454
三略旣陳　8-196
三祖在天　3-330
三祖陳王　8-347
三秋式稔　6-243
三秋猶足收　5-184
三章是紀　8-363
三精霧塞　8-368
三者皆下科也　7-182
三臣皆自殘　3-455
三臺列峙以崢嶸　1-427

三荊歡同株 5-89

三藩士女 6-420

三蜀之豪 1-335

三蝬虷江 2-359

三言八字之文 1-70

三調竚繁音 5-141

三賢進而小白興 8-178

三足軒轟於茂樹 8-260

三趾而來儀 1-449

三軍悽感 6-367

三軍縞素 8-165

三軍芒然 2-119

三載期歸旋 4-459

三載爲千秋 5-231

三農之隙 1-265

三選七遷 1-91

三都豈能似 5-142

三夔也 9-125

三間四表 2-289

三閭沉骸於湘渚 9-83

三閭結飛轡 5-411

三關電掃 8-282

三陟窮晨暮 3-487

三階重軒 1-163

三雄鼎足 4-267

三靈改卜 8-143

三顧臣於草廬之中 6-272

三餘靡失 6-255

三葉重光 6-329

上下交足 2-102

上下俱欲 8-125

上下共其雍熙 1-282

上下力屈 9-264

上下和同 7-449

上下咸和 6-206

上下屛氣 8-334

上下泣血 6-330

上下無別 8-454

上下無常窮六區 3-39

上下無怨 8-417

上下用力 7-306

上下相嘔 8-226

上下相發 8-221

上下砯礚 2-122

上下累應 3-209

上下翩翻 1-211

上下通情 1-249

上不絶三光之明 6-468

上不變天性 8-390

上之 7-139

上之人不能使春秋昭明 8-12

上之化下 6-255

上之子愛於是乎生 9-59

上之遷下 2-247

上乎金隄 2-52

上令聖朝無東顧之勞 7-205

上以安主體 8-390

上以慰宗廟乃顧之懷 6-334

上以拂人主之邪 8-388

上以遵周公之遺制 8-12

上以風化下 7-496

上儀也 8-237

上出雲霓 9-396

上則崇稽古之弘道 2-303

上參堯舜 6-195

上反宇以蓋戴 1-106

上古旣無 3-256

上叶星象 6-244

上品無賤族者也 8-357

上哉夐乎 8-249

上垂拱而司契 1-443

上堂拜嘉慶 3-491

上塵聖朝 6-350

上堁下黷 8-143

上天不寧 3-296

上天之緯 2-23

上天垂光采　4-28

上宮陳娥　3-121

上宰奉皇靈　5-423

上封事皇帝陛下　8-224

上將大誇胡人以多禽獸　2-132

上屬於天　3-244

上山采瓊槃　5-407

上山采薇　5-60

上崎嶬而重注　2-290

上帝其命難從　6-76

上帝宴饗　1-146

上帝懷而降監　1-122

上帝溥臨　6-239

上帝還資　8-233

上干蔽白日　5-10

上干青雲　2-43

上平衍而曠蕩　1-296

上庠肆教　8-52

上弘棟隆　4-336

上念老母　7-116

上慚東門吳　4-150

上憲觷陬　2-289

上應星宿　2-281

上懸之無極之高　6-469

上懼任大　4-331

上成鬱林　3-251

上拂羽蓋　2-51

上擊下硍　6-121

上擊筑自歌曰　5-197

上擬法於韶箾南籥　3-194

上方欲用文武　8-270

上方郊祀甘泉泰畤　2-4

上春候來　1-191

上智所不免　9-80

上暢九垓　8-211

上有加餐食　5-46

上有千仞之峰　6-101

上有嘉樹林　4-110

上有大哉之君　6-189

上有弦歌聲　5-214

上有愁思婦　4-135

上有楓　6-86

上有楓樹林　4-117

上有特棲鳥　5-247

上林岑以壘嶵　1-178

上林禁苑　1-187

上歡甚　7-486

上洪紛而相錯　2-10

上淩青雲霓　4-230

上清朓側　9-315

上減五　7-437

上無淩虛之巢　6-165

上無封域　9-490

上無所考此盛德兮　6-76

上無所幪　7-473

上無誅伐之事　8-455

上無逸飛　1-205, 6-139

上爲井絡　1-340

上猶謙讓而未俞也　2-125

上獲千餘歲　8-478

上當星紀　1-349

上瞻兮遺象　3-102

上穆三能　9-454

上穆下親　8-145

上紀開辟　2-294

上累棟而重霤　1-428

上罔顯於羲皇　8-227

上聖之明也　7-397

上聖迋而後拔兮　2-469

上膺萬壽　8-60

上至觀側　3-250

上與浮雲齊　5-214

上藥養命　8-482

上行幸河東　7-486

上覆飛鳥　6-438

上親臨觀焉　2-132

上覽古在昔　8-231

上觀許由　7-452

上觚稜而棲金爵　1-106

上言長相思　5-226

上計軒轅　7-158

上說人主　7-457

上諱業　8-307

上谷拒樓蘭　4-94

上負慈母恩　4-126

上辯華以交紛　1-172

上連翠微　9-192

上長楊賦　2-132

上陳天庭　8-233

上陳景福之賜　8-84

上雖外順皇旨　9-427

上飛闥而仰眺　1-174

下不傷百姓之心者　6-468

下不奪人倫　8-390

下不見伏兔　6-438

下之　7-139

下之體信於是乎結　9-59

下令百姓保安全之福　7-205

下以便萬民　8-390

下以安固後嗣　9-169

下以損百姓之害　8-388

下以明將來之法　8-12

下以釋博天傾首之望　6-334

下以風刺上　7-496

下氷室而沍冥　1-428

下刻陷其若削　1-172

下則闔長世之善經　2-303

下及三后　2-294

下可數百年　8-478

下吏收捕　5-241

下垂之不測之淵　6-469

下塞民望　4-336

下多抱關之怨　8-324

下太常削爵土　7-25

下官本蓬戶桑樞之人　6-482

下官每讀其書　6-481

下官聞仁不可恃　6-481

下官聞積毀銷金　6-485

下官聞虧名爲辱　6-483

下官雖乏鄉曲之譽　6-484

下察接輿　7-452

下將降旗　2-136

下屬帶回谿　5-10

下屬江河　2-43

下弟蔚以璀錯　2-290

下崭巖以岨嵑　1-178

下平原　2-79

下幽晦以多雨　6-58

下思伐木友生之義　6-295

下情得展於私室　6-292

下愚之惑也　7-417

下愚之蔽也　7-397

下愧蒙莊子　4-150

下推恩之命　8-455

下敷五典　9-454

下料物土　1-346

下明詔　1-139

下有可封之民　6-189

下有芍藥之詩　3-121

下有鄭白之沃　1-94

下有采薇士　4-110

下有長相憶　5-46

下有陳死人　5-222

下棠梨　2-88

下榮父母　7-456

下欣施厚　4-331

下民不忒　6-244

下民所同讎　7-415

下決醴泉之滋　2-125

下泉激冽清　5-322

下泝八埏　8-212

下流不可處　3-509

下流之人　7-167

下流多謗議　7-160

下淩上替　7-381

下淮東　6-439

下漢陰之衆　9-34

下無威福之吏　7-78

下無所根　7-473

下無漏跡　6-139

下無蹟實之蹊　6-165

下無遺走　1-205

下獻南山之壽　8-84

下睌高堂　1-427

下登三　7-437

下皆市人　9-71

下磧歷之坻　2-84

下禔百福　8-60

下符川嶽　6-244

下筆不能自休　8-438

下筆成篇　9-209

下節震騰　9-315

下緣督而自勸　1-443

下肅上尊　8-163

下臨兮泉壤　3-102

下臨千仞谷　4-230

下臨無地　9-396

下臨百丈之谿　6-102

下至于茲　7-158

下舞上歌　1-140

下船登高防　5-35

下蒙籠而崎嶇　1-296

下蘭臺而周覽兮　3-67

下褰上奇　2-311

下見於淵　3-244

下觸聞罷　7-464

下言久離別　5-226

下談公卿　7-457

下貧無兼辰之業　6-238

下走爲首　7-107

下車如昨日　5-313

下車而天下大定　9-183

下輦成燕　1-170

下輦降玄宴　5-507

下逮謠俗　3-217

下邑必樹其風　6-246

下配三王　6-195

下采制於延露巴人　3-194

下陰潛以慘廩兮　2-10

下雕輦於東廂　1-245

下雙鵠　1-116

下雞鹿　9-168

下靡蘭蕙　2-51

下顧所憐女　4-126

下高鵠　1-339

不久當如何　5-418

不乏奚仲之妙　9-143

不亂於濁　9-14

不事王侯　8-340

不亦優乎　7-473

不亦可乎　2-420

不亦哀乎　7-177, 7-416

不亦宜乎　7-377, 9-343

不亦康乎　7-437

不亦恡乎　8-213

不亦惑乎　7-331

不亦暗乎　1-120

不亦殊乎　7-398

不亦異乎　7-79

不亦病乎　7-465

不亦至乎　2-128

不亦輕朝廷　7-140

不亦過乎　9-12

不亦遠乎　2-36, 8-405

不亦重乎　2-36

不亦難乎　8-397, 6-465

不仁不遠　8-73

不介而自親　9-2

不介而自親矣　9-8
不以克讓爲事　6-334
不以利傷行　6-461
不以利冒其官也　9-22
不以天下奉一人也　9-22
不以小行爲先　6-334
不以康樂而加思　8-443
不以此時引維綱　7-139
不以毀譽形言　9-350
不以爲安　6-465
不以生故自寶兮　2-417
不以私汙義　6-461
不以能文爲本　1-73
不以舜之所以事堯事其君者　6-297
不以襲險爲屛也　1-409
不以遠近易則　1-84
不以邊垂爲襟也　1-409
不以隱約而弗務　8-443
不任下情　6-410
不任吟想之至　2-261
不任崩迫之情　7-12
不任干戈　7-119
不任悲荷之至　7-7
不任悾款　7-104
不任犬馬之誠　7-91
不任肝膽之切　6-487
不任荷懼之至　6-401
不侍數日　7-51
不供王職　6-204
不供職貢　7-302
不供貢職　6-201
不俟報聞　7-388
不俟終日　9-340
不俟血刃　7-392
不假僕一二談也　7-327
不假吞波之魚　9-151
不假良史之辭　8-443
不假道於才智　9-86

不傳祖宗之艱難　8-258
不傷於淸　9-14
不充詘於富貴　9-103
不免饌賓　4-321
不夬其閒　6-320
不其惜乎　9-275
不其然乎　2-218, 8-323
不其然歟　8-254
不其然與　9-49
不冠不入　7-28
不凋寒木之心　9-157
不出反掌之易　6-470
不出戶而知天下兮　3-38
不出房闈之間　8-333
不分邃　7-31
不切事情　7-293
不列於集　8-114
不利而利之　9-59
不加敬而自祗　2-246
不務明君臣之義　2-63
不勝下情　6-368
不勝丹愫之至　6-414
不勝其任也　8-430
不勝其酷　7-102
不勝區區　8-246
不勝懍懍　7-73
不勝犬馬憂國之情　6-337
不勝犬馬戀主之情　3-311
不勝猥懣　4-323
不勝荷懼屛營之誠　6-384
不勝荷戴屛營之情　7-96
不勝見恤　7-250
不勞師而幣加　2-162
不勞而定　7-207
不占成節鄂　3-195
不及脩公劉太王之仁也　8-299
不及臘而就拘　2-194
不受外嫌猜　5-170

不可久淫些　6-77

不可以久些　6-77

不可以奪　6-306

不可以學地知　9-383

不可以意生及　9-384

不可以智力求　8-428

不可以託些　6-77

不可以進明矣　6-354

不可備論者也　8-173

不可則止　6-303

不可力强而致　8-442

不可勝圖　2-44

不可勝數　7-402, 8-208, 8-311

不可勝書　2-313

不可勝窮　7-61

不可勝言　6-122

不可勝記　2-56, 3-261, 6-374, 7-155, 7-447

不可勝論　1-191

不可勝贊　3-256

不可勝載矣　1-67

不可勝量　7-165

不可勝數　7-83

不可奪也　7-281

不可廢也　8-187

不可得也　6-434

不可斷絶　5-54

不可期於世矣　6-443

不可殫形　2-121, 3-256

不可殫書　8-336

不可殫記　2-136

不可殫論　1-98

不可求兮　2-173

不可測兮　3-219

不可爲象　3-168

不可盡暢　3-258

不可盡識　9-490

不可稱論　3-244

不可究陳　3-250, 8-415

不可窮者　8-90

不可自見好章甫　7-291

不可親附　3-261

不可記已　7-431

不可談悉　2-462

不可謂賢　7-415

不可貶也　8-216

不可闕也　1-85

不可限以位貌　6-405

不合則骨肉爲讐敵　6-453

不同吳禍　7-202

不同長卿慢　4-120

不同非一事　5-342

不吾知其亦已兮　6-14

不周於用　8-245

不問可否　6-433

不喜作書　7-286

不喜俗人　7-286

不喜弔喪　7-286

不圖天不悔禍　6-329

不圖小人固陋　6-483

不圖聖詔猥垂齒召　3-311

不大悶攘　7-283

不失肅祇　8-221

不失舊物　6-200

不奪乎衆多之口　6-459

不奪百姓膏腴穀土桑柘之地　2-102

不奮六翮之用　8-429

不如一鶚　6-264, 6-441

不如乘舟之逸也　8-399

不如以兵屬人　8-430

不如仲尼之爲陪臣也　9-19

不如利而後利之利也　9-59

不如就陰而止　6-470

不如早旋歸　5-228

不如朝夕之池　6-477

不如楊雄仲舒之闚其門也　9-19

不如江淮之險　6-477

不如海陵之倉　6-477
不如絶薪止火而已　6-471
不如長洲之苑　6-477
不如顔回原憲之約其身也　9-19
不如飮美酒　5-223
不宜偏私　6-270
不宜妄自菲薄　6-269
不宜異同　6-270
不容以居也　8-28
不容詣省　6-401
不容身於世　6-452
不寒而慄　7-167
不尋遐怪極　4-81
不對芳春酒　4-79
不尤眚以掩德　2-192
不屬本州　7-195
不常一象　2-308
不常厥土　1-218
不常厥數　3-380
不幸喪亡　9-250
不幸弱冠而終　3-93
不幸短命　3-88, 9-228
不幹勢權　9-210
不度不臧　1-228
不廢有罪　6-284
不式王命　7-311
不待赭汚之權　9-418
不待飾裝　3-266
不後於朝士矣　6-294
不得不委用刑人　8-333
不得不校其勝否　8-325
不得不然　7-408
不得中顧私　5-68
不得以通　5-242
不得妄動　7-286
不得復子明辟　8-300
不得復見　6-60
不得束身奔走　6-324

不得爲枯木朽株之資也　6-459
不得猶子　9-230
不得盡言　7-204
不得秉杼機　4-293
不得與比焉　4-189
不得見兮心悲　6-69
不得通其道　7-157
不得陪列闕庭　6-337
不復屬意於文二十餘年矣　4-306
不復廣引譬類　7-299
不復與言　6-66
不復見故人　4-184
不復謂能兼覽傳記　7-53
不復過此　7-51
不復還之　7-200
不復雜調他士　8-332
不徼而自遇矣　9-15
不徼訐以干時　9-340
不必一道　9-64
不必借威　9-140
不必增輝　9-144
不必常全　9-72
不必招鳳　9-136
不必改也　8-12
不必諄諄　8-220
不必適治　9-134
不忌萬邦　9-68
不忍一辰意　4-166
不忍加罪　7-205
不忍我刑　3-318
不忍桀紂之性　7-177
不忍聽此言　4-138
不忘中正　8-197
不忘忠敬　9-221
不忘於心　6-263
不念携手好　5-217
不思倒日　9-138
不思守保　3-297

不思廢絶之闕　7-352

不思銜燭之龍　9-151

不怡中夜　2-403

不怨佇立久　5-412

不怨秋夕長　4-478

不恃臨害　1-231

不悋千金璧　5-472

不恤人之我欺　9-42

不恥能治而弗得也　9-22

不悅公旦之舉　8-41

不悅西施之影　9-137

不悉　7-174

不悟徼時之福　6-349

不悟日月之明　6-322

不悟滄溟未運　7-89

不患弘道難　8-180

不患權之我逼　9-42

不患見遺　6-303

不惜一身死　4-126

不惜去人遠　4-59

不惜微軀退　5-139

不惜歌者苦　5-215

不惜蕙草晚　5-468

不惟履氷　3-297

不惌於師旅　9-183

不意當復用此爲譏議也　7-165

不愛其身　9-20

不愛才以成務　2-231

不愛珍器重寶肥饒之地　8-375

不愧於沈首　6-487

不愧田子魂　5-149

不慕鈞天之樂　9-148

不慮其敗　4-310

不憂至寒之淒愴　8-120

不懇懇　8-235

不懈於內　6-269

不懷寶以賈害　2-431

不成　8-430

不承執事　7-207

不抑操而苟容兮　3-8

不折中以泉臺　2-104

不拔之道乎　8-448

不拘妒忌之惡　8-302

不拘資次　8-302

不損連城之價　7-223

不擇貴賤高下而加焉　2-378

不擢才於后土　9-134

不改參辰而九星仰止　6-214

不攻其過　7-283

不效則治臣之罪　6-273

不敢上訴所天　6-321

不敢乃望交氣類　6-292

不敢憛怠　7-374

不敢多云　7-80

不敢妄冒　6-400

不敢繁辭　7-250

不敢聞命　6-383

不敢言游戲之樂　2-56

不敢論制作　8-258

不敢道封禪　8-213

不敬其君也　6-297

不明求衣　6-442

不易之德音　3-229

不易日月而二仪贞观　6-214

不昏作勞　2-247

不時言邁　7-21

不暇存也　8-469

不暇待參分八百之會也　8-300

不更孔公　7-56

不曾遠別離　5-277

不有嚴刑　7-21

不有外難　7-287

不朽之盛事　8-442

不樂復何如　5-330

不欲仕陶唐之世乎　6-154

不欲聞之乎　6-101

不歌而頌謂之賦　8-26
不歷嵩丘之山者　3-88
不死可以力致者　8-478
不殫傾耳而聽以聽　8-409
不殫傾耳而聽已聰　8-125
不殫物以昭仁　1-267
不求備於人　9-151
不求反風　9-138
不求而自合　9-2
不求而自得　9-15
不求聞達於諸候　6-272
不汎陽侯　2-346
不泯於身後　6-375
不涉太行險　4-125
不涉經學　7-283
不淫其色　7-498
不減堅氷之寒　9-156
不滿五千　7-414
不然　6-478, 7-182
不然投身草澤　6-414
不然明矣　7-183
不煩一介之使　7-223
不爲世屈　9-138
不爲人用　2-429
不爲傷德　7-415
不爲好爵榮　4-452
不爲巧密　9-145
不爲時窮　9-138
不爲歲寒欺　4-475
不爲池隍之寶　9-274
不爲禍先　6-297
不爲福始　6-297
不爲進越也　8-215
不爲飾讓　6-382
不爾留连　6-306
不特創見　8-214
不獲事于敬養　2-238
不獲侍坐　7-255

不獲思庸於亳　8-299
不甚爛壞　9-490
不生不滅哉　9-382
不生則已　7-456
不産於秦　6-428
不用則爲鼠　7-449
不用磚甓　9-490
不異寒賤之家　6-306
不異瓊樹枝　5-468
不當效也　9-478
不發傅巖之夢　9-136
不皦不昧　9-387
不盈百井　9-358
不盡之靈無歇　9-387
不相奪倫　7-40
不相爲謀　7-167
不相酬答　7-286
不眄丘園之幣　9-136
不眩焉在　2-318
不睹洪赫之烈　9-155
不睹白日景　5-93
不睹鴻雁雲飛　9-111
不矜名節　6-312
不知一跌將赤吾之族也　7-458
不知今是非　5-336
不知其不可也　7-167
不知其善　6-472
不知其將含景曜　7-482
不知其惡　6-472
不知其然　7-55
不知區種可百餘斛　8-481
不知天網設張　7-399
不知忌諱　2-100
不知所云　6-273
不知所以得　9-79
不知所以然　9-79
不知所出　3-250, 7-144
不知所厝　6-354

不知所從　6-60
不知所裁　1-145, 6-317
不知手之舞之　7-495
不知手之舞之足之蹈之也　8-405
不知神器有命　8-428
不知老之將至也　8-403
不知音者怪而偉之　3-158
不祥　8-430
不祥鳥也　2-412
不私與己　2-416
不秉帝王之重　8-429
不窮樂以訓儉　1-267
不窺兵於山外　2-198
不終朝而濟所屆　2-341
不絶之於彼　6-471
不絶於郊　6-477
不縮不盈　1-232
不羞執鞭　7-279
不義而彊　7-182
不習孫吳　7-104
不習而盡其功　8-172
不耀德以綏遠　2-161
不考情實　7-352
不聞其聲　9-212
不聞邦國之政　8-461
不肯爲此也　7-205
不育異類　7-330
不能一二其詳　2-134
不能不悵恨耳　4-305
不能以移子弟　8-442
不能加涼　9-144
不能動人　6-295
不能動天　6-295
不能厥政　1-225
不能反蹈海之志　9-156
不能取之矣　8-307
不能叡童昏之心　9-146
不能吐輝　9-139

不能垂照　9-139
不能堪其所不樂　7-292
不能宣備　7-57
不能尙也　9-413
不能引決自裁　7-153
不能得爲　7-181
不能復用巫陽焉　6-76
不能復遠度孤心　7-197
不能息其結纓　9-98
不能悅其神　9-103
不能招龍　9-136
不能持論　7-71
不能擅一時之勢　9-60
不能改制易法　8-451
不能效沮溺　5-32
不能救棲遑之辱　9-146
不能暢其化　6-186
不能有定耳　8-459
不能歌德聲　4-208
不能止幽王之湛患　6-441
不能沐也　7-283
不能焚景　9-157
不能無病　7-228
不能無纇　9-92
不能無考　9-92
不能爲勇　3-250
不能移心　9-137
不能積日累勞　7-139
不能究其精詳　1-280
不能究識　8-421
不能節之以禮　1-224
不能納忠效信　7-139
不能結風　9-157
不能維其末　9-9
不能者　9-479
不能自免　7-148
不能自免於譏誚　6-453
不能自禁　3-218

색인 13

不能自禦 3-184
不能自致 7-374
不能自退 7-165
不能解獨 9-142
不能越階序 8-397
不能追參於高妙 7-259
不能過也 7-145
不能遏其端 9-9
不能遠德 6-195
不能遠舉 7-202
不能還厲王之西也 6-441
不能釋手 4-305
不能降西山之節 9-156
不至於此也 7-294
不與恐致患 3-473
不與兩穗之謠 6-243
不與盈尺之雲 9-153
不若大王終日馳騁 2-54
不苦盛暑之鬱燠 8-120
不荷棟梁之任 8-429
不蒙明察 7-116
不虔汝德 4-176
不處凶危 7-397
不虞之戒 2-323
不被創刃而死者 2-88
不見其底 3-250
不見其損 6-472
不見其益 6-472
不見度錢 7-34
不見得魚 4-333
不見悲別離 4-113
不見寶林 3-340
不見舊耆老 3-425
不見行車馬 4-115
不見郢中歌 5-309
不覩其能奮靈德 7-482
不覩皇輿之軌躅 1-467
不覺寒暑之切肌 8-139

不覺涕霈胸 4-149
不覺淚下 7-115
不覺淚下霑衣裳 5-59
不覺陵虛上 5-499
不觀萬殊之妙 9-150
不言之化 9-455
不言而喻 3-380
不言自顯 7-44
不討之日久矣 7-374
不訓不師 4-128
不託飛馳之勢 8-443
不記也 6-120
不誅之於己 9-151
不語怪以徵異 2-202
不誣方將 5-420
不論曲直 6-433
不論骨肉之義民之輕重國之大小 6-476
不謀其報 9-138
不謀成心 8-111
不謀而同辭者 6-334
不謂息肩願 5-424
不謬圭撮 9-199
不謬晨禽之察 9-157
不識其所以合離 9-5
不識所言 7-76
不識所謂 7-432
不識蹊之所由 3-26
不識陌與阡 3-425
不變其材 3-199
不豫政事 8-456
不負其約 6-478
不負天地 6-320
不貳心之臣 9-363
不賢者志其小者 7-356
不足以一民而重威靈 2-305
不足以塞厚望 8-118
不足以塞責 7-165
不足以揚名 7-249

不足以言也　6-118
不足以訓後而永厥成　2-305
不足以載　8-28
不足以躡跡　7-249
不足恃也　7-401
不足爲貴也　7-320
不足相動　7-204
不足知其遠近　9-382
不足程式　3-258
不足繁哀響也　8-39
不足自匿　9-145
不足自宣　7-60
不足與論太牢之滋味　8-118
不足起其文　7-216
不足采覽　3-312
不蹈有過之地　7-73
不輟太山之陰　9-137
不述於禮　6-247
不逮勳華之高　9-101
不進於前　6-432
不逾時而達於四境　9-425
不遇厥眞　7-222
不過欲爲官得人　7-293
不過滿腹　9-19
不過濡身　9-19
不過百里　6-468
不遏厥心　4-176
不遑休息　4-312
不遑寧息　8-467
不遑遊宴　8-415
不遑遑於所欲　9-103
不達其故　8-428
不達迕以喪生　2-423
不遠而復　6-219, 7-328
不遠遐路　6-133
不遵法度　5-241
不遵舊典　9-66
不遷于時　4-171

不遷貳以臨下　9-340
不遺幽賤　6-304
不遺微細　8-246
不邀自遇　1-196
不醉且無歸　3-347, 3-357
不釋擁樹　8-159
不量鑿而正枘兮　6-19
不閑於辭賦　7-227
不降佐於昊蒼　9-134
不階尺土一人之柄　1-126
不隔微物　6-423
不隘不恭　9-281
不隨黃鵠飛　4-114
不雕其樸　9-454
不雜風塵　9-85
不離於夢想者也　6-295
不面僞庭　6-359
不革于時　9-62
不韋遷蜀　7-156
不須復取　7-34
不頹不崩　4-272
不願於此也　7-197
不顧憲網　7-387
不顧衆庶　2-98
不顧難以圖後兮　6-17
不風自寒涼　5-296
不食鮮禽　9-162
不飭不美　2-305
不飾表以招累　2-431
不騁千里之塗　8-429
不高不埤　2-153
不鬻邪而豫買　1-440
不率典言　8-28
丐其餘論　9-118
且不登叛人之黨　7-384
且不能究其一藝　7-352
且事本末　7-141
且二君之論　2-62

且于公高門以待封　9-100
且人君以玄默爲神　2-134
且今之官漏　9-197
且今之州牧郡守　8-461
且令戒懼不怠　9-466
且以爲鑒戒　8-30
且以西伯之聖　8-467
且先臣以大宗絶緒　6-414
且其君子　1-308
且其容止閑暇　2-422
且其山川形勢　3-204
且其爲器也　2-347
且功不可以虛成　7-476
且勇者不必死節　7-154
且去歲冬初　6-399
且又百姓國家之有　7-207
且君子之居室也　8-470
且吾聞　7-481
且吾聞之　7-481
且吾聞之炎炎者滅　7-465
且墉基不可倉卒而成　8-463
且士子居朝　8-355
且天子有道　1-231
且天爲質闇　8-215
且夫任土作貢　1-316
且夫僻界西戎　1-142
且夫出輿入輦　6-98
且夫南楚窮巷之妾　3-265
且夫墨子之守　7-184
且夫天下非小弱也　8-381
且夫天地爲鑪兮　2-416
且夫寒谷豐黍　1-468
且夫建武之元　1-125
且夫挈瓶之智　1-281
且夫搢紳道行　6-255
且夫政由寧氏　8-41
且夫淸道而後行　6-465
且夫玉卮無當　1-314

且夫王者固未有不始於憂勤　7-437
且夫臧獲婢妾　7-154
且夫賢君之踐位也　7-434
且夫道有夷隆　1-84
且夫邛笮西夷之與中國幷也　7-431
且夫齊楚之事　2-64
且奠酹不親　7-11
且好榮惡辱　8-40
且官無金張之援　7-270
且宣皇之胤　6-333
且尋役於外　3-88
且少停君駕　4-435
且希世之所聞　2-343
且延陵高子臧之風　7-281
且弭節而自思　2-160
且從性所玩　4-121
且從衆而就列兮　2-168
且復立斯須　5-230
且心同琴瑟　9-109
且悲且愧　6-330
且改轍易行　7-239
且斂袵以歸來兮　2-389
且明公本自諸生　7-104
且暴輿疾顚　6-343
且有吳之開國也　1-349
且有家艱　4-288
且有後命　6-239
且李陵提步卒不滿五千　7-143
且欲得其當而報於漢　7-145
且此數家之事　7-354
且歷少長　9-240
且歸來以釋勞　1-275
且汎桂水潮　5-505
且江湖之衆　7-401
且漢厚誅陵以不死　7-127
且爲樹枌櫃　4-459
且申獨往意　4-484
且當忘情去　5-402

且盡一日娛　5-426

且盲者不見咫尺　2-143

且知非報　7-96

且臣少仕伪朝　6-312

且臣忝竊雖久　6-305

且荊昭德音　9-101

且虛飾寵章　6-382

且西伯　7-151

且要而言之　9-73

且觀大化之淳流　8-405

且許昌者　2-305

且詩不云乎　7-434

且變鄒俗　6-255

且豆令人重　8-481

且負下未易居　7-160

且買妾納媵　7-44

且足下昔以單車之使　7-125

且道恭云逝　7-23

且違命已久　6-354

且還讀我書　5-330

且陵土未乾　6-380

且非我族類　7-46

且非舊章　6-398

且高旣受命建家　1-229

且魏地者　1-414

且齊東陼鉅海　2-55

丕大德以宏覆　9-481

丕白　7-210, 7-212, 7-214, 7-218, 7-221, 7-224

世不兩帝　1-469

世之不絕也　8-392

世之知音者　8-352

世亂識忠良　5-153

世事都捐　2-268

世亦須才　8-200

世人之著述　7-228

世人皆濁我獨淸　6-65

世代不可得而知也　9-490

世代玆多　6-238

世何人之能故　3-80

世作盟主　6-205

世俗多所拘　4-220

世俗見高祖興於布衣　8-428

世傳呂覽　7-156

世傳扶危之業　6-346

世務簡隔　8-110

世務紛紜　4-131

世善職於司徒　2-207

世增淫費　8-313

世增飾以崇麗　1-89

世士焉所希　4-293

世多亂而時不治　8-179

世婦主知喪祭賓客　8-310

世宗承基　8-280

世實須才　4-305

世居東裔　7-302

世平道明　8-405

世幷擧而好朋兮　6-16

世彌積而功宣　9-398

世或有謂神仙可以學得　8-478

世所希乏　9-134

世所未見　3-256

世故尙未夷　4-435

世故繁其慮　7-287

世教所不容　7-287

世旣貞矣　8-77

世有周子　7-362

世有哲王　6-343

世有哲聖　2-302

世有明德　7-83

世有明聖　3-367

世有聖宰　6-152

世有高位　7-416

世業之所日用　1-446

世業可懷　7-41

世榮其至　2-441

世武丕承　3-360

世治　7-462
世治足以敦風　9-59
世溷濁而不分兮　6-23
世溷濁而不淸　6-62
世溷濁而莫余知兮　6-57
世滋芳烈　9-208
世濁則逆　9-176
世無先臣宣力之效　6-318
世無得而顯稱　1-349
世異事變　7-465
世皆濁　6-65
世皆知笑悼　8-484
世祖光武　1-146
世祖撥亂　9-208
世祖日夜憂懷　9-427
世祖是嘉　9-243
世祖武帝情等布衣　6-378
世祖武皇帝　6-329
世祖毗贊兩藩　9-449
世祖誕命　8-368
世祚太師　6-204
世篤其聖　3-361
世篤玄同　1-454
世網嬰我身　4-442
世冑躡高位　3-458
世與我而相遺　7-491
世莫得而云也　8-227
世莫得聞　8-6
世覆沖華　9-296
世謂隨夷爲溷兮　9-471
世議逐衰輿　5-165
世譽不足慕　9-173
世資戰力　8-323
世質民淳　1-64
世路險巇　9-130
世載其英　1-340
世載忠賢　8-155
世載淑美　7-300

世道交喪　9-202
世閱人而爲世　3-80
世霸虛禮　9-281
丘中有鳴琴　4-18
丘去魯而顧歎　2-182
丘園之秀　9-134
丘園東國　9-463
丘墓蔽山岡　4-111
丘壟墳郭　4-494
丘山不可勝　5-165
丘明爲素臣　8-20
丘明素臣　8-23
丘樹荒毀　7-7
丘累陵聚　2-120
丘虛堀壟　2-70
丘遲頓首　7-334
丘陵爲之搖震　1-132
丘隴日已遠　4-144
丙丁統日　2-178
丞屬號而守闕　2-230
丞民乎農桑　2-126
丞疑奉帙　3-409
丞相曲逆獻侯陽武陳平　8-142
丞相欲以贖子罪　1-185
丞相深惟江東舊德名臣　7-415
丞相潁陰懿侯睢陽灌嬰　8-142
丞相秉鉞鷹揚　7-403
丞相衘奉國威　7-410
並爲入耳之娛　1-71

中世而殂　9-27
中人以上可以語上也　8-386
中人變節　9-71
中佛鬱以怫愾　3-223
中使相望　9-427
中區咸已泰　5-361

中原厲迅颷　4-338
中原昔喪亂　3-290
中取度於白雪渌水　3-194
中古凌遲　8-179
中和感發　8-405
中和誠可經　4-208
中國蒙被其難　2-138
中園屏氛雜　5-342
中園思偃仰　5-365
中坐垂景　2-296
中坐溢朱組　5-508
中坐瞰蜿虹　4-81
中堂起絲桐　3-385
中夏比焉　1-399
中外禔福　7-437
中夜不能寐　4-231
中夜九回　9-409
中夜撫枕歎　4-317
中夜起歎息　5-408
中夜起長歎　5-66
中天而居　6-163
中奏清徵　3-212
中宵尚孤征　4-452
中山不知醉　5-435
中州所羨　1-358
中常侍四人　8-332
中常侍至有十人　8-333
中平三年八月丙午　9-342
中年殞卒　9-243
中廚辦豐膳　5-63
中心孔悼　4-171
中心悵有違　3-434
中心愴以摧　5-236
中心慘怛　2-381
中心若有違　5-411
中必決眥　2-48
中必疊雙　1-112
中必飲羽　6-139

中息更裝　3-189
中情無由宣　4-189
中慕叫兮擗摽　9-303
中散不偶世　3-496
中散千里遊　4-407
中智以下　8-484
中曲正徘徊　5-215
中更不克俱　4-213
中更背違　7-424
中書實管王言　6-382
中書郞　9-238
中有一道士　4-6
中有二棺　9-490
中有冥寂士　4-8
中有孤鴛鴦　4-205
中有尺素書　5-46
中有行舟　5-61
中有梟與雁　5-250
中林之士　8-295
中泉寂兮此夜深　9-298
中流相忘　1-329
中流而喜　9-177
中流袂就判　4-363
中產闕洴澼之貲　6-238
中敗四牡　1-266
中瞀亂兮迷惑　6-69
中矯厲而慨慷　3-235
中節操兮　3-160
中結軫而增傷　6-72
中網林薄　1-337
中脣爲胗　2-381
中興之兆　6-332
中興之初　8-332
中興二十八將　8-322
中若相首　3-261
中若結轄　6-97
中莫盛於唐虞　8-227
中華有顧瞻之哀　6-359

中藥養性者　8-482

中虛煩而益怠　6-117

中言而發　9-284

中詠棠棣匪他之誠　6-295

中路將安歸　4-115

中路復廢　8-485

中路正徘徊　5-56

中路而馳　6-465

中路阻頹　4-327

中軍臨川殿下　7-333

中迷祖則　8-260

中達絕無軌　4-213

中道夭於衆難　8-484

中道遇心期　4-419

中郎建信侯齊劉敬　8-142

中酒而作　1-373

中野何蕭條　3-426

中鉉繼踵乎周南　8-70

中間尚淺也　7-194

中間二句　7-61

中闈且勿謹　5-183

中阪遙望　3-248

中領軍肅侯之曾孫　9-227

中飲顧昔心　5-428

中饋豈獨薄　3-427

中饋酒食之事也　8-302

中鬱結之輪菌　6-101

中黃曄以發暉兮　2-30

中黃瑴玉　1-295

丶

丸劍雙止　2-462

丸挺彫琢　3-198

丹丘徒空筌　4-484

丹井復寥浛　5-505

丹冥投烽　6-186

丹刻翬飛　9-402

丹唇含九秋　5-129

丹唇外朗　3-272

丹墀臨棻　1-428

丹崖嶮巇　3-204

丹崖重淬　7-368

丹巘被蔥蒨　5-507

丹彩煌煌　2-307

丹旗曜野　6-139

丹柱歘葹而電烻　2-286

丹桂灌叢　1-356

丹梁虹申以并亙　1-421

丹楹刻桷　8-16

丹氣臨湯谷　5-307

丹水更其南　2-64

丹沙葹燧出其阪　1-324

丹浦非樂戰　3-421

丹祖送於易水上　5-194

丹秀芳　1-364

丹穴之鷚　6-183

丹綺離婁　2-313

丹臆蘭綷　2-149

丹莖白蒂　3-248

丹葩曜陽林　4-18

丹葩耀芳蕤　5-498

丹藕淩波而的皪　1-431

丹蛇逾百尺　5-161

丹采旣已過　5-475

丹陵若水之舊　8-78

丹陽京輔　9-358

丹雲不卷　9-101

丹霞啓陰期　5-306

丹霞夾明月　4-28

丹霞蔽陽景　5-489

丹青圖其珍瑋　1-399

丹青暫彫煥　4-121

丹青煥炳　1-425

丹青著明誓　4-104

丹首玄製　1-270

丹魚爲之生沼　1-449

主上嘗與諸名賢言及管輅　9-77

主上屈法申恩　7-328

主上幸以先人之故　7-141

主上幽劫　6-330

主上欽明　7-306

主上求取其書　8-245

主上爲之食不甘味　7-144

主不明也　8-385

主之所珍　9-134

主亡與亡　8-156

主人　9-108

主人且勿喧　5-147

主人之辭未終　1-145

主人听然而笑曰　9-111

主人將去　2-413

主人微疲　3-228

主人曰　1-86, 1-145, 2-135, 7-480

主人聞其故而睹其制乎　1-86

主人逌爾而笑曰　7-474

主器彌固　9-416

主威獨運　8-359

主尊賴群后之圖身　9-60

主弱憑其翼戴　9-63

主恩滿溢　8-405

主憂臣勞　3-336

主憂莫與共害　9-64

主文而譎諫　7-496

主晉祀者　6-333

主此盛德兮　6-76

主父偃公孫弘對策不升第　9-93

主父宦不達　3-464

主稱千金壽　5-63

主稱露未晞　1-303

主竭其心　3-286

主者施行　6-225

主者百數　8-111

主非不明也　9-93

ノ ─────

乃一篇之警策　3-138

乃上古之俊公子也　6-150

乃下招曰　6-76

乃下置酒於虞懷之宮　6-108

乃下詔曰　9-460

乃不壞宅　8-6

乃不忽遺　7-223

乃不悟所歷之近遠　2-343

乃二雅之所祇　2-467

乃今日發矇　2-145

乃今日見教　2-100

乃今知之　6-448, 6-481

乃今窺乎天外　3-35

乃以公葬　6-343

乃以張卿爲大謁者　8-331

乃以私隸數口　9-250

乃作司空　9-366

乃作誄曰　9-228, 9-238, 9-254

乃作賦曰　3-79

乃作銘曰　9-344

乃作閑居賦　3-54

乃作頌焉　8-173

乃使中黄之士　1-199

乃使仁君翻然自絶　7-198

乃使任子垂釣　6-143

乃使兼太尉某設祖於行宮　9-320

乃使北宮東郭之疇　6-139

乃使文身之技　2-122

乃使蒙恬北築長城而守蕃籬　8-379

乃使邵康公錫齊太公履　6-204

乃使離子督墨　3-208

乃依林構宇　9-463

乃俾一介行人　9-35

乃假天關於牛頭　9-190

乃儀儲宮　4-275

乃先孕虞育夏　8-256
乃先民之所程　2-478
乃刊石圖徽　9-430
乃列於雅　8-129
乃勦大輅　1-128
乃協靈爽於湘娥　2-371
乃及夷王　3-296
乃反旆而回復　1-273
乃可以論其淑媛　7-229
乃可以議其斷割　7-229
乃可貴耳　7-294
乃君子之務　8-472
乃吟詠而發散　3-237
乃命上將　8-133
乃命厥弟　3-296
乃命史臣　9-311
乃命孝孫　2-283
乃命審曲之官　9-190
乃命有司　2-305
乃命畫工　9-466
乃命驃衛　2-138
乃困畏乎聖人　2-170
乃圖畫二十八將於南宮雲臺　8-327
乃在城南端　5-66
乃埋洪塞源　7-433
乃大運之攸戾　2-305
乃奮其奇　9-255
乃奮翅而騰驤　1-165
乃奮袂攘襟　8-138
乃奮長麋　4-314
乃如左丘無目　7-157
乃始虔鞏勞謙　8-257
乃定天位　8-448
乃宣乃畝　8-295
乃宴斯息　1-241
乃寢乃疾　9-221
乃實愼終追舊　2-209
乃封營丘　7-82

乃尋厥根　9-336
乃展人之所詘　2-136
乃崇禮官　1-81
乃左乃右　8-294
乃往見太卜鄭詹尹　6-61
乃得爲大王之風也　2-380
乃從王政　9-219
乃御小戎　1-266
乃心愧戀　6-364
乃悉徵其左右賢王　7-144
乃惧羨門子　4-111
乃慰乃止　8-294
乃慷慨而長嘯　3-232
乃拗怒而少息　1-111
乃援御者而告之曰　3-271
乃摹寫舊豐　2-209
乃撰四部要略淨佳子　9-466
乃操斗極　9-181
乃舉趾而升輿兮　2-167
乃攜友生　3-216
乃救死於其頸　1-226
乃整法服　1-250
乃整雲輅　6-161
乃文乃質　7-481
乃新崇德　1-238
乃蹔孫枝　3-208
乃昌言曰　2-305
乃時以有年出兵　2-141
乃暴以秋陽　9-414
乃有乘輿赭白　2-442
乃有劍客慚恩　3-116
乃有圓文之犴　6-173
乃有所不得已也　7-154
乃有昆明池乎其中　2-240
乃有昆明靈沼　1-190
乃有春清縹酒　6-134
乃有櫻梅山柿　1-301
乃有秘書　1-194

乃有荊南烏程　6-183

乃有贍乎原陸　2-242

乃有迅羽輕足　1-198

乃有逝止　4-175

乃有靈宮起乎其中　1-93

乃構阿房　1-225

乃構雲臺　8-200

乃欲仰首伸眉　7-140

乃欲圖大人之樞機　8-405

乃欲引節　7-153

乃欲戮力致獲　2-55

乃欲摧橈棟梁　7-388

乃歌曰　6-66

乃正六樂　9-184

乃殞厥身　9-470

乃永存乎長生　2-265

乃流辟雍　1-147

乃溢湧而駕隃　2-357

乃漸上京　4-275

乃焚其綺席　9-183

乃熏灼四方　2-218

乃營三宮　1-243

乃爲賦以自廣　2-412

乃爲金策　1-159

乃父乃兄　1-147

乃牙其門　9-260

乃牧荊州　9-220

乃物之理　3-305

乃猿狖之所居　6-58

乃用登御　8-314

乃申舊章　1-139

乃當以招絶足也　7-172

乃疆乃理　8-294

乃盱衡而誥曰　1-408

乃相武丁　2-414

乃相與惟先生之德　9-334

乃相與登飛梁　3-207

乃相與集乎其庭　3-187

乃眷三哲　4-248

乃眷北徂　4-244

乃眷北燕　8-150

乃眷北顧　9-241

乃眷南顧　3-296

乃眷斯顧　3-360

乃眷西顧　1-88

乃睠中土　9-399

乃睠芳林　8-78

乃瞻衡宇　7-490

乃知古時人　5-444

乃知君臣之道　6-383

乃知大春屈己於五王　9-464

乃知大漢之德馨　1-288

乃知天壤之所生　7-60

乃知長嘯之奇妙　3-239

乃研精而究其理　8-171

乃祖太傅元穆公　9-349

乃祖玄平　6-399

乃祗莊雍穆之徒　2-128

乃神靈之逋罪　7-415

乃稱曰　1-145

乃窮宙而達幽　2-474

乃立靈光之秘殿　2-283

乃終利貞　4-131

乃經靈臺　1-147

乃纓情於好爵　7-363

乃置犂壺　9-202

乃署祭酒　9-210

乃翟斯殃　3-319

乃羨公侯卿士　1-248

乃肯顧細微　3-356

乃臣丹情之至願　6-295

乃自作秋風辭曰　7-486

乃至雁門關　5-468

乃致命乎聖皇　1-122

乃與執金吾耿秉　9-167

乃與弟雲及散騎侍郎袁瑜中書侍郎馮熊

　　尙書右丞崔基廷尉正顧榮汝陰太守
　　曹武　6-320

乃與時髦匹　5-493

乃與造化乎比隆　2-327

乃莞爾而笑曰　1-224

乃萃然登南山　2-141

乃褁餱糧　8-294

乃覽秦制　1-162

乃詔小臣爲其銘曰　9-199

乃詔虞人典澤　2-108

乃詔西中郎將郢州刺史江夏王　9-394

乃詔陪侍　2-443

乃誅之　9-254

乃誘天衷　6-199

乃貞吉之元符　3-29

乃賦離騷　7-155

乃質之所以憤積於胸臆　7-244

乃輶德而無累　2-478

乃遂封山刊石　9-169

乃遂往而徂逝兮　2-168

乃遂焉而逢殃　6-18

乃遣戶曹掾某　9-496

乃遷思迴慮　8-218

乃鍊乃鑠　6-177

乃鏟臨崖之阜陸　2-336

乃闇合乎曩篇　3-138

乃闢地而攻　9-249

乃降戾爰茲　8-263

乃除挾書之律　7-347

乃陳發秘藏　7-351

乃隆崇而弘敷　1-172

乃霸夫烈士奮命之良時也　7-418

乃顧惟眷　3-375

乃高帝之所忌也　7-77

乃鴻騫舊吳　9-413

乃鼓怒而作濤　2-352

乃龍見淵躍　8-251

乃龍飛白水　1-237

久久自芬芳　9-173

久之　9-249, 9-358

久則深固其根本　8-463

久執不廢　6-97

久廢則無次　4-306

久患諸夏　7-24

久懸北闕　7-20

久敬曾存故　4-455

久欲還東山　4-357

久沒離宮地　5-452

久無嗣響　8-347

久痗昏墊苦　4-48

久而不去　3-250

久而可敬　8-197

久而彌新　9-377

久而愈新　8-265

久與事接　7-285

久要不可忘　5-63

久露干祿請　4-462

之子之往　4-312, 9-267

之子在萬里　5-260

之子旣命　4-244

之子歸窮泉　4-147

之子照淸襟　8-96

之子紹前胤　4-348

之子降兮宅兆　9-303

之死矢兮靡他　3-103

之者以路絕而莫曉　2-263

乍低枝而掃跡　7-368

乍合乍散　2-337

乍廻跡以心染　7-361

乍沜乍堆　2-357

乍留聯而扶疎　3-214

乍秋風兮暫起　3-114

乍若有記　3-256

乍跱蹋以狼戾　3-187

乍近乍遠　3-191

乍陰乍陽　3-275

乖人易感動　4-189
乖蠻隔夷　2-340
乖迕而不可通者　7-475
乖離令我感　4-343
乖離卽長衢　3-431
乘騏驥以馳騁兮　6-6
乘之以退征　5-75
乘九服之囂怨　8-336
乘羸而運　8-364
乘其命賜彤弧黃鉞之威　8-254
乘凌高城　2-380
乘危騁變　9-34
乘回風兮載雲旗　6-52
乘墉揮寶劍　3-506
乘天潢之汎汎兮　3-34
乘居匹游　2-429
乘巨鱗　2-122
乘彫玉之輿　2-47
乘時射利　1-376
乘時龍　1-131
乘月弄潺湲　4-484
乘月聽哀狖　4-481
乘朱輪者十人　7-164
乘桴滄流　7-302
乘此歷運　6-252
乘此終蕭散　5-362
乘法駕　2-96
乘流則逝兮　2-416
乘流玩回轉　4-62
乘流畏曝鰓　5-368
乘渚之陽　3-247
乘焱忽兮馳虛無　3-37
乘燕然　9-168
乘牡駿之乘　6-112
乘異常之顧　6-349
乘纖離之馬　6-431
乘舲船余上沅兮　6-57
乘茵步輦　1-98

乘虛無　2-87
乘赤豹兮從文貍　6-53
乘蹻絶往　2-346
乘軒將返　6-200
乘軒幷轂珊弩重旆　1-253
乘軺建節　7-329
乘輅而歌　8-400
乘輦夜行遊　4-28
乘輿乃出　1-131
乘輿巡乎岱嶽　1-273
乘追風之輿　6-129
乘遺風　2-48
乘鄂渚而反顧兮　6-57
乘鏤象　2-83
乘蠻輅而駕蒼龍　1-259
乘間電發　9-96
乘陵岡以登降　2-159
乘障犯威　9-270
乘障遠和戎　5-458
乘雁集不爲之多　7-460
乘雲翔鄧林　4-116
乘雲閣而上下兮　2-14
乘雲頡頏　2-241
乘靈風而扇威　9-481
乘風廢而弗縣　2-214
乘風藉響　8-160
乘風載響　9-141
乘馬班如　9-137
乘高遠眺　7-318
乘鷪黿鼉　1-389
乘鷁舟兮爲水嬉　6-170
乘鸞向煙霧　5-470
乘黃茲白之駟　8-75

乙

乙未御辰　2-178
九侯淑女　6-81

九區克咸　3-361
九十六種無藩籬之固　9-389
九合諸侯　8-411
九國之師遁逃而不敢進　8-377
九土披攘　3-315
九土星分　1-318
九地之下　9-256
九地匪沈　8-148
九域聳其風塵　9-114
九塗平若水　5-155
九嬪　8-310
九嬪掌教四德　8-310
九官列序　5-41
九官咸事　9-412
九寮之珥以爲約　6-102
九尾而自擾　1-449
九峻巉屽　2-70
九峻峨嶻　2-204
九嶷繽兮幷迎　6-47
九州之志　8-3
九州之險　7-425
九州晏如　6-278
九工是詢　6-405
九工開於黃序　6-245
九市開場　1-90
九師之易　9-446
九年於茲矣　3-88
九序未歌　6-243
九廟長壽　8-237
九戶開辟　1-165
九斿齊軌　8-82
九族共瞻遲　5-354
九族敦序　2-283
九族旣睦　6-290
九旒之晃　6-136
九旗揚旆　2-30
九月二十日書　7-181
九有斯靖　3-378

九有雍熙　2-330
九服之民　9-59
九服崩離　6-333
九服徘徊　8-143
九服知化矣　6-360
九歲不行　6-309
九派理空存　4-481
九流七略　6-254
九牧之人　7-172
九疑繽其幷迎　6-30
九秋之夕　6-148
九穀斯茂　3-283
九穀斯豊　3-283
九竅通鬱　3-253
九籥隱丹經　5-173
九縣飇回　8-368
九罭不以爲虛　8-407
九衢之草千計　9-396
九谷八溪　1-239
九賓相儀　3-412
九逝非空思　4-378
九重奧絶　8-358
九野淸泰　7-303
九龍之內　1-240
乞不爲坐　7-18
乞令衡以褐衣召見　6-266
乞依二公前例　6-421
乞勻攜養　7-382
乞差五人　6-346
乞廻謬恩　7-108
乞爲奴僕而猶不獲　8-289
乞留前恩　6-306
乞解所職　6-364
乳竇旣滴瀝　5-505
乳血飱膚　2-275
乾坤之所開　8-421
乾坤交泰而絪縕　1-417
乾坤以有親可久　2-208

乾心降而微怡　2-453

乾景外臨　9-325

乾池滌藪　1-205

乾象棟傾　4-308

亂不極則治不形　9-51

亂世之音怨以怒　7-495

亂亡者亦如之焉　9-6

亂以收置解罙　1-285

亂北渚兮揭南涯　1-306

亂嚶聲於綿羽　8-80

亂弱水之潺湲兮　3-16

亂於五風　6-109

亂昆雞　2-87

亂曰　2-23, 2-165, 2-172, 2-299, 2-400, 2-457,
　　2-481, 3-159, 6-39, 6-86, 3-219, 6-59

亂流趨孤嶼　4-468

亂而不分些　6-84

亂象侵邊疆　5-295

亂起未成行　5-399

亂離多阻　4-170

亂離斯瘼　3-336, 6-389

ㅣ

予亦何人　3-305

予亮願焉　6-151

予好毛褐　6-137

予客自南鄙　2-281

予思罔宣　4-171

予性樂恬靜　6-140

予戲夫子　9-211

予涉素秋　4-276

予獨何爲　4-132

予獨正色　9-243

予甘藜藿　6-135

予耽巖穴　6-144

予聞君子不遯俗而遺名　6-130

予聞君子樂奮節以顯義　6-149

予聞子命　4-252

予非荊山璞　5-295

予願淸虛　6-148

事上之謂義　7-414

事不可窮之於筆　2-371

事不師古　8-451

事不我與　9-361

事乃萬族　3-115

事以頌宣　2-281

事兼出濟　3-403

事兼未央　1-173

事出於沈思　1-75

事列朝榮　6-282

事勤乎三五　1-123

事各繆形　2-294

事君直道　9-240

事君貴於興國　6-276

事回沕而好還　2-190

事在獵射　8-420

事實乎相如　1-145

事寧　9-357

事已無可奈何　7-145

事感則悅情斯來　8-110

事應乎天人　9-5

事成　8-430

事捷於三代　8-299

事昧竟誰辨　4-62

事有不允　6-352

事有柱石之寄　7-177

事有瑣而助洪　9-142

事有關於宦豎　7-137

事未易一二爲俗人言也　7-146

事極江右　8-349

事止樂善　6-419

事歸近習　8-359

事深弘誘　8-104

事漢武帝　8-170

事無事　1-277

事無大小　6-270
事爲名敎用　4-39
事父尙於榮親　6-276
事百巾機　9-199
事結釁連　7-197
事絶稱言　7-2
事與願違　4-131, 4-322
事玆鎔範　6-239
事蠻狄之遼患　2-161
事親孝　7-142
事該軍國　8-113
事踪笔跡　6-320
事躓兩如直　4-358
事迫於權奪　9-452
事遠闊音形　3-489
事遭运会　6-302
事隔於容諂　8-110
事隔於皇朝　6-374
事雖不行　7-276

2획

二

二三諸彦　5-420
二不堪也　7-286
二世而亡　8-229
二主克交歡　3-474
二儀旣分　9-162
二儀烟熅　4-265
二八侍宿　6-81
二八已陳　7-22
二八徐侍　3-165
二八迭奏　7-246
二八齊容　6-84
二六對陳　2-321
二別阻漢坻　5-378
二十七世婦　8-310
二十以下　8-314
二十有五年矣　7-226
二十許年　7-29
二十餘年矣　2-139
二十餘年矣　7-139
二十餘年而河洛爲墟　8-287
二南之所交　2-196
二君私奴　6-346
二周于今　4-271
二國不祀　9-177
二國之士　8-30
二女感於崇嶽兮　3-9
二妃遊江濱　4-101
二嬴之所曾聆　1-446
二子棄若遺　4-126
二客雖窒計沮議　8-407
二宮軫慟　9-427
二州肅淸　8-150
二帝失尊　8-287
二年　8-101

二年從車駕　5-354
二年成都　8-294
二方之君　7-435
二方俱定　7-406
二族俱榮　7-199
二族偕覆　4-310
二曰志而晦　8-15
二曰賦　1-66, 7-496, 8-27
二曰體貌多奇異　8-432
二月三日　7-214
二月九日夜　7-29
二月八日庚寅　7-69
二奈曜丹白之色　3-60
二溟揚波　8-188
二班長於情理之說　8-348
二百餘期　1-217
二祖逼禪代之期　8-300
二紀及茲年　4-459
二紀於茲　9-241
二老歸而周熾　7-460
二者之量　7-397
二者必至之常期　8-442
二者無一可　2-55
二者皆爲國耳　7-176
二臣誅而楚寧　9-145
二豪侍側焉　8-139
二賢既覺　7-204
二賢相得甚歡　4-288
二途如爽　6-237
二連之善喪　9-364
二邦合從　7-304
二邦若否　4-180
二爨也　9-125
二離揚淸暉　4-289
二霸之後　8-447
二霸之後　9-8
于今五稔　4-321
于今西土　6-359

于以玄月　2-363
于以贈之　9-270
于佐求賢　9-323
于何不育　1-325
于其哲兄　8-158
于化旣豊　3-361
于叟種德　9-101
于嗟默默　9-471
于役儻有期　5-375
于彼冀方　3-319
于彼西疆　8-135
于斯之時　1-278
于斯時也　2-32, 2-209
于是爲歡未渫　6-147
于是玄冬季月　2-108
于時也　3-197, 3-219
于時在整母子左右　7-33
于時大邦之衆　9-48
于時斜漢左界　2-403
于時新安王寵冠列蕃　9-355
于時日薄虞淵　3-74
于時曜靈俄景　3-44
于時皇極遘道消之會　6-359
于時皇興否隔　6-364
于時秋也　2-384
于時繯綟之徒　9-332
于時肄射　3-380
于時運距陽九　1-413
于時雲興之將帶州　9-25
于時靑鳥司開　8-78
于時駆駿　2-457
于江南之丘墟　3-150
于河之沂　3-368
于河之濱　3-318
于洛之涘　3-56
于異他仇　4-181
于禮斯豊　3-371
于終南之陰崖　3-180

于胥德兮麗萬世　2-22
云云　6-410, 7-48
云何慰離析　5-339
云受命所乘　8-220
云台行乎中野　3-16
云孝里之前號　2-224
云應充衆　7-31
云應入衆　7-31
云是鬼谷子　4-7
云欲特表　9-340
云誰之識　2-246
互嶺巉巖　3-204
互爲公私　9-455
互相扇動　7-304
互黝糾而摶負　2-290
五三六經載籍之傳　8-209
五不堪也　7-286
五伯不能綏　8-420
五伯以下　8-410
五位時序　1-146
五侯九伯　6-204
五侯允集　8-147
五侯外戚　6-397
五侯并軌　9-135
五侯相餞送　5-354
五侯競書幣　5-440
五內震駭　7-223
五典克從　9-209
五刑隨其後　9-20
五十之年　7-171
五十以事去官　8-33
五千餘里　1-319
五國從風　8-455
五圖發金記　5-173
五塵朝骰　3-404
五夜不分　9-197
五子用失乎家巷　6-17
五將失道　7-117

五尺童子羞比晏嬰與夷吾　7-460
五嶽鼓舞而相磓　2-339
五帝垂典　7-467
五帝角其區宇　9-97
五年之中　8-454
五德初始　8-248
五德更運　3-375
五情愧赧　3-310
五情無主　6-330
五情震悼　6-322
五戎不距　8-75
五教以倫　6-419
五教克宣　9-460
五方率職　2-442
五方異俗　8-101
五方雜會　2-247
五方雜遝　8-51
五星同晷　8-363
五是不逆　3-284
五曜入房　9-431
五曜霄映　8-132
五曰懲惡而勸善　8-16
五曰知人善任使　8-432
五曰雅　1-66, 7-496
五月十八日　7-210
五服崩離　3-295
五毒備至　7-387
五百餘載　2-275
五穀不生　6-77
五穀垂穎　1-94
五等之制　9-58
五等之君　9-73
五等則不然　9-73
五精帥而來摧　1-257
五緯相汁　1-161
五羖入而秦喜　7-461
五老游河　6-218
五聲倦響　6-405

五臣奚與　4-329
五臣茲六　9-376
五臣顯而重耳霸　8-178
五色一何鮮　4-28
五色幷馳　3-256
五色曜朝日　4-109
五色炫以相曜兮　3-68
五芝含秀而晨敷　2-266
五行布序　1-147
五行錯而致用　9-133
五變四會　3-248
五讓高世　6-403
五車摧筆鋒　5-457
五軍六師　1-202
五輅遷跡　9-316
五輅鳴鑾　2-30
五辟豫州　9-340
五辰空撫　6-243
五道幷入　7-409
五道幷進　7-422
五都之貨殖　1-91
五都復而事庠序　6-248
五都矜財雄　3-502
五都貨殖　1-187
五難旣灑落　5-499
五霸殊風而幷列　6-247
五音代轉　3-192
五音紛兮繁會　6-42
五龍比翼　2-294
井幹烽櫓之勤　2-273
井幹疊而百增　1-173
井徑滅兮丘隴殘　2-277
井臼弗任　9-275
井邑自相循　4-301
亘以綠水　1-370
亘望無涯　1-300
亘螭龍之飛梁　3-29
互丘被陵　9-396

互地稱皇　5-41
互雄虹之長梁　1-163
亞以少城　1-332
亞以柱後　1-425
亞斯之代　8-249
亞跡蕭公　8-146
亟下縣道　7-378
亟摧醜虜　7-20
亟擊張步　6-279
亟聞義讓　9-440
亟迴長者轍　4-374

ㄴ

亡之於微　8-484
亡其處而有其名　2-213
亡命漂說　7-475
亡國之音哀以思　7-495
亡國之音表　1-69
亡國肅乎臨淵　2-14
亡墳掘而莫禦　2-231
亡多存寡　3-79
亡室家之業　7-141
亡寅後　7-31
亡己事之已拙　8-44
亡是公听然而笑曰　2-62
亡是公存焉　2-41
亡有美謚　7-473
亡沒身自衰　4-216
亡者可以勿求　9-479
亡耦失疇　3-158
亡身於外者　6-269
亡魂逝而永遠兮　3-100
亢陽臺於陰基　1-427
亢音高歌爲樂方　3-166
交不忠兮怨長　6-45
交不諂上　9-340
交亂四國　8-388

交交黃鳥　9-345

交何戚而不忘　3-81

交加累積　3-249

交呂旣鴻軒　3-499

交士林忘公侯之貴　9-430

交希恩疏　3-258

交得意而相親　3-65

交御豪俊　9-27

交橫而下　3-184

交歡池陽下　5-441

交渠引漕　2-240

交游莫救　7-146

交甫懷環珮　4-101

交疇貨賄　7-302

交疏結綺窗　5-214

交積縱橫　3-247

交精旋目　2-69

交綺對幌　6-169

交綺豁以疏寮　1-173

交臂久變化　5-497

交臂受事　7-374

交臂屈膝　6-201

交藤荒且蔓　5-10

交讓所植　1-325

交貿相競　1-376

交睞相傾　8-485

交道實難　4-243

交錯糾紛　2-43, 9-87

交頸頡頏　3-43

交黨結倫　6-149

亦不半在　3-79

亦不可同年而語矣　8-30

亦不得已　6-478

亦云介性所至而已　8-340

亦云名而已矣　7-472

亦云數而已矣　9-476

亦云黜周而王魯　8-20

亦以寵靈文武　8-261

亦以攄其所抱而已　4-323

亦以財雄　1-335

亦以過半　6-389

亦何云及　8-336

亦何勞於鼎俎　2-424

亦何可勝言　8-324

亦何可言　7-328

亦何羨於層城　2-264

亦何面目　7-160

亦余心之所善兮　6-12

亦余心之所惡　2-231

亦偃武興文之應也　8-419

亦備其數　8-329

亦備書成學　6-409

亦傷吻弊筴而不進於行　8-119

亦兆後昆　9-260

亦其志也　7-269

亦其次也　7-418, 8-273

亦剋宴處　4-174

亦又求　1-279, 4-131

亦又近誣　8-23

亦可以樂而忘死矣　8-388

亦各幷時而榮　8-215

亦各志能之士也　8-322

亦各有志　7-248

亦各有盡矣　9-17

亦命史臣班固而爲之誄　9-254

亦嘗側聞長者之遺風矣　7-133

亦在御之而已　6-193

亦夫子之故也　9-473

亦奚必臨路而後長號　4-322

亦孔之榮　9-212

亦孔之醜　3-339

亦宜勩恁旅力　8-262

亦寵極而禍侈　2-222

亦將有才人妙妓　6-145

亦少問乎　6-96

亦居淸顯　7-43

亦崇厥化　6-290

亦崎嶇而經丘　7-491

亦已不同　1-75

亦已明矣　6-478

亦已疏矣　7-294

亦從班列　6-421

亦復名家　8-18

亦復含酸茹歎　3-111

亦必爾也　5-74

亦忘厥餌　4-333

亦悼元而哀嗣　3-89

亦愍此文敎錯亂　7-353

亦愛李延年　8-331

亦憑人而成象　9-87

亦所不取　1-74

亦所不隱也　8-8

亦所以亡身　8-184

亦所以奉太尊之烈　2-141

亦所以易俗於惡　3-229

亦所以永安也　2-281

亦所以省風助敎　2-326

亦所以覆舟　1-284, 8-184

亦挺其秀　3-283

亦攝生而受氣　2-431

亦旣三年　4-244

亦旣允臧　1-419

亦旣弛負檐　4-339

亦旣成德　9-399

亦旣旋旆　9-221

亦旣有行　9-312

亦旣羈勒　8-197

亦旣至止　7-267

亦旣超曠　9-282

亦明矣　6-442

亦曰鴻妻　9-440

亦曷以逾　9-364

亦會其時之可爲也　7-467

亦有取焉　9-466

亦有可觀者焉　3-217

亦有和羹　1-258

亦有寒羞　6-183

亦有巢居子　4-25

亦有巷伯刺讒之篇　8-329

亦有徵祥　8-307

亦有惡而不避　2-477

亦有戚里　1-436

亦有楚人　6-204

亦有甘寢秉羽之績　9-366

亦有甲第　1-331

亦有目不步體　2-152

亦有秉心矯迹　6-357

亦有說乎　3-264

亦有饗云　8-65

亦有鬻繒盜狗輕猾之徒　8-323

亦未巨過也　8-407

亦未必也　7-202, 7-479

亦未達禮樂之情也　3-203

亦朱其紱　9-220

亦棲肥遯賢　4-484

亦樹碑於宗廟　9-398

亦欲令陳琳作報　7-181

亦欲以究天人之際　7-159

亦流連於随会　6-224

亦無以加　8-246

亦無及也　7-428

亦無及已　7-418

亦無取焉　8-24

亦無得而稱焉　6-419

亦無所患　7-462

亦狼狽而可愍　2-227

亦猶姻媾之義　7-194

亦猶孟軻致欣於樂正　9-361

亦猶帝之懸解　1-401

亦猶於穆猗那　8-255

亦猶棘林螢燿　1-401

亦猶稷契之臣虞夏　9-367

亦獨欒欒之與子都　1-414

亦玄亦史　7-362

亦甚衆多　7-413

亦用異才擢拜臺郎　6-265

亦異世一時也　8-181

亦當鉗口吞舌　6-485

亦白其馬　9-431

亦盡刊刻之美　6-418

亦研幾於六位　9-383

亦祇是廬　2-347

亦禁邪而制放　3-135

亦紹厥後　8-129

亦終不能獲無咎無譽　7-286

亦聖王之所以易海內也　8-120

亦能傾心去恨　7-205

亦臣之極思也　8-225

亦良可知也　6-485

亦良難矣　8-440

亦蒙榮於集翠　3-139

亦蠱大猷　7-42

亦要思乎故居　3-29

亦見項氏之必亡　8-430

亦觀過而知仁　2-238

亦講論六藝　8-272

亦讎大邦　7-182

亦賢俊之所宜廢乎　9-480

亦賴之於見述也　9-334

亦足以云　6-225

亦足以明吏奉其法　8-284

亦足以爲政矣　9-46

亦足爲效　7-205

亦足耽兮　3-160

亦踐危而必安　9-485

亦迪知幾　4-179

亦逃巴岷　7-304

亦遇圓而成璧　2-396

亦鄰德而助信　2-479

亦隆世親之愛　3-88

亦雖愛而必捐　3-138

亦非人臣之節也　7-375

亦頗擾於農人　2-134

亦頗識去就之分矣　7-154

亦願曲留降鑒　6-383

享不訾之祿　7-413

享之千金　8-439

享國之日淺　8-377

享國極位　7-387

享國漸世　3-296

享年四十有二　9-333

京城十二衢　3-502

京室多妖冶　4-295

京室密淸　1-272

京室隕顚　9-209

京師修宮室　1-85

京師沈潛　8-239

京庚之儲　2-323

京庚流衍　1-443

京洛出名謳　5-63

京洛出少年　5-70

京洛多妖麗　5-411

京索旣扼　8-150

京華遊俠窟　4-5

京遷鎬亳　8-254

京邑翼翼　1-236

京邑開吳蜀之館　6-344

亭亭如車蓋　5-253

亭亭孤幹　4-311

亭亭山上松　4-192

亭亭峻趾　1-430

亭亭映江月　4-36

亭亭高山柏　4-2

亭亭高竦　9-85

亭候修敕　1-240

亭奈厚朴　2-78

亭有千秋之號　2-189

亭皐千里　2-71

亮乏伯昏分　4-462

亮功多而累寡　3-138

亮懷璵瑤美　4-199

亮成安之失策　7-77

亮曰　1-469

亮無晨風翼　5-225

亮稼穡之艱難　2-326

亮節難爲音　5-80

亮誠盡規　9-455

亮跡雙升　8-166

亮造化之若茲　3-81

亮朵王室　9-350

亹觀夫剗禽之緤隃　2-119

亹亹圓象運　5-321

亹亹孤獸騁　4-438

亹亹忘劬　3-282

亹亹期月周　4-151

亹亹玄思清　5-497

亹亹通韻　8-190

亹亹鮮克禁　5-89

人・亻 ─────────

人不取諸身　4-293

人不得顧　1-90

人不暇施功　6-464

人主所不久堪　8-41

人主操其常柄　8-40

人主謂其身卑位薄　8-359

人之云亡　3-335, 6-420, 9-49

人之升降　2-247

人之多忌　4-180

人之度量相越　7-376

人之情也　7-197, 7-332

人之所由靈也　2-35

人之所行也　9-98

人之無情　7-36

人之相知　7-116

人之秉彝　9-281

人之薄也　9-274

人之貪禍　8-154

人事亦銷鑠　5-510

人事曠而不修　8-469

人亡則滅　9-143

人亦有言　4-175, 4-243

人人自以爲掾屬　7-107

人人自以爲皐陶　7-460

人人自謂握靈蛇之珠　7-226

人何世而弗新　3-80

人倫之師友　1-73

人倫之紀備矣　8-16

人倫以表　8-90

人倫實始　1-125

人兵減損　7-207

人具爾瞻　8-151

人冉冉而行暮　3-80

人力殫　1-225

人各有好尙　7-230

人否其憂　9-282

人命危浅　6-312

人命若朝霜　3-426

人命靡常　9-211

人咸知飾其容　9-163

人固介立　9-280

人固有一死　7-148

人壽幾何　5-125, 7-270

人好惡其不同兮　6-29

人就者衆也　8-409

人度量之乖舛　2-186

人往有反歲　5-186

人必憂其憂　8-446

人必拯其危　8-446

人性有畏其景而惡其迹　6-470

人情同於懷土兮　2-256

人情懷舊鄉　5-292

人情賤恩舊　5-165

人情難豫觀　4-125

人惎之謀　1-161

人惡之於燕王　6-450

人惡之於魏文侯　6-450

人惡儁異　9-242

人惡其上　8-192

人懷怒心　7-376

人懷昏墊情　5-316

人懷盈尺　7-238

人或不得其所　1-248

人有不及　9-463

人有嘲雄玄之尙白　7-456

人有所極　6-85

人有異同之性　1-468

人未易知　9-255

人極馬倦　8-119

人欲天不違　5-247

人永其壽　3-285

人無尺鐵　7-119

人無道夭　3-285

人無間言　9-351

人爲讎敵　7-392

人物以戕害爲藝　1-464

人理無常全　5-138

人瑞又明　8-417

人生不能行樂　3-226

人生到此　3-107

人生各有志　3-452

人生各有所樂兮　6-15

人生天地間　4-424, 5-212

人生如寄　5-61

人生安得長　5-100

人生安樂　3-62

人生寄一世　5-213

人生實難　4-170

人生幾何　5-53

人生忽如寄　5-222

人生瀛海內　5-305

人生無幾何　5-405

人生當幾何　5-410

人生處一世　4-216

人生行樂耳　7-166

人生誠未易　5-80

人生誠行邁　5-103

人生非金石　5-220

人由意合　8-409

人畜取給　9-249

人百身以納贖　2-230

人皆有私　6-351

人皇九頭　2-294

人盈所欲　3-195

人益猶可懼　5-83

人知慕節　9-265

人祇響附　9-181

人神之和允洽　1-128

人神幽明絶　4-386

人神攸贊　8-132

人紀咸事　6-244

人絶路殊　7-127

人綱人紀　7-456

人胥悅欣　3-377

人臣之所踏籍　2-88

人臣亦然　8-122

人自以爲我民良　8-30

人自爲量　9-275

人至察則無徒　7-451

人致其誠　6-219

人莫之知　5-61

人蓄油素　6-421

人見其表　9-239

人詠康哉之詩　2-330

人誰不勤　4-181

人誰不沒　9-212

人誰或可　6-249

人誰獲常寧　5-34

人諱明潔　9-496

人謀咸贊　8-369
人謀所尊　1-450
人謀是與　8-150
人識廉隅　9-185
人識百重之典　9-191
人跡罕到　3-182, 7-435
人道不殊　7-465
人道助信　7-414
人道嶮而難　5-83
人道有虧盈　3-506
人道無久盈　5-108
人道絶緖　6-292
人野何辨　9-463
人靈騫都野　4-73
人面獸心　9-96
人馬同時饑　5-56
人馬皆溢肥　5-31
人馬相得也　8-120
人駕肩　2-273
仁之端也　7-136
仁人不可失也　8-294
仁人之利　8-87
仁以厚下　8-282
仁以爲政　3-286
仁及草木　8-295
仁君不能畜無用之臣　6-276
仁君年壯氣盛　7-197
仁固開周　3-397
仁心不加於親戚　8-450
仁挺芝草　1-448
仁洽兼濟　9-375
仁洽道豊　1-238
仁焉而終　9-285
仁獸游飛梁　3-352
仁篤慈惠　9-332
仁罔不逮　9-435
仁義不施　8-382
仁義在躬　8-203

仁義所以全身　8-184
仁者不以德來　7-431
仁者必勇　8-191
仁而愛人　9-339
仁而遺其親者也　6-291
仁聖之事旣該　1-126
仁聲先洽　9-453
仁聲惠於北狄　2-124
仁道不遏　3-303
仁霑而恩洽　2-133
仁頻幷閭　2-79
仁風扇越　9-434
仁風潛扇　3-376
仁風翔乎海表　8-256
仁風衍而外流　1-263
仁風載路　9-421
仁風遐揚　4-267
仇偶相從　8-409
今上所考視　7-354
今世之人　8-469
今世之處士　7-452
今主上聖德欽明　7-421
今乃信其眞有耳　7-278
今乃傷心百年之際　9-476
今乃含王超陳　7-53
今乃愚妄　7-178
今乃棄黔首以資敵國　6-434
今乃欲當禦雷霆　7-414
今之仲連　7-230
今之僑也　8-440
今之否隔　6-297
今之存者　7-216
今之少年　7-172
今之尙書令　9-367
今之所撰　1-73
今之所集　1-74
今之文人　8-439
今之牧守　9-72

今之用賢 8-461
今之盡敗 6-351
今之相者分擧肥 6-73
今之賦頌 7-56
今九載而一來 3-90
今也惟尉 1-183
今也惟繆 2-316
今也惟馬 9-256
今也歲載華 3-488
今予廓爾 6-154
今交手足 7-149
今人主誠能去驕傲之心 6-456
今人主誠能用齊秦之明 6-453
今人主諂諛之詞 6-460
今以下愚而非處士 7-453
今以其片言辯其要趣 9-101
今以冀州之河東河內魏郡趙國中山鉅鹿
　　常山安平甘陵平原凡十郡 6-205
今以愛子託人 9-478
今以臣之才 6-353
今以虧形 7-139
今以躁競之心 8-485
今似檻中猿 5-148
今但願守陋巷 7-293
今來後歸軍 4-494
今來白露晞 5-266
今來蟀蟋吟 5-292
今僕不幸 7-154
今先生率然高擧 8-385
今先生進無以輔治 8-385
今先遠戒期 9-460
今公子苟好剿民以婾樂 1-284
今公子違世陸沈 6-163
今其如何而闕斯禮 9-334
今其如台而獨闕也 8-263
今其書見在 7-348
今其遺文可見者十數家 8-18
今冬客南淮 3-356

今刺史質敏以流惠 8-407
今則不然 7-353, 7-448, 8-387
今則全取賦名 1-66
今則無滅 9-400
今則神牧 9-455
今割齊民以附夷狄 7-431
今功臣名將 7-329
今南方已定 6-272
今南郡獲白虎 8-419
今又促裝下邑 7-368
今又加君九錫 6-206
今又接之以西夷 7-431
今取人則不然 6-433
今可得略也 9-407
今君有何疾 5-170
今君稱丕顯德 6-205
今君遇之矣 4-306
今吾子何樂此詩而詠之也 8-402
今吾子幸得遭明盛之世 7-457
今吾子幸游帝王之世 7-473
今吾子棄道藝之華 6-130
今吾子處皇代而論戰國 7-479
今國朝隆天覆之恩 7-427
今在整處使 7-31, 7-34
今大漢左東海 7-460
今大王已去千里之國 6-478
今大王還兵疾歸 6-478
今天下三分 6-269
今天下布衣窮居之士 6-459
今天下幾里 7-178
今天下自服化已來 6-304
今天子新據先帝之遺業 6-443
今天子諒闇之際 3-51
今太子之病 6-101
今太子膚色靡曼 6-99
今夫子閉門距躍 8-396
今夫宋玉盛稱鄰之女 3-265
今夫讒諛之臣爲大王計者 6-476

今夫貴人之子　6-98

今奈何兮一擧　9-302

今奉幣役至南夷　7-376

今如太子之病者　6-99

今子乃以鴟梟而笑鳳皇　7-465

今子執分寸而罔億度　8-405

今子大夫脩先王之術　7-447

今子尙安得以卿大夫之制而責僕哉　7-167

今子徂東　4-278

今子獨以爲寡人之風　2-378

今孝章實丈夫之雄也　7-171

今守馥蘭蓀　5-389

今宸極反正　6-364

今宿浙江湄　4-354

今宿浦陽汭　5-509

今實邊亭　9-269

今封疆之內　7-434

今將授君典禮　6-199

今將授子以五篇之詩　1-145

今將植橘柚於玄朔　7-319

今將榮子以天人之大寶　6-163

今將語子以建武之治　1-120

今少卿乃教以推賢進士　7-160

今少卿抱不測之罪　7-134

今屈知寺任　9-398

今已歷九春　5-261

今帝王受命而用其終　8-277

今年獵長楊　2-133

今往僕少小所著辭賦一通相與　7-231

今復河曲游　5-433

今恭命則愈　6-354

今悉集茲國矣　7-227

今惟武穆　3-400

今愧孫登　4-130

今成灰與塵　5-187

今我不樂　5-61, 5-125

今我唯困蒙　5-286

今我將軍　8-135

今我旋止　5-255

今我獨何爲　5-156

今我神武師　5-34

今我與子　4-243

今掌河朔徭　4-423

今擧事一不當　7-142

今數仞之餘趾　2-241

今文學之言　8-409

今日不極懽　3-347

今日之謂　7-310

今日嘉會　8-84

今日在遠而興慰納　7-204

今日無用娛賓　2-420

今日眇　2-41

今日良宴會　5-213

今旦入蘆洲　5-4

今昆弟友朋　5-420

今時天下安寧　6-97

今晉之興也　8-299

今更下傳璽　6-206

今月九日　6-317

今朕獲奉宗廟　6-195

今朝廷純仁　2-140

今果分別　7-211

今棄叩缶擊甕而就鄭衛　6-433

今樂遠出以露威靈　2-134

今欲使天下恢廓之士　6-462

今欲使朕無滿堂之念　6-253

今欲專士女於耕桑　6-248

今欲極天命之上壽　6-469

今此數家之言　7-356

今永乖別　5-256

今江東之地　7-417

今海內樂業　8-417

今漢據全秦之地　6-476

今漢親誅其三公　6-476

今爲丘山土　4-143

今爲作歌辭　8-33

今爲參與辰　5-234

今爲平民　6-346

今爲糞上英　5-75

今爲蕩子婦　5-212

今獨不然　7-79

今獨曷爲遣己　7-435

今當遠離　6-273

今直爲此蕭艾也　6-32

今空語同知有達人無所不堪　7-278

今粗論事勢以相覺悟　7-299

今罷三郡之士　7-431

今者幷園墟　4-239

今者枳棘翳扞　7-408

今者絶世用　4-230

今者雲重積而復散　7-264

今而經焉　3-88

今聖上德通神明　7-353

今聖上昧旦不顯　2-34

今聖主冠道德　8-414

今聖德隆盛　8-420

今聚夕無雙　5-333

今聞其乃發軍興制　7-375

今胡數涉北河之外　6-438

今臣亡國賤俘　6-312

今臣以一切之制　6-292

今臣僻在西蜀　8-118

今臣居外　6-281

今臣志狗馬之微功　6-286

今臣無德可述　6-277

今臣盡忠竭誠　6-447

今臣盡知畢議　6-440

今臣蒙國重恩　6-277

今臣身託外戚　6-302

今舍純懿而論爽德　1-230

今茲首夏　6-399

今處此而求大功　7-249

今行嶕嶢外　5-511

今見塵外鑣　4-39

今見解蘭縛塵纓　7-367

今親其來　8-219

今託萬鬼鄰　5-186

今誰子後　9-492

今論者但知誦虞夏之書　1-142

今質已四十二矣　7-73

今足下不稱楚王之德厚　2-55

今農戰不脩　6-247

今追贈牙門將軍印綬　9-251

今逐嫖姚兵　5-465

今逐客以資敵國　6-434

今道路未通　6-306

今遣某位某甲等　6-218

今遣騎到鄴　7-212

今邊境乂淸　7-424

今采其名　8-360

今鎭西奉辭銜命　7-422

今陛下以聖明統世　6-278

今陛下君有海內　8-451

今陛下好陵阻險　6-464

今陛下致昆山之玉　6-431

今雖欲自彫琢　7-160

今雖盛明世　4-25

今麟出非其時　8-21

今齊列爲東藩　2-62

介乎重圍之裏　9-249

介胄被霑汗　2-136

介在民上　6-257

介山之志愈厲　6-216

介推還受祿　3-195

介涇陽抵穰侯而代之　7-466

介珪旣削　8-135

介胄重襲　1-441

介馬桂陽　8-283

介駟間以剗耜　1-259

介鯨乘濤以出入　2-358

仍京其室　2-246

仍使上廣州　7-31

仍增崖而衡閾　1-97

仍承西朝以去年十一月不守　6-329

仍游椒蘭室　5-428

仍爲太子舍人　9-238

仍留奴自使　7-29

仍羽人於丹丘　2-264

仍自進范所住　7-33

仍襲秦制　8-331

仕因紈袴　7-35

仕子之常志　9-73

仕子倦飄塵　5-357

仕子影華纓　3-502

他人之善　9-462

他人亦已歌　5-191

他人是媮自君作故　1-214

他人莫睹　3-258

他他籍籍　2-88

他日未嘗敗績　9-253

他日殆可謂曲盡其妙　3-128

他鄉各異縣　5-46

仗大順以蕭宇内　6-333

仙人王子喬　5-224

仟眠起雜樹　5-378

仡奮疊而軒馨　2-291

仡欺猲以雕旴　2-292

代丞相陽陵景侯魏傅寬　8-142

代羅幬以素帷　3-96

代雲寡色　3-110

代馬不敢南牧　6-217

令人久壽　7-287

令人悢悢慘凄　3-252

令先君之嗣　7-116

令史潘僧尙議　7-34

令史潘僧尙議　7-34

令名患不劭　4-424

令問顯於無窮　9-334

令得其所也　7-291

令德唱高言　5-213

令我亡餐　3-275

令沅湘兮無波　6-43

令海內之勢　8-455

令琵琶馬上作樂　5-74

令百姓遍曉聖德　8-405

令績斯俟　9-416

令聞令望　8-70

令胞中略轉乃起耳　7-283

令胡人手搏之　2-132

令萬世常戴巍巍　8-241

令行禁止　9-462

令轉於溝壑也　7-292

令造新聲而播於絲竹也　8-33

以一民也　8-277

以三十萬衆　7-120

以三聖之智　8-296

以不如嗣宗之賢　7-285

以不知足而無賢輔　7-176

以中夏爲喉　1-409

以乏王事　6-395

以事婦人乎　6-61

以事聖帝　7-447

以事訴法　7-34

以事諂諛之人　6-462

以五千之衆　7-118

以人好之也　7-173

以仁爲本　7-422

以介丕祉　3-281

以代結繩之政　1-64, 8-2

以仲尼之仁也　9-11

以仲尼之智也　9-11

以仲尼之行也　9-11

以仲尼之謙也　9-11

以仲尼之辯也　9-10

以伐以柔　9-220

以休令聞　3-298

以伺子明之疾　9-44

以佐命之功　8-100

以佐明時 8-472

以來命備悉 7-73

以侍中司徒錄尙書事 9-370

以供朝夕之膳 3-54

以促中小心之性 7-287

以保乂夫家 9-227

以保其身 9-22

以保漢室者也 2-281

以保眞乎 6-61

以保餘年 7-294

以俟伏臘之費 3-54

以俟來哲 2-248

以俟後賢 8-18

以俟時兮 2-173

以偃甲兵於此 7-437

以偪滎陽 6-478

以備內職焉 8-310

以備制度 1-85

以傷先帝之明 6-272

以允華夏 6-206

以充厥道 8-262

以充糧粒之費 9-276

以充飢渴 7-114

以先啓行 3-56

以光先帝遺德 6-269

以光四科之首 6-233

以光淸擧 7-108

以免楚難 7-202

以全其質而發其文 7-481

以公爲尙書右僕射 8-99

以公補尙書令 9-455

以其上古之書 8-5

以其成功告於神明者也 7-497

以其所全者重 7-418

以其所棄者輕 7-418

以其月十五日 6-367

以其能越拘攣之語 6-460

以其骨爲醢些 6-77

以冠德卓絶者 8-249

以出入禁門者衆矣 2-217

以判忠邪 6-363

以副饑渴懷 3-357

以力耕乎 6-61

以功報主也 6-279

以助虐國之桀 9-71

以劫殺爲名 8-470

以化成天下 1-65

以匡厥辟 6-244

以危身乎 6-61

以却齊而存魏 6-450

以參其選 8-331

以及君臣 9-162

以古況今 3-340

以叩函谷 6-437

以同自慰 8-485

以名聲光國 9-30

以向背爲變通 9-16

以君之明 7-202

以君經緯禮律 6-206

以告先帝之靈 6-273

以命世英才 7-424

以命仲宣 2-404

以器任幹職 9-31

以囊被見嗤 6-387

以固勉陵 8-431

以在綱目 7-399

以堪久長 7-69

以堪長久 6-285

以報所受之恩 6-282

以報所天 6-483

以增邑邑 7-271

以多自證 8-485

以天地爲一朝 8-138

以太尉掾兼虎賁中郞將 2-383

以奇蹤襲於逸軌 9-28

以奉幣帛 7-375

以奉王職　7-406
以奉終始　1-126
以奉終始顓頊玄冥之統　2-108
以奴敎子乞大息寅　7-31
以娛四夷之君　1-447
以娛左右　2-55
以媮生乎　6-61
以孔安　1-277
以孔璋之才　7-227
以存易亡　7-418
以守其國　9-51
以宗以都　2-347
以宣八風　3-190
以宣德化　7-165
以察時變　1-65
以疒主立功　6-286
以寧東夏　6-200
以寵亡靈　6-346
以尊天子　8-411
以少禦衆　9-250
以尙書爲不備　7-352
以屍顯政　9-221
以展宋錯事　8-216
以崇不畜之威　8-44
以崇嚴祖考　8-255
以左右先爲之容也　6-458
以帷幄之功　9-357
以幸乎藉田　2-30
以庀王職　1-309
以庇經像　9-391
以延天下之英俊也　8-120
以建寧二年正月乙亥卒　9-333
以弱天下之民　8-379
以彰勳則　9-210
以彰漢氏之休　8-225
以彰赤帝之符　8-427
以彼徑寸莖　3-458
以彼行媒　7-46

以待刑書　6-354
以待死亡　7-397
以待禽耳　9-48
以待能者　8-6
以待非常之功　7-417
以徇國家之急　7-142
以徇國家之難　6-284
以從善爲衆　8-283
以御于家邦　6-290
以御嘉賓　1-335
以御賓客　6-115
以微知著耳　7-202
以志功臣次云爾　8-327
以忝莊氏　7-57
以快一朝之志　7-422
以惠庶萌之願　8-56
以慇侯始終之職　8-98
以愚黔首　8-379
以慮危也　8-464
以慰其道路之思　5-74
以慰存亡　9-264
以應詩人補袞之歎　7-207
以應顯祿　7-418
以懼亡也　8-464
以成一經之通體　8-14
以成不朽之名　8-468
以成其福祿者也　8-295
以成其節　8-343
以成名乎　6-61
以成盤石之固　9-59
以戴公室　1-460
以所聞伏生之書考論文義　8-6
以才品人　8-357
以招賢俊　6-262
以振玄邈之風　6-357
以撫養之恩　8-102
以效赤心　7-205
以敍其孤寡之心焉　3-93

以敍骨肉之歡恩　6-293

以此爲快　7-294

以敏達延譽　9-31

以此相服　8-440

以敦在三之節　6-357

以此觀之　7-280

以敎流遜之弊　6-360

以武興者　9-8

以文命者　9-8

以死徇節者哉　9-264

以文被質　8-348

以水深雪雰爲小人　5-242

以方伯統牧　8-254

以求一日之富貴　7-476

以方叔邵虎之臣　6-278

以求繼嗣　2-4

以旅於東井　1-161

以求親媚於主上　7-141

以日繫月　8-10

以汚辱先人　7-160

以时致薦　6-225

以沃朕心　6-249

以明其意焉　8-396

以治待亂　9-70

以明雅素中誠之效　7-199

以法師景行大迦葉　9-392

以春秋所諱而爲美談　1-230

以泝大江　4-170

以昭陛下平明之理　6-270

以流其占　8-263

以是忿忿　7-198

以流河曲　1-157

以是思哀　3-79

以浸黎元　8-215

以時成銘　9-344

以游乎其下　3-207

以時繫年　8-10

以淊懷之正　8-307

以智役愚　8-357

以減終身之愧　6-282

以暗投人於道路　6-458

以潔楹乎　6-61

以會成王義　8-22

以濟元元之命　7-422

以月繫時　8-10

以濟周瑜之師　9-43

以有天下　6-468

以濟嗜欲　8-420

以望元符之臻焉　8-265

以無不容　6-290

以望屬車之塵者久矣　8-54

以無不照　6-290

以木爲梯　9-490

以無不覆　6-290

以本官領丹陽尹　8-101

以無不載　6-290

以本官領國子祭酒　9-454

以無爲爲貴　7-292

以本號開府儀同三司　8-103

以燕翼者　9-22

以極衆人之所眩曜　1-85

以爲不入耳之歡　7-116

以檟楚之辭連之　9-250

以爲之賦　3-203

以歌事逡情焉　3-54

以爲之贊云　8-187

以止吳人之西　9-48

以爲休徵者　6-334

以此寺業廢於已安　9-395

以爲僕沮貳師　7-146

以此忍哀　9-501

以爲儲胥　2-134

以此招禍　6-353

以爲功高天下　7-178

以此求治　6-353

以爲司馬　2-109

以爲君獨服此蕙兮 6-72
以爲吟頌 7-66
以爲吳禍 6-476
以爲壽不得長 2-412
以爲大訓 8-3
以爲天邑 1-162
以爲娛 6-465
以爲宅生者緣 9-391
以爲宗族交游光寵 7-139
以爲年紀 1-82
以爲愛民治國 7-311
以爲昔在二帝三王 2-102
以爲星火謬中 9-198
以爲李陵素與士大夫 7-145
以爲桂林象郡 8-378
以爲權不得重 8-359
以爲潤色 1-314
以爲濁世不可以富貴也 8-170
以爲物有盛衰 3-202
以爲皇后本紀 8-316
以爲知己之累耳 7-73
以爲經者不刊之書也 8-13
以爲美色 3-265
以爲美談 6-359, 7-229, 7-248
以爲羽翼 6-99
以爲老夫苞藏禍心 7-198
以爲聖王作制 7-82
以爲聘禮 7-44
以爲芍藥 1-302
以爲萬姓請命乎皇天 2-136
以爲象闕之制 9-185
以爲賈道 7-41
以爲遠近鮮能及之 9-344
以爲適遭暴亂 8-428
以父憂去職 9-354
以物根撥之 9-490
以犬羊之質 7-218
以獲爵位 7-163

以王天下 6-459
以王諸侯 6-468
以珍寶爲仁義 5-242
以生易死 9-258
以生百病 8-484
以當箴規 2-317
以當談笑 7-181
以疾陳退 9-371
以登介丘 8-213
以發皇明 1-88
以益時用耳 7-293
以盡性命 8-478
以睦八荒之俗 1-447
以知神奸 1-195
以知禮制之不可踰越焉 3-192
以知長戚之不能閒居焉 3-193
以示勸戒 8-12
以示四子 9-478
以示四方 7-407
以示大順 8-16
以社稷爲務 6-334
以禦于家邦 8-295
以禦風雨 7-114
以禨祥協德 9-32
以禪梁甫之基 2-142
以禮終始 6-306
以移主上之心 6-452
以稍陵遲 7-153
以窺周室 8-374
以立訓傳 8-7
以章其慢 6-273
以章至尊 8-215
以答神祐 5-42
以筵撞鍾 7-453
以管窺天 7-453
以節繁弦之契 9-150
以納其心 8-388
以納謨士之算 9-43

以累汝　9-478

以給公上　7-165

以綏天下　7-83

以網爲周阹　2-132

以絹華裔之衆　9-264

以繼祖考　3-297

以續湯谷之晷　9-142

以纘西京外戚云爾　8-317

以罪棄生　3-310

以置直諫　6-468

以美風俗　3-195

以義治之　7-422

以翼大商　3-294

以考學官所傳經　7-351

以考辰正晷　9-199

以聽玉音　6-133

以育凌統之孤　9-44

以朓補中軍新安王記室參軍　7-88

以膠投漆中　5-227

以臣今地　6-354

以臣心況　6-295

以臣況之　6-394

以臣爲侍中中書監驃騎大將軍開府儀同
　　三司楊州刺史錄尙書事　6-378

以臣爲散騎常侍吏部尙書　6-386

以臣襲封南康郡公　6-413

以臨珍池　2-121

以臨豫章　7-409

以自淸乎　6-61

以自衒達　8-336

以至乎雜以嘲戲　8-441

以至九江　7-201

以至今日　7-114

以至和平　1-279

以至於太王　8-294

以至於此　7-327

以至於王季　8-295

以至破國亡身　8-311

以至覆沒　7-418

以致乏絶　8-484

以致大和也　6-278

以致天下之士　8-375

以與貧民無産業者　8-392

以興廢繼絶　1-81

以舒其憤　7-157

以苟容爲度　8-388

以荣爲忧　6-302

以莫己若　1-225

以萬爲一　3-337

以萬萬計　7-84

以著書爲務　7-71

以著述爲業　7-472

以蒸報爲仁義　9-96

以蓄以牧　9-293

以薏苡興謗　6-387

以藩屛王室　6-290

以藩王國　3-316

以處其民　8-294

以蠡測海　7-453

以衡準之　6-263

以表東海　6-204

以要克諧之會　9-133

以見同異　8-18

以親九族　6-290

以覺痛之日　8-484

以觀土風　1-314

以觀賢士　3-186

以觸文帝諱改焉　5-74

以言古則　9-85

以記吾過　9-466

以記帝王之道　7-346

以詠先王之風　8-388

以誅殺爲道德　9-96

以諧金石之和　9-150

以謌諷善道　6-273

以諷議擧正　9-31

以謀不朽之事　9-334
以謀王室　6-199, 9-71
以謝前過　6-476
以變子之惑志　1-120
以變詐爲務　8-470
以豊功臣之賞　9-43
以貨准才　9-73
以貴役賤　8-357
以貽之云爾　4-288
以貽後世　8-8
以資說士　8-123
以賈傷心之怨　8-44
以贊揚麗質　7-224
以瞻萌隷　2-94
以瞻齊民　2-104
以赴八音之離　9-133
以身误陛下　6-303
以輔佐君子者哉　8-302
以輔大國　6-439
以迄於今　7-402
以迄於秦　8-208
以述余懷　8-33
以述先士之盛藻　3-128
以送厥終　3-190
以通其狂惑　7-160
以通得意之路　9-382
以逞千里之任　6-285
以速遠朋　1-303
以造其堂　2-286
以進其身　8-388
以遇湯與文王也　8-390
以遊後園　7-211
以遊於群雄　9-4
以遏越人之糧　6-439
以道佐世　8-201
以道德爲藩　1-409
以道用兮　2-481
以違方爲得一　9-388

以遠咎悔　7-397
以遠尉羅　7-417
以遨以嬉　3-216, 3-273
以選尙公主　8-95
以避惡地　7-199
以避當塗者之路　7-108
以避當時之害　8-20
以郊祖而展義　3-58
以配君子　7-498
以酬荊文璧　4-343
以釋二客競於辯囿者也　1-408
以重陸公之威　9-43
以闚看爲精神　9-16
以闚大猷　8-5
以降於行所　8-57
以陷於文吏之議　7-356
以隆德聲　3-304
以難知之性　8-104
以靜難之功　9-364
以韓約馬超　7-404
以須消啓明　1-262
以風其上　7-497
以驗搏噬之用　6-285
以麾天下　7-85
以黔首爲憂　6-334
以塞忠諫之路也　6-269
仰不睹炎帝帝魁之美　1-288
仰不見日　2-297
仰以殊觀　3-271
仰傾雲巢　6-173
仰億萬之師　7-143
仰先哲之玄訓兮　3-4
仰南斗以斟酌　1-400
仰南風之高詠　9-368
仰司馬楊王之遺風　7-187
仰天太息　3-109
仰天居之崇絶　2-462
仰天撫缶而呼嗚嗚　7-166

仰天衢而高蹈 3-232
仰天路而同軌 2-472
仰察五緯 8-153
仰寥廓而莫承 3-140
仰崇嶺之嵯峨 2-193
仰彼朔風 5-255
仰德不暇 7-52
仰悟東井之精 1-88
仰悲先意 4-327
仰惟大王 6-487
仰慕同趣 4-227
仰慕嚴鄭 4-130
仰憑積雪巖 5-96
仰手接飛猱 5-68
仰手接飛鳶 5-70
仰折神蠶 6-170
仰挹玄流 8-203
仰撟首以高視兮 2-10
仰撫翠蓋 6-140
仰攀橑而捫天 2-75
仰攀鵕鸃 1-385
仰敷四德 9-410
仰昊天之莫報 9-296
仰明月而太息兮 6-71
仰浮雲而永歎 6-72
仰熙丹崖 4-334
仰登天阻 5-256
仰皇穹兮歎息 3-102
仰看天庭 2-296
仰看明月光 5-252
仰看條上猿 5-348
仰睎歸雲 3-89
仰瞻城闕 3-327
仰瞻玉容 3-371
仰瞻陵霄鳥 4-440
仰瞻數君 7-281
仰矯首以遙望兮 3-24
仰神宇之寥寥兮 3-98
仰福帝居 1-164
仰稱詔旨 6-413
仰箕山之餘輝 3-207
仰群俊之逸軌兮 2-388
仰羨古風 9-493
仰老莊之遺風 6-131
仰而應之曰 7-448
仰而泣下交頤 8-392
仰而賦詩 7-214
仰聆大壑灇 4-59
仰聽離鴻鳴 4-144
仰肅明威 4-251
仰膺乾顧 9-433
仰荒大造 3-362
仰落雙鶬 1-306
仰落驚鴻 4-223
仰蒼天而自訴 9-425
仰蒼蒼之色者 9-382
仰蔭棲鳳之林 7-322
仰衆妙而絶思 3-63
仰視垣上草 5-289
仰視山巓 3-250
仰視浮雲翔 5-238
仰視浮雲馳 5-230
仰視白日光 4-189
仰觀俯察 8-485
仰觀八隅 6-142
仰觀刻桷 6-82
仰觀南雁翔 5-271
仰觀嘉木敷 4-239
仰觀衆星列 5-226
仰觀象乎古人 3-146
仰追先考 9-222
仰邈前賢 8-46
仰閱豐施 3-403
仰陟天機 9-313
仰陟高山盤 5-93
仰飛纖繳 3-43

仰駟馬而舞玄鶴　3-196

仰齊足而幷馳　8-440

仰齒貴游　6-318

仰齒金璽　3-319

仲任蔽其源　9-78

仲冬　8-329

仲孺不辭同産之服　7-253

仲宣灞岸之篇　8-352

仲宣續自善於辭賦　7-216

仲宣跪而稱曰　2-405

仲容庭堅　9-95

仲容靑雲器　3-498

仲尼不假蓋於子夏　7-290

仲尼不遭用　8-227

仲尼之道又絶　7-347

仲尼厄而作春秋　7-155

仲尼因魯史策書成文　8-12

仲尼從而明之　8-12

仲尼從而脩之　8-14

仲尼日月　7-54

仲尼曰　8-21

仲尼覆醢于子路　7-216

仲山甫夙夜匪懈者　8-301

仲文始革孫許之風　8-350

仲春善游遨　4-369

仲氏旣往　7-361

仲由之善　9-98

仲秋邊風起　5-452

仲翔高亮　8-202

仲蔚杜門於西秦　6-485

仲連之卻秦軍　1-74

仲連卻秦軍　3-288

仲連擅海陰　4-390

仲連輕齊組　4-51

仲雍之祀忽諸　2-194

仲雍揚其波　5-121

任以威武　7-177

任其所上　4-128

任出才表者哉　8-40

任切書記　9-449

任切關河　9-412

任土所麗　1-328

任地班形　2-401

任均負圖　9-460

任天下之重　9-463

任好綽其餘裕　2-193

任實之情轉篤　7-283

任座抗行　6-264

任情而動　8-302

任惟博陸　6-380

任止牧伯　6-399

任激水而推移　8-83

任用賢能　8-447

任百官以司職　9-87

任緩步之從容　2-265

任職得行其術　8-122

任自然以爲資　2-432

任苛刻之政　8-450

任重必於借力　9-59

任重推轂　9-414

任重道悠　8-316

任重道遠　2-311

仿佛眼中人　4-301

仿佛睹爾容　4-149

仿佛退槪　2-307

仿太紫之圓方　1-96

企佇原隰　8-175

企石挹飛泉　4-62

伉儷不安宅　3-464

伊上古之初肇　8-208

伊中情之信修兮　3-4

伊予志之慢愚兮　3-66

伊人情之美惡　2-385

伊人感代工　3-479

伊人有涇渭　4-166

伊余小子　3-317

伊余樂好仁　4-30

伊余秉微尙　4-470

伊余荷寵靈　5-491

伊余雖寡慰　4-346

伊公爨鼎　6-182

伊君王之赫奕　9-485

伊君祖考　9-218

伊君臨終　9-221

伊君顯考　9-209

伊呂用而湯武寧　8-178

伊呂翼商周　8-95

伊天地之運流　3-79

伊女子之有行兮　3-95

伊好之洽　9-284

伊子之先　9-229

伊尹恥其君不爲堯舜　6-297

伊川難重違　5-13

伊思梁岷　4-179

伊思鎬飮　3-402

伊戾禍宋　8-330

伊故鄕之可懷　2-182

伊昔不造　9-313

伊昔値世亂　5-475

伊昔周儲　3-408

伊昔家臨淄　5-427

伊昔帝唐　9-412

伊昔有皇　4-247

伊昔遘多幸　4-385

伊晉之四年　2-26

伊洛廣且深　4-212

伊洛旣燎煙　5-423

伊洛有歧路　5-111

伊洛榛曠　1-413

伊瀍絕津濟　4-490

伊義鳥之應敵　2-151

伊考自邃古　8-263

伊茲事之可樂　3-133

伊茲文之爲用　3-146

伊茲池之肇穿　2-242

伊茲禽之無知　2-431

伊茲都之函弘　1-400

伊謀陌宗　4-326

伊逸倫之妙足　2-445

伊陟佐商　4-326

伊顏之殆庶　9-92

伍子逢殃兮　6-59

伎巧之家　1-333

伏以二方未剋爲念　6-281

伏匕首以殞身　6-485

伏屍千萬　7-403

伏屍漢邦　3-340

伏屍百萬　8-377

伏念五六日　7-242

伏思托後旅　4-81

伏恨而死　3-107

伏惟君侯　7-52

伏惟大晉　6-344, 6-357

伏惟所天　7-72

伏惟明公以含一之德　7-107

伏惟相如封禪　8-246

伏惟聖主之恩　7-165

伏惟聖懷　6-368

伏惟聖朝以孝治天下　6-312

伏惟聖武英挺　7-24

伏惟陛下　3-310, 6-288, 6-292, 6-332, 6-403

伏惟高祖宣皇帝　6-329

伏想執事　7-54

伏想御聞　7-61

伏承以今月令辰　7-94

伏斧鉞之誅　8-435

伏枕終遙昔　5-274

伏梁劍於東郭　2-232

伏檻檻而頻聽　1-172

伏死而不顧者此也　6-481

伏波賞亦微　5-162

伏淸白以死直兮　6-13

伏犧神農黃帝之書　8-2

伏生又以舜典合於堯典　8-6

伏羲始君　4-265

伏羲鱗身　2-294

伏而未發　7-351

伏聞太子玉體不安　6-96

伏聞恩詔　6-302

伏聽告策　7-311

伏虛檻於前殿　7-243

伏虣藏虎　2-275

伏見先帝武臣宿兵　6-281

伏見吳平之初　6-346

伏見嘉命顯至　7-82

伏見所以行軍用兵之勢　6-284

伏見詔書　7-6

伏軫出東堈　4-159

伏軾逕入關　3-473

伏鈎陳使當兵　2-5

伏靈龜以負坻兮　3-28

伏願大王暫停左右　6-481

伏願時膺典冊　7-104

伐叛以刑　6-333

伐木通徑　6-367

伐木青江湄　5-457

伐樹北山　7-309

伐河鼓之磅硠　3-34

伐獨夫之紂　8-296

伐竹雲夢　7-245

伐罪吊民　7-103, 9-183

伐罪秦中　7-333

伐罪芒山曲　3-422

伐而吹之　3-199

伐謀先兆　8-148

伐雲夢之竹以爲笛　7-236

伐靈鼓　1-245

伐鼓五嶺表　4-261

伐鼓早通晨　4-75

休之以燎　8-213

休力役　2-142

休咎相乘躡　5-83

休徵之所偉兆　1-450

休徵自至　8-125

休息乎篇籍之囿　7-481

休息篇章之囿囿　　　　　　　7-72

休氣四塞　6-218

休汝車騎非　5-13

休沐還舊邦　5-354

休澣自公日　5-357

休烈浹洽　8-214

休矣淸聲　9-343

休者以忘餐　5-65

亾駕留城　6-224

伯也　7-151

伯仲之間耳　8-438

伯又奪寅息逯婢綠草　7-29

伯夷竄首陽　4-24

伯夷起而相儀　1-260

伯始致位公相　8-355

伯子息流波之雅引　9-109

伯子牙爲之歌　6-102

伯祖歸於龍虎　2-472

伯樂昭其能　6-285

伯牙揮手　3-209

伯牙毀弦　3-197

伯牙終身不復鼓琴　7-133

伯益不能名　1-188

伯言蹇蹇　8-201

伯通以名字典郡　7-176

伯通與吏民語　7-177

伯通與耿俠遊　7-178

伯陽適西戎　4-124

伶倫均其聲　6-166

伶倫比律　3-209

伸眉路何階　3-356

伺國瑕隙　6-337

伺我邊隙　9-420

伺視人賈龍牽　7-34
似不任乎羅綺　1-213
似元不解聲音　3-203
似夏民之附成湯　9-183
似夜光之剖荊璞兮　2-30
似將放而中置　3-224
似無依而洋洋　1-107
似特受異氣　8-478
似神而非者三　6-120
似紫宮之崢嶸　2-14
似若有亡　2-94
似若無敵　7-403
似若狹六合而隘九州　6-130
似華羽兮　3-187
似逝未行　3-261
似聞風之遏坂　1-178
似雲漢之無涯　1-115
佁儗寬容　3-190
但以劉日薄西山　6-312
但傷知音稀　5-215
但分析之日　4-305
但加等之渥　7-7
但命輕鴻毛　6-382
但恐忝所荷　4-427
但恨功名薄　5-114
但恨莫與同　4-59
但感別經時　5-219
但懸劍空壟　7-339
但懸曼繒　8-399
但懼蒼蠅前　5-139
但明效古　7-204
但有浮華之辭　8-245
但未白頭耳　7-218
但未遒耳　7-216
但欲保身粃行　7-73
但營身意逐　5-441
但爲君故　5-53
但爲後世嗤　5-224

但睹新少年　3-425
但知狐白溫　5-351
但禽劉備　7-205
但美遨游　5-434
但聞寒鳥喧　5-93
但聞悲風蕭條之聲　7-114
但聞所從誰　5-31
但見丘與墳　5-223
但見冠與帶　5-188
但見林與丘　5-37
但見異類　7-114
但見金銀臺　4-11
但觀罿羅之所羈結　1-196
但訴杯行遲　3-347, 3-435
但赤仄深巧學之患　6-239
但願桑麻成　5-503
但願歌者歡　5-412
但願隆弘美　4-290
佇一戮於微命　6-363
佇中區以玄覽　3-129
佇楫阻風波　4-355
佇盤桓而且俟　2-468
佇眄要遐景　4-254
佇立以屏營　5-75
佇立吐高吟　5-48
佇立增想似　5-283
佇立想萬里　5-404
佇立愾我歎　4-438
佇立望故鄉　4-442
佇立望日昃　5-412
佇立望爾形　5-247
佇聞良說　6-253
佇重淵以育鱗　9-481
位不登於執戟　9-85
位不過典屬國　7-126
位不過執戟　7-447
位以職分　2-27
位以龍飛　3-376

位加將相　1-462
位厠鼎司　6-330
位同單父邑　4-427
位在列卿　7-164
位天子焉　1-311
位尊而禮卑　9-371
位崇戚近　8-336
位微名日卑　4-430
位有通塞之遇　2-179
位末名卑　9-255
位極者高危　7-465
位爲上司　7-427
位爲蕃侯　7-232
位爲通侯　7-376
位登萬庚積　3-506
位累我躬　6-131
位莫盛焉　8-46
位裁元凱　6-399
位貶道行　9-221
位超先達　6-349
位非大寶　9-433
位高任重　7-198
低昂舛節　8-351
佐命則垂統　1-102
佐命帝室　1-453
佐士師而一黜　2-179
佐守滑臺　9-263
佐師危臺　9-268
佐武伐商　9-208
何不改此度　6-5
何不早而告我　2-228
何不淈其泥而揚其波　6-65
何不秉燭游　5-224
何不策高足　5-213
何不詣闕自陳　7-176
何不餔其糟而歠其醨　6-65
何世無奇才　3-465
何也　6-297, 6-432, 7-148, 8-382

何事待嘯歌　4-18
何事背時違上　6-354
何云巖險與襟帶　1-231
何云賢士之不處　6-73
何今日之兩絶　2-426
何以侈茲　2-125
何以儷瑰瓔　5-389
何以加茲　8-185, 8-403
何以報之明月珠　5-244
何以報之英瓊瑤　5-243
何以報之雙玉盤　5-244
何以報之靑玉案　5-245
何以塞天下之望　6-306
何以娛之　3-162
何以守位　9-22
何以徵之　9-73
何以慰吾心　5-472
何以慰我愁　5-231
何以慰相思　3-448
何以敍懷　4-314
何以敍離思　3-434
何以敷斯辭　4-339
何以施眉目　7-177
何以標貞脆　4-30
何以正人　9-22
何以爲人　7-177
何以爲容　7-177
何以爲心　7-177
何以爲顔　7-177
何以異哉　7-449
何以相救　8-451
何以自濟　7-416
何以臻此　6-391
何以覈諸　1-156
何以見齊魯奇節之人　6-486
何以解憂　5-53
何以言之　8-478
何以贈之雙南金　5-416

何以贈子　4-314
何以贈旆　4-278
何以贈終　9-207
何以贈行　4-171
何以過此　7-263
何以銘嘉貺　4-382
何但小吏之有乎　7-248
何傷　8-407
何公既登侍中　4-288
何其不夢周　4-317
何其不能折契鍾庾　7-36
何其偉也　3-209
何其劇與　8-229
何其壯也　7-326
何其富也　3-187
何其寡與　9-78
何其樂哉　7-268
何其爽歟　8-213
何其謬哉　7-361
何其遼哉　8-120
何其麗也　3-209
何則　1-315, 1-347, 6-437, 6-438, 6-450,
　　6-453, 6-456, 6-458, 6-460, 7-133, 7-204,
　　7-356, 7-400, 7-418, 8-38, 8-120, 8-409,
　　8-428, 8-446, 9-47, 9-136, 9-144, 9-152
何則其不治哉　9-73
何則可修　6-245
何則皐壤搖落　7-88
何功之有　7-453
何區區之陳項　8-452
何去何從　6-62, 9-243
何可攀援　7-218
何可極言　3-259
何可門到戶說　6-353
何名爲夸哉　2-55
何命促而意長　9-487
何哉　1-65, 8-287, 9-15, 9-41, 9-52
何嘗以一言失旨　6-257

何圖志未立而怨已成　7-121
何圖數年之間　7-214
何士民衆庶不譽之甚也　7-444
何夫子之妄說兮　2-161
何奇不有　2-347
何孤行之熒熒兮　3-5
何宏麗之靡靡　2-297
何寤夫子　9-211
何工巧之瑰瑋　1-173
何巧智之不足　3-55
何常不局影凝嚴　6-482
何彩章之未殫　2-328
何徒取異乎鄭衛　3-238
何得專玩於隨掌　4-305
何從便得之也　7-276
何微陽之短晷　2-386
何心可以安之　6-303
何必介紹　8-398
何必偃仰詘信若彭祖　8-125
何必勤勤小讓也哉　7-85
何必同衾幬　4-217
何必懷此都也　9-473
何必操干戈　5-311
何必昏於作勞　1-183
何必歌詠詩賦　8-404
何必歷遠以劬勞　3-38
何必玄哉　7-466
何必自遂於此　7-200
何思何修　3-286
何怪不儲　2-347
何恤人之言　7-451
何悟之辯　9-282
何患不榮　7-450
何惜驊騮與飛兔　1-282
何意廻飄擧　5-260
何意打我兒　7-33
何意百鍊剛　4-318
何意衝飇激　4-358

何意數年之間　7-69
何慚宿昔意　5-165
何慮何思　1-217
何慮何營　2-401
何憂懼兮　2-165
何懼不合幷　5-247
何懼澤不周　4-205
何所憂之多方　6-71
何所獨無芳草兮　6-29
何所見之晚乎　9-124
何所規之不通也　6-130
何所逃罪宜正刑書　7-24
何故深思高擧　6-65
何故至於斯　6-65
何救昌邑爭臣之譏　6-380
何斯藝之安逸　2-155
何方圜之能周兮　6-13
何施而臻此乎　6-195
何昔日之芳草兮　6-32
何時俗之工巧兮　6-73
何時可掇　5-54
何時可言　7-211
何時復西歸　5-49
何時易乎　7-218
何時當來儀　4-193
何時與爾曹　5-174
何時見范侯　4-167
何時見餘輝　5-328
何暇收民譽　4-339
何暇繁育哉　8-463
何曾以後進見拔　7-258
何曾華之無實兮　6-72
何曾須臾相失　7-214
何有何無　2-347
何有春秋　1-205
何枝可依　5-54
何桀紂之猖披兮　6-7
何歡如之　9-241

何武不赫赫　4-339
何武耻爲宰相　7-259
何況因萬乘之權　6-457
何況巍巍大魏多士之朝　6-286
何況戀妻子　4-103
何況異鄉別　5-158
何況隔兩鄉　4-399
何況雙飛龍　5-235
何爲久滯淫　4-139
何爲兮四方些　6-76
何爲其無有哉　8-488
何爲其然也　7-480, 8-386, 8-398
何爲官之拓落也　7-457
何爲懷憂心煩傷　5-244
何爲懷憂心煩勞　5-243
何爲懷憂心煩惋　5-245
何爲懷憂心煩紆　5-244
何爲欸來遊　3-462
何爲泛舟　5-256
何爲淹留寄他方　5-59
何爲無以應哉　2-56
何爲空守坻　4-290
何爲者哉　9-18
何爲自結束　5-221
何爲過朝歌而回車乎　7-238
何物不樂　8-421
何猛氣之咆勃　2-190
何獨顧衡闈　4-412
何瓊佩之偃蹇兮　6-32
何生不育　8-218
何生不茂　3-285
何用充海淮　4-386
何用慰吾心　4-257
何用苦心魂　5-487
何用誄德　9-207
何由揚妙曲　4-230
何由而自達哉　8-397
何由覩爾形　5-483

何異乎夕死之類而論春秋之變哉　9-101

何異促鱗之游汀濘　6-163

何異幽棲時　4-396

何異糾纏　2-414

何痛如之　3-93

何痛斯甚　9-232

何相越之遼迴　2-186

何矜晚以怨早　3-85

何禮之拘　1-214

何節奄忽　3-253

何絃歌之綢繆　3-212

何者　2-430, 5-420, 6-351, 6-363, 6-380,
　　6-481, 7-149, 7-184, 7-415, 8-39, 8-325

何者百王之弊　6-252

何肯遙想而存之　2-261

何能中自諧　3-356

何能兩相完　4-138

何能坐相捐　5-441

何能待來玆　5-224

何至自沈溺縲絏之辱哉　7-154

何與書紳　2-318

何艱多而智寡　2-469

何莊武之無恥　2-198

何藝不閑　9-209

何處不勉焉　7-154

何處身之似智　2-431

何行而可以彰先帝之洪業休德　6-195

何視天之芒芒　3-81

何言子與妻　5-68

何言相遇易　5-422

何調翰之喬桀　2-149

何謂不薄哉　7-124

何謂朝雲　3-244

何識之妙　8-165

何足以云　7-57

何足以疑　2-417

何足怪乎　7-153

何足控搏　2-416

何足曜威　3-340

何迷故而不忘　3-31

何逝沒之相尋　3-89

何造化之多端兮　2-431

何遑高視哉　7-52

何道不洽　9-209

何道眞之淳粹兮　3-11

何遠爲些　6-82

何遭命之奇薄兮　3-96

何遭遇之無常　3-7

何遽營乎陵墓　1-180

何離心之可同兮　6-36

何類不繁　3-285

何黍苗之離離　2-214

余不忍爲此態也　6-12

余之忼儷焉　9-227

余之行急　7-432

余亦偃息　9-241

余以暇日　8-181

余以蘭爲可恃兮　6-32

余以頑蔽　9-222

余出補吳王郎中令　4-247

余十二　3-88

余去何之　2-413

余可得而略之也　3-222

余告之曰　3-271

余固知謇謇之爲患兮　6-7

余國之不亡也　8-392

余委約而悲愁　6-70

余嬰沈痼疾　4-184

余安能乎留玆　3-14

余將老而爲客　3-84

余將董道而不豫兮　6-59

余少好音聲　3-202

余少有大志　8-33

余年方四十　3-79

余幼好此奇服兮　6-57

余從京域　3-270

余悲其音徽未沫　7-338
余情悅其淑美兮　3-273
余所以馳神運思　2-261
余旣不難離別兮　6-8
余旣思摹二京而賦三都　1-315
余旣有私覯　3-88
余旣滋蘭之九畹兮　6-9
余昔爲太子洗馬　4-247
余春秋三十有二　2-383
余時在鄴宮　5-420
余有慕之焉　6-128
余有所疑　6-61
余朝京師　3-270
余本倦遊客　5-111
余每觀才士之所作　3-128
余焉能忍與此終古　6-27
余猶惡其佻巧　6-26
余獨好修以爲常　6-15
余甚奇之　9-227
余病　6-167, 6-171, 6-175, 6-178, 6-181, 6-184
余監撫餘閑　1-72
余總角而獲見　3-90
余與稽康呂安居止接近　3-73
余處幽篁兮終不見天　6-53
余謂士之窮通　9-78
余逝將西邁　3-74
余遂擬之　3-93
余遭世之顚覆兮　2-158
余隨子乎東征　2-167
余雖不敏　6-189
余雖好脩姱以鞿羈兮　6-11
余顧而言　7-211
佚周令　2-273
佚豫以沸愲　3-155
作劇秦美新一篇　8-225
作固作鎭　9-176
作嬪君子室　3-486
作守東楚　9-413

作帝典一篇　8-241
作式下國　4-176
作我上都　1-86
作春秋一藝　8-216
作暑賦彌日而不獻　7-54
作樂崇德者歟　8-77
作此詩答之云爾　4-247
作歸來之悲臺　2-201
作民父母　8-225
作法於亂　8-289
作洛之制　1-228
作淸廟　1-420
作無微而或違于水臬　2-327
作物何稱　7-96
作畫一之歌　1-102
作範垂訓　9-191
作範垂訓者乎　9-197
作範後昆　6-227
作者七十有四人　8-263
作者之師也　7-248
作者之致　1-71
作者又因客主之辭　8-30
作者大氐舉爲憲章　1-314
作舟輿　1-125
作色而怒　7-197
作蕃作屛　3-317
作蕃於漢陽　5-295
作詩諷諫　3-294
作賦擬子虛　3-457
作起獲麟　8-23
作鎭於近　1-159
作鎭淮泗　9-409
作鏡前王　2-455
作長笛賦　3-179
作降王於路左　2-228
作離宮於建業　1-369
作離騷賦　9-470
作霸秦基　6-237

佞枝植　8-76
佞諂者容入　8-416
佩以制容　1-281
佩則結綠懸黎　6-136
佩夜光與瓊枝　3-4
佩干將　1-380
佩玉璽　1-245
佩禮文　8-414
佩紫懷黃　7-329
佩繽紛其繁飾兮　6-15
佩蘭蕙兮爲誰脩　6-144
佩長洲之茂苑　1-369
佩靑千里　6-344
佩靑紱　6-294
佳人一何繁　5-129
佳人不在　4-228
佳人不在茲　5-276
佳人之歌　3-121
佳人守榮獨　5-304
佳人從此務　3-489
佳人慕高義　5-66
佳人撫琴瑟　5-412
佳人撫鳴琴　5-482
佳人殊未來　5-520
佳人無還期　5-447
佳人猶未適　5-339
佳人竟不歸　5-413
佳人美淸夜　5-417
佳人處遐遠　5-276
佳人遺我綠綺琴　5-416
佳冶窈窕　6-432
佳期何由敦　5-348
佳期可以還　2-409
佳期悵何許　5-16
佳麗殊百城　4-208
佳麗良可美　4-295
佻身飛鏃　9-264
使疏逖不閉　7-437

使三軍之士　7-118
使不羈之士　6-460
使不隕越　6-322
使之西面事秦　6-430
使之論天下之精微　6-125
使人心動　3-250
使人心瘁　3-249
使人意奪神駭　3-122
使人曉喩　9-340
使使持節御史大夫慮　6-205
使係仰之情深耶　7-51
使僕潤飾之　7-228
使先施徵舒陽文段干吳娃閭娵傅予之徒　6-109
使內外異法也　6-270
使其幷賢居治　9-73
使刀筆之吏　7-127
使名挂史筆　6-282
使名書史籍　8-472
使咸喩陛下之意　7-378
使四坐咸共榮觀　2-420
使四方若卜筮　8-404
使四時修護頹毀　6-346
使在其中　7-207
使天下之士退而不敢西向　6-434
使夫少長咸安懷之　9-339
使夫廉高之士　8-462
使存有顯號　7-473
使安職業　6-206
使宋玉賦高唐之事　3-162
使山澤之人得至焉　2-94
使已汚之族　7-47
使師堂操暢　6-102
使形神相親　8-480
使得奏薄伎　7-141
使得畢其辭　7-444
使得西屬大將軍　6-282
使我怨慕深　4-263

使我高霞孤映　7-366
使持節丞相領冀州牧武平侯　6-198
使持節中書監王如故　9-461
使持節侍中都督冀州諸軍事撫軍大將軍
　　冀州刺史左賢王渤海公臣碑　6-327
使持節散騎常侍都督河北幷冀幽三州諸
　　軍事領護軍匈奴中郎將司空幷州刺
　　史廣武侯臣琨　6-327
使持節都督郢司二州諸軍事左將軍郢州
　　刺史湘西縣開國侯臣景宗　7-22
使春枯之条　6-323
使是節士　4-330
使有不蒙施之物　6-297
使有五子　3-264
使有來報漢　7-144
使東牟朱虛東襃儀父之後　6-442
使江水兮安流　6-44
使海內澹然　2-139
使獲燿日月之末光絶炎　8-216
使獻其白雉　7-246
使玉賦高唐之事　3-256
使琴摯斫斬以爲琴　6-102
使百草爲之不芳　6-32
使皆坦然邪　6-353
使秦成帝業　6-430
使秦晉有匹　7-40
使竊號之雄　7-307
使終身杜口　7-230
使綴學立制　8-250
使繕脩郊廟　7-386
使者曰　7-432
使者遙相望　5-152
使聖聽知勝臣者多　6-304
使臣得速还屯　6-306
使臣得駿奔南浦　6-423
使自得之　7-451
使自求之　7-451, 8-13
使自索之　7-451

使自趨之　8-13
使荃宰有寄　6-214
使莫違　2-126
使萬國相維　9-59
使蘇秦張儀與僕幷生於今之世　7-449
使衡立朝　6-264
使西施出帷　7-246
使見之者影駭　7-473
使諸國慶問　6-293
使貢其楛矢　7-246
使農不輟耰　2-141
使農夫逸豫於疆畔　7-78
使遇明王聖主　8-390
使邊境未得稅甲　6-278
使騏驥可得系而羈兮　9-472
來不可遏　3-144
來世之矩　4-179
來人忘新術　4-56
來仕允克施之譽　8-70
來儀之鳥　8-229
來入軍府　7-270
來吾導夫先路　6-6
來命陳彼妖惑之罪　7-182
來哲攘袂於後　8-184
來悉方艣　8-359
來日苦短　5-125
來晨無定端　3-438
來朝走馬　8-294
來棲桐樹枝　4-416
來步紫微　4-251
來牧幽都　4-331
來相勸勉　7-116
來者曷聞　9-345
來者難誣　7-216
來而不距　9-103
來自南岡　4-269
來芳可述　9-317
來若處子　2-153

來萃荒外　6-164

來見昭副　7-207

來訪皇漢　8-163

來覜齊國　2-55

來違棄而改求　6-25

來還京都　7-269

來郤豹公孫支於晉　6-428

來雜陳些　6-84

來顧來饗　1-258

侈侈隆富　1-334

侈孟諸　2-126

侈所覬之博大　1-439

侈言無驗　1-314

侈靡逾乎至尊　1-170

侍中中書監如故　8-107

侍中侍郎郭攸之費褘董允等　6-270

侍中僕射如故　8-100

侍中又如故　9-454

侍中如故　9-454

侍中尙書長史參軍　6-271

侍中錄尙書如故　9-371, 9-373

侍君之閒些　6-81

侍君子之光儀　2-425

侍宴出河曲　5-476

侍宴終日　7-76

侍紫蓋於咸陽　9-424

侍者蠱媚　1-303

侍言稱辭　3-410

侍陂陀些　6-82

侔神明與之爲資　2-19

侔色揣稱　2-393

侔造化以制作　2-220

供帳置乎雲龍之庭　1-136

供帳臨長衢　3-469

供灑掃以彌載　3-95

供禘郊之粢盛　1-259

供蝸廬與菱芰　1-241

曲顓頊而宅幽　3-25

依世尙同　9-280

依以揚聲　7-171

依依哲母　8-156

依依在耦耕　4-452

依依造門基　3-490

依前聖以節中兮　6-16

依劉歆七略　8-95

依方早有慕　4-456

依於其家　2-152

依水類浮萍　4-426

依絶區兮臨回溪　6-103

依違廁響　6-147

依阿無心者　8-301

依類託寓　8-220

侮食來王　8-74

侯不邁哉　8-219

侯伯咸宗長　5-423

侯伯方軌　7-474

侯公伏軾　8-166

侯其褘而　1-278

侯服周王　9-431

侯桃梨栗　1-301

侯波奮振　6-122

侯者百數　8-325

侯草木之區別兮　2-478

侯衛之班　2-315

侯衛廁揭　8-239

侲僮程材　1-210

侲子萬童　1-270

侵奪分前奴敎子當伯　7-29

侵弱之疊　9-62

侵我三州　6-200

侵擾我氐羌　7-424

侵星赴早路　5-5

侵淫而上　6-113

侵淫谿谷　2-379

侵漢西疆　8-129

倪薄裝　3-257

便勒見兵　7-393
便可入踐常伯　9-341
便可施行　6-229
便姍嫳屑　2-92
便嬛稱妙　7-268
便嬛綽約　2-92
便復爲別辭　4-184
便房啓幽戶　4-142
便房已顏　9-492
便旋閣閣　1-212
便望風推服　8-96
便欲引還　7-119
便欲息微躬　4-91
便當自同體國　6-382
係之篇末　8-327
係以望舒　3-44
係千鈞之重　6-469
係單于之頸　6-485
係方絕　6-469
係累老弱　2-138
係絕於天不可復結　6-469
促中堂之陝坐　1-213
促促薄暮景　5-89
促織鳴東壁　5-216
促華鼓之繁節　2-452
促裝反柴荊　4-470
促調高張　6-166
促駿蟻　2-87
俄命余以末班　2-182
俄思甚兼秋　5-5
俄有不同　8-187
俄然未改　9-41
俄而入掌綸誥　9-409
俄而奉職　9-411
俄而復官　3-51
俄而微霰零　2-392
俄軒冕　2-124
俄遷侍中　8-98

俄遷左長史　8-98
俄遷秘書丞　9-354
俄龍轕兮門側　9-302
俊乂之臣　9-139
俊乂將自至　8-123
俊乂是延　4-270
俊俗之士　7-362
俊士亦俟明主以顯其德　8-125
俊民間出　8-53
俊聲清劭　9-230
俊賢抗足　7-107
俊賢翹首　7-96
俎實非馨　3-411
俎徹三獻　9-320
俎豆傾低　9-492
俎豆昔嘗聞　4-435
俎豆莘莘　1-140
俎豆載戢　4-249
俗備五方　9-452
俗有節槪之風　1-398
俗有舊風　8-28
俗疵文雅　9-242
俗遷渝而事化兮　3-7
俘我洛畿　9-270
俚人不識　8-401
俛仰之間　2-261
俛仰內傷心　5-236
俛仰終宇宙　5-330
俛而深惟　8-392
俛起阡陌之中　8-380
俛遵遺託　9-457
俛首係頸　8-379
俛首頓膝　6-319
保不虧而永固　2-372
保父子孫　7-415
保乂我皇家　6-199
保卒餘年　6-313
保厥美以驕傲兮　6-25

保大全祚　8-152　　　　　　　信到　7-242

保大定功　8-296　　　　　　　信厥對兮　2-23

保己終百年　4-28　　　　　　信及翔泳　3-398

保延壽而宜子孫　2-298　　　　信口說而背傳記　7-352

保持名節　8-179　　　　　　　信古今之所貴　3-219

保此懷民　8-364　　　　　　　信可以優遊暇豫　8-77

保此汧城　9-255　　　　　　　信哉　9-49

保此淸妙　9-336　　　　　　　信天下之壯觀也　1-247

保民者除其賊　8-417　　　　　信子瑜之節　9-44

保爾封疆　3-342　　　　　　　信延頸企踵　8-240

保生萬國　8-66　　　　　　　信必由中　9-466

保界河山　1-119　　　　　　　信情貌之不差　3-132

保穀全城　9-250　　　　　　　信惟餓隷　8-365

保身遺名　2-481　　　　　　　信我皎日期　5-482

俟時而動　8-184　　　　　　　信斯武之未喪　9-483

俟望好音　4-271　　　　　　　信是永幽棲　5-23

俟河之淸　7-270　　　　　　　信景鑠　1-128

俟河之淸秪懷憂　3-39　　　　信有情哉　8-181

俟河淸乎未期　3-42　　　　　信松茂而柏悅　3-82

俟河淸其未極　2-257　　　　　信楚都之勝地也　9-391

俟罪長沙　9-470　　　　　　　信此勞者歌　4-33

俟萬乘之躬履　2-27　　　　　信此心也　2-247

俟閶風而西遲　1-273　　　　　信武薄伐　8-160

俠客控絶景　5-410　　　　　　信用薄而才劣　3-63

俠棟陽路　1-371　　　　　　　信由恩固　8-358

俠烈良有聞　5-441　　　　　　信畏犧而忌鵬　2-476

俠遊謙讓　7-178　　　　　　　信矣勞物化　5-501

信不虛矣　7-268　　　　　　　信知所言非　5-32

信不見疑　6-447　　　　　　　信簡禮而薄葬　9-487

信乃昴宿垂芒　8-88　　　　　信美非吾土　4-432

信乎其然矣　8-337　　　　　　信美非吾室　5-365

信亦危矣　7-417　　　　　　　信而有徵　1-288

信人事之否泰　2-199　　　　　信而見疑　6-481

信任群小　8-416　　　　　　　信聖祖之蕃錫　2-447

信充符璽　6-403　　　　　　　信能右折燕齊　7-302

信公子之壯觀　7-245　　　　　信能定蚤賊　5-426

信其果毅　1-460　　　　　　　信臣精卒　8-379

信凱讌之在藻　8-84　　　　　信自然之極麗　3-238

信荊軻之說　6-459
信行直如弦　5-440
信識昭襄而知始皇矣　1-119
信越終見菹醢　8-323
信都之棗　1-458
信陵佩魏印　5-493
信陵尙或不泯　6-228
修之歷旬　7-263
修其營表　1-111
修其郛郭　1-419
修其防禦　1-142
修初服之娑娑兮　3-37
修劍揭以低昂　3-30
修唐典　2-124
修國章　2-456
修釐兮峨峨　3-103
修守戰之具　8-374
修容乎禮園　2-97
修己安民　9-73
修帝籍之千畝　1-259
修帳含秋陰　3-390
修戎狄之義　6-476
修易序書　7-345
修時貢職　3-379
修楊夾廣津　4-76
修治上林　6-477
修洛邑　1-128
修渚曠淸容　5-333
修眉聯娟　3-272
修短可命　9-141
修短合度　3-272
修篁壯下屬　4-94
修繩墨而不頗　6-18
修袞龍之法服　1-127
修貞順於今　8-302
修路峻險　1-164
修身者　7-136
修道德　9-103

修除飛閣　1-105
修鯢吐浪　1-353
俯仰之形　3-142
俯仰乍浮沉　4-116
俯仰乎乾坤　1-134
俯仰依詠　9-141
俯仰兮揮淚　9-302
俯仰吟嘯　7-323
俯仰如神　1-100
俯仰尊貴之顏　9-16
俯仰御飛軒　5-200
俯仰悲林薄　4-254
俯仰愧古今　5-81
俯仰懷哀傷　4-112
俯仰未能弭　5-483
俯仰極樂　1-116
俯仰歲將暮　5-262
俯仰流英盼　5-373
俯仰獨悲傷　5-100
俯仰生榮華　3-466
俯仰異用　9-154
俯仰異觀　3-266
俯仰紛阿那　5-130
俯仰自得　4-226
俯仰逝將過　5-114
俯仰顧眄　2-286
俯伏視流星　4-81
俯倚金較　6-140
俯僂從命　4-277
俯入穹谷底　5-93
俯冠來籍　8-47
俯則未察　3-271
俯協河圖之靈　1-88
俯同不一　7-2
俯同人範　8-103
俯執聖策　3-319
俯寂寞而無友　3-140
俯察百隧　1-183

俯察階下露　5-289

俯引淵魚　4-223

俯弘時務　8-203

俯從億兆　9-183

俯思舊恩　8-153

俯思身愆　4-327

俯惟闕庭　3-327

俯感知己　9-222

俯愧朱紱　6-277

俯拾靑紫　6-391

俯擗天倫　9-457

俯據潛龍之淵　7-322

俯映石磷磷　5-29

俯殫地穴　6-173

俯涉堅氷川　5-96

俯澡綠水　4-334

俯濯石下潭　5-348

俯眺三市　2-325

俯而觀乎雲霓　1-296

俯聞蜻蚓吟　4-144

俯臨淸泉涌　4-239

俯臨煙雨　9-193

俯視喬木杪　4-59

俯視崝嶸　3-250

俯視流星　2-297

俯視淸水波　5-252

俯覽今遇　4-323

俯覘嘉客　3-371

俯觀江漢流　5-238

俯觀萬物擾擾焉　8-139

俯貫魴鱮　1-306

俯貽則於來葉　3-146

俯贊玄虛　5-268

俯蹈宗軌　8-260

俯蹴豺麛　1-385

俯身散馬蹄　5-68

俯采朝蘭　6-170

俯釐庶績　3-362

俯釣長流　3-43

俯鏡泉流　3-89

俯闞海湄　3-207

俯降千仞　5-256

俯首忍回軒　3-475

俱不見其爽　2-107

俱享黃髮期　4-218

俱啓丹冊　6-485

俱居門下　7-141

俱服魚文　1-336

俱涉晉昌艱　4-343

俱爲一體　6-270

俱爲悅目之玩　1-71

俱爲歸慮款　4-478

俱維絶紐　9-388

俱起佐命　7-178

俳優侏儒　2-91

俶儻窮變　8-213

俸不過粟數十斛　8-314

俶餘志之精銳　2-152

俾乂斯民　4-248

俾亂作慝　8-160

俾侯安陸　9-409

俾侯於魯　2-283

俾其承三季之荒末　8-249

俾前聖之緖　8-238

俾屛我王　9-343

俾幽死而莫鞠　2-234

俾庶朝之構逆　2-187

俾忠貞之烈　6-375

俾我國家　6-201

俾我小臣　3-296

俾我晉民　3-335

俾我王風　9-313

俾民是紀　4-244

俾民興行　6-206

俾無隕墜　9-230

俾爾歸蕃　4-176

俾率爾徒　8-158
俾生埋以報勤　2-208
俾百姓流亡　9-248
俾芳烈奮於百世　9-334
俾若神對　9-466
俾萬世得激淸流　8-216
俾萬乘之盛尊　2-196
倉卒之際　6-320
倉卒骨肉情　4-217
倉廩未實　6-253
倉盈庾億　9-219
倏來忽往　2-150
倏如六龍之所製　2-341
倏往忽來　9-203
倏忽北徂　5-255
倏忽幾何間　5-114
倏忽數百　2-368
倏悲坐還合　5-5
倏眸倩㳌　2-48
倒岬岫　1-386
倒懸之急　9-256
倒日之誠弗能感　9-80
倒禽紛以迸落　2-150
倔佹雲起　2-289
倕之和鍾　3-198
候人之譏以彰　4-322
候府寄隆　9-416
候扇擧而淸叫　2-149
候景風而式典　8-105
候歸艎於春渚　7-91
候雁造江　1-354
候雁銜蘆　1-329
倚伏昧前算　4-120
倚劍臨八荒　5-518
倚南窓以寄傲　7-490
倚峻巖而嬉游　6-130
倚巇迤㠏　3-150
倚巖聽緒風　4-386

倚招搖攝提以低佪劉流兮　3-34
倚據崇巖　9-402
倚智隱情　9-145
倚曲沮之長洲　2-254
倚杖牧雞㹠　5-148
倚棹汎涇渭　5-476
倚沼畦瀛兮　6-86
倚結軨兮太息　6-69
倚輗而聽之　8-400
倚金較　1-193
倚閶闔而望予　6-22
倜儻之極異　1-402
倜儻博物　8-171
倜儻罔已　1-340
倜兮儻兮　6-117
借使中才守之以道　9-46
借使伊人頗覽天道　8-46
借使秦人因循周制　9-65
借問下車日　5-369
借問女安居　5-66
借問子何之　4-442
借問歎者誰　4-135
借問此何時　5-313
借問此何誰　4-7
借問蜉蝣輩　4-8
借問誰家墳　4-142
借問誰家子　5-67
借問邦族間　5-100
借曰如昨　4-328
借曰未洽　4-244
借書於手　7-54
借聽輿皂　6-405
借譽於左右　6-452
倡優所畜　7-148
値亂臣之强　6-345
値亢龍之災孽　8-249
値余有天倫之戚　7-337
値余有犬馬之疾　1-280

値國禍荐臻　9-263
値墨翟回車之縣　7-238
値庸主之矜愎　2-193
値林爲苑　1-358
値物賦象　2-401
値王途之多違　9-481
値秋雁兮飛日　3-118
値薪歌於延瀨　7-361
値足遇踐　6-139
値輪被轢　1-196
値風雲之會　7-73
値魏太祖創基之初　8-280
値齊網之弘　6-422
佺僾見迫束　4-230
倦客惡離聲　5-158
倦狹路之迫隘　2-203
倦見物興衰　5-173
倪寬以殿黜　4-339
倫周伍漢　3-413
倫昭儷昇　9-312
倬樊川以激池　2-237
偃息不過茅屋茂林之下　2-384
偃息匍匐乎詩書之門　8-414
偃息藩魏君　3-459
偃臥任縱誕　4-478
偃蹇連卷兮枝相繚　6-89
偃蹇夭矯娬以連卷兮　3-34
偃蹇尋青雲　5-495
偃蹇杪顚　2-81
偃蹇雲覆　3-204
偃閉武術　3-407
偃革辭軒　8-75
偃高濤　2-345
偃齊猶草　8-150
假令世士　8-473
假令僕伏法受誅　7-148
假令有遺德於板筑之下　6-304
假佪彊而攘臂　1-410

假周公之事　8-458
假日月之光　7-218
假楫越江潭　4-438
假氣游魂　7-304
假稱珍怪　1-314
假翩鄰國　8-198
假翼鳴鳳條　4-445
假聖王之資乎　6-457
假臣爲平原內史　6-317
假芳氣而遠逝　3-238
假讒逆以天權　2-228
假足於六駮哉　7-188
假靈龜以託喩　6-131
假餘息乎音翰　9-485
假高衢而騁力　2-257
偈兮若駕駟馬　3-244
偉哉偃蹇　9-192
偉孟母之擇鄰　2-318
偉胎化之仙禽　2-460
偉長擅名於青土　7-226
偉關雎之戒女　3-16
偉靈表之可嘉　2-422
偉龍顏之英主　2-231
偏將涉隴　7-405
偏師作援　3-332
偏師同心　7-306
偏恃者以不兼無功　8-485
偏智任諸己　4-25
偏有一溉之功者　8-480
偏棲獨隻翼　5-408
偓佺之倫　2-76
停余車而不進　2-190
停僮蔥翠　2-148
停策倚茂松　4-58
停艫望極浦　5-510
停陰結不解　4-258
停駕兮淹留　9-302
停駕言其將邁兮　3-75

停驂我悵望 3-446

傯紹便娟 1-304

健子嬰之果決 2-228

傑池茈虒 2-80

偪側泌瀄 2-65

価蟡獺以隱處兮 9-472

価規矩而改錯 6-12

価辰光而閟定 1-468

側同幽人居 4-374

側生荔枝 1-320

側目博陸之勢 8-41

側睹君子論 5-457

側耳遠聽 7-114

側聞屈原兮 9-470

側聞斯語 7-222

側聞至訓 9-265

側聞邦教 3-413

側聽悲風響 4-443

側聽陰溝湧 5-186

側聽風薄木 4-378

側足無行徑 3-425

側身北望涕沾巾 5-245

側身南望涕沾襟 5-244

側身扃禁者乎 6-482

側身東望涕霑翰 5-243

側身西望涕沾裳 5-244

側逕既窈窕 4-59

側隱身死之腐人 8-415

偵以瓶壺 9-256

偵諜不敢東窺 9-423

偶吹草堂 7-363

偶察童幼 6-393

偶與張邴合 4-357

偶與足下相知耳 7-277

偶識量己 6-379

偷安天位 1-236

偸以全吾軀乎 6-61

佹拱木於林衡 1-420

傀奇之所窟宅 2-370

傝幽告終 9-283

傅咸每紏邪正 8-301

傅子夷王及孫王戊 3-294

傅毅之於班固 8-438

傅毅作七激 6-128

傅璥之珥 6-432

傅說去爲殷相 8-355

傅說胥靡兮 2-414

傍夭蟜以橫出 2-290

傍岩拓架 9-463

傍巖蓺粉梓 3-291

傍思才淑 9-466

傍截疊翻 2-153

傍歆傾兮 2-299

傍眺嵩丘 3-89

傍綜圖史 9-314

傑操明達 9-244

備九命之禮 9-458

備修舊德 8-295

備其禮物 6-204

備千乘之萬騎 3-58

備哉粲爛 8-250

備在典謨 9-58

備應對之能 5-420

備法駕 1-111, 1-448

備物象平生 5-188

備皇居之制度 2-306

備盡寬譬 9-427

備聞十帝事 5-173

備致嘉祥 1-275

備萬一之慮也 8-461

備諸外而發內 3-20

備車騎之衆 2-55

備辛酸之苦言 4-305

備鳴盜淺術之餘 6-482

催臣上道 6-311

僓響起 1-446

傲世忘榮　3-232
傲墳素之場圃　3-55
傲我皇使　3-318
傲百氏　7-363
傲睨摘木芝　5-495
傲自足於一嘔　2-369
傲若有餘　9-256
傳之其人　7-159
傳之子孫　7-330,8-8, 8-123
傳之無窮　9-199
傳之義例　8-18
傳厄弄新聲　5-430
傳國子孫　8-390
傳土地於子孫　7-376
傳妙麇於帝江　8-84
傳子傳孫　8-135
傳曰　6-290, 7-148, 7-356, 7-449, 7-451,
　　8-405, 9-343
傳業禪祚　1-454
傳檄以下湘羅　9-182
傳火乃薪草　5-497
傳瑞生光輝　4-411
傳祝已具　3-251
傳聞於未聞之者　1-218
傳言羽獵　3-253
傳語後世人　5-75
傷乎王道　8-405
傷人倫之廢　7-496
傷化虐民　7-382
傷哉　9-478
傷哉千里目　5-3
傷哉遊客士　5-117
傷夷折衂　7-383
傷如之何　3-121
傷已　7-116
傷彼蕙蘭花　5-218
傷後會之無因　2-399
傷懷凄其多念　3-81

傷懷者久之　9-476
傷春心　6-86
傷枹檝之褊小　2-197
傷禽惡弦驚　5-158
傷私義　2-55
傷秋荼之密網　6-236
傷血脈之和　6-98
傷門人之莫逮　7-216
傷靈脩之數化　6-8
傾之於荊揚　8-287
傾五都　9-96
傾倉可賞　9-259
傾側不及群　4-494
傾四海之歡　6-163
傾城在一彈　5-412
傾城誰不顧　3-489
傾城迷下蔡　4-101
傾城遠追送　3-430
傾壁忽斜豎　5-26
傾天下以厚葬　2-208
傾山盡落　9-435
傾岸洋洋　3-250
傾崎崖隤　3-249
傾塵罷肆而已哉　9-459
傾心隆日新　5-421
傾想遲嘉音　4-368
傾昊倚伏　3-180
傾東海以爲酒　7-236
傾枝侯鸞鷟　4-230
傾柯引弱枝　5-435
傾榛倒壑　6-174
傾河易迴幹　5-333
傾海爲酒　7-245
傾神州而韞櫝　1-400
傾縹瓷以酌鄜　3-228
傾罍一朝　6-184
傾群言之瀝液　3-130
傾義無兩旦　4-121

傾耳玩餘聲　4-254
傾耳聆波瀾　4-45
傾蓋如故　6-450
傾蓋承芳訊　5-111
傾蓋雖終朝　4-342
傾藪薄　1-386
傾覆亦寻而至　6-303
傾覆重器　7-382
傾軀無遺慮　5-432
傾輈繼路　8-316
傾酤係芳醑　5-433
傾雲結流藹　5-189
僅乃得之　8-479
僅乃得免　7-121
僅及數世　9-68
僅得中佐　8-244
僅而獲免　9-34
僅而自全　8-43
僉以爲先民旣沒　9-334
僉供職而幷詾　3-30
僉曰休哉　9-209
僉曰爾諧　4-244
僉曰詭異　7-61
僉爾而進曰　8-260
僉稽首而來王　1-276
像設君室　6-79
僑胕是與　4-179
僕下車對曰　2-41
僕之先　7-147
僕人按節　9-317
僕以口語遇此禍　7-160
僕以爲戴盆何以望天　7-141
僕以爲有國士之風　7-142
僕又薄從上雍　7-135
僕嘗倦談　2-134
僕夫儼其正策兮　3-30
僕夫悲余馬懷兮　6-37
僕夫早嚴駕　5-262

僕夫正策　3-172
僕夫罷遠涉　5-296
僕夫警策　3-326
僕妾不睹其喜慍　9-462
僕將爲吾子說游觀之至娛　6-133
僕將爲吾子駕雲龍之飛駟　6-138
僕對曰　2-42
僕少小好爲文章　7-226
僕少竊鄉曲之譽　3-51
僕少負不羈之行　7-141
僕常好人譏彈其文　7-228
僕常惡聞若說　7-432
僕御涕流離　5-75
僕恐百姓被其尤也　2-98
僕懷欲陳之　7-145
僕本寒鄉士　5-147
僕樂齊王之欲夸僕以車騎之衆　2-41
僕甚願從　6-115
僕病　6-103, 6-105, 6-107, 6-110, 6-113, 6-123
僕竊不自料其卑賤　7-145
僕竊不遜　7-158
僕聞之　7-136
僕自京都　8-173
僕自以才不過若人　7-228
僕與李陵　7-141
僕行事豈不然乎　7-146
僕誠不能與此數子幷　7-468
僕誠以著此書　7-159
僕誠私心痛之　7-142
僕賴先人緒業　7-139
僕野人也　2-384
僕雖罷頑　8-397
僕雖怯懦　7-154
僕雖罷駑　7-133
僕非敢如此也　7-133
僕願聞之　6-101
僕黨淸狂　1-467
僞孫衛璧　4-267

偽師畏逼　9-221
偽臣虛稱者　8-404
僧孺訪對不休　6-409
僧徒闃其無人　9-392
僨馮豕　6-174
僬眇睢維　3-197
僭天爵於高安　2-235
僭號河首　7-404
僭號稱王　4-267
僮僕歡迎　7-490
僵禽斃獸　1-196
僵踣掩澤　6-174
僻倪見榮枯　3-488
儵休兜離　1-137
價兼三鄉　6-178
價越萬金　7-221
僻脫承便　2-321
僻處西館　3-311
儀刑多士　6-399
儀刑乎于萬國　2-35
儀刑祖宗　3-362
儀姬伯之渭陽　1-267
儀容永潛翳　4-150
儀形國冑　9-454
儀形在昔　4-252
儀形宇宙　1-425
儀形長邁　9-377
儀景星於天漢　2-240
儀氏進其法　6-184
儀炳乎世宗　1-126
儀辰作貳　3-399
儀遺議以臆對　2-467
儀靜體閑　3-272
億兆悼心　9-71
億兆攸歸　6-333
億若大帝之所輿作　1-446
儇佻垕幷　1-381
儇才齊敏　1-303

儉不能侈　1-129
儉以足用　8-282
儉而不陋　1-241
僬人之爵　7-457
僬耳黑齒之酋　1-379
儳從突突　1-373
儳從皆珠玭　4-411
儳暗藹兮降淸壇　2-21
儒墨不同　7-249
儒林塡於坑穽　2-227
儒雅之徒　8-472
儒雅則公孫弘董仲舒倪寬　8-271
儒雅繼及　9-349
儕男女　2-126
儡囂泉寥　1-376
優劣異姿　7-264
優劣若是　7-23
優哉遊哉　2-389, 3-173
優嬈嬈以婆娑　3-154
優柔溫潤　3-155
優游典籍之場　7-72
優游躇跱　3-212
優游轉化　7-61
優游省闥　4-270
優潤和於瑟琴　3-233
優而柔之　7-451, 8-13
優賢著於揚歷　1-451
優遊之望得　8-125
優遊流離　3-160
優劣得所也　6-270
儲不改供　1-118
儲乎廣庭　1-261
儲后幼沖　9-359
儲后睿哲在躬　8-69
儲后降嘉命　5-485
儲思垂務　8-234
儲皇之選　4-269
儲積共俟　2-108

儲端任顯　9-416
儲精垂恩　2-17
儲與乎大浦　2-116
儲鉉傷情　8-106
儲隸蓋鮮　9-258
儵夐遠去　2-86
儵眩眄兮反常閭　3-37
儵而來兮忽而逝　6-52
儳古人之情　8-33
儳平生之言　6-401
儳有華陰上士　3-120
儳獨有靈　9-212
儳若果歸言　4-369
儳遇浮丘公　4-365
儳驗杜預山頂之言　6-423
儼儲駕於塵左兮　2-27
儼然造焉　7-431
儼雅踞而相對　2-292

儿

兀嶁狋嶲　3-180
兀動赴度　3-168
兀同體於自然　2-269
兀然而醉　8-138
兀若枯木　3-145
允企伊佇　4-170
允來厥休　4-180
允信允文　7-407
允副朝端　9-427
允哉漢德　7-438
允執厥中　9-185
允塵邈而難躋　3-4
允屬時望　9-359
允師人範　9-454
允得其門　9-336
允恭乎孝文　1-126
允恭溫良　1-308

允懷多福　1-146
允文允武　1-267, 8-133
允當天人　7-85
允矣　1-250
允矣君子　4-176
允答元功　8-325
允答聖王之德　8-221
允膺嘉選　9-410
允膺長德　6-413
允茲簡裁　7-45
允資望實　8-103
允迪中和　6-407
允迪前徽　9-314
允迪大猷　9-218
允集茲日　8-100
允非小人之所能及也　2-145
允願推主上　8-414
元元本本　1-103
元凶既夷　8-152
元凶是率　3-318
元功盛勳　7-85
元功茂勛　6-218
元功響效　8-165
元勳配管敬之績　1-460
元嘉七年九月十四日　9-491
元嘉四年月日　9-277
元天高北列　4-69
元宰比肩於尚父　8-70
元巳之辰　1-304
元帝之世　8-331
元帝以後宮良家子昭君配焉　5-74
元帥是承　8-160
元康九年夏五月己亥卒　9-228
元康元年夏五月壬辰　9-238
元康八年　9-476
元康六年入爲尚書郎　4-247
元徽初　8-95
元惡大憝　7-410

元戎啓行　7-403, 9-357
元戎竟野　1-131
元戎輕武　9-168
元歎穆遠　8-202
元渠時珍　9-363
元瑜書記翩翩　7-216
元瑜長逝　7-211
元祀惟稱　1-256
元首惟明　9-375
元首明哉　8-209
元首經略而股肱肆力　8-177
元首雖病　9-39
兄也　7-414
兄弟可共分之　9-479
兄弟哭路垂　3-452
兄弟永絶　6-292
充仞神州　9-97
充仞郊虞　8-75
充備綺室　8-336
充國作武　8-129
充奉陵邑　1-91
充屈鬱律　3-189
充庖廚而已　2-102
充我民食　3-283
充我皇家　3-379
充於府庫　7-307
充溢圓方　1-303
充牣其中　2-56
充都內之金　6-239
充階街兮　2-457
兆人承上敎以成俗　1-156
兆基開業　8-132
兆惟奉明　2-238
兆民勸於疆場　1-259
兆民所託　8-227
兆民賴之　2-38
兆民賴止　2-321
兆發乎靈蔡　6-188

兆發高祖　8-455
兇渠泥首　9-182
先中而命處　2-87
先儒以爲制作三年　8-23
先儒所傳皆不其然　8-18
先其未形　6-472
先典攸高　7-328
先取沈頓　7-76
先君孔子生於周末　8-4
先君行止　2-172
先命右扶風　2-133
先哲所躔　9-217
先嘔曦以理氣　3-223
先天創物　4-247
先天而順　3-360
先帝不以臣卑鄙　6-272
先帝創業未半　6-269
先帝在時　6-271
先帝知臣謹愼　6-272
先帝稱之曰能　6-270
先帝龍興　6-349
先後不貿　7-80
先後陸離　2-84
先德在民　7-100
先德韜光　9-323
先志不忘　6-399
先惠後誅　7-427
先據要路津　5-213
先舉其郡　7-410
先政之策易循也　9-52
先是衆奴　7-31
先是震於外寢　9-466
先時而婚　8-302
先朝末命　9-243
先期戒事　1-265
先民所思　9-207
先民有作　3-303
先民誰不死　5-64

先民遺跡　4-179
先民頤意　4-334
先王之所以教　7-498
先王之桑梓　1-414
先王之澤也　7-497
先王以是經夫婦　7-495
先王所愼　9-58
先王知獨治之不能久也　8-446
先王采焉　1-314
先生　9-341
先生之言　1-288
先生之言未卒　1-467
先生之餘論也　2-55
先生其有遺行與　7-444
先生又見客　2-56
先生對曰　8-387
先生微矜於談道　8-407
先生於是方捧罌承槽　8-138
先生曰　8-386, 8-390, 8-402, 8-409, 8-420
先生標之　8-196
先生獨不聞秦之時耶　8-416
先生獨不見西京之事歟　1-156
先生玄識　1-468
先生瓊瑋博達　8-170
先生試言　8-386
先生詳之　8-407
先生誕應天衷　9-332
先生諱寋　9-339
先生諱泰　9-331
先聲後實　3-337
先色後德者也　8-311
先衆犯難　6-345
先親後疏　6-290
先言往行　6-409
先賢爲後愚廢　6-342
先賤而後貴者　7-482
先趙之同列文朝　8-322
先軌是隳　3-317

先輅乃發　1-253
先零猖狂　8-129
先非而終是　9-94
先驅前塗　1-380
先驅復路　1-132
光不逾把　8-194
光之罔極　8-225
光于唐虞　7-85
光允不陽　8-365
光光大使　3-319
光光如彼　7-85
光光寵贈　9-260
光光戎路　9-211
光光段生　4-313
光副四海　7-94
光啓于東　8-160
光啓夏政　9-239
光啓玉度　9-291
光啓王室　8-21
光國垂勳　9-341
光如散電　6-177
光宅曲阜　7-82
光宅近甸　6-382
光我帝典　9-376
光我晉祚　3-375
光揚大漢　8-246
光敷聖善　9-321
光於四表　8-43
光於四表者　9-477
光明熠爚　2-328
光明顯融　7-381
光昭茂緒　9-265
光昭諸侯　9-354
光景不可攀　5-71
光景馳西流　5-63
光有神器　9-184
光武中興　9-68
光武側席幽人　8-342

光武指河而誓朱鮪 7-200

光武攬其英 1-309

光武處東而約 1-156

光武言 7-218

光武起焉 1-311

光歧儼其偕列 3-228

光沉響絶 2-277

光漢京於諸夏 1-129

光潤玉顏 3-275

光濟四海 8-426

光炎燭天庭 1-196

光煇眩燿 2-23

光燈吐輝 5-268

光爛朗以景彰 1-97

光祖宗之玄靈 9-169

光祿勳密陵成侯之元女 9-227

光祿大夫李胤 6-306

光祿大夫魯芝 6-305

光純天地 2-118

光翼二祖 4-250

光耀世所希 5-481

光耀究於四海 8-69

光色冬夏茂 4-2

光色炫晃 1-359

光華沼沚 9-322

光藻昭明 2-320

光藻朗而不渝耳 8-255

光被六幽 8-256

光讚納言 4-270

光贊大業而已 7-53

光錫土宇 6-413

光闡遠韻 4-325

光陰往來 3-121

光靈不屬 9-275

光風轉蕙 6-80

光駭風胡 6-178

克奉厥次 3-296

克寧區夏 7-300

克寧禍亂 9-363

克岐克嶷 9-229

克己復禮 1-126

克念作聖 9-164

克明之旨弗遠 6-241

克明俊德 9-180

克明克哲 2-321

克明克秀 3-362

克明克聖 9-239

克明克類 8-295

克明駿德 6-290

克柔克令 9-322

克構堂基 9-219

克滅龍且 8-150

克符周公業 3-348

克聰克敏 2-321

克茶禽黥 8-158

克諧調露 7-2

克配彼天 8-293

克長克君 8-295

免人役 8-237

免整所除官 7-37

免於徽索 7-466

免景宗所居官 7-25

免源所居官 7-47

免盜亂爲賴道 2-471

免負擔之勤 7-271

兔罝絶響於中林 6-357

兒童稚齒 3-62

兒能騎羊 8-420

兔絲及水萍 5-468

兔絲生有時 5-218

兔絲附女蘿 5-218

兜虎并作 6-114

兗徐接壤 9-453

兢兢乎不可離已 8-231

兢兢業業 8-257

兢兢翼翼 8-221

競名擅業 3-211

入 ────────────

入丈餘 9-490
入不言兮出不辭 6-52
入乎決瀿之野 6-130
入乎西陂 2-73
入京師而雷動 9-363
入侍帝闈 9-243
入侍帷幄 9-211
入侍輦轂 6-295
入其隩隅 9-127
入則事父 6-276
入則有琴書之娛 8-33
入匡郭而追遠兮 2-169
入在朕前 6-246
入奉帷殿 9-368
入室問何之 3-491
入室想所歷 4-147
入宮見妬 6-451
入屈節於廉公 2-191
入山林而不反之論 7-281
入彊胡之域 7-118
入於深宮 2-380
入有管絃之懽 7-69
入朝九載 6-318
入朝見嫉 6-451
入河起陽峽 4-69
入洞穴 2-122
入漵浦余儃佪兮 6-58
入爲侍中 9-356
入爲卿佐 6-206
入爲太子洗馬 9-354
入爲腹心 9-29
入管機密 9-209
入紫微 9-90
入簒絕業 9-427

入義渠之舊城 2-160
入而自變 9-98
入聞鞞鼓聲 5-311
入能獻替 8-201
入脩夜之不暘 3-111
入脩門些 6-79
入舟陽已微 4-54
入苑門 1-111
入虎闈而齒胄 8-69
入衛國而乘軒 2-462
入西園 2-114
入觀天人 3-379
入鄭都而抵掌 2-207
入門各自媚 5-46
內不廢家私 5-32
內不知命 8-435
內之則不以爲乾豆之事 2-134
內之則時犯義侵禮於邊境 7-435
內以固闉境之情 6-337
內侍帷幄 7-43
內傲帝命 7-302
內兼二軍 7-380
內函要害於膏肓 1-323
內則別風之嶕嶢 1-106
內則街衝輻輳 1-435
內則街衢洞達 1-89
內則議殿爵堂 1-331
內受牧豎之焚 2-208
內和五品 3-379
內襯而怨 7-435
內外協同 7-85
內外混淆 8-287
內外相應 7-354
內外臣僚 8-332
內夷曹爽 8-280
內存心而自持 6-117
內實拘執 7-393
內平外成 9-370

內幸頑才見誠知己　7-252

內恕諸己　9-463

內感實難忘　5-296

內懷殷憂　8-478

內懷猶豫　8-485

內撫三秦　8-145

內撫諸夏　1-136

內有保母　6-98

內有專用之功　8-359

內有常侍謁者　1-168

內有毛羽零落之漸　7-308

內果伍員之謀　1-397

內殷私痛　9-427

內沾豪芒　8-257

內焚積火薰之　9-249

內無出閫之言　8-314

內無固守　2-153

內無宗子以自毗輔　8-450

內無應門五尺之僮　6-310

內無深根不拔之固　8-461

內相掩襲　7-389

內睦九族　8-295

內積和順　8-69

內立法度　8-374

內竭謀猷　6-371

內聽嬌婦之失計　7-179

內自虛而外樹怨諸侯　6-434

內設金馬石渠之署　1-81

內護帷幄　9-376

內負宿心　4-130

內贊兩宮　9-240

內贊謀謨　9-357

內阜川禽　1-241

內隱鉅石白沙　2-44

內難亦荐　6-373

內顧無斗儲　3-466

內首稟朔　8-53

全其節也　7-290

全國爲令名　4-208

全城守死　7-19

全宗祀於無窮　8-431

全怡怡之篤義　6-293

全數百萬石之積　9-250

全趙之袨服叢臺　9-412

全身從命　6-343

全身由直　8-194

全軍獨剋　7-84

兩主二臣　6-450

兩京愧佳麗　5-142

兩儀始分　8-248

兩去河陽谷　5-380

兩句之中　8-352

兩學齊列　3-58

兩宮遙相望　5-213

兩愚處亂　9-73

兩權協月　2-448

兩說窮舌端　5-457

兩造未具　9-258

兩闈阻通軌　4-381

兩非默置　9-280

兩頭無和　9-490

兪乎　8-218

兪哉　2-305

兪騎騁路　1-380

八 ────────────

八乘騰而超驤　3-31

八元斯九　9-376

八十一女御　8-310

八卦之說　8-3

八座初啓　9-455

八徙官而一進階　3-52

八方之外　7-434

八方入計　9-183

八方湊才賢　5-440

八族未足侈　5-122
八桂森挺以凌霜　2-266
八極可圍於寸眸　1-428
八歲喪父　9-227
八珍盈彫俎　5-354
八百不謀　6-390
八神奔而警蹕兮　2-5
八神警引　9-316
八維九隅　2-289
八荒協兮萬國諧　2-22
八荒爲庭衢　8-138
八解鳴澗流　4-85
八象成文　4-265
八達九房　1-243
八靈爲之震慴　1-271
八音俱起　3-186
八音協暢　8-351
八音幷　1-395
八音遍於四海　2-180
八頌扃和　9-293
八風不翔　2-367
八風代扇　3-284
公下車敷化　9-418
公不謀聲訓　8-101
公乃摠熊羆之士　9-363
公之云亡　9-372
公之云感　4-252
公之生也　8-88
公之登太階而尹天下　9-360
公乘理照物　8-111
公二極一致　9-455
公以四瀆天地之所以節宣其氣　9-48
公以宗室羽儀　9-410
公以密戚上賢　9-410
公以死固請　8-94
公以爲出言自口　9-466
公以高昭武穆　9-451
公仰惟國典　9-457

公侯之相　9-89
公內樹寬明　9-452
公劉發迹於西戎　8-209
公卿充員品而已　7-386
公卿異議　8-283
公卿貴其籍甚　9-117
公卿重一言　5-488
公叔畢命於西秦　6-149
公含辰象之秀德　9-406
公命城者改埋於東岡　9-490
公在物斯厚　8-108
公子不及世事　5-434
公子敬愛客　3-344, 3-356
公子曰　6-164, 6-167, 6-171, 6-175, 6-178,
　　6-181, 6-184
公子未西歸　4-402
公子特先賞　5-424
公子蹶然而興　6-188
公孫創業於金馬　7-468
公孫國之而破　1-347
公孫弘卜式倪寬　8-270
公孫旣滅　9-177
公孫淵承藉父兄　7-302
公孫躍馬而稱帝　1-341
公孫述授首於漢　7-425
公實仰贊宏規　9-366
公實天生德　6-214
公實有焉　9-373
公實貽恥　9-462
公實體之　9-446
公年始弱冠　8-96
公幹振藻於海隅　7-226
公幹有逸氣　7-216
公弓旣招　9-240
公所制山居四時序　9-465
公扇以廉風　9-422
公提衡惟允　8-104
公擅山川　1-334

公攬轡升車　9-418

公旦目涉商人之戒　9-62

公星言奔波　9-451

公時從在軍　9-449

公曰　9-254, 9-466

公曾甘鳳池之失　8-104

公樂聚穀　3-251

公爲始滿　7-171

公琰殖根　8-197

公瑾卓爾　8-186

公瑾英達　8-198

公生自華宗　8-110

公稟川嶽之靈暉　9-350

公羊經止獲麟　8-20

公聽幷觀　6-453

公臨危審正　9-426

公自幼及長　8-113

公與之抗禮　8-96

公衡仲達　8-198

公誠能馳一介之使　7-171

公諱儉　8-87

公諱淵　9-348

公諱緬　9-406

公輸不能以斤　8-399

公輸削墨　8-119

公輸荒其規矩　2-328

公道亞生知　9-446

公道識虛遠　9-462

公達慨然　8-182

公達潛朗　8-190

公銓品人倫　8-108

公陪奉朝夕　9-409

公高建業　9-208

六不堪也　7-287

六世名德　8-87

六佾之舞　6-206

六八而謀　9-8

六典聯事　5-41

六合之樞機　1-412

六合徒廣　8-194

六合時邕　6-187

六合殷昌　1-238

六合淸朗　3-61

六合相滅　1-121

六合紛紜　8-198

六器者　3-199

六國之時　7-178

六國乘信陵之藉　6-475

六國互峙　4-266

六官視命　3-412

六宮稱號　8-314

六師寔因　8-158

六師徐征　7-312

六師無事　7-408

六師發逐　1-111

六年　8-104

六幽允洽　9-407

六府孔修　3-378

六府臣僚　6-420

六引緩淸唱　5-141

六日無辨　9-197

六日頌　1-66, 7-496

六樂陳廣坐　5-354

六氣無易　3-284

六玄虯之弈弈　1-251

六玉虯　2-83

六疾待其前　9-20

六白虎　2-113

六百之秩　6-216

六祈輟滲　9-293

六籍闕而不書　3-17

六義所因　8-346

六臣犯其弱綱　9-67

六莖九成之曲　8-59

六藝百家　6-254

六變旣畢　1-256

六軍精練 7-309
六軍袗服 1-380
六輔殊風 8-101
六辟三府 9-340
六飛同塵 6-403
六馬噓天而仰秣 6-167
六駕蛟龍 6-120
六駿駮 1-193
六齊望於惠后 6-438
六龍儼其齊首 3-276
六龍安可頓 4-9
六龍頓轡 9-435
共工是除 1-237
共舉巴郡 7-406
共更飛狐厄 4-343
共氣摧其同爨 9-296
共登青雲梯 4-56
共盡之矣 5-420
共盡兮何言 2-277
共秉延州信 5-510
共粲作田 7-31
共觀盛禮 6-337
共金爐之夕香 3-119
共陶暮春時 4-369
兵不得下壁 6-478
兵不留行 6-443
兵不素肄 3-331
兵不血刃 9-182
兵不鈍鋒 7-406
兵交則醜虜授馘 9-25
兵加胡越 6-437
兵固詭道 3-337
兵在頸而顧問 2-228
兵在頸而顧問, 2- 2-228
兵彊者則士勇 6-434
兵舉而皇威暢 2-216
兵法修列 7-156
兵無加衛 9-255

兵甲已足 6-272
兵盡器竭 9-264
兵盡矢窮 7-119
兵纏紫微 1-413
兵車雷運 6-114
其上則有鶵雛孔鸞 2-45
其上則爰父哀吟 1-361
其上則隱於簾肆之間 6-484
其上故傳武平侯印綬 6-206
其上獨有雲氣 3-244
其下則有梟羊麚狼 1-362
其下則有白虎玄豹 2-45
其下則金礦丹礫 2-361
其不安也 3-150
其不遇也如此 9-11
其中乃有九眞之麟 1-94
其中則有巴菽巴戟 1-323
其中則有神龜蛟鼉 2-44
其中則有靑珠黃環 1-325
其中則有鴛鴦交谷 1-456
其中則有鴻儔鵠侶 1-329
其中則有鼅鼄巨蟁 1-190
其中有山焉 2-43
其中高者 8-28
其二曰賦 1-314
其五言詩之善者 7-216
其亡其亡 8-448
其亦文若之謂 8-182
其人困於孫氏 7-171
其人幷有不羈之才 3-73
其仁聲 3-155
其令州縣察吏民有茂才異等 6-193
其以丞相領冀州牧如故 6-206
其以恩私追尊 8-317
其任無爽 9-412
其位可排 9-14
其何如矣 3-244
其何害哉 3-163

其來久矣　9-422

其來已遠　9-185

其來舊矣　8-329

其俗陋矣　9-42

其倚杖虛曠　8-301

其傳曰　6-290

其傷已甚　8-325

其儀可嘉　8-219

其先出自有周　9-331

其先自秦至宋　8-87

其光昭昭　2-316

其內則含德章臺　1-239

其兵練　9-46

其出不出　6-469

其出如綸　9-354

其制宅也　8-33

其功大也　6-276

其勢各盛　7-178

其勢常也　8-290

其勢然也　9-48

其勤若此　2-142

其北則有陰林　2-45

其北則盛夏含凍裂地　2-74

其匱乏者　8-284

其卉木之奇　9-465

其南則有平原廣澤　2-44

其南則隆冬生長　2-73

其原野則有桑漆麻苧　1-301

其取威也重矣　1-236

其可以裨助盛美　3-199

其可得乎　4-305, 7-285

其可戰者皆自出幽冀　7-392

其可掉哉　8-455

其可格之賢愚哉　9-5

其吐哀也　1-395

其君天下也　7-478

其和彌寡　7-444

其唯嚴助壽王　7-71

其唯子野乎　1-286

其唯神用者乎　8-90

其善志　8-12

其器利　9-46

其四野則畛畷無數　1-367

其園則有蒟蒻茱萸　1-328

其園則林檎枇杷　1-328

其土則丹青赭堊　2-43

其土爛人　6-77

其在先生　9-285

其在周成　6-204

其在於漢　9-239

其在朝也　8-470

其在茲乎　9-383

其垂仁也　6-186

其垠則有天琛水怪　2-344

其埤濕則生藏莨蒹葭　2-44

其基德也　6-186

其外又有王常李通竇融卓茂　8-327

其外曠宇些　6-77

其夜未遽　1-445

其夜王寢　3-256

其夢若何　3-256

其天意乎　8-278

其奏樂也　1-395

其奏歡娛　3-158

其奚由至哉　6-99

其奧秘　2-307

其奴當伯　7-31

其妙聲　3-155

其妻又吾姨也　3-93

其妻蓬頭攣耳　3-264

其始也　3-130

其始來也　3-256

其始出也　3-244

其始曰下里巴人　7-444

其始至也　7-363

其始興也　3-168

其始起也　6-120
其婦女莊櫛織袵　8-302
其孰恤朕躬　6-199
其孰能至於此乎　7-53
其孰能與於此乎　3-229
其宗長及地界職司　7-38
其宮室也　1-96
其容灼灼　4-242
其實一也　8-11
其寶利珍怪　1-295
其封域之內　1-327
其少進也　3-168, 3-244, 3-256, 6-120
其居也　6-130, 6-162
其居則高門鼎貴　1-372
其居易容　2-431
其山則崆峴嶇峪　1-296
其山則盤紆弗鬱　2-43
其山川城邑則稽之地圖　1-315
其已久矣　8-257
其府寺則位副三事　1-435
其康樂者聞之　3-218
其庸致思乎　9-253
其廑至矣　2-134
其弊猶亂　8-289
其形也　3-271
其後　8-431
其後各以事見法　3-73
其後孫程定立順之功　8-334
其後弘恭石顯以佞險自進　8-331
其後熏鬻作虐　2-138
其後皆克復舊職　7-79
其徒子夏　9-12
其得固多　9-72
其得意如此　8-125
其得操首者　7-393
其從如雲　1-185, 9-435
其微顯闡幽　8-14
其德厚也　6-276

其心反側　9-259
其恭惟何　3-378
其悲矣　7-320
其意如此　7-295
其感人動物　3-219
其懷道無聞　8-324
其或繼之者　2-35
其所不通　8-18
其所以得然者　9-3
其所以相親也　9-2
其所以相遇也　9-2
其所摧敗　7-145
其所游歷諸侯　9-12
其所由來者漸矣　8-305
其所臨莅　8-416
其所託者然　2-378
其才學足以著書　7-215
其揆一也　7-280, 8-178, 8-299, 9-180
其揆一焉　8-426
其政乖　7-495
其政和　7-495
其故何也　7-447
其故何邪　6-352
其教之所存　8-12
其敞閑也　3-150
其敬聽後命　6-206
其敬聽朕命　6-199
其敬聽話言　7-422
其文博誕空類　8-28
其文略矣　8-310
其文緩　8-13
其文隱沒　8-27
其斯之謂矣　9-86
其於別遠會稀　7-235
其於義固未可也　2-62
其旁作而奔起也　6-120
其旁則有雲夢雷池　2-366
其日　9-320

其旨遠　8-13
其昭然矣　9-22
其書猶得而修也　8-249
其最得乎　4-309
其會如林　7-312
其會意也尙巧　3-136
其有必矣　8-478
其有更相援引　8-336
其有疑錯　8-18
其木則楩松楔櫨　1-297
其東則有明堂辟廱　3-56
其東則有蕙圃　2-43
其林藹藹　3-285
其果則丹橘餘甘　1-364
其根半死半生　6-102
其樂只且　1-200, 4-223
其樂固難量　7-236
其樂愉愉　1-264
其樂無有　6-107
其樂陶陶　8-138
其樂難忘　1-306
其樹則有木蘭棷桂　1-322
其樹梗枏豫章　2-45
其次　8-485
其次不辱理色　7-148
其次不辱身　7-148
其次不辱辭令　7-148
其次剔毛髮　7-148
其次易服受辱　7-148
其次有立功　7-472, 9-348
其次毀肌膚　7-148
其次狐疑　8-485
其次詘體受辱　7-148
其次關木索　7-148
其此之謂乎　8-304
其歸一揆　8-3
其死兮若休　2-416
其母鄭氏　9-227

其民困　7-495
其民怨矣　9-42
其水則開竇灑流　1-300
其水蟲則有蠳龜鳴蛇　1-299
其求易給　2-431
其求賢如不及　9-42
其池則湯湯汗汗　2-240
其沃瀛　1-328
其波涌而雲亂　6-120
其流一也　9-115
其流三也　9-119
其流二也　9-117
其流五也　9-123
其流四也　9-120
其涅盤之蘊也　9-384
其深則有白黿命鱉　1-329
其源邃開　7-47
其無垠也　2-284
其爲古文舊書　7-354
其爲名乎　9-19
其爲害也　6-465
其爲實乎　9-19
其爲廣也　2-337
其爲怪也　2-337
其爲物也多姿　3-136
其爲狀也　2-395
其爲知己　4-322
其爲虛託　7-44
其爲訞恥　9-94
其爲道也　9-340
其爲陽春白雪　7-444
其爲陽阿薤露　7-444
其爲體也屢遷　3-136
其物土所出　8-30
其狀峨峨　3-259
其狀甚麗　3-256
其狀若何　3-271
其獨適者已　8-64

其獸則獼旄貘犛　2-73
其獸則麒麟角端　2-74
其珍怪不如山東之府　6-477
其琛賂則琨瑤之阜　1-365
其甘不爽　1-302
其生兮若浮　2-416
其異物殊怪　8-233
其疇能亙之哉　8-265
其發凡以言例　8-14
其盛飾也　3-256
其相膠轕兮　2-6
其石則赤玉玫瑰　2-43
其祜伊何　2-321
其竹則篔簹篠簳　1-363
其竹則鍾籠箽篾　1-298
其素所蓄積也　7-142
其終篇曰　9-470
其經無義例　8-14
其繩則直　1-235
其美無極　3-258
其義一也　1-84
其義羈縻勿絶而已　7-431
其羽族也　2-363
其耒耜則弓矢鞍馬　8-420
其聲如此　3-199
其能久乎　8-483
其能者　8-329
其自用甚者　8-484
其致也　3-130
其興也有五　8-432
其興功立勳　8-454
其若宗廟何　6-337
其若百姓何　6-337
其草則蔗芧薠莞　1-300
其荒陬譎詭　1-366
其蔽一也　9-89
其蔽三也　9-92
其蔽二也　9-90
其蔽五也　9-96
其蔽六也　9-97
其蔽四也　9-94
其被刑戮　7-377
其西則有元戎禁營　3-56
其西則有左城右平　2-321
其西則有平樂都場　1-241
其西則有湧泉淸池　2-44
其角觺觺些　6-78
其言　9-16
其言之不慚　7-232
其言也　9-4, 9-5
其言云云　7-207
其言信而有徵　2-170
其言明且淸　4-236
其言曰　9-16
其言深切　8-458
其詞曰　1-85
其詩曰　6-290, 7-166
其詳不可得聞已　7-432, 8-209
其誰與哉　2-125
其諸賢所著文章　7-238
其象無雙　3-258
其財豊　9-46
其賾可探也　8-253
其路幽迥　2-261
其身乃囚　7-476
其身可抑　9-14
其身若牛些　6-78
其軍佐職僚偏裨將帥　7-25
其軍容弗犯　1-460
其辭云爾　8-84
其辭曰　2-4, 2-105, 2-133, 2-385, 2-413, 2-421, 2-443, 3-55, 3-65, 3-94, 3-179, 3-200, 3-203, 3-270, 5-242, 5-420, 7-456, 7-472, 8-173, 9-169, 9-191, 9-217, 9-265, 9-277, 9-290, 9-311, 9-321, 9-334, 9-374, 9-398, 9-430, 9-470

其農三推 2-37
其送明君 5-74
其造新曲 5-74
其遇民也 1-226
其道奚若 6-248
其道汝偷車校具 7-33
其道猶龍 8-174
其道甚著 7-345
其遠則九嶷甘泉 1-159
其遣言也貴妍 3-136
其邁惟永 4-244
其郊境之接 9-47
其鄰則有任俠之靡 1-373
其野沃 9-46
其長難衛也 7-202
其間則有虎珀丹青 1-320
其間豪桀縱橫 7-402
其閻閭則長壽吉陽 1-436
其陰則冠以九嶷 1-93
其陽則崇山隱天 1-93
其雨怨朝陽 4-101
其音如彼 3-199
其餘不可勝紀 8-272
其餘佐命立功之士 7-123
其餘兗豫之民 7-392
其餘則皆即用舊史 8-12
其餘幷優以寬科 8-325
其餘得失未聞 6-393
其餘無所見 8-317
其餘猋飛景附 7-475
其餘荷垂天之罩 2-109
其餘觸類而長 3-219
其餘鋒捍特起 7-402
其餘錯亂摩滅 8-6
其香草則有薛荔蕙若 1-301
其馨若蘭 4-227
其駭人也 2-284
其驪翰改色 6-241

其高燥則生葳菥苞荔 2-44
其鳥則有鴛鴦鵠鷖 1-300
其鳥獸草木則驗之方志 1-315
其鳴喈喈 3-251
具上巳之儀 8-56
具九錫服命之禮 9-461
具區洮滆 2-366
具惟命臣 2-28
具惟帝臣 1-244
具惟近臣 4-276
具文見意 8-16
具於五刑 7-151
具於此云 3-128
具服金組 2-450
具瞻之範既著 9-353
具瞻惟允 9-460
具豚醪之祭 9-491
具醉熏熏 1-248
具陳茲啓 7-10
典刑所藏 1-424
典刑未滅 9-38
典彝備物 8-99
典曆二司 7-387
典校祕書 7-472
典璽儲吏 1-425
典籍之府 1-103
典而亡實 8-246
典謨訓誥誓命之文凡百篇 8-5
兼之者公也 8-98, 9-457
兼二儀之優渥 1-400
兼以東皐數畝 6-389
兼六合而交會焉 1-319
兼六國之眾 6-476
兼其所有 1-93
兼包淮湘 2-351
兼匜中區 1-330
兼司徒 9-454
兼如此之嫌 6-353

兼定江淮 8-412
兼山貴止託 4-462
兼幷神明 8-225
兼得尋幽蹊 5-10
兼復相嘲謔 4-167
兼愛好奇 7-61
兼懷忿恨 7-197
兼抱濟物性 3-288
兼授尙書令中軍將軍 9-364
兼授衛軍 9-366
兼掌屯衛 9-427
兼方叔之望 9-358
兼燭八紘內 4-189
兼神武之略 8-460
兼聖哲之軌 1-419
兼苞博落 2-308
兼親疏而兩用 8-446
兼該泛博 1-447
兼貧擅富 6-235
兼資九德 9-339
兼軍武之任 8-461
兼重悁以賄繆 1-468
兼韓魏燕趙宋衛中山之衆 8-376
兼領卿署之職 8-333
兼飾丹雘 2-450
兼饗戎秩 9-416
兼驣虞 2-96
冀一年之三秀兮 3-8
冀上之睠顧 1-85
冀事速訖 7-61
冀以塵露之微 6-287
冀厭白虎 1-210
冀取其餘 7-200
冀可彌縫 7-388
冀宵燭之末光 9-116
冀寫憂思情 5-247
冀延日月 7-308
冀得廢遺 7-353

冀東平之樹 7-339
冀枝葉之葐蒀兮 6-9
冀獲秦師一克之報 7-383
冀王道之一平兮 2-257
冀翌日之云瘳 9-484
冀與張韓遇 5-491
冀與智者論 5-348
冀闕緬其堙盡 2-226
冀闕緬縱橫 5-476
冀陛下儻發天聰 6-298
冀靈體之復形 3-278
冀願神龍來 4-231
冀馬塡廄而馳駿 1-440

ㄇ ─────────

冉冉三光馳 4-230
冉冉孤生竹 5-217
冉冉高陵蘋 5-410
冉耕歌其芣苢 9-82
再使豔歌傷 5-20
再免 3-52
再升上宰朝 4-422
再唱梁塵飛 5-411
再寢再興 3-326
再擧服羌夷 5-31
再與朋知辭 4-475
再踐千里 6-180
再辟大將軍 9-340
再辱荒逆 6-330
再造難答 7-96
再遠館娃宮 5-380
再離寒暑 6-389
冏冏秋月明 5-497
冏然鳥逝 2-341
胄實參華 7-43
冒以山膚 6-104
冒六莖 1-446

冒其貨賄　9-16

冒奏丹誠　7-99

冒流矢　7-376

冒白刃　7-144

冒親以求一才之用　6-353

冒霜停雪　1-363

冒顏以聞　3-312

冕弁振纓　3-370

冕笏不澄　6-245

冕而前旒　7-451

一

采入其阻　7-306

冠三王　8-225

冠五行之秀氣　8-67

冠倫魁能　2-17

冠倫魁能, 2-　2-17

冠冕當世　9-353

冠切雲之崔巍　6-57

冠南山　1-225

冠履粗分　6-252

冠峞峞其映盖兮　3-30

冠帶之倫　6-334, 7-434

冠帶交錯　1-187

冠帶混幷　1-333

冠帶自相索　5-212

冠德如仁　6-223

冠我玄冕　3-319

冠沐猴而縱火　2-229

冠珮相追隨　5-471

冠百里之首　7-365

冠皮弁　6-130

冠華秉翟　1-256

冠蓋如雲　1-91

冠蓋溢川坻　4-419

冠蓋相望　9-182

冠蓋縱橫至　5-169

冠蓋蔭四術　3-461

冠蓋雲蔭　1-373

冠梁藝兮　3-219

冠通天　1-245

冠雲霓而張羅　2-422

冠霞登彩閣　5-174

冠韶夏　1-446

冢嗣遘屯　8-311

冢宰攝其綱　6-329

冤伏陵窘　6-112

冥漠報施　9-283

冥火薄天　6-114

冥默福應　9-277

冪歷江海之流　1-358

冫

冬來秋未反　5-96

冬則烈風漂霰飛雪之所激也　6-102

冬又申之以嚴霜　6-70

冬夜肅淸　3-212

冬有突夏　6-79

冬稱夏稻　1-300

冬穴夏巢之時　1-64

冬釭凝兮夜何長　3-119

冬雪揣封乎其枝　3-180

氷刃露潔　6-177

氷塞長河　2-461

氷泮北祖　1-329

氷釋泉湧　1-73

氷霜慘烈　1-192

氷霜正慘愴　4-192

況瓜瓞所兴　6-228

況直眇小煩懣　6-118

況臣孤苦　6-312

況近在乎人情　6-133

冶容不足詠　5-130

冶容求好　9-164

冶服使我妍　4-445

洌風過而增悲哀　3-251

洌飇眇而清怩　3-235

凄凄久念攢　4-364

凄凄留子言　4-353

凄切兮增歎　9-302

凄若繁弦　3-138

凄風爲我嘯　5-309

凄風起東谷　5-314

准當年而爲量　1-420

准量所任　3-208

准雇借上廣州四年夫直　7-31

涼風率已厲　5-224

凌三峽之危　2-84

凌堅氷　2-122

凌扶搖兮憩瀛洲　3-212

凌扶搖之風　6-161

凌江而翔　4-268

凌波縱柂　2-368

凌澗尋我室　4-367

凌濤山頹　2-357

凌赤岸　6-121

凌躍超驤　6-147

凌轢卿相　8-172

凌轢諸侯　6-151

凌遽之氣方屬　2-453

凌陛道而超西墉　1-105

凌險必夷　8-149

凌驚雷之硫磺兮　3-35

凌驚風　2-87

凍醴流澌　1-445

凍雨沛其灑途　3-30

凜凜天氣淸　5-282

凜凜歲云暮　5-224

凜凜涼風升　4-148

凝氷結重澗　5-93

凝思寂聽　2-276

凝思幽巖　2-268

凝氣結爲霜　5-271

凝笳翼高蓋　5-177

凝霜依玉除　4-202

凝霜凋朱顏　4-25

凝霜封其條　5-409

凝霜竦高木　5-307

凝霜被野草　4-103

凝霜霑蔓草　5-322

凝霜霑衣襟　4-110

凝霜霑野草　4-105

凝露方泥泥　5-361

几　─────────────

几牘誰炤　9-501

几筵之慕　7-11

几筵糜腐　9-492

凡事有宜　7-204

凡五十九篇　8-6

凡人之所以奔競於富貴　9-18

凡人心是所學　1-285

凡人視之恔焉　8-403

凡厥寮司　2-243

凡厥群后　3-381

凡厥衣冠　8-357

凡四十有五人　8-84

凡四十部　8-19

凡在故老　6-312

凡希世苟合之士　9-16

凡庸之才　8-289

凡我僚舊　9-430

凡我四方同好之人　9-333

凡所稱引　7-173

凡所食之氣　8-482

凡舉事無爲親厚者所痛　7-179

凡斯五交　9-124

凡次文之體　1-76

凡此之輩數百人　7-412

凡此數者 7-244
凡此數子 7-70
凡爾同圍 9-260
凡百三十篇 7-159
凡百敬爾位 3-357
凡稱善士 8-336
凡若此類 8-485
凡諸絶祚 6-342
凱歸同飲 1-443
凱風揚微綃 4-423
凱風永至 5-255

凵

凶人且以自悔 7-476
凶命屢招 6-359
凶器無兩全 5-96
凶奴未滅 6-280
凶族據其天邑 9-69
凶言其災 2-413
凶醜駭而疑懼 9-249
出一方 2-119
出一朝之命 6-284
出一策 7-457
出不交戰 2-153
出不休顯 8-172
出乎四校之中 2-83
出乎大荒之中 1-351
出乎椒丘之闕 2-65
出作股肱 9-29
出信陽而長邁 2-354
出光厥家 9-243
出入三代 2-275
出入三光 8-257
出入乎東西 2-240
出入君懷袖 5-51
出入周衛之中 7-141
出入平津邸 4-406

出入日月 2-109
出入涇渭 2-64
出入禮闥 8-112
出入臥內 8-331
出入金華之殿 6-482
出其言善 9-164
出凱弟 2-142
出則不知其所往 7-160
出則事君 6-276
出則以游目弋釣為事 8-33
出則連騎 1-335
出參太宰軍事 9-354
出吳都而傾市 2-462
出咸陽 3-266
出天漢之外 7-118
出宇宙 2-86
出宿歸無期 5-184
出宿薄京畿 4-474
出山岫之潛穴 6-130
出平原而聯騎 9-116
出幽墟 6-129
出幽遷喬 4-313
出彭門之闕 1-337
出征入輔 6-374
出征絶域 7-117
出從朱輪 4-244
出從華蓋 6-295
出德號 2-95
出懸蘋蘩 9-291
出戶獨彷徨 5-228
出控漳渠 1-435
出擁華蓋 9-211
出於委灰 9-140
出於言笑之下 8-359
出有微行之游 7-69
出此入彼 2-327
出比目 1-116
出江派而風翔 9-363

出沒眺樓雉 5-379
出浦水淺淺 5-26
出潛蚪 1-339
出為二伯 6-206
出為司徒右長史 9-355
出為河間相 5-241
出為義興太守 8-97
出申威於河外 2-190
出睹軍馬陣 5-311
出石密之闃野兮 3-26
出納惟允 9-411
出納無違 4-251
出納王命 8-359
出紫宮之蕭蕭兮 3-33
出總六軍 6-349
出能勤功 8-201
出臨朔岱 9-209
出自九溪 6-183
出自太冥 6-165
出自幽谷 4-243
出自敵國 6-318
出自會稽 9-197
出自機中素 5-470
出自胸懷 6-337
出華鱗於紫淵之里 6-170
出蒼梧 2-122
出藩入守 6-419
出言有章 1-308
出谷日尙早 4-54
出象輅 1-385
出躡珠履 1-373
出身蒙漢恩 5-147
出車檻檻 1-380
出連城守 6-246
出適劉氏 7-29
出郭門直視 5-223
出門無所見 4-138
出門無通路 3-466

出門臨永路 4-115
出閶闔兮降天途 3-37
出陪鑾躅 9-368
出餞戒告 8-56
出龍樓而問豎 8-69
函之如海 7-478
函光而未曜 8-249
函夏承風 6-178
函夏無塵 3-369
函夏謐寧 6-186
函崤沒無像 5-423
函幽育明 1-355
函甘棠之惠 2-17
函綿邈於尺素 3-133
函輞方解帶 3-422
函陝埂阻 9-268

刀·刂 ───────

刀布貿而無算 1-439
刀筆不足宣功 9-449
刁斗晝夜驚 3-505
刃不轉切 6-134
分之以民 6-204
分乖之際 4-322
分人之祿 7-457
分以符契 9-203
分倦目以寓視 2-149
分兵救朔方 5-152
分別有讓 7-142
分矛單于 2-138
分區奠淮服 5-378
分厭次以爲樂陵郡 8-170
分命懿親 9-427
分命銳師五千 9-49
分命顯於唐官 6-240
分土不過大縣數四 8-324
分均休咎 8-325

分塗長林側　4-254
分州土　1-125
分庭薦樂　3-403
分張守備　7-425
分我汧庚　9-258
分手易前期　3-448
分手東城闉　3-439
分文析字　7-352
分曹并進　6-84
分榮辱之客主哉　9-21
分決狐疑　6-118
分滋損甘　9-44
分王子弟　8-452
分索則易　4-251
分經之年與傳之年相附　8-18
分背回塘　1-306
分茲日夜　9-196
分著情深　4-271
分袂澄湖陰　4-353
分裂河山　8-377
分裂諸夏　7-475
分裂貙肩　6-140
分財　7-31
分身首於鋒刃　2-197
分過友生　9-211
分鑣並驅　1-69
分陝流勿翦之歡　8-70
分隨昵加　4-330
分雁鶩之稻粱　9-117
分離別西川　4-368
分馳迥場　2-452
分裂諸夏　6-198
切切陰風暮　5-370
切神光　2-114
切諫其邪者　8-387
刊層平堂　1-164
刊山石　2-138
刊弘度之四部　8-95

刊木至江汜　5-141
刊玄石以表德　9-374
刊石作銘　9-343
刎頸以見志　7-116
刎頸起於苦蓋　9-120
刑不上大夫　7-148
刑于寡妻　6-290
刑于寡妻　8-295
刑可以暴　8-166
刑從中典　9-184
刑戮在口　7-386
刑措不用　6-195
刑政大典　8-110
刑政繁舛　9-417
刑簡枉錯　3-330
刑罰不濫　8-185
刑罰貧賤　6-354
刑辟端詳　9-219
刑酷燃炭　9-180
刑錯而不用　2-98
刑餘之人　7-137
列之此篇　8-343
列乎北園　2-78
列五鼎　9-94
列仙之陂　1-296
列仙集其土地　1-399
列以爲恩倖篇云　8-360
列刃鑽鏃　1-111
列列行楸　3-89
列列飆揚　3-235
列刹相望　9-389
列卒周匝　1-111
列卒滿澤　2-41
列坐廳華榱　5-432
列坐竟長筵　5-70
列坐縱酒　6-109
列坐金殿側　5-475
列坐金狄　1-165

列壑爭譏　7-367

列壤酬勳　8-135

列孫子　3-61

列宅紫宮裏　3-462

列宅舊豊　6-391

列官千百　8-302

列宿分其野　1-409

列宿掩縟　2-407

列宿曜紫微　4-289

列宿正參差　3-344

列宿炳天文　5-141

列宿自成行　5-271

列宿迺施於上榮兮　2-12

列寺七里　1-371

列挺衡山之陽　1-364

列新雉於林薄　2-10

列於大雅　8-404

列於詩書　1-84

列校隊　1-132

列棼橑以布翼　1-97

列樹敷丹榮　5-247

列江而西　7-312

列漢構仙宮　5-507

列瀛洲與方丈　1-178

列營棋峙　3-333

列營緣戍　9-264

列爵十四　1-214

列牛女以雙峙　2-240

列眞之宇　1-356

列眞非一　1-457

列稱　7-29, 7-31

列筵皆靜寂　5-141

列筵矚歸潮　4-39

列素點絢　9-239

列綺窓而瞰江　1-331

列缺曄其照夜　3-30

列聖之遺塵　1-414

列肆侈於姬姜　1-90

列舞八佾　1-256

列萬騎於山隅　2-133

列邦揮涕　9-435

列郡三十　7-306

列郡不相親　6-437

列郡大荒　7-303

列郡幾城　7-178

列金罍　1-136

列鐘虡於中庭　1-97

列隧百重　1-332

初九龍盤　8-195

初伏啓新節　4-430

初便娟於墀廡　2-396

初劉媼妊高祖　8-433

初垂翅於回谿　2-192

初拜秘書郎　8-95

初旣與余成言兮　6-8

初景革緒風　4-45

初服偃郊扉　5-14

初極宏侈之辭　8-28

初涉淥水　3-212

初涉藝文　6-263

初無糾擧　7-38

初發乎或圍之津涯　6-121

初發源乎濫觴　2-350

初秋涼氣發　4-202

初篁苞綠籜　4-59

初辭州府三命　9-275

初都建業　9-46

初開見　9-490

初雍容以安暇　3-223

判殊隱而一致　1-459

判獨離而不服　6-16

判與爲婚　7-44

別來行復四年　7-214

別促怨會長　4-299

別促會日長　3-427

別同異也　8-10

別在長門宮　3-65

別如俯仰　5-255

別後情更延　4-368

別攝治書侍御史　7-25

別時悲已甚　4-368

別曷有成速　3-438

別有參商之闊　7-237

別有未周　6-257

別殿周徼　8-57

別殿雲懸　9-294

別理千名　3-122

別白書之　6-241

別豔姬與美女　3-108

別輩越群　2-452

別風嶕嶢　1-173

別葉早辭風　5-357

刜剞熊羆之室　1-385

利交輿　9-113

利刃駿足　6-189

利博則恩篤　9-59

利在攸往　8-167

利害生其左　9-20

利害相奪　8-290

利往則賤　1-443

利斷金石　4-243

利欲之感情　8-139

利深禍速　8-316

利物不如圖身　9-59

利用賓王　6-232, 6-253

利盡西海　7-406

利見大人　8-123, 8-409

利飛遁以保名　3-9

刪詩爲三百篇　8-4

刮語燒書　8-228

刮野掃地　2-119

到長垣之境界　2-170

刱浚洫　2-273

制五正　1-260

制以化裁　3-398

制作春秋　7-345

制勝在兩楹　5-311

制勝既遠　9-357

制同乎梁鄒　1-129

制命紹布之手　7-424

制國昧於弱下　9-64

制度多闕　8-270

制度遺文　8-272

制成六經　8-237

制曠終乎因人　9-59

制模下矩　9-193

制無細而不協于規景　2-327

制爲雅琴　3-208

制詔　6-198

制造新邑　2-209

制鄢郢　6-429

制非常模　1-388

刷羽同搖漾　5-399

刷羽汎清源　5-389

刷蕩滌瀾　1-354

刷馬江洲　1-442

刺史敬弔　9-343

刺史見太上聖明　8-401

刺哀主於義域　2-235

刻削崢嶸　2-76

刻意藉窮棲　4-385

刻方連些　6-79

刻木爲人　9-490

刻木蘭以爲榱兮　3-68

刻肌刻骨　3-310

刻鏤鑽笮　3-198

剄身絶域之表　7-124

則七國之軍　7-400

則上不然其信　8-122
則下無背叛之心　8-455
則不伐也　7-184
則不可同年而語矣　8-382
則不能久　7-286
則不能相爲矣　8-340
則世祚江表　7-311
則中才之守　7-183
則乃澉淚激蠱　2-337
則乖矣　7-467
則九州之上腴焉　1-87
則事無遺策　6-468
則于地四　9-198
則五帝三王之道可幾而見也　8-390
則五霸不足侔　6-454
則人主必襲按劍相眄之跡矣　6-459
則人望克厭　6-346
則仁者不繇也　2-98
則以危苦爲上　3-203
則以垂涕爲貴　3-203
則以悲哀爲主　3-203
則以爲世濟陽九　1-347
則以爲襲險之右　1-347
則伊尹呂尙之興於商周　9-15
則伊生抱明允以嬰戮　8-43
則低迷思寢　8-478
則何王之門不可曳長裾乎　6-440
則使勞臣不勸　6-302
則使才臣不進　6-302
則信陵之名若蘭芬也　1-462
則修梁彩制　2-311
則俯弘六度　9-383
則備論而闕之　8-18
則傳直言其歸趣而已　8-14
則傷之者至矣　7-320
則僕償前辱之責　7-159
則兆庶與之共患　9-52
則八埏之中　1-414

則公輸已陵宋城　7-185
則其危不可得也　9-52
則其難不足恤也　9-52
則冬夏異沼　1-416
則凶　7-468
則出非其所　1-314
則刊而正之　8-12
則前人不當　8-235
則劉病日篤　6-311
則功名不宣　8-402
則功名立而鄙賤遠矣　8-473
則功收相懸　8-481
則功有厚薄　9-73
則勃貂管蘇有功於楚晉　8-329
則千載無一驥　8-179
則南望杜霸　1-90
則南澉朱崖　2-343
則南面之君　9-59
則卷盈乎緗帙　1-72
則虯然足以駭矣　6-116
則參分於赤壁　8-186
則參夷五宗　8-334
則受熊虎之任　8-471
則古人之所歎　6-293
則可以長世永年　9-46
則可朝服濟江　7-85
則可謂博聞辯智矣　7-447
則合美乎斯干　1-277
則同衾以疑　9-164
則同規乎殷盤　1-277
則名溢於縹囊　1-72
則君不用其謀　8-122
則吟詠以肆志　3-202
則告訴不許　6-311
則周公之祚亂也　8-21
則周公人　6-419
則周流氾濫　3-155
則哀憤兩集　4-305

則嚛眹宇宙　1-333
則善惡書於史冊　9-19
則單于之首　7-20
則嚴刑峻制　8-44
則闇然思食　8-478
則國用靡資　6-253
則地利不同　6-475
則坐談彌積　6-245
則埃壒曜靈　1-333
則城池自夷　9-68
則執杓而飲河者　9-19
則塵洗天波　6-323
則士亦將高翔遠引　7-173
則士有伏死堀穴巖藪之中耳　6-462
則壯士斷其節　7-418
則夏屋有時而傾　9-152
則夜光之璧不飾朝廷　6-432
則夜光璵瑤之珍可觀矣　9-20
則夜光與武夫匿耀　9-149
則大庭氏何以尙茲　1-288
則天下不足平也　8-414
則天下之稼如雲矣　9-20
則天下之貨畢陳矣　9-20
則天下已傳　8-454
則天下風靡　9-68
則天地之隩區焉　1-87
則天地和洽　8-390
則天文淸　9-145
則天網自昶　9-60
則夫誦美有章　8-61
則威德翕赫　9-27
則威靈紛紜　8-251
則孝章可致　7-171
則宅之於茂典　8-52
則宗哲纂其祀　6-328
則寄言以廣意　3-202
則審洪纖面短長劇生簳裁熟簧　3-222
則寵光三族　8-334

則將軍蘇遊　7-411
則將采庶官之實錄　7-232
則尊位以殆　6-336
則山坻之積在前矣　9-20
則山川悠隔　7-318
則崔子所不與　8-184
則嵬巘嶢屼　1-351
則嵯峨巍嵬　2-284
則崛嶔巋崎　3-150
則巍巍之盛　8-46
則川流平　9-145
則幕府無德於兗土之民　7-384
則干木之德自解紛也　1-461
則幷疆兼巷　1-377
則幷質不能共其休　9-147
則幽冥而莫知其原　7-352
則幽厲之爲天子　9-18
則幽州大將焦觸　7-412
則幾乎密ији　9-479
則庸夫高枕而有餘　7-462
則廣陵止息東武太山飛龍鹿鳴鵾雞游絃　3-216
則廬江太守劉勳　7-410
則延譽自高　6-216
則建約梟夷　7-405
則張郃高奐　7-411
則彝章載穆　6-401
則彷徨翱翔　3-158
則後須切響　8-352
則徐生庶幾焉　7-71
則從　7-467
則必喪保家之主　8-435
則必立功立事　3-50
則必臨之以王制　1-130
則忠貞之義彰　6-357
則忭於邪主之心　8-388
則怡養悅豫　3-218
則情劬於夕惕　7-320

則惑矣　7-467
則惻隱深慮　6-253
則成都自潰　7-306
則我吳遺嗣　6-443
則戚藩定其傾　6-328
則所美非其地也　7-309
則所謂咸池酬於北里　4-323
則所謂浮游先生陳丘子者也　8-400
則所謂生繁華於枯荑　6-334
則攸之褘允之任也　6-273
則敏且廣矣　7-451
則文止於所起　8-23
則斷以所見　8-485
則旁極齊秦　1-416
則旁開三門　1-181
則明分爽　3-367
則明哲不取也　7-393
則是宛珠之簪　6-432
則是蜀不變服而巴不化俗也　7-432
則是非不分　8-402
則是黃帝合宮　1-231
則時宗擧其致　8-183
則晉脩虞祀　6-342
則曰唯人所召　9-79
則有作兮　2-172
則有前言之覿　7-320
則有原隰墳衍　1-327
則有園廬舊宅　1-308
則有崇島巨鼇　2-344
則有後慮之戒　7-320
則有憑虛亡是之作　1-67
則有攢蔣叢蒲　1-328
則有晨鵠天雞　2-363
則有海童邀路　2-341
則有潛鵠魚牛　2-358
則有窮巷之賓　9-116
則有華蒳重秔　1-302
則有蓼蕺蘘荷　1-301

則有鉗盧玉池　1-300
則有長楊羽獵之制　1-67
則有魯國桓公趙國貫公膠東庸生之遺學
　　與此同　7-351
則有龍穴內蒸　1-366
則服從敎制　7-284
則木石潤色　1-395
則未達窅冥之情　9-90
則本根無所庇蔭　8-458
則枯木朽株　6-459
則桀之犬可使吠堯　6-457
則桓公恥之　7-171
則梧丘之魂　6-487
則棲遑大千　9-387
則楚廟不隕　6-343
則樵夫笑之　2-141
則橫議無已　6-245
則欹愉歡釋　3-218
則歌詠外發　8-346
則正愒息　7-149
則此之自實　2-34
則武闚闚其西　1-294
則江表之任　7-205
則沈思紆結　7-318
則泰山之封　2-107
則泰行木盡　7-309
則洞庭無三苗之墟　7-399
則浮雲出流　6-440
則淒風暴興　1-395
則清靜厭應　3-155
則淹寂而無聞　7-320
則滂渤怫鬱　6-120
則濙灃藻蘊　1-299
則漢室之隆　6-271
則火宅晨涼　9-389
則無國而不可奸　6-440
則燕昭樂毅　8-179
則爲臣以佐之　8-177

則爲遼東豕也 7-178
則犯敎傷義 7-286
則犯詩人胡顔之譏 3-310
則狂矣 7-467
則狂顧頓纓 7-284
則猛虎絶其蹯 7-418
則王莽董賢之爲三公 9-19
則珠服玉饌 1-377
則理擅民宗 8-110
則環寶溢目 1-369
則生非其壤 1-314
則用力少而就效衆 8-119
則申宮警守 8-44
則當年控三傑 8-179
則百川通流 7-309
則百工伊凝 8-241
則百憂俱至 4-305
則百蠻不足攘也 8-414
則皆妒之徒也 9-253
則皆農夫女工衣食之事也 8-298
則盤紆隱深 3-204
則知秦野西戎之宅 1-314
則知耳目驚 4-81
則知衛地淇澳之産 1-314
則示天下以私矣 6-351
則神母夜號 8-426
則禍成重闥之內矣 6-352
則福同古人 7-427
則福祚流于子孫 8-435
則稱謂所絶 9-383
則系之此紀 8-317
則紅粟流衍 1-369
則素契於伯符 8-186
則經當有事同文異而無其義也 8-17
則綠竹純茂 1-416
則繁爾類 9-164
則羅紈綺繢盛文章 3-256
則群氏率服 7-405

則義刑社稷 6-419
則耿存而蔡亡 7-20
則聖哲馳騖而不足 7-462
則聲華籍甚 6-216
則胡禁不止 8-125
則與參國議 8-325
則與風聞符同 7-44
則舒辟無方 6-178
則芬澤易流 9-141
則若逆指而文過 7-164
則若雷霆輘輷 3-155
則若飆風紛披 3-155
則莫不愴然累欷 3-158
則莫不憚漫衍凱 3-158
則莫之與 7-320
則萬機以亂 6-337
則譬蔽曖昧 2-307
則處龍鳳之署 8-472
則西周之美可尋 8-21
則覺德不愷 8-235
則角羽俱起 3-209
則詭故不情 7-286
則詩矣 7-467
則謂之命 9-80
則謂之道 9-79
則謂天下無公矣 6-351
則谢德之途已寡也 6-214
則貪殘之萌 9-73
則趨舍省而功施普 8-119
則身疲於遄征 7-320
則輕下慢上 8-464
則遊談之士 6-440
則過有深淺 9-73
則還方企踵 6-333
則達旦不瞑 8-479
則違古賢夕改之勸 3-310
則遼廓而無睹 7-320
則都督將軍馬延故豫州刺史陰夔射聲校

尉郭昭　7-411
則重昏夜曉　9-389
則金彩玉璞　1-295
則鎬鎬鑠鑠　2-307
則長逝者魂魄私恨無窮　7-135
則間不容髮　6-469
則陵谷遷貿　6-417
則陵降而恭守　7-20
則陽平不守　7-405
則隨他事附出　8-317
則雕悍狼戾　1-391
則雖死之日　6-354
則離朱與矇瞍收察　9-149
則霜露所均　1-414
則青編落簡　6-417
則非仁者之意也　8-470
則非列國之所覬望也　1-349
則非孔氏之門也　8-470
則非孫吳之倫也　8-470
則非常之功　7-393
則非忠信之事也　8-470
則音徽自遠　9-141
則頭槍地　7-149
則顯不如隱　8-180
則風氣殊焉　2-378
則飄颺升降　2-380
則飄爾晨征　7-317
則馬首靡託　7-317
則高尙之標顯　6-357
則高謝四流　9-383
則魏絳之賢　1-460
則黎元與之同慶　9-52
則默不如語　8-180
則齊德乎黃軒　1-277
則齊景之千駟　9-19
則龍舟不能以漂　9-152
則亂費錦續　1-391
則率土宅心　6-333

削平天下　3-108
削投惡言　9-44
削木爲吏　7-149
削黜諸侯　8-455
剋滅彊吳　8-412
剋翦方命　1-442
剋黜其難　6-200
前世以爲上應二十八宿　8-322
前乘秦嶺　1-117
前事之不忘　6-337
前代美之　6-265
前似飛鳥　6-106
前入圍口　2-125
前八而後五　1-218
前初破賊　7-181
前古所未行　8-99
前史所傳　8-478
前史載之詳矣　8-313
前唐中而後太液　1-108
前太守臣逵　6-311
前奉詔書　3-311
前年從河東還　7-276
前庭樹沙棠　3-435
前後招辟　9-340
前後無有垠鍔　1-192
前後要遮　2-110
前後赴會　9-343
前後部羽葆鼓吹　9-461
前後駱驛　6-120
前徽未遠　7-41
前思未弭　9-244
前日雖因常調　7-235
前晉安郡候官令東海王僧孺　6-408
前暉後光　9-410
前書倉卒　7-116
前書嘲之　7-227
前有利獸之樂　6-465
前有寒泉井　4-19

前望舒使先驅兮　6-22
前榮後悴　3-223
前殿崔巍兮　2-14
前熛闕而後應門　2-13
前王之令典　9-460
前王典故　9-185
前番禺　7-460
前登陽城路　4-490
前皮軒　2-83
前監不遠　9-14
前瞻京臺囷　5-2
前瞻太室　3-89
前祝融使舉麾兮　3-15
前者　7-270
前者明公西征靈州　7-83
前者嚷官去　3-509
前聖所以永保鴻名　8-216
前聖靡得言焉　1-120
前脩以自勖　5-305
前臨淸渠　8-33
前良取則　8-103
前蒙延納　7-76
前賓四會　9-193
前路旣已多　5-89
前郡尹溫太眞劉眞長　8-101
前長離使拂羽兮　3-31
前開唐中　1-178
前驅不過百艦　9-48
前驅已抗旌　5-75
前驅擧燧　3-327
前驅矯輕旗　5-183
前劇重膺　2-153
剔子雙龜　9-259
剖判庶士　1-400
剖卵成禽　2-345
剖大呂之陰莖　6-166
剖巨蚌於回淵　1-392
剖心摩踵　6-483

剖心析肝相信　6-450
剖明月之珠胎　2-123
剖析毫釐　1-186
剖椰子之殼　6-183
剖破窟宅　1-385
剖竹守滄海　4-459
剖符受土　3-319
剖符專城紆靑拖墨之司　9-248
剖符錫壤　8-123
剖纖析微　6-134
剗滅古文　8-228
剛柔迭用　8-346
剛毅彊禦反仁恩兮　3-156
剛癉必斃　1-270
剛腸疾惡　7-287
剛蟲搏摯　1-192
剛鏃潤　1-383
剞劂罔掇　1-437
剜其上孔通洞之　3-200
劇以長漣　9-256
剪剛豪　6-173
剪拂使其長鳴　9-128
剪滅鯨鯢　8-460
剪葵賓之陽柯　6-166
剪除荊棘　8-192
副以關城　6-477
副君命飲宴　5-435
割削宗子　9-68
割剝元元　7-383
割慈忍愛　3-116
割授江南　7-195
割據河山　8-364
割有交益　8-30
割有齊楚　8-366
割棄榮願　8-485
割江之表　7-202
割肌膚之愛　8-433
割膏腴之壤　6-429

割芳鮮　1-339
割裂州國　8-452
割驪同輦　9-162
割髮宜及膚　7-264
割鮮染輪　2-41
割鮮野食　1-114
割鮮野饗　1-202
創億兆　8-233
創制垂基　9-58
創業垂統　7-434
創業蜀漢　8-231
創法律　9-185
創浘輪夷　2-120
創病皆起　7-119
創自秦漢　9-58
創道德之囿　2-126
創道德之塗　7-436
剸揉度擬　3-185
剝掠虎豹之落　1-385
劃崇墉　2-273
劇哉行役人　5-93
劇蒙公之疲民兮　2-161
劇談戲論　1-335
劇辛自趙往　7-173
劉亦岳立　4-248
劉侯旣重有斯難　7-337
劉備震懼　7-303
劉公因險以飾智　9-42
劉后授之無疑心　8-185
劉向之讖云　8-307
劉向司籍　7-480
劉向王褒以文章顯　8-272
劉向諫曰　8-458
劉季緒才不能逮於作者　7-230
劉宗下輦而自王　1-341
劉宗以安　8-157
劉宗委馭　1-450
劉整兄寅第二息師利　7-32

劉杜二生　7-271
劉楨壯而不密　8-440
劉毅所云下品無高門　8-357
劉氏喪亡　7-29
劉氏銜璧　9-177
劉淵王彌　8-287
劉生之辯　7-230
劉禪入臣　8-282
劉表背誕　6-201
劉靈善閉關　3-497
劉項懸命　8-150
劉項斃之於後　8-452
劉頌屢言治道　8-301
劍宣其利　8-167
劍履上殿　9-457
劍氣凌雲　6-214
劍璽增華　9-411
劍閣雖嶮　1-411
劍騎何翩翩　5-440
劍騎穹廬之國　9-184

力 ─────────────

力侔則亂起　8-323
力嘗均勢　6-343
力屈凶威　7-21
力所常達　9-157
力政吞九鼎　3-478
力政爭權　7-448
力約而功峻　9-153
力未旣勤　3-304
力蕩海而拔山　9-485
力雖可窮　9-270
功不得背時而獨彰　7-472
功不興而禍遘者　9-52
功亦不測　3-338
功亦足以暴於天下矣　7-145
功偶時而并劭　9-149

功參微管　6-421
功名不可爲　3-455
功名惜未立　5-491
功名猶尙若此　8-413
功名美惡　9-492
功名良可收　5-177
功君百王　8-257
功均天地　9-183
功均柱地　9-197
功墜於幾立　9-395
功大罪小　7-116
功存汧城　9-260
功已薄矣　9-42
功微勢弱　8-155
功德不紀　8-427
功德著乎祖宗　1-102
功慚同德　6-390
功成不受爵　3-457
功成不受賞　3-460
功成作樂　8-108
功成弗有　9-364
功施到今　6-430
功旣成矣　8-77
功最萬里　9-415
功有橫而當天　1-120
功未爲衆所歸　6-302
功業不同　8-299
功業未及建　4-318
功業相反　8-382
功歸造化　7-23
功流萬世　6-468
功深疑淺　9-258
功濟宇內　8-189
功烈於百王　8-299
功烈著而不滅　7-376
功無與二　8-214
功略蓋天地　7-124
功疑不賞　7-101

功立百行成　3-506
功緒參差　6-396
功臣無立錐之土　8-450
功臣義士　7-124
功與造化爭流　6-188
功若丘山　7-453
功若泰山　7-467
功莫厚焉　8-43
功薄而賞厚者　7-82
功讓其力　9-221
功銘鼎鉉　8-134
功隆賞薄　6-216
功隱於視聽者　6-374
功高乎伊周　6-205
加之以信誠好謀　8-432
加之剪截　1-73
加以二王于邁　8-56
加以伊洛榛蕪　6-367
加以待接彌優　4-322
加以戎羯窺窬　9-420
加以朱方之役　7-101
加以涉旬月　6-483
加以納款通和　6-249
加以頯頤矗頞　9-118
加兵五千人　6-378
加其忠貞　4-326
加其細政苛慘　7-388
加劉備相扇揚　7-197
加勞三皇　2-128
加咫尺之書　7-171
加子之勤　7-126
加弊帷　2-456
加彼康惠　9-285
加懷區區　7-207
加我關氏名　5-75
加梁父之事　7-437
加百中焉　6-471
加緒含容　7-388

加羽葆皷吹　8-107
加非次之荣　6-303
加顯戮於儲貳　2-201
努力加餐飯　5-211
努力崇明德　5-232
努力愛春華　5-237
努力自愛　7-127
劫宮廟而遷跡　2-196
劬勞王室　7-421
势卑乎九伯　6-218
勁利之器易用也　9-52
勁刷理鬢　8-479
勁松彰於歲寒　2-207
勁虜在燕然　5-96
勁陰殺節　9-157
勁風戾而吹帷　2-386
勁風淒急　9-244
勃慷慨以慘亮　3-225
勃鬱煩冤　2-381
勇不虛死　7-413
勇之決也　7-136
勇剽若豹螭　5-68
勇士厲　1-112
勇如信布　8-429
勇如呂布　7-402
勇怯勢也　7-153
勇期賁育　6-464
勇烈之志　9-264
勇略之士　8-471
勇若任城　1-453
勇若專諸　1-378
勇退不政進　4-351
勉事聖君　7-127
勉仰高而蹈景兮　2-171
勉力在無逸　5-493
勉哉脩令德　4-184
勉思良圖　7-313
勉慰痍傷　9-270

勉爾含弘　3-304
勉精厲操　8-467
勉膳禁哭　9-427
勑躬每踧踖　5-18
勒三軍　1-132
勒五營使按部　2-449
勒以八陣　9-168
勒分翼張　2-312
勒功中嶽　8-215
勒東岳以虛美　2-221
勒移山庭　7-360
勒虞箴　1-432
勒銘山阿　9-177
勔自强而不息兮　3-10
動不爲身　2-133
動中得趣　1-241
動之則苦　7-449
動亂國經　3-317
動以千百　1-373
動以萬計　6-334
動以觀德　9-457
動則挈榼提壺　8-138
動唇有曲　3-233
動商則秋霖春降　3-238
動因循以簡易　2-432
動天地　7-495
動容成紀　9-314
動容發音　2-32
動復歸有靜　5-502
動心驚耳　6-115
動必研機　8-111
動息無兼遂　5-368
動應無方　2-370
動搖微風發　5-51
動攝群會　8-190
動有環珮之響　8-310
動有規矩　8-246
動朱唇　6-147

動朱脣以徐言　3-277
動朱脣　3-166
動杌其根者　3-181
動沙堁　2-381
動滴瀝以成響　2-286
動無常則　3-275
動物應心　3-304
動物斯止　1-188
動發舉事　7-449
動神之化已滅　9-145
動翼而逸　2-431
動而見尤　7-133
動見瞻觀　7-218
動觸飛鋒　6-139
動足觸機陷　7-388
動趾遺光　6-137
動鍾鼓之鏗耾　1-395
動陽侯　1-339
動霧縠以徐步兮　3-259
動類斯大　3-285
勖之而已　4-306, 7-207
勖以丹霄之價　8-108
勖勤五帝　2-128
勖增爾虔　3-281
勖自强而不息　2-213
務一心營職　7-141
務伐英雄誅庶桀以便事　8-299
務光何足比　7-363
務協華京想　4-369
務嘈囋而妖冶　3-141
務在得人　8-471
務在獨樂　2-98
務快耳目之欲　8-388
務此鳥獸　3-297
務耕織　8-374
勳績惟光　3-295
勝兵將百萬　7-178
勝塗未隆　8-196

勝帶宓王城　5-173
勝幡西振　9-403
勝廣之敢號澤哉　9-65
勝廣唱之於前　8-452
勝彊楚於柏舉　1-397
勝敵無封爵之賞　8-470
勞來不怠　8-405
勞來安集　6-249
勞則禧於惠　1-155
勞動我邊境　7-424
勞士大夫　7-374
勞役未已　7-422
勞我師徒　9-211
勞此山川路　3-487
勞神苦形　2-98
勞神苦體　8-467
勞筋苦骨　8-119
勞而未驗　8-485
勞謙日仄　6-262
勞謙靡已　9-210
勞逸齊　1-114
勞櫟銚懤　3-194
勢不可入　7-149
勢之所去　9-16
勢之所集　9-16
勢傾天下　8-359
勢動人主　9-12
勢動者不可以爭競擾　8-290
勢合形離　2-311
勢土崩而莫振　2-228
勢弱則受制於巨力　6-363
勢所常奪　9-154
勢薄岸而相擊兮　3-246
勢衄財匱　9-35
勢超浮柱　9-192
勢越四海　6-180
勢足者反疾　9-67
勢連四時　6-352

勢逾風掃　8-150
勢門上品　6-405
勢陵京城　7-400
勢隨九疑高　4-84
勢齊凡庶　8-461
勤亦至矣　7-264
勤勤懇懇者　8-234
勤唉厥生　3-295
勤宣令德　7-114
勤厭省　1-248
勤役從歸願　3-488
勤役未云已　5-444
勤心納忠　8-331
勤思終遙夕　5-289
勤恤民隱　1-248
勤恤民隱　8-72
勤民謹政　9-46
勤王始著　6-216
勤興利不足以補害　8-41
勤身以致養　8-470
勦凶兮截海外　9-169
勦皇統之孕育　2-234
勳倍楹席　9-199
勳兼乎在昔　1-123
勳則伊何　9-210
勳在盟府　8-472
勳業未融　9-229
勳績惟光　9-208
勳耀上代　8-157
勳賢兼序　8-322
勳超邁古　7-96
勵志故絶人　3-289
勵疲鈍以臨朝　2-213
勸之以弗怠　2-126
勸侑君子　3-186
勸德畏戒　1-287
勸稼穡於原陸　1-273
勸穡以足百姓　2-36

勹 ————————————
勺藥之和具　2-54
勺藥之醬　6-105
勾爪摧　6-174
勾踐作伯　4-335
勾踐有種蠡渫庸　8-412
勿以前事自疑　7-179
勿以爲念　7-127
勿有所問　7-393
勿言一樽酒　3-448
勿謂幽昧　9-164
勿謂玄漠　9-164
包九夷　6-429
包乾之奧　2-347
包含弘大　8-172
包左車之計　7-78
包括干越　1-349
包擧宇內　8-374
包湯谷之滂沛　1-352
包玉壘而爲宇　1-318
包陰陽之變化　2-298
匈奴旣敗　7-118
匈奴盛　5-74
匃匐伐取　3-185
匃匐星奔　4-310
匏土革木之常調　1-446
匏竹屛氣　3-219

匕 ————————————
化一氣而甄三才　2-178
化之旣柔　3-284
化俗之本　1-156
化充牀笫　7-45
化協殊裔　9-35
化天下以婦道　8-295

化奢淫而無度　2-220
化感無外　6-188
化洽期門　9-185
化流岐廁　2-185
化溢四表　8-125
化爲仙車　1-210
化爲侯王　8-365
化爲寇糧　9-258
化爲戰場　1-413
化爲枯枝　3-226
化爲狄俘　3-335
化爲異物　7-211, 7-337
化爲異物兮　2-416
化爲糞壤　7-215
化爲繞指柔　4-318
化爲魚鼈　9-91
化罔不加　3-379
化而不易　9-80
化胡不柔　1-279
化自公宮　9-323
化行有謐　9-340
化行邑裏　9-219
化道之所先　6-360
化際無間　3-402
北上太行山　5-55
北上玉堂　2-380
北備榆中之關　6-475
北出玄塞　6-284
北則層峰削成　9-391
北動幽崖　1-135
北厲淸渠　4-223
北曳頗識其倚伏　2-469
北嚮爭死敵者　7-144
北壟騰笑　7-367
北守漳水　6-439
北定中原　6-272
北山亡其翔翼　1-391
北彌明光而亘長樂　1-105

北彌陶牧　2-255
北征匈奴　7-374
北徵瑤臺女　5-134
北懷單于　8-237
北戍長城阿　5-86
北戶墐扉　2-395
北拒溺驂鑣,西癟收組練　5-373
北指崑崙　1-321
北指崝潼　9-420
北據東坑　9-48
北收上郡　6-429
北斗忽低昂　5-271
北方不可以止些　6-77
北有曠野之望　7-255
北有淸渭濁涇　2-204
北望汝海　6-107
北望沙漠路　5-491
北望靑山阿　4-106
北望首陽岑　4-110
北棲雁門　1-191
北極幽崖　2-311
北海徐幹偉長　8-439
北淸禁林　8-56
北渚有帝子　5-513
北渚無河梁　4-299
北渚盈耕軒　5-129
北渡黎陽津　5-429
北灑天墟　2-343
北煥南平　2-213
北橫幽都　2-21
北燮丁令　1-275
北狄懼威　9-423
北發渠搜　6-195
北眺五陵　1-90
北眺沙漠垂　4-338
北眺邯鄲道　5-435
北繞黃山　2-103
北臨太行道　4-108

北臨沙漠　7-83
北臨漳滏　1-416
北至于無棣　6-204
北芒何壘壘　4-142
北荒明月　9-185
北虜僭盜中原　7-330
北裂淮漢之涘　9-35
北走紫塞雁門　2-272
北距飛狐　8-161
北距飛狐陽原　6-487
北蹂芒與河　5-322
北通二轍　9-193
北遊幽朔城　5-93
北達褒斜　9-176
北遵河曲　7-211
北邁涉長林　4-438
北邁頓承明　4-254
北鄰柏人　7-77
北里吹笙竽　3-461
北里多奇舞　4-116
北門寢扃　9-453
北闕甲第　1-181
北阜何其峻　4-84
北陸南躔　2-403
北難獫狁　3-340
北面稱臣　7-311
北面自寵珍　4-184
北風何慘慄　5-226
北風未起　9-420
北風聲正悲　5-56
北首山園　9-317

匹三正而滅姬　2-473
匠人勞而弗圖　2-208
匠斲積習　1-437
匠石不知其所斲　2-328

匠石奮斤　3-208
匠者以爲不祥　9-466
匠者何工　8-90
匠者時盻　4-321
匡上以漸　8-202
匡復社稷　6-363
匡此霸道　8-199
匡贊奉時之業　9-367
匡雅頌　2-124
匡馬法　8-237
匭以代兼金　4-391
匭有遺弦　9-294
匪仁里其焉宅兮　3-4
匪叨天功　7-103
匪同憂於有聖　1-468
匪唯主人之好學　1-145
匪唯玩好　1-194
匪啻於茲　1-314
匪堯不輿　8-257
匪外物兮或改　9-303
匪孼形於親戚　1-451
匪居匪寧　1-307
匪徒教義　7-12
匪思匪監　3-298
匪怠皇以寧靜　1-248
匪惟厥武　8-157
匪惟撫華　9-336
匪惠惟恭　9-208
匪惰其恪　3-282
匪我求蒙　9-243
匪擇木以棲集　2-182
匪政傲德　3-321
匪敢晏寧　3-326
匪日匪旬　1-337
匪曰形骸隔　4-343
匪有陰構賁赫之告　7-196
匪本匪實　1-316
匪桐不棲　4-312

匪榮苣蘭　2-431
匪樸匪斲　1-424
匪漢不弘厥道　8-257
匪爲衆人說　5-348
匪爵而貴　9-244
匪爵而重　9-441
匪由名教　8-194
匪由思至　8-352
匪疾匪徐　1-266
匪直也人　9-229
匪直望舒圓　5-369
匪石匪董　1-182
匪禍降之自天　2-180
匪竹不食　4-312
匪義跡其焉追　3-4
匪葛匪姜　1-331
匪親勿居　9-177
匪親孰爲寄　3-417
匪詞言之所信　7-480
匪賦匪頌　2-282
匪遑底寧　2-384
匪遑相恤　8-448
匪遑離局　7-386
匪陌荊棘　2-431
匪降自天　4-130
匪雕匪刻　1-240
匪願伊始　3-362
匪餘年之足惜　2-424
匪黨人之敢拾兮　2-467
甌牘相尋　8-75

匿亡回而不泯　8-257
區以別矣　1-69
區內宅心　3-376
區別作湖　2-364
區之心　7-121
區區微誠　6-350
區區於一主　9-12
區區本懷　6-321
區域以分　4-265
區宇乂安　9-185
區宇乂寧　1-237
區宇既滌蕩　5-421
區宇若茲　1-98
區連域絶　2-328

十

十一月五日洪白　7-181
十一月十一日　9-263
十七諸侯　6-477
十世宥能　9-258
十九日辛未　9-500
十亂斯佐　9-323
十二畢具　3-185
十五卷　8-19
十五王而文始平之　8-298
十五諷詩書　5-457
十仞斯齊　9-492
十八日辛丑　6-327
十八王而康克安之　8-298
十六日壬寅　9-199
十六王而武始居之　8-298
十分而未得其一端　1-118
十室而九　6-256
十年之外　3-79
十恒八九　8-302
十日代出　6-76
十旬兼淸　1-302

匹夫之小節　7-99
匹夫之思　7-231
匹夫朕母　7-177
匹夫難奪　6-413
匹婦之操　9-466

十月丁亥朔 9-199
十有四位 1-101
十有餘世 9-65, 2-41
十有餘輩 7-402
十萬之師 7-405
十載事西戎 5-444
十載學無就 5-355
十載朝雲陛 5-360
十餘年間 6-349
千乘之勢 9-140
千乘爲之軾廬 1-461
千乘莫移其情 8-340
千乘雷動 1-194
千乘雷起 1-131
千人唱 2-90
千人已上 9-344
千仞寫喬樹 5-29
千仞易陟 5-256
千列百重 1-202
千品萬官 1-248
千室非良鄰 4-301
千年不復朝 5-191
千年之領袖 9-430
千廡萬室 1-331
千廬內附 1-168
千念集日夜 4-481
千有餘人 7-407
千有餘歲 8-450
千歲方嬰孩 4-11
千秋萬歲 3-108
千秋萬歲後 4-111
千秋長若斯 3-344
千翼汎飛浮 4-73
千變百伎 7-287
千變萬化 2-294
千變萬化兮 2-416
千載一彈 4-243
千載一會 8-125
千載一逢 7-96
千載一遇 8-181, 8-203
千載不復引 4-151
千載不相忘 4-101
千載之一遇也 8-399
千載亡聲 8-209
千載垂令名 5-477
千載揆之 7-259
千載是仰 8-167
千載有雄名 3-507
千載永不寤 5-222
千載無爽 8-101
千載美談 7-28
千載託旒旌 4-159
千載誰賞 7-361
千载彌光 6-227
千里不絶 6-438
千里不言而斯應 9-407
千里何蕭條 5-491
千里來相求 4-316
千里來雲 9-99
千里俄頃 2-368
千里別鶴 3-217
千里度龍山 5-459
千里應之 9-164
千里旣悠邈 5-296
千里無人煙 3-426
千里相望 7-309
千里而逝 3-253
千里與君同 5-357
千里超忽 9-391
千里遠結婚 5-218
千里顧徘徊 5-235
千金比屋 9-417
千鈞爲輕 6-62
千鍾電醑 6-175
千門相似 2-297
千類萬聲 2-363

千齡兮萬代　2-277

千齡萬恨生　4-166

升中以祀群望　9-184

升之於雲則雨施　9-14

升之霄漢非其悅　9-80

升堂入室　9-221

升堂睹奧　6-263

升堂而未入於室者也　9-12

升帝道　9-90

升曲沃而惆悵　2-198

升月照簾櫳　5-333

升淸質之悠悠　2-407

升獻六禽　1-266

升玉堂　7-243

升鷁舉燧　1-202

升輕軒　3-61

升長皆丰容　4-59

升降二宮　9-416

升降兩宮　9-353

升降在一朝　4-423

升降文陛　9-434

升降秘閣　4-251

升降阤隆　7-40

升降蓋寰　8-357

升降謳謠　8-346

升降隨長煙　4-11

升高能賦者　1-316

升高臨四關　5-155

升黃輝采鱗於沼　8-260

升龍攀而不逮　6-142

卉旣凋而已育　3-22

卉服之酋　8-53

卉服滿塗　9-423

卉木妖蔓　1-358

半年一年　8-485

半散昭爛　2-6

半長途而下顚　2-13

卑之則爲虜　7-449

卑事也　8-355

卑以自居　2-347

卑位代躬耕　4-470

卑侮王室　7-386

卑宮菲食　9-43

卑宮觀　8-415

卑宮館　8-392

卑枝扶羽蓋　4-28

卑高一歸　9-144

卑高亦何常　4-423

卒不能擸首尾　7-473

卒不能救　1-210

卒仆濟北　6-442

卒以敗亡　7-71

卒使懷才受謗　7-124

卒卒無須臾之閒　7-134

卒宗滅而身屠　2-190

卒富貴　8-430

卒就死耳　7-148

卒從吏訊　6-447

卒從吏議　7-146

卒復勾踐之讎　7-121

卒愕異物　3-250

卒散於陣　9-39

卒於尋陽縣之某里　9-277

卒於延喜里第　9-238

卒於金虎　1-225

卒有彊臣專朝　9-68

卒有田常六卿之臣　8-451

卒有蕭周之禍　8-331

卒無半菽　9-270

卒無補於風規　1-285

卒然遇軼才之獸　6-464

卒爲應侯　6-452

卒獲笑語　4-174

卒相中山　6-452

卒自棄於鄭也　7-176

卒致囹圄　4-130

卒與我兮相難　3-259
卒與禍會　7-163
卒被五刑　2-414
卒踐無人之境　2-261
卒銜恤而絶緒　3-18
卒開項而受沛　1-231
卒陵晉以雪恥　2-194
卒隕身乎世禍　2-470
卓卓若人　8-199
卓哉煌煌　8-233
卓滔天以大滌　2-196
卓然淩風矯　5-496
卓犖乎方州　8-261
卓犖偏人　5-429
卓犖兼并　1-349
卓犖觀群書　3-457
卓鄭埒名　1-334
卓長往而不反　2-181
協佐義始　6-371
協升景業　9-460
協和陳宋　3-228
協建靈符　7-300
協彼離心　9-181
協律則李延年　8-271
協律總章之司　8-72
協心毗聖世　4-283
協應叟之志　9-463
協易失之情　8-104
協比其象　3-193
協氣橫流　8-212
協神人也　3-163
協神道而大寧　2-282
協策淮陰　8-146
協群英之勢力　8-336
協隆三善　9-410
協靈通氣　2-354
協風傍駭　3-361
協風應律　3-369

協黃宮於清角　3-233
南中榮橘柚　4-402
南中氣候暖　5-505
南則大川浩汗　9-391
南北崝嵤　1-370
南取漢中　6-429, 8-375
南取百越之地　8-378
南吳伊何　4-267
南國之紀　4-276
南國有佳人　5-262
南國有儒生　5-457
南國麗人　2-277
南夷之君　7-374
南威爲之解顏　6-137
南宮故事　6-409
南容三復白珪　8-402
南山戢戢　2-70
南山有綺皓　5-497
南山群盜　9-417
南山鬱岑崟　4-435
南崖充羅幕　5-129
南嶽之幽居者也　9-275
南州實炎德　4-484
南徐州南蘭陵郡縣都鄉中都里蕭公年三
　　十五行狀　9-446
南括群蠻之表　9-35
南接衡巫　9-414
南方不可以止些　6-77
南有玄灞素滻　2-204
南有琅邪　2-55
南服緩耳　9-184
南望泣玄渚　4-438
南望秦稽　9-417
南望罔極　6-337
南望舊京路　4-338
南望荆山　6-107
南望邯鄲　7-77
南極赤岸　6-284

南榮誠其多 4-33
南歸憩永安 4-254
南津有絶濟 4-299
南淩長皁 4-223
南湊五方 9-193
南煬丹厓 2-21
南燿朱垠 1-135
南界聊攝城 5-107
南畏齊楚 8-448
南登紀郢城 5-429
南登霸陵岸 4-138
南皮戲清沚 5-433
南瞻儲胥觀 4-84
南瞻淇澳 1-416
南端迺邅 1-422
南箕之風 6-186
南箕動於穹蒼 3-236
南箕北有斗 5-217
南翔衡陽 1-191
南背國門 9-317
南臨伊與洛 5-322
南臨汶江 7-409
南至于穆陵 6-204
南荊之跋扈 9-122
南蘭陵人也 9-406
南行至吳會 5-253
南要湘川娥 5-134
南譖越裳 1-275
南越之旄不拔 7-399
南越相夷 2-139
南距羌笮之塞 6-475
南距陽榮 2-311
南路在伐柯 4-426
南通邛僰 9-176
南郡丞王源 7-46
南鄱擊鍾磬 3-461
南金北毳 8-359
南金和寶氷紈霧縠之積 8-336

南金豈不重 3-490
南關繞桐柏 5-20
南陔 3-280
南陟五嶺巓 5-86
南除輦道 8-56
南陸迎脩景 4-430
南陽相 9-238
南陽葦杖 9-418
南震百越 7-246
南面稱孤 7-152
南面稱王也 7-302
南面臣民者 8-335
南顧莫重 9-420
南馳使以誚勁越 7-435
南馳蒼梧漲海 2-272
南驅漢中 2-132
博問人間 7-351
博士集而讚之 7-349
博奕惟賢 9-209
博我以皇道 1-86
博望之苑載暉 9-410
博物止乎七篇 8-350
博考經籍 8-7
博而不繁 9-280
博見強識 6-99
博覽廣包 8-225
博通群籍 6-214
博遊才義 8-89
博選良才 8-472

卜 ─────────

卜世三十 9-8
卜偃前識而賞其隆 1-414
卜室倚北阜 5-342
卜年七百 9-8
卜年過於周氏 6-329
卜式拔於芻牧 8-270

卜征考祥　1-273
卜惟洛食　1-235
卜揆崇離殿　5-373
卜擇考休貞　5-183
卜洛易隆替　3-478
卜和潛幽冥　4-231
占募到河源　5-147
占旣吉而無悔兮　3-11
占水火而妄訊　3-20
高不能計　2-56

几・巳 ──────────

危冠空履之吏　8-72
危冠而出　1-378
危冬葉之待霜　2-210
危同朝露　6-359
危坐一時　7-286
危坐而聽　8-390
危城載色　3-338
危急將如之何　8-464
危於累卵　6-469
危樓峻上干　4-94
危機密發　7-319
危機將發　8-44
危素卵之累殼　2-181
危與下共患　9-52
危行言孫　8-20
危趙獲安　9-259
危軀授命　3-322
危逼獲濟　9-250
却克慚躅步　4-455
却公之倫　1-336
却翡翠之飾　2-137
却背而走　6-470
却阻長隄　8-33
卷其舌而不談　8-229
卷懷前代　9-406

卷斾收蔫　6-174
卷淫放之退心　3-37
卷甲遄征　9-421
卷異蘧子　4-321
卷舒雖萬緒　5-502
卷袤奉盧弓　5-458
卻倚雲夢林　5-2
卻匈奴七百餘里　8-379
卻屬輂輅　2-450
卻背九房　9-193
卻負載而蹲跱　2-292
卻賓客以業諸侯　6-434
卻走馬以糞車　1-282
卻馬於糞車之轅　6-186
卻騏驥而不乘兮　6-73
卽之雲昏　1-322
卽事怨睽攜　5-339
卽事旣多美　4-84
卽事相權　8-325
卽事罕人功　5-342
卽以五日到官　7-77
卽以此指　7-145
卽以爲義者　8-14
卽倉敖庾　8-161
卽其後也　9-332
卽召臣入　8-244
卽周正也　8-22
卽命刊削　9-466
卽土之中　1-126
卽垂順許　6-383
卽太宰魯武公其人也　3-51
卽宮天邑　4-248
卽宮廣宴　3-411
卽宮舊梁　8-151
卽宮長夜　9-436
卽將來之後轍　1-465
卽岐阯而臚情　3-9
卽帝位　1-451

卽平王也　8-22

卽志士仁人不忍爲也　8-388

卽戎有授命　5-35

卽我高祖之命　6-198

卽授司徒　9-454

卽新館而蒞職　2-213

卽日幽幷青冀四州幷進　7-393

卽日故共觀試　7-60

卽日被尙書召　7-88

卽是羲唐化　4-471

卽月殿　2-407

卽有邰家室　8-294

卽此陵丹梯　5-10

卽爲成規　6-421

卽理理已對　4-350

卽用兼通　6-237

卽疑浮相譖　7-176

卽索璋之簿閱　7-44

卽罪惟謹　6-321

卽自賊殺　7-376

卽荊楊而爭舟楫之用　9-48

卽謀下邑　8-146

卽謂上世帝王遺書也　8-3

卽閑房　6-147

卽阮陳之儔也　7-71

卽陵狡獸　2-47

卽魯隱也　8-22

卽鹿縱而匪禁　1-432

卿何所疑難　7-229

卿大夫之意也　7-167

卿雲黼黻河漢　9-121

厂─────────────

厄奚險而弗濟　9-485

厄運之極　6-330

厄運初遘　4-308

厓隒爲之泐嶵　2-355

厖眉耆耉之老　8-405

厚下之典　9-62

厚下曰仁　9-323

厚倫正俗　8-72

厚恩不答　6-423

厚援生隙　7-198

厚見周稱　7-223

厞司旌　1-260

原不可當　6-120

原乎天人之性　9-22

原夫存樹風猷　6-417

原夫簫幹之所生兮　3-150

原本山川　6-107

原爲雙飛鳥　4-104

原薄信平蔚　3-390

原薦枕席　3-244

原野何蕭條　4-215

原野厭人之肉　1-122

原野蕭條　1-114

原野聞其無人兮　2-257

原陵鬱膴膴　4-142

原隰多悲涼　3-487

原隰殊品　1-367

原隰昀昀　1-417

原隰黃綠柳　4-39

原隰鬱茂　3-43

原隰龍鱗　1-94

厠坐衆賢　7-69

厠彼日新　4-276

厥之有章　8-220

厥價徒空言　3-473

厥初生民　2-185

厥圖不果　7-389

厥土千里　1-93

厥塗漸　1-69

厥塗漸異　1-69

厥塗靡從　8-219

厥壤可遊　8-218

厥壞惟白　1-417

厥姓斯氏　9-208

厥宗亦墜　7-476

厥庸孔多　2-311

厥庸孔肆　1-281

厥弊茲多　6-247

厥政斯逸　3-295

厥有云者　8-227

厥有國語　7-156

厥有氏號　8-248

厥狀睢盱　2-294

厥猷未墜　3-381

厥田上上　1-159

厥田惟中　1-417

厥草油油　3-280

厥被風濡化者　8-239

厥角稽顙　9-184

厥跡猶存　1-157

厥首用夫顓隕　6-18

厥高慶而不可乎彌度　2-10

厭江海而遊澤　2-460

厭焉乃揚　3-222

厭紫極之閑敞　2-199

厲三軍之志　7-103

厲而不爽些　6-82

厲耿介之專心兮　2-147

厲荊軻之威　6-475

厲誠固守　9-264

厲風霜之節　9-98

厲馬登高堤　5-68

ㅿ ────────

去上西山趾　4-103

去不可止　3-144

去之彌遠　8-352

去乎若雲浮　4-318

去來山林客　4-13

去侈靡　8-392

去卑辱奧渫而升本朝　8-122

去去從此辭　5-237

去去情彌遲　4-354

去去莫復道　5-261

去去遣情累　5-404

去君之恒幹　6-76

去國還故里　4-386

去如激電　2-153

去子惑故蹊　4-56

去家日已遠　5-201

去家邈以綿　5-96

去就之道　7-415

去就有方　3-189

去帝鄉之岑寂　2-460

去年十月十二日　7-32

去後　7-31

去後宮之麗飾　1-139

去復去兮長河湄　3-119

去德滋永　7-90

去思一借之情　9-418

去日苦多　5-53

去日苦長　5-125

去楊葉百步　6-471

去歲十月往整田上　7-29

去泰去甚　1-424

去滋味　7-291

去煩蠲苛以綏百姓　8-415

去燭房　2-407

去疾苦不遠　5-83

去白日之昭昭兮　6-70

去矣稽生　7-323

去矣從所欲　5-499

去矣方滯淫　5-16

去穢累而飄輕　3-11

去累卵之危　7-427

去躬北山萊　5-368

去者日以疏　5-223

去而辭曰　3-244
去聖帝明王遐遠　7-347
去肅表乎時訓　8-78
去若朝露晞　4-216
去華簟兮初邁　9-302
去邰之廊　8-294
去鄉三十載　5-155, 5-476
去鄉離家來遠客　6-69
去戲自閭　1-378
參以天一　9-198
參以酒德　9-369
參任則群心難塞　8-325
參其名臣　8-273
參參其穡　3-283
參同異而并進　8-446
參塗夷庭　1-181
參塗方駟　2-29
參天地而施化　7-478
參天貳地　8-225
參差世祀忽　5-374
參差互相望　4-84
參差別念舉　3-417
參差孔樹　9-441
參差洿密　2-462
參差百慮依　4-402
參差皆可見　5-16
參從無聲　7-211
參戎作弼　9-220
參旗九旒　2-307
參會不地　8-15
參發并趣　3-209
參目虎首　6-78
參而由焉　9-51
參聞神筭　9-366
參請門衢　9-424
參譚雲屬　3-236
參象乎聖躬　1-134
參辰極而高驤　3-204

參辰皆已沒　5-237

又 ————————

又不分邊　7-31
又不睹之於人事矣　8-428
又不能備行伍　7-139
又不能拾遺補闕　7-139
又不能與羣僚并力　7-165
又不處重闈　5-225
又不識人情　7-285
又不讓乎當仁　8-407
又云　8-329
又云　9-478
又亦繁博　1-74
又亦若此　1-70
又人倫有禮　7-286
又以居母艱去官　9-364
又以所聘餘直納妾　7-44
又以略諸　1-73
又以錢婢姊妹弟溫　7-29
又以類分　1-76
又仲尼兼愛　7-279
又似乎帝室之威神　2-285
又似君子　3-155
又似地軸　2-339
又似流波　3-159
又似鴻雁之將雛　3-236
又何劣邪　7-327
又何可以淹留　6-32
又何往而不復　3-23
又何必用夫行媒　6-31
又何懷乎故都　6-39
又何磬折　3-227
又何芳之能祇　6-33
又何足患　2-416
又何足數　1-268
又作傳　8-396

又使征西將軍夏侯淵等　7-408
又況揭車與江離　6-33
又分掌御服　8-356
又別集諸例　8-19
又加之以朝寡純德之士　8-300
又北土之性　7-319
又南中呂興　7-308
又可以校運算之睽合　9-199
又可略聞矣　8-433
又呼吸吐納　8-480
又命晉文　6-204
又哂子雲閣　5-345
又問　6-234, 6-236, 6-238, 6-240, 6-244,
　　6-246, 6-247, 6-249
又善草隸之藝　9-227
又嘗親見執事　7-54
又多豪右并兼之家　5-241
又奏課連最　9-451
又好射夫封狐　6-17
又好服食咽氣　8-33
又婆娑乎人間　3-259
又孫卿所謂舍其參者也　9-52
又孰能無變化　6-33
又守之以一　8-488
又安得青紫　7-464
又宏璉以豊儉　2-308
又少則三字　1-69
又引經以至仲尼卒　8-23
又徒馳騁乎末流　1-142
又性好色　3-264
又性好音　3-178
又恐兩失　8-485
又恐後世復修前好　2-104
又恐後代迷於一時之事　2-141
又悉經五緯之碩慮矣　8-265
又患闇於自見　8-441
又惡可以已乎哉　7-437
又感東方朔楊雄自喩以不遭蘇張范蔡之
　　時　7-472
又應屬橐　7-31
又懷寢丘之志　9-357
又所答睨　7-248
又授使持節都督楊州諸軍事楊州刺史
　　9-455
又授太子詹事　8-100
又授車騎將軍　9-454
又操持部曲精兵七百　7-393
又操軍吏士　7-392
又舉有道　9-333
又於是乎出　2-34
又曰　8-12, 8-293, 8-340, 9-51, 9-479
又有以見綏世之長御　9-59
又有佞倖傳　8-360
又有天祿石渠　1-102
又有心悶疾　7-292
又有承明金馬　1-103
又有繼於此者　2-208
又杳篠而不見陽　1-107
又梁孝王先帝母昆　7-388
又楚人屈原　1-68
又樹蕙之百畝　6-9
又每非湯武而薄周孔　7-287
又沐浴於膏澤　1-139
又況乎饕大名以冒道家之忌　8-44
又況可奮臂大呼聚之以干紀作亂之事乎
　　8-291
又況幺麼不及數子　8-429
又況我惠帝以蕩蕩之德臨之哉　8-305
又況權備　7-246
又況責之聞四教於古　8-302
又潤澤之　8-218
又澹淡之　6-102
又烏足道乎　2-64
又焉能已　7-435
又焉足以言其外澤乎　2-41
又無侯生可述之美　7-244

又爲安南邵陵王長史 9-449

又甚懸絶 7-118

又申之以攬茝 6-12

又申之以炯戒 2-468

又申之婚姻 6-349

又申前命 8-104

又疥且痔 3-264

又矯翼而增逝 2-433

又稱歌曰 2-409

又綴之以江離 3-4

又縱逸來久 7-283

又繼之以盤桓 2-202

又續而爲白雪之歌 2-399

又置美人宮人采女三等 8-314

又聞足下在彼 7-239

又聞道士遺言 7-287

又能正之 7-173

又自悲矣 7-116

又若君居淄右 3-119

又蒙令尹顧 5-456

又行火焉 1-226

又詔加公入朝不趨 9-457

又詔誥教令之流 1-70

又誚余之行遲 3-26

又論死生 9-212

又議郎趙彦 7-387

又讀莊老 7-283

又象流波 3-211

又象飛鴻 3-188

又賴君勳 6-200

又足怪也 3-187

又足樂乎 3-150

又迫賤事 7-134

又重之以脩能 6-5

又重鎮之 6-469

又鎮南將軍張魯 7-404

又闕我鄰 4-313

又雖悲而不雅 3-141

又非瑜之所能敗也 7-200

又非通論也 8-23

又領本州大中正 8-103

又顧發乎鮮卑 1-211

又颯遝而繁沸 3-223

又點銅龍門 4-405

又蔟之所攙搻 1-196

及以至是 7-149

及余飾之方壯兮 6-33

及俯膺天眷 9-427

及光武中興 8-314

及六郡烏桓 7-408

及其亡也 9-52

及其六情底滯 3-145

及其初調 3-209

及其危也 9-52

及其去危乘安 1-309

及其孫子思 9-11

及其安民立政者 8-299

及其弊也 8-329

及其所善 8-441

及其抗衡上國 7-399

及其整蘭筋 7-188

及其猛毅髦髵 1-199

及其糾宗綏族 1-303

及其臨終顧託 8-185

及其衰也 8-447

及其謠變儵悅 2-370

及其遇明君遭聖主也 8-122

及其遭漢祖 9-5

及其鳴驕入谷 7-363

及前王之踵武 6-7

及卽位 8-93

及吳王濞驕忿屈强 7-400

及吳諸顧陸舊族長者 7-416

及呂布張揚之遺彖 7-392

及周之文王 6-290

及周公遭變 8-298

及周室東遷　8-311
及國家多難　8-307
及在檻穽之中　7-149
及地名譜第歷數　8-19
及太宗晚運　8-359
及夫中散下獄　3-110
及夫子沒而微言絶　7-346
及奴敎子等私使　7-35
及始講德　8-409
及子同寮　4-171
及子春華　4-245
及子棲遲　4-251
及孫權宗親中外　7-397
及宋玉之徒　8-28
及將祀天郊　1-250
及少康之未家兮　6-26
及嵎夷廢職　6-240
及帝圖時　1-161
及年歲之未晏兮　6-32
及成王定鼎于郟鄏　9-8
及我多暇　9-284
及承微積弊　9-63
及擁旄司部　6-217
及文書赦宥　9-340
及春秋左氏丘明所修　7-351
及梅李核瓜瓣　9-490
及榮華之未落兮　6-24
及武都氐羌　7-408
及渡湘水　9-470
及爲忠善者　6-270
及爾同僚　4-276
及爾同林　4-243
及爾同袤暮　3-448
及爾泛漣漪　4-406
及登庸朝右　6-371
及瞑目東粤　9-129
及秦始皇滅先代典籍　8-5
及罪至罔加　7-153

及至回身還入　3-170
及至大漢受命而都之也　1-88
及至始皇　8-378
及至巧冶鑄干將之璞　8-119
及至從人合之　7-475
及至獲夷之徒　2-115
及至罕車飛揚　2-119
及至農祥晨正　1-259
及至開東閣　9-94
及至駕鼇膝　8-119
及臻厥成　7-433
及臻呂后季年　7-380
及與黃門鼓吹溫胡　7-60
及行葦之不傷　2-159
及行迷之未遠　6-14
及觀陛下之所拔授　6-294
及諸呂擅權　8-454
及諸將校孫權婚親　7-416
及諸連逮　7-38
及長而多靈　8-433
及關而歎　7-317
及高后稱制　8-331
及魯恭王壞孔子宅　7-350
友于兄弟　3-54
友于同憂　6-297
友亦怡怡　9-219
友仁義與之爲朋　2-108
友朋自遠來　5-184
友道可弘矣　7-171
友道發伊洛　4-2
友靡靡而愈索　3-84
反五帝之虞　2-141
反亢陽於重陰　3-233
反以爲誹謗君之行　8-387
反作論盛道僕贊其文　7-227
反信讒而齌怒　6-7
反初服於私門　2-182
反商下徵　3-192

反宇轍以高驤　2-307
反宇業業　1-175
反帝座乎紫闥　9-27
反微文刺譏　8-245
反志遷情　9-423
反推怨以歸咎　2-224
反故室　6-82
反故居些　6-79, 6-85
反旆悠悠　1-443
反旆而旋　9-168
反易天常　6-200
反未央　2-128
反植荷蕖　2-291
反民情於太素　2-331
反爲內應　7-412
反稅事嚴耕　4-70
反答造次　7-57
反虜蹞跡待戮　9-48
反行季葉　6-237
反衰世之陵夷　7-437
反諸侯之玉　9-183
反路遵山河　3-488
反顧望三河　4-108
叔之離磬　3-198
叔孫豹之眭豎牛也　9-6
叔孫通起於枹鼓之間　7-467
叔寶理遣之談　6-407
叔度名動京師　8-355
叔源大變太元之氣　8-350
叔父司空簡穆公　8-92
叔田有無人之歌　7-258
叔郎整常欲傷害　7-29
叔鮪王鱣　2-358
取之以道　1-282
取之在傾冠　5-83
取予時適　3-189
取其後善　7-205
取其老弱　7-36

取則後昆　8-109
取威定霸　8-411
取尊官厚祿　7-139
取志於陵子　5-317
取悔義方　2-455
取樂今日　1-205
取樂名教　7-104
取樂於桑榆　4-235
取此欲誰　5-276
取殊裁於八都　1-162
取求不疵　7-3
取睽之妙　9-429
取笑葵與藿　5-104
取累非縲牽　4-66
取與義　7-142
取與者　7-136
取舍不厭斯位　8-435
取舍者昔人之上務　7-472
取蜀禪而引世　3-18
取誡萬世　7-312
取資於道路　8-284
取足自載　7-201
取鑒不遠　9-284
取類導川　6-403
取高前式　8-352
受之自天　9-336
受之自然　7-53
受任外內　6-302
受任於敗軍之際　6-272
受克讓之歸運　8-252
受千乘之賞　7-126
受厚福　8-215
受命以來　6-272
受命如絲　8-407
受命於天　3-315
受命既固　3-330
受命甚易　8-234
受命自天　4-241

受命致討　7-21

受命踐阼　7-421

受哺於子　3-281

受宣詔令　8-331

受恩浸深　8-246

受恩良不訾　3-452

受施愼勿忘　9-173

受昭華之玉　9-183

受會稽之位　7-79

受木索　7-149

受械於陳　7-152

受榜箠　7-149

受濁以濟物　9-14

受爵傳觴　1-303

受爵槀街傳　5-97

受物之汶汶者乎　6-65

受瑞析珪　9-409

受生之分　8-46

受神人之福祜　2-142

受禪於漢　3-316

受策察問　6-195

受精皎月　6-180

受茲介福　7-85

受贈千金　7-76

受遺作相　8-185

受遺則霍光金日磾　8-272

受遺輔政　8-299

受釐元神　5-43

受陷勍寇　9-264

叛主讎賊　7-427

叛廻穴其若茲兮　2-469

叛衍相傾　1-333

叛赫戲以煇煌　1-165

叡音永矣　9-284

叢木成林　6-143

叢林摧　1-112

叢林森如束　5-307

叢菅是食些　6-77

叢薄深林兮人上慄　6-90

叢薄紛其相依　2-275

叢集委積　2-324

叢集累積　3-206

3획

口 ─────────────

口不能言　2-413
口以傳授　8-5
口厭百味　6-277
口含天憲　8-334
口嗚咽以失聲兮　3-97
口多微辭　3-264
口存心想　4-327
口授不悉　7-240
口齩霜刃　6-174
古之仕者　9-22
古之冢宰　9-368
古之君子　7-238, 9-22
古之方伯諸侯　8-461
古之流也　8-179
古之烈士　9-264
古之用兵　7-184
古之益友　8-107
古之行軍　7-422
古之達論　7-238
古人之形　3-209
古人之言　8-181
古人可慰心　5-301
古人常有　7-182
古人思炳燭夜遊　7-218
古人所以重施刑於大夫者　7-153
古人所箴　4-176
古人有言　3-270, 4-131
古人有言曰　2-35, 9-51
古人有遺言　3-348
古人無以遠過　7-216
古人知三釁之爲梗　9-125
古人稱　8-26
古人罔喩　4-322
古人達機兆　4-124

古人非所希　4-339
古今一也　8-405
古今一揆　7-80
古今一體　7-153
古今又著其愚智矣　7-299
古今所同　8-478
古今所未有也　7-126
古今未有　6-330
古今言左氏春秋者多矣　8-18
古今詭趣　9-41
古來共如此　5-166
古來共盡　9-501
古來共知然　5-441
古來此娛　5-420
古先哲王　8-290
古先帝代　1-346
古公草創　1-419
古墓犁爲田　5-223
古往今來　2-178
古文不猶愈於野乎　7-354
古文畢發　8-236
古者　7-155
古者伏犧氏之王天下也　8-2
古者兵交　7-207
古者敬其事則命以始　8-277
古詩之流　7-56
古詩之流也　1-81, 1-314, 8-27
古詩之體　1-66
古語云　8-87
古賢作冠　4-331
句吳與黿鼉同穴　1-463
句踐善廢興　5-143
句踐霸世　2-414
叨昧僑封　6-363
叩宮則甘生　6-134
叩寂寞而求音　3-133
叩栧新秋月　4-452
叩鉦數校　6-173

叩關而攻秦　8-376

叫帝閽使辟扉兮　3-32

召伯相宅　1-235

召洛浦之宓妃　3-27

召詣雲龍門　8-244

召鄒生　2-392

召雄待詔承明之庭　2-4

召鳴鳥于弇州　8-84

可不勉乎　7-418

可不勖哉　7-393

可不謂然乎　2-205

可乎哉　8-386

可令憙事小吏諷而誦之　7-238

可以偏王　8-30

可以和神　6-135

可以喩中懷　5-235

可以喩嘉賓　5-234

可以喩大　6-465

可以娛腸　6-135

可以導養神氣　3-202

可以從服九國　6-178

可以慰我心　4-116

可以揚君哉　8-404

可以永年　2-316

可以流湎千日　6-184

可以濯我纓　6-66

可以濯我足　6-66

可以爲將相及使絶國者　6-193

可以狎鷗鳥　5-497

可以理知　8-485

可以羞嘉客　4-192

可以要言妙道說而去也　6-101

可以談矣　8-386

可以警大　8-463

可以進乎　3-163

可以顯居榮次　6-364

可作謠於吳會　1-465

可使三軍告捷　6-184

可倚而俟也　8-407

可別爲一藏　9-479

可寶者多　6-434

可得披圖而　8-30

可得按記而驗　8-31

可得而妄處哉　8-428

可得而言　3-128

可得聞乎　2-41

可得言耳　7-294

可得齊足　7-66

可復道哉　7-215

可舉而行　8-5

可改構棟宇　6-225

可有之耳　8-478

可有二十餘頭　9-490

可棲復可食　4-416

可比屋而爲一　1-453

可法可象　9-203

可無息乎　7-230

可無藥石針刺灸療而已　6-101

可爲寒心者　6-353

可爲痛切　7-70

可爲達士模　3-466

可爲長太息矣　9-392

可班荊兮贈恨　3-118

可畏乎　2-284

可略而言也　7-226

可立待也　6-353

可考於今者也　8-210

可與晤言　4-278

可與泰山共相終始　7-304

可蠲復近墓五家　6-229

可見如此矣　7-139

可計日而待也　6-271

可謂兼通矣　8-322

可謂厚幸矣　6-277

可謂善射矣　6-471

可謂婉而成章　9-350

可謂巍巍弗與　8-68
可謂弘廣矣　6-290
可謂强矣　7-399
可謂彬彬君子者矣　7-215
可謂德刑詳　9-364
可謂惠而不費兮　3-151
可謂拔乎其萃　8-172
可謂澄之不淸　9-351
可謂當矣　6-279
可謂矯其弊矣　8-314
可謂神妙也　6-284
可謂能遂其志者也　7-281
可贈給事中　9-264
可述於後者　7-479
可追崇假黃鉞侍中都督中外諸軍事太宰
　　領大將軍楊州牧　9-460
可錯綜爲六十四也　8-18
可長共相保　7-214
台保兼徽　3-412
台牧幷建　9-427
台衡之望斯集　9-353
台階虛位　6-407
史不絶書　8-53
史書之舊章　8-14
史有文質　8-12
史臣曰　8-277, 8-280, 8-346
史起灌其後　1-432
史遊爲黃門令　8-331
史遷下室　6-485
史魚厲節　6-264
史魚諫衛　9-221
右三十一人　8-142
右丞相曲周景侯高陽酈商　8-142
右个淸宴　2-320
右以湯谷爲界　2-55
右制關中　6-443
右則疏圃曲池　1-427
右吊番禺　7-374

右夏服之勁箭　2-47, 6-112
右平左墄　1-164
右延國胄　3-58
右手揮龍淵　5-200
右拍洪崖肩　4-8
右接忘歸　4-223
右有隴坁之隘　1-157
右梁潮源　8-56
右極蔉厓　1-187
右渠搜　7-460
右濱汧隴　2-204
右界褒斜隴首之險　1-87
右發摧月支　5-68
右盼定羌胡　3-457
右睨玄圃　1-275
右立靈臺　1-243
右素威以司鉦　3-31
右臨雲溪　6-165
右蔭桂旗　3-273
右號臨硎　1-370
右西極　2-64
右高岑　6-130
司儀辨等　1-247
司其雄雌　2-155
司典告詳刑　5-33
司分簡日　3-409
司勳頒爵　9-260
司化莫晞　9-315
司執遺鬼　1-271
司徒御屬領直兵令史統作城錄事臨漳令
　　亭侯朱林　9-491
司徒袁公　9-340
司文天閣　9-354
司牧黎元　6-328
司空曹操祖父中常侍騰　7-382
司管闓闔　9-220
司衛閑邪　1-429
司農撰播殖之器　2-29

司鐸授鉦　1-266

司馬喜臏脚於宋　6-451

司馬相如洿行無節　8-245

司馬遷著書　8-245

司馬長卿竊貲於卓氏　7-468

吁嗟命不淑　5-379

吁嗟孟嘗君　4-494

吁嗟黙黙兮　6-62

各事百年身　4-76

各以其職　1-146

各以平進　6-351

各以幷時而得宜　2-107

各以彙聚　1-76

各以得志爲樂　7-291

各以數至　9-8

各以時代相次　1-76

各依列傳　8-317

各具宣布　7-428

各勉日新志　3-443

各勉玄髮歡　4-121

各務其治　9-59

各受千室之邑　7-407

各善其事　8-280

各因其運而天下隨時　8-277

各在一方　7-211

各在天一方　5-238

各在天一涯　5-210

各在天一隅　5-230

各奉其職而來朝賀　8-392

各守一以司應　3-223

各已歸其家　5-191

各帥種落　7-406

各得其儀也　3-286

各得其所　1-118

各得其齊　3-195

各悉精銳以貢忠誠　8-414

各按行伍　2-118

各敬爾儀　7-323

各有典司　1-104, 8-310

各有司存　9-395

各有宜也　7-415

各有所趣　2-290

各有攸注　2-328

各求進軍　7-207

各沐浴所聞　8-30

各盡其用　7-410, 8-108

各相傾奪　3-172

各相慕智　8-349

各紹堂構　7-416

各自取友　8-410

各輿心而嫉妒　6-9

各被創夷　7-392

各言長相思　5-232

各識家而競入　2-209

各適物宜　8-351

各附其俗　1-315

各附所安　7-281

各隨而解之　8-18

各體互興　1-69

合三十二人　8-327

合之則兩傷　3-137

合之律度　7-475

合二九而成讌　1-284

合在於此　7-437

合坐同所樂　3-347

合射辟雍　1-260

合從締交　8-375

合戰於藉藉之口　6-122

合散消息兮　2-416

合於意　6-453

合昏暮卷　9-203

合樽促席　1-335

合歡增城　1-99

合歡蠲忿　8-481

合沓共隱天　4-84

合沓與雲齊　5-9

合法相者　8-314
合火德之明輝　2-421
合爲一家　7-449
合爲六七　7-458
合百草兮實庭　6-47
合緒相依　2-461
合肥遺守　7-414
合葬非古　9-493
合變以明竿　8-171
合變爭節　8-59
合車書於南北　8-75
合離之由　9-5
合風雲　7-482
吉乎告我　2-413
吉凶之問塞　6-292
吉凶同域　2-413
吉凶在乎命　9-99
吉凶如糾纆　3-431
吉凶得失　7-413
吉凶成敗　9-6
吉凶灼乎鬼神　9-19
吉凶由人　8-431
吉凶異制　9-211
吉士思秋　3-302
吉士懷貞心　4-2
吉往凶歸　9-211
吉日兮辰良　6-41
吉日良辰　1-335
吉甫有穆若之談　1-70
吉甫歎宣王穆如淸風　8-404
吉駿之誠感　8-87
吊尉邛於朝那　2-162
吊影慚魂　3-109
吊影獨留　7-90
吊民洛汭　7-333
吊祖江之見劉　3-26
同之抱布　7-46
同乎大順　8-488

同乎盡者無餘　9-478
同乘幷載　7-211
同人者貌　7-46
同受侯甸之服　8-253
同坐仰歎　7-61
同塵往世　9-285
同天號於帝皇　1-218
同夫作者　8-343
同夫海棗　9-197
同子參乘　7-137
同宴一室　3-79
同川共穴之人　9-184
同年而議豊確乎　1-401
同弊相濟　8-336
同律克和　8-78
同心而離居　5-216
同心賦些　6-85
同心離事　4-175
同惡相救　7-404
同惡相濟　6-201
同整檝櫂　2-243
同文共規　3-108
同於草昧　8-248
同朱弦之淸氾　3-141
同林異條　4-251
同橐籥之罔窮　3-143
同次外寢　9-232
同歸殊塗　3-219
同源異口　1-433
同濟天網　8-167
同焉皆得　9-79
同瓊珮之晨照　3-119
同病相憐　9-119
同盟戮力　9-25
同知三者定乎造化　9-89
同知埋身劇　3-452
同穴於輿臺之鬼　7-47
同符三皇　2-5

同符乎高祖　1-126
同符作者　9-465
同罵共羅　1-389
同胞之徒　7-447
同苦樂　2-142
同衡律而壹軌量　1-273
同袍與我違　5-224
同被國恩　7-178
同見采於孔氏　1-84
同規往哲　9-460
同規易簡　3-378
同賑大內　1-440
同鄭莊之好賢　9-126
同量乾坤　6-152
同體天王　8-310
名不可以偽立　7-476
名亞春陵　1-90
名余以國士　3-90
名余曰正則兮　6-5
名儒師傅　1-103
名其舍諸　7-482
名冠彊楚　8-152
名器崇於周公　8-282
名器雖光　9-229
名字不足以涴簡墨　7-398
名實久相賓　5-478
名實反錯　8-287
名山顯位　8-219
名師郭張　3-186
名憚三越　7-84
名教同悲　7-6
名教所絕　7-35
名教有寄乎　8-183
名曰四子講德　8-396
名曰宓妃　3-270, 3-271
名曰文選云耳　1-76
名曰經傳集解　8-19
名曰釋例　8-19

名曰雲夢　2-43
名標於奇紀　2-261
名王懷璽　3-58
名珍巨闕　6-177
名由諡高　9-277
名稱垂於竹帛　6-284
名穢我身　6-131
名節殊塗　8-203
名節漼以隳落　2-181
名綴下士　3-56
名編凶頑之條　8-47
名編壯士籍　5-68
名義以之俱淪　6-363
名聲施於無窮　7-376
名臣之羞　6-485
名與天壤俱　3-470
名與身孰親也　9-16
名與風興　8-165
名莫大焉　8-46
名蓋當時　9-406
名蓋群后　8-145
名言不得其性相　9-383
名跡無愆　8-191
名載於山經　1-362
名載於錄圖　9-5
名辱身冤　3-109
名都一何綺　5-410
名都多妖女　5-70
名都對郭　1-90
名陷饕餮　9-125
名顯往朝　6-345
名顯後世　8-390
名體不滯　8-187
名高不宿著　3-509
后之兄也　6-351
后唐膺籙　2-444
后土何時而得乾　6-72
后土所以播氣　9-133

后土顧懷　8-233
后夔坐而爲工　1-260
后妃之制　8-310
后妃之室　1-99
后妃之德也　7-494
后妃獻穜稑之種　2-29
后嬪妃主　8-289
后正位宮闈　8-310
后王布和之辰　8-55
后稷創業於唐堯　8-209
后稷生於姜嫄　8-293
后辛之菹醢兮　6-18
吏之罪也　6-246
吏無苛政　6-201
吏道何其迫　4-234
吐哇咬則發皓齒　3-170
吐情素而披心腹　8-414
吐故納新　8-172
吐清風之颼飅　2-204
吐滂沛乎寸心　3-133
吐漱興雲雨　9-114
吐火施鞭　2-114
吐爛生風　1-132
吐白雪　6-167
吐符降神　9-345
吐納靈潮　2-352
吐芬芳其若蘭　3-259
吐芳揚烈　2-72
吐英精　7-482
吐葩揚榮　1-188
吐被芙蕖　2-312
吐論知凝神　3-496
吐金景兮歊浮雲　1-148
吐雲霓　2-343
向使四君卻客而弗納　6-430
向使因設外戚之禁　8-314
向使始皇納淳于之策　8-452
向使子嬰有庸主之才　8-244

向使西京七族　6-351
向使郭隗倒懸而王不解　7-173
向使高祖踵亡秦之法　8-454
向來相送人　5-191
向北風而開襟　2-256
向子誘我以箜耳之樂　6-189
向寒風乎北朔　3-236
向時之師　9-41
向秀甘淡薄　3-499
向聲背實　8-441
向虛墝兮背檋槐　6-103
向風慕義　8-392
向風長歎息　5-252
呂望之鼓刀兮　6-31
君不垂眷　5-256
君不知兮可奈何　6-69
君不行兮夷猶　6-43
君乃羈旅　9-209
君乃義發　9-210
君之心兮與余異　6-69
君之負累　7-200
君之門以九重　6-72
君乎君乎　8-219
君也　7-414
君享其榮　7-205
君亮執高節　5-218
君人者勤於求賢而逸於得人　8-120
君以兼資　9-220
君以淑懿　9-209
君以溫恭爲基　6-207
君以顯擧　9-211
君侍華轂　9-211
君侯多壯思　4-186
君侯忘聖賢之顯迹　7-56
君侯體高世之才　7-65
君其詳之　7-334
君則攝進　6-199
君勸分務本　6-206

君匪從流　1-68
君又討之　6-200
君在天一涯　5-468
君垂冬日之溫　9-369
君執大節　6-201
君大降節於憲后　9-464
君子不爲　2-155, 7-207
君子不爲小人之匈匈而易其行　7-451
君子之思　2-172
君子之態　8-219
君子之眞也　7-482
君子之過　9-221
君子于征　4-178
君子以厚德載物　2-208
君子以爲美談　9-360
君子信誓　4-171
君子動作有應　8-402
君子勤禮　8-291
君子吐芳訊　4-382
君子在末位　4-208
君子失明義　3-492
君子守固窮　5-316
君子定焉如　5-206
君子居之　4-175
君子履信　2-165
君子弗欽　7-323
君子從遠役　5-304
君子恩未畢　5-471
君子愼厥初　3-509
君子所同　4-170
君子所羈　9-164
君子敬始　4-179
君子有常行　7-451
君子游道　7-165
君子福所綏　3-348
君子篤惠義　5-476
君子義休侉　4-220
君子聳高駕　4-391

君子行未歸　5-336
君子通大道　4-221
君子道其常　4-112, 7-451
君子道微矣　5-202
君子防未然　5-84
君孤立於上　8-460
君實宜之　6-206
君寧見階上之白雪　2-399
君將何以敎之　6-61
君山鴻漸　9-83
君平獨寂漠　3-502
君彼東朝　3-399
君往欽哉　6-207
君祖郊祀　8-219
君思我兮不得閒　6-54
君思我兮然疑作　6-54
君懷良不開　4-135
君擧有禮　3-402
君敦尙謙讓　6-206
君於品庶　7-10
君明所加孔後出　3-200
君曾不肯乎幸臨　3-66
君有不使之民　8-461
君有定天下之功　6-201
君未睹夫巨麗也　2-64
君棄遠而不察兮　6-73
君欣欣兮樂康　6-42
君無上天些　6-78
君無下此幽都些　6-78
君無卒歲之圖　9-73
君王挺逸趣　4-85
君王禮英賢　5-472
君王親發兮　6-86
君王酒厭晨懽　2-407
君硏其明哲　6-206
君秉國之均　6-206
君糾虔天刑　6-206
君紳宜見書　3-470

君結綬兮千里　3-119
君翼宣風化　6-206
君者中心　8-402
君臣之際　8-185
君臣初建　1-125
君臣動色　8-261
君臣固守　8-374
君臣易位　7-435, 8-184
君臣歡康　1-248
君臣無相保之志　9-71
君臣相體　8-179
君臨萬邦　3-316
君若淸路塵　4-135
君茲靑土　3-316
君莫盛於唐堯　8-209
君菇其任　9-219
君行逾十年　4-135
君親之義　9-455
君親自然　8-194
君誰須兮雲之際　6-52
君豈同哉　7-194
君道方被　9-323
君長一城　6-417
君龍驤虎視　6-207
吟嘯成羣　7-115
吟嘯絶巖中　5-202
吟氣遺響　3-160
吟澤有憔悴之容　1-68
吟詠之不足　3-202
吟詠情性　7-496
吟詠菀柳之下　7-267
否來王澤竭　4-158
否則證空　3-340
否泰之相背也　1-401
否泰有殊　4-245
否泰相濟　6-331
含咖喞諧　3-227
含五常之德　8-346

含元氣之烟熅　2-298
含元精之和　9-339
含光暠兮　2-300
含光醇德　9-343
含利颸颸　1-210
含哀懊咿　3-218
含喜微笑　3-266
含嘉秀以爲敷　3-29
含天地之醇和兮　3-204
含形内虛　2-347
含彩吝驚春　4-76
含忠履潔　1-68
含悲忘春暖　4-478
含棲泛廣川　4-154
含情尙勞愛　4-42
含情易爲盈　3-442
含情欲待誰　3-347
含意俱未申　5-213
含憤獄戶　6-487
含景望芳菲　5-13
含氣之類　6-330
含沙射流影　5-161
含淳詠德之聲盈耳　8-414
含淸唱而靡應　3-140
含然諾其不分兮　3-259
含珪璋而挺曜　9-350
含甘實　8-241
含生之倫　7-94
含章貞吉　9-162
含經味道之生　8-90
含至德之和平　3-217
含芬吐芳　1-301
含芳委耀　9-231
含若芳　3-257
含英揚光輝　5-218
含華隱曜　6-160
含言言哽咽　5-185
含谿懷谷　1-319

含辭未吐　3-275
含道居貞　9-406
含酸赴脩斡　4-363
含陰陽之渥飾　3-258
含靈萬族　9-399
含顯媚以送終　3-211
含黃鍾以吐幹　6-165
含龍魚　2-343
吮鏟瘢者　2-139
后藩斯境　6-227
吳之先主　7-303
吳之輿也　9-51
吳克忠信　8-366
吳制荊楊而奄交廣　9-42
吳割荊南之富　8-30
吳國爲我仇　5-263
吳夷凶侈　9-221
吳子之泣西河　7-332
吳宮燕市　3-116
吳寇未殄滅　5-295
吳實龍飛　4-248
吳嶽爲之阤堵　1-196
吳幷於越　8-447
吳志七人　8-187
吳愉越吟　1-395
吳曾不禦　7-202
吳會非我鄉　5-253
吳札稱多君子兮　2-170
吳札聽歌而美其風　1-414
吳楚唱謀　8-455
吳楚憑江　8-447
吳歃蔡謳　6-84
吳武烈皇帝慷慨下國　9-25
吳王乃巾玉輅　1-380
吳王怪而問之　8-385
吳王曰　8-386
吳輿襟帶　9-358
吳芮之王　8-155

吳蔡齊秦之聲　2-276
吳蜀二客　1-467
吳蜀脣齒之國　9-47
吳質白　7-250
吳起孫臏帶佗兒良王廖田忌廉頗趙奢之
　　倫制其兵　8-376
吳趨自有始　5-120
吳邑最爲多　5-122
吳郡滿璋之　7-44
吳夒深而六師駭　9-49
吳鉤越棘　1-378
吳魏同寶　8-199
吸嘒瀛率　2-114
吸日月之休光　3-204
吸淸雲之流瑕兮　2-18
吸翠霞而夭矯　2-367
吸至精之滋熙兮　3-150
吹參差兮誰思　6-44
吹參差而入道德兮　3-157
吹合雅　2-142
吹孤竹　6-170
吹律暖之也　1-468
吹我入雲中　5-260
吹我東南行　5-253
吹我玉階樹　5-470
吹我素琴　4-224
吹死灰　2-381
吹毛求疵　8-416
吹洞簫　1-339
吹澇則百川倒流　2-345
吹炯九泉　2-345
吹笛爲氣出精列相和　3-179
吹萬群方悅　3-394
吹萬著形兆　5-496
吹蠱痛行暉　5-161
吹鳴籟　2-52
吾不能變心而從俗兮　6-58
吾乃今知周公之德　8-11

吾之師也 7-278

吾亦不能妄歎者 7-227

吾亦愛吾廬 5-330

吾亦濟夫所偉 3-139

吾亦笑子病甚不遇兪跗與扁鵲也 7-465

吾令帝閽開關兮 6-22

吾令羲和弭節兮 6-21

吾令豊隆乘雲兮 6-24

吾令蹇脩以爲理 6-25

吾令鳳鳥飛騰兮 6-22

吾令鴆爲媒兮 6-25

吾兄旣鳳翔 4-289

吾其爲東周乎 8-22

吾又何怨乎今之人 6-59

吾又安知大小之所如 2-435

吾固知其鉏鋙而難入 6-73

吾在軍中 9-478

吾壽安得延 5-114

吾婕好妓人 9-479

吾子安得停 5-108

吾子整身倦世 6-133

吾子曾不是睹 1-120

吾子植根芳苑 7-322

吾子洗然 4-270

吾子爲太和之民 6-154

吾子若當此之時 6-151

吾子豈亦曾聞蜀都之事歟 1-318

吾安取夫久長 3-81

吾寧悃悃款款 6-61

吾將上下而求索 6-21

吾將從彭咸之所居 6-39

吾將歸乎東路 3-278

吾將老焉 7-271

吾將遠行遊 5-262

吾將遠逝以自疏 6-36

吾已矣夫 8-21

吾希段幹木 3-459

吾常歎此達言 7-229

吾常謂之知言 7-276

吾德不及之 7-218

吾慕魯仲連 3-459

吾慟爲誰 9-244

吾所以詠歌之者 8-402

吾新失母兄之歡 7-293

吾方知之矣 7-360

吾方高馳而不顧 6-57

吾昔讀書 7-278

吾未之見也 7-229

吾未識夫開塞之所由 3-146

吾欲往乎西嬉 3-15

吾歷官所得綬 9-479

吾每師之 7-285

吾每讀尙子平臺孝威傳 7-283

吾獨窮困乎此時也 6-12

吾王於是設天網以該之 7-227

吾生獨不化 4-9

吾直性狹中 7-276

吾祖不當復論損益之友 7-171

吾聞上世之士 7-456

吾聞之 6-65

吾自得之 7-229

吾與二三子 4-220

吾與夫子 9-211

吾與重華遊兮瑤之圃 6-57

吾衰久矣夫 4-317

吾見其進 9-227

吾規子佩 9-284

吾豈敢短之哉 7-279

吾道不行 7-232

吾雖德薄 7-232

吾頃學養生之術 7-291

吾餘衣裘 9-479

呀周池而成淵 1-89

呂公睹形而進女 8-433

呂刑靡敝 7-467

呂卻之謀 6-337

呂后望雲而知所處　8-433
呂尙　7-82
呂布作亂　7-410
呂布就戮　6-200
呂心曠而放　3-73
呂氏淮南　7-55
呂行詐以賣國　7-476
告之者神也　9-3
告亡期於祖龍　2-202
告余以吉故　6-31
告奠聖靈　3-410
告巴蜀太守　7-374
告成大報　5-43
告敗上京　3-334
告江東諸將校部曲　7-397
告類上帝　9-35
告龍逢之怨　7-102
吞二周而亡諸候　8-378
吞人以益其心些　6-77
吞刀吐火　1-210
吞恨者多　2-277
吞滅咆烋　1-442
吞滅四隅　4-266
吞舟是漏　7-328
吞舟涌海底　4-11
吞若雲夢者八九於其胸中　2-56
吞響乎幽山之窮奧　6-161
吞龍舟　2-345
呦呦鹿鳴　5-54
周之不競　9-65
周之宗盟　6-290
周之成康　6-195
周京無佇立之跡　9-154
周人之詩　3-340
周以金堤　1-190
周以鉤陳之位　1-103
周以龍興　1-88
周任有遺規　4-236

周公之垂法　8-14
周公光于四海　6-202
周公初基　1-235
周公受秬鬯而鬼方臣　8-418
周公吐哺　5-54
周公所存　9-493
周公籍已成之勢　7-82
周制大胥　1-183
周制白盛　2-316
周南召南　7-498
周南悲昔老　4-70
周卽豫而弱　1-156
周受命以忘身　2-224
周召之儔　1-309
周史書樹闕之夢　9-185
周周尙銜羽　4-114
周墉無遺堵　4-143
周失其馭　7-474
周姬之末　1-225
周官三百　6-245
周宣之盛　7-182
周宣祈雨　9-101
周室大壞　7-448
周室旣微　7-345
周室旣衰　8-347
周家世積忠厚　8-295
周平王東周之始王也　8-21
周廬千列　1-105
周征殷而年豊　7-264
周御窮轍跡　4-64
周德其可謂當之矣　8-448
周德恭明祀　4-157
周德旣衰　8-12
周才信衆人　4-25
周文弱枝之棗　3-60
周文王獵涇渭　6-459
周文走岑崟　5-310
周旋我陋圃　4-239

周旋永望　3-207
周旋祠宇　8-175
周旋馳曜　6-137
周旦顯而制禮　8-443
周易所愼　1-316
周易所貴　7-298
周望兆動於渭濱　7-480
周望原隰　9-193
周望山野　7-267
周武有散財發廩表閭之義　7-422
周殉師令　3-334
周民從而思之曰　8-294
周民從而思之曰　8-294
周求兮何獲　9-302
周泰明當世俊彦　7-415
周流乎天余乃下　6-25
周流八極　8-120
周流四極　2-315
周流曠野　8-420
周流梨栗之林　2-143
周流華夏　9-332
周流觀乎上下　6-33
周漢之道　8-357
周營洛涘　9-192
周王日淪惑　5-166
周瑜字公瑾　8-187
周瑜陸公魯肅呂蒙之儔　9-29
周環回復　2-153
周用烏集而王　6-460
周監二代　8-27
周禮有史官　8-11
周禮王者立后　8-310
周禮盡在魯矣　8-11
周章夷猶　1-385
周給敏捷之辯　8-171
周苛慷慨　8-166
周行廬室　2-213
周行數里　2-297
周衛是交　9-269
周袤數百里　2-103
周親咸奔湊　5-184
周覽九土　3-266
周覽倦瀛壖　4-51
周觀郊遂　1-212
周詩以爲休詠　6-333
周論道而莫差　6-18
周變商俗　9-180
周賈蕩而貢憤兮　2-476
周賴尙父　9-217
周軒中天　1-428
周遑忡驚惕　4-147
周道大壞　9-8
周道蕩無章　3-478
周邵師保　6-206
周阿而生　1-100
周除氷淨　2-407
周風旣洽　3-285
周馳乎蘭澤　6-112
周魏見辜　7-123
周魯二莊　9-389
呰五霸於稷下　7-230
呰孝元於渭塋　2-234
味以殊珍　4-312
味爾芳風　4-275
味蠲癘痟　1-326
味逾方丈　7-267
味道之腴　7-482
味道研機　9-229
味重九沸　6-182
呴噓呼吸如喬松　8-125
呵噉掩鬱　2-342
呼五白些　6-84
呼兒烹鯉魚　5-46
呼吸萬里　2-352
呼吸變霜露　8-334
呼噏下霜露　9-114

呼子子不聞　5-184
呼韓來享　1-229
命不可說兮　2-414
命不可贖　9-345
命不期於旦夕　7-171
命世是生　9-343
命世興賢　9-433
命之將貴也　9-15
命之將賤也　9-15
命也　9-2, 9-12
命也可奈何　4-150
命也奈何　9-217
命也如何　7-116
命也者　9-80
命僕夫而就駕　3-278
命儔嘯侶　3-275
命公子於巖中　6-162
命公注解　9-465
命共工使作繪　2-317
命右扶風發民入南山　2-132
命太傅　3-261
命夫惇誨故老　1-103
命官帥而擁鐸　1-379
命師誅後服　3-422
命彼上谷　3-337
命彼掌徒　3-325
命旅致屯雲之應　9-181
命曰伐性之斧　6-98
命曰寒熱之媒　6-98
命曰腐腸之藥　6-99
命曰蹷痿之機　6-98
命有司　1-139
命有始而必終　2-220
命王良掌策駟兮　3-33
命膳夫以大饗　1-248
命臣出纂傍統　6-414
命臨沒而肇揚　9-486
命般爾之巧匠　1-170

命荊州使起鳥　1-110
命虞人於隴坻　2-422
命賓友　2-392
命遣諸客　3-172
命邛斜之谷　6-239
命阿保而就列兮　3-96
命隨行以消息　2-476
命靈氛爲余占之　6-28
命駕登北山　5-103
命駕起旋歸　4-107
咀嚼菱藕　2-69
咀龁肩以激揚　2-210
咀石菌之流英　3-11
咄唶令心悲　4-216
咄嗟安可保　3-430
咄嗟復彫枯　3-466
咄此蟬冕客　3-470
咆虎響窮山　5-309
和兼勻藥　6-182
和如瑟琴　9-240
和帝卽祚幼弱　8-332
和惠屬後筵　4-66
和惠頒上笁　5-515
和戎莫效　7-22
和樂怡懌　3-235
和樂隆所缺　3-393
和氏之璧　4-305
和氏出焉　2-76
和氏有其愆　4-199
和氏無貴矣　7-238
和氏玲瓏　2-14
和理日濟　8-488
和璧入秦　7-221
和而不同　6-306, 8-174, 8-192
和而不弛　8-282
和而能峻　9-280
和調度以自娛兮　6-33
和通麁纁　4-174

和酸若苦　6-82

和鈴重設　2-451

和鈴鉠鉠　1-252

和鑾玲瓏　1-131

和門書局　9-269

和隨之珍也　7-482

和順內凝　9-350

和顏旣以暢　3-356

和風與節俱　4-239

和風飛淸響　5-117

和鵲發精於鍼石　7-482

咎悔不生　4-131

咎繇邁而種德兮　3-22

咎予不淑　4-130

咎五才之幷用　2-350

咎余今之方殆　3-81

咎余沖且暗　4-124

咎余軟弱　4-309

咎命不永　3-297

咎困偪禽獲　7-427

咎娀娸之難幷兮　3-9

咎孤蒙之眇眇兮　2-466

咎宏度之峻邈　9-486

咎帝唐欽明之德　6-292

咎我小子　3-321

咎景悼以迄丐　2-187

咎爾陸生　4-268

咎用力之妙勤　2-297

咎豫聞國事　7-427

咞步無卻　7-18

咬咬好音　2-421

咬咬黃鳥　4-224

咳唾爲恩　7-94

咸一懼而一喜　3-62

咸之從內兄　4-288

咸乘危以馳騖　2-155

咸亦慶之　4-288

咸介冑武夫　7-347

咸以抑后黨安　6-351

咸以書對　6-195

咸以爲然　7-211

咸以自騁驥騄於千里　8-440

咸佐唐虞　8-426

咸使有勇　9-258

咸使知聖朝有拘逼之難　7-393

咸使知聞　7-428

咸共聆會吟　5-141

咸則三壤　8-418

咸可歎慨　4-322

咸可賦詩　8-84

咸含和而吐氣　1-140

咸和餘舛　9-198

咸善立而譽流　2-222

咸在於此　1-288

咸姣麗以蠱媚兮　3-27

咸安其居　7-303

咸帥貪惰　2-243

咸得之於自然　9-85

咸從姑之外孫也　4-288

咸怨曠思歸　7-392

咸愛惜朝夕　8-405

咸懷忠而抱愨　1-278

咸懷怨思　1-85

咸日用而不失　3-219

咸有古詩之意　8-27

咸有職業　8-355

咸梟其首　6-201

咸歎恨於所遇之初　8-484

咸池不齊度於摧咊　1-286

咸池六莖之發　7-230

咸池饗爰居　5-479

咸溯風而欲翔　1-173

咸潔身修思　8-414

咸濟厥世而屈　8-215

咸營于八區　7-460

咸獲嘉祉　7-434

咸用紀宗存主　1-229

咸畢力以致死　2-197

咸皆不求而自合　9-8

咸秩也　8-237

咸稽之於秦紀　8-229

咸美羽而豊肌　2-433

咸翠蓋而鸞旗　2-8

咸蕃盛藻　8-347

咸親之重之　4-288

咸設壇場　8-240

咸述其職　9-73

咸陽逾危　6-437

咸驚號兮撫膺　9-302

咸黜異圖　8-282

咸龍旂而繁纓　1-253

哀一逝而異鄉　3-277

哀予小臣　3-318

哀二妃之未從兮　3-13

哀人易感傷　4-144

哀人生之多艱　6-11

哀以送之　9-207, 9-343

哀亢儷之生離　2-424

哀何有極　9-345

哀刑政之苛　7-496

哀南夷之莫吾知兮　6-57

哀可知矣　3-79

哀吾生之無樂兮　6-58

哀哀列辟　9-316

哀哀建威　9-258

哀哀慈母　9-231

哀哇動梁埃　5-426

哀哉傷肺肝　3-455

哀慳叩虛牝　4-30

哀天難之匪忱　3-94

哀子嗣皇帝　9-320

哀帝令歆與五經博士　7-345

哀弄信睇耳　5-433

哀彼東山人　5-34

哀心寄私制　4-150

哀悁悁之可懷兮　3-156

哀感徒庶　9-435

哀感頑豔　7-61

哀慕抽割　9-460

哀我皇晉　4-308

哀敬隆祖廟　4-158

哀日隆於撫鏡　9-327

哀有餘音　9-222

哀朕時之不當　6-19

哀樂何由而至　4-305

哀樂殃其平粹　8-483

哀歌和漸離　3-463

哀歌迻苦言　5-351

哀此年命促　4-231

哀此迻離分　4-184

哀此黎元　3-335

哀武安以輿悼　2-224

哀江南　6-86

哀濤暉之眇默　9-373

哀縈靡識　4-127

哀物悼世　7-321

哀猿響南巒　4-364

哀生民之多故　2-164

哀禽相叫嘯　4-465

哀窈窕　7-498

哀窈窕而不淫其色　8-310

哀箏順耳　7-211

哀緣情而來宅　3-84

哀聲五降　3-190

哀臣零落　6-323

哀薑孝己　3-183

哀蟋蟀之宵征　6-68

哀蟋蟀之局促　3-167

哀衆芳之蕪穢　6-9

哀詩人之歎時　2-160

哀長信之莫臨　9-321

哀音下迴鵠　5-435

哀音外激　7-60
哀音承顔作　5-103
哀音繞棟宇　5-405
哀音附靈波　4-22
哀響入雲漢　4-296
哀響沸中闈　5-183
哀響逐高徽　5-411
哀響馥若蘭　5-412
哀風中夜流　4-442
哀風興感　9-211
哀風迎夜起　4-25
哀高丘之無女　6-24
哀鬱傷五內　5-75
哀鬱結兮交集　3-103
哀鳴傷我腸　5-48
哀鳴感類　2-425
哀鳴求匹儔　4-205
哀鳴相號　3-251
哀鳴興殯宮　5-188
哀鴻鳴沙渚　4-36
品庶每生　2-416
品式周備　8-52
品物咸亨　8-257, 8-417
品物咸秩　3-369
品物咸融　2-321
品物思舊　6-364
品物恒性　9-119
品物類生　2-347
品目少多　8-357
品類群生　2-294
品驍騰　2-451
哂夏蟲之疑氷　2-263
哂澹台之見謀　1-392
哆嗦顦頞　9-89
唯咬嘲哳　3-227
員闕出浮雲　4-208
哮吭清渠　1-329
嗤玷其前後者　3-183

哭其亡簪　9-152
哭高以哀　8-149
哮嚼之群風驅　9-25
哮呷呟喚　3-159
哮閫之獸　6-139
哲人卷舒　9-284
哲人貴識義　5-478
哲兄感此別　4-353
哲匠感蕭晨　4-30
哲問允迪　4-242
哲王又不寤　6-26
哽咽不能言　5-201
唐哉皇哉　8-265
唐據火德　8-426
唐氏不以衰　8-407
唐稷播其根　6-182
唐突璵璠　7-96
售五千錢　7-34
唯亂是聞　8-286
唯仁爲紀綱　9-173
唯令德爲不朽兮　2-170
唯使雲路通　4-91
唯偶儻非常之人稱焉　7-155
唯別而已矣　3-114
唯利是求　7-43, 9-422
唯力是視　1-226, 6-364
唯北狄野心　7-333
唯吉凶兮　2-173
唯君子察焉　7-164
唯唯　1-86, 2-42, 3-163, 3-244, 3-257, 3-265,
　　8-400
唯囿是恢　3-297
唯子頗識舊典　1-142
唯幹著論　8-443
唯待青江可望　7-91
唯恐居後　7-376
唯愛所丁　1-214
唯我與子　9-240

唯才是與　8-355
唯效文通之僞跡　7-36
唯文學慮之　8-399
唯昭質其猶未虧　6-15
唯有杜康　5-53
唯有陛下　6-333
唯樽酒兮叙悲　3-118
唯此而已　8-46
唯毫素之所擬　3-145
唯然覩世哲　4-374
唯燕衛獨存　8-448
唯爾之存　9-243
唯生之績　8-164
唯生與位　2-179
唯秦芈太后始攝政事　8-316
唯笛因其天姿　3-199
唯笛獨無　3-179
唯羨蕭蕭翰　5-430
唯義是敦　4-310
唯至人兮　3-219
唯見今日美　5-434
唯見起黃埃　2-276
唯諛是信　3-297
唯賈生而已　7-348
唯通才能備其體　8-442
唯道所存　7-413
唯道是杖　4-336
唯達者爲能通之　7-291
唯酒是務　8-138
唯開蔣生逕　5-342
唯飮酒過差耳　7-285
唯餘婢綠草入衆　7-31
唯魂是索些　6-76
唱之而必和　9-2
唱引萬變　3-235
唱櫂轉轂　1-374
唱無緣之慈　9-386
唱發章夏　3-228

唱繁而和寡　9-153
唳清響於丹墀　2-461
唼喋薲芰　2-241
唼喋菁藻　2-69
唼流牽弱藻　5-399
啄害下人些　6-78
啄腐共呑腥　5-174
商君佐之　8-374
商周何以不敵哉　7-182
商周稱仁　6-344
商山之果　6-183
商循族世之所鬻　1-118
商搉涓澮　2-352
商搉爲此歌　5-122
商搉萬俗　1-400
商旅聯槅　1-187
商榷前藻　8-351
商歌非吾事　4-452
商武姬文　9-406
商法焉得以宿　2-227
商洛緣其限　1-93
商羊舞野庭　5-315
商豊約而折中　1-419
商賈駢坒　1-375
商遠邇　2-153
商鞅因景監見　7-137
商鞅挾三術以鑽孝公　7-475
問三丘于句芒　3-11
問以瑤華音　4-394
問休牛之故林　2-202
問君亦何爲　5-503
問君何能爾　5-325
問子游何鄕　3-356
問征夫以前路　7-489
問我何功德　3-509
問我勞何事　5-14
問楚地之有無者　2-55
問歌者爲誰　8-400

問此玄龍煥　4-297

問秀才　6-243, 6-252

問秀才高第明經　6-231

問臣等曰　8-244

啓中黃之少宮　6-166

啓九辯與九歌兮　6-17

啓二奇以示兆　2-263

啓南端之特闈　1-238

啓四塗之廣陟　2-27

啓四體而深悼　3-83

啓土上郡　8-135

啓土雖難　4-248

啓夕兮宵興　9-302

啓夕秀於未振　3-130

啓天地之禁闈　9-481

啓天心而寤靈　1-307

啓恭館之金縢　8-262

啓扉面南江　5-342

啓殯進靈轜　5-184

啓泰眞之否隔兮　3-167

啓發篇章　1-103

啓行不過千夫　9-47

啓設郊丘　9-185

啓諸墊於潛戶　1-274

啓金光則淸風臻　2-315

啓金縢而後信　3-6

啓開陽而朝邁　3-89

啓雄芒　6-173

啓靈篇兮披瑞圖　1-148

啓龍門之岝客　2-336

唵齰噍獲　2-382

啚萬載而不傾　2-240

啾吡嘲而將吟兮　3-154

啾咋嘈咩　3-187

啾啾蹌蹌　2-114

啾啾響作　3-235

啾擗地以厲響　2-151

喁喁如也　8-241

善不可依　6-481

善乎　9-478

善乎宋玉之言曰　2-385

善人御之有術　9-46

善以示後　2-295

善其後者愼其先　2-33

善制不能無弊　9-62

善否之應　7-264

善哉膏粱士　5-104

善哉論事　2-381

善宦一朝通　5-355

善惡陷於成敗　8-286

善毀者不能蔽其好　8-398

善莫近名　4-131

善萬物之得時　7-491

善詳其對　6-245

善誘善導　9-339

善誘能敎　9-336

善謀於國　7-71

善譽者不能掩其醜　8-398

善遊皆聖仙　4-65

善養生者則不然矣　8-487

喆人是恃　9-207

喈喈倉庚吟　5-117

喉所發音　7-60

喑鳴則彎弓　1-398

喔咿儒兒　6-61

喜得全功　7-198

喜怒悖其正氣　8-483

喜慍分情　8-346

喜慍莫見其際　9-351

喜懼交爭　1-287

喜懼參幷　6-324

喜柔條於芳春　3-129

喜歡無量　7-267

喜謗前輩　7-172

喝邊簫於松霧　9-298

喟仰抃而抗首　3-235

喟憑心而歷玆 6-16
喟抑情而自非 2-167
喟揚音而哀歎 3-259
喟焉傷薄劣 3-394
喟然傷心肝 4-138
喟然幷稱 7-438
喟然幷稱曰 7-438
喟然幷稱曰 2-125
喟然感鸖鳴 5-34
喟然有呑江滸之志 9-34
喟然歎息 7-77
喟然相與歌曰 1-310
喧鳥覆春洲 5-16
喻以存亡 7-311
喻以封巒 8-220
喪之何能無慨 8-181
喪亂備矣 8-196
喪亂旣弭而能宴 1-443
喪亂豈解已 3-290
喪事惟約 9-342
喪君有君 6-337
喪威稔寇 9-25
喪師太半 9-49
喪旗亂轍 9-34
喪服同次 9-227
喪柩旣臻 9-212
喪氣挫鋒 9-35
喪精亡魂 1-196
喪過乎哀 9-296, 9-354
喪金輿及玉乘 3-108
喬岳無巢居之民 6-152
喬嶽峻峙 9-433
單于怖駭 7-374
單于稱臣而朝賀 8-421
單于臨陣 7-118
單于謂陵不可復得 7-119
單埢垣兮 2-23
單孑獨立 7-171
單民易周章 5-425
單治裏而外凋兮 2-470
單泛逐孤光 5-399
單生蔽外像 5-498
單醪投川 6-184
單閼之歲兮 2-413
嗇民昏作 6-206
嗈嗈鳴雁 4-131
嗚呼 7-361, 8-360, 9-49, 9-97, 9-130, 9-477
嗚呼仲武 9-232
嗚呼哀哉 9-207, 9-211, 9-212, 9-217, 9-221, 9-222, 9-228, 9-230, 9-232, 9-233, 9-238, 9-243, 9-244, 9-248, 9-259, 9-260, 9-263, 9-270, 9-271, 9-283, 9-284, 9-285, 9-290, 9-294, 9-297, 9-298, 9-316, 9-317, 9-328, 9-470, 9-493, 9-500, 9-501, 9-325, 9-326, 9-327
嗚呼淑貞 9-277
嗚咽辭密親 4-442
嗛嗛同軒 1-461
嗜欲之源滅 1-140
嗜欲將至 9-5
嗟不盈於予掬 3-143
嗟主闇而臣嫉 2-225
嗟久失其平度 2-164
嗟乎 2-281, 2-94, 3-50, 7-115, 7-116, 7-127, 8-43, 8-392, 9-253
嗟乎嗟乎 7-140
嗟乎夫子 9-212
嗟乎若士 9-280
嗟予生之不造兮 3-94
嗟人生之短期 3-79
嗟余小子 3-319
嗟余怨行役 3-487
嗟余薄祜 4-127
嗟佳人之信修 3-274
嗟俟時兮將升 9-302
嗟內顧之所觀 1-169

嗟台嶺之所奇挺　2-262
嗟嗟我王　3-298
嗟夏茂而秋落　2-385
嗟大戀之所存　9-487
嗟彼東夷　9-211
嗟我人斯　4-242
嗟我憤歎　4-131
嗟我懷人　4-244
嗟歎之不足　8-405
嗟歎之不足故永歌之　7-495
嗟此務遠圖　5-441
嗟潛隆兮旣敽　9-303
嗟爾來世　9-337
嗟爾君子　4-171
嗟爾庶士　3-302
嗟爾義士　9-271
嗟祿命之衰薄　2-424
嗟秋日之可哀兮　2-386
嗟芝焚而蕙歎　3-82
嗟苦先生　9-471
嗟茲馬生　9-255
嗟行方暮年　4-490
嗟鄙夫之常累　2-179
嗟難得而備知　2-398
嗟難得而覼縷　1-357
嘔噱終日　3-218
嗣之列稱　7-44
嗣其罔則　3-298
嗣宗之爲妄作也　4-306
嗣王委其九鼎　9-69
嗣王荒怠於天位　9-366
嗣若英於西冥　2-405
嗷嗷愁怨　8-416
嗷嗷晨雁翔　5-299
嗷嗷林烏　3-281
嗷嗷群悲　9-270
嗷嗷雲中鴈　5-431
嘈長引而慘亮　3-235

嘉傅說之生殷　3-5
嘉卉亮有觀　5-301
嘉卉灌叢　1-188
嘉命咸在茲　5-183
嘉庸莫疇　6-216
嘉彼釣叟　4-226
嘉惠承帝子　4-405
嘉慮四廻　8-148
嘉斯器之懿茂　3-219
嘉曾氏之歸耕兮　3-37
嘉會不可常　3-426
嘉會難兩遇　5-238
嘉會難再遇　5-231
嘉木樹庭　1-165
嘉木繞通川　4-28
嘉樹下成蹊　4-103
嘉樹生朝陽　5-409
嘉珍御　1-136
嘉班妾之辭輦　2-318
嘉田畯之匪懈　1-274
嘉祥之美　2-260
嘉祥徵顯而豫作　1-417
嘉祥阜兮集皇都　1-148
嘉禾櫛比　8-418
嘉禾生於南昌　8-307
嘉禾重穎　3-376
嘉秦昭之討賊　2-160
嘉穀六穗　8-218
嘉穎離合以蓴蓴　1-449
嘉美名之在茲　2-189
嘉群神之執玉兮　3-13
嘉肴充圓方　3-347
嘉茲寵榮　9-251
嘉詔未賜　3-327
嘉謀屢中　8-280
嘉謀肆庭　8-193
嘉眂益腆　7-223
嘉賓四面會　4-109

嘉賓塡城闕 4-220

嘉賓是將 1-303

嘉車攻 1-130

嘉運旣我從 3-486

嘉遯龍盤 6-160

嘉關雎之不淫兮 3-167

嘉魚出於丙穴 1-322

嘉魚龍之逸豫 3-216

嘉魴得所薦 5-469

嘉魴聊可薦 4-396

嘉麗藻之彬彬 3-129

嘖嘖寒蟬鳴 5-414

嘗以十倍之地 8-376

嘗從事於斯矣 9-22

嘗懼顚沛 3-321

嘗有意乎都河洛矣 1-86

嘗自思惟 4-321

嘗見其一 2-43

嘗試言之曰 9-79

嘗試論之曰 1-66

嘯傲東軒下 5-326

嘯歌琴緒 9-500

嘯詠溝渠 7-318

嘲哂豪桀 8-172

嘲謔無慚沮 5-432

噴息激昂 3-169

嘽喥逸豫戒其失 3-156

嘽緩舒繹 8-400

噍噍昆鳴 2-122

噍噍讙譟 3-182

噏波則洪漣踧踖 2-345

噓唏煩醒 6-97

噓噏百川 2-338

噞喁沈浮 1-353

器則九鼎猶存 7-300

器同生民 8-195

器周用而長務 1-440

器和故響逸 3-217

器大者不可以小道治 8-290

器惡含滿歆 5-462

器舉樂奏 6-166

器械以革 1-451

器械儲偫 2-104

器械兼儲 1-378

器淺而應玄 9-155

器用利 8-119

器用萬端 1-376

器用陶匏 1-139

器範自然 8-194

器識純素 8-191

器車出 8-76

器非廊廟姿 4-430

噬魴捕鯉 3-281

嗷嗷今自蚩 4-111

嗷嗷儲嗣 9-316

嗷嗷同生 9-231

嗷嗷夜猿啼 4-56

嗷嗷鳴索群 5-261

噴浪飛涎 2-358

囂頑朱均惕復惠兮 3-157

嚞霅曄踕 3-153

嚮使上世之士處乎今世 7-464

嚮者僕常厠下大夫之列 7-139

嚴光周黨王霸至而不能屈 8-342

嚴嚴苦霧 2-461

嚴城於焉早閉 9-420

嚴天配帝 6-419

嚴恭帝祖 5-41

嚴方仲舉 9-500

嚴更之署 1-168

嚴樂之筆精 3-122

嚴母掃墓以望喪 9-100

嚴氣升 2-395

嚴秋筋竿勁 5-152

嚴而不殘 6-246

嚴車臨迥陌 4-76

嚴霜九月中　5-191
嚴霜凋翠草　5-282
嚴霜初降　2-425
嚴霜夜零　9-92
嚴霜有凝威　5-279
嚴顏和而怡懌兮　3-165
嚴風吹若莖　5-476
嚴駕越風寒　3-487
嚴鼓未通　9-182
嚶嚶和鳴　1-300
嚶嚶思鳥吟　4-438
嚶嚶悅同響　4-348
嚶嚶關關　3-227
嚶若離鷗鳴清池　3-214
嚶鳴相召　9-108
嚼清商而卻轉　1-213
嚼蘂挹飛泉　4-8
囂塵張天　1-333
囂塵自茲隔　5-8
囂塵臭處　7-287
囂聲震海浦　1-196
囊括其雌雄　2-119
囊括四海之意　8-374

□ ────────────────

囚墨翟　6-453
囚弟於雍者　6-443
囚於請室　7-152
囚耕父於清泠　1-271
四不堪也　7-286
四五詹兔缺　5-226
四人之務不一　2-33
四分五剖　7-458
四十有八章　8-233
四十餘年　8-448
四國不得出兵其郡　6-478
四國方阻　4-176

四坐咸同志　5-405
四坐并淒聽　5-120
四夷間奏　1-137
四始攸繫　8-346
四姓實名家　5-122
四宇和平　6-97
四嶽三塗　7-182
四嶽增峻　4-325
四年　8-103
四支委隨　6-99
四支重罰　6-237
四教罔忒　9-323
四方所視　1-236
四方是征　3-296
四方是維　9-360
四方無拂　8-75
四時不必循　5-111
四時互相承　5-273
四時充美　6-434
四時忽其代序兮　2-385
四時更代謝　4-113, 4-239
四時更變化　5-221
四時迭代　1-257
四時違而成歲　9-133
四時遞謝　3-284
四曰寬明而仁恕　8-432
四曰盡而不汙　8-16
四曰輿　1-66, 7-496
四會五達之莊　2-273
四月孟夏　2-413
四望無煙火　5-37
四民反業　7-407
四民富而歸文學　6-248
四民展業於下　9-35
四氣代謝　5-255
四氣鱗次　3-302
四海一何寬　4-125
四海之內　1-125, 2-98

四海之富 8-428
四海之議 6-380
四海側目 6-352
四海圮裂 8-30
四海悅勸矣 8-283
四海想中興之美 6-329
四海無交兵 4-208
四海疊其燀灼 9-114
四海皆兄弟 5-234
四海蕭條 7-300
四海齊鋒 1-462
四照之花萬品 9-396
四爲郡功曹 9-340
四牡向路馳 4-183
四牡方馳 9-435
四牡曜長路 5-354
四牡項領 4-244
四牡龍旂 3-294
四王所以垂業也 9-60
四百餘年 8-348
四百餘里 1-94, 1-188
四皓采榮於南山 7-468
四睇亂曾岑 5-517
四祖正家 3-366
四禪隱巖曲 4-85
四筵霑芳醴 3-385
四節代遷逝 4-150
四節得展 6-293
四節流兮忽代序 3-102
四節相推斥 4-183, 4-186
四節逝不處 5-138
四節逝若飛 5-413
四節運而推移 3-98
四維不張 8-287
四美不臻 4-312
四者無一遂 7-139
四者難幷 5-420
四聖繼軌 6-329

四膳異肴 6-182
四言五言 1-69
四賢豈不偉 3-465
四載迄于斯 4-430
四運紛可喜 4-431
四運雖鱗次 4-30
四達雖平直 3-481
四邦咸擧 8-150
四門轗軻 1-430
四門備禮 9-340
四門穆穆於下 6-333
四關重擾 8-369
四隩來暨 8-51
四隩入貢 2-442
四隩奉圖 9-183
四靈懋而允懷 1-257
四面各千里 5-444
四面無人居 5-191
四面雨射城中 9-249
四面風德 7-435
四顧何茫茫 5-220
四騏龍驤 1-380
四體辭難 9-60
四鳥悲異林 5-89
回回洪瀾 3-285
回回自昏亂 5-250
回塘寂其已暮兮 9-327
回復萬里 1-352
回心反初役 4-147
回戈邪指 2-139
回散縈積之勢 2-398
回文詩兮影獨傷 3-119
回斾右移 1-203
回日向三舍 4-9
回朕車以復路兮 6-14
回江流川而涹其山 3-150
回淵可比心 5-314
回淵濯 1-431

回淸陽　3-277
回溪縈曲阻　3-434
回猋肆其碭駭兮　2-15
回翔竦峙　3-170
回翔靑篾　6-121
回而眛之者極妖恣　8-231
回腸傷氣　3-248
回芳薄秀木　4-22
回行道乎伊闕　1-233
回身入空房　5-247
回車而歸　2-21
回車而還　2-87
回車駕言邁　5-220
回軒啓曲阿　5-120
回遑如失　2-409
回遲悲野外　5-188
回還倚伏　9-87
回阤被陵闕　4-33
回霜收电　6-322
回面內襴　8-241
回面受吏　8-53
回面汙行　6-462
回飆扇綠竹　5-305
回飆卷高樹　3-487
回首望長安　4-138
回首請吏　9-435
回首面內　8-212
因之平生懷　5-520
因于解悲愁之辭　3-65
因休力以息勤　1-263
因便感咽　8-93
因六代之樂　6-252
因其自然　4-321
因函夏之趣　6-334
因利乘便　8-377
因勢合變　7-475
因君爲羽翼　5-474
因回軫還衡　2-128

因天性之自然　3-151
因定以和神　8-263
因宜適變　3-142
因居高而慮危　2-326
因山爲障　1-341
因岐成渚　2-364
因形設象　7-197
因復大考鉤黨　8-336
因循其號　8-312
因心則友　9-375
因心則至　9-361
因心則靈　8-146
因心必盡　9-407
因心違事　9-280
因教祝以懷民　1-267
因數之以不忠死亡之罪　7-378
因斯以言　8-44
因斯以談　8-209
因斯兩賢　9-85
因斯而作　7-393
因斯而談　9-387
因時則揚　9-134
因時而建德者　1-84
因時興滅　2-400
因朝冉從驦　7-430
因木生姿　2-291
因東師之獻捷　2-306
因歌遂成賦　4-121
因歌隨吟　3-233
因此五交　9-124
因此相沿　8-357
因河爲池　8-379
因泣下　9-478
因流波而成次　8-83
因爲誣上　7-146
因物以成務者繫乎彼　8-38
因瑰材而究奇　1-97
因白不悉　7-255

因百姓之有餘　9-395
因相與嗟歎玄德　1-140
因秦宮室　1-228
因稱詩曰　3-266
因緣侵辱　7-195
因緣運會　4-321
因而濟之　7-290
因自喩　9-470
因茲以威戎誇狄　1-110
因菜命氏　9-431
因藉時來　6-252
因行事而言　8-14
因表　7-174
因襄文宣靈之僭跡　8-228
因言其致云　9-78
因論作文之利害所由　3-128
因諡爲郡王　9-428
因謂殤子夭　5-496
因資於敵　8-164
因贈粲詩　8-96
因臟假位　7-382
因輔養以通也　8-482
因造化之蕩滌　1-123
因進而稱曰　3-265
因進距衷　1-244
因遘沈痾　9-427
因遷延而辭避　3-266
因遺策　8-375
因長川之裾勢　1-464
因高就遠　9-396
困於人間煩黷　8-33
困於囂塵　7-269
困於平城　7-120
困於燕雀　8-270
困於衣食　7-449
困於逆亂　4-305
困而彌亮　9-244
困而後濟　9-34

困而能通　7-397
困躓冀徐之郊　7-424
困野獸之足　6-112
困閔於苦　8-412
囹圄寂寞　9-423
囹圄寂寥　1-443
囹圄空虛　8-392
固不厭夫區區者也　9-46
固不可誣也　8-480
固不可辭　8-215
固不如夏癸之瑤臺　1-231
固不得已　7-454
固不與萬民共也　8-65
固主上所戲弄　7-147
固乃周邵之所分　2-196
固亂流其鮮終兮　6-17
固亦多矣　8-347
固亦有焉　7-361
固以久矣　7-249
固以和昶而足耽矣　3-209
固以理窮言行　8-113
固以自然神麗　3-206
固其宜也　7-453
固其所也　8-44
固前修以菹醢　6-19
固前聖之所厚　6-13
固可畏也　9-19
固可翹足而待之　2-330
固嘗鑽厲求學　6-386
固堯湯之用心　2-34
固守孤城　9-250
固宜本其門素　7-40
固將制於螻蟻　9-473
固將愁苦而終窮　6-58
固將有以爲爾　8-322
固將重昏而終身　6-59
固展轉而無窮　2-398
固崎錡而難便　3-136

固已參軌伊望　6-222

固常人之所異也　7-433

固愼名器　8-201

固應繩其必當　3-137

固所以殊絶凡庸也　7-55

固所以爲終也　8-21

固擧世之所推　9-481

固旣得而患失　2-179

固旣雅而不艷　3-142

固時俗之工巧兮　6-12

固時俗之從流兮　6-33

固未能縷形其所由然也　6-116

固未足以揄揚大義　7-231

固梁木其必頹　9-482

固極樂而無荒　3-235

固歡哀兮情換　9-303

固殊智而異心　2-422

固淸道而後往　2-199

固無休息　2-413

固無可遏之理　9-48

固當依傳以爲斷　8-18

固當與天下共之　4-305

固知四隩之攸同　7-300

固知百世非可懸御　9-62

固秉撝挹　9-364

固秦地也　8-307

固終始之所服　3-37

固聖賢之所欽　3-133

固自引而遠去　9-472

固萬葉而爲量者也　8-50

固萬變之不窮　2-327

固衆作者之所詳　3-222

固衆理之所因　3-146

固衆芳之所在　6-6

固行行其必凶兮　2-470

固觸物而兼造　1-449

固請移歲　9-361

固謂拙於用多　3-53

固讓不拜　9-357, 9-359

固足充後乘矣　6-113

固辭不拜　8-98, 9-455

固辭侍中　8-100

固辭選任　8-104

固辭邦敎　9-367

固陰寒節升　5-274

固陳力於異世　7-7

固難以取貴矣　7-320

固靈根於夏葉　1-307

固非楚國之美也　2-55

固非燕王淮南之舋也　7-196

固非自得之謂也　1-408

固非虞伊　6-297

固非觀者之所觀也　7-432

固非質之所能也　7-78

固高聲而曲下　3-141

囷棲三足之烏　6-188

圈守禽獸　6-477

圈巨狿　1-199

圉人浴馬　9-253

圉林氏之驕虞　1-275

國中屬而和者不過數人而已　7-444

國中屬而和者數十人　7-444

國中屬而和者數千人　7-444

國中屬而和者數百人　7-444

國之將亡　8-304

國之憲章　9-219

國之枝葉　8-458

國乏令主　9-65

國亂於下也　8-479

國以富彊　6-429

國傷家嬰其病　9-73

國其莫我知兮　9-472

國史家牒詳焉　8-87

國史明乎得失之迹　7-496

國土嘉祚　7-85

國大者人衆　6-434

國子祭酒王武子　4-288
國學之老博士耳　6-399
國學初興　8-103
國家之利　9-46
國家之危　6-329
國家之器用也　8-119
國家之遺美　1-84
國家安　7-453
國家安危之本也　8-291
國家殷富　2-102
國家無事　8-377
國家爲墟　8-388
國容眂令而動　8-52
國富兵强　7-309
國富兵彊　9-219
國富民康　6-153
國尙師位　3-406
國慶獨饗其利　9-64
國政迭移於亂人　8-287
國有典刑　3-318
國有鬱鞅而顯敵　1-400
國未忘難　6-329
國滅亡以斷後　2-227
國無人兮　9-470
國無人莫我知兮　6-39
國無定臣　7-458
國無災害之變　8-392
國無費留　1-443
國爲之弊　6-352
國玩凱入　4-249
國異政　7-496
國破家亡　4-305
國稅再熟之稻　1-367
國網天憲　9-462
國自豕韋　3-294
國藉十世之基　1-118
國虛淵令　9-297
國讎亮不塞　5-264

國軫喪淑之傷　9-290
國風所棄　1-424
圍守宮闕　7-393
圍守鄖城　7-411
圍木數千尋　5-309
圍木竦尋　1-431
圍經百里　2-109
園寢化爲墟　4-143
園日涉以成趣　7-490
園柳變鳴禽　4-45
園縣極方望　4-69
園陵殘於薪采　6-346
圓丘有奇草　4-13
圓井吐葩　6-169
圓影隙中來　5-392
圓景光未滿　4-198
圓景早已滿　5-339
圓流內襲　9-202
圓海迴淵　3-57
圓淵九回以懸騰　2-354
圓淵方井　2-291
圓精初鑠　9-312
圓靈水鏡　2-407
圖之軒牖　9-466
圖事揆策　8-122
圖令國命全　3-473
圖以百瑞　1-425
圖以雲氣　1-370
圖修世以休命　2-273
圖像則讚興　1-70
圖光玉繩　9-312
圖匱於豐　2-34
圖危劉氏　8-454
圖史終磨滅　5-505
圖收湘西之地　9-34
圖書之淵　1-143
圖牒復摩滅　4-484
圖物恒審其會　9-151

색인 **147**

圖畫天地　2-294

圖畫安危　8-390

圖皇基於億載　1-89

圖緯著王佐之符　8-98

圖讖之所旌　2-305

圖讖垂典　6-332

圖象古昔　2-317

團圓霜露色　5-474

團團似明月　5-51

團團滿葉露　5-333

圜以萬雉之墉　6-169

圜案星亂　6-182

圜鑿而方枘兮　6-73

圜闕竦以造天　1-173

土 ────────────────

土之外區　9-176

土事不飾　2-126

土伯九約　6-78

土則神州中岳　7-300

土圭測景　1-232

土地所生　8-3

土壤不足以攝生　1-347

土室編蓬　9-103

土崩之困　9-62

土崩魚爛　7-405

土有常君　8-452

土木被緹繡　8-336

土無常俗　2-247

土無綈錦　1-424

土狹者逆遲　9-67

土猶土民　8-464

土積成山　3-304

土肉石華　2-359

土膏而朱紘戒典　6-234

土膏脈起　1-259

土被朱紫　1-182

土風之乖也　1-408

土風安所習　5-313

土風清且嘉　5-121

土龍矯首於玄寺　7-263

在上哀矜　9-434

在丘之曲　3-282

在中才則謂不然　7-183

在中流而推戈　2-371

在乎審己正統而已　8-119

在乎擇人　2-318

在乎混混茫茫之時　8-226

在予小子　3-295

在人　7-356

在人目前　7-287

在人間不止　7-287

在位所不憚　9-73

在公正色　6-306

在兵中十歲　7-218

在冀之畎　9-440

在勤必記　6-371

在南稱甘　4-272

在危每同險　4-343

在危無撓　9-264

在周之衰　9-69

在困彌達　9-270

在塵埃之中　7-153

在宥天下理　3-394

在山峨峨　3-169

在工載考　3-361

在巫山下　3-249

在帝庖羲　9-162

在帝猶難　6-392

在彼靈囿之中　1-192

在德不在險　9-51

在心爲志　7-495

在心良已敍　5-432

在懸怨宵長　5-276

在於所習　9-98

在於雍州　1-87
在昔先王　3-381
在昔同班司　4-239
在昔奸臣　3-368
在昔晦明　6-214
在昔蒙嘉運　4-445
在昔輟期運　4-490
在晉中興　8-349
在有無而俋俋　3-134
在朝之儒　7-348
在木闕不材之資　4-321
在殷憂而弗違　3-85
在水湯湯　3-169
在河之涘　3-281
在涅則渝　4-267
在涅貴不淄　9-173
在渭之涘　1-157
在滑之坰　9-269
在漢中興　8-129
在漢之季　4-247
在漢開楚　9-322
在漳之湄　4-174
在疢妨賢路　4-422
在疾不省　9-222
在皇代而物土　2-242
在皇位之側　8-329
在秦作劉　9-322
在秦而秦霸　9-4
在約不爽貞　5-316
在聽斯聰　3-377
在衆不失其寡　9-275
在衆思歡　4-180
在視斯明　3-377
在謁無詖　9-323
在變則通　8-145
在貴多忘賤　4-202
在遠分日親　4-217
在醒眙答　8-193

在闌茸之中　7-140
在陰時則慘　1-155
在陵之㰈　3-282
在險彌亮　9-256
在險易常心　5-310
在魏則毛玠公方　6-394
在齊之季　9-180
地不爲人之惡險而輟其廣　7-451
地不被乎正朔　6-187
地久天長　9-193
地以四海爲紀　1-317
地利不如人和　9-51
地勢使之然　3-458
地可墾辟　2-94
地合靈契　8-233
地圻分陝　9-417
地奪於呂布　7-384
地孤援闊　9-270
地尊禮絶　9-457
地居旦奭　9-457
地廬驚　1-446
地方不過千里　2-98
地方幾萬里　9-46
地曜其文　3-376
地有常形　7-451
地殷江漢　9-414
地相什而民相百　6-476
地稱其廣者　6-290
地符升　8-76
地蓋底平　3-250
地藏其熱　7-465
地逼勢脅　6-139
地過古制　8-454
地險資嶽靈　4-84
圻岸屢崩奔　4-481
坻場染屨　2-31
坂坻巇嶮而成甗　1-296
均之埏埴　2-247

均哀共戚　9-430
均山甫之庸　9-358
均獵者之所得獲　2-88
均田畫疇　1-433
均貴賤於條風　9-373
坎廩兮貧士失職而志不平　6-68
坎路側而瘞之　2-189
坐不垂堂　6-465
坐作進退　1-266
坐南歌兮起鄭舞　1-304
坐嘯徒可積　4-396
坐嘯昔有委　5-23
坐堂伏檻　6-82
坐太陰之屏室兮　3-24
坐定　2-41
坐客恒滿　9-127
坐惜紅粧變　5-385
坐朝晏罷　9-197
坐檻臨曲池　4-406
坐清廟　2-98
坐百層　2-451
坐盤石　3-237
坐知千里　7-23
坐積薪以待然　2-186
坐組甲　1-379
坐者淒歔　1-305
坐而論道　9-457
坐臥念之　7-177
坐臥泣涕霑衣　9-427
坐致朱軒　6-324
坐見輕紈緇　5-448
坐貽謗缺　6-483
坐鎮雅俗　7-104
坐領三臺　7-386
坐高門之側堂　2-309
坑衡閜砢　2-79
坑阱塞路　7-388
坑降卒之無辜　2-190

坟塋莫翦　6-228
坤儀舟覆　4-308
坤則順成　9-314
坦然可觀　7-205
坦然明白　8-5
垌野草昧　1-325
块兮軋　6-90
块圠無垠　2-414
坻崿鱗眴　1-164
垂三光之明者　6-296
垂仁義之統　7-436
垂令聞而不已　2-218
垂光虹蜺　6-265
垂冊書於春秋　8-431
垂名億載　8-467
垂喙蚩轉　3-158
垂宛虹之長緌　6-138
垂影滄浪泉　5-138
垂慶惠皇家　5-135
垂拱永逸　6-403
垂於世者可繼　9-144
垂旒旌　3-251
垂明月之珠　6-431
垂明當世　6-453
垂景炎之炘炘　2-11
垂朱榮　2-79
垂條嬋媛　1-297
垂條扶疏　2-79
垂梢植髮　2-448
垂棘反於故府　2-194
垂楊蔭御溝　5-177
垂楚組之連綱　3-69
垂法將來　8-22
垂涕霑雙扉　5-225
垂烈于後　3-296
垂爲舊式　8-246
垂琬琰之文璫　2-312
垂環玭之琳琅　2-307

垂稱往烈　7-40

垂竿深澗底　5-362

垂範後昆　8-350

垂統理順　8-210

垂綸長川　4-226

垂翟葆　1-204

垂翼遠逝　7-322

垂耳而不能行　6-103

垂蔭萬畝　1-360

垂金爵之賞　8-472

垂雞高巢　3-251

垂霧縠　2-50

垂餌出入　2-243

垂餌虎口　7-143

垂髫總髮　2-32

垂鼻鱗囷　1-210

垓下殞攙搶　3-479

垢彌甚耳　7-160

垣牆皆頓擗　3-425

垣闔不隱形　5-316

城中鑿穴而處　9-249

城守累旬　7-23

城尉不弛柝　1-178

城小粟富　9-255

城府颯然　9-424

城池無藩籬之固　9-39

城郭生榛棘　5-38

城闕或丘荒　5-100

城闕爲墟　6-367

城闕生雲煙　4-490

城闕鬱盤桓　5-410

城陽顧於盧博　6-438

城隅九雉　1-235

埏隧既開　9-233

埒材角妙　3-170

垤雉晁雛　3-182

培塿懷百憂　5-156

執五禮以正民　9-368

執友之心　9-222

執大象也　8-277

執奄尹以明貶　2-234

執奇正以四伐　1-442

執姬女以頓瘁　9-485

執彫虎而試象弓　3-6

執心守時信　5-409

執憲靡顧　3-298

執戟亦以疲　5-345

執戟殿下　8-356

執戟疲揚　9-242

執手將何時　4-218

執手野踟躕　5-230

執政不廢於公朝　6-292

執敲扑以鞭笞天下　8-378

執方者必以權謀自顯　8-179

執法內侍　1-425

執玩反覆　4-305

執玩周復　9-233

執眷眷之款實兮　3-274

執笏霸朝者　8-183

執粹淸之道　8-225

執紙五情塞　4-126

執羈輕去鄉　5-518

執螶蜓而嘲龜龍　7-465

執誼顧主　1-282

執銓以平　9-355

執銳爭先　9-181

執鑾刀以袒割　1-263

執鞭珥筆　6-295

執鞭鞠躬　9-42

培塿之與方壺也　1-414

基列於都鄙　8-336

基宇宏邈　8-195

基廣則難傾　8-291

基趾如星　3-253

基隆於義農　7-478

基黃鐘以擧韻　3-223

堀堁揚塵 2-381

堂上有奇兵 5-311

堂上水衣生 5-316

堂上流塵生 5-447

堂上生荊杞 4-103

堂堂孔明 8-195

堂堂蕭公 8-145

堂堂處子 3-282

堂庭如一 2-327

堂撫琴瑟 1-331

堂無好事之客 7-259

堂設象筵 3-411

堅不可入 7-184

堅氷作於履霜 1-284

堅如膠漆 6-453

堅守四旬 9-264

堆出於岸 9-14

堆案盈机 7-286

堆阜衡霍 9-402

董蓈甘旨 3-60

埋滅而無聞者 9-85

埋爲窮流 8-47

堤塍相輞 1-300

堯舜內禪 8-277

報养劉之日短也 6-312

報功臣之勞 8-452

報地功 1-250

報恩於國主耳 7-121

報我素餐誠 5-34

報辱北冀 8-153

報魯國之羞 7-121

埳壈參差 1-421

埳壈鱗接 1-360

塊孤立而特峙 3-139

塊幽繫於九重 2-433

塊然守空堂 5-299

塊然無徒 7-452

塊然獨坐 4-305

塊然獨處 6-295, 7-259, 7-269

塊煢獨而靡依 3-96

塊獨守此無澤兮 6-72

塊獨言兮聽響 3-102

塊若枯池魚 3-466

墴然起於窮巷之間 2-381

塗出梁宋郊 4-490

塗塗露晚晞 4-402

塗次舊沛 6-224

塗歌邑誦 8-54

塗歌里詠 9-418

塗民耳目 8-229

塗炭旣濟 4-331

塗無遠而不彌 3-146

塗由帝渚 9-436

塗路雖局 7-210

塗車旣摧 9-492

塞之斯爲淵焉 9-14

塞外草衰 7-114, 9-270

塞眶眦之辭 7-145

塞草前衰 2-275

塞草未衰 9-420

塞門不仕 3-110

塡坑滿谷 2-88

塡庭溢閾 8-414

塡池塹 8-392

塡流泉而爲沼 1-129

塡溝壑 6-285, 8-225

壔簫激於華屋 7-246

塵不暇起 6-180

塵淸慮於餘香 9-487

塵軌實爲林 4-391

塵遊躅於蕙路 7-368

塵飛五岳 8-143

塵驚連天 2-30

境土逾溢 9-66

堪不可轉 9-492

埠不增築 9-255

墉垣碣基　2-316

墓門兮蕭蕭　3-103

墜之淵泉非其怒　9-79

墜入深淵難以復出　6-469

增一職已黷朝經　6-382

增之一分則太長　3-264

增九筵之迫脅　1-162

增冰峨峨　6-77

增冰爲積水所成　1-65

增四門之穆穆　6-265

增堂及陛　8-195

增多伏生二十五篇　8-6

增嫮眼而蛾眉　3-27

增嬋娟以此豸　1-213

增宮嵾差　2-23

增封泰山　8-239

增岡重阻　1-356

增崇德統　9-458

增切怛耳　7-116

增慟余懷　9-233

增成合歡　1-169

增搆菱菳　1-428

增昭儀於婕妤　1-214

增泰山之高　2-142

增煩毒以迷惑兮　3-6

增玉璜而太公不以爲讓　7-100

增班劍六十人　8-107

增益標勝　8-92

增盤崔嵬　1-98

增級十四　8-313

增給班劍三十人　9-371

增華台室　2-405

增輝日月　6-288

增露寒與儲胥　1-172

增類帝之宮　8-53

墟囿散紅桃　4-39

墟墓徒存　8-175

墨井鹽池　1-416

墨子回車　7-249

墨子廻車　6-462

墨客降席再拜稽首曰　2-145

墨突不黔　7-472

墨翟不好伎　7-238

墨翟之術何稱　7-185

墨翟垂涕　4-322

墱流十二　1-432

墱道邐倚以正東　1-178

墳土未乾　6-285

墳塋幽淪　6-367

墳壘壘而接壟　3-89

墳壟日月多　5-100

墳未宿草　9-129

墳衍斥斥　1-417

墳陵脅顯　7-388

墾陵巒而崭嶵　2-336

壁壘天旋　2-118

壁壘重堅　6-120

壁立何寥廓　3-465

壁立千仞　9-176

壁立椒駼　2-354

壇宇顯敞　1-331

壇羅虓蚮　2-275

氃不可回　9-492

堅無完柩　1-122

壓紐顯其膺錄　9-89

壙卽新營　9-493

壞孔子舊宅以廣其居　8-6

壞禮義　8-416

壞苑囿　8-392

壞子王梁代　6-442

壞石無遠延　4-359

士 ─────────────────────

士不敢彎弓而報怨　8-379

士不激不勇　8-409

士不産於秦 6-434
士之蘊藉義憤甚矣 8-342
士也罔極 8-153
士亦有之 7-445
士元弘長 8-196
士卒勞倦 7-431
士卒奔邁 7-312
士卒死傷如積 7-144
士君子之所嗟痛也 7-351
士女之醜行也 6-287
士女佇眙 1-375
士女雜坐 6-84
士女頒斌而咸戾 2-32
士子世其宅 3-196
士師奔擾 9-264
士庶之科 8-357
士庶莫辨 7-44
士忘罷 1-202
士怒未渫 1-132
士感知己 8-112
士或有負俗之累而立功名 6-193
士有一定之論 6-481
士有不談王道者 2-141
士有此五者 7-136
士有陷堅之銳 1-398
士民之衆 7-449
士民傷懷 7-388
士無不起 7-144
士無匡合之志歟 9-71
士無常君 7-458
士無賢不肖 6-451, 7-179
士無遺鏃 9-182
士燮蒙險而致命 9-43
士爲知己者用 7-133
士生則懸弧 5-296
士苟適道 9-141
士遺倦 1-394
士重安可希 5-162

士食舊德之名氏 1-118
士馬精妍 2-273
壯何能加 1-184
壯哉帝王居 4-208
壯圖終於哀志 9-477
壯士一去兮不復還 5-195
壯士之怒 8-479
壯士遠出征 4-186
壯大業之允昌 9-486
壯天地之嶮介 2-352
壯年徒爲空 5-444
壯當熊之忠勇 2-222
壯矣巍巍 9-192
壯翼擒鏤於青霄 1-428
壯荊飛之擒蛟 2-371
壯觀也 8-237
壯齒不恒居 5-299
壹何察惠 3-227
壹八方而混同 1-439
壹等窮跋歸命 7-427
壹統類 8-390
壹鬱之懷靡愬 1-68
壺漿塞野 9-183
壺漿塞陌 9-422
壺政穆宣 9-314
壺氣烈不泯 7-7
壽命非松喬 4-28
壽堂延螭魅 5-187
壽安永寧 1-239
壽宮寂遠 9-325
壽無金石固 5-222
壽王去侍從之娛 7-79
壽考無疆 8-125
壽觴擧 3-62

夊 ─────────────

夏侯卿士 3-333

夏侯湛　9-238

夏侯玄字泰初　8-187

夏則雷霆霹靂之所感也　6-102

夏后之璜　9-92

夏后氏感之　7-433

夏后疏鑿　2-354

夏含霜雪　1-296

夏四月乙丑　9-217

夏四月壬子　9-289

夏室寒些　6-79

夏康娛以自縱　6-17

夏曄冬蒨　1-358

夏李沈朱實　4-396

夏桀之常違兮　6-18

夏條集鮮藻　5-86

夏正三朝　1-245

夏殷以上　8-310

夏殷旣襲　4-266

夏無炎燀　2-316

夏簟淸兮晝不暮　3-119

夏訓以爲美談　6-333

夏諺頌王遊　4-72

夏載歷山川　4-64

夏首憑固　9-181

夏首藩要　9-414

夔牯翹踕於夕陽　2-364

夔妃准法　3-152

夔襄比律　3-185

夕 ─────────────

夕不告倦　2-154

夕予宿乎偃師　2-167

夕余宿乎扶桑　3-12

夕余至乎縣圃　6-21

夕余至乎西極　6-36

夕失勢則爲匹夫　7-460

夕宿兮帝郊　6-52

夕宿喬木下　5-93

夕宿江漢　1-115

夕宿瓠谷之玄宮　2-159

夕宿蘭渚　3-325

夕宿辰陽　6-58

夕寐北河陰　5-444

夕弭節兮北渚　6-45

夕息在山棲　4-55

夕息常負戈　5-86

夕息憶重衾　4-257

夕息抱影寐　4-443

夕息旋直廬　4-258

夕息西山足　4-22

夕惕坐自驚　4-236

夕惕若厲以省愆兮　3-38

夕惕若慄　2-34

夕慮曉月流　4-367

夕拊爾竿　4-311

夕攬洲之宿莽　6-5

夕暮成醜老　4-105

夕暮無所集　4-435

夕暮言歸　1-306

夕曛嵐氣陰　4-42

夕次山隈　9-233

夕次金谷湄　3-434

夕歸次於窮石兮　6-25

夕殞其命　9-222

夕濟兮西澨　6-47

夕爲上將　7-413

夕爲桀蹠　8-286

夕爲鯿領　7-476

夕獲歸於都外　2-182

夕穎西南晞　5-279

夕納景于虞淵兮　3-204

夕遲白日移　4-430

夕陰帶曾阜　4-88

夕陰曖平陸　3-438

夕陰結空幕　5-336

夕陽忽西流　4-318
夕雨亦淒淒　5-10
夕雪晷以掩路　3-89
夕露爲珠網　9-396
夕霽風氣涼　4-345
夕類虞淵　2-240
夕飮乎瑤池　2-460
夕飮玉池津　5-478
夕餐秋菊之落英　6-10
夕鳥傍檐飛　5-397
外不殊俗　7-278
外不量力　8-435
外之　7-139
外之則邪行横作　7-435
外以絶敵人之志　6-337
外信讒邪之諛言　7-179
外內之任　6-206
外則因原野以作苑　1-129
外則正南極海　2-109
外則軌躅八達　1-331
外助王師　7-389
外勤庶政　6-371
外參時明政　5-32
外受流言　7-327
外嘉郎君謙下之德　7-252
外失輔車脣齒之援　7-308
外姻亂邦之跡　8-313
外威四賓　3-379
外宰黎蒸　9-240
外寛內直　9-359
外尊事黃耇　8-295
外康流品　9-357
外廐之下乘也　7-188
外戀良朋　4-130
外擊劉備　7-205
外施簡惠　9-452
外曜台階　9-376
外有傅父　6-98

外有廩倉　7-448
外望無寸祿　3-466
外濟六師　8-145
外無同憂之國　8-460
外無碁功强近之亲　6-309
外無漏迹　6-173
外無盤石宗盟之助　8-461
外無諸侯以爲蕃衛　8-450
外無逼主之嫌　8-359
外物以累心不存　8-487
外物始難畢　5-427
外物徒龍蠖　4-462
外發芙蓉菱華　2-44
外發英華　8-69
外立者四帝　8-316
外統梁趙　7-380
外綏百蠻　1-136
外總兵權　6-353
外權西楚之禍　2-208
外輿樂府協律之事　1-81
外虞既殷　6-373
外襲王陵　8-280
外託宿衛　7-393
外託霸跡　8-199
外豊葭葰　1-241
外負銅梁於宕渠　1-323
外通南國　7-302
外連衡而鬪諸侯　8-374
外運渾元　8-257
外闥不閉　8-284
外騁孫子之奇　1-397
外體作然後知心之好惡　8-402
夙夜匪懈　8-196
夙夜憂歎　6-272
夙夜戰栗　6-302
夙夜自怦性　5-34
夙御嚴清制　4-158
夙昔夢佳期　4-396

夙昔夢見之　5-46
夙昭民譽　9-126
夙秉高尙　6-399
夙興以求　6-195
夙興夜寐　8-385
夙興晏寢　2-384
夙遭閔凶　6-309
夙駕尋淸軌　4-445
夙駕驚徒御　5-183
夙齡愛遠堅　5-25
多不務經術　8-469
多以宦人主之　8-331
多値息心侶　4-85
多則九言　1-69
多可而少怪　7-276
多哀怨之聲　5-74
多在墓側　6-346
多在載籍　7-415
多士成大業　4-342
多士濟斯位　5-493
多失其中行焉　8-343
多憂何爲　5-61
多所不堪　7-277
多所稱引　8-458
多才豐藝　9-219
多歷年所　7-178
多有過望　6-344
多歷年代　8-352
多歷年所　1-217
多歷年所　7-330
多爲藥所誤　5-222
多珍怪些　6-81
多略寡言　8-156
多異形　9-490
多者二十餘通　7-351
多聞多雜　2-318
多自驕大　8-312
多見其不知量也　7-178

多言焉所告　4-107
多財爲患害　4-109
多財爲累愚　3-470
多賊奸些　6-79
多迅衆些　6-81
多違舊章　8-12
多雜眩眞　2-318
多非政要　6-257
多養鳥魚　8-33
多麋鹿之獲哉　2-143
夜不能寐　7-114
夜中不能寐　4-100
夜何時兮復曉　9-303
夜光之珠　4-305
夜光之璧　6-458, 6-459
夜光在焉　1-100
夜光報於魚目　4-323
夜分而坐　8-478
夜分而寢　3-310
夜參半而不寐兮　2-258
夜哭聚雲　9-90
夜寐以思　6-195
夜幽靜而多懷　2-398
夜旣分兮星漢回　3-102
夜景湛虛明　4-452
夜曼曼其若歲兮　3-71
夜永起懷思　5-510
夜漫漫以悠悠兮　3-100
夜申旦而不寐　2-185
夜移衡漢落　5-357
夜耿耿而不寐　3-278
夜聞猩猩啼　5-505
夜聽極星闌　5-426
夜薄休屠營　5-465
夜蟬當夏急　4-378
夜郞滇池　7-332
夜靜滅氛埃　5-392
夢中不識路　3-448

夢寐佇歸舟　4-369

夢寐復冥冥　5-483

夢想見容輝　5-225

夢想騁良圖　3-457

夢登山而迴眺兮　2-467

夢良人兮來遊　3-102

夢見一婦人曰　3-244

夢見在我傍　5-46

夢還甘泉宮　5-444

夤威寶命　5-41

夤緣山嶽之岊　1-358

夥於黃帝之園　6-188

大 ──────────

大丈夫雄心能無憤發　7-197

大不抗越　7-60

大不逾宮　3-228

大丙弭節　1-262

大予協樂　8-52

大事書之於策　8-11

大亦宜然　1-155

大人不曲兮　2-416

大人于興　8-167

大人來守此國　8-173

大人含弘　4-129

大人有作　6-186

大人貞觀　9-145

大人造物　9-192

大人長物　3-407

大仁之賊　7-205

大位未躋　9-341

大備茲日　8-90

大儀斡運　3-302

大兵一放　7-418, 7-427

大典未申　8-104

大分邁疇昔　4-342

大則攻城劓邑　9-420

大化既洽　9-135

大化隆洽　8-418

大厦之材　8-410

大口折鼻　1-190

大司馬陸公以文武熙朝　9-38

大君戾止　2-37

大命乃傾　6-97

大哉堯之爲君　6-290

大哉惟魏　2-302

大哉體乎　2-145

大啓侯王　9-66

大啓南康　9-367

大啓南陽　6-205

大啓淮墳　8-155

大啓爵命　7-407

大國多良材　4-220

大塊稟群生　4-236

大夏緬無覿　4-426

大夏耽耽　1-165

大夫不遺　6-164

大夫曰　3-265, 6-165, 6-168, 6-172, 6-177,
　　　6-180, 6-182, 6-186

大夫登徒子侍於楚王　3-264

大夫諱朔　8-170

大存名體　8-195

大宛之馬　1-95

大室作鎭　1-234

大將也　7-152

大將軍何公　9-340

大將軍屢抗其疏　9-250

大將軍弔祠　9-343

大庇交喪　9-385

大庇生民　9-180

大底聖賢發憤之所爲作也　7-157

大廈不居　2-137

大廈構而相賀　7-95

大廈須異材　5-492

大弘善貸　6-363

大德至忠　8-44

大拯橫流　6-222

大敎克明　3-410

大易深規　6-236

大晉統天　4-267

大暮安可晨　5-186

大樹之號斯存　6-216

大梁不架楹　5-414

大梁之黍　6-182

大業惟輿　6-206

大業未就　9-27

大業未純　8-199

大極其尊　8-301

大權在己　8-280

大殲醜類　6-201

大江之南非乏俊也　9-52

大江流日夜　4-399

大漢之德　8-211

大漢初定　1-81

大漸彌留　9-372, 9-466

大火昏正　2-303

大火流坤維　5-305

大火貞朱光　4-256

大災薦臻　6-329

大獻玄漠　3-303

大王不憂　6-438

大王之所明知也　6-476

大王弗察　6-443

大王惠以恩光　6-482

大王雖欲反都　6-478

大理之名　1-436

大理峻法　8-416

大略淵回　8-165

大皇旣歿　9-37

大皇自富春　5-121

大盜移國　8-368

大矣哉　9-387

大者含元氣　7-457

大者罩天地之表　8-28

大者跨州兼域　8-454

大耋嗟落暉　5-411

大而不洿　3-233

大臣之節　6-303

大臣憂懼　7-144

大臣難知　6-443

大臨街衢　9-425

大苦城酸　6-82

大莽經賞　8-229

大行廣野君高陽酈食其　8-142

大行皇后崩於顯陽殿　9-310

大行越成　8-209

大象始構矣　8-280

大賚所及　6-375

大賢彊國　6-247

大路鳴鑾　1-114

大軍汎黃河而角其前　7-390

大輅寧有椎輪之質　1-65

大辰匿暉　4-247

大造王室　7-101

大連抱　2-79

大過失　9-478

大鈞播物兮　2-414

大鈞載運　4-327

大閱以義舉　1-448

大閤西園　1-265

大隱隱朝市　4-24

大雀踆踆　1-210

大雅之人　7-205

大雅之所嘆息者也　6-357

大雅含弘　4-322

大雅宏達　1-103

大雅明庇身　5-478

大雨時行　2-304

大風起兮雲飛揚　5-197

大駕幸乎平樂　1-207

大體轉相祖述　8-18

大魏之　7-85
大魏之興　8-461
大鵬彌乎天隅　2-435
大鵬繽翻　1-355
天下之人　6-353
天下之佳人莫若楚國　3-264
天下之士　7-460
天下之壯觀也　7-300
天下之寶　4-305
天下之政　8-307
天下之有惡　6-246
天下之至妙　3-162
天下其謂朕何　9-46
天下卒至于溺而不可援　9-9
天下和平　7-453
天下囂然　6-333
天下均平　7-449
天下大洽　8-392
天下大說　2-98
天下孰尙　1-341
天下學士逃難解散　8-5
天下安樂　7-332
天下安瀾　8-404
天下寒心　6-201
天下工爲文　3-65
天下已定　7-467, 8-379
天下惟有易卜　7-347
天下所歸往　8-427
天下昔未定　5-431
天下晏如也　7-433
天下晏然　9-70
天下曠然　9-68
天下書同文　8-284
天下有變　8-464
天下服其大節　8-40
天下樂業　6-487
天下橫雰霧　5-490
天下歸仁　3-305, 9-136

天下歸心　5-54, 8-165
天下無不傳　3-473
天下無害藎　7-449
天下皆得一　5-478
天下知名　7-383
天下聞吳率失職諸侯　6-476
天下至曠　9-59
天下良辰美景　5-420
天下莫之非也　8-302
天下蚩蚩　9-113
天下衆書　7-348
天下談士　7-171
天下遭氛慝　5-425
天下雲集而響應　8-381
天下震慴　7-449
天不可階仙夫稀　3-39
天不可預慮兮　2-414
天不憖遺　9-458, 9-460
天不憖遺老　9-343
天不爲人之惡寒而輟其冬　7-451
天之報施　9-78
天之所賦也　9-98
天之曆數在爾躬　8-426
天乙之時　9-82
天人之事盛矣　8-238
天人之分旣定　9-46
天人之際已交　8-221
天人合應　1-88
天人啓祚　9-180
天人幷應　8-401
天人有徵　6-332
天人未泰　6-364
天人致誅　1-121
天保定子　4-242
天倫之愛　9-427
天儀降藻舟　4-73
天光沈陰　6-483
天光重乎朝日　3-228

天凝地閉　6-172

天凝露以降霜兮　3-98

天動地岋　2-115

天動星回　9-22

天動神移　8-57

天厭宋德　9-366

天厭漢德　9-218

天厭霸德　4-249

天台山者　2-260

天吳乍見而髣髴　2-341

天吳踊躍於重淵　3-219

天吳靜不發　4-51

天命不謟　1-162

天命中易　8-133

天命信可疑　4-217

天命匪易　9-177

天命方輯　8-152

天命旣集　7-300

天命有至極　9-94

天命未改　6-331, 9-409

天命玄鳥　9-431

天命與我違　4-215

天哲也　8-263

天啓其心　1-161

天啓其衷　3-322

天回地遊　3-302

天地不能以氣欺　9-150

天地中橫潰　5-421

天地之大德曰生　9-22

天地之性　2-35

天地之方　7-481

天地之氣　2-378

天地之際旣交　6-334

天地交泰　3-370

天地交泰　6-188

天地人道　2-179

天地四方　6-79

天地板蕩　9-96

天地無心　4-309

天地無終極　3-426

天地煙熅　3-27

天地爲我爐　3-431

天地爲陵震怒　7-119

天地盈虚　4-335

天地融朗　2-346

天地隆烈　2-108

天地雖順　8-166

天地革命　1-125

天地鬼神　6-200

天垂其象　3-376

天垂象　8-329

天姿玉裕　3-362

天威不可當　7-401

天子乃以三揖之禮禮之　1-247

天子乃御玉輦　2-29

天子乃心北眷　9-421

天子乃撫玉輅　1-262

天子乃輟駕回慮　2-455

天子乃駕彫軫　1-193

天子之亟務也　7-437

天子以爲散騎常侍　9-238

天子受四海之圖籍　1-136

天子命上宰　5-295

天子命我　8-129

天子寢於諒闇　2-180

天子按劍怒　5-152

天子旣已策而贈之　9-254

天子是矜　3-336

天子有事于柴燎　3-58

天子校獵　2-83

天子總群議而諮之大司馬陸公　9-48

天子者也　1-250

天子芒然而思　2-94

天子辭而不許曰　9-46

天子餞我　8-135

天宇駭　1-446

天官景從　1-131
天寒知運速　4-293
天寵方降　9-290
天工羿代　9-202
天帝運期而會昌　1-340
天䄮歸功元首　8-249
天弧發射　2-110
天性也　6-468
天性驕蹇　8-420
天情周　2-456
天慘慘而無色　2-257
天所命也　9-8
天才博贍　9-446
天才英偉　9-78
天損不能入　9-157
天損未易辭　5-83
天收其聲　7-465
天時不如地利　9-51
天晃朗以彌高兮　2-386
天晷仰澄　3-361
天曆在虞　3-375
天有可察　9-147
天有常度　7-451
天梁之宮　1-177
天機暫發　6-394
天氣和暖　7-211
天泱泱以垂雲　2-147
天淸泠而無霞　6-161
天漂漂而疾風　3-66
天漢之後　7-350
天漢回西流　5-252
天漢東南傾　5-414
天王求車　8-16
天王燕胥　3-173
天瑞之徵　8-219
天瑞降　8-76
天畢前驅　1-194
天監六年　9-199

天祚大晉　6-333
天祭地事　8-233
天祿保定　3-366
天祿其永終矣　8-435
天祿宣明　1-239
天祿有終　1-454
天秩孔明　2-303
天秩有禮　8-175
天稱其高者　6-290
天窈窈而晝陰　3-66
天窗綺疏　2-291
天符人事　8-282
天符旣章　8-417
天符旣聞命矣　8-420
天經地緯　1-469
天經地義之德　9-407
天綱浮澆　2-336
天網布紘綱　4-125
天網解紐　8-287
天聲起兮勇士廣　2-22
天臨海鏡　3-398
天與地沓　2-109
天蓋高而爲澤兮　3-10
天行地止　9-181
天行星陳　1-254
天衢開泰　6-367
天路安可窮　5-261
天路長兮往無由　6-144
天路非術阡　4-484
天路高邈　7-237
天造草昧　2-481
天道信崇替　5-100
天道夷且簡　5-83
天道如何　2-277
天道寧論　3-107
天道惡盈　9-164
天道所昧　7-6
天道有迭代　5-108

天道有遷易　5-138

天道良自然　5-114

天道運行　8-87

天錫難老　3-371

天鑒璇曜　9-375

天長地久歲不留　3-39

天長地自久　3-506

天開之祚　9-208

天開滌池　9-399

天闞決兮地垠開　2-22

天阻可越　5-256

天降喪亂　4-174

天降時雨　9-5

天際識歸舟　5-8

天雞弄和風　4-59

天靜人和　9-209

天馬出西北　4-105

天馬半漢　1-241

天驥之駿　6-180

天骨疏朗　8-192

天高秋月明　4-471

天高聽卑　3-322

天高萬物肅　5-305

太一龍媒　2-204

太一餘糧　1-295

太上不辱先　7-148

太上正位　3-398

太丘一年　9-340

太中大夫楚陸賈　8-142

太傅安國懿侯王陵　8-142

太僕汝陰文侯沛夏侯嬰　8-142

太僕秉轡　2-29

太公　9-4

太公九十乃顯榮兮　6-73

太公伊尹以如此　8-390

太公困於鼓刀　8-122

太公起爲周師　8-355

太公釣於渭之陽以見文王　8-390

太公體行仁義　7-450

太半難矣　1-73

太原界休人也　9-331

太史公牛馬走司馬遷再拜言　7-132

太史遷下贊語中　8-244

太和既融　9-316

太夫人乃禦版輿　3-61

太夫人在堂　3-53

太子入朝　7-374

太子太傅稷嗣君薛叔孫通魏無知　8-142

太子少傅留文成侯韓張良　8-142

太子擊誦晨風　8-402

太子方富於年　6-97

太子曰　6-107, 6-110, 6-113, 6-118, 6-123

太子畏之　6-447

太子能强起聽之乎　6-103

太子能强起觀之乎　6-123

太子能彊起乘之乎　6-106

太子能彊起嘗之乎　6-105

太子能彊起游乎　6-113

太子能彊起而游之乎　6-110

太子豈有是乎　6-97

太子豈欲聞之乎　6-125

太守南陽曹府君命官作誄曰　9-343

太宗卽世　9-360

太宗聞而悲之　8-94

太官供給　9-458

太容吟曰念哉　3-32

太容揮高弦　5-135

太尉帥師　7-400

太師奏樂　1-136

太平之功　8-410

太平之責塞　8-125

太平多歡娛　5-488

太康之中　8-284

太微凝帝宇　5-507

太息將何爲　4-215

太息終長夜　5-261

太極之元　8-248

太歲丁亥　9-199

太液昆明　1-143

太牢饗　1-136

太白蝕昴　6-447

太祖升遐　9-370

太祖受命　8-100

太祖受命　9-451

太祖崩　8-101

太祖成之以德　9-42

太祖承運　7-300

太祖拯而濟之　7-424

太祖繼業　8-280

太祖高皇帝篤猶子之愛　6-378

太祖龍躍矦時　9-409

太素旣已分　5-496

太虛遼廓而無閡　2-262

太行孟門　9-130

太谷何寥廓　4-212

太谷晦蒼蒼　5-518

太谷通其前　1-233

太陽戢曜　7-320

太陽曜不固其節　2-400

太陽雖不爲之廻光　6-295

夫一人之身　8-186

夫一國爲一人輿　6-342

夫一木之枰　8-473

夫三淮南之計　6-478

夫上世之士　7-463

夫上圖景宿　1-346

夫不勤勤　8-235

夫不順者已誅　7-374

夫世俗之民又安知臣之所爲哉　7-445

夫世衰道微　8-404

夫中才之人　7-137

夫乘德而處　9-373

夫九土之宜弗任　2-33

夫五色相宣　8-351

夫人不能早自裁繩墨之外　7-153

夫人之相知　7-290

夫人君南面　8-358

夫人善於自見　8-438

夫人在陽時則舒　1-155

夫人坐論婦禮　8-310

夫人情所不能止者　7-166

夫人情莫不貪生惡死　7-154

夫人臣出萬死不顧一生之計　7-142

夫人自有兮美子　6-52

夫仁義不可不明　8-183

夫以一縷之任　6-469

夫以仲尼之才也　9-10

夫以匹婦之明　8-431

夫以嘉遯之舉　7-317

夫以回天倒日之力　9-477

夫以孔墨之辯　6-453

夫以慕容超之强　7-330

夫以篤聖穆親　8-44

夫以耿介拔俗之標　7-360

夫以自我之量　8-40

夫以蕞爾之軀　8-483

夫以諸侯之細　2-98

夫以諸侯之細　8-413

夫伐深根者難爲　8-454

夫似是之言　7-197

夫何一佳人兮　3-65

夫何云乎識道　3-85

夫何宮室之勿營　2-305

夫何往而不殘　3-82

夫何往而不臻　9-482

夫何故哉　9-71

夫何旟旐邪偈之旖旎也　2-8

夫何堯獨而不予聽　6-16

夫何皎皎之閑夜兮　3-164

夫何神女之姣麗兮　3-258

夫何紛而不理　3-145

夫何足以比讎　2-324

夫何足視乎　7-247
夫何陰曀之不陽兮　2-164
夫作法於治　8-289
夫使諸侯納貢者　2-62
夫修德以錫符　8-215
夫先王知帝業至重　9-59
夫全趙之時　6-441
夫其器量弘深　9-332
夫其峻極之狀　2-260
夫其明濟開豁　8-172
夫其淒戾辛酸　3-227
夫其面旁則重巘增石　3-180
夫出言如微　9-164
夫功在不賞　6-214
夫匈奴者　8-420
夫十圍之木　6-472
夫南西屠　1-379
夫南陽者　1-307
夫危葉畏風　6-249
夫古之觀東嶽　2-125
夫可與樂成　7-354
夫吉凶之相仍兮　3-19
夫名自正而事自定也　8-419
夫君之寵臣　6-279
夫君人者　1-281
夫君子小人　8-355
夫君子而知音樂　7-238
夫吳　9-42
夫吳有諸侯之位　6-477
夫咸池六英　3-163
夫唯捷徑以窘步　6-7
夫唯靈脩之故也　6-8
夫唯體大妨物　2-434
夫啾發投曲　7-475
夫四州之萌非無衆也　9-52
夫固危殆險巇之所迫也　3-183
夫國家之道　9-455
夫圖書亮章　8-263

夫大漢之開元也　1-119
夫天下大器也　8-289
夫天兵四臨　2-139
夫天地之大　7-449
夫天子建國　9-217
夫天德之於萬物　6-290
夫天道助順　7-414
夫太上有立德　9-348
夫太康之役　9-49
夫太極之初　6-131
夫奔競之涂　8-104
夫如是也　9-20
夫始終者　9-476
夫婦會有宜　5-218
夫子值狂生　4-166
夫子固窮　2-165
夫子故有窮　5-202
夫子曰　8-397, 8-398, 8-399, 8-408
夫子照情素　4-359
夫孝者　2-35
夫埶異道而相安　6-13
夫埶非義而可用兮　6-19
夫家積義勇之基　6-346
夫富貴寵榮　6-354
夫寒暑遞進　9-124
夫實以誄華　9-277
夫尺有所短　6-63
夫尺澤之鯢　7-445
夫崇恩偏授　8-326
夫差不祀　4-335
夫差以敗　2-414
夫差窮其武　1-397
夫布衣窮居韋帶之士　7-107
夫幽谷無私　9-385
夫復何言　7-127
夫德不得後身而特盛　7-472
夫德之休明　9-73

夫德以道樹　9-500
夫志動於中　8-346
夫忠直之迕於主　9-14
夫忠賢之臣　8-404
夫悠悠者旣以未效不求　8-485
夫惡欲之大端　8-46
夫憂國忘家　6-280
夫懷貞節　1-282
夫我之自我　8-40
夫所以經營其左右者　3-206
夫才生於世　4-305
夫拯民於沈溺　7-437
夫擊甕叩缶　6-433
夫舉吳兵以訾於漢　6-476
夫改定神祇　8-237
夫放言遣辭　3-128
夫文　8-441
夫文章之難　7-238
夫方策旣載皇王之迹已殊　8-50
夫旌德禮賢　6-360
夫日食由乎交分　9-476
夫時方顚沛　8-180
夫晉文公親其讎　6-456
夫曹劉之將　9-41
夫服藥求汗　8-478
夫未遇伯樂　8-179
夫樂者感人密深　8-402
夫樹猶親戚　8-463
夫欲天下之治安　8-455
夫民勞事功　9-398
夫水戰千里　7-202
夫水所以載舟　1-284
夫求而不得者有之矣　7-239
夫江湖所以濟舟　8-184
夫治亂　9-2
夫治膏肓者　7-312
夫泉竭則流涸　8-463
夫泛駕之馬　6-193

夫泰極剖判　1-409
夫漢幷二十四郡　6-477
夫漳渠　7-255
夫然　8-470, 9-52, 9-59
夫然則古人賤尺璧而重寸陰　8-443
夫愛人懷樹　6-228
夫爲稼於湯之世　8-480
夫物不我貴　7-320
夫物不産於秦　6-434
夫特達而相知者　8-399
夫王奢樊於期　6-450
夫璵玉致美　9-274
夫田種者　8-481
夫登東岳者　7-242
夫百姓不能自治　8-177
夫皮朽者毛落　7-261
夫盛德不泯　6-222
夫盛衰隆弊　9-62
夫神仙雖不目見　8-478
夫神非舜禹　9-98
夫禍之與福兮　2-414
夫禮失求之於野　7-354
夫立德之基有常　8-38
夫竭智附賢者　8-120
夫符瑞之表　6-332
夫精誠變天地　6-447
夫系蹄在足　7-418
夫維聖哲以茂行兮　6-18
夫聖人之言顯而晦　9-101
夫聖人瑰意琦行　7-445
夫聽白雪之音　7-66
夫能貞而明之者窮祥瑞　8-231
夫臨博而企竦　6-286
夫自天觀象　9-196
夫自衒自媒者　6-287
夫至物微妙　8-485
夫與人共其樂者　8-446
夫草蟲鳴則阜螽躍　9-108

夫荷旃被毳者　8-118
夫萬歲一期　8-181
夫萬物之所不通　6-353
夫蓋世之業　8-46
夫蕃蘺之鷃　7-444
夫蕭規曹隨　7-467
夫蘇秦張儀之時　7-448
夫虎嘯風馳　9-95
夫虢滅虞亡　7-308
夫蚊虻終日經營　8-397
夫蜀　9-47
夫蜀都者　1-318
夫行妻寡　3-335
夫街談巷說　7-231
夫襃賢崇德　6-227
夫西河魏土　7-168
夫見機而作　7-397
夫言有淺而可以託深　2-430
夫詩頌之作　8-187
夫談者有悖於目而佛於耳　8-386
夫論德而授官者　6-276
夫豈不懷　9-162
夫豈從蝦與蛭蟆　9-472
夫豈無僻主　8-291
夫豈無畏　9-162
夫豈無謀　3-334
夫貴妻尊　9-441
夫賢者　8-119
夫輕萬乘之重　6-465
夫辯言之艷　6-133
夫迷塗知反　7-328
夫送歸懷慕徒之戀兮　2-385
夫通生萬物　9-79
夫進取之情銳　9-73
夫道足以濟天下　9-11
夫邊郡之士　7-376
夫銓衡之重　6-392
夫銖銖而稱之　6-472

夫鍾期不失聽　7-227
夫雷霆必發　8-408
夫青蠅不能穢垂棘　8-407
夫非常者　7-380, 7-433
夫靡顏膩理　9-89
夫風始安生哉　2-379
夫風生於地　2-379
夫風者　2-378
夫食稻粱　9-102
夫餓饉流隸　8-428
夫騄驥垂耳於坰牧　7-188
夫體國經野　9-58
夫魯連之智　6-485
夫鴻均之世　8-421
夫鷙鳥之擊先高　7-408
夫黃河淸而聖人生　9-3
夭夭桃李花　4-104
夭枉特兼常　4-155
夭蟜枝格　2-81
夭赤子於新安　2-189
夭遙同期　9-207
夭闕紛綸　9-78
失全者亡　6-468
失其所以去就　1-386
失其所以爲誇　1-288
失其本經　8-5
失厥所以進　7-438
失士者亡　7-448
失士者貧　7-458
失天年之壽　8-435
失容墜席　3-197
失意杯酒間　5-155
失時者零落　7-478
失歸忘趨　1-196
失氣恐喙　3-247
失熊羆而獲人　1-267
失義犬羊　9-422
失聖意　7-356

失聲揮涕　9-343
失路將如何　4-108
失路者委溝渠　7-460
失車欄夾杖龍牽　7-34
失車欄子夾杖龍牽等　7-33
失道刑旣重　5-465
夷世不可逢　5-169
夷凶翦亂　8-163
夷叔斃淑媛之言　9-82
夷吳蜀之壘垣　8-283
夷峻築堂　2-75
夷惠舛而齊聲　2-478
夷歌成章　1-325
夷歌成韻　9-423
夷滅者數十族　8-285
夷王殄國　8-160
夷皓之峻節　9-274
夷破彊齊　8-412
夷群戎落　9-425
夷野草　2-108
夷阬谷　2-138
夷險已之　4-322
夷險殊地　2-154
夷險芟荒　7-478
夷險難豫謀　4-120
夷雅之體　8-92
夷項定漢　6-222
夷體壽原　9-317
夷齊恥周而遠餓　8-407
夸宗虞而祖黃　2-237
夸容乃理　3-170
夸條直暢　2-79
夸父爲之投策　6-180
夸者死權兮　2-416
夸邁流俗　8-33
夾之以府寺　1-435
夾江傍山　1-328
夾潔羅荃　2-368

夾蓬萊而駢羅　1-178
夾道列王侯　5-155
奄受敷錫　5-41
奄咸陽以取雋　2-190
奄宅率土　4-250
奄忽互相逾　5-230
奄忽滅沒　3-189
奄忽若飈塵　5-213
奄忽隨物化　5-220
奄摧落於十紀　2-240
奄有全邦　6-383
奄有大千　9-399
奄有海濱　3-316
奄有燕韓　8-157
奄有舊吳　6-333
奄有諸夏之意　8-30
奄有魏域　7-300
奄有黎獻　4-241
奄有龜蒙　7-82
奄薄水渚　2-69
奄見薨落　9-460
奄竪執衡　8-460
奄離披此梧楸　6-70
奄齊七政　3-361
奇偉倜儻譎詭　8-233
奇偉則虞翻陸績張溫張惇　9-31
奇劉基之議　9-44
奇卉萋萋　1-424
奇幹善芳之賦　8-75
奇幻僚忽　1-210
奇弄乃發　3-213
奇於八方　1-333
奇服曠代　3-272
奇樹珍果　1-240
奇物譎詭　8-213
奇獸神禽　8-260
奇玩應響而赴　9-35
奇相得道而宅神　2-371

奇謀六奮 8-148

奇鋒異模 6-178

奇隙充 1-356

奇韻橫逸 3-228

奇鷂九頭 2-360

奇齡邁五龍 4-11

奈何令刀鋸之餘 7-137

奈何以區區漁陽而結怨天子 7-178

奈何念同生 4-215

奈何悼淑儷 4-150

奉上以誠 9-263

奉使則張騫蘇武 8-272

奉使則趙峇沈珩 9-31

奉先帝而追孝 1-307

奉周任之格言 3-63

奉命以行事 8-215

奉命於危難之間 6-272

奉命當御 1-168

奉命震驚 6-386

奉土歸疆 4-267

奉常之號 1-435

奉引既畢 1-253

奉待漏之書 9-410

奉所惠貺 7-242

奉敕并賜示七夕五韻 7-2

奉春建策 1-88

奉時恭默 4-131

奉榮維約 9-292

奉疆場之任 7-329

奉禋祀 1-250

奉禮終沒 9-343

奉筆兔園 7-89

奉答天命 6-205

奉綴衣之禮 9-370

奉義至江漢 5-20

奉義辭以伐叛 2-203

奉而行之 7-24

奉至尊之休德 7-437

奉至尊者 7-242

奉蒸嘗以效順兮 3-95

奉蒸嘗與禴祠 1-258

奉虛坐兮肅清 3-102

奉虛言而望誠兮 3-66

奉表以聞 6-368

奉被還命 7-99

奉被還旨 7-10

奉觴奠以望靈 9-425

奉觴豆於國叟 1-263

奉謁五陵 6-367

奉讀手命 7-69

奉轡承華 9-243

奉辭馳出境 3-473

奉述中旨 2-443

奉黃金百斤 3-65

奎蹄盤桓 1-199

奏九成 1-446

奏九歌而舞韶兮 6-37

奏嚴鼓之嘈囐 1-254

奏均曲 3-167

奏大呂些 6-84

奏妙曲 3-210

奏平徹以閑雅 3-135

奏得失 2-98

奏愁思之不可長 3-69

奏淮南 1-204

奏甘泉賦以風 2-4

奏究平生 5-429

奏綠水 6-166

奏胡馬之長思 3-236, 7-61

奏角則谷風鳴條 3-238

奏課為最 8-97

奏議符策 8-99

奏陶唐氏之舞 2-90

奏韶舞於聾俗 7-320

奐淫衍而優渥 3-210

奐若春華敷 4-234

奐衍於其側　3-206

契闊勤思　8-467

契闊戎旃　7-89

契闊承華內　5-485

契闊燕處　9-500

契闊百罹　4-329

契闊談宴　5-54

契闊豈但一　5-493

契闊踰三年　4-445

夅雄豔之媠姿　2-147

奔兒之觸魯縞　7-182

奔揚會　2-53

奔揚滯沛　2-65

奔揚踴而相擊兮　3-247

奔星更於閨闥　2-75

奔機逗節　2-462

奔溜之所磢錯　2-355

奔精昭夜　5-43

奔虎攫挐以梁倚　2-291

奔走前驅　7-405

奔走失其守者　9-248

奔走而來賓　1-135

奔走足用　7-302

奔遁相逼　3-214

奔鯨浪而失水　2-220

奔鯨自此曝　5-379

奔龜躍魚　1-427

奕世不可追　3-348

奕世丕顯　9-218

奕世勤民　8-254

奕世載德　8-426

奕世載聰　3-315

奕世重光　7-421

奕奕河宿爛　4-120

奕奕玄霄　3-283

奕奕蕃畞　1-432

奕奕馮生　4-242

奕思之微　9-429

奕葉佐時　9-209

奕葉熙隆　9-229

奚信語而矜謔　2-232

奚必同條而共貫　2-107

奚恤奚喜　4-277

奚惆悵而獨悲　7-489

奚斯漸之可長　2-200

奚斯頌魯　1-84

奚爲修善立名乎　9-100

奚用遺形骸　4-239

奚遭時之險巇　2-424

奚遽不能與之踽武而齊其風　1-454

奠桂酒兮椒漿　6-41

奢不可逾　1-129

奢未及侈　1-241

奢言淫樂而顯侈靡　2-55

奢雲夢　2-125

奧乎不可測已　9-332

奧宇之所寶殖　3-206

奪人目精　3-248, 3-256

奪其膽氣　7-306

奪氣褫魄之爲者　1-288

奪金恥訟　9-454

奮不顧命　7-19

奮中黃育獲之士　7-389

奮久結之纏綿　3-238

奮之則賓旅　1-324

奮乎百世　6-228

奮以方攘　2-6

奮余榮而莫見兮　3-4

奮六世之餘烈　8-378

奮其威　9-30

奮其智勇　8-322

奮其武怒　6-201

奮勁骹以角槎　2-147

奮寡犯眾　9-27

奮尺劍　9-90

奮布衣以登皇位　1-120

奮戈吳越　3-322
奮戈東城　8-160
奮於阡陌之上　8-41
奮昭莊　8-228
奮景炎　8-265
奮榮揚暉　4-225
奮沫揚濤　3-205
奮泰武乎上圃　1-110
奮翅凌紫氛　4-193
奮翅起高飛　5-215
奮翼北遊　4-131
奮翼振鱗　6-108
奮翼鱗　7-473
奮臂攀喬木　5-86
奮臂雲輿　8-149
奮袂攘衽　6-282
奮袖低昂　7-166
奮躍淵塗　9-219
奮迅宛葉　8-231
奮迅泥滓　2-217
奮長袖之颯纚　1-214
奮長袖以正衽兮　3-259
奮髯跐踞　8-138
奮鬣被般　1-195
奮鷹揚之勢　6-346

女

女修織絍　1-139
女史司箴　9-164
女史彤管　8-310
女士滿莊馗　5-38
女娥坐而長歌　1-208
女媧制簧　3-198
女媧清歌　3-276
女媧蛇軀　2-294
女嬰之嬋媛兮　6-16
女嬋媛兮爲余太息　6-44

女工吟詠於機杼　7-78
女年十三　7-293
女御序於王之燕寢　8-310
女愛衰避妍　5-138
女有不易之行　6-481
女有餘布　2-102
女桑河柳　6-108
女樂羅些　6-83
女爲悅己者容　7-134
女蘿亦有託　5-117
女蘿辭松柏　4-13
女辭家而適人　2-423
奴婢歌者數人　7-166
奸回內蠹　1-413
奸威仍逼　6-359
奸宄是防　1-164
奸謀未發　8-452
好下規己　9-462
好亂樂禍　7-382
好合纏緜　4-244
好同興廢　4-326
好和琴瑟　9-211
好善闇人　4-129
好學樂道之效　7-447
好廉克己之操　9-277
好惡不形　8-402
好惡有屈伸　4-19
好惡積億　2-416
好我者勸　6-337
好是不群　8-202
好樂無荒　1-267
好正直而不回兮　2-171
好殫物以窮寵　1-284
好治宮室　2-280
好爵旣靡　3-340
好生惡殺　7-427
好翫博奕　8-469
好色不倦　8-484

好蔽美而嫉妬　6-23
好蔽美而稱惡　6-26
好謀善斷　9-28
好謀能深　8-148
好風與之俱　5-330
好鳥鳴高枝　3-344
如轅如軒　2-153
如之何其以溫故知新　1-224
如仁夕惕之志　9-409
如今朝廷雖乏人　7-137
如以水投石　9-4
如以石投水　9-5
如何一旦爲奔亡之虜　7-326
如何不濟　9-211
如何久爲別　3-492
如何乘苦心　4-119
如何勿勤　4-179
如何勿思　4-171
如何可言　7-293
如何吝嫉　9-259
如何奄忽　9-211
如何如何　7-237
如何懷土心　4-455
如何我王　3-297
如何斯人　9-243
如何昊穹　9-345
如何淑明　3-28
如何當路子　4-114
如何短折　9-230
如何舍此去　4-452
如何蔑然　9-492
如何金石交　4-101
如何離賞心　4-42
如何靈祇　9-207
如使仁而無報　9-100
如傷之念恒軫　6-243
如僕尙何言哉　7-140
如儒林刑辟歷紀圖典之用　8-231

如其所列　7-44
如其未能　7-418
如其禮樂　2-247
如其簪履或存　7-91
如其誠說　6-389
如其迷謬　7-313
如其鄭何　3-163
如在安寄　7-11
如報私讎　7-376
如夜蟲之赴火　8-287
如失機而後會　3-136
如姬寢臥內　5-205
如室斯構　8-304
如實在己　9-230
如山如淵　9-336
如嶽之崇　3-371
如川之流　4-336
如干卷　8-114
如彼之懿　8-44
如彼南畝　3-304
如彼危根　9-229
如彼墜景　4-248
如彼山河　4-310
如彼日月　3-367, 9-221
如彼梓材　3-303
如彼樹芳　9-497
如彼白珪　8-202
如彼竹柏　9-267
如彼翰林鳥　4-148
如彼蘭蕙　4-269
如彼遊川魚　4-148
如彼錦繢　9-239
如彼隨和　9-239
如彼騑駧　9-267
如彼龜玉　4-309
如律令　7-393
如得龍躍天衢　6-265
如微才不試　6-282

如憐赤子 6-253
如拾地芥 6-255
如振如怒 6-121
如是 8-388
如晨風之鬱北林 8-290
如曰不然 8-353
如有可言 8-351
如有用我者 8-22
如樂之契 4-327
如樂之諧 9-376
如此 6-293, 7-286, 8-473
如此之盛 8-44
如此之纏綿也 8-299
如此則使離婁督繩 8-119
如此復敗者 8-485
如水斯積 8-304
如江漢之載浮萍 8-139
如法所稱 7-35
如涉川兮無梁 3-102
如淵之量 4-336
如渴如飢 2-245
如渴如饑 3-322, 4-225
如湯沃雪 6-105
如火斯畜 8-304
如熙春陽 3-342
如玉之蘭 4-252
如珪如璋 8-365
如磨如錯 3-282
如管隰之迭升桓世 8-322
如粲之初征登樓槐賦征思 8-440
如素車白馬帷蓋之張 6-120
如脂如韋 6-61
如臨深而履薄 2-182
如舞瑤水之陰 8-65
如虎如貙 1-185
如蚋之停 2-320
如螺蠃之與螟蛉 8-139
如螭之蟠 2-320

如詔律令 7-419
如邛願亦愆 4-358
如電斯揮 3-368
如風之偃 9-376
如鳥斯企 3-223
妃妾之家 6-293
妄先國胄 3-413
妄奔走而馳邁 3-247
妄發期中 2-120
妄變化而非常 1-340
妒之欺善 9-253
妖倖毀政之符 8-313
妖冶嫻都 2-92
妖蠱豔夫夏姬 1-213
妙不可盡之於言 2-370
妙哉蔓葛 4-328
妙善冀能同 5-342
妙善居質 8-69
妙尋通理 4-330
妙思天造 3-85
妙擬更嬴 1-442
妙材騁伎 1-213
妙略潛授 7-306
妙盡國華 9-355
妙盡無爲 9-399
妙簡帝心 2-442
妙簡邦良 9-241
妙簡銅墨 6-246
妙絶時人 7-216
妙聲絶而復尋 3-75
妙詩申篤好 4-343
妙識幾音 3-410
妙達此旨 8-352
姃聆呱而劯石兮 2-475
妥綏天保 3-362
姤道眞 7-356
妻子滿獄 7-165
妻子無辜 7-116

妻子當門泣　3-452
妻孥受灰滅之咎　7-384
妻孥湮沒　7-171
妻睗貌而獻餐　2-199
妾人竊自悲兮　3-71
妾在巫山之陽　3-244
妾家河陽　3-119
妾巫山之女也　3-244
妾若濁水泥　4-135
妾身守空閨　5-261
妾身長別離　5-468
姁婾致態　3-165
姊歸思婦　3-251
始以今月十二日　6-367
始以文學遊梁　9-409
始以蒲輪迎枚生　8-270
始使掌故晁錯　7-348
始信安期術　4-468
始出乎玄宮　2-113
始出嚴霜結　5-266
始協德於蘋蘩兮　9-327
始受命則白蛇分　8-433
始可言文　8-352
始基嬪德　9-313
始奏延露曲　5-432
始孝文皇帝據關入立　6-442
始徐進而贏形　1-213
始得傍歸路　4-456
始救生人　8-189
始整丹泉術　5-517
始於宮鄰　1-225
始於憂勤　8-296
始於黃唐　9-58
始果遠遊諾　4-462
始欲自聞　6-350
始生翰毛　7-398
始生而孽　6-472
始畫八卦　1-64, 8-2

始當非常之禮　8-282
始皇之心　8-379
始皇既沒　8-380
始皇聽李斯偏說　8-451
始知楚塞長　5-20
始立方丈茅茨　9-391
始素終玄　4-322
始終不同　8-183
始經魑魅之塗　2-261
始緣甍而冒棟　2-396
始置員數　8-332
始見二毛　2-383
始見知名　3-88
始見西南樓　5-356
始覺夏衾單　4-148
始解顏於一箭　2-154
始起沛澤　8-426
始躑躅於燥吻　3-132
始連軒以鳳蹌　2-461
始開帝緒　8-411
始隨張校尉　5-147
始願力不及　5-458
姡姪繼隕　9-232
姡純懿之所廬　3-29
姡蘇奧壤　9-412
姓字不傳　9-492
委之獄官　7-35, 7-38
委事父兄　8-316
委以大郡　7-177
委以文武　8-280
委以紅粟之秋　2-456
委以萬機　7-306
委厥美以從俗兮　6-32
委厥美而歷妓　6-33
委參差以槺梁　3-68
委命下吏　8-379
委命供己　7-482
委命順理　2-431

委天下之重於凡夫之手　8-451

委屬而還　2-141

委性命兮任去留　3-212

委懷在琴書　4-448

委成冢宰　8-315

委成禦侮　6-382

委政讒賊　8-452

委曲兩都情　5-173

委曹吳而成節　2-198

委照而吳業昌　2-405

委用漸大　8-333

委篋知歸　9-192

委而勿用　8-322

委蘭房兮繁華　9-303

委裘河上　6-404

委講綴道論　3-289

委讒賊之趙虜　2-201

委質與時遇　4-338

委質還降　7-405

委質重譯　6-187

委身草莽者　8-324

委軀命以待難　9-485

委辭召貢　9-336

委陋賤之薄軀　2-426

委骨窮塵　2-277

姚泓之盛　7-330

姜伯約屢出隴右　7-424

姜本支乎三趾　2-472

姜氏請郘　8-311

姣服極麗　3-165

姦凶并爭　8-460

姦回肆虐　9-37

姦宄寇賊　8-238

姦情散於胸懷　8-447

姦滑行巧劫　5-241

姦臣竊命　9-25

姦軌充斥　9-68

姬公之才　8-467

姬滿申歌於黃竹　2-393

姬漢舊邦　7-330

姮娥揚妙音　4-11

姱容俏態　6-81

妍姿永夷泯　5-187

妍歌妙舞之容　8-59

妍蚩好惡　3-128

妍談既愉心　5-433

妍變之態既畢　2-453

妍迹陵七盤　5-129

姻婭之嫌　6-351

姻婭淪雜　7-41

姻媾久不虛　5-493

姻進則疑　6-352

姿度廣大　9-332

姿絕倫之妙態　3-168

威之不建　4-310

威之如神　7-478

威亮火烈　8-150

威令首塗　9-421

威以參夷之刑　1-226

威以夏日　9-414

威侮五行　9-180

威侮者陷桀紂　8-231

威儀之盛　8-365

威儀所不攝　1-464

威先天而蓋世　9-485

威凌楚域　8-151

威刑具舉　9-423

威力不能全其愛　9-480

威加南海　7-84

威加海內兮歸故鄉　5-197

威名不可一朝而立　8-463

威彼好時　3-333

威慴萬乘　6-149

威懷司雍　6-367

威懷理二　3-331

威懾兒虎　1-199

威振八寓　1-267

威振八蕃　1-462

威振四海　8-378

威曜無窮　6-178

威有必窮　9-157

威武紛紜　7-430

威王棄代　6-285

威福由己　7-380

威稜則夷羿震蕩　9-25

威紆距遙甸　5-370

威謀靡亢　8-129

威遲良馬煩　4-491

威震群狡　6-345

威震諸夏　8-412

威靈外覆　8-420

威靈改加　3-321

威靈行乎鬼區　8-257

威靈震乎無外　6-152

威風先逝　6-201

娉江斐　1-338

娛優乎其下兮　3-151

娛志方外　6-140

娛樂末終極　4-108

娛樂無疆　1-90

娛游往來　2-82

娛神遺老　3-173

娛酒不廢　6-85

娟娟似蛾眉　5-357

娥娥紅粉妝　5-211

娥月寢耀　9-501

娥眉曼睩　6-81

娪光眇視　6-84

娪潤間　2-115

妻子之豪不能廁其細　6-183

娶敬委輅　1-161

娶敬委輅脫輓　7-467

婆娑乎術藝之場　7-481

婆娑嘔吟　8-421

婆娑於九列　8-33

婆娑翰林　4-274

婉婉幕中畫　3-479

婉婉長離　4-268

婉媚巧笑言　5-128

婉嫕淑愼　9-162

婉孌二宮　4-277

婉孌居人思　4-254

婉孌崐山陰　4-263

婉孌我皇　8-154

婉孌有芬芳　4-101

婉彼二人　7-205

婉彼幽閑女　3-486

婉柔心而待御　2-450

婉若遊龍　3-271

婉若遊龍乘雲翔　3-257

婉轉輕利　2-148

婉順叙而委蛇　3-214

婚姻以時　2-141

婢姊及弟各准錢五千文　7-31

婢采音不款偷車欄龍牢　7-38

婢采音偷車欄夾杖龍牢　7-29

婢采音及奴敎子楚玉法志等四人　7-33

婢采音擧手查范臂　7-29

婦德尙柔　9-162

婦趙女也　7-166

婪婪群狄　9-255

婬妃亂主　2-295

婺女寄其曜　1-350

媒氏何所營　5-66

媚於語言　3-272

媚玆一人　8-198, 9-243

媚玆邦后　9-402

媲人靈於豺虎　9-110

媼姍敎穽　2-52

媿無以稱職　8-224

嫁女與富陽滿氏　7-43

嫂侄兮慞惶　9-302

嫋嫋兮秋風　6-46

嫋嫋秋風過　5-348

嫋嫋素女　1-357

嫚彼顯祖　3-297

嫣然一笑　3-264

嫫姆倭傀　8-398

嫫母侍側　7-246

嬌媚孅弱　2-92

孆被服　3-257

嬀巢姜於孺筮兮　2-474

嬉娛絲竹　4-271

嬋媛空復情　4-163

嬬媛侍兒歌童舞女之玩　8-336

嬰來稽首　8-363

嬰堞帶浹　1-430

嬰從其言　8-430

嬰母止之曰　8-430

嬰母知廢　8-431

嬰累多虞　4-130

嬰胃組於軹塗　2-212

嬰金鐵受辱　7-148

嬰齊入侍　7-311

嬴取威於伯儀兮　2-472

嬴擿讖而戒胡兮　3-20

嬴氏搏翼　1-225

嬴芈溷紛　9-496

嬾與慢相成　7-283

嬿婉及良時　5-237

嬿婉新婚　4-310

嬿服而御　6-110

孀老爲之嗚咽　6-167

孃去二月九日夜　7-34

孃被奪　7-34

孅繳施　2-52

孅阿爲御　2-47

子 ——————————————————

子不好色　3-264

子乃洗然　9-242

子之友悌　9-240

子之悟之　9-282

子之承親　9-240

子之笑我玄之尙白　7-465

子之溝閔　9-229

子以妙年之秀　9-227

子以眇爾之身　9-249

子以眇身　9-255

子何疑於予哉　7-453

子其寧爾心　4-203

子其超矣　4-271

子卿　7-115, 7-116, 7-127

子卿視陵　7-121

子卿足下　7-114

子又何怪之邪　7-453

子命穴浚湮　9-249

子喬輕擧　3-227

子囊佐楚　9-221

子墨客卿問於翰林主人曰　2-133

子墨爲客卿以風　2-132

子壄恟呂　3-185

子夏序詩曰　8-27

子夏曰　9-15

子夏處西河之上　7-107

子大夫當此三道　6-253

子大夫選名升學　6-232

子奇涖東阿　4-279

子好芳草　5-256

子嬰面櫬　4-266

子子孫孫　2-23

子孫帝王　8-379

子孫帝王萬世之業也　8-450

子孫微弱　8-456

子孫長享　7-448

子實秦人 1-119
子尙如此 7-126
子尙書令或 7-397
子布佐策 8-186
子布擅名 8-199
子建仲宣以氣質爲體 8-348
子建函京之作 8-352
子弟之率不謹 7-377
子弟支附 8-336
子弟無尺寸之封 8-450
子弟王空虛之地 8-461
子弟貪鄙 7-169
子弟量才 6-344
子徒習秦阿房之造天 1-143
子慕予兮善窈窕 6-53
子房之佐漢 7-280
子文無欲卿相 7-279
子曰 8-22
子有故於玄鳥兮 3-11
子欲之乎 6-163
子欲居九蠻 4-124
子歸受 7-116
子母相拘帶 4-109
子無七旬之期 2-189
子然其命 9-282
子爲漢臣 7-122
子牟眷魏闕 4-51
子猶懷疑 9-212
子獨未聞大吳之巨麗乎 1-349
子玄語其流而未詳其本 9-79
子玉之敗 4-129
子瑕矯後駕 5-205
子瑜都長 8-200
子登靑春 4-276
子眞著崇讓而莫之省 8-302
子胥死而吳亡 7-460
子胥鴟夷 6-448
子能從我而居之乎 6-144

子能從我而服之乎 6-137
子能從我而觀之乎 6-140
子能從我而遊之乎 6-148
子能從我而食之乎 6-135
子荊零雨之章 8-352
子虛曰 2-41
子虛過妃烏有先生 2-40
子衿不作 6-256
子衿怨勿往 5-510
子謹事之 8-431
子豈能强起而御之乎 6-184
子豈能從我而御之乎 6-181
子豈能從我而服之乎 6-178
子豈能從我而爲之乎 6-175
子豈能從我而聽之乎 6-167
子豈能從我而處之乎 6-171
子贏鋤以借父 2-246
子路使門人爲臣 8-23
子輿困臧倉之訴 9-83
子長政駿之史 2-217
子長闡其惑 9-78
子陵閉關於東越 6-485
子陽無荆門之敗 7-399
子雅制九班而不得用 8-302
子雲慚筆札 4-407
子非三閭大夫歟 6-65
才不群而介立 3-5
才輪不反 9-35
孔子以爲欺天 8-23
孔子曰 9-5
孔子睹其愼戒 8-402
孔子適陳 7-137
孔孟之方也 3-193
孔安國獻之 7-350
孔席不暖 7-472
孔忘味於千載 2-479
孔明盤桓 8-184
孔氏之道抑 7-346

孔父之書 1-73
孔父忘味而不食 3-238
孔猷先命 8-263
孔璋章表殊健 7-216
孔璋鷹揚於河朔 7-226
孔終篇於西狩 7-481
孔翠生乎遐裔 2-433
孔翠群翔 1-320
孔老覽觀 6-125
孔蓋分翠旌 6-52
孔融體氣高妙 8-440
孔隨時以行藏 2-180
孔雀縡羽以翱翔 1-364
孔雀翡翠 2-430
孔雀集而相存兮 3-67
孔鳥鵝鵠 6-108
孕育伊顏 6-418
孕行産而爲對 3-20
字仲寶 8-87
字仲弓 9-339
字仲武 9-227
字余日靈均 6-5
字僧孺 6-408
字孝若 9-238
字彥回 9-348
字思晦 6-406
字景業 9-406
字曼倩 8-170
字林宗 9-331
字正平 6-263
字直千金 7-55
存不刊之烈 6-225
存不願豐 9-283
存乎五威將帥 8-233
存乎泗水之上 6-417
存乎物者 9-151
存亡之端 8-393
存亡分流 9-207

存亡數度 9-212
存亡永訣 9-244
存公忘私 9-361
存其所感 8-27
存問高年 2-303
存夫我者 8-38
存威格乎天區 2-231
存孤弱 2-142
存孤獨 2-95
存愧闕庭 3-321
存憑託兮餘華 3-103
存撫天下 7-374
存期得要妙 4-465
存李齊之流 7-77
存沒同歸 6-382
存沒竟何人 5-3
存爲久離別 3-487
存矯枉之志 8-324
存者可以勿違 9-479
存者忽復過 4-216
存耆老 8-392
存而設備 8-464
存誨沒號 9-343
存諸公之費 6-391
存軀者惑 9-391
存鄉爾思積 4-478
存重華乎南鄰 3-13
孚以信順 9-418
孚以誠德 9-422
孜孜無怠 9-466
孝乎惟孝 3-54
孝公既沒 8-375
孝公用商鞅之法 6-429
孝友之性 8-92
孝友光備 9-460
孝友光明 1-147
孝友溫恭 9-332
孝友爲德 6-207

孝始人倫 9-446

孝子之絜白也 3-281

孝子相戒以養也 3-280

孝宣之所未臣 1-135

孝宣承統 8-272

孝實蒸蒸 9-219

孝建泰始 8-358

孝惟義養 9-281

孝慈於家 4-310

孝成帝愍學殘文缺 7-351

孝成帝時 2-4

孝成帝時羽獵 2-102

孝成皇皇 8-365

孝敬之准式 1-73

孝敬淳深 9-351

孝文衽席無辨 8-313

孝武皇帝陳皇后 3-65

孝積家禍 7-6

孝章要爲有天下大名 7-172

孝達寧親 9-314

孝齊閔參 9-240

孟公不顧尙書之期 7-253

孟冬十月 8-219

孟冬寒氣至 5-226

孟冬寒風起 5-351

孟冬郊祀月 5-518

孟嘗遭雍門而泣 8-38

孟夏草木長 5-330

孟夏非長夜 5-339

孟子所以吝嗟 8-180

孟子持籌而筭之 6-125

孟子曰 6-297, 8-11

孟宗丁固之徒爲公卿 9-38

孟母所以三徙也 3-59

孟津之退也 7-408

孟浪之遺言 1-402

孟爲元王傅 3-294

孟諸吞楚夢 5-107

孟軻孫卿體二希聖 9-9

孟軻雖連蹇猶爲萬乘師 7-458

孟軻養浩然之氣 7-476

孟陬殄滅 9-196

季世喪亂起 4-142

季冬風且涼 4-183

季子有至矣之歎 1-70

季布爲朱家鉗奴 7-152

季布重然諾 5-473

季札必得之於聲樂 8-305

季梁猶在 7-184

季秋就溫 1-191

季秋邊朔苦 3-393

季緒璅璅 7-57

季過沛而涕零 2-182

季重無恙 7-210

季重足下 7-235

孤之薄德 7-198

孤危愁苦 7-171

孤受其利 7-205

孤嗣在疚 9-222

孤奉明恩 2-405

孤女藐焉始孩 3-93

孤妾常獨棲 4-135

孤子之鉤以爲隱 6-102

孤子寡婦 3-248

孤客傷逝湍 4-465

孤嶼媚中川 4-468

孤弱公族 8-458

孤弱漢室 7-388

孤懷此心 7-194

孤景莫與諼 5-348

孤燈曖幽幔 4-120

孤獸思故藪 4-262

孤獸走索群 4-215

孤獸更我前 4-442

孤獨登危而雍容 2-364

孤筠情所託 5-511

孤績誰復論　5-148
孤聞此言　7-207
孤與將軍　7-195
孤蓬卷霜根　5-452
孤蓬自振　2-275
孤裔淪塞　7-7
孤豚之咋虎　7-453
孤負陵心區區之意　7-116
孤賤長隱淪　4-76
孤遊從此辭　4-419
孤遊昔已屢　5-8
孤遊非情歎　4-59
孤雁獨南翔　5-252
孤雁飛南遊　5-260
孤雌寡鶴　3-151
孤雌跱於枯楊　3-69
孤雲獨無依　5-327
孤風絶侶　9-500
孤魂獨煢煢　4-152
孤魂翔故城　4-215
孤鳥嚶分悲鳴　3-103
孤鳥翩翩飛　5-35
孤鳥西北飛　4-115
孤鴻號外野　4-100
孫劉二氏　8-30
孫卿所謂合其參者也　9-51
孫卿曰　9-59
孫叔奉轡　2-83
孫啓南吳　4-267
孫子斷足　7-157
孫子臏脚　7-156
孫權小子　7-398
孫登庶知人　5-479
孫綽之銘　9-196
孫輔　7-414
孰不祗懍　3-336
孰云仲宣　9-212
孰云匪懼　4-251

孰云匪諧　4-327
孰云地脉而生殘　2-161
孰云察余之中情　6-16
孰云察余之善惡　6-29
孰云與仁　9-283
孰云預其終始　2-469
孰亦有云而不珍　2-298
孰令聽之　7-133
孰任其累　8-194
孰信俯而慕之　6-28
孰僞可久　3-339
孰先殞越　9-211
孰克英賢　5-268
孰免孟明　3-334
孰愈尋麋莪於中逵　1-410
孰慰饑渴　4-277
孰憂思之可任　2-255
孰掃雰雩　8-196
孰是人斯　4-332
孰是勳庸　9-258
孰是養生　9-244
孰有誰無　2-325
孰求美而釋女　6-29
孰爲勞寸心　4-394
孰知其佗　3-62
孰知其是非　2-107
孰知其極　2-414
孰知寒暑積　3-488
孰者克尙　3-258
孰能不懷　4-322
孰能光輔五君　9-367
孰能察其心　3-431
孰能揆而處旃　1-307
孰能珍兮　3-219
孰能聽之矣　8-386
孰能超而究升　1-174
孰能飛驣　4-171
孰與同履法度　1-143

孰與寡人乎　2-41
孰與方國之封　8-473
孰與萬人之將　8-473
孰與處乎土中　1-142
孰與靈臺明堂　1-143
孰覽夫子詩　5-32
孰謂時之可蓄　3-23
孰違悔過　3-299
孰長年之能執　3-79
孰長生而久視　2-220
孰非善而可服　6-19
孳貨鹽田　2-273
學乎舊史氏　1-155
學作履組賣也　9-479
學優則仕　9-219
學士若茲　7-353
學如不及　8-466
學有粗密　1-84
學校如林　1-140
學綜該明　9-446
學者以莊老爲宗　8-300
學者罷老　7-352
學遍書部　9-429
學非楊雄　7-259
學非稱師　9-275
孶子隆心　3-111
孼臣朝入　9-70

宅中拓宇　5-41
宅土燋暑　1-463
宅土開疆　8-154
宅心道秘　3-408
宅心醲粹　1-450
宅道炳星緯　4-69
宅附庸而開宇　2-283
宇內康寧　7-84

宇宙暫隔　8-199
宇宙雖廣　7-263
宇量高雅　8-194
守一不足矜　5-111
守不乏械　9-256
守不假器　1-281
守丹竈而不顧　3-120
守之彌固　6-374
守之與偕老　3-431
守以勿貳　6-413
守以水火　9-196
守以鬱壘　1-271
守似藩籬　9-182
守位以仁　1-231
守分豈能違　3-347
守在海外　1-231
守孔約而不貳兮　2-478
守官反南服　3-438
守屏稱事　8-71
守常險　9-46
守德之宅　7-465
守愚聖所藏　9-173
守文之主治之　8-305
守文之良主也　9-38
守有完郛　3-334
守未焚衝　9-270
守植安停　2-422
守此狂狷　6-188
守此貧與賤　5-406
守爾天符　7-482
守窔奧之熒燭　7-474
守節沒齒　8-43
守終又令　9-343
守絜白之志　8-295
守茲孝友　9-231
守要害之處　8-379
守道之極　7-465
守道自不攜　4-56

守馴養於千齡 2-462

安上在於悅下 9-59

安不忘危 2-141

安世默識 6-263

安乎卑位 7-279

安事澆醇樸 4-22

安事登雲梯 4-5

安仁采樵路 4-87

安危之理 8-44

安反側於萬物 7-327

安可以不務修身乎哉 7-450

安可以儷王公而著風烈也 1-347

安可以廢而不恤哉 6-337

安和靜而隨時兮 3-29

安問薰與蕕 4-317

安固國嗣也 8-458

安國違親 8-156

安在其不亂哉 9-73

安在其不辱也 7-153

安在其黜周而王魯乎 8-22

安堵樂業 7-427

安宅京室 6-295

安定山谷之間 7-169

安寢北堂上 5-408

安平出奇 9-259

安廻徐邁 3-205

安得不云爾乎 7-122

安得凌風翰 5-365

安得忘歸草 4-263

安得恒逍遙 5-296

安得猛士兮守四方 5-198

安得肅肅羽 5-250

安得運吞舟 4-10

安得齊給守其小辯也哉 1-469

安從行乎公卿 8-398

安心以全身 8-480

安心恬蕩 3-304

安必思危 8-221

安慆慆而不萉兮 2-470

安排徒空言 4-42

安敢妄摯 3-247

安敢望侍郎乎 7-449

安於泰山 6-469

安於覆盂 7-449

安昌臨圃 2-320

安有常則 2-416

安有幽深 3-304

安有盡忠信而趨闕下者哉 6-462

安期煉五石 4-13

安樂必誡 4-131

安步三危 9-400

安民和衆 8-296

安用空名揚 4-155

安白 7-317

安知今所終 5-458

安知前後 7-449

安知千載前 4-484

安知存與亡 5-201

安知彼所觀 5-66

安知慕儔侶 5-277

安知曠士懷 5-169

安知榮辱之所如 3-45

安知靈與無 4-152

安知非日月 5-232

安翔徐回 2-66

安翔駘蕩 3-191

安老懷少 9-183

安胡之飯 6-104

安能久留滯 5-253

安能以皓皓之白 6-65

安能以身之察察 6-65

安能千里遊 5-5

安能復存我 5-180

安能舍其所樂 7-288

安與衆同慶 9-52

安處先生於是似不能言 1-224

安處常寧　1-99
安處所以聽於憑虛也　2-205
安處撫淸琴　5-404
安西之救至　9-249
安西將軍郢州刺史江安伯濟陽蔡使君諱
　　興宗　9-392
安親保榮　4-131
安識壽陵園　5-452
安軌徐步　3-211
安陵泣前魚　5-205
安陵與龍陽　4-104
安集中國　7-374
宋不城周　8-447
宋之結綠　7-221
宋人失馭　6-249
宋人遇周客　3-510
宋信子冉之計　6-453
宋大明五年　9-391
宋如意和之　5-194
宋子河魴　7-47
宋故寧遠司馬濮陽太守彭城陽君卒　9-263
宋文帝端明臨朝　9-353
宋昌策漢　9-67
宋明帝居蕃　8-93
宋末艱虞　8-99
宋歷威夷　9-190
宋段以功高命氏　9-349
宋玉對　7-444
宋玉對曰　2-378, 2-379, 2-381
宋玉景差侍　2-378
宋玉遂不退　3-267
宋王於是陋其結綠　1-366
宋鎭西晉熙王南中郎邵陵王　9-448
完其封祿　8-325
宏亮洪業　8-250
宏儒碩生　2-304
宏覽載籍　8-89
宓妃攸館　1-234

宓妃曾不得施其蛾眉　2-19
宓妃興洛浦　5-134
宓生化單父　4-279
宗周以墜　3-295
宗周繼祀　4-266
宗固盤石　8-70
宗姬之離犬戎　6-333
宗子思寧　8-196
宗子無維城之助　8-285
宗孝宣於樂游　2-238
宗守薀失　4-174
宗室竄於閭閻　8-461
宗室迭興　8-307
宗庶雜居　9-59
宗廟乏祀　6-198
宗廟崩弛　8-388
宗廟焚爲灰燼　8-460
宗廟爲墟　9-49
宗文考以配天　3-57
宗法師行絜珪璧　9-391
宗漢之兆在焉　8-51
宗生高岡　1-360
宗社將絶　7-173
宗祀屠覆　7-312
宗祀無饗　9-85
宗祧汙而爲沼　2-237
宗黨生光華　5-456
官不過侍郎　7-447
官以物辨　1-170
官備七國　8-312
官失其守　8-12
官守有限　7-210
官師授邑　7-270
官度廁一卒　5-431
官成兩宮　6-318
官才任賢　6-206
官方淆亂　6-394
官渡之役　7-411

官私於親　9-135

官者爲身擇利　8-301

官躋六卿　1-435

官長所夙夜也　9-73

定五十八篇　8-7

定交一面　8-199

定仁義之衷　7-232

定令則趙禹張湯　8-271

定其可知者　8-6

定功業也　8-277

定去留於毫芒　3-137

定合會之計　7-473

定名曰笛　3-186

定國釋之之聽理　2-217

定山緬雲霧　4-462

定廟筭之勝負　2-224

定於冥兆　9-80

定江濱之民耳　7-201

定泰時　2-5

定海內者無私讎　7-179

定爾固其洪業　8-67

定笮存邛　7-430

定策東襲　8-147

定計於鮮也　7-149

定跡深棲　9-276

定都潁邑　8-460

定都護儲皇　3-479

定都酆鎬　8-162

定非識所將　4-155

宛其死矣　3-226

宛宛黃龍　8-219

宛洛佳遨游　5-383

宛洛富少年　5-440

宛潭膠鳌　2-65

宛虹拖於楯軒　2-75

宛轉年運徂　3-488

宛轡憩通衢　4-448

宜也　7-467

宜享遐紀　9-243

宜付有司　6-270

宜以爲意　7-271

宜侍旁　3-257

宜其可定　1-161

宜其極法　6-363

宜其民和年登　2-35

宜其爲大也　2-337

宜其陋今而榮古矣　1-224

宜勉思至道　8-472

宜命掌故　8-216

宜命賢哲　8-241

宜城誰獻酬　4-407

宜實以明科　7-47

宜扃岫幌　7-368

宜有司存　8-358

宜清靜而弗誼　3-151

宜無嫌於往初　1-230

宜爾子孫　2-321

宜相附近　8-7

宜笑的皪　2-93

宜翼漢邦　9-209

宜自爾先　9-266

宜自生民始也　8-346

宜解敦禁劼假授　9-250

宜諡曰靖節徵士　9-277

宜高殿以廣意兮　3-259

宜黍稷也　3-283

客主之形　7-118

客位紫苔生　5-394

客何謂之茲耶　2-134

客何負於秦哉　6-430

客問主人　9-108

客嘲楊子曰　7-456

客因稱曰　6-97

客奚此之問　9-108

客子多悲傷　5-38

客子常畏人　5-253

客子淚已零 5-476

宣德以詩 6-186

客徒愛胡人之獲我禽獸 2-143

宣德皇后敬問其位 6-214

客徒朱丹吾轂 7-458

宣於延陵 1-349

客從南楚來 5-471

宣景遭多難之時 8-299

客從遠方來 5-46, 5-226, 5-227

宣曹輿敗於下夢兮 2-474

客心幸自弭 4-419

宣王中興 1-419

客心悲未央 4-399

宣王之輿 6-333

客心非外獎 5-423

宣王得白狼而夷狄賓 8-419

客所謂撫弦徽音 9-111

宣王薄伐 7-302

客既醉於大道 1-287

宣由庚而垂詠 9-360

客曰 2-134, 6-116, 6-120, 7-466, 9-108, 9-476

宣皇明於嚴穴 6-153

客有歌於郢中者 7-444

宣皇風 1-134

客有薦雄文似相如者 2-4

宣緝熙章明之德者 6-298

客游厭苦辛 5-357

宣美風俗 6-201

客游梁朝 6-216

宣貴妃薨 9-289

客行惜日月 5-5

宣遊弘下濟 4-69

客行雖云樂 5-228

宣重威以撫和戎狄 1-229

客見太子有悅色 6-114

宣風聲於不泯 3-146

客賦醉言歸 1-303

室中之觀 6-81

客遊倦水宿 4-481

室家君王者也 8-70

客難東方朔曰 7-447

室家遂宗 6-82

客鳥思故林 5-292

室無姬姜 8-108

宣備物於虛器 9-487

室虛來悲風 4-149

宣其力 9-30

室邇人曠 6-407

宣其徽猷 4-326

室邇心遐 1-460

宣力王室 8-157

室邇身實遼 4-424

宣化之闥 1-331

宦夫樂其業 3-196

宣后晏起 8-311

宦官悉用閹人 8-332

宣命周求 7-252

宦者四星 8-329

宣和情志 3-202

宮中府中 6-270

宣威授指 8-109

宮刲始辨 6-252

宣室之談有徵 7-339

宮商潛運 9-385

宣室玉堂 1-165

宮奇在虞 7-184

宣尼悲獲麟 4-318

宮室光明 1-129

宣尼泣其遺愛 9-348

宮室盡燒焚 3-425

宣尼絶其糧 9-82

宮室變爲秦藪 8-460

宣布詔書 8-405

宮室興服 9-46

宣帝若負芒刺於背 8-42

宮宿館舍 2-82

宮庭震驚　6-84
宮廟憂逼　9-363
宮廟禮哀敬　5-514
宮廟隕頓　6-367
宮徵相證　3-209
宮懸金鏞　1-260
宮敎頗修　8-314
宮正設門閭之蹕　2-29
宮牆重仞　9-336
宮車晚出　3-108
宮鄰昭泰　8-74
宮陛多巢穴　4-490
宮雉正相望　4-399
宮館所歷　1-117
宮館臺榭　2-102
宰割天下　8-377
宰相刻峭　8-416
宰聞喜牟歲　9-340
宰臣專制　9-209
宰輔五世　8-323
宰輔弘寬恕之德　7-427
宰輔忠肅明允　7-421
宰輔賢明　6-351
害不覃及　9-70
害之使闇而無使明　8-482
害成於微而救之於著　8-484
害盈猶矜驕　4-424
害馬已去　2-268
宴喜之樂　7-61
宴婉絶兮我心愁　6-144
宴安於國危　6-381
宴安於絶域　1-410
宴安消靈根　5-104
宴安而已哉　7-202
宴安鴆毒　9-96
宴慰及私辰　5-357
宴於蘭堂　1-303
宴歌以詠　3-361

宴語談笑　9-430
宵人重恩光　5-518
宵展轉而不寐　3-91
宵未中而難作　2-182
宵濟漁浦潭　4-461
宵盤晝憩　9-284
宵耿介而不寐兮　2-387
宵貌蕞陋　1-463
宵露灑霢　1-360
家世宅關輔　5-173
家人以公尙幼　8-93
家人忘貧者與　9-277
家凝賓庇之怨　9-290
家國之事　6-380
家安其所　1-433
家家自以爲稷契　7-460
家家自謂抱荊山之玉　7-226
家富於嬴國　8-316
家崇儒門　3-406
家懷克讓之風　2-330
家懷鉛筆　6-421
家承百年之業　1-118
家承素業　6-399
家族滿山東　5-354
家有弊帚　8-438
家有賜書　6-407
家有鶴膝　1-378
家有鹽泉之井　1-328
家本秦也　7-166
家本秦川　5-423
家殊俗　7-496
家無常子　7-28
家王拯生民　5-421
家知禮讓　9-185
家素習技　8-33
家累千金　6-465
家給人足　8-392
家給年豐　8-418

색인 187

家纓累絏於圜狴之下　8-316
家自以爲我土樂　8-30
家臻寶業　9-325
家艱乞還　9-238
家藏金穴　9-116
家計溫足　7-44
家貧　7-146
家貧孟公　7-259
家道以正　9-162
家門禮訓　8-92
宸居其域　8-251
宸居長往　9-326
宸景厭照臨　5-360
宸極失御　6-329
宸網擬星懸　5-514
容不虛生　3-169
容光之微必照　9-415
容光必照　3-413
容好結中腸　4-101
容彭之與殤子　9-85
容態好比　6-81
容成揮玉杯　4-11
容於一扉　1-177
容止可則　1-308
容絜朗兮於純精　1-149
容翟結驂　9-310
容與乎楊林　3-271
容與墳丘　4-274
容與徘徊　1-114
容與經闥　9-292
容與而施惠　3-155
容與自玩　1-354
容色更相鮮　4-7
容色貴及時　4-296
容華夙夜零　5-114
容華耀朝日　5-66
容華若桃李　5-262

容華隨年落　5-103
容貌儡以頓悴兮　3-100
容貌慘以憔悴　2-426
容身靡寄　8-194
容體長歸　9-244
宿以禁兵　1-429
宿將舊卒　6-282
宿心愧將別　3-394
宿心漸申寫　4-462
宿心素志　6-401
宿昔千金賤　5-385
宿昔同衣裳　4-104
宿昔滅容儀　5-402
宿昔秉良弓　5-68
宿秉停藺　9-423
宿草淩寒煙　5-486
宿訟兩讓而同歸　9-413
宿陽武之桑閒　2-169
寂動苟有源　5-496
寂寂楊子宅　3-461
寂寞揚冢　9-441
寂寥宇宙　8-403
寂寥忽慌　9-87
寂寥梁棟響　5-424
寂寥無記　9-190
寂寥而亡詔者　8-248
寂寥舊華　7-90
寂寥長邁　1-351
寂寥雲幄空　5-333
寂寥餘慶　9-296
寂歷百草晞　5-513
寂漠市朝變　5-374
寂漠聲必沈　4-438
寂滲兮收潦而水清　6-68
寂滲無聲　2-66
寂然無思慮　8-488
寂爾長浮　3-205
寂神跱而永康　3-204

寂蔑終如斯　4-406
寄世將幾何　5-89
寄之國命　8-334
寄之深識　4-334
寄以中域　8-28
寄命嶂嶠之地　9-130
寄在匈奴庭　5-202
寄情銘頌　9-430
寄於衆賢之上　8-385
寄書雲間鴈　4-412
寄松似懸蘿　4-426
寄深同氣　6-379
寄深負圖　9-457
寄生於南嶽　4-230
寄苛制於捐灰　2-227
寄言封侯者　4-95
寄言攝生客　4-54
寄言蔚羅者　4-400
寄言賞心客　4-91
寄言遺所欽　5-117
寄身於翰墨　8-442
寄身蔭四嶽　4-342
寄辭翰墨林　5-314
寄通靈臺之下　9-112
寄重先顧　9-460
寄餘命於寸陰　3-75
寅丑殊建　6-241
寅亮二代者哉　9-367
寅亮聖皇　9-167
寅以私錢七千贖當伯　7-31
寅喪亡　7-31
寅妻范云　7-31
寅第二庶息師利　7-29
寅罷西陽郡還　7-31
密勿軍國　6-371
密友近賓　3-216
密塗亙萬里　5-147
密微微其清閑　3-206

密林含餘淸　4-48
密櫛疊重　3-190
密比金玉聲　3-490
密漠泊以獹猭　3-151
密竹使徑迷　4-56
密苑解華叢　3-385
密葉成翠幄　4-22
密葉日夜疏　5-307
密葉晨稀　6-172
密邇獫狁　2-247
密雨如散絲　5-306
密雪下　2-392
密雲翳陽景　5-282
寇劇緣間　8-336
寇害尋興　6-329
寇挫民阜　4-331
富中之眮　1-376
富乎有殷之在亳　6-186
富仁寵義　1-461
富商野次　9-423
富垍陶白　9-116
富旣與地乎侔訾　2-107
富有之業　1-219
富有無隄　1-440
富貴人所欲　5-456
富貴他人合　5-286
富貴則流於逸樂　8-443
富貴在天　9-15, 9-86
富貴焉常保　4-105
富貴而名摩滅　7-155
富貴苟難圖　4-22
富貴非吾願　7-492
富賑山丘　2-324
寐而夢之　3-256
寒冬十二月　5-238
寒氷淒然　3-74
寒氷結衝波　5-86
寒卉冬馥　1-325

寒商動淸閨　4-120

寒風肅殺　1-192

寒城一以眺　5-370

寒驚炙熊蹯　5-70

寒士挾纊　9-256

寒鳥相因依　4-114

寒女雖妙巧　4-293

寒鷗咮雛　2-275

寒山之桐　6-165

寓居穴託　1-192

寒心酸鼻　3-248

寓形宇內復幾時　7-492

寒心銷志　6-442

寓物垂訓　9-466

寒暑周廻　4-335

寓目幽蔚　1-384

寒暑在一時　3-502

寓目階庭　7-61

寒暑忽已革　4-440

寓直于散騎之省　2-383

寒暑忽流易　4-147

寓辭類託諷　3-495

寒暑環周　3-302

寔俟寔儲　1-195

寒暑相因襲　5-411

寔在敦固　6-291

寒暑隔閡於邃宇　1-368

寔在陛下　6-296

寒棲野雀林　5-80

寔天生德　8-363

寒榮共偃曝　4-391

寔懷鶴立企佇之心　6-298

寒沙四面平　5-464

寔敬攸考　8-162

寒泉傷玉趾　4-25

寔曰嘉德　1-240

寒流自淸泚　5-361

寔有懿德　9-332

寒淒淒以凜凜　3-100

寔水德之靈長　2-350

寒渚夜蒼蒼　4-399

寔消我憂　4-311

寒熊振頷　3-182

寔爲咸陽　1-157

寒燠豈如節　5-444

寔爲地之奧區神皐　1-159

寒猿擁條吟　5-314

寔由老臣　8-200

寒花發黃采　5-306

寔由郢州刺史臣景宗　7-21

寒螿翔水曲　5-447

寔由頑疏　4-130

寒蟬在樹鳴　5-38

寔神明之所扶持　2-262

寒蟬無餘音　4-144

寔終古之所難　9-485

寒蟬鳴我側　4-215

寔蕃有徒　1-185

寒蟬鳴高柳　5-408

寔要伯於子房　2-210

寒谷待鳴律　3-485

寔迷塗其未遠　7-489

寒郊無留影　5-20

寔開高閈　1-177

寒陰籠白日　5-518

寔靈所眖　3-398

寒露拂陵苔　4-13

寔駭物聽　7-44

寒風淒其永至兮　3-24

寑以陵遲　8-447

寒風振山岡　4-110

寗戚飯牛　8-122

寒風振纖枯　5-282

實壺鐍瓶甀以偵之　9-249

寒風積　2-392

賓宮之東　1-436

實諸掌握　9-462

察之無涯　2-73

察之無象　2-357

察二紀五緯之綢繆遙皇　3-34

察五德之所菹　1-451

察佯蕭相　8-164

察俗化之誠僞　2-326

察卑宮於夏禹　1-419

察四氣之盈虛　9-199

察土宜　7-77

察庾純賈充之事　8-304

察火於灰　9-155

察盛衰之所託　2-385

察納雅言　6-273

察聽其至　6-441

察臣之愚　6-354

察臣孝廉　6-311

察茲邦之神偉　1-307

察解言歸　2-321

察變於句投　3-192

察貳廉空　1-202

察農野之居民　2-170

察雲師之所憑　1-174

寡人將竦意而聽焉　8-386

寡人將覽焉　8-386

寡人所與庶人共者邪　2-378

寡人方今可以遊乎　3-244

寡人欲觴群臣　3-162

寡人獲先人之功　8-385

寡偶少徒　7-453

寡婦悲吟　1-305

寡廉鮮恥　7-377

寡所舒其思慮兮　3-153

寡欲不期勞　5-342

寡欲罕所闕　3-443

寡立非擇方　4-385

寡見鮮聞　8-401

寢伏床蓐　9-221

寢威盛容　1-131

寢息何時忘　4-148

寢疾　9-238

寢疾彌留　9-211, 9-231

寢療謝人徒　4-367

寢者亦云寧　4-346

寢興何時平　5-484

寢興日已寒　3-488

寢興目存形　4-149

寢興鬱無已　4-381

寢議廟堂　6-405

寢食展戲謔　5-345

寢鳴鍾以體國　9-454

寤不自識　3-256

寤前世之所遵　2-317

寤寐嘉猷　6-232

寤寐多遠念　5-117

寤寐涕盈衿　4-438

寤寐莫與言　5-93

寤寐靡安豫　4-263

寤寐風雲　8-98

寤征行之未寧　2-304

寤春風兮發鮮榮　3-266

寤時俗之多累　3-207

寤曠怨之傷情兮　2-160

寤言涕交纓　4-254

寤言莫予應　5-274

寤防露與桑間　3-141

寥亮於區宇　9-350

寥唳度雲雁　4-120

寥寥心悟永　5-501

寥寥空宇中　3-461

寥廓已高翔　4-400

寥廓忽荒兮　2-416

寥廓惚恍　2-178

寥廓閑奧　1-401

實不可追　7-73

實不復若平日之時也　7-73

實不忍自固於綴衣之辰　6-379
實事感於仁明　9-265
實以忠貞故　5-491
實仰覬後澤　6-423
實仰覽股鑒　6-354
實佐君子　9-440
實佩荊卿黃金之賜　6-482
實先景之洪胤　2-446
實光斯道　2-35
實其人也　7-70
實兼儀形之寄　9-449
實列仙之攸館　1-109
實勤濡足　7-103
實及我私　2-37
實可畏也　7-71
實可異也　3-187
實同厥心　9-230
實命陽子　9-268
實唯北門重　3-417
實啓洪祚　9-433
實在所天　7-245
實在至公　6-351
實在雅性　8-197
實大命之所艱　9-482
實天所啓　8-133
實奉話言　6-379
實存操刀　2-247
實宋之華　9-500
實寄宏略　8-109
實幹時之良具　2-231
實弘廟算　7-24
實得征之　6-204
實恥訟免　4-130
實恩是恃　3-321
實惟作京　1-88
實惟太尉　8-157
實惟時寶　9-353
實惟股肱　9-358

實惟辟彊內侍之年　9-409
實感物化　3-302
實慰我心　4-271
實所共鑒　6-313
實掌喉唇　9-410
實教義所不容　7-37
實昭舊職　9-370
實曰文命　9-239
實曰永始　2-323
實曰采薇　3-340
實曰長安　1-87
實有可悲　6-321
實有愚心　7-82
實有愚誠　7-104
實有險固　7-182
實有騰光吐圖　2-441
實裴諶而相訓　2-479
實榮乖儒者　6-398
實欲使名實不違　6-405
實治朝野　6-372
實海內之名傑　9-78
實滿宮些　6-81
實潛慟乎余慈　2-189
實爲佞人所構會也　7-196
實爲狼狽　6-311
實用西遷　1-86
實由孤立　9-65
實由於此　8-360
實疑明智　9-283
實知塵忝　7-96
實祇高明　4-331
實稟生民秀　3-498
實穎實栗　8-294
實穎實發　9-497
實簡惟良　4-269
實累千里　3-305
實統禁戎　9-220
實絕我邦　3-295

實縈弦所思　9-137
實繁有叢　2-363
實羽觴些　6-82
實至尊之所御　2-298
實與骨肉中表不同　6-351
實莫著於江河　2-372
實葉葰楙　2-79
實蕩鄙心　7-246
實號成都　1-330
實行張霍之家　9-122
實該百行　9-465
實資人傑　8-98
實賦頌之宗　7-248
實賴夫子　9-258
實賴穆之匡翼之勳　6-373
實邦之基　8-156
實邦之媛　9-292
實陂池而勿禁　2-95
實隆鄙宗　6-227
實非采音所偷　7-33
實須得賢　7-173
實顯敵而寡仇　2-254
寧不哀哉　7-330
寧亂以武　8-157
寧假濯衣巾　5-29
寧前愚而後智　9-94
寧可久處人間邪　7-287
寧可以軌物字民　9-197
寧可使多謝曾水　9-199
寧容使長想九原　6-421
寧容複徼榮於家恥　6-381
寧廉潔正直　6-61
寧得自引於深藏巖穴邪　7-160
寧慕邱成分宅之德　9-130
寧憶春鸞起　5-401
寧戚之謳歌兮　6-31
寧掉尾於塗中　6-131
寧放朱浮顯露之奏　7-195

寧昂昂若千里之駒乎　6-61
寧有背君親捐妻子　7-121
寧有非耶　8-244
寧極和鈞　3-401
寧止歲月暮　4-88
寧正言不諱　6-61
寧歲猶七奔　5-147
寧流素絲涕　5-362
寧溘死以流亡兮　6-12
寧濟四方　3-315
寧爲亂亡　8-154
寧爲心好道　4-91
寧當爭分寸之末　6-485
寧知安歌日　4-167
寧知鴻鴈飛　4-402
寧知龜鶴年　4-8
寧與燕雀翔　4-114
寧與騏驥亢軛乎　6-61
寧與黃鵠比翼乎　6-61
寧要狐白鮮　5-370
寧誅鋤草茅　6-61
寧赴湘流　6-65
寧超然高舉　6-61
寧足以繼想南風　7-2
寧過而立之　7-356
寧遠將軍長史江夏內史行事彭城劉府君
　　諱誼　9-395
寧順從以遠害　2-422
寧顯寧晦　9-492
寧體便人　2-380
審乎物者　9-153
審刑德之原　6-240
審存亡之至數　9-52
審容膝之易安　7-490
審曲面勢　1-233
審此二者　8-431
審矣　7-153
審神器之有授　8-435

審禍福以喩之　8-290

審聽高居　6-232

審處一焉　7-205

審言行於篇籍　8-255

審邪正之津　7-413

審配兄子　7-412

審量日力　2-305

寫八都之宇　1-419

寫心出中誠　4-236

寫懷良未遠　5-479

寫永訣之情者乎　3-122

寫皇翼以挿羽　3-223

寫神喩意　3-197

寫腹心　8-225

寫誠酬來訊　4-351

寫載其狀　2-294

寫霧出楹　7-366

寬冲以誘俊乂之謀　9-52

寬厚而愛人　8-375

寬和之色　8-390

寬明弘潤　3-212

寬而能斷　8-282

寮位儦其隆替　2-181

寮屬含悴　9-222

寵不可以專　9-164

寵任兄弟　8-451

寵命優渥　6-312

寵命有輝　8-166

寵奮胤冑　7-44

寵子惟王　9-240

寵爵之加　9-208

寵祿來假　8-152

寵祿豈足賴　4-109

寵秩未加　9-250

寵秩殊異　7-427

寵贈衾襚　9-222

寵辱易不驚　4-431

寵靈已泰　6-372

寶之妙微　6-136

寶劍直千金　5-70

寶劍非所惜　4-202

寶康瓠兮　9-471

寶書爲君掩　5-520

寶棄怨何人　4-199

寶樹低枝　9-399

寶玦初至　7-223

寶祚夙傾　8-360

寶茲稼穡　6-234

寶蕭艾於重筒兮　3-7

寶鉸星纏　2-450

寶雞前鳴　2-204

寶鼎見兮色紛縕　1-148

寸

寸寸而度之　6-472

寸心於此足　4-85

寸心若不亮　4-474

寸晷惟寶　4-278

寸有所長　6-63

寸陰無停晷　5-114

寺人掌女宮之戒　8-329

尋蒙國恩　6-311

封三代之後　8-452

封五千戶侯　7-393

封人壝宮　2-27

封侯　8-431

封南昌縣開國公　8-100

封君爲魏公　6-205

封域寡虞　9-49

封子弟功臣　8-450

封宣城郡開國公　6-378

封山紀石　8-77

封岱勒成　1-126

封巒石關施靡乎延屬　2-10

封己養高　9-12

封於齊 7-451

封植子弟 8-454

封比干之後 6-455

封熊之蹯 6-182

封狐千里些 6-77

封畛之制 9-62

封畿之內 1-93

封畿千里 1-187

封疆畫界者 2-62

封疆障癘 1-463

封神丘兮建隆嵑 9-169

封聞喜縣開國公 9-451

封豕其土 2-135

封豨 1-383

封雩都縣開國伯 9-357

封霄城縣開國侯 6-386

射不翦毛 1-266

射中獲多 2-41

射乎之罘 2-55

射噬毒之鹿 1-337

射封豕 2-84

射蟠塚之封狼 3-34

射御書計之術 8-171

射御茲器 3-381

射游梟 2-87

射游騏 2-48

射猛獸 6-464

射猱猨 1-382

射聲垂仁 9-492

射貍首 2-96

射遞代些 6-81

射集隼於高墉 8-72

射駿犧 2-52

射鑠腳麟 2-41

尌項山東 8-231

將一車書 7-24

將三十載 7-402

將上以攄高文之宿憤 9-169

將不密以致危 2-424

將世之所收者常聞 2-343

將乍往而未牛 1-174

將乖不忍別 4-166

將乘彎彎 9-221

將二十年 7-94

將亞塚司 6-399

將令學者原始要終 8-13

將令學者觀其所聚異同之說 8-19

將以上方不足 2-435

將以位嘗倅尊 6-343

將以傳之於同好 7-232

將以八月之望 6-116

將以其體非全氣 8-329

將以分虎竹 5-455

將以娛耳目樂心意乎 9-20

將以文若旣明 8-183

將以旣道而權 6-248

將以爲以弱見奪 8-450

將以爲君之榮 8-387

將以紐之王敎 8-26

將以行令 2-322

將以輔弱扶微 7-353

將以輔治寡人 8-385

將以遂志而成名也 9-15

將以遺兮下女 6-45

將以遺兮遠者 6-48

將以遺所思 5-218

將何以乎侈旆 2-329

將何以效其力哉 7-249

將何以肅拜高寢 6-380

將何逃焉 2-282

將使伊周何地 7-104

將使伊周奉轡 7-96

將使心不亂其所在 1-277

將使杏花菖葉 6-234

將使紫燕駢衡 2-453

將修舊好而張形勢 7-204

將僕儲皇　9-243

將儼然作矜莊之色　8-388

將剖於和　9-231

將加治葺　9-466

將北伐諸華　9-27

將北度而宣遊　3-24

將博恩廣施　7-437

將去君而高翔　6-72

將去復還訣　5-158

將反魏京　9-212

將命公庭　8-200

將命適於遠京兮　3-74

將呢訾栗斯　6-61

將因氣以效殺　6-172

將圮絶而罔階　2-467

將墜之泣　8-39

將墜於地　6-198

將奚救哉　9-40

將宏王略　9-217

將定一擧勳　5-36

將將焉　1-247

將就衡陽棲　3-356

將屆舊京　6-367

將帥則衛青霍去病　8-272

將弘祖業　6-262

將往觀乎四荒　6-15

將往走乎八荒　3-11

將徙縣中宇　8-53

將從俗富貴　6-61

將從季主卜　5-307

將恐弘長之道　6-257

將恐議者大爲己榮　7-201

將息獠者　2-53

將所謂導之以法　8-324

將抗足而跳之　1-385

將抽厥緒　3-303

將挂風人彼己之譏　6-277

將授漢劉　8-249

將擊芙蓉之精　2-380

將敬滌耳　6-133

將數百之衆　8-380

將曜威靈　1-441

將有事乎西疇　7-491

將朝聖皇　3-326

將校獵乎具區　1-379

將榮悴有定數　9-94

將欲卒文武之功　6-278

將欲排巢父　7-363

將氾氾若水中之鳧乎　6-61

將游大人　6-61

將無專策　3-331

將爲太子奏方術之士有資略者　6-125

將爲太子馴騏驥之馬　6-112

將爲智者說　5-505

將猛四七　1-453

將由人能弘道　8-307

將登箕山以抗節　3-232

將相不俛眉　7-464

將相侯王　8-289

將相則張安世趙充國魏相邴吉于定國杜
　　延年　8-272

將祔於某陵　9-320

將秉先登羽　5-34

將稅駕於此年　9-482

將穿響作　9-249

將突梯滑稽　6-61

將窮山海跡　4-456

將答賦而不暇兮　3-28

將絣萬嗣　8-265

將絶復續　3-236

將置於理　3-318

將置酒宴飲　3-162

將罷民難業　6-243

將能之而不欲歟　1-219

將與雞鶩爭食乎　6-61

將輿中止　2-462

將被比屋　7-47
將襲舊六爲七　8-216
將覆簣於淩谷　9-482
將見問意開寤耶　8-244
將謂朕空然慕古　6-257
將謹守峽口　9-48
將貽匈奴哂　4-31
將起黃金臺　5-170
將超中折　2-451
將蹈鴻涯之遐跡　9-333
將軍之所知　7-327
將軍勇冠三軍　7-326
將軍向寵　6-270
將軍旣下世　5-148
將軍松柏不翦　7-328
將軍獨無情哉　7-332
將軍獨靦顏借命　7-330
將軍紀信　8-142
將轉西日而再中　1-396
將辭而去　3-261
將迎幼主　6-346
將迴駕乎蓬廬　3-44
將送形兮長往　9-303
將送往勞來　6-61
將邃殊塗軌　5-112
將適單于庭　5-74
將遵甘陳迹　5-97
將遷座于長寧陵　9-310
將遷神而安厝　3-98
將郊上玄　2-5
將陪告成禮　3-422
將隨渤澥去　5-389
將隨秋草萎　5-218
將隨駑馬之迹乎　6-61
將須聖明君　4-193
將頤天地之大德　3-85
將饗獠者　1-339
將騁萬里塗　5-263

將騰駕兮偕逝　6-47
將齊季多諱　6-257
專制朝政　7-386
專制朝權　7-380
專實生慢　9-164
專思君兮不可化　6-69
專樹黨類　8-336
專爲梟雄　7-389
專用威命　6-200
專用己之私　8-231
專發憤乎音聲　3-153
專篤志於儒學　7-472
專精趨學有日矣　8-397
專精銳意　8-469
專美擅工　3-190
專脩丘明之傳以釋經　8-18
尉尨眉而郎潛兮　3-18
尊主之情　6-417
尊主隆斯民　3-289
尊之則爲將　7-449
尊亡興亢　8-257
尊卑以班　1-247
尊卑失序　7-435
尊敬師傅　8-295
尊明號　2-5
尊本敬始　6-227
尊盧赫胥　1-454
尊立太宗　7-381
尊貴誰獨聞　4-494
尊賢永昭灼　4-76
尊賢而重士　8-376
尊赤氏之朱光　1-257
尋不死之福庭　2-264
尋之無邊　2-357
尋以二公楚王之變　8-285
尋其枝葉　8-13
尋君去就之際　7-327
尋塗塗旣瞇　4-350

尋山冶隱淪　3-496
尋平生於響像　3-84
尋念非但一　5-483
尋斧始於所庇　9-64
尋景追括　1-198
尋木起於蘗栽　1-284
尋歷曲阻　7-317
尋異景不延　4-467
尋竹竦莖蔭其堅　6-162
尋而此君長逝　7-337
尋虛捕景　9-145
尋表解選　8-100
尋覽樂篇　8-33
尋變入節　7-61
尋賜劍以刎首　2-225
尋邑百萬　8-368
尋雲抗瑤甍　4-69
尋雲陟累樹　4-79
尋領驍騎將軍　9-357
尋風波以窮年　2-369
對之惆悵　7-88
對之慚且驚　5-75
對之抆淚　7-216
對十萬之軍　7-118
對嶺臨迴溪　4-55
對庭鷗之雙舞　2-398
對揚天人　4-250
對揚帝祉　4-244
對揚成命　3-361
對揚我高祖之休命　6-207
對揚王休　4-326
對揚王休　9-220
對揚王命　8-93
對操索葦　1-271
對日　2-41
對流光之照灼　2-461
對清酤而不酌　7-246
對珪不肯分　3-460

對珪寧肯分　3-288
對禁限淸風　4-381
對穹廬以屈膝　7-327
對窮跡而孤興　3-140
對答鄙訊　4-130
對筵接枕　9-232
對筵曠明牧　3-438
對繁弱以流涕　9-427
對而爲言　9-425
對膝破涕爲笑　4-305
對芳林　6-130
對賓頌有客　5-286
對越天地者　8-255
對酒不能酬　5-231
對酒當歌　5-53
對酒長相思　5-447
導一莖六穗於庖　8-212
導主志　8-404
導亡機之權　9-386
導德齊禮　8-72
導揚弘烈　6-205
導揚末命　6-380
導揚韶武　3-228
導氣以樂　6-186
導流乖則　9-197
導衿褵於未萌　9-465

小
　　　　　　　　　　　　　　

小不事大　7-298
小事簡牘而已　8-11
小人亦不閑　4-198
小人全軀　7-165
小人媮自閑　5-263
小人德無儲　4-220
小人性之懷土兮　2-169
小人懷惠　7-94
小人盡力　8-291

小人祿薄　6-350

小人臨禍懷佚　7-397

小人自醜齪　5-169

小人計其功　4-112

小人計其功　7-451

小人道遂消　4-423

小儒安足爲　5-472

小則俘民略畜　9-420

小器易盈　7-76

小國合而成大　2-199

小國寡民務　4-432

小大之相絕也　1-401

小大殊用　3-163

小大畢力　8-280

小大雙名　9-239

小子狂簡　1-145

小子非所宜　3-356

小心翼翼　8-295

小必有之　1-155

小戰江介　7-306

小智自私兮　2-416

小白相射鉤　4-317

小者連城數十　8-454

小臣信多幸　3-417

小臣信頑鹵　4-186

小說九百　1-194

小錄其要　8-302

小隱隱陵藪　4-24

小飯大歠　6-105

小鳥也　2-429

小黃門亦二十人　8-333

小黃門十人　8-332

小黃門趙宣持秦始皇帝本紀　8-244

少伶俜而偏孤兮　3-94

少別千年　3-120

少加孤露　7-283

少加憐察　6-481

少加憐焉　6-448

少卿視僕於妻子何如哉　7-154

少卿足下　7-132

少原之婦　9-152

少受其利　8-430

少喪父母　3-93

少垂明白　6-487

少垂神聽　6-288

少壯不努力　5-49

少壯幾時兮奈老何　7-486

少壯眞當努力　7-218

少壯辭家去　5-148

少室邁王城　4-84

少小去鄕邑　5-67

少小嬰憂患　4-119

少小長東平　5-429

少屛塵雜　8-92

少年報士　3-116

少年好馳俠　5-451

少年好馳逐　5-455

少年負壯氣　4-94

少昊顓頊高辛唐虞之書　8-2

少無宦情　5-427

少無檢操　6-349

少益日月　6-306

少盡其力　2-443

少知名　9-238

少私寡欲　8-487

少而貧病　9-275

少謝萬一　6-483

少遭不造　4-127

少遭閔凶　6-198

少長有禮　6-206

少長貴盛　7-53

尙不敢惕息　2-139

尙不能取信於人主之懷　8-44

尙不菈其誅　8-251

尙不足吝　6-321

尙不顧足下所好者　7-292

尙之以一曲 7-61
尙何及哉 6-99
尙何懼於置尉 2-431
尙何稱譽之有 7-167
尙何能違膝下色養 3-53
尙何言哉 7-140
尙前良之遺風兮 3-5
尙哉君子 4-181
尙在翔禽 4-332
尙奚擬於明哲 3-63
尙寬柔 8-417
尙席函杖 3-409
尙弗曾庶翼等威 1-410
尙得十半 6-478
尙想前良 9-466
尙想重暉 8-203
尙曰比肩 6-393
尙書初出於屋壁 7-348
尙書古稱司會 6-382
尙書記朝會 7-386
尙書郞 3-51, 9-238
尙有賢人 7-184
尙未熟悉於足下 7-276
尙未至是 6-323
尙未齊其膏液 1-327
尙泰奢麗誇詡 2-104
尙猶嘉子之節 7-126
尙生不存 7-361
尙素樸 1-277
尙能致命一餐 7-177
尙越其幾 2-481
尙辨天意 9-203
尙餘音兮 3-160
尠林焚而鳥存 2-182

尤 ─────────────

尤彼意氣 4-330

尤悅大王之義 6-440
尤見其情 3-128
尤闕西之效戻 2-186
就成省曠 9-277
就永安之計 7-427
就海蓐之賄賂 2-306
就重華而陳辭 6-17
就養勤匱 9-275

尸 ─────────────

尹司京畿 6-371
尹班陶陶於永夕 9-109
尺波豈徒旋 5-114
尺波電謝 7-338
尺爐重尋桂 5-316
尺牘必珍 9-219
尺璧有盈 1-469
尺蠖動而成響 6-169
尺表逆立 9-150
尾同於體 8-455
尾大難掉 8-455
尾生以之信 3-218
尾飾鑣而在服 2-155
居上者不以至理物 8-179
居中作捍 6-371
居之一年成邑 8-294
居之者逸 1-243
居之而不疑也 9-14
居九州之地 8-460
居人愁臥 3-114
居人掩闥臥 5-158
居今觀古 7-101
居位甚安逸 7-376
居備勤儉 9-282
居充堂而衍宇 3-82
居先王之桑梓 9-96
居則忽忽若有所亡 7-160

居厚者不矜其多 8-108
居吾語汝 9-242
居因業盛 9-192
居多暇日 1-72, 3-303
居客之右 2-392
居室有行 9-440
居屈志申 9-243
居常以待終 4-56
居常安之勢 9-477
居愉遺舊情 5-414
居晉則山濤識量 6-394
居有保阿之訓 8-310
居歡惕夜促 5-276
居泰山之安 6-470
居無僕妾 9-275
居無塵雜 6-407
居無室廬 8-138
居相圯耿 1-218
居處之節 9-457
居身以約 8-108
居鄙行鮮 9-210
居里閉而鳴鍾 9-116
居陪華幄 4-244
居難則易 9-137
居靡都鄙 2-32
居高而思降 9-371
屈以好事之風 9-464
屈伸變化 7-413
屈原 9-470
屈原以之沈湘 9-12
屈原以美人爲君子 5-241
屈原放逐 7-155
屈原既放 6-65
屈原既放三年 6-60
屈原曰 6-61, 6-65
屈己弘化 9-361
屈平宋玉導淸源於前 8-347
屈平適樂國 3-195

屈心而抑志兮 6-13
屈於齊堂之俎 9-140
屈猛志以服養 2-433
屈產服于晉輿 2-194
屈節邯鄲中 3-475
屈膝厥角 8-75
屈膝請和 7-374
屈辱於公卿之門 9-11
屋不呈材 1-100
屍僵路隅 1-185
屍素以甚 3-336
屍素當言歸 4-290
屑涕松嶠 9-501
屑瑤蕊以爲粮兮 3-29
屑瓊蕊以朝飱 1-179
屑驪醫以懿澇 2-287
展三時之弘務 2-34
展其割裂之用也 7-73
展名京之初儀 2-213
展如之華 9-292
展季救魯人 3-288
展季桑門 1-214
展放唐之明文 8-263
展歌殊未宣 5-515
展洩洩以彤彤 3-32
展無窮之勳也 7-480
展禽亦逝 9-285
展詩發志 8-61
展車馬 1-202
展輪效駕 8-81
展轉不能寐 5-252
展轉昕枕席 4-149
展轉長宵半 4-120
屏京維服 3-401
屏居南山下 4-407
屏居惻物變 4-378
屏氣踢踽 9-44
屏營衢路側 5-230

屛玉女而卻宓妃 2-19
屛發布而累息 2-151
屛翳吐重陰 4-257
屛風上取車帷準米去 7-29
屛風上取車帷爲質 7-33
屠各左校 7-389
屠巴蛇 1-385
屠釣 8-355
屠麑麛 1-337
屢下明詔 8-414
屢出固其宜 4-430
屢增惟塵 4-129
屢奏封章 8-129
屢惟豊年 1-147
屢抱後時之悲 9-139
屢拒諸葛亮節制之兵 8-280
屢摧逆麟 8-202
屢有降挹之言 7-178
屢爲軍鋒 8-160
屢犯窈薆 8-420
屢獲信陵虛左之德 7-244
屢獲嘉祥 6-153
屢睹遺文 9-233
屢空常晏如 4-448
屢薦不入官 3-498
屢見流芳歇 5-449
屢訪羣儒 8-265
屢遇廢置 8-299
屢降瑞福 8-401
屢黜不去其國 8-340
屣履下高堂 5-47
屣履奉王孫 4-405
屣萬乘其如脫 7-360
層曲九成 2-296
層構厥高 1-106
層樓間起 8-79
層櫨磥垝以岌峨 2-289
層臺指中天 5-142

層臺累榭 6-79
層軒延袤 9-396
層閣肅天居 5-462
履信曷憑 9-283
履氷豈惡寒 5-83
履影弔心 6-483
履栗栗 8-241
履游麕兔 6-112
履犬戎之侵地 2-207
履籍鑒都壖 5-515
履純仁 8-414
履老氏之常足 1-277
履至尊而制六合 8-378
履薄非兢 9-203
履虎尾而不噬 2-210
履謙居寡 6-374
履蹻華英 1-303
履運傷荏苒 4-349
履道是鍾 9-208
履重險而逾平 2-265
履阜鄉之留舄 2-347
履顚沛之勢 7-476
屨般首 2-116
屬之乎崑崙之虛 2-110
屬值三季在辰 9-362
屬傳漏之音 9-197
屬剛鄩以潛擬 2-150
屬厭則充 9-151
屬叩金馬署 4-405
屬城咸有士 5-122
屬堪輿以壁壘兮 2-5
屬天地休明 7-89
屬御方神 1-131
屬有望焉 6-233
屬有緒言 7-94
屬箕伯以函風兮 3-31
屬美謝繁翰 4-375
屬耳聽鶯鳴 4-235

屬言玄遠　6-407
屬車之箈　1-194
屬車九九　1-253
屬車案節　1-132
屬車鱗萃　2-29
屬長樂與明光　1-170

屯 ─────────────

屯余車其千乘兮　6-37
屯坊列署　2-327
屯據敖倉　7-389
屯營櫛比　1-371
屯神虎於秋方　1-239
屯羽隊於外林　6-173
屯逼鞏洛　9-264
屯難旣云康　3-289
屯雲蔽曾嶺　4-354
屯騎羅而星布　3-30

山 ─────────────

山不厭高　5-54
山不讓塵　3-304
山中人兮芳杜若　6-54
山中兮不可以久留　6-90
山中咸可悅　4-85
山中有桂樹　5-397
山人去兮曉猿驚　7-366
山公非虛觀　3-498
山出內雲　6-120
山圖其石　1-449
山圖采而得道　1-324
山宇初構　9-466
山岑高無極　4-208
山峻高以蔽日兮　6-58
山崗有餘暎　4-139
山崩起於朽壤　9-476

山嶂遠重迭　4-91
山嶠備盈缺　5-504
山川不足以周衛　1-347
山川之險易守也　9-52
山川修且廣　4-443
山川出雲　9-5
山川受納　7-89
山川攸序　9-366
山川無改　6-367
山川無溝阜之勢　9-39
山川脩且廣　5-18
山川邈離異　4-432
山川阻且遠　3-427
山川阻且難　5-407
山川阻深　7-374
山川降靈　8-417
山庭寢日　9-298
山庭異表　8-89
山戎孤竹　7-103
山挺藍田之玉　2-205
山擅銅陵　9-116
山明望松雪　4-375
山暝孤猿吟　4-394
山曲弟　6-90
山東之匹夫也　7-466
山東豪俊　8-381
山林幽峽　1-416
山林隱遯棲　4-5
山桃發紅萼　4-369
山梁之餐　6-105
山梁協孔性　3-389
山樹鬱蒼蒼　4-212
山櫻發欲然　5-26
山氣日夕佳　5-325
山氣隴鵒兮石嵯峨　6-89
山水含淸暉　4-53
山水有淸音　4-18
山河之固　9-177

山河安可逾　4-295

山海隔中州　5-238

山淵反覆　1-111

山溜何泠泠　4-22

山澤多藏育　5-121

山澤紛紆餘　4-442

山瀆效靈　8-51

山無槎枿　1-282

山無韋帶　6-188

山煙冒驢生　4-159

山甫翼周　4-326

山盈川沖　9-133

山祇蹕嶠路　4-73

山神海靈　2-294

山積陵陽阻　5-370

山藻與蓬茨俱逸　9-463

山行窮登頓　4-459

山谷原隰　1-189

山谷爲之風猋　2-115

山遠行不近　4-363

山關固神營　4-69

山阜猥積而踦嶇　1-463

山阜相屬　1-319

山阿寂寥　7-361

山阿起雲霧　4-338

山陵不崩　6-195

山陵未乾　8-285

山陵無所　8-287

山陵爲之震動　2-90

山陽王粲仲宣　8-439

山雞晨羣　3-182

山雞歸飛而來棲　1-364

山雲備卿藹　5-507

山雲潤柱礎　5-489

山靈護野　1-131

山高路難越　5-449

山高馬不前　5-96

山鳥群飛　4-225

山鶪斥鷃　6-134

山驚悍害　2-150

屹山峙以紆鬱　2-284

屹然特立　2-296

屹鏗瞑以勿罔　2-287

炭炭其國　3-298

炭炭冠縰　1-445

岐嶇自列　6-320

岐昌發詠於來思　2-393

岐梁汧雍　1-158

岐陽之蒐　1-268

岑崟參差　2-43

岑崟崕嶬　2-299

岑崟還相蔽　5-505

岑嶺飛騰而反覆　2-339

岝崿崥嵬　1-296

岝崿嶇峪　3-204

岡岵童　1-387

岡欒參差　1-208

岡欒糾紛　1-319

岡連嶺屬　3-180

峉嶤岑立　2-325

岩嶇參差　3-249

岩阿增重陰　4-139

岱山饒靈異　4-415

岳嘗讀汲黯傳　3-50

岳牧慮殊　3-331

岳鎮淵渟　8-83

岸無不津　2-361

昭亭南樓期　5-510

岪岉孤亭　2-344

峞巍巋嶧　2-284

峨峨如也　8-261

峨峨業業　2-309

峨峨列辟　3-379

峨帽爲泉陽之揭　2-353

峩峩崇嶽　9-345

峩峩高門內　3-462

峭格周施 1-380
峭蒨青蔥間 4-19
島嶼綿邈 1-356
峻危之竅也 1-409
峻山帶其封域 9-46
峻岨塍埒長城 1-341
峻嵺峭以繩直 2-212
峻巖敷榮條 4-423
峻徒御以誅賞 2-199
峻文深憲 8-325
峻湍崔嵬 2-357
峻節貫秋霜 3-486
峻阪路威夷 3-434
峻隅又已頹 2-275
浰淪溛瀤 2-357
峉嵲隗乎其相嬰 2-14
崇丘 3-285
崇丘陵之駊騀兮 2-10
崇亂二世 6-201
崇其寵章 6-204
崇哉乎德 2-125
崇善愛物 8-196
崇城遂卑 7-311
崇基巖巖 9-432
崇墉崗連以嶺屬 2-285
崇壯幽浚 9-336
崇子鋒穎 4-272
崇山入高冥 5-107
崇山惟壤 8-167
崇山鬱嵯峨 5-86
崇崇圜丘 2-23
崇嶽渟海通瀆之神 8-240
崇徽章而出寶甸 9-297
崇情符遠跡 4-391
崇文成均之職 8-72
崇景山之高基 6-142
崇替有徵 4-247
崇樹加園塋 4-158
崇牙張 1-244
崇猶塵積 9-163
崇盛歸朝闕 3-389
崇禮之闈 1-331
崇簡易 8-417
崇能以招賢 8-415
崇臨海之崔巍 1-370
崇臺非一榦 4-342
崇芒鬱嵯峨 4-426
崇虎讒凶 7-182
崇虛雖廣 9-137
崇虛非徵 3-398
崇號謚 8-208
崇表殊節 6-360
崇賢旌善 6-371
崇賢聖之業 2-128
崇雲臨岸駭 5-80
崇飾浮辭 7-299
崎嶇而不安 7-433
崎嶇重阻 2-423
崑山何有 4-275
崑山積瓊玉 4-283
崑崙無以奓 1-296
崒中怒而特高兮 3-246
崒兮直上 3-244
崒若斷岸 2-273
崔嵬巒居 2-325
崔琰字季珪 8-187
崔生高朗 8-183
崔錯癹骫 2-79
崔駰作七依 6-128
崖傾光難留 5-348
崖傾嶼難傍 5-23
崖谷共清 9-396
崗巒挺茂樹 4-338
崘菌踡嵼 2-299
崚嶒起青嶂 4-84
崛巍巍以峨峨 1-319

崛巍巍而特秀　3-205

崢嶸古旜　2-275

崢嶸幽藹　6-162

崤函復丘墟　5-476

崤函方嶮澀　4-435

崤函有帝皇之宅　1-318

崤函荒蕪　1-413

崦山多靈草　5-495

崩列辟於上旻　9-297

崩城隕霜　6-295

崩壞陂池　6-122

崩巒弛岑　1-382

崩榛塞路　2-275

崩波不可留　5-5

崩雲屑雨　2-342

崩騰永嘉末　3-290

峪窞巖竇　3-180

嵌羖蚔䍥　2-299

崩繢綾而龍鱗　2-284

威魂嵔庱　2-70

嵇博綜技藝　3-73

嵇康白　7-295

嵌巖巖其龍鱗　2-11

峇崿轉奇秀　5-505

嵼嶸嵺刺　1-296

嵩構云頹　9-376

嵯峨巇巢　2-76

嵯峨巀嶪　1-165

嶻巖嵾嵯　2-70

嶄絶峰殊狀　5-23

欽崟碕礒兮砠磈碅碬　6-90

欽崟離摟　2-289

欽巇屹巇　1-296

欽巖倚傾　2-76

嶠高舉而大輿　2-107

嶢嶢焉　6-130

嶢武稍披襟　3-422

嶰壑瀿峓　3-180

嶰澗闖　1-387

嶰谷嶬嶠張其前　6-162

嶰谷弗能連　1-363

嶺嶒嶙峋　2-23

嶺無亭菊　8-189

嶽修貢兮川效珍　1-148

嶽濱有和會　4-70

對若崇山崛起以崔嵬　1-421

巃嵸崔巍　2-70

巃嵸逼迫　3-172

嶒震天之磕磕　3-246

巉嵒帶遠天　5-370

巍冥鬱岪　1-351

崛嶭穹崇　2-299

巍巍唐基　8-256

巍巍如此　7-85

巍巍明聖　3-367

巍巍蕩蕩　6-187, 7-303

巓根跱之藥刵兮　3-180

巖下雲方合　4-61

巖別嶂分　9-434

巖壑寅耳目　4-367

巖岡潭淵　1-409

巖峭嶺稠疊　4-459

巖峻嶒崒　1-109

巖巖北闕　1-421

巖巖梁山　9-176

巖巖雙表　3-89

巖穴無結構　4-18

巖穴無豣貒　1-386

巖突洞出　2-297

巖突洞房　2-75

巖藪知名　9-342

巖阤甌錡　2-70

巖險去漢宇　4-69

巖險周固　1-217

巖高白雲屯　4-481

巛·川

川上之歎逝 5-305
川不辭盈 3-304
川厄流迅 9-47
川后時安流 4-51
川后靜波 3-276
川嶽遍懷柔 4-73
川廣自源 3-305
川形其寶 1-449
川旣瀁而濟深 2-256
川氣冒山嶺 4-426
川汎歸軸 9-436
川流之所歸湊 2-370
川流海亭 8-233
川涸者魚逝 7-261
川渚屢巡復 4-62
川澤回繚 1-416
川瀆爲之中貧 1-392
川無恬鱗 6-363
川谷不塞 6-195
川谷徑復 6-79
川谷流人之血 1-122
川谷爲之蕩波 2-90
川路長兮不可越 2-409
川閱水以成川 3-80
川陸殊途軌 5-89
川靜波澄 9-400
州伯宵遁乎大谿 9-248
州司臨門 6-311
州壤推風 9-281
州郡各整戎馬 7-393
州郡聞德 9-333
州都郡正 8-357
巡丘陵以經略兮 2-147
巡四民 8-239
巡回塗而下低 1-107
巡曾楹而空掩 3-114

巡步櫚而臨蕙路 9-289
巡海右以送日 3-108
巡省農功 2-213
巡華過盈瑱 5-508
巡靖黎蒸 8-260
巡駕匝舊坰 4-69
巢堂壇兮 6-59
巢居棲翔 1-322
巢居知風寒 5-276
巢幕無留燕 3-385
巢於葦苕 7-417
巢林不過一枝 2-431
巢林棲一枝 3-466
巢焚原燎 1-413
巢空初鳥飛 3-417

工

工不下機 2-141
工人巧士 3-186
工以心競 9-395
工女寢機而已哉 8-106
工徒擬議而騁巧 1-420
工徒騑而未息 2-237
工拙之數 8-351
工拙各所宜 4-39
工用相得也 8-119
工用高曾之規矩 1-118
工祝招君 6-79
左丘失明 7-155
左丘明受經於仲尼 8-13
左丞相絳武侯沛周勃 8-142
左丞相陸凱以謇諤盡規 9-38
左伊右邅 1-233
左倚采旄 3-273
左傳及穀梁無明文 8-20
左制辟雍 1-243
左則中朝有菰 1-424

左右不明　6-447
左右之人　7-116
左右來相依　3-487
左右兮魂動　3-118
左右厥世也　6-204
左右唯僕隸　6-295
左右庭中　1-102
左右悲而垂淚兮　3-70
左右悽其相慜　3-100
左右望我軍　5-36
左右無色　6-483
左右玉几　1-246
左右相趣　8-261
左右芙蓉披　5-471
左右親近不爲一言　7-146
左右陪臣　3-297
左太華而右褒斜　2-133
左將軍領豫州刺史郡國相守　7-380
左對孺人　3-110
左帶沸脣　9-96
左手彎繁弱　5-200
左振扶桑　7-302
左挹浮丘袖　4-8
左挽因右發　5-70
左據函谷二崤之阻　1-87
左攬繁弱　4-223
左暨河華　1-187
左有崤函重險　1-157
左櫬槍而右玄冥兮　2-13
左江右湖　6-107
左激水　6-130
左烏號之雕弓　2-47, 6-112
左牽牛而右織女　1-115
左當風谷　6-165
左眄澄江湘　3-457
左瞰暘谷　1-275
左稱彎碕　1-370
左麾右笙　6-146

左納良逸　3-58
左蒼梧　2-64
左規山東　6-443
左言入侍　8-74
左長薄　6-86
左關巖隘　8-56
左靑琱之揰芝兮　3-31
左顧右眄　7-235
左顧淩鮮卑　5-68
巧傾任父　1-389
巧冶鑄之　8-403
巧拙有素　8-442
巧捷惟萬端　5-70
巧曆所不知　9-110
巧竭意匱　7-61
巧笑發皓齒　4-295
巧言利口　8-388
巧誠有之　3-50
巧遲不足稱　5-312
巨唐之代　2-336
巨檻接艫　1-388, 9-182
巨海猶縈帶　4-261
巨滔天而泯夏兮　2-466
巨狄鬼信之妖發　8-229
巨猾間釁　1-236
巨獸百尋　1-209
巨石溺溺之瀺灂兮　3-246
巨石硴矹以前却　2-355
巨細舛錯　2-434
巨蚌函珠　1-299
巨象逸駿　9-35
巨靈晶贔　1-157
巨鱗挿雲　2-345
巨鼇晶贔　1-355
巫咸將夕降兮　6-30
巫咸治外　6-99
巫山赫其無疇兮　3-246
巫山鬱雲　9-291

巫廬嵬崒而比嶠　2-353
巫覡操苆　1-270
巫陽對日　6-76
差以千里　9-466
差時擇日　3-253
差鱗次色　1-329

己 ━━━━━━━━

己嗜臭腐　7-291
己三年矣　7-166
己不逮矣　7-216
己事而竢　1-248
己免負薪苦　5-428
己同淪化萌　4-159
己同過隙　7-11
己就極刑　7-159
己復至矣　7-271
己成老翁　7-218
己有池上酎　4-394
己無足紀　6-397
己爲未見恕者所怨　7-286
己爲異物矣　7-71
己爲鬼錄　7-215
己爾　7-34
己獮其什七八　1-197
己矣　9-304, 9-472
己矣乎　7-492
己矣何所悲　5-328
己矣余何歎　4-167
己矣哉　3-111, 6-39, 9-470
己矣平生事　4-167
己秋復願夏　4-9
己而格乎上下者　9-477
己見高臺傾　3-506
己覿朱明移　4-48
己親見近縣　7-378
己負竊位素飡之責久矣　7-165

已跟蹡而徐來　2-149
已隳我門　4-310
巴人皆下節　5-309
巴夷王朴胡賨邑侯杜濩　7-406
巴姬彈弦　1-335
巴渝宋蔡　2-91
巴漢銳卒　7-408
巴童心恥　2-462
巴陵地道　2-366
巴黔底定　9-182
巷無居人　1-336
巷無杼首　1-464
巷苞諸公　1-436
巽其神器　1-450
巽羽化於宣宮兮　2-473

巾 ━━━━━━━━

巾幬鮮明　1-303
巾卷充街　3-412
巾拂兩停　2-462
巾見餘軸　9-294
巾車命駕　1-203
帀日域以迴騖　2-460
帀筵槀和　8-60
市不回肆　7-427
市人拱手者　7-55
市廛所會　1-332
市朝互遷易　5-100
市無易賈　9-183
布之執事　6-337
布之朝聽　6-375
布乎青林之下　2-111
布九畡　1-205
布告天下　7-393
布在前載　9-284
布在方冊　9-197
布實黔徒　8-365

布德惠　8-392
布德脩禮　6-249
布懷存所欽　4-349
布政垂惠而萬邦協和　7-421
布教方顯　9-192
布教都畿　9-184
布教頒常　1-243
布有橦華　1-333
布滿宮闈　8-335
布濩半散　3-213
布濩流衍而不韞韣　8-238
布濩漫汗　1-299
布濩皋澤　1-358
布濩闿澤　2-72
布素表於造次　8-108
布結縷　2-71
布絲竹　1-136
布綠葉之萋萋　1-297, 1-320
布葉垂陰　1-188, 4-224
布葉華崖　7-322
布藻垂文　3-208
布衆奔沮　7-384
布衣可終身　4-109
布衣韋帶之士　6-482
希世無高符　4-438
希世罕工　7-2
希古振緌　8-174
希夷未缺　9-400
希數必當　3-189
希沃若而中疲　7-88
希當大任　7-118
希聖備體　9-11
希蒙翹車之招　9-134
希蹤三輔豪　7-366
希附權彊者　8-336
帝亂其政　1-309
帝典闕者已補　8-238
帝出於震　9-409

帝功興四遐　5-121
帝勤時登　1-147
帝告巫陽曰　6-76
帝唐遠冑　9-322
帝嘉茂庸　9-368
帝圖弘遠　8-51
帝圖斯艱　9-268
帝女之桑　1-297
帝女金相　9-293
帝子儲季　9-462
帝子降兮北渚　6-46
帝室皇居　6-265
帝將惟田於靈之囿　2-108
帝已譏其泰而弗康　1-228
帝弟作弼　4-269
帝弟宗王　8-360
帝德沖矣　1-454
帝思俾乂　6-262
帝所重違　8-104
帝數宴後庭　8-331
帝暉膺順動　4-65
帝曰　2-305
帝曰爾侯　3-316
帝曰爾諧　4-277
帝有惡焉　6-218
帝有醉焉　1-159
帝獻方石　9-399
帝王之分決矣　8-431
帝王之制　8-5
帝王之祚　8-427
帝王之興　8-277
帝王之表　9-89
帝王之道　8-231
帝王始存　8-226
帝王臧其擅美　1-308
帝用享祉　8-219
帝用勤止　4-243
帝用西遷　9-209

帝疇爾庸　8-166
帝者之上儀　8-252
帝者雖勤　8-241
帝赫斯怒　9-181
帝載緝熙　6-186
帝迹懸衡　3-397
帝遷明命　9-325
帝都有吁嗟之怨　7-388
帝鄉不可期　7-492
帝難其人　9-410
帝體麗明　3-399
帝高陽之苗裔兮　6-4
奔幕宵懸　8-81
帥人以苦　1-218
帥巴漢之民　9-34
帥徒步之師　7-118
帥爾陰閉　2-8
帥群臣　1-111
帥與之　2-142
帥西水滸　8-294
帥軍踔趹　2-133
帥雲霓而來御　6-22
師不踰時　7-307
師克薄賞行　5-96
師公綽兮　2-173
師友之義　8-103
師尹無具瞻之貴　8-286
師尹爰止　1-436
師徒小衄　6-282
師旅既加　3-341
師旅無先定之班　9-71
師次遼陽　7-302
師氏之選　9-454
師涓久不奏　5-292
師營商牧　9-182
師老變形　9-270
師臨下邳　7-411
師襄嚴春不敢竄其巧兮　3-157

師門使火以驗術　1-457
席卷三秦　8-364
席卷南極　9-221
席卷秦代　9-424
席卷虔劉　1-442
席卷起征　7-384
席荃蘭而茝香　3-70
席長筵　3-61
帳飲東都　3-115
帶二江之雙流　1-319
帶以洪河涇渭之川　1-87
帶以象牙　3-152
帶修蛇　2-116
帶干將而秉玉戚兮　2-6
帶我邦畿　4-225
帶文蛇　1-337
帶朝夕之濬池　1-369
帶河溯洛　1-143
帶流谿以爲關　6-173
帶甲千萬人　5-36
帶甲將百萬　9-46
帶長鋏之陸離兮　6-57
帷屏無仿佛　4-147
帷幄盡謀選　5-373
帷幕竊所經　5-311
帷弸彄其拂汩兮　2-16
帷袿曠遺影　5-184
帷軒夕改　9-294
常世所識也　8-481
常亞於乘輿　1-200
常人貴遠賤近　8-441
常以智力不可强進　6-302
常以此爲國家之大務　2-141
常伯陪乘　2-29
常在床蓐　6-310
常山平干　1-456
常思奮不顧身　7-142
常思歸而永歎　8-33

常思除棄小事　7-199
常恐不能化民者　7-167
常恐之困乏者　7-167
常恐傷肌骨　3-356
常恐先朝露　6-285
常恐寒節至　5-271
常恐海內多以相責　7-198
常恐秋節至　5-49, 5-51
常恐遊岱宗　4-184
常恐風波潛駭　7-319
常恐鷹隼擊　4-400
常慕先達概　5-493
常懷千歲憂　5-224
常懼羽檄飛　5-311
常效貢職　7-374
常暉暉以猗猗　1-320
常有戚戚具爾之心　6-293
常欲結纓伏劍　6-483
常歎詩人言　5-423
常沛沛以悠悠　1-393
常無離側　6-99
常畏人力之盡也　1-282
常畏生類之殄也　1-282
常竊悲京城太叔　7-176
常綢繆於結課　7-365
常翹翹以危懼　1-281
常聞詩人語　3-347
常膳載加　3-61
常與虛舟値　4-167
常苦夏日短　4-478
常被君之渥洽　6-73
常覽國志　8-181
常遞斯任　9-417
常重光　1-380
常鳴鶴而在陰　1-432
幄幕張　6-147
幄無談賓　4-313
幭歷乍見　2-153
幕南罷鄣　9-184
幕天席地　8-138
幕帷蘭甸　3-403
幕府奉漢威靈　7-389
幕府惟强幹弱枝之義　7-384
幕府方詰外姦　7-388
幕府董統鷹揚　7-382
幕府輒復分兵命銳　7-383

干

干位者三子　9-69
干戈載揚　4-249
干戈迭用　8-195
干戚羽旄之飾好　1-446
干時求進者　6-287
干祿祈榮　7-10
干雲漢而上至　2-221
干雲霧而上達　1-173
干雲非一狀　4-84
干青雲而直上　7-360
干青霄而秀出　1-319
干鹵殳鋋　1-381
平代禽狶　8-157
平仲桾櫏　1-360
平原入秦　7-76
平原十日飲　4-407
平原厭次人也　8-170
平原唐其壇曼兮　2-10
平原赤　1-112
平原遠而極目兮　2-256
平國君侯公　8-142
平城有謀　8-159
平塗不過七百　9-420
平失道而來遷　2-186
平夷洞達　1-142
平夷西畔　6-122
平居不惰其業　8-467

平居猶懼其離叛　8-464
平崗走寒兎　4-88
平旦上林苑　4-406
平明振衣坐　5-368
平明登雲峰　5-504
平楚正蒼然　5-370
平潃九區　7-322
平生仰令圖　5-379
平生協幽期　4-462
平生少年時　4-108
平生早事邊　5-370
平生無志意　4-119
平生疑若人　4-155
平生禮數絶　4-165
平章百姓　6-290
平衢修且直　5-435
平路塞飛塵　4-76
平路是由　3-326
平陸引長流　4-338
平陽樂道　8-145
年一過往　7-218
年三十五　6-408
年三十餘　7-218
年之殊也　9-89
年二十一　6-406
年二十四　6-263
年八十有三　9-342
年六歲　8-93
年其逮耉　3-299
年力互頹侵　3-390
年勢不侔　8-96
年十三以上　8-314
年命如朝露　5-222
年在中身　9-283
年在桑榆間　4-216
年壽有時而盡　8-442
年始十四　7-60
年始志學　8-92

年彌往而念廣　3-84
年往志不偕　4-387
年往誠思勞　3-489
年往迅勁矢　5-114
年既老而不衰　6-57
年月朔日　7-397
年有四時　8-10
年殊志比　4-251
年終四十八　9-78
年耆卽世者有聞矣　6-282
年與之齊矣　7-218
年芳具在斯　5-401
年行已長大　7-218
年貌不可還　5-462
年過九十　8-5
幷一時之秀士也　9-84
幷不分邂　7-29
幷乘驪子　1-336
幷以明德見重於世　4-288
幷以爲別　7-295
幷兵一向　7-424
幷兼路塞　8-447
幷出豪家　8-356
幷刑馬作誓　7-330
幷列則其弊未遠　8-325
幷列宿而作制　2-327
幷列於篇　8-317
幷力一心以備秦　6-475
幷加蟬晃　9-358
幷勒丹靑之飾　9-389
幷勒成一家　9-466
幷務恢張　8-28
幷包吐含　3-155
幷包書林　2-140
幷匡社稷　7-393
幷卷酅鄂　1-187
幷受禍敗之辱　7-124
幷呑八荒之心　8-374

幷吞六國　8-228
幷吞沅澧　2-351
幷吞諸侯　9-176
幷命在位　8-60
幷命王粲作焉　6-128
幷命知舊作寡婦之賦　3-93
幷回乾軸　8-189
幷國三十　6-429
幷圖靑史　6-485
幷坐侍丹帷　4-289
幷坐侍君子　5-433
幷坐相招要　4-36
幷坐蔭華榱　3-347
幷夾旣設　1-261
幷奏疏累上　9-458
幷奔千里游　4-363
幷如采音苟奴等列狀　7-34
幷山爲肴　7-245
幷州越太行　7-389
幷已入衆　7-29
幷建五長　9-59
幷往觀濤乎廣陵之曲江　6-116
幷得降者　7-207
幷振頹綱　9-388
幷摽能擅美　8-348
幷敵一向　7-306
幷文質之狀　1-419
幷方軌前秀　8-350
幷施螫毒　8-416
幷東序之秘寶　6-410
幷柯共穗之瑞　8-53
幷榮光於瑞典　2-445
幷求入奉靈櫬　9-425
幷無爵秩　8-314
幷爲之賦頌　3-202
幷爲十二國　7-448
幷爲强國者有六　1-160
幷爲戰國　7-458

幷爲脣齒　7-404
幷爲鯨鯢　7-116
幷直擧胸情　8-352
幷示龜賦　7-65
幷翼連聲　2-462
幷詠詩而淸歌　3-27
幷走群望　9-424
幷起而救之　7-475
幷踏潛穢　1-112
幷載遊鄹京　5-424
幷進輻湊者不可勝數　7-449
幷都鄙而爲一　1-375
幷鄭義泰宣粉　7-6
幷鎭盆口　9-449
幷開跡於一匱　8-253
幷集虜庭　7-390
幷馳聲於天地　9-85
幷騁材力　7-69
幸不辱命　6-374
幸乎館娃之宮　1-394
幸二八之遷虞兮　3-5
幸人之災　7-207
幸侍觀洛後　5-515
幸勿爲過　7-135
幸及風雪霽　5-511
幸四境無虞　6-243
幸得宿衛　2-41
幸得謚爲洞簫兮　3-151
幸承光誦末　4-81
幸捷而得之　8-428
幸會果代耕　4-349
幸有弦歌曲　5-235
幸有袁生　7-260
幸甚　7-326
幸甚幸甚　7-114
幸神雀之林　2-125
幸籍芳音多　5-374
幸而得脫　6-77

幸蒙國朝將泰之運　7-198
幸蒙高墉德　5-279
幸見光臨　6-133
幸見指南於吾子　1-288
幸謝故人　7-127
幸賴先人餘業　7-163
幸賴先君之靈　7-271
幸賴大將軍保持之耳　7-285
幸遊建德鄉　5-505
幸遭天下平　5-476
幸遭聖主平世　8-397
幹之玄猿漏厄圓扇橘賦　8-440
幹非其議　1-161

幺 ────────────

幼主涖朝　9-37
幼孤爲奴虜　7-435
幼牡困孤介　4-159
幼秉殊操　9-230
幽人在浚谷　4-22
幽人肆險　3-379
幽厲昔崩亂　5-423
幽堂晝密　6-169
幽塗豈異魂　5-452
幽客滯江臯　5-374
幽室一已閉　5-191
幽居之女　9-148
幽居猶鬱陶　4-369
幽岫峭且深　5-313
幽岫窈窕　2-367
幽幷逢虎據　5-490
幽幷遊俠兒　5-67
幽幷重騎射　5-455
幽幷騎弩　9-264
幽幽叢薄　8-79
幽幽林薄　9-402
幽思絢道德　1-341

幽情形而外揚　3-165
幽情發而成緖　3-81
幽执囹圄　6-319
幽於圜牆之中　7-149
幽於糞土之中而不辭者　7-154
幽明獻期　8-66
幽林穹谷　1-93
幽求六歲　9-399
幽澗積岨　2-355
幽獨守此仄陋兮　3-4
幽獨處乎山中　6-58
幽獨賴鳴琴　4-42
幽王之惑襃女也　9-6
幽緘候君開　5-336
幽蘭盈通谷　5-117
幽蘭間重襟　4-18
幽衷何用慰　4-391
幽谷譽岑　1-296
幽谷無遷喬之望　6-359
幽谷茂纖葛　4-423
幽贊以知來　8-171
幽贊微言　9-209
幽退仰流　6-360
幽遠必至　9-425
幽遠而難聞　9-101
幽邃窈窕　2-263
幽都先加　2-139
幽鏡難復治　5-448
幽門樹蓬藜　4-386
幽關洞開　9-430
幽靈髣髴　9-493
幾以成務　9-433
幾何可憑　7-11
幾可以一理貫　9-74
幾將毀滅　9-354
幾於泯滅　7-421
幾死朔北之野　7-125
幾滿大宅　6-113

幾行其招　9-336
幾陋身之不保　3-63

广

庀徒揆日　9-395
庇身有地　7-94
床空委淸塵　4-149
序人倫　7-495
序所以爲作者之意　8-7
序王師曠蕩之德　7-182
序述之錯比文華　1-75
底柱輟流　1-234
庖子揮刀　6-182
庖廚不徙　2-82
庚子日斜兮　2-413
府丞與比縣會葬　9-343
府主誅　3-51
府之延閣　6-417
府庫充實　8-270
府朝初建　7-96
府無虛月　8-53
府署第館　8-336
庠序公朝　6-407
庠序盈門　1-140
庠序肇興　9-454
度三壤　8-237
度三巒兮偈棠黎　2-21
度北則橙　4-272
度堂以筵　1-235
度宏規而大起　1-89
度室以几　1-235
度巴人　3-216
度曲未終　1-208
度朔作梗　1-271
度淸洛而南遊　9-326
度白雪以方絜　7-360
度秋豫以收成　1-274
度越數子矣　7-53
度邑靜鹿丘之歎　8-66
度量難鈞　9-282
度陽阿　1-204
庨窌巧老　3-180
庭下列歌鍾　5-354
庭中有奇樹　5-218
庭中綠草滋　5-447
庭列瑤階　2-396
庭宇相襲　2-209
庭宿金懸　3-411
庭序荒蕪　8-175
庭引雙輴　9-297
庭扣鐘磬　1-331
庭昏見野陰　4-375
庭樹微銷落　4-202
庭樹槭以灑落兮　2-386
庭樹發紅彩　5-482
庭樹驚兮中帷響　9-296
庭無貢公綦　5-306
庭燎晢晢　1-245
庭燎晣晣　1-445
庭草萋以綠　5-304
庭虛情滿　4-311
庭際俯喬林　4-394
庶事既康　2-303
庶人之事也　7-167
庶人子來　2-246
庶人安得而共之　2-378
庶人終畝　2-31
庶令日月休徵　6-240
庶以善自名　4-452
庶仿佛於衆妙　9-398
庶使百世少有竊云　8-47
庶免夫戾　2-247
庶劉侻倖　6-313
庶勖將來　4-132
庶務未遑　9-46

庶匪席之旨　6-219
庶可試哉　8-241
庶圖芳於鍾萬　9-290
庶土罔寧　1-441
庶報德之有鄰　3-90
庶士傾風　3-407
庶女告天　6-481
庶子及家臣　4-406
庶存馬駿必拜之感　6-423
庶官失才　8-287
庶寮咸允　6-351
庶寮如賓　9-424
庶將虜其雄　6-282
庶尹盡規於上　9-35
庶尹群后　3-295
庶幾奮薄身　5-37
庶幾幷懸輿　4-234
庶幾明德　7-207
庶幾有時衰　4-148
庶幾有補於將來　8-7
庶幾遐年　9-211
庶弘文告之訓　7-422
庶彌久而不渝　2-426
庶必賢於今日爾　5-420
庶感靈而激神　6-133
庶慰冤魂　9-260
庶持乘日車　5-348
庶斯奉以周旋兮　3-6
庶斯言之不玷　2-467
庶斯達矣　1-288
庶松喬之群類　1-109
庶巒大之貞固　1-179
庶武羅於羿浞之墟　6-358
庶浮雲之志　3-54
庶浸遠而哀降兮　3-100
庶無愧兮莊子　9-304
庶物時育　1-273
庶獄明愼　9-219

庶立毛髮之功　6-282
庶立毫氂　3-322
庶竭駑鈍　6-272
庶績其凝　6-245
庶績咸喜　8-241
庶績咸熙　9-209
庶羊左之徽烈　9-128
庶聖靈之響像　9-487
庶茲永日　4-174
庶草蕃廡　1-147
庶覯蔀家與剝廬　1-468
庶覯高深　4-332
庶諒窮款　7-10
庶靈祇之鑒照兮　2-171
庶非牆面　6-254
庶類混成　8-248
庶類混成而非其力　9-79
庶顯於後　3-299
康哉之歌　6-351
康國祚於綴旒　9-363
康居西域　7-374
康濟多難　9-394
康狄所營　6-134
康王之誥合於顧命　8-6
康白　7-276
庸人之禦駑馬　8-119
庸人視之忽焉　8-403
庸可共世而論巨細　1-401
庸夫可以濟聖賢之功　8-39
庸岷稽顙　4-249
庸岷負阻　9-181
庸織路於四裔兮　3-25
庸親作勞　8-155
庸詎識其躁靜　2-388
庸近所蔽　6-379
厠宴私之歡　4-322
廈屋一揆　1-436
廉公何爲者　3-475

廉公失權勢　5-394
廉察其賦歌　3-154
廉恥之心生　1-140
廉恥之意弛　8-470
廉恥篤於家閭　8-291
廉深簡絜　9-280
廉藺門易軌　5-286
廊廟惟清　4-270
廊廟非庸器　5-492
廓三市而開廛　1-438
廓土數千里　7-178
廓如靈變　2-341
廓孤立兮顧影　3-102
廓宇宙而作京　2-282
廓帝紘　7-478
廓廣庭之漫漫　1-368
廓方城而爲墉　1-294
廓焉靡結　4-335
廓然已昭矣　2-145
廓然獨居　7-452
廓獨潛而專精兮　3-66
廓落兮羈旅而無友生　6-68
廓蕩蕩其無涯兮　3-35
廓靈關以爲門　1-318
廛里一何盛　5-103
廛里端直　1-181
廛里蕭條　6-367
廛閈撲地　2-273
廟勝之算　7-306
廢事棄業　8-469
廢人事之紀經　6-130
廢園邑以崇儉　2-234
廢己存愛　8-189
廢昏繼統之功　9-366
廢歡輟職　4-312
廢穰侯　6-430
廢興殊其跡　9-102
廣廈閑房　3-212

廣命懿親　3-316
廣大無所極些　6-77
廣宣恩信　7-393
廣封懿親　6-290
廣川無逆流　5-429
廣州之亂　9-49
廣平聽方籍　3-446
廣庭發暉素　5-289
廣廈接榱　8-28
廣廈構衆材　4-283
廣彼搢紳講習言諫箴誦之塗　8-238
廣德也　8-237
廣成之傳無以疇　1-437
廣成愛神鼎　4-81
廣樂四陳　5-43
廣樹恩不足以敵怨　8-41
廣樹藩屏　9-451
廣漢流渥　9-492
廣矣普矣　3-244
廣符瑞之富　8-218
廣筵散汎愛　4-30
廣莫飀而氣整　2-368
廣莫至而北征　2-344
廣路揚埃塵　4-184
廣開土宇　7-271
廣陵陳琳孔璋　8-439
廣霄何寥廓　5-186
廬園當棲巖　4-470
廬狗悲號　6-285

廴

延于平民　6-200
延佇乎吾將反　6-14
延佇忠實　6-232
延佇整綾綺　5-482
延佇望城郭　5-103
延光於將來　2-142

延喜之玉攸歸　8-66
延州協心許　4-154
延帝幽藪　8-157
延帷接枑　8-57
延年之體裁明密　8-350
延年殘獷　9-102
延年益壽千萬歲　3-253
延廣樂　1-446
延慈哲后　9-368
延慶于後　8-325
延我寶庫　3-330
延我於穹廬　5-75
延曼太原　2-72
延枚叟　2-392
延瞰歷城闉　4-76
延袤百丈而不溷者　8-119
延閣胤宇以經營　1-427
延陵有作　4-179
延陵輕寶劍　5-473
延頸擧踵喁喁然　7-374
延頸無良埒　5-301
延頸秀項　3-272
延頸長歎息　5-56
延首出階檐　5-283
延首歎息　9-212
延首詠太康　3-481
廷尉平　3-51
建不拔之策　7-467
建之有素　8-463
建九旒　2-113
建佐命之元勳　2-192
建侯於楚　3-296
建信委輅　8-162
建元二年　8-100
建元四年八月二十一日　9-372
建光燿之長旃兮　2-18
建功在河源　5-487
建功業　8-397

建國命氏　9-332
建埜啓疇　3-89
建太常兮褕裶　1-310
建威喪元於好時　9-248
建安二十二年　9-207
建安末　5-420
建官惟賢　9-350
建干將之雄戟　2-47
建旗則日月蔽虧　9-363
建旗拂霓　8-82
建旗東嶽　3-322
建旐舊楚　9-496
建木滅景於千尋　2-267
建此百常　9-192
建武之世　8-325
建武惟新　6-216
建武遺蠹　9-198
建永世之業　7-232
建爲頌首　8-404
建玄弋　1-194
建碣磖之虡　2-142
建社稷　1-420
建祀姑　1-379
建立元勳　7-418
建章是經　1-173
建章甘泉　1-143
建罔車之幕幕兮　3-34
建置不久　8-464
建羽旗　1-204, 3-244
建羽蓋　2-52
建翠華之旗　2-90
建翠鳳之旗　6-431
建至德以刱洪業　1-349
建興五年　6-327
建芳馨兮廡門　6-47
建華旗　1-115, 2-96
建象魏之兩觀　1-239
建辰旒之太常　1-251

建道德以爲師　2-108
建都河洛　1-123
建鄴則亦顚沛　1-465
建金城而萬雉　1-89
建陽昌陰　2-213
建雲施　3-253
建雲髦　6-173
建顯號　8-210
建高基之堂堂　2-307
建麾作牧　9-414
廻互萬里　2-340
廻塘隱艫栈　4-354
廻志揭來從玄謀　3-39
廻戈弭節　7-85
廻戈東　6-200
廻景歸東山　4-368
廻穴衝陵　2-380
廻穴錯迕　2-379
廻節而旋　6-175
廻迹清憲臺　4-283
廻風動地起　5-220
廻首內向　7-83

廾

弄其文墨耶　7-127
弄妾帷房之裏　7-323
弄杼不成藻　5-333
弄狂電之淫裔　3-35
弄獬豸　2-84
弄珠蜯　6-143
弄珠蜯, 6-　6-143
弄絃不成曲　5-351
弈世重暉　9-349
弊之穹壤　9-430
弊于彊禦　9-62
弊無窮之極樂　6-469

弋

弋下高雲之鳥　7-268
弋人何篡焉　8-342
弋林釣渚之館　2-276
弋玄鶴　2-97
弋白鵠　2-52
弋礏放　1-388
弋釣草野　7-286
弋高鴻　1-203
式免祇悔　9-373
式副民望　7-104
式固萬世　6-328
式宴且盤　1-249
式宴嘉會　3-370
式尊遺占　9-283
式弘風猷　9-460
式微何由往　5-423
式掌儲命　9-410
式揚洪烈　9-402
式是敷奏　9-455
式歌且舞　7-249
式瞻在國楨　4-165
式瞻淸懿　9-162
式觀元始　1-64
式訓天獎　7-3
式贊權衡　9-412
式輪軒旂旗以示之　8-236
式道執殳　8-81
式銘盤石　9-191

弓

弓不虛發　2-48, 2-85
弓弩不發　3-253
弓珧解檠　1-441
弓矢斯御　3-380
弓高宿左右　6-478

弔屈汀洲浦　4-386
弔戾園於湖邑　2-201
弔民伊水滸　3-422
弔爰絲之正義　2-232
弔祭悲哀之作　1-70
引之於有　9-383
引之規裏　2-150
引員吭之纖婉　2-460
引商刻羽　7-444
引喩失義　6-269
引壺觴以自酌　7-490
引尸祝以自助　7-277
引州泰於行役　8-280
引師北討　8-150
引曜日月　1-175
引曲推直　9-221
引池分席　8-57
引流激水　2-27
引滿相罰　1-335
引玄兔於帝臺　2-405
引繳擧效　2-243
引義以正其身　8-390
引義割外情　5-296
引而申之　8-26
引身伏劍　8-156
引身兮當去　9-302
引車右還　6-86
引鏡皆明目　8-71
引鏡窺景　7-177
引領冀良覿　5-339
引領南望　7-312
引領情內傷　4-212
引領望京室　4-426
引領望大川　5-407
引領望天末　5-409
引領望歸旆　4-261
引領見京室　4-399
引領遙相晞　5-225

引領還入房　5-228
引領長謠　4-314
弗之先告　8-93
弗克負荷　4-309
弗勤丹漆　3-303
弗可復知　8-6
弗慮弗圖　9-221
弗睹朱顏改　4-167
弗能動俗　6-255
弗能受也　9-19
弘二八之高謨　9-359
弘仁惠之虞　2-126
弘以度外之禮　9-464
弘以靑冥之期　8-108
弘啓興服　9-394
弘大順以霸世　2-187
弘大體以高貴　2-231
弘度遺篇　9-197
弘往納來　2-347
弘懿明叡　1-308
弘我以漢京　1-86
弘敞豐麗　8-30
弘洙泗之風　9-466
弘海者川　8-167
弘濟于艱難　6-199
弘濟艱難　4-326
弘奬之路　6-256
弘益已多　6-409
弘羊擢於賈豎　8-270
弘羊潛計　6-263
弘義有歸　6-413
弘義讓以勖君子　9-413
弘舸連軸　1-388
弘舸連軸　9-182
弘農楊公　9-341
弘郭伋待期之信　9-422
弘量不以容非　8-110
弘長風流　8-108

弘革典憲　7-41
弘風丞相　9-440
弘風俗而騁太平　8-414
弛厥負擔　3-362
弛弦韜篇　3-228
弛張之度　3-163
弛張使我歎　3-475
弛張而不爲邪　8-170
弛淸縣　2-407
弛禮崩樂　8-228
弛秋霜之嚴威　2-182
弛緊急之弦張兮　3-167
弛賓客之禁　6-422
张敞亡命　6-324
弦不再控　1-112
弦不睍禽　1-132
弦急悲聲發　5-264
弦急知柱促　5-221
弦望自有時　5-232
弦歌終莫取　4-396
弦歌蕩思　5-256
弦矢分　2-87
弦超子野　5-268
弦高犒晉師　3-288
弧旌枉矢　1-194
弛氣離坐　1-467
弭棹薄枉渚　3-394
弭棹阻風雪　5-510
弭楫乘波　6-170
弭節乎江潯　6-112
弭節伍子之山　6-121
弭節停中阿　3-489
弭節羅潭　9-496
弭節長騖　3-326
弭蓋秋阪　2-403
弭雄姿以奉引　2-450
弱不好弄　9-275
弱冠　9-238

弱冠厲翼　9-240
弱冠參多士　5-457
弱冠味道　9-219
弱冠弄柔翰　3-457
弱冠忝嘉招　4-422
弱冠慷慨　6-265
弱冠承業　6-346
弱冠步鼎鉉　4-280
弱冠流芳　9-229
弱冠濯纓　6-349
弱冠登朝　8-33
弱冠秀發　9-26
弱苹瑣甲　1-465
弱國入朝　8-377
弱於羅紈　1-376
弱於陽門之哭　9-140
弱條不重結　5-305
弱植慕端操　4-385
弱葉棲霜雪　4-19
弱蔓係實　1-427
弱顏固植　6-81
弱齡寄事外　4-448
弱齡有志　6-254
張以誠請　6-413
張修襬而內逼　2-470
張儀張祿亦足云也　1-462
張公大谷之梨　3-60
張千門而立萬戶　1-106
張大侯　1-260
張女樂而娛群臣　1-394
張子房道亞黃中　6-222
張子闇內機　5-498
張孟運籌　9-259
張布幕　1-339
張急故聲淸　3-217
張紘神皐陝區　2-205
張敞在外　7-79
張昭字子布　8-187

張楊沮斃　6-200
張樂乎膠葛之寓　2-90
張樂岱郊　8-53
張牙奮鬣　6-139
張王撫翼於陳相　9-120
張甲乙而襲翠被　1-207
張竟墜之罘　2-110
張筍虡之輪豳　2-309
張組幃　1-388
張組眺倒景　4-39
張繡剚刃於愛子　7-327
張繡稽服　6-200
張羅沮澤　9-111
張羅綺之幔帷兮　3-69
張羅罔罝罘　2-132
張翠帷　2-52
張耳之賢　8-153
張耳陳勝連從兵之據　6-437
張脩罠　6-173
張舅氏之姦漸　2-234
張良受黃石之符　9-4
張英風於海甸　7-365
張蔡曹王　8-352
張衡不樂久處機密　5-241
張衡二京　8-28
張衡作七辯　6-128
張衡賦西京而述以遊海若　1-314
張趙之倫　1-184
張遼侯成　7-411
張里之家　1-184
張鈞天之廣樂　3-58
張陳所以凶終　9-124
張韓將北地　6-478
張魯逋竄　7-405
張鳳蓋　1-115
强如二袁　7-402
强如梁籍　8-429
强寇弱主　7-393
强寇桀逆　7-389
强民獷俗　9-423
强者不以力并　7-431
强臣憑陵於荊楚　9-366
强記洽聞　9-209, 9-219
强越人以文冕也　7-291
弼諧允正　9-367
弼諧靡成　4-329
彀金機　6-173
彀騎煒煌　1-381
彈五弦之妙指　3-44
彈冠俟知己　4-199
彈冠去埃塵　4-19
彈冠振衣　2-245
彈壓山川　8-68
彈射臧否　1-185
彈徵則苦發　6-134
彈棋間設　7-210
彈琴一曲　7-293
彈琴其中　8-388
彈琴擫籥　1-303
彈箏吹笙　1-305
彈箏奮逸響　5-213
彈箏搏髀　6-433
彈言鳥於森木　1-337
彈鸞鵕　1-382
彊公室　6-430
彊國請伏　8-377
彊寇敗績宵遁　9-49
彊弱　7-153
彊楚挫謀　7-184
彊禦亦不干　3-475
彊秦兼幷　4-266
彊著一書　7-56
彊諫以補過　9-32
彊趙責於河間　6-438
彊踰十萬　7-118
彌五辟而成災　2-474

彌四旬而成災 9-484
彌山跨谷 2-75
彌年時其詎幾 3-82
彌年闕相從 5-333
彌彌其逸 3-298
彌曠十餘旬 4-184
彌望儵荒 3-150
彌望廣潒 1-178
彌皋被岡 1-188
彌翼鳳戢 8-147
彌萬祀而無衰 1-308
彌起長恨端 5-159
彌野張罘 6-139
彎威弧之拔剌兮 3-34
彎弓射乎西羌 1-211
彎蕃弱 2-86

彝倫攸敍 9-343
彝倫攸敷 3-374
彝倫斁而舊章缺 8-249

形不可逐 3-139
形不抗手 6-140
形之異也 9-89
形乎善謔 7-95
形乎彼岸矣 9-383
形乎文墨 7-249
形也 7-153
形于金石 6-115
形債景僵者 1-386
形冠豪曹 6-177
形勝之地 9-177
形器不存 8-192
形四方之風 7-497

形媚服兮揚幽若 6-147
形容枯槁 6-65
形容稍歇滅 5-181
形影忽不見 5-260
形影曠不接 4-257
形影相吊 3-310, 6-310
形微處卑 2-429
形態和 3-167
形於文墨 7-69
形旖旎以順吹兮 3-153
形有未泰 4-336
形枯槁而獨居 3-65
形氣發於根柢兮 2-471
形氣轉續兮 2-413
形留悲參商 4-299
形神寂漠 1-140
形神逝其焉如 3-75
形移景發 6-173
形聳飛棟 9-192
形解驗默仙 3-496
形變隨時化 5-322
形逸神勞 9-147
形過鏡則照窮 9-133
形銷鑠而瘀傷 6-70
形鏤於夏鼎 1-362
形難爲狀 3-134
形難爲象 6-147
形震薛蜀 6-178
形馳魄散 7-364
彤庭輝煇 1-170
彤庭赫弘敞 5-365
彤弓斯征 3-294
彤彤靈宮 2-299
彤彩之飾 2-286
彤珠星流 9-255
彤盈窗以美發 2-151
彤矢百 6-207
彤軒紫柱 6-142

彤雲斐亹以翼櫺 2-266

彤雲晝聚 8-144

彦輔名教之樂 6-407

彪之以文 3-304

彫以翠綠 6-136

彫啄蔓藻 1-354

彫堂綺櫳 6-168

彫弓斯彀 1-263

彫欒鏤梁 1-370

彫胡方自炊 5-401

彫閣霞連 6-169

彫雲麗璇蓋 4-73

彬彬焉 9-339

彭寵受親吏之計 7-204

彭寵積望於無異 7-195

彭聃猶爲夭 3-430

彭胥伯奇 3-183

彭薛裁知恥 4-470

彭蠡靑草 2-366

彭越張敖 7-152

彭越觀時 8-151

影搖武猛 8-72

影沙礜石 2-338

影節去函谷 5-441

影組雲臺者摩肩 9-128

彰君惡 2-55

彰天瑞之休顯 2-320

彰皇德兮侔周成 1-149

彰示來世也 7-232

彰聖主之威神 2-310

影響不能追 4-216

影響豈不懷 3-486

彳———————————

彳亍中輟 2-153

彷彿神動 3-170

彷彿風塵 8-175

彷徉無所倚 6-77

彷徨忽已久 5-252

彷徨東裔 7-384

役不二時 8-283

役不再擧 7-309

役休務簡 9-185

役姦智以投之 8-286

役心禦氣 3-233

役鬼傭其猶否 2-237

彼一時也 7-448

彼之二子 6-485

彼之必昧 8-47

彼之所以敗也 7-182

彼二君子 9-27

彼二子之遲擧 7-124

彼人事之大造 9-482

彼何人斯 3-271

彼何生之優渥 2-159

彼偏據而規小 1-231

彼劉淵者 8-289

彼吳彊大兮 2-414

彼吳蜀之湮滅 2-330

彼四慼之疚心兮 2-385

彼固不逮下愚 7-183

彼堯舜之耿介兮 6-7

彼天監之孔明兮 3-21

彼尋常之汙瀆兮 9-473

彼居之子 3-280

彼岸者 9-383

彼戎狄者 9-96

彼我易時 7-465

彼所以處之 9-15

彼政有失得 3-229

彼晨梟與歸雁 2-433

彼有精甲數萬 7-182

彼桑楡之末光 1-411

彼榛楛之勿翦 3-139

彼此之化殊 9-41

彼無合而何傷兮　3-6
彼瓊敷與玉藻　3-143
彼白龍之魚服　2-200
彼皆習之　6-77
彼皆蹋風塵之會　7-475
彼知安而忘危兮　2-388
彼稷育育　4-308
彼美丘園道　3-394
彼美陸生　4-278
彼聆音而逕進　2-151
彼肆人之男女　1-183
彼若棄長技以就所屈　9-48
彼蒼如何　9-435
彼衰亂之無道兮　2-169
彼裒紱於何有　9-487
彼觀其意　7-145
彼詩人之攸歎兮　3-96
彼豈樂死惡生　7-376
彼豈樂爲迂闊哉　7-476
彼豈虛談誇論　7-79
彼負荷之殊重　2-180
彼賢哲之逢患　2-423
彼遊田之致獲　2-155
彼遙思兮離居　9-302
彼邊奚危　9-255
彼雖磏磏有類沽名者　8-340
彼雖衆其焉用　2-203
彼鷖鷗鷗鴻　2-430
彼黍離離　4-308
往使所究　7-311
往來优优些　6-78
往來儵忽　6-77
往來勃碣　2-363
往來數相聞　7-240
往來盡仙靈　4-81
往來遊燕　6-99
往來馳騖　8-420
往制勁越　8-163

往哲是與　7-328
往哲格言　7-46
往問陰山候　5-96
往年在譙　7-201
往往出焉　1-457
往往縈結　1-363
往往而在　1-94, 2-317
往往見歎譽　3-510
往往頗出　7-348
往必加雙　1-204
往恐危身些　6-78
往春翔北土　3-356
往時司馬相如作封禪一篇　8-225
往時遼東有豕　7-178
往歲卒於德宮里　9-227
往者伐鼓北征公孫瓚　7-389
往者博士　7-355
往者吳將孫壹擧衆內附　7-427
往者周網解結　7-458
往者嚴助釋承明之懽　7-79
往者孝武之世　7-70
往者漢祚衰微　7-421
往者王莽作逆　1-121
往者綴學之士　7-352
往者軍逼而自引還　7-204
往而不反　7-397
往自會　3-253
往踐厥宇　8-155
往踐蕃朝　4-251
往返速若飛　5-32
往駕弗援　9-317
征人豈徒旋　5-96
征伐四克　8-280
征伐關東　8-448
征夫勤瘁　7-425
征夫心多懷　5-35
征夫懷往路　5-237
征夫懷親戚　5-33

征夫懷遠路　5-238

征夫行而未息　2-257

征東甲卒　7-312

征稅盡　1-225

征西雍州鎭西諸軍　7-422

征討暴亂　7-300

征鳥時相顧　4-88

徂南極東　2-342

徂沒多拱木　5-486

徂淸夜於洞房　3-69

徂生入窮節　4-375

徂落固云是　4-406

徂落於外　2-108

徂謝易永久　4-154

待吳之饑　6-478

待時屬興運　4-165

待此未抽簪　3-422

待罪私門　6-364

徇以離宮別寢　1-98

徇祿反窮海　4-45

徇蹲鴟之沃　1-347

徊腸傷氣　3-261

律呂旣和　3-190

律呂相應　1-395

律異班賈　8-349

律谷罷暖　9-289

後世猶怠　1-285

後世稱其仁　8-388

後世莫及　8-272

後世誰相知定吾文者邪　7-229

後世賴其英聲　2-305

後乘抗旌　3-327

後乘載脂　7-89

後予胥怨　8-103

後事之師也　7-308

後代之元龜也　6-337

後來君子　7-71

後値傾覆　6-272

後刺史臣榮　6-311

後卒同趣　3-214

後及黃巾　6-200

後嗣思其堂構　9-73

後嗣是膺　8-166

後園植烏椑　3-435

後塗隨年侵　5-89

後委衡乎玄冥　3-31

後宋魯之聽　6-453

後宮不移　1-170, 2-82

後宮之號　1-101

後宮則昭陽飛翔　1-169

後宮則有掖庭椒房　1-99

後宮攸處　2-321

後往先至　3-173

後悔遁而有他　6-8

後感仍集　9-244

後會鸞駕反旆　7-386

後有僧勤法師　9-392

後爲彭澤令　9-275

後爾秋暉　4-245

後生可畏　7-216

後生擊節　8-203

後膺祚而繁廡　3-18

後衰微而遭患兮　2-171

後討袁尙　7-411

後越九巇　1-117

後軍長史江夏內史會稽孔府君諱覬　9-392

後逐李輕車　5-147

後逡罪罪　1-208

後道游　2-83

後陳盧山　2-125

後陶塗　7-460

後離其戚　1-280

後類距虛　6-106

後飛廉使奔屬　6-22

後數日　7-144

徐劉之顯靑豫　7-52

徐婉約而優遊　3-235

徐幹時有齊氣　8-440

徐待干戈戢　4-435

徐而不厲　2-368

徐至於射宮　1-262

徐衍負石入海　6-452

徐邈字景山　8-187

徐鑾警節　8-81

徐陳應劉　7-214

徑北通乎桂宮　1-170

徑峻赴險　2-84

徑百常而莖擢　1-172

徑竹林　2-114

徑而寡失　6-472

徑路絶　1-356

徒乖魏王瓠　4-456

徒九復而遺旨　1-459

徒事爭於游戲之樂　2-63

徒以地沃野豊　1-217

徒以憑籍世資　8-357

徒以江湖嶮陂　1-398

徒以百鍰輕科　6-236

徒以諸侯强大　8-454

徒以賞好異情　8-349

徒仿佛兮在慮　9-302

徒何爲乎　2-286

徒作千里曲　4-481

徒使春帶賖　5-385

徒利開而義閉　2-198

徒厠其虛名　8-307

徒嗟金穴　9-325

徒失貧賤　6-387

徒失貴臣之意　7-124

徒尋虛以逐微　3-140

徒徊徊以徨徨兮　2-11

徒御悅　1-202

徒心煩而技懁　2-151

徒念關山近　4-399

徒怨毒於一隅　2-426

徒恨不能以靡麗爲國華　1-219

徒恨宴樂始酣　7-253

徒恨良時泰　4-423

徒悅目而偶俗　3-141

徒想平生人　4-167

徒愧微冥　3-413

徒慚素絲質　5-493

徒憫斯民　3-341

徒懷子孟社稷之對　6-380

徒懷越鳥志　4-431

徒搏之所撞挺　1-196

徒搏獨殺　1-112

徒旅苦奔峭　4-465

徒有饑寒駿奔之勞　7-270

徒望思其何補　2-201

徒望歲以自必　2-34

徒榮其軀而豊其體　6-282

徒樂枕經籍書　7-473

徒權輕勢弱　8-459

徒歌屬南墉　4-381

徒然望慕　6-421

徒煩飛子御　4-339

徒眽眽而狋狋　2-292

徒結千載恨　5-148

徒美天姿茂　4-281

徒臨川以羨魚　3-42

徒虛言耳　9-97

徒虛語爾　6-295

徒虛語耳　6-447

徒行兼乘還　5-31

徒觀其制器也　3-222

徒觀其城郭之制　1-181

徒觀其旁山側兮　3-150

徒觀其郊隧之內奥　1-368

徒觀其附筋樹骨　2-448

徒觀其鼓枻迴輪　2-243

徒觀水力之所到　6-116

徒觀迹於舊墟 1-118

徒角槍題注 2-120

徒謂吾生 9-239

徒謂能宣昭懿德 7-53

徒識觀怪之多駭 2-343

徒車之所轔轢 2-88

徒遭良時詖 4-385

徒銜蘆以避繳 2-433

徒靡言而弗華 3-140

徒願言而心瘁 3-96

得不陳力而相追 2-168

得之者强 1-217

得也 7-467

得人肉而祀 6-77

得以慰營魂 5-348

得位於長安 8-307

得信厥說 7-451

得備宿衛 7-163

得全者昌 6-468

得十一於千百 3-84

得參纓冕 7-46

得古冢 9-490

得坻則止 2-416

得士者富 7-458

得士者彊 7-448

得失不能疑其志 9-2

得失成敗 9-58

得失非外獎 5-499

得夷平民 6-323

得奉名節 8-112

得奮其劍 8-428

得奴婢四人 7-31

得尙君之玉音 3-66

得居虛位 8-448

得平丘之北邊 2-169

得幷介之人 7-278

得待罪輦轂下 7-139

得性非外求 4-478

得意忘憂 4-131

得所來訊 7-238

得捐珮之浦 9-496

得會京畿 3-322

得此三事 7-351

得氣者蕃滋 7-478

得無流而不反乎 7-255

得無賢聖殊品 7-264

得爲密坐 7-235

得盡養生年 4-468

得目爲蔑 2-381

得睹希世之寶 7-223

得竭志意 7-134

得耀乎光明 7-437

得而能任 8-200

得聞上德之至盛 1-468

得聞先生之餘論 1-288

得與失孰賢也 9-16

得與故人揮 4-412

得蒙接事 4-321

得託椶木 4-328

得賜淸宴之閒 8-390

得魚忘筌 4-226

徘徊不忍去 4-152

徘徊不能去 5-247

徘徊九皐之內 7-318

徘徊以彷徨 5-47

徘徊倘佯 1-384

徘徊兮故處 9-302

徘徊向長風 4-145

徘徊墟墓間 4-151

徘徊委積 2-395

徘徊孤竹根 4-193

徘徊寺寢 8-175

徘徊將何見 4-100

徘徊布濩 3-225

徘徊帷戶中 5-357

徘徊房露 2-408

徘徊招搖　2-23
徘徊於桂椒之間　2-380
徘徊望九仙　5-26
徘徊桂宮　2-214
徘徊殿闥　4-277
徘徊泣松銘　5-484
徘徊空堂上　4-113
徘徊蓬池上　4-112
徘徊路寢　8-173
徘徊踐落景　5-502
徘徊蹊路側　5-232
徘徊酆鎬　2-245
徙倚傍徨　3-275
徙倚引芳柯　4-33
徙倚恆漏窮　4-381
徙倚懷感傷　5-225
徙倚拾蕙若　5-473
徙倚步跼躅　4-152
徙倚窮騁望　5-435
徙萁易行　8-470
徙樂逗江陰　5-516
徙民還師　7-200
徙靡澹淡　3-248
從上甘泉還　2-4
從之如歸市　9-16
從之鮮陽　8-129
從伏生受尙書　7-348
從伯禹乎稽山　3-13
從來漸二紀　4-456
從南湘之二妃　3-275
從唐生以決疑　3-42
從坐則異世已輕　6-346
從夕至淸朝　4-36
從嬹婉　1-213
從子而歸　6-154
從宦非宦侶　5-388
從容中道　3-160
從容之求　1-194

從容氷井臺　5-473
從容宴語　7-89
從容左右　9-409
從容得　3-167
從容得度　8-402
從容正道　9-9
從容猗靡　6-109
從容秘翫　3-213
從容而進曰　9-466
從容鄭衛溱洧之間　3-266
從容闡緩　3-191
從容顧眄　7-323
從容養餘日　4-235
從師入遠岳　5-173
從心震惶　6-330
從政咨於故實　9-28
從星澤風　2-405
從橫相追　3-249
從橫膠輵　2-115
從橫起嚴風　5-444
從橫駱驛　3-214
從此觀之　2-98
從灰燼而俱滅　2-236
從爾浮波瀾　5-250
從王于征　8-158
從班列也　9-238
從白得老　8-484
從禽於外　1-336
從老得卒　2-456
從老得終　8-484
從者彷彿　2-141
從者盈路傍　3-351
從者鳴笳以啓路　7-211
從而釋之　8-19
從聖文之克讓兮　2-162
從蓐收而逐徂　3-15
從衰得白　8-484
從諫如順流　8-432, 9-466

從賞乖纓弁　5-374
從軍度函谷　4-208
從軍征遐路　5-35
從軍有苦樂　5-31
從道汙隆　9-111
從風發榮　1-300
從風紛紜　6-136
從風雨而飛颺　6-72
從風飄揚　2-307
從風飄零　2-401
徠祇郊禋　2-23
御亡國之器　6-184
御六藝之珍駕兮　3-37
御史中丞臣任昉稽首言　7-18, 7-28
御圓者不以信誠率衆　8-179
御宿昆吾　2-103
御房穆以華麗　1-308
御春服而逍遙　1-428
御東序之秘寶　8-262
御氣之駕翔焉　8-64
御煩以簡　9-355
御狐貉之兼衣　2-398
御繒繳　1-116
御者對曰　3-271
御袷衣　2-386
御賓客　2-102
御輕舟而上溯　3-278
御龍遙緒　9-322
復三王之田　2-141
復上父母丘墓乎　7-160
復之無斁　2-409
復之而無斁　1-454
復以本官領國子祭酒　8-103
復以申威重道　9-458
復以臣領中書　6-351
復位　1-145
復其方伯之位　7-384
復出此篇并序　8-6

復協滄州趣　5-8
復增今日歎　4-364
復奉先人之丘墓乎　7-165
復如居武穆之憂　9-457
復存於聖世矣　6-293
復存於茲　9-355
復引之以繫維　6-364
復得扶老攜幼　6-322
復得還舊丘　5-155
復心弘道　2-481
復惠德音　7-127
復授使持節都督南徐克二州諸軍事鎮北
　　將軍南徐州刺史　9-453
復整六師　7-405
復斂翼於故枝　7-259
復有令德　9-440
復棄中國去　4-138
復欲鳴吠　7-404
復此風中琴　4-394
復歸於無物　9-387
復沈虜廷　6-330
復燕宋兮千里　3-114
復爲崇基表刹　9-392
復爲門下之賓　6-482
復申詠之也　7-238
復相合聚　7-402
復睹東都輝　5-426
復禮愧貧樂　4-349
復禮終朝　3-305
復稱詩曰　3-266
復立望仙宮　4-91
復與昌運并　4-158
復與翔鴻扥翼　6-323
復興於當今　8-334
復襲亡秦之軌矣　9-68
復見所夢　3-256
復見東都禮　5-361
復迭攢仄　3-214

復酌瓊筵醴　5-360
復降在原　8-294
復集九成臺　5-367
復駕言兮焉求　7-491
循堦除而下降兮　2-258
循定策　9-46
循形不盈衿　5-404
循彼南陔　3-280
循循善誘　9-85
循心以爲量者存乎我　8-38
循性而動　7-281
循江而下　6-478
循江而守　9-35
循法度而離殃　3-7
循環翻覆　9-124
循膚體而頹歎　9-485
循闇闔而徑渡　9-297
循阪下隰　2-80
循題興念　9-492
徬徨乎海外　2-56
徬徨縱肆　3-193
微功自贖　3-322
微命察如絲　4-474
微夫人之左右　6-374
微夫此之爲符也　8-213
微妙玄通者　3-50
微子以至仁開基　9-349
微尙不及宣　4-357
微幽蘭之芳藹兮　3-272
微或可包　9-150
微接聲援　7-20
微斯文學問於虛儀夫子曰　8-396
微月出西方　5-271
微步中閨　6-147
微火不戒　3-330
微燈動光　9-501
微爲繁富　7-216
微物知免　6-401
微物豫采甄　4-359
微畫無所陳　5-36
微眺流睇　1-304
微睇綿藐　2-93
微矰出　2-52
微管之嘆　6-222
微而婉　9-101
微胡瑣而不頤　8-257
微臣固受賜　5-475
微臣託乎舊史之末　9-254
微芳不足宣　5-138
微芳起兩袖　5-336
微若抽藟　9-203
微薄攀多士　5-433
微行要屈　1-212
微言圮絕　9-345
微言絕於耳　5-283
微身輕蟬翼　4-422
微陰翳陽景　5-265
微雨從東來　5-330
微雨新晴　3-61
微霜結　1-328
微霜霑人衣　2-409
微風動袿　4-227
微風吹羅袂　4-107
微風吹閨闥　5-47
微風淸扇　5-267
微風生於輕幰兮　2-28
微風纖妙　3-189
微風餘音　3-214
微鮮若霜　6-137
徵士劉虬　9-463
徵士陳君　9-343
徵帝太原　8-157
徵爲吏部尙書　9-359
徵發於社宮　9-6
徵聲帀邛越　5-462
徵護軍將軍　9-454

徵賦嚴切　9-422
徵選者不由其道　8-470
徵音錄響　9-144
徵騎屯廣武　5-152
德寅天覆　1-279
德不建而民無援　2-194
德之休明　6-371, 9-229
德之所屆　9-314
德亦有言　8-191
德人無累兮　2-417
德以普濟爲弘　9-142
德以述美　9-217
德侔往初　8-214
德冠生民　9-430
德動天地　8-461
德務中庸　9-340
德博化光　3-330
德及鳥獸　6-195
德合當時　9-349
德宮之艱　9-232
德廣所及　1-137
德有潤身　3-399
德有遠兮聲無窮　9-298
德未爲衆所服　6-302
德洋恩普　7-435
德澤洪茂　8-401
德猷靡嗣　9-377
德璉常斐然有述作之意　7-215
德璉發跡於此魏　7-226
德禮旣普洽　4-73
德積雖微　8-194
德精降祉　8-88
德臣列辟　8-257
德與二儀比大　6-188
德與五才幷運　9-415
德與和氣游　8-125
德茂存乎六世　7-430
德莫富焉　8-43

德薄位尊　8-366
德行脩明　7-415
德表生民　9-146
德象天地　3-310
德輕鴻毛　7-243
德輝灼邦懋　4-374
德輶如羽　3-303
德連木理　1-448
德隆於三王　2-98
德非陳平　7-259
德音初不忘　4-154
德音昭乎聲　2-281
德顯功高　7-94
徹壎屛簴　3-228
徹房帷兮席庭筵　9-302
徼一時之功　8-39
徼墨廣博　6-114
徼宮戒井　9-196
徼幸路絶　6-405
徼牂牁　7-436
徼草木以共彤　9-85
徼道外周　1-168
徼道綺錯　1-105
徼麋鹿之怪獸　8-212
徼訕受詘　2-49
徵以糾墨　7-460
徵以鍾山之玉　3-209
徵轍以變　1-451
徵淸弦而獨奏　9-487
徵猷弘遠　9-367
徵章斯允　9-371
徵車輕武　2-110
徵音允穆　9-322

4획

心·忄 ─────────────

心不則於德義　2-237
心不同兮媒勞　6-45
心不耐煩　7-287
心不遑安　3-280
心不遑留　3-280
心之云慕　3-322
心之憂矣　4-225
心事俱已矣　3-446
心亦有所施　3-452
心傷已摧　2-276
心傷悴矣　7-320
心凱康以樂歡　3-259
心力俱盡　6-371
心勺瀼其若湯　3-31
心合意同　8-390
心哀內疚　9-452
心契九秋幹　4-56
心爹體忕　1-155
心好異書　9-276
心存兮目想　3-102
心孰爲悲　4-245
心安陋巷　9-227
心平望審　2-150
心徘徊以躊躇　3-74
心念山澤居　4-449
心念舊恩　5-54
心忿意危　7-195
心思歷涼溫　5-148
心怦怦兮諒直　6-69
心怵惕而震蕩兮　6-71
心悲動我神　4-217
心惆悵而哀離　2-460
心惆焉而自傷　3-81
心愉於側　2-93

心愜三避賢　4-358
心愴恨以傷懷　2-164
心慊移而不省故兮　3-65
心慷慨以忘歸　3-208
心憑噫而不舒兮　3-67
心懍懍以懷霜　3-129
心懷歸而弗果　2-426
心戰慄以兢悚　2-181
心戰於內　8-485
心折骨驚　3-122
心振蕩而不怡　3-273
心摧傷以愴惻　3-98
心明通亮　9-351
心樂五聲之和　3-187
心凄愴以感發兮　2-257
心凄目泫　9-501
心淹留兮洞荒忽　6-90
心游萬仞　3-130
心滌蕩而無累　3-238
心焉內疚　4-132
心焉摧剝　9-260
心照神交　9-240
心煩慮亂　6-60
心煩憺兮忘食事　6-69
心煩於慮　7-433
心爲四海懸　5-441
心牢落而無偶　3-139
心猶憑而未攄　1-171
心猶豫而狐疑　6-30
心猶豫而狐疑兮　3-9, 6-26
心玩居常之安　8-40
心甚樂之　7-288
心留雁門　3-109
心異朱均　9-98
心朦朧猶未察　2-467
心算無垠　9-219
心翹懃以仰止　2-245
心胸既云披　4-367

心與回飆俱 5-282
心若懷氷 8-166
心慈慈而發悸 2-287
心虛體自輕 5-289
心行之表 9-382
心計莫能測 9-110
心貞崑玉 9-85
心賞猶難恃 5-166
心跡雙寂漠 5-345
心迹猶未幷 4-470
心遠地自偏 5-325
心遲遲而有違 2-167
心醒醉 1-212
心閑手敏 3-212
心閔憐之慘淒兮 6-72
心雖哀而不傷 3-235
心離志絶 3-311
心顏無措 6-386
心顧其義 3-267
心驚不已 3-107
必一漑者後枯 8-480
必三思以顧慾 1-248
必且輕於齊而累於楚矣 2-55
必乘危蹈險 6-282
必以懸天有期 9-79
必以此終 8-337
必以肆奢爲賢 1-231
必使無訟 8-104
必俟天命 8-277
必傷其手 8-41
必先令德 8-314
必先多聞 2-318
必先近仁 2-318
必先齋戒 3-253
必出於 8-18
必出於傳 8-18
必出於秦然後可 6-432
必加善誘 8-108

必動於物 9-137
必含餘懼 7-61
必告逆耳之言 7-313
必土崩瓦解 7-392
必大噱也 7-188
必契誠於幽昧 2-265
必宮居而閨處 6-98
必將崇論呟議 7-434
必將有主 6-333
必將有以扶其危 6-332
必將有以繼其緒 6-332
必廣招賢之路 8-326
必廣記而備言之 8-13
必建仁策 8-120
必待天爵具脩 6-244
必待玆而效績 3-138
必待非常之人 6-193
必得天下 8-431
必御物以效靈 9-87
必性命之可度 1-179
必成文兮 2-172
必所擬之不殊 3-138
必效須臾之捷 6-282
必於外虞有闕 6-306
必於顛仆 8-45
必有不可辭讓云爾 8-233
必有可觀 6-264
必有可采 7-231
必有奇麗之觀 6-265
必有忠賢之臣 9-2
必有慘毒之懷 6-297
必有明智之臣 8-414
必有明聖顯懿之德 8-427
必有豊殷 3-304
必樹伯迹 8-120
必殺身靜亂 6-279
必求宗於九疇 9-382
必無可觀采 6-266

必生聖明之君　9-2

必畜非常之寶　6-265

必當梟夷　7-410

必發其狂疾　7-294

必盈七月之歎　6-243

必秦國之所生然後可　6-432

必稱諸侯　9-68

必究千變之容　9-150

必窮鐫勒之盛　6-417

必翦焉而後綏　9-481

必能使行陣和睦　6-270

必能裨補闕漏　6-270

必致思乎勤己　1-259

必若所云　7-432

必若所欲爲　6-469

必若所言　2-55

必表年以首事　8-10

必資不刊之書　6-417

必辱鳳擧之使　9-134

必進苦口之藥　7-312

必酌之於故實　8-52

必重其屑　4-272

必降彌天之潤　9-153

必非夷惠之室　9-122

必須勢乎　9-19

必須富乎　9-19

必須效試　6-266

忉怛莫我知　4-113

忌上風之饕切　2-150

忌其失節　9-68

忌敦勳效　9-250

忌盈害上　8-40

忍垢苟全　3-310

忍尤而攘詬　6-13

忍生民之減半　2-221

忍而不能舍也　6-7

忖陋體之腥臊　2-424

志不劫　3-167

志不可凌　8-166

志不在功名　4-236

志不違難　9-264

志之所之也　7-495

志亦靡忒　4-176

志以厭衰　8-485

志凌九州　6-180

志勤遠以極武　2-242

志厲秋霜　7-306

志厲義高　9-162

志各高厲　9-211

志在不朽　8-33

志在守樸　4-128

志在效命　6-282

志在致命　8-182

志在觸突　6-139

志在高構　8-195

志報關羽之敗　9-34

志士咸得肆力　9-46

志士多苦心　5-80

志士希光而景騖　9-29

志士思垂名於身後　8-46

志士惜日短　5-271

志士懷仁　8-342

志士營世業　4-198

志士窮棲　8-336

志士聞而傷心　7-41

志婉變於燻籠　9-109

志尙好書詩　4-111

志度淵英　9-500

志往神留　3-145

志意何時復類昔日　7-218

志意修則驕富貴　8-341

志愴悢而懷悲　2-167

志態橫出　3-261

志慮忠純　6-270

志懷霜雪　6-264

志成弱冠　8-191

志或鬱結 6-280
志掩衡霍 8-199
志摶摶以應懸兮 3-4
志未可乎得原 3-259
志未可量 8-186
志未騁 1-337
志欲自效於明時 6-284
志氣所託 7-281
志狹輕軒冕 5-14
志皓蕩而不嘉 3-27
志眇眇而臨雲 3-129
志績未究 6-372
志而晦者矣 9-350
志若無東吳 3-457
志若秋霜 3-169
志華日月 9-497
志解泰而體閑 3-259
志變神動 7-364
志隆衡館 9-376
志離俗而飄然 3-238
志願畢矣 7-293
志飄飄焉 6-130
忘其所以爲談 1-288
忘其所以睽睽 1-386
忘其身恤 2-155
忘國家之政 2-98
忘寢與食 8-469
忘己用堯心 3-421
忘從禽 1-432
忘懷寄匠郢 5-502
忘我實多 3-28
忘日夕而將昏 2-170
忘桓撥之君 9-148
忘榮辱於彼我 9-373
忘歡而後樂足 8-488
忘此孤生悲 5-279
忘歸屬蘭杜 5-26
忘民怨之爲仇也 1-284

忘爾大勞 9-259
忘筌在得魚 4-239
忘經國之長基 1-285
忘臣弱才 6-322
忘舍講之尤 6-391
忘茲鹿駭 9-184
忘萬國之大德 9-65
忘蟪蟀之謂何 1-219
忘身殉國 6-363
忝位宰黔庶 4-339
忝司空太尉之命 3-51
忝此欽賢性 5-421
忝總徒旅 9-491
忝荷旣過任 4-236
忝莫痛兮 2-481
忝藉世資 7-46
忠不必用兮 6-59
忠何辜而爲戮 2-234
忠信反獲罪 5-202
忠勇伯世 9-25
忠勇果毅 9-250
忠合子胥 7-453
忠壯之烈 9-266
忠存軌跡 8-192
忠志之士 6-269
忠果正直 6-263
忠構身危 7-6
忠無不報 6-447
忠爲令德 9-446
忠節允著 9-240
忠節克明 9-217
忠義我所安 3-455
忠而獲戾 8-201
忠臣不避重誅 6-468
忠臣之志也 6-280
忠臣之抗直 1-73
忠臣之節究 8-403
忠臣孝子 2-295

색인 237

忠臣慮難以立權 7-380
忠臣所爲慷慨 8-41
忠臣效也 8-246
忠莫至焉 8-43
忠規武節 9-25
忠諫直言 7-387
忠讜路絶 6-257
忠貞允亮 9-360
忠隕於國 4-310
忧愧若厉 6-319
快哉此風 2-378
快孝文之命帥 2-223
快意當前 6-433
忕淫嬖之匈忍 2-234
忳鬱邑余侘傺兮 6-12
念功惟德 8-150
念功簡勞 6-371
念君久不歸 5-100
念君客遊思斷腸 5-59
念在朝廷 9-222
念夫子之厄勤 2-169
念子不能歸 5-236
念子悵悠悠 5-231
念存斯義 6-303
念惻怛之心於臣乗言 6-468
念我平生親 3-426
念我疇昔時 5-184
念我良執 9-244
念昔宴私 9-284
念昔渤海時 5-433
念昔良游 4-251
念欲遠以爲歡 7-181
念此如昨日 4-150
念父母 7-154
念皆遘凶殘 4-126
念茲在茲 2-38
念解珮而褫紳 2-399
念負重於春氷 8-68

念離情無歇 4-353
忧愾有悲心 4-198
忽下叛而生憂也 1-284
忽不悟其所舍 3-277
忽不知處 3-261
忽乎吾之將行 2-264
忽乎吾將行兮 6-59
忽交距以接壤 2-151
忽先王之制 8-454
忽兮慌兮 6-117
忽兮改容 3-244, 3-256
忽出有而入無 2-267
忽卽有而得玄 2-269
忽反顧以流涕兮 6-24
忽反顧以遊目兮 6-15
忽吾行此流沙兮 6-36
忽在世表 3-85
忽塊扎而亡垠 2-11
忽奔走以先後兮 6-7
忽如影靡 8-119
忽如水上萍 5-476
忽如遠行客 5-212
忽如鳥過目 5-305
忽寢寐而夢想兮 3-71
忽往整駕停住十二日 7-32
忽忘夕而宵歸 2-368
忽忘逝景侵 4-391
忽忽歲云暮 5-322
忽投紱以高厲 2-389
忽星離而雲罷 2-462
忽朝陽之安 7-418
忽此稼苗 3-297
忽焉二紀 6-422
忽焉已至 7-171
忽焉思散 3-271
忽焉素秋 3-302
忽然一旦 7-312
忽然不自知樂也 7-214

忽然忘生　7-116

忽然歸西山　4-197

忽然爲人兮　2-416

忽然與萬物遷化　8-443

忽爲疇嚢　4-328

忽獨與余兮目成　6-52

忽獲愁霖唱　4-346

忽瞟眇以響像　2-293

忽移歲序　6-420

忽緯繣其難遷　6-25

忽繆往而不來　6-117

忽而不贊　3-199

忽臨睨夫舊鄉　6-37

忽至戶前　7-29

忽若俯拾遺　5-31

忽若忘歸　6-143

忽若有來而不見　3-266

忽若有遺　6-483

忽若蓴氾畫塗　8-119

忽蛇變而龍攄　2-210

忽覺在他鄉　5-46

忽蹋景而輕騖　6-139

忽馳騖以追逐兮　6-10

忿奸慝之干命　1-284

忿戎王之淫狡　2-160

怊悵秋暉　9-292

怊悵自失　3-250

怊悵餘徽　9-377

怒目切齒　8-138

怒目電矏　6-174

怒髮上衝冠　3-474

怕乎無爲　2-54

怛若創痏　4-129

怛驚悟兮無聞　3-102

思乘扶搖翰　5-496

思乙乙其若抽　3-145

思九土之殊風兮　3-15

思九州之博大兮　6-29

思人愛樹　9-258

思以薄技效德　8-114

思以道術相報　5-242

思仲尼之克己　1-277

思何可支　7-214

思來者　7-157

思假物以託心　3-208

思假道於豊隆　1-386

思入京城　7-79

思入神契　8-149

思公子兮徒離憂　6-54

思公子兮未敢言　6-46

思其人兮已滅　9-303

思反身於綠水　2-389

思同蓍蔡　8-190

思君令人老　5-211, 5-218

思君徽與音　5-404

思周變通　8-170

思和求中　1-237

思嘯約兮　2-173

思國恤　1-432

思垂空文以自見　7-157

思夏后之卑室　1-243

思夫人之政術　2-231

思夫君兮太息　6-43

思婦臨高臺　5-351

思媚皇儲　4-250

思媚諸姑　9-323

思子沉心曲　4-189

思子爲勞　7-226

思存寵異　9-270

思宣大化　6-358

思寒泉之罔極兮　9-327

思專其俶　1-225

思對上靈之心　8-55

思居終而恤始　9-486

思帝所難　6-206

思弘儒業　9-239

思弘至道　6-240
思彌遠而逾深　3-94
思彼蠻方　5-255
思復翰飛　7-309
思德滋深　7-90
思心何所懷　5-282
思心常依依　5-235
思心彌結　7-323
思心徘徊　3-121
思慕延陵子　4-202
思慮銷其精神　8-483
思我所欽　4-224
思我民譽　8-108
思我良朋　4-225
思戴元首　8-193
思所以克播遺塵　9-430
思所以爲虔　1-250
思所以獲免　6-320
思投印釋紱　7-245
思按之而逾深　3-133
思摧翮而爲庸　2-433
思文后稷　2-185, 8-293
思有短褐之襲　8-428
思榮懷附　9-211
思樂樂難誘　4-440
思樂汶上　7-269
思樂甸畿　2-37
思樹芳蘭　8-192
思欲一東歸　5-56
思欲抑六龍之首　7-237
思欲赴太山　5-264
思歸樂遵渚　4-254
思比屋於傾宮　1-370
思比象於紫微　1-171
思涉樂其必笑　3-132
思淮陰之奇譎　7-77
思清敝俗者也　7-41
思無逸之所歎　2-326

思爲河曲鳥　5-411
思爲雙飛燕　5-221
思百憂以自疹　3-21
思皇世哲　3-409
思皇多士　8-123
思稟正朔　1-410
思綿綿而增慕　3-278
思繽紛而不理　3-6
思纏綿以督亂兮　3-98
思纏緜於墳壟　2-183
思而後積　8-405
思致君於有虞　7-269
思致恬敏　6-408
思致董於有虞　1-215
思舊昔言有　4-411
思若有神　6-263
思若湧泉　9-209
思若轉規　9-183
思萬方　3-253
思衛鼎之垂文　9-373
思見昭丘陽　4-399
思計此變　7-200
思謨彌長　9-258
思賢才　7-498
思賢詠白駒　5-282
思躡雲梯　7-321
思輯戰國之苦　8-283
思逝若抽縈　5-34
思還故里閭　5-223
思郭欽之謀　8-304
思鄧林之扶疏　2-426
思重爻　1-420
思長鳴以效能　2-147
思開函谷丸　4-94
思閉願罷歸　5-13
思隆後葉　9-58
思順何置　9-283
思風發於胸臆　3-145

思駕歸鴻羽　5-412
思鳥有悲音　4-263
思齊徽音　2-321
怠棄三正　9-180
怠者欲罷不能　8-414
怠而後發　2-52
怠而晝寢　3-244
怡寄典墳　9-466
怡懌而悅服　8-421
怡然理順　8-13
怡顏高覽　8-147
急之不漸故也　8-455
急國家之難　7-376
急弦無懦響　5-80
急於星火　6-311
急景凋年　2-461
急絃動飛聽　5-422
急觴盪幽黙　5-426
性不傷物　4-129
性不和物　8-202
性之不飾　9-163
性充則情約　9-153
性命之區域　9-476
性命安可懷　5-68
性和適　3-257
性婧剛潔　9-500
性復多蝨　7-286
性復疎嬾　7-283
性有所不堪　7-278
性樂酒德　9-277
性沈詳而不煩　3-259
性深阻有如城府　8-280
性潔靜以端理　3-217
性與天道　7-2
性與道合　6-263
性行淑均　6-270
性託夷遠　8-92
性辯慧而能言兮　2-421

性類循理　8-257
怨公子兮悵忘歸　6-54
怨具爾之多喪　3-81
怨凱風之徒攀　9-296
怨在登賢　9-266
怨天德之無厚　9-430
怨年歲之易暮　2-399
怨彼南路長　5-296
怨彼東路長　4-212
怨彼河無梁　5-406
怨復怨兮遠山曲　3-119
怨感目之多顏　3-83
怨毒常苦多　4-106
怨皇統之見替　1-284
怨盛年之莫當　3-277
怨素意之不逞　3-11
怨西荊之折盤　1-304
怨西陵之茫茫　9-487
怨靈脩之浩蕩兮　6-12
怨高陽之相寅兮　3-24
怪乃輕其家丘　7-188
怪厚薄何從而生　4-305
怪物暗冥　2-121
怪獸陸梁　1-210
怫愲煩寃　3-211
怫鬱沖流　3-236
恓河林之榛榛兮　3-16
怯夫慕義　7-154
怳兮忽兮　6-116
怳然若有失　5-483
恌他人之我先　3-138
恌悼慄而慫兢　1-174
恌迫之徒兮　2-416
恌迫閩濮　1-467
恂恂德心　8-191
恃寵驕盈　3-317
恃己知而華予兮　3-8
恃惠子之知我也　7-232

恃愛肆姐　4-128
恃戰忘敵　8-199
恃隆恩於旣往　2-426
恃險而已　9-52
恊靈辰　2-5
恍惚似朝榮　5-173
恍若有亡　3-114
恐一旦先犬馬　8-225
恐不能卒業　7-431
恐不識者外之則以爲娛樂之遊　2-134
恐二客慚　8-407
恐佘壽之弗將　6-71
恐傳言未審　7-223
恐愈附見其已困　7-313
恐卒然不可爲諱　7-135
恐吾遊之晏起　2-148
恐嫉妬而折之　6-32
恐導言之不固　6-26
恐年歲之不吾與　6-5
恐後之謝　6-76
恐後葉靡麗　2-94
恐懼置懷　9-119
恐時無史白　6-235
恐書無益　7-204
恐永不復得爲昔日遊也　7-218
恐漸冉而無成兮　3-9
恐猶未信丘言　7-188
恐皇輿之敗績　6-7
恐美人之遲暮　6-5
恐脩名之不立　6-10
恐自遺災些　6-78
恐自遺賊些　6-77
恐虎豹　6-112
恐託付不效　6-272
恐貧窮者不遍被洋溢之饒　2-126
恐足下羞庖人之獨割　7-277
恐違孔氏各言爾志之義　7-164
恐遠所絲縠山澤之民不遍聞　7-378

恐遭此患　6-448
恐邊遠州郡　7-393
恐釣射之術　6-279
恐高辛之先我　6-26
恐魍魎之責景兮　2-471
恐鵜鴂之先鳴兮　6-32
恒充俄頃用　4-484
恒反仄而靡所　3-19
恒患意不稱物　3-128
恒搴末以續顚　3-136
恒由此作　1-156
恒碣礏碭於靑霄　1-416
恒遺恨以終篇　3-144
恒雖盡而弗悟　3-80
恕可與羨門比壽　8-488
恢崇祇庸爍德懿和之風　8-237
恢帝業　2-136
恢弘志士之氣　6-269
恢復疆宇　1-123
恢恢六合間　4-125
恢恢大圓　3-285
恢恢廣野　8-161
恢恢皇度　3-377
恢拓境宇　9-169
恢拓洪業　7-421
恢皇綱　7-478
恢維宇宙　7-322
恢萬里而無閡　3-146
恣心目之寥朗　2-265
恣意所存　7-458
恣意所幸　1-170
恣支體之安者　6-98
恣色端麗　8-314
恣語樂以終日　2-269
恤其陵夷　9-112
恤孤獨　8-392
恤孤衷嗣　9-271
恤愼刑獄　6-201

恤此窮孤　4-328
恤民事之勞疚　1-263
恤民如稚子　9-42
恤民災害　8-415
恤胤錫羨　2-5
恤隱民事　8-299
恤養幼孤　9-227
恤鰥寡　2-95
恥也　8-396
恥及父母　7-376
恥受聊城功　5-458
恥尙失所　8-300
恥居物下　9-242
恥才能之無奇　2-425
恥東瑟之偏鼓　2-190
恥王綱之廢絕　8-460
恥纖靡而不服　1-140
恥與非類爲伍　8-462
恥辱者　7-136
恨不具雞黍　4-412
恨人神之道殊兮　3-277
恨以駑蹇姿　4-339
恨其失時而無當　6-70
恨我無時謀　5-36
恨時無知音者　8-33
恨晨光之熹微　7-489
恨朝霞之難挹　3-79
恨末命之微詳　9-486
恨無隨侯珠　4-343
恨私心有所不盡　7-154
恨過聽而無討　2-232
恨阿房之不可廬　1-172
恩不甚兮輕絕　6-45
恩不遺物　3-319
恩亦厚矣　7-177
恩充報屈　3-404
恩加顏色　7-89
恩及飛鳥　8-415

恩合非漸漬　4-158
恩哀之隆　7-69
恩固主心　8-334
恩如骨肉　7-195
恩寵不可久謬　6-302
恩從祥風翺　8-125
恩情中道絕　5-51
恩情已深　7-194
恩情日以新　5-234
恩愛兩不疑　5-236
恩愛苟不虧　4-217
恩昭九親　6-292
恩深渭陽　8-135
恩渥浹下筵　5-515
恩無不逮　2-209
恩甚戀重闈　5-14
恩由契闊生　4-343
恩紀之違　6-292
恩紀被微身　5-485
恩隆好合　8-314
恩隆父母　3-310
恩隱周渥　2-442
恪居官次　9-355
恪居處職司　4-432
恫後辰而無及　3-5
恬曠苦不足　4-234
恬淡寡欲　7-215
恬淡無爲之場　8-125
恬淡自逸　4-270
恬然存玄漠　5-322
恬虛樂古　3-218
恭儉下人　7-142
恭儉靜一　3-296
恭夙夜而不貳兮　3-37
恭己南面　6-394
恭惟春秋法五始之要　8-119
恭惟永圖　6-232
恭承古人意　4-470

恭承嘉惠兮 9-470

恭承帝命 9-496

恭揖羣后 8-252

恭文遙相望 4-142

恭王始都下國 2-280

恭王餘之所立也 2-280

恭絜由明祀 5-514

恭行天罰 8-364

息余駕乎城隅 3-74

息宜春 2-88

息彼長林 4-224

息徒稅征駕 5-518

息徒蘭圃 4-226

息徒解裝 2-456

息徒顧將夕 4-494

息心了義 9-396

息必廬霍期 4-475

息景偃舊崖 4-48

息此狼顧 9-184

息肩江表 8-199

息肩纏民思 3-478

息行夫 1-202

息郇邪之邑鄉 2-159

息陰倚密竿 4-478

息陰謝所牽 4-359

息饗報嘉歲 4-66

息馬韜弦 6-174

悄悄令心悲 4-107

悄焉疚懷 2-403

悅其教而安其俗 8-290

悅子以縱性之至娛 6-163

悅怒不平 6-97

悅懌若九春 4-104

悅而歸之 8-290

悅親戚之情話 7-491

悅重華之無爲 2-317

悉上送官 8-6

悉以容之 6-270

悉以書還孔氏 8-6

悉以法制從事 7-35, 7-38

悉力慕之 7-449

悉召故人父老子弟佐酒 5-197

悉奏其儀而覽焉 8-216

悉委武衛 9-43

悉心以對 6-239

悉心重謁 7-104

悉惶懼逃出境 5-241

悉意以陳 6-258

悉是人形 9-490

悉爲廊廟宰 7-126

悉爲農郊 2-94

悉率百禽 1-265

悉與丞相參圖畫策 7-412

悉與海蛤列不異 7-34

悍獸乞以儷陳 2-309

悍要離之圖慶 2-371

悔其少作 7-56

悔相道之不察兮 6-14

悟主革面 8-152

悟大暮之同寐 3-85

悟太極之致 9-383

悟對無厭歇 4-367

悟山潛之逸士 2-181

悟已往之不諫 7-489

悟彼下泉人 4-138

悟彼蟋蟀唱 4-33

悟戍卒之言 8-432

悟政刑之夷陂 2-326

悟時歲之遒盡兮 2-388

悟物思遠託 4-2

悟生理之易失 8-480

悟臨川之有悲 9-482

悟言不知罷 4-36

悟遺有之不盡 2-268

悠悠三千 7-323

悠悠世路 4-170

悠悠使我哀　5-57

悠悠六合　6-351

悠悠分曠野　4-115

悠悠君行邁　4-295

悠悠太上　3-374

悠悠嫚秦　3-296

悠悠忽忽　3-250

悠悠懷所歡　5-407

悠悠我心　4-175, 5-53

悠悠我思　8-156

悠悠我情　8-175

悠悠故難量　9-173

悠悠方儀廓　5-321

悠悠施旌者　1-381

悠悠涉荒路　5-37

悠悠涉長道　5-220

悠悠淸川水　5-469

悠悠澹澧　4-176

悠悠烈將　9-258

悠悠爾心　7-328

悠悠玄魚　2-324

悠悠百世後　3-461

悠悠蘊眞趣　5-500

悠悠行邁遠　5-404

悠悠遐風　8-167

悠悠隔山陂　5-218

悠悠風塵　8-302

悠然望南山　5-325

悠遠塗可極　4-299

悠遠長懷　2-66

悢悢不得辭　5-232

患挈瓶之屢空　3-143

患衆僞之冒眞　3-6

患過辟之未遠　2-181

悲以別章　5-125

悲伐檀　2-97

悲來塡膺　3-108

悲來惻丹心　4-10

悲來橫集　7-91

悲來非樂閧　4-375

悲傷摧藏　3-235

悲其墜屨　9-152

悲同棄井　9-395

悲吟雜以怨慕　7-61

悲哉　2-385

悲哉帶地川　5-114

悲哉秋之爲氣也　6-68

悲哉遊宦子　3-487

悲嘯入靑雲　5-261

悲夫　3-80, 3-199, 7-146, 7-437, 7-465, 8-428, 8-460, 9-253, 9-479

悲平后之專絜　2-236

悲彼東山詩　5-57

悲情觸物感　4-442

悲慚哽結　6-324

悲愴怳以惻悽兮　3-155

悲憂窮戚兮獨處廓　6-69

悲懷從中起　4-149

悲懷感物來　4-151

悲懷慷慨　7-61

悲欣使情惕　4-343

悲歌入雲　6-146

悲歌吐淸響　5-129

悲歌臨觴　5-125

悲歡有餘哀　4-135

悲歡不自持　4-419

悲此年歲暮　5-406

悲淑人之希合　3-5

悲無人以赴吊　7-367

悲猿響山椒　4-36

悲發江南調　5-447

悲祖廟之不修　2-160

悲笳微吟　7-211

悲絶緒兮莫承　9-302

悲纏敎義　8-107

悲聲命儔匹　5-48

悲舊鄉之壅隔兮　2-256
悲莫悲兮生別離　6-52
悲莫痛於傷心　7-136
悲落葉於勁秋　3-129
悲蕣葵之朝落　6-167
悲號長嘯　3-182
悲遙但自弭　4-354
悲離居之勞心兮　3-35
悲靈均之任石　2-371
悲音奏而列坐泣　3-225
悲風中夜興　5-274
悲風徽行軌　5-189
悲風振林薄　5-322
悲風橈重林　5-20
悲風薄丘榛　4-301
悲風起於閨闥　7-260
悲風鳴我側　4-205
悲風鳴樹端　5-93
悲麥秀於殷墟　3-74
悲醨筵之移御　9-310
悴葉更輝　8-153
悵容與而久駐兮　2-170
悵徜徉而延佇　3-16
悵悗如或存　4-147
悵悵兮遲遲　9-303
悵懷萃　1-212
悵攬轡於中塗　2-190
悵望一途阻　4-402
悵望姑射之阿　8-64
悵望心已極　5-370
悵望鍾阜　6-389
悵望陽雲臺　5-520
悵焉若有失　5-428
悵然失志　3-256
悵然山中暮　5-513
悵猶豫而狐疑　3-274
悵獨託於空堂　3-69
悵盤桓以反側　2-258

悵盤桓而不能去　3-278
悵神宵而蔽光　3-277
悵鈞臺之未臨　8-60
悶若無端　8-484
悼不肖愚民之如此　7-377
悼余生之不時兮　6-71
悼來憂成緒　4-254
悼別豈無今　5-89
悼堂構之隤瘁　3-81
悼嵇生之永辭兮　3-75
悼年齒之流邁　8-467
悼彼巴蜀　7-422
悼心失圖　6-381, 7-10
悼望舒之夕缺　6-167
悼泉途之已宮　9-289
悼總帳之冥漠　9-487
悼良會之永絶兮　3-277
悽入肝脾　7-61
悽悽明月吹　4-478
悽愴子弟之縲匜　8-415
怒鬱悒其難聊　3-14
情以體生　4-330
情侈意奢　7-181
情動於中　1-68
情動於中而形於言　7-495
情同友僚　4-271
情同子孫之親　7-177
情同布衣　9-368
情固二秋　4-251
情固萬端　3-339
情塵爲嶽　9-399
情巧萬端　7-202
情往上郡　3-109
情志專良　8-329
情志愈廣　8-347
情性猶未充　4-91
情悁悁而思歸　3-35
情惻惻而彌甚　3-100

情意傲散　7-283

情悤奔於貨欲之塗　8-301

情放志蕩　6-145

情旣思而能反　3-235

情曈曨而彌鮮　3-130

情有無量　7-252

情有險易者　1-408

情條雲互　9-501

情欣樂乎昏作兮　2-32

情深意彌重　5-333

情瀾不竭　9-430

情猶同生　4-288

情獨私懷　3-261

情生於性　9-153

情用賞爲美　4-62

情發於聲　7-495

情盤景遽　8-60

情眄敍憂勤　4-184

情眷眷而懷歸兮　2-255

情禮兼到　8-194

情禮獲申　6-367

情節自玆兼撓　6-363

情紆軫其何託　2-408

情舒放而遠覽　3-208

情見乎辭　8-22

情超六入　9-402

情踴躍於鞍馬　7-246

情長慼以永慕兮　3-94

情隨玄陰滯　5-282

惆悵兮而私自憐　6-68

惆悵出遊顧　5-289

惆悵垂涕　3-261

惆悵怨懟　3-191

惆悵柏梁　2-214

惆悵盈懷抱　3-431

惆悵瞻飛駕　4-261

惆悵神不泰　5-188

惆悵陽阿　2-408

惇史秉筆　3-410

惇睦辨章之化洽　8-260

悢慄密率　3-153

惑袪呇亦泯　4-30

惑陽城　3-264

惕窹覺而無見兮　3-71

惕惕忧忧　6-97

惕然不喜　7-277

惕覺寤而顧問兮　2-170

惕飛鳥之跱衡　2-456

惘若有失　7-242

惘輟駕而容與　2-224

惚怳幽暮　2-341

惜乎　7-177

惜兆亂而兄替　2-198

惜內顧之纏綿　9-486

惜其不成　7-159

惜其不遂　7-70

惜其體弱　7-216

惜其齡促　8-186

惜哉時不與　4-407

惜哉時不遇　5-253

惜哉無方舟　5-263

惜哉無輕舟　4-205

惜哉空爾爲　3-452

惜此景之屢戢　3-79

惜無丘園秀　4-382

惜無同懷客　4-56

惜無懷歸志　4-438

惜無爵雉化　4-386

惜瑤草之徒芳　3-119

悄怳魂屢遷　5-370

惟世間兮重別　3-120

惟五穀是見　8-482

惟人所召　7-397

惟以二子故　4-339

惟余欲而是忿　2-221

惟傅是輔　3-296

惟元嘉十七年七月二十六日　9-310
惟元康七年　9-248
惟公匡復漢室　7-172
惟公太宰　4-250
惟公少而英明　9-429
惟其紛糅而將落兮　6-70
惟典命官　6-244
惟別之後　7-317
惟利是視　6-399
惟南有金　4-252
惟古昔以懷今兮　3-74
惟同大觀　4-335
惟君之懿　9-500
惟君知臣　7-3
惟周之翰　9-5
惟周之貞　8-393
惟命之嘉　3-362
惟在恩澤　6-398
惟堯則之　6-290
惟大明六年　9-289
惟大王少加意　6-468
惟天地之無窮兮　2-468
惟天地之無窮兮　3-7
惟天德之不易　2-326
惟天爲大　6-290
惟太宗之蕩蕩兮　2-163
惟夫所以澄心清魂　2-17
惟宋二十有二載　2-444
惟寂惟漠　7-465
惟岷山之導江　2-350
惟岷越之不靜　2-304
惟嶽降神　9-5
惟工匠之多端　2-327
惟帝建國　9-192
惟帝惟祖　2-449
惟帝攸歎　8-156
惟帝王之神麗　1-171
惟師尙父　8-134

惟師恢東表　5-107
惟幾而彌固　9-426
惟庚寅吾以降　6-4
惟彼南汜　4-175
惟彼太公望　4-316
惟彼狁僮　6-217
惟彼雍門子　4-494
惟後將軍　8-129
惟德動天　2-457
惟德在無忘　3-480
惟念當離別　5-234
惟悅惟惚　9-386
惟意所擬　3-212
惟我后能殖之　1-279
惟我與爾　9-232
惟戚惟賢　9-451
惟所去就　7-313
惟所息宴　1-98
惟新告始　6-364
惟日月之逾邁兮　2-257
惟昔李騫期　5-202
惟昔逢休明　5-360
惟暮之春　8-78
惟會稽盛孝章尙存　7-171
惟有宋五年月日　9-496
惟桑惟梓　4-276
惟椅梧之所生兮　3-204
惟此人斯　7-23
惟此名區　9-402
惟此大理　9-219
惟此如循環　4-126
惟此庸固　7-24
惟此文王　8-295
惟此而已　6-322
惟此虛寡　6-255
惟此禍心　4-129
惟此馬生　9-256
惟此魚目　7-96

惟此黨人之不諒兮　6-32
惟此黨人其獨異　6-29
惟水泱泱　1-243
惟永元元年秋七月　9-167
惟永初三年　9-263
惟永初之有七兮　2-167
惟永泰元年秋九月朔日　9-320
惟泰山其猶危　2-185
惟深必測　9-314
惟清緝熙　9-167
惟漢十世　2-5
惟漢有木　4-252
惟妏佩之可貴兮　6-33
惟王創物　3-397
惟王卿士　4-277
惟王建國　6-244
惟王統祀　3-297
惟申及甫　9-5
惟瘼岬隱　6-239
惟皇后貴人　8-314
惟睹松柏陰　4-144
惟祖惟曾　9-229
惟祖惟父　6-199
惟神是宅　2-347
惟禽之似　3-281
惟稱許郭　6-393
惟穀之恤　2-34
惟笙也　3-229
惟簧也　3-229
惟鐘籠之奇生兮　3-180
惟精惟一　9-203
惟系惟處　3-333
惟經典之所美兮　2-170
惟聖賢兮　2-165, 2-481
惟聖造物　9-432
惟般逸之無斁兮　3-32
惟草木之零落兮　6-5
惟蘭與菊　9-436

惟蜀之門　9-176
惟西域之靈鳥兮　2-421
惟詩作贈　4-181
惟詳察其素體兮　3-151
惟請死而獲可　2-228
惟賢與親　8-200
惟道斯行　8-73
惟邑及氏　9-266
惟鄷及鄗　2-246
惟閹官而已　8-333
惟降神之綿邈　9-482
惟陛下察匹夫之志　6-306
惟饗年之豐寡　2-326
惟高唐之大體兮　3-246
惟鷦鷯之微禽兮　2-431
惟黨人之偸樂兮　6-7
惟齊繼五帝洪名　9-394
惠加走獸　8-415
惠問川流　9-313
惠心奮千祀　3-480
惠心清且閑　5-128
惠文武昭　8-375
惠施以之辯給　3-219
惠此黎民　3-296
惠洽椒房　6-292
惠洽百姓　9-219
惠済無遠　6-318
惠浸萌生　3-398
惠澤不流於枝葉　8-450
惠澤俘於有虞　6-329
惠澤播於黎苗　6-152
惠父兄於南越兮　2-162
惠物辭所賞　3-289
惠王用張儀之計　6-429
惠而能好我　4-394
惠與八風俱翔　9-415
惠色出喬樹　5-500
惠訓不倦　9-241

惠連非吾屈　4-19
惠霑庶類　9-373
惠露沾吳　9-434
惠音淸且悲　5-411
惠風佇芳於陽林　2-266
惠風入我懷　5-413
惠風廣被　1-275
惠風流其間　3-206
惠風蕩繁囿　4-33
惡人多　9-95
惡以誡世　2-295
惡可以已乎　8-241
惡審其名　2-344
惡寵祿之逾量　8-45
惡我者懼　6-337
惡既死而後已　3-6
惡有甘棠之臣　8-409
惡有甚而必得　9-480
惡木豈無枝　5-80
惡睹其可　8-44
惡積禍盈　7-331
惡積釁稔　7-35
惡聞人聲　6-97
惡麗靡而不近　2-137
愧墨而謝　1-467
惰農好利　2-247
惲家方隆盛時　7-164
惲幸有餘祿　7-167
惲材朽行穢　7-163
惲親行之　7-167
想依韓以流亡　3-9
想像崑山姿　4-468
想先生之高風　8-173
想其爲人　7-283
想升龍於鼎湖　1-179
想同之也　7-226
想周公之昔戒　2-330
想周穆之濟師　2-371

想子路之威神　2-170
想孤魂兮眷舊宇　9-302
想屬任公釣　4-465
想幽神之復光　9-487
想廉藺之風　7-77
想必欲其一反　4-306
想惠莊之淸塵　9-128
想所其聞　7-303
想數往來　7-271
想早勵良規　7-332
想昆山之高嶽　2-426
想晉鍾之遺則　9-373
想暢本心　7-197
想王蠋於亡齊之境　6-358
想珮聲之遺響　2-218
想與數子游　4-317
想與神人遇　5-289
想萍實之復形　1-391
想西王母欣然而上壽兮　2-19
想見其人　9-233
想見山阿人　4-62
想趙使之抱璧　2-226
想足下助我張目也　7-239
想還所治　7-238
想雅思所未及　7-265
想鷲鞈而撫心　9-320
惴惴士女　9-255
惴惴寡弱　3-342
慄慄黔首　1-226
慄然意下　1-145
惻夏日之嚴威　6-236
惻惻中心酸　4-126
惻惻廣陵散　4-478
惻愴令吾悲　5-35
惻愴山陽賦　3-499
惻愴心哀傷　5-296
惻愴論存亡　5-100
惻隱之恩　7-249

愀愴傷心 3-218

愀愴惻滅 3-225

愀然疚懷 6-253

愁人掩軒臥 5-397

愁人知夜長 5-271

愁多知夜長 5-226

愁思無已 3-249

愁思當告誰 5-228

愁悶悲思 3-65

愁民以樂 2-243

愁洽百年 6-163

愁煩冤其誰告兮 3-97

愁雲繁 2-392

愁霖貫秋序 5-489

愁鬱鬱以慕遠兮 3-14

愆童仍彰 4-310

愈久彌結 9-418

愈守柔以執競 2-185

愈情駭而神悚 2-152

愈於珍祀 9-62

愈病析酲 2-380

愉悅偃東扉 4-54

愉愉煦煦 8-388

愊抑失聲 9-244

愍彼司氓 7-24

愍此百姓 7-422

愍漢室之傾覆 8-460

愍漢氏之剝亂 2-196

愍臣孤弱 6-309

意不宣展 7-254

意不自得 9-470

意亦有慮乎神祇 1-161

意似近而旣遠兮 3-259

意別魂之飛揚 3-114

意司契而爲匠 3-134

意存斷金 7-323

意密體疏 3-266

意常棲切 7-293

意建始而思終 3-32

意得咸在斯 4-367

意徘徊而不能掃 3-139

意忉怛而憯惻 2-257

意忽悅以遷越兮 3-100

意愜理無違 4-54

意慷慨而自卬 3-70

意氣之間 4-322

意氣勲勲懇懇 7-133

意氣深自負 5-440

意泰山梁甫 8-215

意淹躍以振腾 2-152

意無是非 9-16

意甚信之 7-287

意者不其然乎 8-326

意者且運朝夕之策 7-473

意者久耽安樂 6-97

意者以爲事罔隆而不殺 2-141

意者其殆不可乎 7-431

意者寡人殆不明乎 8-385

意者尙有遺行也 7-447

意者無乃知哀之可有 9-476

意者玄得無尙白乎 7-457

意者豈非神明依憑支持 2-281

意謂此時功難堪矣 7-118

意變齊同 2-416

意速而事遲 8-485

意離未絕 3-261

愔愔幕裏 8-190

愔愔我王 3-284

愔愔琴德 3-219

愔愔醞醼 1-446

愚亂之邪臣自以爲守德 3-265

愚以爲宮中之事 6-270

愚以爲營中之事 6-270

愚士繫俗兮 2-416

愚夫一至 6-379

愚智同兮 2-173

愚智同痛　9-71
愚智善惡　9-98
愚智所共知也　8-481
愚殊寗生　4-321
愚竊惑焉　8-404, 9-466
愚者愛惜費　5-224
愚者逆理而動　7-176
愚臣是庶　6-399
愚謂二君并宜應書　6-346
愚賤同堙滅　4-494
愚足全生　8-190
愛不瀆下　9-340
愛亦旣深　9-230
愛似莊念昔　4-455
愛功惜力　8-472
愛同絲厤　6-401
愛妾尙在　7-328
愛子及室　6-344
愛客不告疲　5-426
愛惜倉庫　7-176
愛惡相攻　8-289
愛憎不棲於情　8-480
愛敬同歸　9-455
愛敬盡於一人　8-69
愛敬盡於祖考　2-35
愛施者　7-136
愛有大而必失　9-479
愛極則遷　9-164
愛流成海　9-399
愛深善誘　9-376
愛而不可見　5-402
愛至望苦深　3-427
愜心者貴當　3-134
愜愜窮城　9-256
感三良之殉秦兮　3-101
感乎朕思　6-207
感乎溽暑之伊鬱　2-304
感事懷長林　3-390
感事而出　2-370
感于予思　3-89
感交甫之喪珮　2-372
感交甫之棄言兮　3-274
感今惟昔　4-327
感今懷昔　9-317
感以其方　9-153
感以情起　4-330
感來念已深　4-42
感充長樂　9-458
感冬索而春敷兮　2-385
感分遺身　6-149
感別慘舒翮　4-254
感動天地　2-17
感吾生之行休　7-491
感回枏而將頽　3-180
感天地以致和　3-219
感存念亡　4-323
感宋玉對楚王神女之事　3-270
感寂漠而傷神　3-115
感寒鷄之早晨　2-461
感市閭之菆井　2-230
感平生之游處　2-426
感平生於疇日　7-332
感彼孔聖歎　4-231
感彼歸塗艱　4-263
感彼雍門言　4-143
感往增愴　5-420
感往慮有復　5-348
感徵名於桃園　2-202
感心動耳　3-248
感念桑梓城　4-301
感恩惟咎　6-322
感恩輸力　3-338
感悟思愆　4-129
感悟馳情　4-224
感慨以長歎　4-185
感慨心內傷　5-276

感慨懷辛酸 4-106
感慨自哀 7-7
感懋力以耘耔 1-260
感於心 6-453
感昔宴會 9-211
感時歌蟋蟀 5-282
感此還期淹 4-432
感氣而成 6-134
感河馮 1-204
感深操不固 4-359
感激殉馳騖 5-491
感激生憂思 4-101
感物傷我懷 4-215
感物多思情 5-310
感物多所懷 5-304
感物多遠念 4-445
感物情悽惻 4-440
感物惻余衷 4-382
感物懷所思 5-48
感物懷殷憂 4-107
感物戀堂室 4-438
感物戀所歡 5-413
感物方悽戚 5-339
感物曾思 1-258
感物百憂生 4-257
感物而作 2-281
感物聊自傷 5-519
感物衆而思深 2-326
感秋華於衰木 3-85
感絶移時 9-427
感義讓而失險 9-451
感老氏之遺誡 3-44
感而遂通 9-385
感耳之聲 7-475
感舊永懷 6-367
感蔡子之慷慨 3-42
感虢鄭之納惠 2-186
感贈以書紳 5-479
感通有塗 7-12
感逝川之無舍 9-373
感遇喻琴瑟 5-493
感達民祇 9-418
感遠存往 6-228
感陰陽之變化兮 3-150
感陸公之規 9-44
感音而歎 3-74
感鬼神 7-495
感鱘魚 1-339
感鸞鷖之特棲兮 3-5
愧彼排虛翮 4-342
愧彼行露詩 3-492
愧無古人度 5-491
愧無子賤歌 4-427
愧無榜人 5-257
愧無毛遂燿穎之才 7-243
愧無獻納 3-336
愧無老成 4-276
愧無魯陽德 4-9
愧茲山陽讌 4-407
愬皓月而長歌 2-408
愬黃巷以濟潼 2-202
愴怳懭悢兮去故而就新 6-68
愴然傷懷 7-211
愴矣其悲 3-322, 4-225
愷悌君子 8-415
悼恈瀾漫 3-158
愼夏自愛 7-271
愼所由於前 8-209
愼無爲善 9-253
愼爾所主 4-176, 4-179
愼寵顯以言天兮 3-20
愼終如初 4-328
愼終如始 9-230
愼脩所志 7-482
愼言節飮食 9-173
愾然歎息 9-476

愿假須臾　3-261
愿法期於必涼　9-62
愿盡心之惓惓　3-259
愿誠素之先達兮　3-274
愿陛下垂天地之鑒　6-354
慈仁殷勤　6-456
慈和以結士民之愛　9-52
慈姑兮垂矜　9-302
慈父之恩也　3-311
慈父見背　6-309
慈訓早違　9-325
慈顏和　3-62
慊慊思歸戀故鄉　5-59
慊慊恒苦寒　5-93
態不可彌　1-211
態有遺妍　2-462
慌忽兮遠望　6-46
慌曠曠兮　6-117
慌罔奄欻　1-355
慍韓馬之大憝　2-203
慕京師而竊歎　2-169
慕公劉之遺德　2-159
慕古人之貞節　3-4
慕古人兮　2-172
慕味爭先　6-114
慕咎繇之典謨　2-330
慕唐虞之茅茨　1-243
慕天乙之弛罘　1-267
慕方纏於賜衣兮　9-327
慕歷阪之欽崟　3-37
慕猗頓之富　7-243
慕老童於騩隅　3-208
慕聖人之義　7-447
慕賈氏之如皋　1-200
慕隴坻之高松　2-433
慕類兮以悲　6-90
慕類抱情殷　4-378
慕鴻鵠以高翔　7-326

慘則懃於驕　1-155
慘噎躄而含悴　2-292
慘愴增歎　4-171
慘愴恒鮮歡　5-93
慘愴發謳吟　5-301
慘此世之無樂　3-81
慘淒歲方晏　3-491
慘爾其傷　9-244
慚幽閨之琴瑟　3-119
慚愧靡所如　3-510
慚於臧文竊位之負　9-341
慚歡前相持　3-491
慚爲溝壑名　5-316
憖城闕之丘荒　3-81
慟懷兮奈何　3-103
慟朱公之哭　7-361
慟皇情於容物　9-297
慟輿雲陛　9-435
傲世不可以垂訓也　8-170
傲法侮吏之人　9-420
傲然有凌雲之操　8-33
慢末事之胝曲　3-167
慨俛首而自省　2-388
慨其永歎　4-175
慨含唏而增愁　3-24
慨慨馬生　9-259
慨我懷慕　4-170
慨投篇而援筆　3-129
慨深覆簣　9-395
慨焉歎曰　9-242
慨無幄中策　5-493
慨然以悲　4-305
慨然慕之　7-283
慨然懷舊而賦之曰　3-88
慨然有懷　8-173
慨然永懷　6-228
慨然獨撫膺　5-274
慨然而賦　2-384

慨當以慷　5-53
慨遊子之我欺　7-367
慨遠慕而長思　3-216
慨鄠宮之不縣　8-60
慨長思而懷古　1-273
慮先犬馬　6-423
慮原禽之罕至　2-148
慮嚛閉而無端　9-485
慮於未形　7-201
慮深求瘼　9-412
慮澹物自輕　4-54
慮盡力乎樹藝　2-32
慮終取其少禍　9-62
慮經盛衰　8-359
慰其違離之意　4-323
慰誨勤勤　7-114
憪憚宗戚　8-360
憫鷟鳥　6-112
慶弔之情展　6-292
慶弔之禮廢　6-292
慶彼晚凋福　5-279
慶泰欲重疊　5-424
慶流來裔　7-427
慶藹迎祥　9-293
慶雲之惠也　3-311
慶雲惠優渥　5-433
慶雲應輝　8-143
慶雲扶質　4-244
慶雲鬱嵯峨　5-134
慶霄薄汾陽　3-480
慷慨亦焉訴　5-114
慷慨則氣成虹蜺　6-151
慷慨含辛楚　4-254
慷慨命促管　4-478
慷慨對嘉賓　5-266
慷慨復何歎　4-125
慷慨惟平生　5-100
慷慨懷古人　4-445

慷慨有餘哀　5-215, 5-236
慷慨爲誰歎　5-410
慷慨窮林中　5-201
慷慨絶兮不得　6-69
慷慨退蹤　4-334
慷慨遺安愈　4-440
慷慨重皐之巓　7-318
慷慨非命而死者　9-254
懨懨感物歎　4-48
懨懨苦無悰　4-78
憭慄兮　2-385
憂世忘家　9-210
憂人不能寐　5-47
憂人不解顏　5-159
憂來令髮白　4-144
憂來命綠樽　5-388
憂來思君不敢忘　5-59
憂來無方　5-61
憂傷以終老　5-216
憂傷夭物　2-481
憂合驪離　9-119
憂喜不留於意　8-480
憂喜相紛繞　3-431
憂喜聚門兮　2-413
憂國害　3-253
憂在塡溝壑　3-465
憂在進賢　7-498
憂天保之未定　2-185
憂委子衿詩　5-447
憂從中來　5-54
憂心如醒　3-327
憂念坐自殷　4-494
憂思一何深　5-117
憂思壯難任　4-140
憂思成疾疢　4-217
憂思獨傷心　4-100
憂思難忘　5-53
憂急用緩　4-311

憂患共之者也 6-287

憂患衆兮歡樂鮮 9-302

憂患長老 7-375

憂惶屛營 6-354

憂愁不能寐 5-227

憂爲子忘 5-125

憂病是沈 9-222

憂苦欲何爲 4-440

憂襟未能整 5-501

慛 6-97

憎惡仁智 8-416

憎聞鄭衛幼眇之聲 2-137

憐枝葉之相違 2-398

憐縷絰之服事 8-415

憐霜雁之違漠 2-461

憑不厭乎求索 6-9

憑之者躓 1-411

憑五衍之軾 9-385

憑其士民之力 9-67

憑太淸以混成 1-430

憑寶城以延彊寇 9-48

憑巇結關 9-269

憑怒雷震 1-122

憑恃其衆 6-200

憑江阻湖 9-211

憑託天地 6-352

憑軒檻以遙望兮 2-256

憑軒詠堯老 5-497

憑軾捶馬 1-439

憑軾皆俊民 5-111

憑阻作昏 9-177

憑雲升降 2-400

憑高望之陽臯 2-240

憔悴使心悲 4-114

憔悴征戍勤 4-493

憔悴江海之上 8-340

憚夔龍兮怖蛟螭 1-306

憚蛟蛇 1-204

憚靑兕 6-86

憤伊鬱而酷裓 3-152

憤慨交集 6-367

憤氣雲踊 7-321

憤發于辭 8-156

憤西夏以鞠旅 9-483

憩乎曹陽之墟 2-195

憩樹面曲汜 4-36

憩炎之所陶 3-14

憩石挹飛泉 4-471

憫墳羊之深潛 3-25

憫流俗之未悟 3-232

憫茲區宇內 3-421

憫衆雛之無知 2-424

憬彼危臺 9-269

憭兮慄 6-90

憭慄兮若在遠行 6-68

憮然有間 1-224

憯凄增欷兮薄寒之中人 6-68

憲先靈而齊軌 1-248

憲女史之典戒 3-95

憲度著明 8-210

憲文光 2-456

憲流後昆 8-164

憲章中輟 8-90

憲章所不綴 1-464

憲章旣明 6-364

憲章百揆 8-134

憲章稽古 1-126

憲紫宮以營室 1-368

憶山我憤懣 4-478

憶江使之反璧 2-202

憶爾共淹留 4-364

憶舊歡兮增新悲 9-303

憺乎自持 2-54

憾妻爲之釋怨 2-155

應之如響 9-16

應乎人而和其義 8-290

應乾動寂　9-400
應事之器　9-154
應事以精不以形　9-136
應刃落爼　2-243
應化則變　6-134
應化而至　7-303
應博則凶　9-133
應叱愕立　2-150
應君之相　3-258
應吹噓以往來　3-225
應命代之期　6-332
應圖合謀　8-260
應天人也　8-277
應天順人　1-125
應天順民　6-344, 7-421, 8-363
應如草靡　3-59
應對則嚴助朱買臣　8-271
應屬息逡　7-31
應弦飲羽　1-386
應手灰滅　9-490
應明旨　8-118
應時改定　7-228
應時而鐲　8-231
應會皇都　3-325
應有良規　6-256
應期納禪　3-375
應期運之數　9-339
應期運而光赫　1-418
應機立斷　7-65
應洗之源　7-38
應無常節　9-147
應物無窮　3-236
應瑒和而不壯　8-440
應璩白　7-265
應生之發魏國　7-52
應眞飛錫以躡虛　2-267
應符御世　6-357
應而不求　8-277

應聘七十國　9-11
應聲而倒　2-85
應若興雲　1-122
應變含度　3-211
應變無窮　7-306
應變知微　8-189
應運而仕　8-280
應配天於唐典　2-262
應門八襲　6-168
應門照綠苔　5-392
應門重其關　4-186
應風披靡　2-72
應軒聲　2-119
應鳴鼓而興雨　1-324
應龍之神也　7-482
應龍潛於潢汙　7-482
懋乾乾　1-248
懋遷通其有無　6-238
懋陳三道之要　6-232
懷椒糈而要之　6-30
懟瓊蕊之無徵　3-79
懣然心服　2-399
懦夫克壯　9-256
懦夫增氣　8-203
懰檄櫂以奔邀　3-224
懲周之失　9-64
懲洢涊而爲淸　3-31
懲躁雪煩　3-217
懲難念功　6-204
懲難思復　4-132
懷人之符　7-457
懷人去心賞　5-18
懷仁憬集　3-408
懷代越之悠思　2-425
懷保鰥寡之惠浹　8-260
懷信侂儕　6-59
懷其道者日用而不知　9-407
懷勞奏所成　4-346

懷古信悠哉　5-368

懷可報之意　6-457

懷和長畢　9-283

懷哉罷歡宴　5-16

懷夫蕭曹魏邴之相　2-216

懷寶小惠　7-413

懷帝承亂之後得位　8-307

懷役不遑寐　4-452

懷往歡絕端　4-254

懷御奔於秋駕　8-68

懷恩悔遍　7-405

懷情徒草草　4-412

懷情減聞見　3-497

懷愨素之絜淸　3-169

懷慚反側　7-198

懷慚而還　7-178

懷戀反側　7-237

懷我歐陽子　5-282

懷抱旣昭曠　4-462

懷抱觀古今　5-345

懷故叵新歡　4-478

懷新道轉迥　4-467

懷春向我鳴　5-247

懷曾山　8-56

懷朕情而不發兮　6-27

懷桑梓焉　1-311

懷此何極　8-112

懷殘秉賊　8-416

懷氿濫而測深乎重淵　7-479

懷湘娥　1-204

懷璽藏紱　1-212

懷生之物　7-434

懷生之類　8-212

懷痾屬此詩　5-513

懷百靈　1-133

懷眷而惆邑者也　7-244

懷祿寄芳荃　5-26

懷祿而不變哉　7-426

懷紀燕山石　4-94

懷而慕思　8-218

懷舊不能發　3-442

懷良辰以孤往　7-492

懷荒振遠之使　8-52

懷蜃衛而延首　9-320

懷袖靡依　9-325

懷親望楚　8-166

懷豐沛之綢繆兮　9-326

懷貞亮之絜淸兮　3-259

懷貞愨之懽心　3-66

懷賢亦棲其　4-475

懷輕重之意　8-111

懷金侯服　6-344

懷金拖紫　6-322

懷金襲丹素　5-456

懷金近從利　4-76

懷集異類　7-198

懷靑拖紫　9-432

懷響者畢彈　3-131

懷鬱鬱其不可再更　3-71

懷龍逢比干之意　6-459

懷祿貪勢　7-165

懸人以嬉　6-78

懸光入丹埠　5-481

懸旌江介　9-48

懸明月以自照兮　3-69

懸景東秀　9-149

懸景運周　5-255

懸書有附　9-192

懸法無聞　9-192

懸淵沈之鯋鰡　3-44

懸火延起兮　6-86

懸然天得　8-111

懸衡天下　6-437

懸諸日月　9-466

懸象迭卷舒　4-239

懸車告老　9-340

懸車息駬馬　5-180

懸鞍陋宇　7-320

懸飛竟不下　5-399

懸首藁街　7-331

懸黎垂棘　1-100

懼世俗之難知　2-326

懼乎時之過已　8-443

懼五交之速尤　9-125

懼余身之未勑　3-38

懼其侈心之將萌　1-139

懼其篡逆之萌　7-393

懼匏瓜之徒懸兮　2-257

懼名實之不副　2-425

懼君不識察　5-226

懼尊卑之不殊　1-171

懼斯靈之我欺　3-274

懼樂往而哀來　3-32

懼無一夫用　5-34

懼篔氏之長短兮　3-10

懼聲敎之未厲　6-153

懼若在己　8-193

懼玆形之將然　3-83

懼萬民之不服　8-44

懼蒙塵於叩缶　3-144

懼覽之者不一　8-4

懼身輕而施重兮　3-95

懼銜橛之或變　2-199

懼驚擾愚民　6-235

懽娛人事盡　4-91

懽忻來附　8-421

懽樂殊未央　5-238

慍惲君靈　6-200

懿乎其純　9-336

懿前烈之純淑兮　2-466

懿度弘遠矣　9-42

懿律嘉量　8-236

懿懿芬芬　2-21

懿楚樊之退身　2-318

戇此出深澤　4-192

戇親將遠尋　5-89

戀本難爲思　4-431

戀鍾俗之林野　2-433

戈

戈殳晧旰　6-139

戈矛林植　9-255

戈矛若林　1-266

戈船掩乎江湖　1-378

戈船榮旣薄　5-162

戈鋋彗雲　1-131

戊荒淫不遵道　3-294

戊卒夾道　2-108

戎事將獨難　4-186

戎士介而揚揮　1-254

戎士承平　3-334

戎夏以淸　7-408

戎夏悲謹　9-317

戎女烈而喪孝兮　2-472

戎州昔亂華　5-379

戎政輯睦　9-366

戎有先零　8-129

戎羯稱制　8-287

戎葵懷羊　1-188

戎車出細柳　3-422

戎車旣次　9-27

戎車無停軌　5-96

戎車盈於石城　1-378

戎軒肇跡　8-159

戎釋我徒　9-258

戎馬無晨服之虞　9-36

戎馬生郊　2-247

戎馬粟不煖　5-518

成一家之言　7-159, 7-215, 7-232, 8-245

成一家言　8-443

成七國之稱亂　2-232

成之不日　1-243, 2-246
成之匪日　1-425
成之者運也　9-3
成人在始　3-305
成克商奄　6-278
成劉后之來蘇　2-190
成功之君也　6-276
成功有要　4-180
成如王莽　8-429
成孝敬　7-495
成帝雖悲傷歎息而不能用　8-458
成建都而營築　2-186
成於七國　9-9
成有以相知也　6-450
成梟而牟　6-84
成此南面　8-200
成此禍福端　4-125
成殺逆之禍　9-98
成湯好田　2-102
成物之能　9-199
成禮三毆　1-267
成裝候良辰　4-353
成貸邃兼茲　4-474
成都之功　8-307
成都迄已傾覆　1-465
我世祖忿之　1-237
我之懷矣心傷憂　5-416
我之所以克　7-182
我之敬之　4-312
我來冰未泮　4-432
我來自東　8-175
我修絜以益榮　3-11
我倉如陵　2-37
我先人用藏其家書于屋壁　8-5
我公奮鉞　9-210
我公實嘉　9-210
我出我師　8-135
我則未暇　1-228

我削我黜　3-318
我勞一何篤　4-349
我勞如何　7-211
我友之朔方　3-427
我友云徂　4-169
我后好約　1-241
我君順時發　5-33
我圖四方　8-155
我圖爾才　8-154
我大齊之握機創歷　8-66
我太祖武皇帝　7-421
我將假翼　9-212
我庾如坻　2-37
我弼我輔　3-316
我徂安陽　2-195
我心何怫鬱　5-56
我心傷悲　3-341
我志誰與亮　4-48
我思弗及　4-175
我思鬱以紆　4-213
我慚北海術　5-484
我所思兮在太山　5-243
我所思兮在桂林　5-243
我所思兮在漢陽　5-244
我所思兮在營州　5-415
我所思兮在雁門　5-245
我暨我友　4-174
我有一罇酒　5-235
我有嘉賓　1-264, 5-54
我有素餐責　5-37
我有芳蘭　9-434
我服載暉　4-251
我未之學也　1-281
我未之必　3-337
我本漢家子　5-74
我榮我華　3-319
我欲競此曲　5-202
我欲輔之　6-76

我歸宴平樂　5-70
我求明德　4-243, 4-250
我澤如春　6-152
我獨抱深感　4-189
我獨罹此百殃　2-159
我王以喩　3-297
我王如何　3-299
我王建國　9-211
我留受辱　7-116
我皇寔念　8-161
我皇登禪　4-249
我皇秉至德　3-421
我盡與君　7-200
我祖斯微　3-295
我稽曷蓄　8-218
我簋斯齊　2-37
我簠斯盛　2-37
我聞之於孔公　2-202
我聞積善　9-243
我看旣臧　5-125
我行指孟春　4-353
我行永已久　5-408
我行無歸年　5-186
我行豈不遙　4-449
我行雖紆組　5-10
我豈狎異人　4-220
我車旣巾　4-277
我邦旣絶　3-295
我酒旣旨　5-125
我雖末學　9-258
我願執此鳥　4-205
我馬旣秣　4-277
我馬玄以黃　4-213
我高祖之造宋也　2-441
戒出於弼匡　1-70
戒出豕之敗御　2-456
戒庶僚以夙會兮　3-30
戒彼攸遂　9-164

戒徒在昧旦　3-487
戒涼在牂　9-316
戒畋遊　1-67
戒鳳藻行川　5-514
戕風起惡　2-341
或岩嶙而纏連　1-296
或七十說而不遇　7-463
或不受命　8-240
或不召自來　9-87
或不知其所止　6-117
或中瀨而橫旋　2-368
或乃崇墳夷靡　2-152
或乃廻飇狂厲　7-318
或乃植持縱纚　3-190
或乃爲之符命　8-458
或乃聊慮固護　3-190
或乃萍流而浮轉　2-343
或乃蹭蹬窮波　2-345
或乃邊郡未和　3-118
或乘險投會　3-214
或云上壽百二十　8-478
或云國宦　4-270
或五或九　2-32
或亡逃抵誅　7-376
或以光崇帝里　9-186
或以吟詠情性　8-187
或以嘉名取寵　2-310
或以宣上德而盡忠孝　1-82
或以布化懸法　9-186
或以抒下情而通諷諭　1-82
或以歔唈　7-88
或以無後國除　8-456
或以美材見珍　2-310
或以聽窮省冤　9-186
或以表正王居　9-186
或以諸侯世位　9-72
或以逑德顯功　8-187
或以酎金免削　8-456

或以鬼神害盈　9-99
或仰逼於先條　3-137
或任以阿衡之地　8-323
或仁想於夷門　6-224
或依經以辯理　8-13
或俯侵於後章　3-137
或倒景於重溟　2-261
或倚夷門而笑　7-463
或假步於山局　7-368
或僅有存者　3-79
或兄弟并據　8-461
或先號後笑　9-87
或先貞而後黷　7-361
或入之室　3-58
或冉弱而柔撓　3-235
或冥邈而既盡　3-82
或氷折而不營　3-9
或凋落已盡　3-79
或初存而末亡　9-124
或制勝帷幄　6-396
或前榮而後悴　9-124
或功成野戰　6-396
或功銘鼎彝　8-101
或匿峯於千嶺　2-261
或升之堂　3-58
或去危以圖其安　8-340
或參譚繁促　3-214
或受嗤於拙目　3-143
或古約而今泰　9-124
或可優貪競　4-470
或名奇而見稱　1-456
或含毫而邈然　3-132
或吞江而納漢　1-351
或命巾車　7-491
或嚇鰓乎巖間　2-358
或四姓侍祠　6-397
或回避以全其道　8-340
或因人以濟　9-87

或因枝以振葉　3-131
或因歸風以自反　2-343
或垢俗以動其概　8-340
或夕或朝　2-352
或多難以固國　6-331
或夜飛去吳　6-178
或失門戶　7-449
或奔放以諧合　3-141
或妥帖而易施　3-131
或始吉終凶　9-87
或始富而終貧　9-124
或宴于林　3-62
或寄辭於瘁音　3-140
或寥廓而僅半　3-82
或實異而可書　1-456
或屑沒於虺蜮之穴　2-342
或岨峿而不安　3-131
或崇以連城之賞　8-323
或蒐疊而複陸　1-417
或已出復入　3-225
或師無謀律　9-25
或師道如桓榮　6-397
或彫或錯　6-137
或後經以終義　8-13
或徘徊而復放　3-235
或徘徊顧慕　3-213
或從容傳會　2-217
或德標素尚　8-101
或怨壚而躊躇　3-214
或怨王孫不游　7-363
或愆禮正　9-163
或懷嫉妬　7-352
或成軍河內　6-396
或戒其子　9-253
或戲清流　3-275
或所曾共游一途　3-79
或抑情忍欲　8-485
或拔擻以奮棄　3-155

或拾翠羽　3-275
或挂罥於岑嶅之峰　2-342
或掌司空　9-209
或掣掣洩洩於裸人之國　2-342
或推而還　2-413
或揚旌求士　6-231
或揮輪於懸碕　2-368
或損益而亡　8-234
或摟擭櫟捋　3-215
或擁篲而先驅　7-463
或操觚以率爾　3-132
或據領軍　9-219
或攘袂以赴水　2-197
或故營部曲　7-392
或文或質　3-219
或文繁理富　3-138
或旣往不反　3-225
或明發而嬥歌　1-464
或春苔兮始生　3-114
或曰　1-81, 8-17, 8-20, 8-215, 9-47
或曰明月之珠　9-92
或曲而不屈　3-214
或有大才而無貴仕　2-217
或有孤臣危涕　3-111
或有宛足鬱怒　3-173
或有弗獲　8-478
或有矜容愛儀　3-173
或有自其家得而示余者　7-338
或有說於目順於耳快於心而毁於行者　8-386
或有賞音而識道也　6-286
或有蹈埃赴轍　3-172
或未盡也　6-279
或本隱以之顯　3-131
或枉千乘於陋巷　7-463
或案衍夷靡　3-225
或棹孤舟　7-491
或植杖而耘耔　7-492
或橫江潭而漁　7-463
或欲機械以御其變　9-48
或欲積石以險其流　9-48
或歎幽人長往　7-363
或殷憂以啓聖明　6-331
或比國數人　8-461
或求易而得難　3-131
或汎汎悠悠於黑齒之邦　2-343
或沿波而討源　3-131
或沿濁而更清　3-142
或泛瀲於潮波　2-360
或浮泳而卒歲　1-464
或淩赤霄之際　2-430
或混淪乎泥沙　2-360
或清虛以婉約　3-141
或渾沌而潺湲兮　3-153
或湧川而開瀆　1-351
或漁或商　2-367
或漫衍而駱驛兮　3-153
或潛遊離館　8-331
或澎濞而奔壯　3-235
或焆曜崖鄰　2-361
或無爲而治　8-234
或熲彩輕漣　2-361
或爆采以晃淵　2-358
或爲偏師之帥　8-461
或爲雅　7-349
或爲頌　7-349
或玄而萌　8-226
或率意而寡尤　3-146
或理朴而辭輕　3-142
或留而不行　3-158
或疵物以激其清　8-340
或益之以畎澮　8-485
或盛德如卓茂　6-397
或相凌而不亂　3-214
或相離而不殊　3-214
或研之而後精　3-142

或禊于汜 3-62
或稱伊霍之勳 8-334
或稱羲農 2-107
或立教以進庸怠 9-101
或立談而封侯 7-463
或竦踴影急 3-225
或策定禁中 6-396
或紛紜其流折兮 6-117
或統太尉 9-209
或統驍騎 9-219
或翔神渚 3-275
或能譏評孝章 7-172
或脫簡 7-351
或脫編 7-351
或與時抑揚 6-396
或舒肆而自反 3-235
或苕發穎豎 3-139
或草或眞 9-233
或著顯績而嬰時戮 2-217
或蓄丹椒 1-325
或藏蛟螭 1-322
或藻思綺合 3-138
或虎狀龍顏 2-358
或虎變而獸擾 3-131
或行而不留 3-158
或被髮左衽 2-217
或襲故而彌新 3-142
或覽之而必察 3-142
或解縛而相 7-463
或言命以窮性靈 9-101
或言拙而喩巧 3-142
或言順而義妨 3-137
或託絶垠之外 2-430
或託言於短韻 3-140
或設虡待賢 6-232
或謂之郭 9-332
或謂無之 7-278
或謂良平之畫 8-334
或譏以無功 7-472
或豁爾而中絶 1-296
或豊綠荑 1-325
或象飛禽 3-250
或賓客盈坐 7-287
或起瑕釁 7-195
或超延露而駕辯 1-395
或超爲名都之主 8-461
或趨西東 2-416
或足食關中 6-396
或踰綠水而采菱 1-395
或蹶或啄 2-149
或輕於鴻毛 7-148
或輦賄而違車兮 3-20
或辭害而理比 3-137
或迫乎玆 4-322
或進而稱曰 2-33
或逾遠而納賮 2-446
或遺理以存異 3-140
或采明珠 3-275
或釋褐而傅 7-463
或重於太山 7-148
或錯經以合異 8-13
或鏤膚而鑽髮 1-464
或鑠金礱石 3-198
或鑿坏以遁 7-458
或門人加親 6-396
或開關以延敵 2-198
或間聲錯糅 3-214
或降或升 3-326
或隱居以求其志 8-340
或隱碧玉 1-322
或隱若敵國 6-396
或雜遝以聚斂兮 3-155
或靜己以鎭其躁 8-340
或飛柯以折輪 7-368
或馳名傾秦 6-178
或騰或倚 6-90

或魋髻而左言　1-464

或鹿骼象鼻　2-358

或黃而牙　8-226

或魋朗而拓落　1-417

或龍見而鳥瀾　3-131

戚奏翹舞　8-84

戚戚何所迫　5-213

戚戚多滯念　5-410

戚戚彌相溷　4-151

戚戚憂思深　5-404

戚戚抱遙悲　4-354

戚戚新別心　4-364

戚蕃內侮　9-362

戚貌瘁而鮮歡　3-81

戚里內屬　9-452

戛岩嶔　2-345

戟食鐵之獸　1-337

戡彌天乎一棺　9-486

戡景西海濱　5-478

戡翼希驤首　5-368

戡翼正徘徊　3-356

戡翼江潭　4-242

截來轅於谷口　7-368

截竹吹之聲相似　3-200

鹹汨飂淚沛以罔象兮　3-34

戮力盡規　9-363

戮力耕桑　7-165

戮及先人　8-387

戰之器也　9-364

戰勝臞者肥　4-471

戰同枯朽　9-182

戰國橫鶩　7-475

戰士憤怨　8-364

戰士爲陵飲血　7-119

戰守之道　9-41

戰無交鋒之虜　9-27

戰無全兵　3-334

戰鬥之患　7-375

戲中沚　6-170

戲八鎭而開關　2-114

戲廣浮深　2-346

戲猛獸之爪牙也　6-99

戲窮溟　2-347

戲萬乘若寮友　8-172

戲豹舞羆　1-208

戲鮫人　6-143

戴侯康侯多所論著　9-227

戴勝慭其旣歡兮　3-26

戴武弁　6-294

戴緌垂纓　7-460

戴翠帽　1-193

戴蟬珥貂　9-211

戴記顯游觀之言　9-185

戴金搖之熠燿　6-146

戴金翠之首飾　3-272

戴金鉦而建黃鉞　1-254

戶

戶千人億　2-213

戶有橘柚之園　1-328

戶有犀渠　1-378

戶服艾以盈要兮　6-29

戶闔兮燈滅　9-303

戾夫爲之垂涕　7-435

戾戾颭風攣　5-489

戾犀角　1-338

戾翳旋把　2-153

戾飲馬之陽橋　2-212

房室齊均　2-327

房廡雜襲　1-437

房樂韶理　9-314

房櫳對橫　1-370

房櫳無行跡　5-304

房陵朱仲之李　3-60

所不忍言　7-10

所乏者時　6-399
所乏者時　9-137
所以不列於五嶽　2-260
所以临難慷慨　6-322
所以作限於華裔　2-352
所以兼包大小之義　7-356
所以勳高當年　6-374
所以去二國而死兩君者　6-450
所以因物造端　8-26
所以固本也　2-36
所以塞聰　7-451
所以娛密坐　3-163
所以娛耳目樂心意者　2-91
所以子産云亡　9-348
所以存亡殊致　8-182
所以對越天地　6-328
所以崇衛威神　2-445
所以廉公之思趙將　7-332
所以弘其制也　9-59
所以弘振遐風　6-328
所以彰往考來　8-22
所以恢弘至道　8-5
所以悲轉蓬　5-444
所以成帝業也　8-433
所以掛扙而爲創痏　1-385
所以明愼聘納　8-314
所以每顧而不悔者也　7-127
所以海內嗟毒　8-336
所以用之者失也　9-52
所以禁淫也　2-62
所以策名魏武　8-183
所以篤俗訓民　6-357
所以紀遠近　8-10
所以經始　1-368
所以能述宣陰化　8-310
所以膺圖受籙　9-406
所以自惟　7-139
所以致孝也　2-35

所以蔽明　7-451
所以蕃衛王室　6-204
所以襃貶是非　1-75
所以負戟而長歎者也　7-124
所以跨蹠煥炳萬里也　1-369
所以輕其任也　9-59
所以述職也　2-62
所以遊揚德業　1-69
所以長久也　8-291
所以關洛動南望之懷　6-249
所以陳力一紀　6-374
所以陳淸廟　3-163
所以隱忍苟活　7-154
所以風化天下而正夫婦也　7-494
所以飾後宮充下陳娛心意悅耳目者　6-432
所任賢　8-119
所共稱嘆　7-172
所加特進朝請而已　8-324
所務不過方罫之間　8-470
所占於此土　3-510
所受於天也　3-264
所受田邑　9-357
所向風靡　7-19
所啓上合　6-375
所在可遊盤　4-124
所失豈不大哉　6-305
所奉之主　3-51
所好生毛羽　1-186
所存必固　1-227
所學於師也　3-264
所守既無別理　7-11
所宜忝窃　6-324
所寄終不移　5-468
所富者義　6-399
所寶惟穀　1-278
所對唯妻子　6-295
所希在數十年之後　8-485
所弘匪德　3-297

所得頗經奇　5-429
所從來者至深遠　6-99
所從來遠矣　7-137
所從神且武　5-31
所思不可論　5-352
所思在遠道　5-216
所悲道里寒　5-468
所惡成創痏　1-186
所惡滅三族　7-386
所愛光五宗　7-386
所感而起　8-21
所慮日深　7-73
所懷不章　8-225
所懷萬端　7-218
所推必亡　1-227
所揚汨者　6-116
所撰古今集記今書七志　8-114
所擢拔者　6-116
所更非一　7-218
所書之王　8-22
所未名者若無　2-343
所欲必得　7-453
所殺過半當　7-143
所溫汾者　6-116
所滌汔者　6-116
所照未異　8-186
所用之歷　8-22
所由作也　6-276
所發無臬　1-270
所稱之公　8-22
所累非外物　4-91
所能上報　6-324
所致非一　3-219
所與居者　8-333
所親一何篤　4-184
所親匪俊　3-297
所託已殷勤　5-511
所託或乖　8-187

所託聲與音　4-257
所謂中和樂職宣布之詩　8-401
所謂伊人　8-163
所謂君以此始　8-336
所謂坐狙丘　1-73
所謂小人之仁　7-205
所謂尙冠脩成　2-213
所謂彊顔耳　7-149
所謂朝雲者也　3-244
所謂末大必折　8-455
所謂知其一未睹其二　2-134
所謂臨難知變　7-413
所謂見世利之華　7-474
所謂達能兼善而不渝　7-280
所講在玄虛　3-461
所貴惟賢　1-278
所貴聖人之神德兮　9-472
所貴聖人至論兮　2-477
所賴今天子　5-465
所造箴銘　9-466
所遇無故物　5-220
所過隥突　7-388
所過麾城撕邑　2-136
所願不過一金　8-428
所願從之遊　4-85
所願獲無違　5-32
所飄颻以輕邁　3-214
扁鵲知其無功也　7-313
扇巍巍　1-128
扇遺風　8-265
扇飛雲　1-322
扈帶鮫函　1-378
扈從橫行　2-83
扈江離與辟芷兮　6-5

手・扌 ─────────

手不釋文　9-219

手可攫而抓　6-472
手握王爵　8-334
手揮五弦　4-226
手格此獸　2-47
手熊羆　2-84
手薦鸞刀　7-277
手足墮窳　6-99
才不牛古　8-39
才任稍廣　8-329
才力雄富　2-273
才劣仲舒　7-259
才博智贍　9-256
才學所著　7-69
才實百之　7-72
才捷若神　6-147
才無可甄　6-422
才無異能　8-112
才爲世出　7-326, 8-200
才盡則困　9-133
才絓中庸　9-98
才經夷險　9-138
才聰明以識機　2-421
才能之人　8-462
才若東阿　1-453
才蔽於無人　8-399
才通漢魏　9-500
才難　2-218
才非不傑也　9-93
才非丘园耿介之秀　6-318
托喬基於山岡　1-172
托微波而通辭　3-274
托慕九霄中　4-91
扛鼎揭旗之士　8-72
扦矢言而不納　2-224
扡蒼狶　2-115
扣跋幽叢　6-174
抓白蒂　1-359
抓紫莖　2-79

扱衽而登鍾山藍田之上　9-20
扶之者衆也　8-463
扶光迫西汜　3-385
扶宮羅將相　5-155
扶寸肴脩　7-267
扶揄屬鏤　1-378
扶服入橐　7-466
扶服蛾伏　2-139
扶桑升朝暉　5-128
扶老攜幼　9-182, 9-260
扶護警蹕　2-445
扶輿猗靡　2-50
批巖衝擁　2-65
批熊碎掌　6-140
抵璧於谷　1-277
扼猛噬　1-112
扼腕抵掌　1-335
承二分之正要　1-420
承亦旣篤　4-329
承以崇臺閑館　1-98
承以帝辛之杯　6-183
承以陽馬　2-312
承侔卞和　4-328
承倒景而開軒　6-169
承君惠　8-404
承天垂旨　9-197
承意代奏　6-183
承意恣觀　6-170
承慈以遜　9-293
承慶雲之光覆兮　3-95
承戴侯之清塵　3-90
承明堂於少陽　2-283
承明子棄予　4-254
承此衝飈　4-333
承答聖問　6-295
承聿懷之福　8-261
承荃橈兮蘭旌　6-44
承華再建　4-242

承蒼昊之純殷　2-298
承規景數　3-362
承詔爲五十九篇作傳　8-7
承諱刌怚　9-222
承閒語事　6-99
承間簁乏　3-217
承雲表之淸露　1-179
承露槪泰淸　4-208
承靈訓其虛徐兮　2-468
承顏下風　3-371
承風采餘絢　5-374
技非六藝　8-470
扑舞踊溢　3-218
扠血相視　3-117
把搔無已　7-286
把玩無猒　7-181
把臂託孤　8-199
把鈞陳　9-181
抏士卒之精　2-98
抑不足以揄揚弘美　4-323
抑之則在深淵之下　7-449
抑亦仁公之翼佐　9-363
抑亦其次　8-179
抑亦懍懍有庶幾之心　7-79
抑亦拙者之效也　3-52
抑亦賀首之讎也　9-253
抑亦雅頌之亞也　1-83
抑其體國經邦之具　9-46
抑嘉肴而不享　7-246
抑尺之量有短哉　9-93
抑工商之淫業　1-139
抑志而弭節兮　6-37
抑抑威儀　1-147
抑抑陸生　8-163
抑明賢以專其威　8-316
抑有前符　9-41
抑李斯之論　8-452
抑止絲竹晏衍之樂　2-137

抑此三學　7-352
抑而未施　7-351
抑若春霆發響　1-468
抑非大人之壯觀也　1-347
抑鶩若通兮　6-86
抒懷古之情　6-225
投之深淵些　6-78
投人夜光　7-319
投冠旋舊墟　4-452
投刃皆虛　2-268
投分寄石友　3-435
投命徇節　9-264
投命而高節亮　2-216
投宮火而焦糜　2-236
投幽浪　2-367
投心遵朝命　4-152
投心魏朝　9-219
投戈編郜　9-210
投杖不暇　9-466
投棄棺柩　8-93
投沙理旣迫　4-358
投珮出甘泉　5-441
投生豈酬義　3-417
投畀朔土　3-335
投策命晨裝　4-448
投素車而肉袒　2-212
投翰長歎息　3-352
投袂循岸垂　5-314
投袂旣慎慄　5-491
投袂赴門塗　5-100
投足不獲安　4-125
投足緒已爾　5-111
投足而安　2-431
投跡微子之蹤　7-427
投跡階王庭　4-158
投身帝宇　9-210
投軀報明主　5-153
投輪關輻　1-196

投鞍爲圍　9-270
抗之則在靑雲之上　7-449
抗五聲　1-137
抗仙掌以承露　1-109
抗塵容而走俗狀　7-364
抗峨眉之重阻　1-319
抗心希古　4-128
抗志雲際　6-150
抗應龍之虹梁　1-97
抗手稱臣　2-125
抗招搖之華旐　6-138
抗旍則威噏秋霜　1-453
抗旗亭之嶕嶢　1-439
抗明威以攝不類　6-333
抗浮柱　3-185
抗爽言以矯情兮　2-476
抗瓊琬以和予兮　3-274
抗皓手而淸歌　6-144
抗神龍之華殿　1-369
抗羅袂以掩涕兮　3-277
抗義聲於金商　1-239
抗茲同德　9-181
抗跡遺萬里　4-3
抗音高歌　3-62
折之以王道　8-30
折以今之法度　1-85
折吳濞之逆邪　2-163
折枝舐痔　9-122
折沖宇宙　7-389
折瓊枝以爲羞兮　6-35
折瓊枝以爲芳　2-18
折瓊枝以繼佩　6-24
折箠爲械　7-184
折簡而禽廬九　9-182
折而不屈　8-202
折而不撓　8-183
折脇拉骼　7-466
折芰燋枯　6-389

折芳馨兮遺所思　6-53
折若木之華　7-237
折若木以拂日兮　6-22
折若華以翳日　7-268
折衝四海　6-207
折衝樽組間　5-311
折衝萬里　7-309, 8-412, 9-220
折衝討難　7-412
折厥心莫展　4-62
撫事懷人　6-224
抔巫咸作占夢兮　3-29
披三條之廣路　1-89
披帙散書　9-233
披心腹　6-457
披懷虛己　9-43
披拂趨南逕　4-54
披揚流灑　6-122
披文於宴私之夕　9-369
披文軒而騁望　3-235
披榛來泪　8-153
披榛覓路　7-318
披玄流而特起　2-240
披皇圖　1-122
披紅葩之狎獵　1-163
披羅衣之璀粲兮　3-272
披艱掃穢　7-321
披草求君　8-199
披荒榛之蒙蘢　2-264
披藝觀之　8-221
披衣起彷徨　5-252
披覽粲然　7-65
披軒臨前庭　5-299
披重壤以誕載兮　3-204
披重霄而高狩　1-386
披閶帝宇　8-157
披雲對淸朗　5-424
披雲臥石門　5-348
披飛廉　1-111

披香發越　1-99
披黃包以授甘　3-228
抱其書而遠遜　8-229
抱命復何怨　5-452
抱子棄草間　4-138
抱寶懷珍　9-345
抱將相之具　7-124
抱影守空廬　3-466
抱德肥遯　6-359
抱懷數年　7-199
抱景自愁怨　5-351
抱智魘至　3-408
抱暑者咸叩　3-131
抱杖臨清渠　4-235
抱杜含鄂　1-158
抱清迥之明心　2-460
抱琴行吟　7-286
抱罪黃壚　3-321
抱膝獨摧藏　5-201
抱責守微官　4-124
抵掌可述　6-409
抵罪已輕　7-18
抽子秘思　2-392
抽揚小善　7-89
抽毫進牘　2-404
抽琴命操　2-277
抽簪解朝衣　3-470
抾靈螭　2-122
拂墀聲之珊珊　3-259
拂徹羶腥　1-302
拂振鷺　6-139
拂穹岫之騷騷　3-24
拂翳鳥　2-87
拂衣五湖裏　3-291
拂衣釋塵務　5-500
拂衣高謝　6-363
拂輕霄　1-322
拂鍾無聲　7-65

拂霧朝青閣　4-402
拄喙而不能前　6-103
拉揸鵾鶒　3-168
拉捽摧藏　1-385
拉魁麟　6-174
拉虎摧斑　6-140
拉許由　7-363
拊劍西南望　5-264
拊嗟累讚　3-214
拊巡饑渴　9-270
拊心悲如何　5-87
拊心痛荼毒　5-187
拊拂瀑沫　2-363
拊枕獨嘯歎　5-276
拊翼而未舉　8-251
拊膺携客泣　5-100
拊襟倚舟檣　5-34
拊譟踴躍　3-195
拊雲和　6-170
拒圍一年　7-389
拒違於玉几之側　6-380
拓世貽統　8-50
拓土畫疆　1-349
拓地三千里　5-32
拓定四州　6-201
拓跡開統　2-5
拔三川之地　6-429
拔俊茂　8-414
拔劍擊柱　3-109
拔十得五　6-393
拔呂蒙於戎行　9-42
拔奇取異　8-105
拔奇夷難　8-145
拔將取才　7-410
拔擢倫比　8-224
拔木九千些　6-78
拔臣使同台司　6-302
拔象齒　1-337

拔足揮洗　8-432
拔距投石之部　1-381
拔跡草萊　8-200
拔鹵莽　2-138
拖熊螭　1-112
拖蜺旌　2-83
拖豪豬　2-134
拖鳴玉　2-217
拘守常宪　6-324
拘文牽俗　7-434
拘於羑里　7-151
拘限淸切禁　4-189
拙亦宜然　3-50
拙疾相倚薄　4-459
拙者可以絶意乎寵榮之事矣　3-53
拙訥謝浮名　4-470
拙速乃垂名　5-312
拙速雖效　7-3
捗射壺博　1-373
招八州而朝同列　8-382
招具該備　6-79
招忠正之士　2-330
招搖西北指　5-414
招攬遺老　9-26
招有道於側陋　1-248
招異倫　8-414
招白鷳　1-116
招百越之士　6-346
招破敗之重災　7-177
招納廁群英　5-429
招翠黃乘龍於沼　8-212
招賢而處友者　8-399
招賢進能　7-139
招選茂異　8-272
拜受祇竦　6-317
拜司徒右長史　8-97
拜日　8-93
拜臣郎中　6-311
拜起靈壇　7-264
拜駙馬都尉　8-95, 9-353
拟之若人　6-224
括坤之區　2-347
拮隔鳴球　2-142
拯其將墜　7-421
拯其死亡之患　7-384
拯微言之未絶　9-332
拯於危墜　6-201
拯溺無待於規行　6-247
拯溺由道情　3-290
拯溺逝川　9-385
拯王維於已墜　9-363
拯茲塗炭　9-183
拱揖群后　6-218, 9-35
拱木斂魂　3-107
拳拳之忠　7-146
拳猛沈毅　9-267
批窳狻　1-199
拽雲旗之離離兮　3-31
拾代如遺　8-150
拾塵惑孔顏　5-83
拾蕊憐色滋　5-510
拾遺左右　6-295
持姬女而指季豹　9-478
持操豈獨古　4-45
持斧作牧　6-387
持此感人多　5-418
持此謝遠度　4-455
持法是也　9-478
持絃安歌　3-212
持論從容　8-108
挂帆席　2-341
挂豫且之密網　2-200
指九天以爲正兮　6-8
指八極以遠略　9-481
指六軍曰念哉　9-484
指包山而爲期　1-394

指南司方　1-380

指太淸　2-344

指季豹而濯焉　9-485

指安定以爲期　2-160

指彼日之方除　3-85

指日遄征　3-326

指日遄逝　3-337

指明周漢　8-162

指景待樂關　3-394

指會規翔　2-462

指東西之漫漫　2-11

指渠口以爲雲門　1-327

指潛淵而爲期　3-274

指白水而旌信　9-117

指蒼梧之迢遞　3-207

指蓬壺而翻翰　2-460

指行事以正褒貶　8-14

指衡嶽以鎭野　1-350

指西海以爲期　6-36

指跡慕遠　9-142

指蹤非擬　7-22

指途念出宿　3-438

指鄭則三軍白首　6-177

指長沙之邪徑兮　3-13

指顧倏忽　1-132

指顧應聲　3-168

指麾而四海隆平　9-183

指麾風從　7-311

挈三神之歡　8-215

挈壺命氏　9-196

挈壺宣夜　8-72

挈壺掌升降之節　2-29

挈妻荷子　9-435

按平路兮來歸　1-310

按次而俟　3-170

按轡淸路　7-267

按轡而歎息也　7-319

按轡遵長薄　5-184

挈黃粱些　6-82

挑截本末　3-185

挫䗖鶑　6-174

挫糟凍飮　6-82

挫萬物於筆端　3-132

振乏困　8-415

振人之所乏　2-136

振余袂而就車兮　3-30

振冠南嶽　9-210

振厥弛維　4-325

振古莫儔　9-427

振和鸞兮京師　1-310

振大漢之天聲　9-169

振威龍蛻　8-158

振師五柞　2-141

振平惠以字小人　9-413

振恤遺孤　9-264

振拔涔塗　7-473

振振其音　3-286

振旅輷輷　1-443

振旅勞歸士　5-97

振景拔迹　6-318

振朱屣於盤樽　1-213

振楫發吳州　4-490

振殷轔而軍裝　2-5

振民隱　2-456

振溪通谷　2-70

振玉羽而臨霞　2-460

振皇綱而更維　2-192

振蕩相轉　2-414

振策指靈丘　5-189

振策睇東路　4-494

振策陟崇丘　4-443

振綱羅雲　9-136

振繡衣　3-256

振纓承華　3-362

振纓盡祇肅　4-439

振翼雲漢　6-265

振華裳　6-147
振蕩汪流　1-355
振衣千仞崗　3-462
振衣獨長想　4-443
振衣聊躑躅　4-21
振貧窮　8-392
振起淸風　8-196
振輕綺之飄颻　6-146
振迅騰摧　2-461
振迹涉流沙　5-86
振金策之鈴鈴　2-264
振長策而御宇內　8-378
振風薄綺疏　4-258
振風襲於齊臺　6-481
振鱗南海　4-274
振鱗奮翼　2-68, 3-247
振鷺之聲充庭　8-238
振鷺在庭　6-403
振鷺於飛　2-241
挹之彌沖　4-275
挹以玄玉之膏　2-268
挹其源者遊泳而莫測　9-407
挹抐撠攎　3-152
挺叉來往　2-243
挺拔而爭廻　2-339
挺異人乎精魄　2-370
挺自然之嘉蔬　2-364
挺自然之奇姿　2-421
挺欂櫨越飛岑　5-310
按拏按臧　3-192
挽歌二部　9-461
挾伊管之辯　6-459
挾功震主　8-157
挾天子以令諸侯　9-27
挾孤獨之交　6-452
挾師豹　1-112
挾恐見破之私意　7-352
挾情適事　9-150

挾朋樹黨　8-359
挾東征之意　2-17
挾淸漳之通浦兮　2-254
挾澧灞　1-89
挾纊如懷氷　5-274
挾邪作蠱　1-210
捎夔魖而抶獝狂　2-5
捎魑魅　1-270
捎鳳凰　2-87
捎鸘鵝　6-139
捐余玦兮江中　6-45
捐余袂兮江中　6-48
捐傳葉之慶祚　7-177
捐國踰限　2-62
捐子之之心　6-455
捐朋黨之私　6-452
捐棄椸楎　8-450
捐薦去几　8-390
捐衰色　1-213
捐軀濟難　6-280
捐軀赴國難　5-68
捐軀遠從戎　5-261
捐金於山　1-140
捕熊羆豪豬　2-132
捧匣跪發　7-223
捧土以塞孟津　7-178
捧手欲辭　1-145
捧黃間以密毅　2-150
捫蝨蟣　1-392
捬其背而奪其位　7-467
捶直切　9-110
捷垂條　2-82
捷徑從狹路　4-116
捷忘歸之矢　6-138
捷狡兔　2-86
捷獵鱗集　2-290
捷若慶忌　1-378
捷言慶忌　6-464

捷趫夫之敏手　2-452

捷鵁鶒　2-87

掃地無餘　6-252

掃朝霞　1-262

掃除凶逆　7-382, 8-460

掃除吳會　7-85

掃除塋壟　6-346

掃雲物以貞觀　9-481

掃項軍於垓下　1-228

掇蜂滅天道　5-83

授之朝右　4-331

授之者天也　9-3

授以禆師　7-383

授以雄戟　8-133

授任之才異也　9-41

授全模於梓匠　1-420

授几肆筵　8-83

授受交失　6-395

授受靡嚳　9-203

授君印綬冊書　6-205

授律緩前禽　3-422

授時順鄉　1-243

授漢於京　3-296

授簡於司馬大夫　2-392

授鉞四七　1-237

掉三寸之舌　7-467

掉八列之舞　2-142

掉希間　2-82

掌夢　6-76

掌技者之所貪　6-265

掌舍設柸　2-27

掌蒺藜　2-116

掌邦國四方之事　8-11

捃其會合　3-152

捃建章而連外屬　1-105

掎儜犵　1-112

掎拔五嶽　2-336

掎撫利病　7-230

掎裳連袂　2-32

招膺擗摽　3-184

排揵陷局　1-309

排擯宗室　8-458

排流呼哈　2-358

排玉戶而颺金鋪兮　2-16

排終身之積慘　4-305

排金門　7-243

排霧屬盛明　5-424

排飛闥而上出　1-107

掖庭聘絶國　5-385

掘强沙塞之間　7-333

掘鯉之澱　1-456

掛席拾海月　4-51

掛服捐駒　8-103

掛歸翻於赤霄之表　6-170

掛白鵠　1-203

掛青橜　6-173

掠取金寶　7-388

探三王之禮　6-252

探山鑄錢　1-367

探封狐　1-200

探巖排碕　2-122

探己謝丹黻　3-390

探心昭忒　9-145

探情以華　4-179

探懷授往篇　4-359

探禍福之機　8-431

探綜圖緯　9-332

探薄窮阻　6-139

探隤賞要　8-189

探道好淵玄　3-499

探隱伏於難明　2-201

探隱拯沈　6-133

掣三牽兩　2-243

接乎其西　1-332

接以員方　2-312

接以商王之箸　6-183

接士盡盛德之容　9-42
接景事休明　4-165
接歡宴於日夜　1-303
接歡欣也　3-163
接武茅茨　7-267
接殷勤之餘歡　7-141
接游車之轔轔　2-28
接漢緒　1-123
接皇漢之末緒　9-481
接禮貳宮　8-66
接統千祀　6-390
接翼側足　1-110
接莩均芳　9-293
接軒轅之遺音　3-208
接輿之行歌　7-280
接輿之賢　6-485
接輿以之行歌　8-179
接輿避世　6-448, 8-390
接輿髡首兮　6-59
接閭鄰舍　9-284
接響傳聲　9-425
接龍帷於造舟　9-327
控帶朝夕　6-389
控引世資　1-440
控引淮湖　1-94
控弦破左的　5-68
控弦簡發　1-441
控清引濁　1-351
控禦緩急　3-173
推之於無　9-383
推以知例　8-15
推光武以作配　1-257
推其所由　3-203
推分得天和　4-25
推恩以廣其下　8-390
推惠施恩者矣　6-292
推此五體以尋經傳　8-16
推此而言　8-482

推轂樊邓　6-217
推准引湍　1-294
推綠草與遶　7-31
推而廣之　1-67
推而行之　7-197
推言陵之功　7-145
推誠信士　9-42
推變例以正褒貶　8-18
推賢則韓安國鄭當時　8-271
推賢恭己　8-197
推賢進士爲務　7-133
推赤心於天下　7-327
推轂二崤岨　3-421
推鋒積紀　1-442
推齊勸立　8-147
掩七戎而得駿　2-446
掩之實難　4-180
掩以絶滅　3-153
掩兎轔鹿　2-41
掩唐虞之舊域　8-284
掩四海而爲家　1-218
掩平彌澤　2-88
掩廣澤　1-385
掩泣望荊流　5-5
掩淚叙溫涼　5-100
掩淚悟主　8-158
掩狡兎　6-139
掩細柳　2-88
掩細柳而撫劍　2-223
掩綵瑤光　9-294
掩蘋肆若　6-115
掩觀九隩　1-232
掩討逆節　6-207
掩金觴而誰御　3-114
掩長楊而聯五柞　1-187
掩雲羅而見羈　2-460
掩雲關　7-368
掩零淚而薦觴　9-487

掩靑蘋 6-112
掩骼城曲 9-493
措身陳平之軌 7-427
揄文竿 1-116
揄棄恬恝 6-118
揄流波 6-109
揄紵縞 2-50
揄長袂以自翳兮 3-70
揆余發皇鑒 5-388
揆務分司 6-244
揆厥所元 8-210
揆子慕周行 3-481
揆度得失 8-390
揆懸刀 2-153
揆旣往之前跡 1-465
揆日晷 1-420
揆日粲書史 5-507
揆景測辰 9-196
揆景緯以裁基 8-79
揆而度之 7-451
提劍而叱之 2-136
提地罏 8-241
提孤孩於坐側 3-97
提封五萬 1-94
提封百萬 9-412
提挈之旨 7-94
提挈萬里 2-434
提攜弄齊瑟 5-427
提西缶而接刃 2-190
抱余轡乎扶桑 6-22
抱干鴻門 8-157
抱抱都邑人 4-426
抱轡出臺省 5-501
抱轡萬尋巔 4-358
揖不疑於北闕 2-219
揖天吳與陽侯 1-393
揖拜上官 7-286
揖讓之與干戈 8-177

揖讓於前 2-124
揖讓於規矩之內 9-9
揖讓異於干戈 9-180
揖讓而升 1-303
揖酈生之說 8-432
揚世廟 1-128
揚光以見燭 4-231
揚光曜之燎燭兮 2-11
揚光飛文 1-132
揚北里之流聲 6-145
揚名後世 8-245
揚君德美 8-403
揚和顏 3-213
揚和鸞肆夏以節之 8-236
揚帆采石華 4-51
揚微波 8-216
揚志玄雲際 4-2
揚斾九河陰 3-421
揚斾漢南 9-421
揚旌栧 2-52
揚旌萬里外 4-261
揚斾西邁 6-367
揚明燎兮援靈輴 9-302
揚枹兮拊鼓 6-41
揚枹撫靈鼓 3-435
揚樂頌 7-437
揚波濤於碣石 1-108
揚洪輝 8-265
揚淸渭波 6-359
揚激徵 3-167
揚白雪 3-210
揚鎬耗 2-363
揚節江陵 8-160
揚素揮以啓降路 7-392
揚素波而揮連珠兮 3-150
揚絹熙 1-134
揚羅袂 6-147
揚翠羽之雙翹 6-146

揚翠葉 2-79

揚聲沙漠垂 5-67

揚聲當及旦 5-405

揚聲秦漢 9-208

揚聲紫微 6-265

揚聲萬計 3-337

揚腐餘 2-381

揚芒爆而絳天兮 3-14

揚葭振木 8-82

揚袂郃日 3-244

揚袂風山 8-60

揚袍戍削 2-50

揚詩守禮 3-267

揚輕袿之猗靡兮 3-275

揚鄭衛之皓樂 6-109

揚采軒宮 2-405

揚鑣漂沫 3-326

揚鑣跼躅 5-268

揚鑣飛沫 3-172

揚鑾戾行宮 3-385

揚鑾飛沫 6-140

揚雄曰 8-342

揚雜錯之袿徽 3-27

揚雲霓之晻藹兮 6-36

揚靈兮未極 6-44

揚鰭掉尾 2-358

挹以綠蕙 2-71

挹日韜霞 2-395

挹焦明 2-87

挹群雅 2-97

挹翡翠 2-52

挹草蔽地 2-48

握中有懸璧 4-316

握手一長歎 5-237

握手何言 3-109

握手淚如霰 5-469

握樞臨極 6-243

握炭之徒 9-182

握牘持筆 7-54

握蘭勤徒結 4-62

揩枳落 1-200

揭以崇山 2-109

揭以熊耳 1-234

揭焉中峙 1-190

揭百尺 2-340

揭竿爲旗 8-381

揭蓬蘽而騰湊 2-289

揭車苞幷 3-250

揭車衡蘭 2-71

揮之者無前 6-178

揮勁翮 7-188

揮危弦則涕流 6-166

揮弄灑珠 2-363

揮手告鄉曲 4-459

揮手如振素 5-406

揮手從此辭 5-447

揮手長相謝 5-201

揮汗辭中宇 4-430

揮流芳 6-146

揮涕強就車 4-152

揮涕涕流離 5-185

揮涕獨不還 4-138

揮淚廣川陰 4-438

揮筆涕汍瀾 4-126

揮翮生風 9-142

揮翰墨以奮藻 3-44

揮若芳 3-166

揮袂則九野生風 6-151

揮袂眡金柱 3-474

揮袂萬始亭 4-254

揮袖風飄而紅塵晝昬 1-376

揮金樂當年 3-470

揮鋒電滅 6-173

揳梓瑟些 6-85

援九淵之靈龜 6-143

援旗誓衆 8-41

援日月而齊暉　9-481
援琴鳴弦發淸商　5-59
援瓊枝　3-207
援筆從此辭　4-218
援綺衾兮坐芳縟　2-399
援繼絶世　6-201
援葛藟之飛莖　2-264
援貞咎以惎悔　9-486
援雅琴以變調兮　3-69
援靑松以示心　9-117
援鳴笙而將吹　3-223
揵鰭掉尾　2-68
揷櫂當列埔　5-342
摧惟庸蜀與鴝鵲同窠　1-463
損之又損之　1-228
損乘輿之服御　1-139
損實事以養名者　9-73
損書及詩　4-305
損民以益讎　6-434
損益有物　9-62
損穢帝德焉　8-331
損諸苑　8-415
損車馬之用　8-392
損辱嘉命　7-51
搏壁立之翠屏　2-264
搏拊雷扑　3-197
搏玄猿　2-115
搏耆龜　1-205
搏豺狼　2-84
搔首訪行人　5-339
搖之筆端　9-259
搖亂區夏　8-336
搖削峻挺　6-165
搖尾而求食　7-149
搖演其山　3-181
搖玉鸞　8-57
搖蕩箕濮情　5-428
搖風忽起　3-109

搜佞哀以拜郞　2-237
搜川瀆　1-205
搜揚潛逸　6-358
搜林索險　6-139
搜璚奇　1-391
搗降丘以馳敵　2-152
搢紳儒林　9-343
搢紳濟濟　6-188
搢紳羨其登仙　9-117
搢紳處士　8-138
搢紳顚顚　7-99
搤其咽而亢其氣　7-467
搤據庸蜀　7-409
搤水豹　1-205
搤熊羆　2-133
搦朽磨鈍　7-475
搦秦起趙　1-462
搴旗若顧指　1-398
搴汀洲兮杜若　6-48
搴芙蓉兮木末　6-45
搴芳蓮之巢龜　6-134
搴鳴鼓些　6-84
携手俱遊　8-400
携手逍遙　4-271
摻蓼泮浪　1-205
摐金鼓　2-52
摛飛翩　1-200
摘齊行列　3-170
摛之罔極　8-241
摛其光耀　9-337
摛朱冠之艷赫　2-149
摛翰則華縱春葩　1-453
摛藻下筆　7-72
摛藻如春華　7-473
摛藻揆天庭　1-341
摛藻爲春　6-189
摛藻艷春華　4-281
摠中和以統物　3-219

색인　**279**

摠八音之至和　3-235
摠遠方　8-390
摠領從官　7-164
擄狒猬　1-199
摧剛則脆　8-150
摧嵟而成觀　2-10
摧崣崛崎　2-70
摧枯朽者易爲力　8-454
摧群雄而電擊　9-481
摧迅翮於風穴　9-83
摩剟司兗　9-264
撫紫貝　1-205
撫若華而躊躇　3-15
摯皐繇而能調　6-31
摵摵芳葉零　5-322
摶之不解　6-104
摶芬若以爲枕兮　3-70
摶飛出南皮　4-415
操昆鯭　1-205
摸蟳蝐　1-392
摹大壯　1-420
摹鷖音以厲聲　3-223
搿象犀　2-116
摮涕抆淚　3-158
撓之不濁　9-351
撓之於青翼　8-287
撓情則違廢禁典　8-325
撛白刃以萬舞　2-210
撞千石之鍾　2-90
撞洪鍾　1-245
撞鴻鍾　2-113
搉揉斤械　3-185
撤奠殯階　9-311
撥亂反正　7-421
撫之不驚　2-422
撫事彌深　6-222
撫事永念　6-375
撫促柱則酸鼻　6-166

撫俑增哀　9-492
撫僚庶盡盛德之容　9-430
撫淩波而鳧躍　2-367
撫劍東顧　6-282
撫劍起躑躅　4-231
撫劍遠辭親　4-76
撫劍遵銅輦　4-439
撫化心無厭　4-59
撫同上德　9-413
撫和戎狄　6-201
撫四子以深念　9-485
撫四海於一瞬　3-130
撫墳徒自傷　4-155
撫壯而棄穢兮　6-5
撫存悼亡　9-317
撫孤松而盤桓　7-490
撫孤相泣　9-244
撫寧之勳　6-371
撫寧遐荒　3-294
撫巡外域　9-35
撫弦登陴　7-332
撫律窮機　9-292
撫御耦　2-31
撫心獨悲吒　4-9
撫心長太息　4-215
撫志慚場苗　4-39
撫慶雲而遐飛　9-481
撫期命世　9-399
撫机令自嗤　4-396
撫枕不能寐　4-443
撫枕懷百慮　5-491
撫柱楣以從容兮　3-69
撫案下些　6-84
撫櫬盡哀　9-233
撫翼宰庭　4-268
撫翼希天階　4-283
撫翼桑梓　8-199
撫膺解攜手　4-438

撫臆論報　7-89

撫臆論心　9-147

撫衾裯以歎息　3-98

撫衿長歎息　4-149

撫襟悼寂寞　5-483

撫覽扼腕　2-400

撫身名而悼恩　8-113

撫輪軹而還眄兮　3-31

撫輕軒　1-266

撫錦幕而虛涼　3-114

撫鏡知其將刑　9-89

撫鏡華緇鬢　4-42

撫長劍兮玉珥　6-41

撫長劍而慨息　2-164

撫靈櫬兮訣幽房　9-303

撫鞞舞韶　4-271

撫養孤弱　7-29

撫鴻罿　1-116

播余香而莫聞　3-4

播匪藝之芒種　2-364

播及朽瘁　6-322

播名上京　4-268

播憲稽乎遺風　9-28

播潛江表　7-303

播種則扞弦掌拊　8-420

播群形於萬類　2-431

播芳椒兮成堂　6-47

播芳烈　8-265

播芳蕤之馥馥　3-133

播靈潤於千里　2-370

撮其機要　8-5

撮舟中而掬指　2-197

撰文懷人　5-420

撰良辰而將行　2-167

撰錄先訓　9-230

擁之者身雄　6-178

擁之者龍騰　1-398

擁帶燕胡　7-302

擁據函夏　8-30

擁旄爲漢將　3-505

擁旄萬里　7-326

擁耒耡時苗　4-423

擁錫來遊　9-391

擁雍州之地　8-374

擅場挾兩　2-150

擅扶光於東沼　2-405

擅收立殺　7-388

擅斷萬機　7-380

擇地而住　2-155

擇方城之令典　9-394

擇皇齊之令典　9-370

擇肉而後發　2-87

擇肉西邑　1-225

擇視可否　8-314

擊不致笑　3-170

擊刁斗次　9-202

擊如震霆　2-138

擊年之書　1-75

擊流光　2-119

擊薄櫨而將榮　2-15

擊轅之歌　7-231

擊鍾陳鼎食　5-155

擊鍾鼎食　1-184

擊靈鼓　2-53

操不激切　8-191

操之而弗失　9-15

操便放志專行　7-386

操南音　1-395

操又特置發丘中郎將摸金校尉　7-388

操又矯命稱制　7-393

操因其未破　7-389

操因緣眥睚　7-387

操彼纖質　4-333

操末技猶必然兮　2-479

操欲迷奪時明　7-388

操終則絕　9-144

操行甚高　9-227
操贅閣遺醜　7-382
擔囊行取薪　5-56
擔石之蓄　8-428
擗蕙楊兮既張　6-47
擘洪波　2-344
擘肌分理　1-186
據上台之位　7-107
據之者久　1-217
據之者虎視　1-398
據今光禄大夫李喜　6-305
據億丈之城　8-379
據公羊經止獲麟　8-23
據其府庫　1-228
據其末生　6-472
據冥翳而哀鳴　3-11
據十雉之城　9-249
據坤靈之寶勢　2-298
據坤靈之正位　1-96
據天位其若茲　2-227
據彼河洛　1-311
據徼乘邪　7-476
據既安之業　7-82
據河渭　7-403
據渭踞涇　1-159
據石門　7-184
據神淵而吐溜　3-205
據蒼岑而孤生　6-165
據輪軒而周流兮　2-11
據開陽而頫眂兮　3-35
據險三塗　8-161
據鞍長歎息　5-200
據黿鼉　2-122
據鼎足焉　1-309
據龍首　1-89
擠爲山乎九天　9-482
擠玉戶以撼金鋪兮　3-68
擠響于音　8-148

擢仙掌以承露　2-221
擢幽情　3-228
擢應嘉舉　4-270
擢本千尋　1-360
擢水蘋　6-143
擢百尋之層觀　2-240
擢秀清流　7-322
擢紫茸　2-364
擢纔給事黃門　7-457
擢脩幹　1-322
擢自群萃　6-318
擢自行間　7-22
擢身竦峙　2-150
擢雙立之金莖　1-109
擎悲蘭宇　9-501
擎木根以結茝兮　6-10
擎騑轡而下節兮　6-70
舉不失策　9-32
舉不遺才　6-152
舉世罕能登陟　2-261
舉中國徙之長安　7-467
舉事來服　7-412
舉事立功　7-411
舉二都如拾遺　8-289
舉以喪名　7-393
舉僞烽以沮衆　2-207
舉其宏綱　8-5
舉刃指　7-119
舉功先得　3-253
舉勍敵其如遺　9-481
舉動回山海　8-334
舉厝建功　7-177
舉哀朔垂　6-330
舉國興師　7-118
舉地千里　6-429
舉大德　7-451
舉孝以篤行　8-415
舉實爲秋　6-189

舉州同聲　7-384
舉師揚威　7-393
舉帷幄之襜褕　3-66
舉引弓之人　7-144
舉戈林竦　6-173
舉手對吾掛　4-435
舉手掛網羅　7-388
舉手誤查范臂　7-33
舉才不以標鑒　8-182
舉掛時網　3-317
舉掛輕罾　6-139
舉措又順乎四時　2-330
舉洪頤　2-20
舉烽命醑　1-114
舉無失德　9-357
舉熢烈火　2-114
舉爵茂陰下　4-239
舉目增永慕　4-338
舉目眺嶇嶔　4-45
舉目言笑　7-114
舉秀才爲郎　3-51
舉翩自委羽　5-431
舉翩觸四隅　3-465
舉聲增慟　9-222
舉聲泣已灑　4-155
舉脩網之絶紀　9-481
舉臣秀才　6-311
舉苞蒲　7-430
舉袖陰澤　8-60
舉觴相誨　9-284
舉觴矜飮餞　3-438
舉觴詠露斯　5-286
舉賢才　8-392, 8-417
舉賢而授能兮　6-18
舉賢良　8-414
舉踵思慕　7-435
舉酒於衡前曰　2-420
舉酹觴兮告永遷　9-302

舉非方正　7-464
舉韓信於行陣　8-433
舉首奮翼　2-413
舉麾旌獲　6-173
舉勞則人或未賢　8-325
擬伊同恥　8-193
擬則陶匏　3-238
擬承明而起廬　1-330
擬欲自取　7-31
擬華山之削成　1-427
擬跡於西河　6-417
擬跡田文　1-184
擬青顧而點項　2-152
攫獅猢　1-200
攫胎拾卵　1-205
擯落江山　2-368
擾天下如驅群羊　8-289
擾應龍以服路　3-30
擾擾俗化訛　4-426
擾擾整夜裝　5-17
擾擾馬如三軍之騰裝　6-120
擾擾遊宦子　4-76
擾於外閑　9-35
擾澤馬與騰黃　1-275
擾緇文皓質於郊　8-260
擾翰爲林　2-346
擾躟就駕　3-172
摘我園中蔬　5-330
摘瀿瀿　1-205
摘秦政慘酷尤煩者　8-231
摘芳愛氣馥　5-510
攀井幹而未牛　1-107
攀其鱗翼　9-118
攀崖照石鏡　4-481
攀稀亦鳳舉　3-499
攀援桂枝兮聊淹留　6-89, 6-90
攀林搴落英　4-471
攀林摘葉卷　4-62

攀林結留荑　4-386
攀桃李兮不忍言　3-118
攀條折其榮　5-218
攀條摘蕙草　5-435
攀琁璣而下視兮　2-18
攀車臥轍之戀　9-418
攀雲漢以遊騁　2-388
攀鴻翮則翔四海　8-397
攄之亡窮　8-216
攄予意以弘觀兮　3-167
攄八陣之列　7-185
攄武庸城　8-158
攄盛德而化洪　8-404
攏萬川乎巴梁　2-350
攘卻西戎　8-411
攘地千都　9-184
攘爭掩息　8-73
攘皓腕　3-213
攘皓腕於神滸兮　3-273
攘袖見素手　5-65
攘除姦凶　6-272
攙搶暴出而相屬　1-389
攜佳人兮不能忘　7-486
攜佳人兮披重幄　2-399
攜公子而雙遊　6-170
攜友生　3-228
攜幼入室　7-490
攜我好仇　4-223
攜手上河梁　5-232
攜手之期　7-323
攜手共行樂　4-78
攜手共躊躇　4-239
攜手升玉階　4-289
攜手同征　9-211
攜手同車　5-268
攜手同車歸　5-225
攜手實難　4-251
攜手等歡愛　4-104

攜手遁衰孽　4-165
攜手遊郊畿　3-434
攜漢濱之遊女　3-275
攜老幼而入關　2-182
攝其體統　1-316
攝官承乏　2-384
攝官青瑣闥　4-415
攝提無紀　9-196
攝提貞于孟陬兮　6-4
攝提運衡　1-262
攝烏號　1-380
攝生貴處順　5-505
攝統戎車　7-422
攝衣步前庭　5-271
攝衣起撫琴　4-139
攝袂而朝諸夏　9-184
攝齊赴節　8-165
攢乎下風　3-183
攢以龍翰　2-114
攢峰竦誚　7-367
攢布水蓏　2-365
攢并閭與茇葀兮　2-10
攢念攻別心　4-364
攢戾莎　2-71
攢柯挐莖　1-360
攢珍寶之玩好　1-207
攢立叢倚　2-79
攢立叢骿　1-297
攢素既森靄　4-65
攢鋒成林　9-270
攪搜淨捎　3-159
攫挐者亡　7-465
攫鷙之勢也　7-408
擒纖翮以震幽簧　3-225
攬之不盈手　5-408
攬余涕以於邑兮　2-164
攬帶緩促衿　4-42
攬弓捷鳴鏑　5-70

攬樛木之長蘿 2-264

攬涕告辭 7-91

攬涕登君墓 3-455

攬營魂以探賾 3-145

攬茹蕙以掩涕兮 6-19

攬葛藟而授余兮 2-467

攬衣不及裳 5-100

攬衣曳長帶 5-47

攬衣有餘帶 5-404

攬衣起徘徊 5-227

攬衣起西遊 4-205

攬轡命徒侶 5-202

攬轡止跼躅 4-214

攬騑轡以抗策 3-278

支

支離分赴 2-290

支離覆逆之數 8-171

攴·攵

收亂髮兮拂蘭澤 6-147

收仆質 2-456

收付廷尉法獄治罪 7-25

收功單于旃 5-97

收吳引淮 8-160

收和顏而靜志兮 3-274

收天下之兵 8-379

收妙舞 2-407

收弊人之倦 6-443

收恢臺之孟夏兮 6-70

收文武之將墜 9-332

收旄弛斾 6-140

收朋勤誨 9-333

收歡命駕 1-306

收淚即長路 4-218

收激楚之哀荒 3-233

收獲掌功 6-115

收疇昔之逸豫兮 3-37

收百世之闕文 3-130

收禽擧胔 1-202

收秋則奔狐馳兔 8-420

收精注耳 3-183

收罝罦 2-126

收罟課獲 2-243

收羅英雄 7-383

收華委世 9-316

收華紫禁 9-294

收要害之郡 8-375

收跡西踐 4-332

收跡遠遁 9-34

收迹府朝 4-322

收陳平於亡命 8-433

收陵嬰之明分 8-435

收離聚散 7-303

改以金璫右貂 8-333

改制度 2-95

改制度軌量 8-229

改奢即儉 1-277

改容加飾 7-388

改封充邑 3-318

改憲勑法 6-240

改授中書監 9-455

改授侍中中書監 9-364

改授司空 9-371

改授尚書右僕射 9-359

改授征虜將軍丹陽尹 9-452

改授撫南裔 4-260

改授散騎常侍 8-100

改授朝端 9-368

改授農政 9-219

改服就藩臣 4-445

改服康世屯 3-289

改服從朝政 4-150

改服飭徒旅 4-489

改正后妃之制　8-314
改正朔　1-451
改物承天　4-248
改章程　9-184
改策西秦　8-153
改贈司徒　9-428
改轍登高崗　4-213
改韻更調　3-213
攻之者非一塗　8-483
攻乎異端　8-110
攻城野戰　7-139
攻奪出其右　9-21
攻已濡褐　9-270
攻無堅城之將　9-27
攻逐袁熙　7-412
放同賈屈　8-202
放命者七臣　9-69
放庸音以足曲　3-143
放心不移　2-155
放心不覺　1-280
放心縱逸　3-303
放怪獸　2-97
放情陵霄外　4-8
放曠乎人間之世　2-389
放殺其上　7-435
放神靑雲外　4-25
放肆大川　3-205
放臣爲之屢歎　2-426
放鄭聲　8-392
放陳組纓　6-84
放雉兔　2-126
政不由己　4-129
政之興衰　1-156
政事則顧雍潘濬呂範呂岱　9-31
政以禮成　9-340, 9-358
政以賄成　8-359
政成在民和　4-427
政成期月　9-434

政敎失　7-496
政敎未加　7-435
政是以和　9-217
政有小大　7-497
政淩遲而彌季　2-187
政無大闕　9-37
政用多僻　1-225
政績竟無施　4-430
政肅刑淸　9-395
政非一軌　9-452
故三王敦繼絶之德　6-342
故下人號而上訴　1-122
故下明詔　7-353
故不得已而臨之　6-328
故不復爲書　7-271
故不益言　7-261
故不能自免於嫉妬之人也　6-452
故不能遍擧也　1-118
故且從俗浮沈　7-160
故且觀兵旋旆　7-405
故世亂　7-462
故世及之制　9-62
故世平主聖　8-123
故世必有聖智之君　8-123
故中外服從　8-334
故乃建丘山之功　7-413
故乃萬世一時也　9-465
故乃關沬若　7-436
故久之而後顯　8-182
故九江太守邊讓　7-383
故事絶於常篇　2-261
故事至而後定　8-182
故二八升而唐朝盛　8-178
故五月度瀘　6-272
故五等之禮　9-62
故五等所以多亂　9-72
故亦吾人之所畏　6-184
故亦非華說之所能精　3-142

故亭伯死於縣長 9-92

故人心不見 5-385

故人心尙爾 5-227, 5-385

故仕世多素辭 5-427

故令往購募爵賞 7-419

故令斯人揚樂和之聲 1-102

故令斯民視泰階之平 1-453

故以大存名節 8-182

故以慟極津門 9-458

故以暉映先達 6-407

故以殷賑外區 8-60

故以痛深衣冠 8-106

故以秋興命篇 2-384

故以頭陀爲稱首 9-392

故伊尹 9-3

故伊尹蒙恥辱負鼎俎和五味以干湯 8-390

故休烈顯乎無窮 7-433

故余以爲感麟而作 8-23

故作三篇之詩以歌詠之也 8-401

故作文賦 3-128

故作者先爲吳蜀二客 8-30

故作賦云 3-74

故使其然 7-182

故使從事中郎徐勳就發遣操 7-386

故使持節都督楊州諸軍事中書監太傅領
　　司徒楊州刺史竟陵王新除進督南徐
　　州 9-460

故使枉道相過 7-212

故使榮進之心日積 7-283

故使狡虜憑陵 7-19

故使蝟結蟻聚 7-21

故使鋒芒挫縮 7-389

故使鮮魚出於潛淵 7-252

故依本第 8-327

故修性以保神 8-480

故假爲之號曰冥漠君云爾 9-490

故偏聽生姦 6-453

故偶影之操矜 9-148

故傳不言凡 8-14

故傳或先經以始事 8-13

故傳曰 8-12

故傾危而莫救・8-446

故先代有以之興矣 9-73

故先命玄聖 8-249

故先開示大信 7-311

故光武鑒前事之違 8-324

故兵者不可豫言 6-284

故其增構如積 2-327

故其嬉游高峻 2-421

故其徒有繁 8-336

故其應淸風也 3-183

故其林慚無盡 7-367

故其武聲 3-155

故其民有見危以授命 8-291

故其淸涼雄風 2-380

故其積基樹本 8-298

故其經略 1-349

故其華表 2-307

故其詩曰 8-293, 8-294, 8-295

故其風中人狀 2-380, 2-381

故其館室次舍 1-169

故具爲足下陳其可否 7-277

故冬不淒寒 2-316

故凌霄之節厲 9-148

故出生而入死 2-388

故函谷擊柝於東 1-285

故別雖一緒 3-115

故制勝於廟箅 2-203

故制此曲 8-33

故前人欲以垂後 9-73

故前識所不用心 9-480

故劉氏之伐 9-48

故力稱烏獲 6-464

故功業覆於天下 6-456

故勢疑則隙生 8-323

故北出師以討强胡 7-435

故千金之裘　8-409
故卑身賤體　8-388
故又爲郡人焉　8-170
故取足而不易　3-138
故古之有天下者　8-277
故古之王者　9-22
故可仿像其色　2-344
故可庶心弘議　6-384
故史之所記　8-10
故司勳秉策　6-371
故司州刺史蔡道恭　7-19
故同方者以類附　9-27
故吏從事中郎盧諶　4-321
故吏文學謝朓死罪死罪　7-88
故吏某甲等　9-373
故君子百行　7-281
故君子舍彼取此　9-22
故君無虛授　6-276
故君父至尊親　7-166
故吻吮值夫宮商兮　3-153
故呂虔歸其佩刀　8-87
故周室之不壞　6-205
故周禮置官　8-329
故唐虞之世　7-182
故啓滅有扈　6-278
故善人爲善　9-102
故嗟歎之　8-405
故四民有業　7-291
故國多喬木　4-494
故國憂賴其釋位　9-63
故在乎我者　9-151
故堯舜之君世　7-280
故士或自盛以橐　7-458
故大命重集於中宗元皇帝　8-307
故大舉天師百萬之衆　7-408
故大漢之爲政也　8-417
故天下同其憂　8-446
故天稱罔極之恩　6-344

故太上有立德　7-472
故太宰淵丞相巍　6-421
故太宰竟陵文宣王臣某　6-419
故太尉楊彪　7-387
故夫泥蟠而天飛者　7-482
故夫誇目者尚奢　3-134
故夫達者之算也　9-17
故夫顯定三才昭登之績　8-257
故奔北敗軍之將　6-284
故奚斯頌僖　2-281
故奢泰肆情　1-217
故女無美惡　6-451
故委身之日　4-322
故委面霸朝　8-182
故妻敬度勢而獻其說　1-120
故孔子曰　6-290
故孔子采萬國之風　8-27
故存其梗概　7-338
故孝友之行立　8-470
故孝成之世　1-83
故孝章以下　8-314
故季路學於仲尼　9-98
故安之栗　1-458
故宋公一言　9-99
故宗緒中圮　1-236
故密爾自娛於斯文　7-483
故寧遠司馬濮陽太守陽瓚　9-264
故將去而林燔　1-457
故將廣智　2-318
故將立德　2-318
故將語子以神州之略　1-411
故尚書左僕射前軍臣劉穆之　6-371
故屈其身以奉之　6-328
故山日已遠　4-475
故山甫勤於夙夜　8-468
故工人之用鈍器也　8-119
故已父老堯禹　9-274
故帝者因天地以致化　1-155

故平不肆險　2-141
故康王晚朝　8-310
故庸勛之典盖闕　6-214
故延陵季子聽樂以知諸侯存亡之數　8-291
故引之各冠其篇首　8-7
故引兵造河　7-389
故强毅之國　9-60
故彊晉收其請隧之圖　9-65
故彼四賢者　9-5
故後王有以之廢矣　9-73
故從之如歸市　8-294
故復援旌擐甲　7-384
故復撰序所懷　8-187
故復略而言之　7-117
故微其文　8-20
故忽而不營　8-487
故性命之道　9-78
故恤貧緩賦　6-243
故意合則胡越爲昆弟　6-453
故意製相詭　8-349
故慈父不能愛無益之子　6-276
故授以邊事　9-263
故據圖無揮劍之痛　9-154
故擧勞則力輸先代　6-346
故改鄴爲臨漳　8-307
故敍之於紙云爾　5-74
故敢略陳其愚　7-164
故文必極美　8-26
故於時天下非暫弱也　8-289
故於時有天下無窮人之謗　8-284
故明主程才以效業　9-133
故易曰　9-59
故時人高其德　9-341
故時撫空懷而自愧　3-146
故時會之變化兮　2-159
故暗於治者　9-153
故曠世而不覿　1-279
故曰　6-337, 7-433, 7-482, 8-295, 8-466, 9-12,
　　9-164
故曰代大匠斲者　8-41
故曰天可讎乎　8-41
故曰於興必慮衰　8-221
故曰時異事異　7-449
故曰死生有命　9-86
故曰發蒙解惑　6-118
故曰談何容易　8-387, 8-388
故曰談何容易　8-391
故曰風　7-496
故曲終則改　9-150
故有一切之壽　8-485
故有人先談　6-459
故有剖符之封　7-376
故有匡合之功　8-120
故有吳楚七國之患　8-454
故有圄空之隆　8-120
故有小雅焉　7-497
故有洗耳投淵　6-357
故有無功之治　8-484
故有畫地爲牢　7-149
故有處朝廷而不出　7-281
故有賢聖之君　8-414
故有造蕭何律於唐虞之世　7-467
故有道無時　8-180
故服絺綌之凉者　8-120
故木秀於林　9-14
故本四孔加以一　3-200
故林衰木平　5-374
故柏舟有天只之怨　6-297
故桓譚譬之於闚闞　9-124
故棄而弗顧　8-487
故樂毅自魏往　7-173
故樊於期逃秦之燕　6-450
故欲之者萬無一能成也　8-485
故欲如前書之言　7-121
故正得失　7-495
故正諫以明節　8-170

故毀之而又復　2-243

故每攘臂忍辱　7-116

故每破滅強敵　7-410

故每言而稱斯　2-425

故每變而在顏　3-132

故毛嬙西施　8-398

故民詠惟新　8-282

故永御而可貴　3-157

故池不更穿　4-359

故治亂之道　8-393

故渰涩而不鮮　3-137

故淡泊而無所思　2-330

故淮陰留侯謂之天授　8-434

故漢祖奮三尺之劍　8-454

故火壯則煙微　9-153

故烈士扼腕　9-71

故無取乎冗長　3-136

故無因而至前　6-459

故無罪而皆斃　2-433

故無足而至者　9-274

故爲可爲於可爲之時　7-467

故爲立廟　3-244

故父子之道　6-468

故物不震不發　8-408

故特舉劉賈計穎之違　8-18

故獵乃可喜也　2-98

故獻全者受賞　2-423

故率其所嫌而嫌之於國　6-352

故王丹威子以槚楚　9-125

故王業可樂焉　1-284

故甘露零其庭　2-102

故甘靈紛而晨降　6-153

故用之鄉人焉　7-494

故田光伏劍於北燕　6-149

故略陳安危之要　7-422

故略陳至情　7-73

故當其有事也　7-461

故當時享其功利　2-305

故疾風卒至　8-464

故發傳之體有三　8-15

故百官苟合　9-46

故百里奚乞食於路　6-452

故皆不恥淫逸之過　8-302

故皋陶歌虞　1-84

故直言其失　8-387

故相如壯上林之觀　1-285

故眞神之所勞也　2-142

故知賦者　8-27

故知鍾鼓非樂云之本　9-452

故知霜露所均　7-330

故知音者樂而悲之　3-158

故社易置　2-209

故祗愼乎所常忽　2-456

故神農曰　8-482

故禍莫憯於欲利　7-136

故秦皇帝任中庶子蒙嘉之言　6-459

故稱指送一篇　4-306

故穰侯權重於昭王　8-316

故窮泰而極侈　1-89

故立君以治之　8-177

故粗爲賓言其梗概如此　1-280

故精廬妄啓　6-417

故絪緼相感　9-108

故絲竹之器未改　3-229

故絕賓客之知　7-141

故綏之則安　7-449

故綴叙所懷　3-203

故繫之召公　7-498

故美玉蘊於碔砆　8-402

故老掩涕　6-367

故老猶存　9-38

故考列行跡　8-316

故聆曲引者　3-192

故聊因校獵　2-104

故聊復備數　3-179

故聊復應焉　7-472

故聊賦焉　8-47

故聖上覽乃昔以來禮典舊章　7-85

故聖主必待賢臣而弘功業　8-125

故聖人隨世以擢佐　9-146

故聖王不替　8-215

故聞其悲聲　3-158

故聽其巨音　3-155

故能之者偏也　8-441

故能代驂象輿　2-446

故能使三十七品有樽俎之師　9-389

故能使海若登祇　7-103

故能使解劍拜仇　8-101

故能侈秦法　2-273

故能保其社稷　9-52

故能免於斯累　8-440

故能出人於阽危之域　6-246

故能出必以律　7-23

故能因形創聲　3-236

故能就其深　6-434

故能居然而辨八方　1-314

故能建必然之策　7-480

故能成其大　6-434

故能據國相持　7-178

故能明其德　6-434

故能爲鬼神所福饗　8-427

故能王道興隆　7-381

故能綜覽義旨　9-227

故能翔岐陽之鳴鳳　2-331

故能西禽孟達　8-280

故能隆興周道　8-467

故能騁績康衢　9-368

故膺騰撇波而濟水　8-399

故臣作兩都賦　1-85

故臨崩寄臣以大事也　6-272

故臨川有投跡之哀　9-155

故自刺史之來也　8-405

故自后稷之始基靜民　8-298

故自幽厲之間　9-8

故自竭老夫之思　7-181

故至於咸寧之末　8-283

故與人共守之　8-446

故與人共治之　8-446

故與夫篇什　1-75

故舍耒場圃　7-89

故若古者稱堯舜　8-231

故荊棘旅庭也　1-413

故莫能得之　8-478

故莫能相終　8-485

故蒙恥之實　8-340

故蔽善而揚惡　1-230

故薄遊以取位　8-170

故藉翰林以爲主人　2-132

故蘧甯以之卷舒　8-179

故虎嘯而風寥戾　8-409

故虞舜舞干戚而服有苗　7-422

故號聖王　8-390

故棄知向方　8-290

故西伯幽而演易　8-443

故觀阮籍之行　8-304

故觸形則照　9-150

故言而非命　9-88

故言語侍從之臣　1-82

故設官分職　9-59

故設非常之賞　7-417

故詔書曰　7-349

故詠歌之　8-405

故詢諸友好　9-277

故詩曰　8-393

故詩有六義焉　7-496

故詼諧以取容　8-170

故語曰　8-463

故說得行焉　7-448

故請奏機事　8-331

故論記其義　3-193

故諸侯享食土之實　9-59

故謹述天旨　9-78

故變風發乎情　7-497

故豪彦尋聲而響臻　9-29

故貪饕者聽之而廉隅兮　3-156

故賈后肆虐於六宮　8-305

故賈生憂其危　9-66

故賢愚咸懷　8-280

故賦之云爾　2-430

故足稱也　3-267

故躑躅於短垣　3-143

故躬破於徐方　7-384

故躬稼以供粢盛　2-35

故車右伏劍於鳴轂　6-279

故軌迹夷易　8-209

故載祀二三　2-303

故輪蓋所遊　9-122

故辭必盡麗　8-26

故逃喪亂事多　5-425

故述往事　7-157

故遂割據山川　9-32

故遂潔其衣服　9-16

故遂與操同諮合謀　7-383

故遇之而不怨　9-14

故運之將隆　9-2

故道不同　7-167

故道之將行也　9-15

故達識攝其契　8-183

故遣中郎將往賓之　7-374

故遣信使　7-377

故遭罹而羸縮　2-476

故選將開邊　6-249

故郡縣易以爲治　9-72

故鄉一何曠　5-407

故鄉邈已夐　5-18

故鄙諺曰　6-465

故鄭衆得專謀禁中　8-333

故里名勝母　6-461

故重華立而元凱升　9-95

故錯舉以爲所記之名也　8-10

故陵不免耳　7-119

故雖兼諸夏之富有　1-341

故雖和而不悲　3-141

故雖哲而不忘　9-487

故雖應而不和　3-140

故雖遭罹厄會　8-429

故非常人所擬也　7-380

故非獨鳥有鳳而魚有鯤也　7-445

故靡得應子　6-189

故顏奮文辭　7-188

故頡頑以傲世　8-170

故願大王審畫而已　6-442

故願大王無忽　6-440

故風雅之道　1-69

故養壽命之士莫肯進也　8-388

故首冒嚴科　6-421

故馬或奔踶而致千里　6-193

故馳騖乎兼容幷包　7-434

故駒跳而遠去　6-73

故高秩厚禮　8-325

故髦士投絞　3-58

故魏人請好　9-35

故魚以泉涸而呴沫　9-119

故魯肅一面而自託　9-43

故鳥有鳳而魚有鯤　7-444

故麋鹿寓城也　1-413

故黙然獨守吾太玄　7-468

故齊王不明　8-299

效五牲　1-133

效獲案　1-387

效獲霙麌　1-205

效當年之用　3-50

效節明主　7-69

效臣錐刀之用　6-282

效蓬心於秋實　7-91

效足中黃　2-458

敍人倫　6-292

敍意於濡翰　4-185

敍此平生親　5-235
敍溫鬱則寒谷成暄　9-118
敎之廢興　9-62
敎之歌　5-197
敎也　7-494
敎以化之　7-494
敎以順於接物　7-132
敎使刊定　7-55
敎先稑稺　9-323
敎敦不肅　9-340
敎敬不易之典　2-449
敎敷而彝倫敍　2-216
敎淸於雲官之世　6-186
敎無常師　3-58
敎肄南移　9-389
敎臻侍子　9-185
敎通四海　6-195
敎達禁成　1-266
敎養子孫　7-293
救兵不至　6-438, 7-144
救子非所能　5-184
救我邊危　9-255
救於滅亡　8-448
救此橫流　9-183
救躬慚積素　4-158
敗國蠹政之事　8-336
敗德殄義　9-125
敗法亂紀　7-386
敝所恃以事無用　7-431
敝罔靡徙　7-438
敢不以聞　6-265
敢不欽承　7-223
敢不法兮　2-173
敢不略陳愚心　8-118
敢不自彫飾　5-475
敢以陳聞　7-86
敢作頌曰　2-36
敢叨天功　6-390

敢同獻賦　2-443
敢告庶姬　9-164
敢告梁益　9-177
敢問上古之士　7-479
敢問人瑞　8-420
敢問所安　8-20
敢問所歌何詩　8-401
敢守難奪　6-384
敢寅言於彤篆　9-398
敢復陳聞者　6-298
敢忘所守　4-331
敢怠遑而舍勤　3-4
敢撰德於旂旒　9-290
敢望惠施　7-57
敢竭肝膽　8-225
敢緣所蒙　6-303
敢肆犬羊　6-329
敢背惠而忘初　2-426
敢討賊以紓禍　2-228
敢託旒旗　9-217
敢詠在舟　4-181
敢詢諸前典　9-265
敢謝斯幸　7-7
敢闕其文哉　9-254
敢陳力而就列　3-63
敢飾輿人詠　5-508
散以禮樂　7-460
散以象外之說　2-268
散似驚波　1-188
散公儲　2-126
散如雲豁　2-363
散帙問所知　4-367
散幽經以驗物　2-460
散曜垂文　6-136
散樂移風　6-153
散樂變飾　6-147
散氣流形　9-162
散澳夷陸　2-71

散滯積而播揚　3-236

散漫亞九齡　5-316

散漫交錯　2-395

散漫似輕埃　5-368

散璞發輝　9-219

散皇明以燭幽　1-128

散禁財　1-248

散而不止　9-20

散靈魄於天潯　9-298

散髮岩岫　4-132

散髮歸海隅　3-470

散髮重陰下　4-235

敦固守孤城　9-250

敦孝悌　9-103

敦履璞沈　7-323

敦崇帝族　6-201

敦悅斯在　9-450

敦惠以致人和　9-52

敦率遺典　9-46

敦穆於閨庭　9-350

敦胅血拇　6-78

敦萬騎於中營兮　2-8

敦還攝任　9-361

敬亦旣篤　9-230

敬佩玉音　2-409

敬備乎所未防　2-456

敬勤顯陽　9-292

敬吊先生　9-470

敬問墟墳　8-175

敬因執事以聞　6-487

敬始紘綖　9-323

敬愼威儀　1-264

敬愼無怠　2-173

敬授旣同　8-194

敬接末曲　2-399

敬服朕命　6-207

敬法卯刑　6-236

敬皇后梓宮啓自先塋　9-320

敬祭故楚三閭大夫屈君之靈　9-496

敬祭顏君之靈　9-500

敬禮謂僕　7-228

敬而無妨些　6-82

敬聞命矣　8-400

敬聽嘉話　6-164

敬薦冥漠君之靈　9-491

敬行宗祀　9-314

敬躬祀典　3-410

敬述靖節　9-283

敬通鳳起　9-83

敬達郊禋　5-43

敬遵所聞　8-421

敬遵昔義　9-493

敬陳奠饋　9-501

敲扑誼嚻犯其慮　7-365

整之撫侄　7-36

整亡父輿道先爲零陵郡　7-31

整便打息逤　7-29

整便留自使　7-31

整便責范米六斗哺食　7-29

整兄寅以當伯貼錢七千　7-31

整兄弟及姊共分此錢　7-31

整兄弟後分奴婢　7-31

整兄弟未分財之前　7-31

整卽主　7-35

整卽納受　7-33

整及母幷奴婢等六人來至范屋中　7-29

整就兄妻范求米六斗哺食　7-33

整復云寅未分財贖當伯　7-31

整復奪取　7-31

整怒　7-33

整意貪得當伯　7-31

整戎剛　6-172

整我六師　8-129

整母子爾時便同出中庭　7-33

整治器械　7-309

整疑已死亡不回　7-31

整神容而自持　2-462

整秋御　6-180

整聞聲仍打逐　7-33

整若軏略兄子逐分前婢貨賣　7-34

整行伍　1-195

整衣服　3-261

整裝辭秦川　5-423

整規當伯還　7-31

整語采音　7-33

整輕翮而思矯　2-263

整輿竦戎　2-141

整轡高衢　8-203

整駕肅時命　5-80

整駕至南郷　4-182

敵何彊而不殘　9-485

敵國雖亂　7-184

敷奏朝端　9-460

敷弘體理　8-26

敷文化以柔遠　8-68

敷暢厥旨　8-7

敷皇極以創業　2-282

敷績壺冀始　5-141

敷輿邦教　9-454

敷華蕊之蓑蓑　1-297

敷華青春　2-310

敷蕊葳蕤　1-326

敷藻翰之陪鰓　2-149

敷言遠朝列　4-374

敷讚百揆　6-371

敷道德之弘麗　6-133

數之所塞　9-157

數十萬人　2-139

數喪師徒　7-383

數奇良可歎　4-95

數搖動以罷車甲　2-134

數日不見　7-226

數有所不逮　6-63

數蒙渥恩　8-224

數課衆寡　1-202

數軍實乎桂林之苑　1-394

數逾千祀　1-72

毆以就役　1-226

敻其邈兮互地界　9-169

敻冥默而不周　2-474

斂以時襲　9-244

斂以衰章　9-458

斂容顔　3-261

斂衽魏闕　1-445

斂輕霧　7-368

斃呂以權　8-157

斃於內棧　2-443

斃於旗下　9-264

文 ───────────

文不加點　2-420

文不在茲乎　8-21

文不逮意　3-128

文之佳惡　7-229

文之所害　8-12

文之時義遠矣哉　1-65

文亦定婚於皇家　9-353

文亦宜然　1-65

文亦霧散　9-376

文人不能懷其藻兮　3-165

文人相輕　8-438

文以化光　9-192

文以情變　8-347

文以明言　4-312

文以朱綠　1-169

文以氣爲主　8-442

文以虎變　3-376

文侯所興　7-168

文侯投以夜光之璧　6-450

文侯論其指意　8-402

文儒是競　6-247

文公寘其尾　9-82
文則時雍　3-315
文勝則史　9-239
文化內輯　3-286
文又躬自菲薄　1-229
文取指達　9-275
文史星曆　7-147
文君爲我端蓍兮　3-9
文囿降照臨　3-389
文垂條而結繁　3-132
文墨紛消散　5-249
文奏方盈前　5-18
文契書於幕府　9-250
文子懷忠敬而齒劍　8-44
文子曰　6-297
文學夫子曰　8-420
文學夫子降席而稱曰　8-401
文學少所經　4-236
文學曰　8-398, 8-400, 8-402, 8-404
文學託乘於後車　7-211
文帝不從　8-455
文帝時　8-331
文彩璘班　2-328
文彩雙鴛鴦　5-227
文德之與武功　8-177
文德旣昭　1-265
文德熙淳懿　5-122
文徽徽以溢目　3-145
文憲焉可逾　4-234
文成作師　8-146
文成致麟　8-23
文成顚歌　2-91
文擅彫龍　6-215
文敎迄已優洽　2-444
文昌鬱雲興　4-198
文明固天啓　5-361
文明映心　8-189

文條炳於鄒說　6-240
文檟華梁　6-142
文穰楨檉　1-360
文欽唐咨　7-427
文武不以卑　8-407
文武之功　8-293
文武之迹不墜　8-22
文武之道　3-381, 7-356
文武四充　8-167
文武幷騖　8-472
文武桓桓　7-306
文武自天保以上治內　8-295
文殊戾止　9-400
文爲德表　9-343
文物共葳蕤　5-374
文王以寧　8-125, 8-393
文王杳焉　9-332
文王囿百里　2-102
文王所以寧也　8-414
文王改制　8-209
文王旣沒　8-21
文王有退修之軍　7-183
文王退舍　7-311
文異豹飾　6-82
文皇帝養德東朝　9-465
文禽蔽綠水　7-255
文章不經國　3-510
文章之貴　9-9
文章則司馬遷相如　8-271
文章奐以粲爛兮　3-37
文章爲盛　7-70
文緣波些　6-82
文翩鱗次　2-148
文而無害　6-246
文若懷獨見之明　8-181
文若春華　9-209
文蔽班楊　9-500
文薄之弊　9-8

文見於此　8-15
文質之體　8-27
文質無所底　7-163
文質異時　8-277
文質相濟　9-62
文身裸袒之國　8-421
文軫薄桂海　5-515
文辭表記　8-99
文違風於北阿　2-193
文采委曲　7-238
文鈇碧砮之琛　8-75
文雅縱橫飛　4-186
文集大命　2-302
文駟列乎華廏　2-442
文體三變　8-348
文魮磬鳴以孕璆　2-360
文鰩夜飛而觸綸　1-391
斐披芬葩　1-300
斐斐氣幕岫　4-36
斐韡奐爛　3-213
斑白不提　1-435
斑間賦白　2-312
斑陸離其上下　6-22
斑題之猱　6-173
斑鬖髟以承弁兮　2-388

斗
斗筲之子　8-429
斗筲可以定烈士之業　8-39
斗酒相娛樂　5-212
斗酒自勞　7-166
料其虓勇　1-391
料敵制勝　8-129
料敵制變　7-24
料敵厭難　9-269
料武藝　2-451
料殊功而比操　3-216

料險易與衆寡　2-229
斜臨寇境　7-19
斟洪範　1-443
斟酌時宜　8-357
斡棄周鼎　9-471
斡流而遷兮　2-413
斡流遷其不濟兮　2-476
斡流隨風飄　4-423
斛白水以爲漿　3-29

斤
斥芬芳而不御　2-137
斥西施而弗御兮　3-7
斥逐又非其愆　8-122
斧之藻之　9-163
斧氷持作糜　5-56
斧斯以時　1-448
斧藻至德　8-69
斫氷兮積雪　6-45
斫善害能　9-259
斫雕爲樸　8-314
斬其梟帥　7-118
斬叢棘　2-108
斬木爲兵　8-381
斬梓泗濱　7-245
斬泗濱之梓以爲箏　7-236
斬溫禺以罅鼓　9-168
斬蝛蛇　1-271
斬輕銳之卒　7-84
斬鵬翼　1-385
斮巨蜒　2-115
斮猗狂　1-270
斯七子者　8-439
斯不亦遠乎　7-153
斯不自見之患也　8-439
斯乃伏羲氏之所以基皇德也　1-125
斯乃湯武之所以昭王業也　1-125

斯乃軒轅氏之所以開帝功也　1-125

斯事雖細　1-84

斯亦吾之鄙願也　7-322

斯亦曩時版築飯牛之朋已　8-271

斯亦生民之至艱　3-93

斯亦行路之艱難　7-318

斯亦運之極乎　8-336

斯疊之深　4-310

斯人神之所歆羨　6-184

斯以奇矣　7-142

斯則斷金由於湫隘　9-120

斯則邪正由於人　9-99

斯受命者之典業也　8-239

斯可謂存榮沒衰　9-344

斯固國史之所詳　9-407

斯固所謂舉逸人則天下歸心者乎　8-342

斯固輕禮弛防　8-311

斯固通人之所包　8-90

斯天下之上則已　8-241

斯實神妙之響象　1-357

斯實薄郡守之榮　7-79

斯徑廷之辭也　9-100

斯志士之大痛也　8-443

斯惟皇士　3-297

斯所以怵惕於長衢　7-319

斯文未作　1-64

斯旣然矣　6-256

斯有識之所悼心　6-357

斯榮非攸庶　4-289

斯樂難常　7-211

斯民如何　3-341

斯民曷仰　9-435

斯水之神　3-270

斯無窮乎　6-61

斯爲可矣　7-271

斯爲稱首　7-28

斯理何從　6-253

斯皆憑阻恃遠　7-182

斯皆然矣　7-52

斯盛德之所蹈　7-246

斯罪之積　4-310

斯自雅量素所蓄也　7-57

斯與彼其何瘳　3-25

斯蓋天下之俊乘　6-181

斯蓋宅土之所安樂　1-340

斯衆兆之所惑　2-476

斯言不渝　7-95

斯言旣發　9-210

斯言易爲緇　4-474

斯言豈虛作　4-263

斯豈非信重親戚　8-447

斯豈非宗子之力耶　8-459

斯賢達之素交　9-112

斯路何階　6-249

斯路漸　6-86

斯遊逶成兮　2-414

斯道替矣　8-179

斯非亞歟　7-481

斯風漸篤　8-357

新垣過計於朝　6-443

新成三老董公轘生　8-142

新沐者必彈冠　6-65

新浴者必振衣　6-65

新聲代起　3-212

新聲妙入神　5-213

新聲慘亮　3-209

新聲變曲　3-228

新蒲含紫茸　4-59

新湀泛沚　8-80

新衣翠粲　3-212

新裂齊紈素　5-51

新語以興　7-480

新起之寇　8-289

新造舟舼　7-201

新都自焚　8-368

新都襲漢　9-68

新除中軍參軍臣劉整　7-35

新陽改故陰　4-45

斯雕刓方　6-252

斷刑罰以威之　8-290

斷割重器　8-315

斷可識矣　8-44

斷懷土之情　8-432

斷支體受辱　7-148

斷浮翮以爲工　6-178

斷焉可知矣　9-124

斷絕我中腸　5-252

斷絕雖殊念　4-478

斷自唐虞以下　8-4

斷蛇奮旅　8-363

方 ─────────────

方疏含秀　6-169

方丈華錯　6-182

方且排鳳闕以高游　8-60

方且趨以表敬　9-191

方之居延　7-20

方之微臣　6-399

方之於秀　6-359

方之疏壤　6-403

方之篇翰　1-75

方之蔑如也　6-202

方九百里　2-43

方事之殷　9-218

方二軌而幷入　2-285

方今俊乂在官　3-53

方今六合未康　6-360

方今同姓疏遠　8-458

方今大吳受命　8-471

方今大漢　7-478

方今天下一統　6-278

方今天下適定　7-179

方今天地之睢剌　1-309

方今漢室陵遲　7-392

方今田時　7-378

方今百僚濟濟　7-309

方今聖上　1-218

方今聖曆欽明　6-487

方今葵賓紀時　7-211

方今鍾百王之季　6-337

方以類聚　8-28

方任雖重　9-454

方作雲峰異　5-510

方內無事　7-424

方其用財取物　1-282

方同戰勝者　5-368

方周於魯　3-316

方四三皇而六五帝　2-331

方國家多故　7-424

方垂意於至寧　2-137

方城漢池　9-420

方埒不能睹其若滅　6-180

方塘含清源　4-189

方塘含白水　5-250

方士鍊玉液　5-495

方壺外次　9-202

方外榮華　7-291

方天機之駿利　3-145

方媚之黨　7-47

方學松柏隱　4-81

方宣讚盛化　6-372

方寸海納　8-192

方將上獵三靈之流　2-125

方將俟元符　2-142

方將增太山之封　7-437

方將數諸朝階　1-279

方將耕於東皐之陽　7-108

方嶽無鈞石之鎮　8-287

方年一日長　4-349

方年沖藐　9-325

方復按甲盤桓　7-21

方復隱諱以避患　8-22
方志所辨　1-358
方思僕言　7-334
方恢天緒　6-358
方慚綠水薦　5-508
方憑保祐　9-460
方指日而比盛　2-186
方握河沈璧　8-76
方攬道德之精剛兮　2-19
方斯易理　9-417
方斯蔑如也　9-353, 9-447
方斯蔑矣　8-234
方於事上　9-462
方旦居叔　3-400
方暉竟戶入　5-392
方架黿鼉以爲梁　3-108
方棄汝南諾　5-370
方椎夜光之流離　2-122
方欲振策燕趙　9-424
方正倒植　9-471
方此爲劣　9-412
方步櫩而有踟　1-435
方江泳漢　9-313
方漸八年　6-304
方玉車之千乘　2-8
方甫刑　8-237
方當盛漢之隆　7-169
方當繫頸蠻邸　7-331
方畿之內　7-392
方相秉鉞　1-270
方知杕杜情　5-476
方祗始凝　9-312
方糴賤販貴　7-167
方紛紛其繁會　2-30
方臣所荷　6-324
方舟北濟　7-389
方舟安可極　5-260
方舟幷鶩　1-116

方舟新舊知　3-438
方舟汎河廣　5-424
方舟溯大江　4-139
方舟結駟　1-374
方舟順廣川　5-35
方茂其華　9-231
方解繯絡　2-261
方言哀而已歎　3-132
方軌十二　1-181
方軌茅社　9-409
方軌齊軫　1-304
方軒九戶　2-320
方轂錯出　6-477
方轅接軫　1-187
方進明準　9-361
方鄙吝之忿悁　2-191
方釳左纛　1-252
方銜感於一劍　3-117
方隅回面　3-376
方隅多事　6-306
方雙轡而賦珍羞　1-394
方面靜息　9-185
方馳千駟　2-115
方駕振飛轡　5-410
方駕授饗　1-202
方駕揚淸塵　5-129
方駕曹王　9-126
方駕比輪　1-422
方駕自相求　5-155
方駕駿珍　4-329
方驥齊鑣　4-244
方高山而仰止　9-373
於丘明之傳　8-18
於事爲甚　7-47
於亡不臨　9-222
於今三年　7-194
於今乃睹子之志矣　7-169
於今二十有四年矣　8-461

於今廢將迎　4-471
於今比園廬　4-234
於今稱之　7-227
於今鮮儔　4-274
於休先生　9-336
於何不有　1-188, 3-339
於何不至　9-259
於何不養　3-285
於何託余足　4-230
於何逃責　6-380
於傳載之　8-220
於其宮室　1-308
於其陂澤　1-300
於前則宣明顯陽　1-424
於前則終南太一　1-158
於前則跨蹋犍牂　1-319
於南則前殿靈臺　1-240
於南則有承光前殿　2-321
於壁中得先人所藏古文虞夏商周之書及
　　傳論語孝經　8-6
於子大夫何如哉　6-241
於孤益貴　7-207
於學無所遺　8-440
於安思危　7-397
於岩之畔　3-271
於廓靈海　2-337
於彼諸賢　7-70
於彼野王　9-219
於後則却背華容　1-321
於後則椒鶴文石　1-425
於後則高陵平原　1-159
於心有不厭　4-193
於戲　8-386
於操爲甚　7-388
於文簡公見之矣　9-348
於斯之時　1-118
於斯之時　2-98
於斯爲貴　8-179

於斯胥泊　1-244
於昭明堂　1-146
於昭有齊　9-402
於是七雄虓闞　7-475
於是三事嶽牧之寮　8-260
於是上帝眷顧高祖　2-135
於是不售　1-210
於是中官始盛焉　8-333
於是乃使夫性昧之宵冥　3-152
於是乃使旬帥淸畿　2-26
於是乃使魯般宋翟　3-185
於是乃命使西征　7-430
於是乃命羣僚　2-5
於是乃奉若天命　8-233
於是乃有始泰終約　3-223
於是乃發激楚之結風　6-109
於是乃相與獠於蕙圃　2-52
於是乃縱獵者　3-253
於是乎乃使刳諸之倫　2-47
於是乎乃歷夫太階　2-286
於是乎乃解酒罷獵　2-94
於是乎乖　8-28
於是乎周覽泛觀　2-73
於是乎在　1-367, 9-395
於是乎存焉　1-94
於是乎崇山矗矗　2-70
於是乎游戲懈怠　2-90
於是乎玄袨素雌　2-81
於是乎發梁棟而用之　9-249
於是乎盧橘夏熟　2-78
於是乎禹也　2-336
於是乎立其封疆之典　9-59
於是乎背秋涉冬　2-83
於是乎著　7-393
於是乎蛟龍赤螭　2-68
於是乎連閣承宮　2-296
於是乎遠　9-276
於是乎邛竹緣嶺　1-320

於是乎金城石郭　1-330

於是乎長鯨吞航　1-353

於是乎離宮別館　2-75

於是乎鯢齒眉壽　1-310

於是乘輿　2-8

於是乘輿弭節徘徊　2-86

於是乘鑾輿　1-111

於是九州絶貫　7-300

於是事畢功弘　2-21

於是事變物化　2-17

於是二子愀然改容　2-100

於是二客醉於仁義　8-421

於是人稠網密　6-139

於是以士相見之禮友焉　8-400

於是仰協三靈　9-183

於是仲春令月　3-43

於是伯樂相其前後　6-106

於是使伊尹煎熬　6-104

於是使博辯之士　6-107

於是使射千鎰之重　6-106

於是信矣　8-282

於是俯察旁羅　9-198

於是候勁風　2-340

於是備物　1-260

於是僕本恨人　3-107

於是六國之士　8-376

於是冠蓋輻湊　9-127

於是凜秋暑退　3-61

於是列毣彤之繡栭　2-312

於是前驅魚麗　2-29

於是南岳獻嘲　7-367

於是叢條瞋膽　7-368

於是合場遞進　3-170

於是君臣離而名教薄　8-179

於是吳王懼然易容　8-390

於是吳王穆然　8-392

於是命舟牧　1-204

於是器泠絃調　3-212

於是域滅區殫　9-168

於是大司馬進曰　8-214

於是大廈雲譎波詭　2-10

於是天下三分有二　8-296

於是天下學士　9-185

於是天子乃以陽晁　2-113

於是天子乃登屬玉之館　1-114

於是天子俙然改容　8-218

於是天淸日晏　2-118

於是太子據几而起曰　6-125

於是孟冬作陰　1-192

於是孟春元日　1-244

於是孟秋爰謝　2-213

於是屛翳收風　3-276

於是山水猥至　3-181

於是崇墉濬洫　1-430

於是左城右平　1-97

於是庭實千品　1-136

於是廢五等之爵　8-450

於是廢先王之道　8-379

於是延友生　3-232

於是弛青鯤於網鉅　2-243

於是弭節頓轡　1-384

於是張昭爲師傅　9-29

於是後宮乘輚輅　1-115

於是後宮賤玳瑁而疏珠璣　2-137

於是從散約解　8-377

於是忽焉縱體　3-273

於是我皇乃降靈壇　2-31

於是我皇帝拯之　9-181

於是提劍揮鼓　7-382

於是揭以高昌崇觀　2-325

於是搖珮飾　3-261

於是撤圍頓罔　6-174

於是撫心定氣　3-256

於是操師震慴　7-389

於是放臣逐子　3-183

於是文繹復集　8-409

於是方塗結軌　8-359
於是旣庶且富　1-90
於是日將逮昏　1-306
於是春秋改節　1-257
於是暮春之禊　1-304
於是曜靈俄景　3-233
於是曲引向闌　3-213
於是有弱冠王孫　9-118
於是染翰操紙　2-384
於是楚王乃弭節徘徊　2-48
於是楚王乃登雲陽之臺　2-54
於是楚王稱善　3-267
於是極犬馬之才　6-112
於是榛林深澤　6-114
於是構雲梯　6-165
於是樂只衎而歡飫無匱　1-373
於是樹碑表墓　9-334
於是欲顯名號　8-397
於是欽柴宗祈　2-20
於是歡洽宴夜　3-172
於是正明堂之朝　8-392
於是歲次天紀　9-190
於是歷吉日以齋戒　2-96
於是殉華大夫聞而造焉　6-161
於是民以悅來　9-395
於是水蟲盡暴　3-247
於是沈辭怫悅　3-130
於是河海生雲　2-395
於是治定功成　9-184
於是洛靈感焉　3-275
於是流湯之黨　9-182
於是澡漑胸中　6-117
於是焉取　2-323
於是獲乂　6-200
於是玄墀釦砌　1-100
於是玄微子攘袂而興曰　6-154
於是玄關幽捷　9-385
於是登絕巇　6-162

於是發鯨魚　1-131
於是百姓昭明　2-282
於是百姓滌瑕蕩穢　1-140
於是百姓與能　8-280
於是皇城之內　1-129
於是皇澤豊沛　8-405
於是皇輿夙駕　1-262
於是盛以翠樽　6-134
於是相與結麗　8-400
於是睇秦嶺　1-89
於是磽塉谷塞　6-139
於是禽殫中衰　2-121
於是秦人拱手而取西河之外　8-374
於是窮陰殺節　2-461
於是算分銖　2-153
於是精移神駭　3-271
於是素交盡　9-113
於是絃桐練響　2-408
於是絳侯朱虛興兵奮怒　7-381
於是群士放逐　1-305
於是群雄蜂駭　9-25
於是羨芳聲之遠暢　2-422
於是聖上睹萬方之歡娛　1-139
於是聖武勃怒　2-138
於是聖皇乃握乾符　1-122
於是背下陵高　3-278
於是背秋涉冬　6-102
於是至矣　7-409
於是臺如重璧　2-396
於是舟人漁子　2-342
於是般匠施巧　3-152
於是薦三犧　1-132
於是蘆人漁子　2-368
於是蘭栭積重　2-314
於是處子怳若有望而不來　3-266
於是蚩尤秉鉞　1-195
於是衆變盡　1-212
於是裂地定封　8-390

於是見君親之同致　9-369
於是覽止足之分　3-54
於是觀禮　1-241
於是詳察其棟宇　2-289
於是調謳　3-251
於是諸大夫茫然喪其所懷來　7-438
於是講八代之禮　9-35
於是賢人失志　8-27
於是越北沚　3-277
於是躡節鼓陳　3-168
於是輕薄干紀之士　8-286
於是洒作而賦積雪之歌　2-399
於是洒屛輕簟　2-386
於是退而閑居　3-56
於是逍遙暇豫　6-143
於是遂憤懣而獻吊云爾　9-480
於是遂研精覃思　8-7
於是遊覽既周　2-268
於是遊閒公子　3-186
於是遯世之士　3-207
於是鄭女出進　3-165
於是鄭女曼姬　2-50
於是酒中樂酣　2-94
於是醇洪鬯之德　2-128
於是采公曾之中經　8-95
於是采少君之端信　1-179
於是量徑輪　1-162
於是鈎陳之外　1-170
於是鏡機子攀葛藟而登　6-130
於是鏡機子聞而將往說焉　6-129
於是陰陽交和　1-273
於是離宮設衛　8-57
於是靈草冬榮　1-109
於是飛黃奮銳　6-174
於是馬鳴幽贊　9-388
於是駭鍾鳴鼓　6-140
於是驅馬原隰　9-421
於是鳥獸殫　1-202

於是鼓怒　2-338
於是齊僮唱兮列趙女　1-304
於是齊王無以應僕也　2-54
於時上帝　3-375
於時之亂　1-121
於時昆蚑感惠　6-187
於時景燭雲火　9-449
於時東鯷卽序　1-445
於時綿駒結舌而喪精　3-238
於時蒸民　1-236
於時青陽告謝　2-147
於時麗憲　9-343
於東則左綿巴中　1-323
於東則洪池清藥　1-241
於橐於囊　8-294
於此大壞　8-304
於洛陽鄉中閱視良家童女　8-314
於焉仰鑣駕　4-85
於焉逍遙　3-43
於理雖可得而　6-363
於皇先生　9-345
於皇時晉　3-330
於皇樂胥　1-148
於皇聖世　4-241
於穆顯考　3-314
於絲竹特妙　3-73
於罕之羌　8-129
於義則虛而無徵　1-314
於臣寁所敢喩　6-363
於臺堂上施八尺床　9-479
於茲三年矣　6-257
於茲乎鴻生巨儒　2-124
於茲爲盛　8-271
於茲爲群　1-103
於西則右挾岷山　1-325
於赫君子　3-299
於赫太上　1-147
於赫有命　8-369

於赫有漢　3-296
於赫王宰　3-400
於辭則易爲藻飾　1-314
於辭無所假　8-440
於鄕黨則恂恂焉　9-339
於陵子仲　6-456
於雍容侍從　7-70
於魏之彊　9-208
施于松標　4-333
施人不倦　9-462
施人愼勿念　9-173
施仁義　8-392
施侔造物　6-214
施及孝文王莊襄王　8-377
施命發號　8-52
施和必節　6-134
施尊名　8-210
施己唯約　3-371
施德厚　6-457
施德百蠻而肅愼致貢　7-421
施暢春風　3-310
施朱則太赤　3-264
施榮楯而捷獵　1-369
施瑰木之欂櫨兮　3-68
施翮起高翔　3-427
施衿之費　7-45
施衿結褵　9-162
施重山岳　6-319
施黼黻袞冕以昭之　8-236
旁作穆穆　8-234
旁出子史　1-74
旁南山　2-103
旁挺龍目　1-320
旁施勤教　6-201
旁映重疊　9-192
旁求儒雅　8-5
旁求四方　6-262
旁流百廛　1-90

旁眺八維　6-207
旁薄立四極　5-186
旁行踽僂　3-264
旁震八鄙　1-245
旁魄四塞　8-211
旁魄而論都　1-347
斿魚須　1-380
旅人豈遊遨　5-511
旅宦遊關源　5-451
旅思倦搖搖　5-8
旅束帛之戔戔　1-249
旅楹閑列　1-421
旅翮先謝　7-90
旅雁違霜雪　3-393
旅食南館　7-211
旅館眺郊歧　4-48
旅鴈每迴翔　5-398
斾合諧　3-251
斾已反乎郊畛　1-254
旋侍光塵　7-61
旋入雷淵　6-77
旋反桑梓　4-269
旋室嬋娟以窈窕　2-287
旋復回皇　3-189
旋憩乎昆明之池　1-203
旋牧野而歷玆　2-185
旋皇興於夷庚　9-27
旋葬而窆　9-284
旋見孥戮　8-336
旋觀終始　6-375
旋詔左言　9-321
旋還乎後宮　2-80
旌以殊恩　9-260
旌六典之舊章　1-239
旌命交於塗巷　9-29
旌委鬱於飛飛　9-298
旌帛蒲車之所徵賁　8-342
旌性行以制珮兮　3-4

旌拂霄墕 6-161

旌施屢徂遷 5-96

旌旗拂天 1-132

旌旗流星 7-312

旌旗電舒 9-255

旌此靖節 9-285

旌甲被胡霜 5-152

旌簡髦俊 8-472

旌錄舊勳 9-265

旌門洞立 8-57

旐弓騂騝 4-313

旐旗偃蹇 6-114

旐旗躍莝 1-441

旐首萬里 7-405

族始伯喬 9-218

族居遞奏 2-91

族茂幽皁 1-360

旗不脫扃 1-177

旗不覼褰 8-134

旗亭五重 1-183

旗章有歛 3-316

旗蓋相望 3-332

无 ——————

既不相如 7-118

既不知其名字遠近 9-490

既乃內無疏蹊 6-173

既乃珍臺蹇産以極壯 1-177

既乃瓊巘嶒峻 6-165

既仁得其信然兮 2-472

既以解足下 7-295

既以謫去 9-470

既作之後 8-22

既作長夜飲 5-424

既佶且閑 1-266

既來不須臾 5-225

既傷蔓草別 5-476

既允焚林之求 9-449

既光厥武 1-238

既克隋於九折 2-265

既免脫於峻嶮兮 2-169

既剛且淑 2-458

既含睇兮又宜笑 6-53

既喪斯文 9-345

既因方而爲珪 2-396

既垂穎而顧本兮 3-29

既壯而室 7-41

既妙思六經 7-210

既姱麗而鮮雙兮 3-4

既娓嬬於幽靜兮 3-259

既威儀虧替 7-243

既孤我德 4-313

既守東莞 9-220

既定且寧 1-207

既定鼎于郟鄏 2-186

既富而教 2-243

既已不能 7-61

既已去矣 8-307

既已妖妄 8-23

既已著逆順 8-30

既已襲汙 9-249

既干進而務入兮 6-33

既度禮義 4-174

既往既來 4-176

既徵爾辭 3-339

既惠之以首領 6-364

既感羣后之讜辭 8-265

既愼爾主 4-179

既懲懼於登望 1-107

既懼患至 7-197

既懼非所任 5-296

既懽懷祿情 5-8

既散魂而蕩目 2-462

既文既博 7-362

既新作於迎風 1-172

既明且哲　9-22
既明且慈　8-156
既春游以發生　1-274
既是復疑非　4-411
既晝亦月　1-442
既晞古以遺累　9-487
既曰徒然　6-389
既曲逢前施　6-423
既替余以蕙纕兮　6-12
既有令德　9-209
既有秦昭章臺之觀　7-223
既枉隱淪客　4-484
既櫛比而攢集　2-308
既沒同憂患　3-455
既濁能清　8-174
既灑百常觀　5-367
既無伯叔　6-309
既獲許而中惕　2-196
既璨璨焉　1-268
既畢　8-7
既痛逝者　7-216
既登景夷之臺　6-107
既眷同國士　6-349
既秉上皇心　4-465
既秉丹石心　5-362
既秉辭梁之分　9-357
既稱萊婦　9-440
既窈窕以尋壑　7-491
既窮巧於規摹　2-328
既立宰三河　4-280
既笑沮溺苦　5-345
既筆耕爲養　6-409
既絶故老之口　6-417
既縱礴而又升焉　9-249
既義異疇庸　6-398
既老氏之攸戒　6-189
既而分虎出守　6-387
既而帝暉臨幄　8-59

既而恩以狎生　8-358
既而方廣東被　9-389
既而氛昏夜歜　2-461
既而滅宿澄霞　8-81
既而竟分焉　9-479
既而緬屬賢英　9-466
既而鞠旅誓衆　6-218
既而齊德龍興　9-367
既耕亦已種　5-330
既聞命矣　7-479
既聞正道　1-145
既臨其域　8-129
既自以心爲形役　7-489
既輿慕於戴侯　3-89
既苗既狩　1-448
既荷主人恩　5-456
既莫足與爲美政兮　6-39
既蔽爾訟　3-339
既藉三葉世親之恩　9-227
既藐下臣　3-297
既蘊崇之　1-226
既表祈年觀　4-91
既襲珪組　8-93
既覽古今事　5-429
既言如彼　1-70
既訊爾以吉象兮　2-468
既誅袁譚　7-412
既貴不忘儉　4-239
既踐終古跡　5-452
既通金閨籍　5-360
既進爭口　7-33
既遇目兮無兆　9-304
既遊觀中原　6-145
既道在廊廟　8-110
既遵道而得路　6-7
既遷既引　1-187
既醽鳴鐘　1-202
既鏤文於鍾鼎　9-398

旣開罶荊棘　6-368

旣防溢而靖志兮　3-32

旣陶旣甄　9-162

旣顧瞻兮家道　9-304

旣餐服以屬厭　2-244

旣麗且崇　1-330

旣龜貝積寢　6-238

日 ─────────────

日下壁而沈彩　3-114

日不暇給　1-81

日不雙麗　1-469

日中則昃　9-163

日中安能止　5-169

日中市朝滿　5-155

日以遠兮　6-59

日以陽德　2-405

日伏靑蒲　6-257

日入伊水濱　4-406

日入群動息　5-326

日出天而耀景　3-118

日出東沼　2-73

日出衆鳥散　4-394

日北至而含凍　1-159

日夕宿湘沚　5-262

日夕忘歸　4-225

日夕於中旬　8-71

日夕望三川　4-490

日夕望靑閣　5-473

日夕涼風發　5-38

日夕涼風起　5-447

日夕過首陽　4-212

日夕陰雲起　4-426

日夜不止　6-120

日夜念歸旋　4-358

日夜思竭其不肖之才力　7-141

日夜無極　6-97

日失其序　7-41

日完其朔　3-399

日康娛以淫遊　6-25

日康娛而自忘兮　6-18

日往月來　9-244

日往菲微　1-328

日忘一日　7-418

日忽忽其將暮　6-21

日悠陽而浸微　2-386

日拜門闕　9-422

日新月故　9-395

日新爲盛　9-434

日旣西傾　3-270

日旰坐彤闈　4-402

日昃不成文　5-261

日昃不知晏　5-250

日昃景西　9-230

日昃無停陰　5-89

日晏罷朝歸　5-456

日晻晻其將暮兮　2-160

日腕晚而將暮　3-89

日暮天無雲　5-417

日暮山河淸　5-476

日暮巾柴車　5-503

日暮思親友　4-115

日暮愁我心　4-139

日暮桑欲萎　5-401

日暮浮雲滋　5-469

日暮無輕舟　4-407

日暮碧雲合　5-520

日暮聊揔駕　5-486

日暮薄言歸　5-32

日暮行采歸　3-491

日暮遊西園　5-247

日暮集華沼　5-435

日更增甚　7-263

日月不安處　5-34

日月不能以形逃　9-150

日月不蝕　6-195
日月之所回薄　9-391
日月光太淸　4-289
日月其稔　3-336
日月其除　1-379
日月冉冉　7-69
日月在躬　8-189
日月垂光景　4-474
日月忽其不淹兮　6-5
日月恒翳　1-463
日月所燭　6-195
日月方代序　5-484
日月方向除　3-488
日月於是乎出入　1-190
日月會於龍狵　1-263
日月有恒昏　5-161
日月正相望　4-112
日月爲之奪明　1-132
日月爲扃牖　8-138
日月獻納　1-82
日月稱其明者　6-290
日月纏迫　7-7
日月纏經於枅栭　2-12
日月聯璧　9-111
日月蔽虧　2-43
日月逝於上　8-443
日月遞差馳　4-113
日月邦畿　8-261
日月麗天　2-240, 8-203
日望空以駿驅　3-79
日未靡旃　2-141
日杳杳而西匿　3-97
日歸功未建　5-80
日無藏往　9-203
日爾一日　6-350
日磾出於降虜　8-271
日磾效忠　4-331
日絰聖聽　6-321

日置醇酒　6-246
日者謬得升降承明之闕　6-482
日與月與　3-302
日華川上動　5-383
日華承露掌　5-365
日落山照曜　4-465
日落泛澄瀛　4-35
日落當棲薄　4-363
日落遊子顔　3-491
日落長沙渚　4-81
日薄西山　7-317
日衣靑光　9-409
日觀臨東溟　4-69
日躔胃維　8-55
日逐舉國而歸德　8-420
日逐次亡精　3-506
日闇牛羊下　5-351
日際奉土　5-41
日隱澗凝空　5-378
日黃昏而望絶兮　3-69
旦似湯谷　2-240
旦余沐於淸源兮　3-11
旦余濟乎江湘　6-57
旦刷幽燕　2-449
旦及富春郭　4-461
旦夕見梁陳　5-485
旦奭不讓燕魯之封　6-276
旦握權則爲卿相　7-460
旦晞幹於九陽　3-204
旦朝視之如言　3-244
旦爲朝雲　3-244
旦獲讟於群弟兮　3-6
旦發淸溪陰　4-364
旦算祀於契龜　2-474
旨酒嘉栗　2-35
旨酒嘉肴　6-115
旨酒淸醇　3-216
旨酒盈樽　4-227

旨酒盈金罍　3-347
旨酒萬鍾　1-136
早世卽冥　9-207
早失父母　7-154
早所器異　8-92
早服身義重　4-158
早朝晏罷　6-254
早朝永歡　7-24
早歲飛聲　9-500
早縮銀黃　9-126
早聞夕飆急　5-348
早誓肌骨　7-89
旬日　8-97
旭日晻曄　1-360
旰食晏寢　3-336
旼旼率土　1-450
旼旼穆穆　8-219
昃不暇食　2-154
昃晷忘餐　8-68
昃食興慮　6-236
昆夷舊壤　7-169
昆弟不能離　6-453
昆弟班白　3-62
昆明靈沼之東　2-109
昆爲寇而喪予　2-469
昆蟲得性　9-434
昆蟲毒噬　1-463
昆蟲皆有此情　8-40
昆蟲闓澤　8-212
旷分殊事　2-111
昉啓　7-10
昉嘗以筆札見知　8-114
昉往從末宦　7-11
昉死罪死罪　7-96
昉行無異操　8-112
昊天不吊　9-221
昊天罔極　3-321, 8-246
昊天肅明明　5-414

昊天降豊澤　3-347
昌容練色　1-457
昌志登禍機　5-162
昌暉在陰　9-312
昌言所安　6-237
昌門何峨峨　5-120
明三敗而不黜　2-194
明且不寐　8-234
明主不曉　7-146
明主使臣　6-284
明主因時而命官　9-146
明主聿輿　9-134
明之如緒　8-407
明五采之彰施　2-317
明保朕躬　6-205
明允篤誠　2-305
明允篤誠　6-207
明兩燭河陰　3-480
明公功格區宇　7-12
明公宜承聖旨　7-85
明公據鞍輟哭　7-103
明公盛勳　7-85
明公道冠二儀　7-96
明其一體　8-410
明其愚款　6-353
明其無可奈何　9-103
明其無道有人　7-184
明其要者　9-155
明勸教之術　7-263
明可否之分　7-413
明君不能獨治　8-177
明君之惠顯　8-403
明君之擧也　3-311
明君執契　9-133
明君子之所守　7-472
明君寡　9-95
明君懷歸　3-227
明君蒞國　6-154

明哲之所保也 7-246
明哲時經綸 3-289
明器之屬 9-490
明堂孔陽 1-146
明堂雍臺 8-237
明室夜朗 6-169
明宵有程 1-429
明帝聿遵先旨 8-314
明年 2-132
明幷日月 9-183
明弗能察 2-247
明德攸在 9-414
明德茂親 7-333
明德通玄 9-336
明慧聰善 2-420
明慮自天斷 5-170
明戎政之果毅 2-224
明揚幽仄 8-355
明日以白玉 3-256
明日難重持 3-448
明早相迎 7-232
明明后辟 3-286
明明在上 4-242
明明在朝 8-123
明明天子 3-318, 3-342, 9-260
明明如月 5-54
明明廟謀 8-369
明明求仁義 7-167
明明求財利 7-167
明明群司 3-298
明明衆哲 8-167
明明辟皇闈 4-289
明明雲間月 5-418
明星晨未稀 3-502
明晨秉機杼 5-261
明月一何朗 4-443
明月之珠 6-458
明月何皎皎 5-227

明月入我牖 5-408
明月入綺窗 5-483
明月出雲崖 5-299
明月澄淸景 3-344
明月照緹幕 4-186
明月照高樓 4-135
明月照高樹 5-289
明月爛以施光 3-164
明月爲候 2-110
明月獨舉 7-366
明月珠子 2-68
明月白露 3-121
明月皎夜光 5-216
明月皎皎照我床 5-59
明月耀淸暉 4-107
明月難闇投 4-10
明有所不見 7-451
明棄碩交 7-196
明無不察 9-414
明珠交玉體 5-65
明珠在咮 3-223
明珠瑋寶 9-35
明珠翠羽 2-317
明登天姥岑 4-364
明發動愁心 3-491
明發心不夷 4-21
明發晨駕 9-501
明發曙而不寐兮 2-167
明發眷桑梓 5-485
明發遺安寐 4-254
明白甚矣 7-447
明皇不豫 9-359
明目腆顏 7-41
明眸善睞 3-272
明節不可以久安也 8-170
明經有高位 3-502
明罰斯在 7-19
明者見危於無形 7-425

明舊章 8-4

明艶侔朝日 3-486

明蘇秦之約 6-475

明詔追錄先賢 6-346

明試以功 3-377

明詩悅禮 8-133

明詩表指 3-169

明道有時而闇 9-62

明鐘暢音 8-81

明鐙曜閨中 4-185

明鐙熠炎光 4-183

明闇信異姿 4-236

明靈惟宣 8-129

昏主暴君 9-72

昏旦之刻未分 9-196

昏旦變氣候 4-53

昏虐君臨 9-180

昏見晨趨 2-275

昏風淪繼體 5-360

昒昕寤而仰思兮 2-467

易 8-123

易京君明識音律 3-200

易以役養乎 8-329

易則也 8-210

易則施孟 7-355

易名之典 9-466

易啓私溺之失 8-326

易於反掌 6-469

易於拾遺也 9-68

易曰 1-65, 4-323, 8-329, 8-409, 8-429, 8-448,
　9-51

易服色 1-451, 2-95

易民而治 7-239

易爲變觀 7-197

易牙調和 6-104

易用受侵誣 3-509

易稱遜之時 8-340

易竭之身 8-483

易精極慮 6-440

易繼也 8-210

易聽駭耳 3-191

易豐也 8-210

易貌分形 1-210

易農而仕 6-399

易遵也 8-209

易錦茵以苦席兮 3-96

易陽壯容 1-457

昔丁敬禮常作小文 7-228

昔三仁去而殷墟 7-460

昔三后之純粹兮 6-6

昔三方之王也 9-42

昔上將之恥 6-485

昔世宗繼統 6-262

昔之爲文者 8-26

昔之玉質金相 9-85

昔乘丘之戰 9-253

昔也植朝陽 4-230

昔事前軍幕 5-465

昔二虢不辭兩國之任 6-276

昔人從公旦 5-34

昔人所悲 7-114

昔人有言 7-127

昔人睦親 7-36

昔以中州多故 6-349

昔仲宣獨步於漢南 7-226

昔伊尹 7-82

昔伊尹輟耕 7-269

昔伯牙絶弦于鍾期 7-216

昔余與子 4-271

昔余遊京華 5-344

昔侍左右 7-69

昔倦都邑游 4-423

昔先帝授陵步卒五千 7-117

昔先王之經邑也 1-232

昔公主嫁烏孫 5-74

昔同塗兮今異世 9-303

昔吾先友 9-22
昔周之宣 8-129
昔周之興也 8-293
昔周公弔管蔡之不咸 6-290
昔周公詠文王之德而作淸廟 8-404
昔周公躬吐握之勞 8-120
昔周宣惰千畝之禮 6-234
昔命懸天 9-256
昔唐虞旣衰 7-345
昔嘉量微物 9-199
昔因機變化 7-326
昔在周室 6-206
昔在唐虞 6-195
昔在太平時 4-25
昔在孟津 8-134
昔在少壯 4-305
昔在帝堯之禪日 8-426
昔在帝嬀 2-336
昔在文昭 3-400
昔在暇日 4-330
昔在有德 8-175
昔在武侯 9-177
昔在渭濱叟 4-316
昔在舜格文祖 9-180
昔在蕭公 2-305
昔在西京時 3-469
昔夏殷周之歷世數十 8-446
昔夏禹之解陽旰 7-264
昔夫差承闔閭之遠跡 7-399
昔如轉上鷹 5-148
昔姬有素雉朱烏 8-261
昔子忝私 4-278
昔宋臣以禮樂爲殘賊 6-247
昔甯戚商歌以干齊桓 8-398
昔少康之隆 6-333
昔尼父之在陳兮 2-256
昔尼父之文辭 7-229
昔居四民宅 5-186

昔市南宜僚弄丸 1-408
昔帝纘皇 8-234
昔帝軒陟位 2-444
昔常恨三墳五典旣泯 1-288
昔年十四五 4-111
昔年疾疫 7-214
昔庖羲作琴 3-198
昔往鷦鷯鳴 5-292
昔惟華國 9-269
昔惠公虜秦 6-337
昔慚柳惠 4-130
昔成康沒而頌聲寢 1-81
昔我初遷 5-255
昔我同袍 5-256
昔我同門友 5-217
昔我從元后 4-182
昔我資章甫 5-308
昔我逮茲 4-251
昔承嘉宴 7-94
昔文王應九尾狐而東夷歸周 8-418
昔日繁華子 4-104
昔日遊處 7-214
昔明王之巡幸 2-199
昔晉氏初禁立碑 6-421
昔有彊秦 2-135
昔李叟入秦 7-317
昔李斯之受罪兮 3-75
昔枚乘作七發 6-128
昔柳莊疾棘 9-372
昔桓玄之世 6-363
昔楊子雲先朝執戟之臣耳 7-232
昔武始迫家臣之策 6-413
昔歲軍在漢中 7-414
昔每聞長老追計平生同時親故 3-79
昔毛玠之公淸 8-97
昔毛遂趙之陪隸 6-286
昔沛獻訪對於雲臺 9-447
昔淮南信左吳之策 7-204

昔漢光命將　7-23
昔漢武爲霍去病治第　6-280
昔漢氏失御　9-25
昔漢高受命　6-342
昔炎精幽昧　7-299
昔爲七尺軀　5-187
昔爲倡家女　5-212
昔爲匣中玉　5-75
昔爲萬乘君　4-143
昔爲駕與驂　5-234
昔玉人獻寶　6-448
昔田巴毀五帝　7-230
昔留侯以爲高祖悉用蕭曹故人　8-325
昔秦西舉胡戎之難　6-475
昔穆公求士　6-428
昔紫衣賤服　6-255
昔者　6-199, 6-447, 6-451, 9-8
昔者不遺　7-114
昔者先王嘗遊高唐　3-244
昔者咨糵謨虞　7-480
昔者夏后氏朝群臣於茲土　1-397
昔者大帝說秦繆公而觀之　1-159
昔者常相近　5-234
昔者成湯親照夏后之鑒　9-62
昔者明王以孝理天下　2-35
昔者楚襄王與宋玉遊於雲夢之臺　3-244
昔者洪水沸出　7-433
昔者禹任益虞　2-102
昔者賢牧分陝　6-246
昔者賤臣叩心　6-481
昔耿弇不俟光武　6-279
昔聞天道　9-435
昔聞投簪逸海岸　7-367
昔聞東陵瓜　4-109
昔聞汾水遊　4-39
昔聶政殉嚴遂之顧　4-322
昔范蠡不殉會稽之恥　7-121
昔蕭樊囚縶　7-122

昔蘇秦說韓　7-197
昔蜀之初亡　9-48
昔衛叔之御昆兮　2-469
昔衛靈公與雍棐同載　7-137
昔袁術僭逆　7-410
昔豫章之名宇　2-240
昔賈氏之如皋　2-154
昔賈誼弱冠　6-279
昔賈誼求試屬國　6-265
昔賢佇時雨　5-389
昔賢者之未遭遇也　8-122
昔赤壁之役　7-199
昔趙武過鄭　7-248
昔通人和長輿之論余也　3-53
昔遵嘉惠　4-326
昔邁先祖師　4-494
昔醉秋未素　3-488
昔關龍逢深諫於桀　8-387
昔阮瑀既歿　3-93
昔隸李將軍　5-444
昔離秋已兩　5-333
昔騄驪倚輈於吳阪　4-306
昔高皇帝　7-120
昔高祖宣皇帝以雄才碩量　8-280
昔鬼方聾昧　7-182
昔魯聽季孫之說　6-453
星居宿陳　2-327
星星白髮垂　4-48
星流彗掃　9-168
星流電激　9-108
星流霆擊　2-48
星漢西流夜未央　5-59
星火既夕　3-302
星羅遊輕橈　4-35
星羅雲布　1-111
星翻漢廻　2-461
星虹樞電　9-90
星變其躔　3-284

星軒潤飾　9-314

星辰不宇　6-195

星陳夙駕　3-325

星陳夙駕　4-277

星陳而天行　2-5

星離沙鏡　2-361

星飛電駭　6-180

星驅扶輪　5-43

映月遊海瀁　5-505

映輿鑁於松楸　9-326

春仲尙未發　4-353

春來無時豫　3-491

春光發隴首　4-85

春卵夏筍　1-302

春官聯事　8-57

春宮閟此靑苔色　3-119

春方動辰駕　4-73

春日載陽　1-260

春晩綠野秀　4-481

春木載榮　4-224

春榮誰不慕　3-435

春氣感我心　4-117

春水淥波　3-121

春江壯風濤　4-69

春煦秋陰　9-282

春物方駘蕩　5-365

春王三朝　1-136

春生者繁華　7-261

春禽群嬉　3-151

春秀良已凋　5-380

春秋三十有七　9-424

春秋三十有五　9-458

春秋三十有八　8-106

春秋之作　8-20

春秋之成　7-55

春秋之際　1-397

春秋二十九　9-228

春秋代遷逝　4-431

春秋以錯文見義　8-17

春秋傳曰　7-171

春秋公羊　7-355

春秋刺焉　8-410

春秋四十有九　9-238

春秋四十有八　9-372

春秋困斯發　8-227

春秋左氏傳曰　8-3

春秋征伐　6-342

春秋所誅　7-298

春秋者　8-10

春秋若干　9-277

春秋設舊章之敎　9-185

春秋貴柔服之義　6-342

春秋載列　7-248

春秋雖以一字爲褒貶　8-18

春秋非有託　4-105

春與秋其代序　6-5

春色滿皇州　5-383

春芳傷客心　5-117

春草暮兮秋風驚　3-111

春草生兮萋萋　6-89

春草碧色　3-121

春草秋更綠　4-402

春華與秋實　4-406

春蘭擢莖　9-231

春蘿罷月　7-367

春遊良可歎　5-130

春醴時獻斟　4-391

春醴惟醇　1-248

春風扇微和　5-417

春風緣陳來　4-148

春風首時　9-501

春鳥翻南飛　5-48

春鳩鳴飛棟　4-198

昧旦丕顯　1-285, 3-378

昧旦永日　1-374

昧旦神興　3-108

昧死以上尊號 6-334
昧谷虧方 6-240
昧道懵學 2-405
昨加恩辱命 7-65
昨夜宿南陵 5-4
昨發浦陽汭 4-354
昨發赤亭渚 5-509
昨者不遺 7-252
昨被司徒符 6-413
昬情爽曙 1-468
昭事上帝 8-295
昭事是肅 3-411
昭仁惠於崇賢 1-239
昭光振耀 2-124
昭列顯於奎之分野 2-283
昭升嚴配 9-394
昭哉世族 9-312
昭彩藻與琱琭兮 3-8
昭忠難闕 9-497
昭懷不端 9-496
昭明好惡 8-246
昭明有融 1-238
昭昭天宇闊 4-452
昭昭淸漢暉 5-406
昭昭素月明 5-47
昭昭若三辰之麗於天 9-407
昭灼甄部 8-82
昭然義見 8-7
昭王得范雎 6-430
昭王疑之 6-447
昭王築臺以尊郭隗 7-173
昭穆繁昌 9-218
昭章雲漢 8-67
昭節儉 1-139
昭聖德之符 9-90
昭華之珍旣徙 8-66
昭華覆之威威 2-18
昭襄欲負力 3-474
昭誠心以遠喩 1-263
昭谷風之盛典 9-119
昭遷革之運 6-240
昭銘景行 9-334
昭銘盛德 9-169
昭陽特盛 1-99
昭靈德兮彌億年 1-148
是不忠也 8-385
是乃君子思濟物之意也 7-279
是之自出 1-159
是乎非乎何皇 9-304
是京臺之樂也 7-255
是以一世之士 8-349
是以一國之事 7-497
是以三卿世及 9-135
是以三晉之强 9-140
是以三王不能懷 8-420
是以三王異道而共昌 6-247
是以上慙玄冕 6-277
是以不別荊棘者 3-311
是以事窮運盡 8-45
是以五侯作威 9-68
是以五正置於朱宣 6-244
是以仁經義緯 9-350
是以令舍弟子建因荀仲茂 7-223
是以仰惟先情 4-322
是以仲尼抗浮雲之志 7-476
是以伍員濯溉於宰嚭 9-120
是以伯夷以之廉 3-218
是以伯夷叔齊避周 8-388
是以作歌而詠之也 8-405
是以來儀集羽族於觀魏 8-260
是以俊乂之藪 9-134
是以俊乂來仕 6-152
是以僶俛從事 6-364
是以儀天步晷 9-156
是以充堂之芳 9-137
是以兆朕振古 1-417

是以先帝簡拔以遺陛下 6-270
是以兗豫有無聊之民 7-388
是以六合之內 7-434, 7-478
是以六合元亨 2-330
是以其安也 9-52
是以其詳可得而言 9-58
是以准月稟水 9-144
是以凌颻之羽 9-138
是以分天下以厚樂 9-59
是以別方不定 3-122
是以利盡萬物 9-146
是以刺史感澀舒音 8-421
是以刺史推而詠之 8-403
是以前後二漢 6-351
是以創業垂統者 2-107
是以功冠萬載 6-178
是以北狄賓洽 8-419
是以區區不能廢遠 6-312
是以南荊有寡和之歌 9-144
是以卜式立志於耕牧 8-468
是以古之作者 8-442
是以古之君子 8-180
是以古之志士 8-467
是以各以所長 8-438
是以名勝欲 9-148
是以君奭鞅鞅 8-41
是以君子知形恃神以立 8-480
是以吞縱之強 9-156
是以命授六師 7-422
是以商颻漂山 9-153
是以問道存乎其人 9-155
是以嘔喻受之 8-120
是以四族放而唐劭 9-145
是以四海之內 1-140
是以因賤先白委曲 7-61
是以地無四方 6-434
是以垂棘出晉 7-221
是以堯稱則天 8-340

是以士頗信其舌而奮其筆 7-464
是以壯夫義士 6-481
是以多識前代之載 1-155
是以大人基命 9-134
是以大雅君子 7-397
是以天地之蹟 9-155
是以天殊其數 9-147
是以太山不讓土壤 6-434
是以奔騁御僕 7-252
是以如來利見迦維 9-385
是以孫卿屈原之屬 8-27
是以孫叔敖三去相而不悔 6-456
是以孫氏雖家失吳祚 6-344
是以宣王興於共和 9-70
是以宸居鴈列宿之表 8-98
是以察茲地勢 7-182
是以寸管下傃 9-150
是以尊卑都鄙 3-195
是以對鵑而辭 7-54
是以履乘石而周公不以爲疑 7-99
是以岣峒有順風之請 6-231
是以巢箕之叟 9-136
是以帝典闕而不補 8-232
是以得一奉宸 8-64
是以循虛器者 9-142
是以微子去商 7-425
是以德敎俟物而濟 9-141
是以忠臣競盡其謨 9-46
是以悾悾屢陳丹款 6-354
是以惟新舊物 9-394
是以愚臣徘徊於恩澤 3-311
是以感而應之 8-290
是以或竭情而多悔 3-145
是以才換世則俱困 9-149
是以扞其大患而不有其功 8-290
是以抑而未罄也 1-458
是以掩室摩竭 9-382
是以放勳之世 9-82

是以效之齊楚之路　6-285

是以敢冒其醜　6-288

是以於邑　6-286

是以旒裘之王　2-124

是以明哲之君　9-139

是以昔之有天下者　8-291

是以有非常之人　7-380

是以望景揆日　9-147

是以朝無闕政　1-310

是以板築雄堞之股　2-273

是以柳莊黜殯　9-138

是以業隆於纏緜　8-210

是以樂記干戚之容　3-163

是以欲談者卷舌而同聲　7-464

是以殊俗畏威　7-84

是以殷墟有感物之悲　9-154

是以每一念來　6-483

是以每歌之　8-403

是以江漢之君　9-152

是以海內歡慕　8-414

是以淫風大行　9-152

是以淮徐獻捷　7-19

是以湯武至尊嚴　8-221

是以漢濱之女　8-295

是以烈火流金　9-157

是以物勝權而衡殆　9-133

是以物有微而毗著　9-142

是以獨鬱悒而與誰語　7-133

是以獻其乃懷　6-375

是以玄晏之風恒存　9-145

是以玉衡正而太階平也　2-137

是以玉馬駿奔　7-102

是以王武感物而折契　8-433

是以王辭不復　2-56

是以王陽登則貢公喜　9-108

是以王鮪登俎　9-151

是以生重於利　9-154

是以申徒狄蹈雍之河　6-452

是以異人慕響　8-53

是以疏附則信　6-352

是以發秘府　8-235

是以百官恪居　9-133

是以盡乎行道之先民　2-318

是以目三公以蕭杌之稱　8-300

是以祥光總至　6-218

是以秦用戎人由余　6-453

是以空柯無刃　8-399

是以立功之士　7-410

是以箕子陽狂　6-448

是以素絲無恒　9-98

是以經始權其多福　9-62

是以經治必宣其通　9-150

是以義兵雲合　9-71

是以義士節夫　7-28

是以義結君子　9-373

是以耆儒碩老　8-229

是以耿介之士　9-130

是以聖主不遍窺望而視以明　8-409

是以聖主不遍窺望而視已明　8-125

是以聖人處窮達如一也　9-14

是以聖哲之治　7-472

是以聖朝含聽　7-388

是以聖王制世御俗　6-459

是以聖王覺悟　6-455

是以腸一日而九廻　7-160

是以臣等敢考天地之心　6-334

是以臨喪殯而後悲　9-476

是以至情　7-200

是以至道之行　9-135

是以興造功業　8-272

是以萬邦凱樂　9-136

是以蒲密之黎　9-148

是以蘇秦不信天下　6-450

是以虛己應物　9-150

是以蟋蟀蚸蠖　3-158

是以衆庶悅豫　1-81

是以衆聽所傾　9-146
是以衆議擧寵爲督　6-270
是以行子腸斷　3-114
是以西匠營宮　1-228
是以見放　6-65
是以言苟適事　9-141
是以許由匿堯而深隱　8-407
是以誓心守節　6-306
是以語崇其靈　2-441
是以論其詩不如聽其聲　3-162
是以論其遷邑易京　1-277
是以諸侯阻其國家之富　9-67
是以貞女要名於沒世　9-140
是以資忠履信以進德　3-50
是以賈誼有言　6-246
是以賢人君子　7-376
是以車不安軔　2-141
是以輔弼之臣瓦解　8-387
是以輕重足以相鎭　8-447
是以輪匠肆目　9-143
是以迅風陵雨　9-157
是以遐方疏俗　2-139
是以邇無異言　6-333
是以都人冶容　9-137
是以重光發藻　9-145
是以間介無蹊　3-182
是以關門反距　1-309
是以關睢樂得淑女　7-498
是以陳其乃誠　6-337
是以雄俊之徒　6-149
是以雍雍穆穆　6-290
是以養雞者不畜狸　8-416
是以高光二聖　8-251
是以鳥棲雲而繳飛　9-154
是伯牙去鍾期　8-397
是何也　6-475
是何文采之巨麗　7-242
是何異設木而擊之　8-470

是何言之過也　2-55
是何言歟　7-188
是何言與　8-404
是使國無富利之實　6-430
是使布衣之士　6-459
是使渾敦檮杌　9-95
是使荊軻衛先生復起　6-447
是僕終已不得舒憤懣以曉左右　7-135
是其創基立本　8-300
是其曲彌高　7-444
是則是效　9-337
是夏殷所以喪　7-182
是大王威加於天下　6-477
是天贊我也　9-48
是害足下之信也　2-55
是居弗形　8-175
是屬宏議　6-243
是廓是極　1-235
是廢德擧　6-414
是後大軍所以臨江而不濟者　7-404
是惟形勝　9-414
是惟熙載　9-202
是惟舊章　9-192
是惟道性　9-283
是放是驅　3-297
是故三仁未去　7-184
是故三才旣辨　9-383
是故上代之君　6-357
是故伊尹勤於鼎俎　8-122
是故伊摯去夏　7-415
是故侵百姓以利己者　9-73
是故先王達經國之長規　9-52
是故劉氏承堯之祚　8-426
是故可以通靈感物　3-197
是故因其歷數　8-22
是故威以齊物爲肅　9-142
是故子胥知姑蘇之有麋鹿　7-201
是故孔子憂道不行　7-345

是故復之而不足 3-202
是故懷戚者聞之 3-218
是故按兵守次 7-207
是故料其建國 1-454
是故橫被六合 1-87
是故歷代寶之 8-3
是故知玄知黙 7-465
是故窮達有命 8-431
是故聲不假器 3-233
是故苟時啓於天 8-39
是故許鄭以衛璧全國 7-298
是故誼士華而不敦 8-254
是故身率妻子 7-165
是故遊談者以爲譽 1-341
是故鄒衍以頡頏而取世資 7-458
是故菲子之所能備 7-448
是故駑蹇之乘 8-429
是故魯連飛一矢而躙千金 7-475
是日也 1-136
是日也拂衣而喜 7-166
是時 2-132, 3-265, 8-431, 8-450
是時也 1-160, 1-225
是時向春之末 3-266
是時天步初夷 9-356
是時後宮嬖人昭儀之倫 1-200
是時日在西隅 7-61
是時未臻夫甘泉也 2-10
是時漢輿六十餘載 8-270
是時稱警蹕已 1-245
是時聖上固以垂精遊神 8-265
是時裂冠毀冕 8-342
是時鶉火中 4-112
是曰劍閣 9-176
是曰勢交 9-115
是曰窮交 9-120
是曰談交 9-118
是曰賄交 9-117
是曰量交 9-123

是有將帥之備也 8-473
是有猗頓之富也 8-473
是有良平之思也 8-473
是有顔閔之志也 8-473
是末師而非往古 7-352
是泰山靡記 8-215
是準是儀 2-317
是焉游集 2-431
是無勇也 9-253
是爲列錢 1-100
是爲曼延 1-209
是爲闤闠 2-315
是猶不識一滴之益 8-480
是生三虁 9-124
是用息肩於大漢 1-226
是用感嘉貺 4-236
是用綴緝遺文 8-114
是用錫君大輅戎輅各一 6-206
是用錫君彤弓一 6-207
是用錫君朱戶以居 6-206
是用錫君秬鬯一卣 6-207
是用錫君納陛以登 6-206
是用錫君虎賁之士三百人 6-206
是用錫君袞冕之服 6-206
是用錫君軒懸之樂 6-206
是用錫君鈇鉞各一 6-207
是由桓侯抱將死之疾 8-484
是知二五而未識於十 9-89
是知孝治所被 7-12
是知敗軍之將 7-18
是聖王安而不逸 8-464
是胡越起於轂下 6-464
是臣尽節於陛下之日長 6-312
是臣懅懅之誠 6-298
是與伊何 9-210
是草木不得墾辟 2-98
是蓋思五等之小怨 9-65
是蓋輪扁所不得言 3-142

是蓋過正之災　9-67
是討是震　8-129
是謂仁智居　3-510
是謂告備　1-266
是謂商聲五音畢　3-200
是謂四始　7-497
是謂國權　8-359
是謂宗臣　8-145
是謂平國　8-166
是饗是鑪　4-314
是遇其時者也　7-453
是開金運　9-431
是關雎之義也　7-498
是隴西之游　7-271
是靈臺　2-126
是非一姓　7-425
是非鋒起　8-138
是願不須豊　4-91
昴靈發祥　9-375
昵交密友　3-79
昂昂子敬　8-200
昰授符虎　6-323
昰默之際　6-223
晁采琬琰　2-76
時不可兮再得　6-45
時不可兮驟得　6-48
時不容哲　8-192
時不我已　4-175
時不我與　4-130
時不我與　7-322
時不當兮　6-59
時不見淹　6-86
時之和矣　3-286
時乖啓閉　9-198
時乘六龍　1-262
時乘旣位　8-64
時乘赤鯉而周旋　1-457
時也　7-467, 9-2, 9-12

時事一朝異　5-148
時亦猶其未央　6-32
時亮庶功　6-207
時曺曺而代序兮　3-8
時曺曺而過中兮　6-68
時人無湯武之賢　8-452
時人無能知者　8-6
時人迫脅　7-380
時仿佛以物類兮　3-68
時休息於此　2-94
時來亮急弦　5-114
時來時往　1-335
時來苟冥會　4-448
時侵犯邊境　7-374
時俗薄朱顔　5-262
時值龍顔　8-179
時冀州方有北鄙之警　7-386
時劫掎以慷慨　3-214
時危見臣節　5-153
時司徒袁槃　8-96
時和歲豊　3-283
時和氣淸　3-43
時哉不我與　4-318
時因北風　7-127
時國王驕奢　5-241
時天下漸弊　5-241
時奏狡弄　3-158
時娛觀於林麓　6-170
時孟春之吉日兮　2-167
時容與以微動兮　3-259
時屯世故　6-373
時屯必亨　3-407
時師傳讀而已　7-348
時年二十八　8-99
時年已七十　9-340
時幽散而將絶　3-235
時幽昧以眩曜兮　6-29
時往歲載陰　5-80

時得幸　3-65
時從出游　2-41
時從容喩鄙旨　7-223
時復相與攣觸　4-305
時恬淡以綏肆　3-155
時惟下僚　4-251
時惟我皇　9-202
時惟楊侯　9-220
時惟武皇　3-314
時惟篤類　3-318
時惟陽生　9-269
時或奮發　8-336
時或苟有會　5-491
時文惟晉　3-361, 4-241
時文載郁　6-187
時旣昏　2-392
時時有之　6-97
時時間作　1-82
時暑忽隆熾　4-432
時暗而久章者　7-482
時暮復何言　4-297
時曖曖其將罷兮　6-23
時曖曖而向昏兮　3-97
時更七代　1-72
時有在赤墀之下豫聞斯議　9-77
時有屯蹇　6-357
時有所慮　7-218
時有蔽壅之累　9-139
時服素棺　9-342
時梗槪於滮池　1-421
時橫潰以陽遂　3-155
時欲晚　1-337
時步玉趾　7-260
時歲忽其遒盡　3-100
時泰玉階平　4-166
時涸濁而嫉賢兮　6-26
時漢興已七八十年　7-349
時濩略而龍奮　2-450

時無二展　9-321
時無重至　5-125
時爲懽益　7-294
時獨有一叔孫通　7-347
時發乎篇　8-347
時皇上納麓在辰　9-427
時矯首而遐觀　7-490
時竟夕澄霽　4-47
時節如流　7-171
時節忽復易　5-216
時簡穆公羆　8-102
時粲位亞台司　8-96
時累不能淫　9-157
時繽紛其變易兮　6-32
時義遠矣　9-386
時聖武定業　8-98
時聖道醇　6-189
時聞樵採音　5-314
時膳四膏　1-266
時膺土宇　9-367
時至氣動　8-251
時與吾子攜手同行　6-147
時與親舊敍闊　7-293
時與賞心遇　5-500
時菊委嚴霜　4-400
時菊耀岩阿　5-502
時菊耀秋華　4-426
時藿向陽　3-60
時行時止　2-149
時行靡通　4-170
時見遠煙浮　5-5
時變感人思　4-9
時豈泰而安之哉　1-120
時逝忽如頹　5-411
時逝柔風戢　5-279
時遊從乎斯庭　1-109
時道是非　7-464
時邁齒戢　7-73

時都尉薛訪車子　7-60

時雄方草創太玄　7-456

時雖不用　7-452

時靡不練　3-298

時風夕灑　9-135

時飄忽其不再　3-79

時駕而遊　7-211

時高欀而陛制　1-464

時劈嶪於方壺　1-388

時髦豈余匹　5-428

時鬱律其如煙　2-357

時鳥多好音　5-117

時黃祖太子射　2-420

晉不加戎　7-184

晉中興以來　8-87

晉之垂棘　7-221

晉之爪牙　9-217

晉分爲三　8-447

晉制犀比　6-84

晉十有四年　2-383

晉國震駭　6-337

晉姻武子　9-353

晉宋迄今　9-420

晉戮其宰　8-447

晉故折衝將軍荊州刺史東武戴侯滎陽楊
　　史君薨　9-217

晉故督守關中侯扶風馬君卒　9-248

晉文公有咎犯趙衰　8-411

晉族弗昌　9-267

晉有驪姬之難　6-332

晉朝王石　8-359

晉氏浸弱　9-190

晉演義以獻說　2-187

晉獻升戎女爲元妃　8-311

晉獻賜封　9-208

晉策攸記　9-270

晉謂之乘　8-11

晉野悚而投琴　3-228

晏嬰既往　9-372

晝分而食　3-310

晝短苦夜長　5-224

晝秣荊越　2-449

晝詠宵興　2-261

晞三春之溢露　6-165

晞以朝陽　8-488

晞余髮於朝陽　3-11

晞日引火　9-144

晞汝髮兮陽之阿　6-52

晞陽豊條　4-333

晡夕之後　3-256

晰兮若姣姬　3-244

晤言用自寫　4-115

晦明如歲隔　5-339

晦朔如循環　4-12

晦高臺之流黃　3-119

晨上成皋坂　5-518

晨光內照　2-312

晨光內照, 2-　2-312

晨光復泱漭　5-18

晨坐聽之　7-115

晨夜遄遄　7-389

晨暮寂寥　7-11

晨月照幽房　5-276

晨煙暮藹　9-282

晨禽不敢飛　5-162

晨積展遊眺　4-465

晨策尋絕壁　4-55

晨興夜寐　8-467

晨裝搏魯颿　4-474

晨起踐嚴霜　5-238

晨趨朝建禮　5-388

晨韜解鳳　9-298

晨遊任所萃　5-500

晨雞鳴高樹　4-107

晨霤承檐滴　4-148

晨風淒以激冷　3-89

晨風夕逝　4-175
晨風引鸞音　3-390
晨風思北林　5-404
晨風懷苦心　5-221
晨風集茂林　5-286
晨風飄歧路　3-430
晨梟旦至　1-329
晨梟露鵠　6-182
晚屬天飛　7-3
晚志重長生　5-173
晚有兒息　6-309
晚沐臥郊園　5-388
晚節值衆賢　5-431
晚節從世務　5-458
晚節悲年促　5-307
晚節曜奇　8-186
晚節更樂放逸　8-33
晚荏見奇山　5-25
晚見朝日暾　5-348
晚達生戒輕　4-158
普天之下　7-434
普天壤以遐觀　2-435
普天所覆　2-140
普天率土　1-146
普辭條與文律　3-143
景三廬以營國兮　3-21
景不及形　6-180
景命不永　9-372
景命也　8-263
景命其卒　9-221
景命是膺　4-247
景宗之存　7-23
景宗卽主　7-21
景屬宸居　8-51
景山恢誕　8-192
景平之元　9-264
景昃鳴禽集　4-33
景星宵而舒光　6-153

景春佐酒　6-109
景曜浸潭之瑞潛　8-229
景氣多明遠　4-30
景滅迹絶　6-470
景炎霞火　2-365
景物澄廓　2-461
景皇聿興　9-37
景皇蒸哉　9-433
景監繆賢著庸於秦趙　8-329
景福胕饗而興作　1-340
景絶繼以音　5-90
景翳翳以將入　7-490
景落憩陰峰　4-58
景行彼高松　4-382
景追形而不逮　6-147
景逸上蘭　8-156
景逾疾　6-470
景風扇物　7-211
晢龍之惠也　3-194
晷度隨天運　5-273
晷正權槪　9-202
晷漏肅唱　1-429
晷緯昭應　8-51
晷運倏如催　5-336
智之符也　7-136
智伯灌激之害　9-39
智刃所遊　9-395
智力淺短　6-378
智勇蓋當代　3-475
智哉衆多士　5-462
智士不背世而滅勳　6-130
智士不遺身而匿迹　6-162
智士猶嬰其累　8-40
智惠不能去其惡　9-480
智效惟穆　9-355
智昏菽麥　9-89
智有所不明　6-63
智焉而斃　9-285

智者之慮也　7-397
智者規福於未萌　7-425
晻乎反鄉　2-88
晻昧昭晰　8-212
晻曖蓊蔚　1-301
晻薆泌茀　2-72
暄氣初收　6-166
暇日聊游豫　4-338
暇豫王孫　3-187
暉光日新　3-305
暉光燭我床　5-47
暉鑒挾振　1-421
暉麗日月　8-68
暉麗灼爍　1-320
暑來寒往　9-193
暑晏閴塵紛　4-378
暑退寒襲　9-244
暕坐鎭雅俗　6-409
暖之以春日　8-463
暗成敗之有會　8-45
暘夷勃盧之旅　1-381
暝投劒中宿　4-364
暢以無生之篇　2-268
暢經通之遠旨　4-305
暢超然之高情　2-264
暢轂埋轔轔之轍　8-75
暫勞永逸　1-217
暫啓荒埏　9-441
暫往必速平　5-34
暫擾彊陲　7-19
暫與園田疏　4-448
暫費而永寧也　9-169
暫遙沖旨　9-368
暮則羈雌迷鳥宿焉　6-102
暮坐括揭鳴　5-430
暮宿於孟諸　7-445
暮宿許史廬　3-461
暮宿黃泉下　5-180

暮春三月　7-332
暮春和氣應　5-301
暮春忽復來　4-239
暮春春服成　5-128
暮春雖未交　4-369
暮濟白馬津　5-36
暮爲行雨　3-244
暮還樓煩宿　5-455
暴之朝肆　3-318
暴於南榮　2-76
暴楚頓其觀鼎之志　9-65
暴肌膚　7-149
暴辛爲壎　3-198
暴逾膏柱　9-180
暴骿於碣石　7-445
暵出苗以入場　2-152
曁乎戰國　8-447
曁乎秅侯之忠孝淳深　2-216
曁其幽遏獨邃　1-401
曁其淸激　7-61
曁南單于東胡烏桓西戎氐羌侯王君長之
　　群　9-167
曁於孫卿　2-305
曁於稷契　8-426
曁明命之初基　2-446
曁聖武之龍飛　1-418
曁至衆賢奔絀　7-184
曁音聲之迭代　3-136
曄兮如華　3-256
曄兮菲菲　1-359
曄曄猗猗　1-115
曄然復揚　3-189
曄若春榮　7-238
曆像賢聖　1-425
曆數則唐都落下閎　8-271
曆觀載籍　7-388
曆數將終　7-299
曉星正寥落　5-18

曉暢軍事　6-270
曉月升魄　9-316
曉月將落　2-461
曉月發雲陽　4-154
曉蓋俄金　9-298
曉諭百姓以發卒之事　7-377
曉霜楓葉丹　4-42
曖曖內含光　9-173
曖曖虛中滅　5-328
曖有餘暉　9-369
曜兵劍閣　7-306
曜奇赤壁　8-199
曜威中原　1-265
曜慧日於康衢　9-389
曜所聞而疑所覿　7-479
曜曜振振　5-43
曜朱光於白水　1-307
曜藻崇正　4-269
曜質幾年　9-492
曜車二六　1-469
曜野映雲　1-304
曜靈急節　7-237
曜靈曄而遄邁兮　3-98
曜靈照空隙　5-495
曜靈運天機　4-150
曤兮若松榯　3-244
曠不可以偏制　9-59
曠世不羈　7-303
曠世同流　4-326
曠世齊歡　4-243
曠之浹辰　6-336
曠以日月　3-199
曠以歲月　7-460
曠千載而流光也　7-482
曠哉坎德　2-347
曠哉宇宙惠　5-478
曠日持久　7-447
曠日若彼　8-448

曠望極高深　4-394
曠然消人憂　5-38
曠然無憂患　8-488
曠瞻沼遞　1-356
曠若復面　7-238
曠若發矇　7-267
曠野增遼索　5-322
曠野莽茫茫　4-112
曠漢敞罔　3-193
曩以天下自任　9-478
曩基卽先築　4-359
曩從末路　8-401
曩惟延州　4-274
曩者彊秦弱主　7-380
曩者漢室內潰　8-30
曩者王塗蕪穢　7-474
曩者辱賜書　7-132
曩誰子先　9-492
曭目盡都甸　5-507

日 ─────

曰乘高而遷神兮　2-467
曰仁　9-22
曰余不師訓　5-478
曰余不敏　4-129
曰余亦支離　4-456
曰余知止足　4-91
曰兩美其必合兮　6-28
曰勉遠逝而無疑兮　6-29
曰勉陞降以上下兮　6-31
曰子曰身　9-297
曰未盡善也　8-296
曰梟其首　3-339
曰止曰時　1-238
曰歸歸未克　4-440
曰納其降　3-339
曰義　9-22

曰若先生 9-496
曰車騎將軍竇憲 9-167
曰近信而遠疑兮 3-17
曰逆取順守 8-296
曰鮌婞直以亡身兮 6-16
曲从卽復若此 6-303
曲周之進 8-158
曲宴此城隅 4-220
曲度淸且悲 3-347
曲度究畢 3-171
曲度雖均 8-442
曲度難勝 1-395
曲得其情 2-294
曲從如環 7-453
曲從義訓 8-16
曲折不失節 8-400
曲折合符 9-2
曲折沈浮 7-60
曲拂遭回 8-80
曲旣揚兮酒旣陳 2-399
曲旣終而響絶 3-233
曲有微情 3-142
曲杅要紹而環勾 2-289
曲檻激鮮飆 5-499
曲汜薄停旅 4-355
曲池何湛湛 5-103
曲池揚素波 5-247
曲無定制 3-238
曲用無方 3-235
曲終闋盡 3-190
曲美常均 7-60
曲者不可以爲桷 7-291
曲而暢之也 8-14
曲蓬何以直 4-427
曲逆之吐六奇 1-74
曲逆宏達 8-148
曲陽僭於白虎 2-220
曲隊堅重 2-118

曳彗星之飛旗 2-110
曳捎星之旃 2-113
曳文狐 6-139
曳明月之珠旗 2-47
曳犀牦 1-112
曳獨繭之褕絏 2-92
曳紅采之流離兮 2-14
曳雲梢 1-194
曳霧綃之輕裾 3-272
更以爲罪 6-320
更以畏友朋 5-493
更以竹簡寫之 8-6
更唱迭和 3-251
更唱迭奏 3-217
更喪忠告之實 7-299
更奪取婢綠草 7-31
更張空拳 7-144
更惆悵以驚思 2-462
更成戎狄之族 7-116
更撰七志 8-95
更無以威脅重敵人 7-204
更爲新聲 1-305
更爲自拔 7-10
更由姻昵 6-351
更申前好 7-199
更盛迭貴 1-101
更相叫嘯 2-346
更相爲命 6-312
更相觸搏 2-338
更練精兵 7-118
更與從事 7-205
更與秋兰垂芳 6-323
更被縵胡纓 5-311
更謀進取 7-21
更造夫婦 1-125
更酬其旨 7-338
曶爽闇昧 7-437
曷不委心任去留 7-492

曷不斯思　3-298

曷云世及　9-280

曷云塗遼　4-332

曷云開此衿　5-80

曷令不行　8-125

曷月瞻秦稽　4-386

曷渝色兮　2-481

曷爲久遊客　4-494

曷爲復以茲　5-89

曷爲恆憂苦　5-406

曷爲牽世務　5-411

曷由知我飢　4-293

曷若四瀆五嶽　1-143

曷若辟雍海流　1-143

曷足貴乎　7-149

書上竟何如　5-46

書不盡懷　7-232

書不盡言　4-323

書不能悉意　7-160

書云　8-404

書到荆州　7-393

書十六篇　7-350

書名竹帛　7-57

書問致簡　7-210

書契以來未之或紀　1-122

書序　8-7

書曰　8-209, 9-343

書有不得至於盡言邪　4-323

書有歐陽　7-355

書玉牒而刻鍾鼎　9-109

書笏珥彤　8-72

書籍未見　5-420

書缺脫簡　7-349

書記旣翩翩　4-407

書誓符檄之品　1-70

書論宜理　8-441

書軌欲同薦　5-374

書辭宜答　7-134

書齊豹盜三叛人名之類是也　8-16

曹伯陽之獲公孫彊也`　9-6

曹植白　7-240

曹氏基命　8-347

曹氏雖功濟諸華　9-42

曹沫不死三敗之辱　7-121

曹譚以無禮取滅　7-298

曹風以麻衣比色　2-393

曹馬之親　9-457

曹騰參建桓之策　8-334

曼辭以自飾　7-160

曾歔欷余鬱邑兮　6-19

曾不下輿　2-54

曾不可乎犯干　3-260

曾不可振　4-248

曾不可殫形　3-248

曾不咫步　4-332

曾不夙夜　3-298

曾不得乎少留　2-158

曾不得掌故　7-449

曾不得與夫十餘公之徒隸齒　2-218

曾不憖留　9-430

曾不戢翼　9-259

曾不折之以正道　7-472

曾不斯覽　3-299

曾不斯須少留思慮　7-54

曾不是察　3-297

曾不知我亦已獲其王侯　2-143

曾不知鼠憑社貴　8-359

曾不移朔　9-356

曾不能以此時　7-165

曾不能畫一奇　7-457

曾不蒂芥　2-56

曾不踰境　4-252

曾仿佛其若夢　1-218

曾何周夏之足言　2-331

曾何足云　7-101, 8-113, 8-114, 9-435

曾何足以少留　2-255

曾何足喩 9-96
曾何足尙 8-93
曾何足稱 9-413
曾參不慕晉楚之富 7-269
曾史蘭薰雪白 9-121
曾子不入 6-462
曾窘寐兮弗夢 9-304
曾是反昔園 4-359
曾是忠勇 8-156
曾是懷苦心 5-89
曾是縈舊想 4-39
曾是迫桑榆 5-502
曾暉薄瀾澳 5-2
曾曲鬱崔嵬 5-411
曾未浹辰 9-183
曾未盈稔 9-232
曾未知命 9-243
曾未足以喩其高下也 2-229
曾未足以少寧 1-370
曾未齔髫 9-229
曾沙膚慶 9-322
曾焉足以娛余 3-15
曾無一人間厠其間 8-461
曾無先覺 8-352
曾無寧歲 7-425
曾無愧畏 7-41
曾無日夜 3-302
曾無獨固 6-363
曾無羊舌下泣之仁 9-130
曾無與二 6-333
曾祖雅位登八命 7-43
曾臺冒雲冠 5-410
曾舊草之未異 3-89
曾莫禁禦 9-420
曾莫能儔 4-131
曾覽八紘之洪緒 1-346
曾遷怒而橫撞 2-210
曾陰萬里生 4-81

曾隻輪之不反 2-193
曾雲無溫液 5-279
替若駮機 9-163
最下腐刑極矣 7-148
會九世而飛榮 1-307
會其行人發露 7-389
會合何時諧 4-135
會同庇天宇 5-431
會同漢京 1-136
會吟自有初 5-141
會國有巫蠱事 8-7
會帝軒之未歸兮 3-16
會平原 1-339
會承來命 7-255
會東從上來 7-134
會武穆皇后崩 9-451
會漢祖龍騰豊沛 8-231
會盟而謀弱秦 8-375
會遭此禍 7-159
會遭陽九 9-208
會遭黨事 9-340
會面安可知 5-210
揭來戒不虞 5-310
揭來空復辭 3-490

月 ─────────

月上軒而飛光 3-114
月不掩望 3-399
月不遁來 9-203
月令 8-329
月以陰靈 2-405
月來扶踈 1-328
月出照園中 3-352, 5-471
月御案節 5-43
月承幌而通暉 2-398
月旅太簇 9-190
月旅蕤賓 2-178

月旣授衣　6-172
月旣沒兮露欲晞　2-409
月明星稀　5-54
月朝十五　9-479
月朧朧以含光兮　2-387
月次姑洗　9-197
月氣參變　3-401
月滿則微　9-163
月盈已見魄　4-12
月竁來賓　5-41
月華始徘徊　5-520
月華散前墀　5-513
月華臨靜夜　5-392
月軌青陸　8-55
月露皓已盈　4-345
有一於此　8-89, 9-280, 9-447
有不俾而假素　8-263
有不善者　7-228
有不浸潤於澤者　7-434
有之　7-444
有事上春　5-42
有事在四方　5-296
有事西土　6-358
有二人焉　8-400
有于德不台淵穆之讓　8-252
有五色之名輩　2-147
有五衙焉　9-113
有人在下　6-76
有人適我閭　3-509
有令聞也　1-460
有以得之　8-353
有以自守　7-456
有似勇壯之卒　6-121
有似周黨之過閔子　7-260
有似客遊　5-61
有佐命之功　7-176
有何不滅者哉　7-390
有作叔孫通儀於夏殷之時　7-467

有來斯雍　4-325, 9-315
有來豈不疾　4-33
有來雍雍　3-371
有儀則兮　2-165
有優渥之言　5-433
有六簿些　6-84
有六藏焉爾　9-88
有其具者易其備　8-120
有切民患　9-420
有別必怨　3-122
有反易剛柔　8-302
有司馬叔持者　9-254
有合諡典　9-277
有同於今　8-33
有同有異　7-481
有同骨肉　4-322
有名無實　9-68
有君無臣　3-318
有君而無臣　8-410
有周成隆平之制焉　1-126
有命再集　3-369
有命集止　4-242
有和隨之寶　6-431
有嚛門而莫啓　2-198
有大人先生　8-138
有大功於天地　9-406
有大雅焉　7-497
有奇策才力之譽　7-139
有威有名　7-402
有子勝斐然之志　7-188
有守矜功　8-129
有宋函夏　8-51
有客款柴扉　4-411
有客祁祁　1-445
有客遊梁朝者　9-466
有嶲越徐尙蘇秦杜赫之屬爲之謀　8-376
有少如水名者得之　8-307
有席卷天下　8-374

有庶士丘仲　3-200

有建婁敬之策於成周之世　7-467

有弇輿春節　5-489

有征無戰　7-182, 7-422

有後可冀　6-343

有必不堪者七　7-286

有志不就　4-132

有思歸引　8-33

有怨必盈　3-122

有恨如何　7-339

有悔可悛　3-404

有情知望鄉　5-16

有惻上仁　2-443

有愧高旨　4-334

有慈無威　4-128

有憑應而尙缺　8-231

有憑虛公子者　1-155

有應風雅　7-231

有懷妍唱　2-399

有懷誰能已　3-491

有所割損也　7-200

有所希冀　6-312

有所廣益　6-270

有所建明　7-165

有所搖演　3-191

有所爲也　7-121

有所補益　8-331

有所造作　7-54

有數十種　9-490

有斧無柯　7-416

有斬將搴旗之功　7-139

有方之士　3-251

有方有虎　8-129

有旨哉　9-125

有明有晦　9-202

有易親之色　8-358

有是言乎　6-130

有是言也　8-397

有時則食　9-221

有時比跡　9-72

有時無君　8-180

有時而亡　6-472

有時而大　6-472

有時而旣　7-166

有時而用　6-472

有時而盡　6-472

有時而謬　9-147

有晉徵士尋陽陶淵明　9-275

有智有仁　7-412

有曲沃之縣鞄焉　3-222

有柘漿些　6-82

有欺耳目　9-190

有此武功　7-183

有此武功　8-145

有武者必置於百人之上　8-462

有歸歟之歎音　2-256

有段干木田子方之遺風　7-168

有殷坻頹於前　1-395

有殷宗中興之則焉　1-125

有殺戮妾媵　8-302

有江湖山藪之思　2-384

有汶陽之孤篠焉　3-222

有沈而奧　8-248

有流矢在白肉　9-254

有浮而淸　8-248

有潧輿南岑　5-314

有漢使來　8-431

有漢元舅　9-167

有無言而不酬兮　3-23

有物有憑　9-312

有牷在滌　5-42

有獺有獺　3-281

有獻鸚鵡者　2-420

有王術也　6-468

有瑤有珉　4-275

有瓊漿些　6-82

有生之所大期 8-40
有生之歡滅 6-163
有生之通塗 8-181
有生必死 9-217
有用於人也 2-430
有異於此 6-277, 7-44
有異於衆 8-433
有疾像長卿 4-470
有眸睿蕃 3-401
有秩斯祜 4-250
有稱疇昔 7-221
有箕山之志 7-215
有箕潁之心事 5-427
有純一之德 8-295
有累如何 6-151
有絜在俎 5-42
有美一人兮心不繹 6-69
有義風矣 9-265
有羸老之疾 3-53
有羽儀於上京 2-466
有翼戴之功 8-186
有聖善之敎 7-53
有聲梁魏 8-153
有肆險以稟朔 2-446
有自來矣 1-315, 6-351, 7-82, 8-104, 8-187,
    9-65, 9-230
有至斯響 9-385
有與五臣 4-329
有與共弊 9-65
有與推移 1-156
有若綴旒 6-329
有莘氏之媵臣也 9-3
有莘氏之媵臣耳 7-82
有萬里之望 7-258
有虞亦命夏后 8-249
有虞作繪 1-426
有虞總期 1-231
有虢叔者 9-331

有賽裳以投岸 2-197
有西蜀公子者 1-317
有西都賓問於東都主人曰 1-86
有觀閣池沼 8-33
有詔 8-84, 9-264
有詔不許 8-102
有詔廢毀舊塋 8-93
有詔徵爲著作郎 9-277
有詔掌故 8-56
有詔策授太傅 9-457
有說則止 3-264
有談范蔡之說於金張許史之間 7-467
有識留感 9-354
有識銜悲 8-106
有貴介公子 8-138
有赫茲威 3-368
有趙談北宮伯子 8-331
有足悲者 6-487
有跡必窮 6-131
有蹯骨肉 7-114
有逆於舅姑 8-302
有造有寫 9-233
有過人者 8-440
有道吾不仕 3-55
有道在葵藿 5-473
有邑老田父 2-33
有酒斯飫 3-380
有酒盈罇 7-490
有開必先 9-5
有陌昆吾 9-199
有陌雒邑之議 1-85
有除有布 9-433
有隆焉爾者 9-62
有隱才於屠釣之間 6-304
有隱匿之名 6-477
有集惟彦 4-242
有雒客舍逆旅 3-179
有離群之志 7-259

有非常之事　7-380, 7-433
有覷薔容　1-467
有覷面目　7-23
有韜世之量　3-93
有頹者弁　4-243
有風颯然而至　2-378
有餛饒些　6-82
有高世之度　8-96
有鱉三足　2-360
有鳥翻飛　4-312
有鵬鳥飛入誼舍　2-412
有黷亂上下　8-302
有龍泉之利　7-229
有龍蛇之怪　8-433
有龍遊淵　6-188
有龜六眸　2-360
有瞭呂梁　1-427
朋來握石髓　4-91
朋來當染翰　4-121
朋友日夜疎　3-466
朋友相追攀　4-138
朋友與我俱　4-220
朋好雲雨乖　4-386
朋情以鬱陶　5-365
朋精粹而爲徒　3-16
服其荒服　1-445
服晁乘軒　8-359
服晁乘軒　6-318
服太阿之劍　6-431
服尙素玄　1-140
服御順志　2-442
服振振以齊玄　3-58
服瀚濯之衣　8-295
服爵帝典　9-500
服理辯昭昧　5-462
服美改聲聽　5-414
服義方無沫　5-515
服義追上列　5-485

服習禮敎　7-77
服者焉能改裁　1-285
服腐腸之藥　6-184
服膺儒行　9-85
服膺而不可釋　7-447
服膺聰哲　6-329
服舛義稠　4-251
服藻垂帶　3-370
服虎豹之文　7-218
服闋　8-97, 9-354
服韉鞿兮　2-458
服食求神仙　5-222
服食還山　3-120
服食養身　8-480
服養知仁　2-456
服馬顧轅　9-317
服鹽車兮　9-471
胐魄示沖　2-405
胐魄雙交　3-401
朒朓警闕　2-405
胱之以土　6-204
朔別期晦　1-337
朔北思邌　1-445
朔望忽復盡　4-151
朔望臨爾祭　4-150
朔漠飛沙　2-395
朔鄙多俠氣　4-338
朔風動秋草　5-292
朔風厲嚴寒　4-112
朔風吹飛雨　5-367
朔風變楚　8-134
朔馬東驚　9-268
朔鳥鳴北林　4-100
朕之不敏　6-195
朕以不德　6-198
朕以眇身　6-205
朕以覽聽餘閑　2-94
朕傾心駿骨　6-255

朕其試哉 8-218
朕翕奉天命 6-232
朕實賴之 6-199
朕將親覽 6-237
朕幼淸以廉絜兮 6-76
朕式照前經 6-234
朕思念舊民 6-249
朕所以明發動容 6-236
朕本自諸生 6-254
朕無任焉 6-205
朕無獲焉 6-198
朕獲纂洪基 6-240
朕甚愍焉 6-205
朕甚閔焉 7-349
朕用夙興假寐 6-198
朕用悼焉 9-250
朕皇考曰伯庸 6-4
朕秉籙御天 6-243
朕立諫鼓 6-257
朕聞 6-195
朕聞上智利民 6-247
朕聞先王幷建明德 6-204
朕聞神靈文思之君 6-231
朕親覽焉 6-195
朕長驅樊鄧 6-252
朗密調均 3-208
朗心獨見 8-198
朗月何朧朧 4-149
朗月垂光 3-212
朗月照軒 4-227
朗月照閑房 5-414
朗月耀其輝 5-279
朗璞蒙垢 9-139
朗笛疏而吐音 9-154
朗詠長川 2-268
朗鑒豈遠假 5-83
朗陵公何敬祖 4-288
望峟篠以徑廷 1-177

望中庭之藹藹兮 3-71
望久方來萃 4-419
望之天回 1-322
望余帷而延視兮 3-259
望側階而容賢 8-105
望先帝之舊墟 1-273
望公歸之 4-327
望北辰而高興 1-174
望受命之臻焉 8-240
望古遙集 9-280
望君之來 8-219
望君王兮何期 3-110
望吾西陵墓田 9-479
望咸陽而西麾 7-339
望圉北之兩門 2-186
望城不過 3-326
望城拊膺 9-425
望墳思紆軫 4-151
望夫君兮歸來 6-44
望子朝陰 9-230
望子舊車 9-244
望寒門之絶垠兮 3-25
望山兮寥廓 9-303
望山谷之嵯峨 2-163
望山載奔 6-180
望崦嵫而勿迫 6-21
望平樂 2-114
望幸傾五州 4-73
望廬思其人 4-147
望形表而影附 9-333
望影揣情 8-146
望彼來威 9-211
望彼楸矣 3-89
望德如歸 9-422
望慕結不解 4-184
望承明而不入兮 9-326
望故鄉而延佇 2-424
望昆閬而揚音 2-460

望曲阜而含悲　9-428

望月方娥　9-291

望朔雲而蹀足　2-453

望林巒而有失　7-364

望樂池而顧慕　9-298

望殊異之寵　7-270

望氣者又云　8-307

望汩心歊　9-497

望河洛之交流兮　2-169

望流川　3-237

望流火之餘景　2-387

望涔陽兮極浦　6-44

望湯谷以企予　3-79

望漸臺而拒腕　2-219

望濤遠決　2-341

望玉繩而結極　6-169

望玉輅而縱鏑　2-196

望瑤臺之偃蹇兮　6-25

望皇軒而肅震　2-28

望祀岷山　7-85

望祠山川　2-303

望美人兮未來　6-52

望翠華兮葳蕤　1-310

望聽玉音　8-401

望舒四五圓　5-313

望舒彌轡　2-118

望舒離金虎　4-257

望衢罕窺其術　8-89

望表知裏　2-217

望近而應遠　8-485

望通天之崇崇　2-159

望雲慚高鳥　4-449

望雲際兮有好仇　6-144

望露寒　2-88

望青楸之離霜　3-114

望風懷想　7-114

望風震服　7-83

望風響應　7-410

望風馳命　7-127

望飆而奮　9-35

望高唐之觀　3-244

望鳳儀以擢形　3-223

望驪合而翳晶　2-152

朝不慮夕　6-312

朝不謀夕　9-130

朝儀則昏　8-163

朝入譙郡界　5-38

朝則鸝黃鴞鳴焉　6-102

朝吾將濟於白水兮　6-24

朝吾行於湯谷兮　3-13

朝嘉其能　9-263

朝堂承東　1-165

朝堂百寮之位　1-102

朝士外顧　9-67

朝士百寮　6-353

朝士舊臣　8-285

朝夕侍坐　7-245

朝夕坰牧　8-261

朝夕奠祭　9-458

朝夕異涼溫　4-406

朝夕舊館　8-113

朝夕見平原　5-263

朝夕論思　1-82

朝廷之於伯通　7-177

朝廷有法　7-286

朝廷淑淸　8-417

朝廷無事　1-85

朝廷聞而傷之　9-250, 9-264

朝廷重違謙光之旨　9-371

朝徂衛思往　4-443

朝忌曛日馳　4-367

朝想慶雲興　4-430

朝戲於芝田　2-460

朝搴阰之木蘭兮　6-5

朝政以治　9-209

朝政在王　8-365

朝日曜而增鮮　2-328
朝日照北林　5-260
朝日順長塗　4-435
朝旦發陽崖　4-58
朝旨以董司嶽牧　9-453
朝晡上脯糒之屬　9-479
朝有世及之私　8-323
朝朝暮暮　3-244
朝榮東北傾　5-279
朝流亡以離析　2-196
朝游忘輕羽　4-257
朝游游層城　4-258
朝游登鳳閣　5-435
朝濟洛川　9-233
朝濯髮乎洧盤　6-25
朝無刓印　1-443
朝無死難之臣　8-460
朝無闕政　7-83
朝爲仇虜　7-413
朝爲伊周　8-286
朝爲媚少年　4-105
朝爲榮華　7-476
朝登魯陽關　5-309
朝發富春渚　4-419
朝發廣莫門　5-200
朝發晉京陽　3-434
朝發枉渚兮　6-58
朝發河海　1-115
朝發軔於天津兮　6-36
朝發軔於蒼梧兮　6-21
朝發軔於長都兮　2-159
朝發鄴都橋　5-36
朝發高堂上　5-180
朝發鸞臺　3-325
朝秀晨終　9-89
朝罷夕倦　1-287
朝聞夕沒　9-207
朝臣圖議　8-333

朝臣異謀　9-48
朝至暮捷　7-183
朝與佳人期　5-473
朝華不足歡　5-75
朝華忌日晏　4-296
朝見鼪鼠逝　5-505
朝覲莫從　3-327
朝觀夕覽　2-318
朝議以有爲爲之　9-361
朝議惟疑　3-332
朝譙流聖情　4-158
朝貞觀而夕化兮　2-480
朝遊夕讌　5-420
朝遊江北岸　5-262
朝遊牛羊下　5-430
朝遊窮曛黑　5-426
朝遊雁門上　5-455
朝達厥辭　9-222
朝采南澗藻　4-22
朝采爾實　4-311
朝野多歡娛　3-469
朝錯痛其亂　9-66
朝雁鳴雲中　3-355
朝集金張館　3-461
朝雲不歸山　4-202
朝雲不興　1-300
朝雲乘變化　5-481
朝雲始出　3-244
朝雲進荒淫　4-117
朝霞啓暉　7-320
朝霞爲丹臒　9-396
朝霞迎白日　5-307
朝霞開宿霧　5-328
朝露淸泠而隕其側兮　3-150
朝露溢至　3-109
朝露竟幾何　5-476
朝露行日晞　5-49
朝靡代耕之秩　2-33

朝食不免青　5-86
朝食琅玕實　5-478
朝飲木蘭之墜露兮　6-10
朝馳余馬兮江皋　6-47
朝馳左賢陣　5-465
朝駕守禁城　4-158
朝騁騖兮江皋　6-45
朝鮮之疊不刊　7-399
朝鮮昌海　7-332
期不信兮告余以不閒　6-45
期不陔陊　1-181
期在三五夕　5-339
期在忠孝　8-194
期在明賢　9-138
期城南之離宮　3-66
期守死以報德　2-426
期應紹至　8-214
期於消爛也　7-399
期於相致　7-294
期歲而孤　8-92
期窮形而盡相　3-134

木 ─────────────

木仆山還　2-116
木以秋零　3-284
木偃息以蕃魏兮　2-478
木則楓柙櫲樟　1-360
木則樅栝棕枏　1-188
木功不雕　2-126
木器無文　2-137
木擁槍纍　2-134
木旣繁而後綠　6-165
木欣欣以向榮　7-491
木無彫鎪　1-424
木石匱竭　9-256
木石將盡　9-249
木石肩幽闥　4-494

木羽偶仙　1-457
木落南翔　1-329
木落柯條森　4-144
木落葉而隕枝　3-98
木葉微脫　2-406
木衣綈錦　1-182
木魅山鬼　2-275
未一隅之能睹　1-218
未之前聞　7-185
未之思乎　6-130
未之或悟　8-359
未之或遺也　9-254
未之有兮　2-300
未之聞也　6-353, 7-61, 8-225
未之詳也　8-322
未也　1-86
未以爲悅　7-207
未仰天庭而覩白日也　7-474
未便電邁者　7-311
未剋殫焉　8-421
未十里於遷路　2-225
未厭靑春好　4-48
未及下車　9-453
未及成人　7-293
未及整訓　7-388
未及施行　7-350
未及至人情　5-108
未召拜　3-52
未可以爲不然也　7-265
未嘗不務在先降後誅　7-410
未嘗不廢卷流涕　6-481
未嘗不心遊目想　1-72
未嘗不慨然廢書而歎　3-50
未嘗不拊心而歎息也　6-284
未嘗不歎息痛恨於桓靈也　6-271
未嘗不聞樂而拊心　6-295
未嘗廢丘壑　5-344
未嘗敢怠也　8-385

未嘗暫靜也　8-290
未嘗檢括　4-305
未嘗留心　8-92
未嘗知女工絲枲之業　8-302
未嘗言人所短　8-108
未嘗違戶庭　5-5
未嘗銜盃酒　7-141
未嘗鞫人於輕刑　9-462
未嘗顯其所長　8-108
未垂哀察　7-10
未垂察諒　6-354
未墜於地　7-356
未夕復來歸　5-328
未奉闕庭　3-311
未始有極　2-416
未宜絕也　8-244
未就命而世祖崩　9-238
未就而沒　9-392
未巨有弘於茲者矣　9-46
未弭　9-248
未得散意　7-199
未或能比　8-359
未敢云也　3-265
未旣　6-114
未易明也　7-141
未易輕棄也　7-231
未暇此居也　6-144
未暇此服也　6-137
未暇此游也　6-148
未暇此觀也　6-140
未暇此食也　6-135
未曾廢離　6-310
未有不求而得者也　7-239
未有他書　7-347
未有危亡之患也　9-46
未有如今日之盛者也　7-309
未有如此其著者也　9-25
未有寧濟其事者矣　6-374

未有專任婦人　8-315
未有殊尤絕迹　8-210
未有義而後其君　6-291
未有若漢祖之易者也　8-454
未有雌雄　7-448
未殊帝世遠　4-159
未洽斯義　9-100
未測涯涘　7-89
未測神明之數　9-90
未爲速達　6-399
未爲非寶　9-134
未甚東陵之酷　9-102
未盡所懷　7-116
未盡纖麗之容　9-155
未睹其美者　1-306
未睹其餘也　2-43
未睹厥狀　7-222
未知何如　7-465
未知何意　3-256
未知古人心　4-121
未知所投　7-313
未知所濟　6-195
未知操弓持矢也　6-471
未知深淺　7-77
未知英雄之所躔也　1-348
未知身死處　4-138
未知驪龍之所蟠也　1-347
未窮激楚樂　3-506
未肯回情　7-201
未能也　6-103, 6-105, 6-107, 6-110, 6-113,
　　　6-123, 6-167, 6-171, 6-175, 6-178, 6-181,
　　　6-184
未能盡明　7-145
未能稱是　8-440
未若今日兼文武之極寵　6-305
未若文章之無窮　8-442
未若田氏　7-230
未若申錫典章之爲遠也　1-469

未若疇昔之從容　2-433
未若茲雪　2-400
未若託蓬萊　4-5
未若遵塗之疾也　8-399
未若防嫌以明公道　6-353
未蒙王化　7-421
未蒙虛受　7-99
未蕁螻蟻　6-423
未見其已也　9-227
未見好德　9-466
未見孟嘗之深心　7-36
未見運世無本　8-427
未謂玄素暌　4-385
未足以喩　6-344
未足以喩其易　7-182
未足憂其慮　9-103
未足比其仁　9-418
未足爲泰　6-324
未足稱妙也　6-150
未足稱雋　6-136
未足解其勞結　7-214
未足識行藏　5-519
未足雲多　9-417
未輟爾駕　4-310
未辨菽麥　7-398
未逞斯願　3-332
未遑脩九伐之征也　7-424
未遑苑囿之麗　2-128
未達燥濕變響　9-111
未鼓而破　7-403
未齒乎上代　9-46
末上林之隤牆　1-459
末伎之妙　3-304
末命是期　8-156
末命是獎　9-326
末塗幸休明　5-428
末德爭先鳴　5-96
末映東北墀　5-357

末暮謝幽貞　4-159
末有穎子嚴者　8-18
末榮盈於帷席　2-396
末冑稱王　9-208
末臣庸蔽　2-443
末臣蒙固　9-265
末路值令弟　4-367
末響寄瓊瑤　5-511
本乎其始　8-21
本乎勸戒也　8-26
本仁祖誼　8-390
本前脩以作系　1-459
本同而末異　8-441
本图宦达　6-312
本圖相與偕　4-213
本官悉如故　9-455
本宜在常均之外　6-421
本家自遼東　5-443
本必先顚　8-304
本支之祚　6-227
本是王昭君　5-74
本末不能相御　8-460
本枝之盛如此　8-71
本枝別幹　1-453
本枝派別　9-431
本枝百世　1-311
本根賴之與　8-447
本無懿德　7-382
本聞此論非耶　8-244
本自荆山璆　4-316
本自虞初　1-194
本自餐霞人　3-496
本非人主之急務也　2-134
札札弄機杼　5-219
朱丹其轂　7-457
朱光以渥　8-144
朱光馳北陸　4-144
朱公叔絶交論　9-108

朱博斜舒慢　4-427
朱脣的其若丹　3-259
朱塵筵些　6-80
朱宮羅第宅　5-473
朱實隕勁風　4-318
朱實離離　1-208, 3-226
朱帷連網　1-304
朱弦繞素腕　4-296
朱斾青屋　1-253
朱旗乃舉　8-363
朱旗所拂　3-315
朱旗絳天　9-168
朱旗萬里　9-182
朱明之期　7-271
朱明承夜兮　6-86
朱明肇授　2-147
朱明送末垂　4-430
朱桂黝儵於南北　2-298
朱桷森布而支離　1-421
朱權麗寒渚　5-515
朱櫻春熟　1-328
朱濊丹澩　2-366
朱火曄其延起兮　3-164
朱火獨照人　5-351
朱火靑無光　5-274
朱焰綠煙　2-345
朱穆昌言而示絶　9-125
朱紫由其月旦　9-127
朱羲將由白　4-12
朱英秀　8-76
朱茀斯皇　8-70
朱草萌芽　8-392
朱華冒綠池　3-344
朱華振芬芳　4-117
朱華未希　5-255
朱華淩白雪　5-505
朱衣皓帶　9-211
朱象管蔡是也　6-453

朱軒曜金城　3-469
朱軒繡軸　3-115
朱軒麏駕　9-436
朱輪竟長衢　3-461
朱輪累轍　1-373
朱輪華轂　7-326
朱邸方開　7-91
朱門何足榮　4-5
朱闕巖巖而雙立　2-285
朱闕玲瓏於林間　2-266
朱闕結隅　1-435
朱闕雙立　1-370
朱霞入窗牖　5-495
朱顏酡些　6-84
朱顏酡兮思自親　2-399
朱鬟緙鬏　1-199
朱鮪涉血於友于　7-327
朱鳥舒翼以峙衡　2-292
朱斂咸髦士　5-485
朴以忠乎　6-61
朽折散絶　7-348
李公不亡而已哉　6-407
李公悲東門　4-106
李斯　7-151
李斯奮時務而要始皇　7-475
李斯竭忠　6-448
李斯西上書　3-466
李牧愧長袖　4-455
李牧鎭邊城　4-338
李虎發而石開　2-479
李辰石氷　8-287
李重之識會　8-97
李陵旣生降　7-146
李陵頓首　7-128
材人之窮觀　3-162
材技廣宣　9-209
材瓦銅漆　9-490
材能不及中庸　8-380

村童忽相聚　5-23
杖信則莫不用情　2-247
杖命世之英藹　2-190
杖朱旗而建大號　1-227
杖策將遠尋　5-80
杖策招隱士　4-18
杖策而去之　8-294
杖鎮邪而羅者以萬計　2-109
杜口毗邪　9-382
杜妄轡於郊端　7-368
杜私門　6-430
杜絶言路　7-388
杜連理音　6-109
杜門不出　9-221
杜門淸三徑　4-406
杜門絶迹　6-359
杞梁之妻不能爲其氣　3-157
杞欄椅桐　1-322
束帛旅於丘園　9-28
束紳入西寢　4-159
束馬懸車　6-201
束馬景從　7-103
束髮懷耿介　4-459
杪木末　1-200
杪秋卽冬　9-316
杪秋尋遠山　4-363
杯盡壺自傾　5-326
東下望雲闕　5-461
東亂三江　7-89
東京之懿未罄　1-279
東京公侯　1-184
東京六姓　6-351
東京皇統屢絶　8-316
東以琅邪王爲左丞相　8-307
東出千金堰　5-401
東割膏腴之地　8-375
東包百越之地　9-35
東南一尉　7-460

東南之美　4-274
東南至宜春鼎湖　2-103
東吳王孫飄然而咍　1-346
東啓長春　1-422
東國多衰弊之政　9-135
東園桃與李　4-103
東城高且長　5-220
東壁正中昏　5-351
東壁正昏中　5-274
東夏形勝　9-450
東夷橫畔　2-138
東夷獻其樂器　7-303
東夷獻舞　7-84
東夷遘逆　8-133
東宮積年　4-247
東家之子　3-264
東山猶歎其遠　7-214
東川澹而不流　9-327
東平劉楨公幹　8-439
東平齊聲於楊史　9-447
東序重深而奧秘　2-287
東府掘城北澶　9-490
東延昆鄰　2-108
東弱韓魏　6-456
東得百里奚於宛　6-428
東接鋸鹿　7-77
東據成皐之險　6-429
東擧公孫淵　8-280
東方不可以託些　6-76
東方先生喟然長息　7-448
東方就旅逸　5-143
東方朔割炙於細君　7-468
東方朔爲黃門侍郎　8-356
東方金馬門　5-388
東有不臣之吳　6-278
東望平皐　9-391
東望於邑　7-218
東朝旣建　4-250

東武康侯之子也　9-227
東武託焉　3-89
東歸之於海　7-433
東注太湖　2-66
東海陳公　9-341
東海黃公　1-210
東渚巨海　9-417
東演析木　2-343
東澹海漘　1-135
東燭滄海　2-21
東牟朱虛授命於內　8-454
東瑟不隻彈　3-474
東當六國之從　6-475
東睇起凄歌　4-355
東瞰目盡　2-121
東窺白馬　8-161
東臨滄海　6-284
東至于海　6-204
東至弘農　2-132
東至鼎湖　1-187
東薄河華　1-117
東藕雕胡　2-44
東被姑尤側　5-107
東西兩晉　9-416
東西南北　2-65, 2-115
東西同捷　9-49
東西周章　2-286
東西唱和　7-304
東西安所之　5-47
東西懸隔　7-414
東西施翼　3-248
東西膠葛　1-370
東誅叛逆　7-84
東負滄海　9-46
東越玉津　1-336
東路安足由　5-263
東過樂浪　1-276
東郊則有通溝大漕　1-94

東郊豈異昔　4-88
東都主人喟然而歎曰　1-119
東都妙姬　2-277
東都已俶載　5-383
東鄕將報　7-430
東鄰虐而殲仁兮　2-472
東野有不釋之辯　9-144
東門于旋　1-233
東關無一戰之勞　7-19
東限琅邪臺　5-378
東陵之巨狝　9-122
東陵侔於西山　8-112
東震日域　2-141
東風扶留　1-358
東風搖百草　5-220
東風飄兮神靈雨　6-53
東首壑園　9-436
東馳函谷　6-443
杳冥冥兮羌晝晦　6-53
杳旭卉兮　2-23
杳杳卽長暮　5-222
杳杳日西頹　5-339
杳杳落日晚　5-158
杳與廬霍絶　5-504
杳藹蓊鬱於谷底　1-297
松喬高跱孰能離　3-39
松子久吾欺　4-217
松子神陂　1-295
松枝一何勁　4-192
松柏仆　1-112
松柏夾廣路　5-222
松柏摧爲薪　5-223
松柏有本性　4-192
松柏森已行　4-154
松柏翳岡岑　4-106
松柏蓊鬱於山峰　1-322
松柏轉蕭瑟　5-483
松柏隆冬悴　4-125

松柏鬱芒芒　5-100
松梓古度　1-360
松檟成行　6-420
松疏夏寒　9-403
松石峻塊　8-56
松菊猶存　7-490
松風遵路急　4-159
板築　8-355
板築是司　9-491
枇杷橪柿　2-78
枉帆過舊山　4-459
枉用相存　5-54
枉而直之　7-451
枉駕惠前綏　5-225
枌栱嵯峨　6-169
枌榆遷立　2-209
枌橑複結　1-421
枌邑道嚴玄　5-514
枌詣承光　1-174
析人之珪　7-457
析其法度　1-454
析於地理者也　1-346
析析寒沙漲　5-23
析析就衰林　3-442
析析振條風　5-333
析波浮醴　3-403
析珪而爵　7-376
析理實敷陳　5-421
析龍眼之房　6-183
枕轎交趾　1-319
枕麴藉糟　8-138
林不槎枿　1-448
林光宴秦餘　5-205
林叢爲之生塵　2-115
林回喩之於甘醴　9-124
林園無世情　4-452
林壑斂暝色　4-54
林密蹊絶蹤　4-59

林挺瓊樹　2-396
林木有枝　5-61
林木爲之潤黷　1-365
林木茂馺　6-90
林深響易奔　5-348
林無不溥　2-361
林無羽群　6-140
林無被褐　6-188
林無靜柯　6-363
林簫蔓荊　3-180
林茂有鄂之竹　2-205
林薄杳蔥靑　4-84
林薄杳阡眠　4-442
林藪石留而蕪穢　1-463
林衡計鮮　6-174
林表吳岫微　5-13
林遠肩隨乎江左矣　9-389
林鍾紀律　2-303
林閭時晏開　4-374
林麓之饒　1-188
林麓藪澤　1-94, 2-102
林麓黝儵　1-325
果下自成榛　4-19
果乃先逝　9-211
果夢與神女遇　3-256
果如其言　7-60
果定於漢　8-431
果布輻湊而常然　1-375
果木有舊行　4-359
果枉濟江篇　4-368
果毅輕斷　6-149
果紛然傷於身　8-387
枝庶分流　9-218
枝末大而本披　2-198
枝煩挐而交橫　6-70
枝穿枒枒而斜據　2-289
枝繁者蔭根　8-463
枝葉相扶　8-452

枝葉碩茂　8-447

枝葉落　8-458

枝附葉著　7-478

枝葉扶疎　7-457

枯木朽　6-464

枯木發榮　6-133

枯桑知天風　5-46

枯條以肄　8-153

枯棊三百　8-473

枯荄帶墳隅　4-152

枳句來巢　2-378

枳棘塞中塗　3-466

架卓魯於前錄　7-366

枹鼓鏗鏘　8-408

㪫以漕渠　2-272

柍柘檍檀　1-297

柏梁既災　1-172

柏森森以攢植　3-89

柏皇栗陸以前　8-277

柏舟悄悄吝不飛　3-39

某年某月日甍　9-458

某等不達通變　7-104

染跡朝隱　8-174

柔中淵映　3-400

柔弱生之徒　9-173

柔情綽態　3-272

柔明將進　9-312

柔服以德　6-333

柔條夕勁　6-172

柔條旦夕勁　5-299

柔條紛冉冉　5-65

柔條脩罕　4-311

柔橈嫚嫚　2-92

柔祇雪凝　2-407

柔遠鎭邇　8-162

柚梧有篁　1-363

柞木翦棘　1-192

柢深則難朽　1-217

樞輅既祖　9-244

柯仿佛而委黃　6-70

柯葉彙而零茂　2-471

柯葉漸苞　1-326

柯葉終不傾　5-476

柳下以之三黜　8-179

柳下惠東方朔　7-279

柳垂陰　3-61

柳惠善直道　5-479

柳惠降志而辱仕　7-481

柴虒參差　2-6

柴車畏危轍　4-407

柿松爲芻　9-256

柿栝枏之松　9-249

栖百靈　2-344

栗取吊于迫吉兮　2-469

楊楗森嶺而羅峰　2-363

栟櫚枸桹　1-360

校之神物　1-314

校文之處　1-168

校文講藝之官　8-52

校武票禽　2-141

校理祕文　1-103

校理舊文　7-351

校鳴葭　1-204

栢木幾於萬株　8-33

栫澱爲涔　2-368

核乎邪正之分　9-22

核傳咸之奏　8-305

根扶疏以分離　6-101

根援扶疎　6-352

根朽則葉枯　8-463

根柢無洞落　4-2

根深則難拔　8-291

根淺難固　4-333

根萌未樹　7-319

格人乃謝　8-149

格來甚勤　8-234

格天光表之功　9-394

格蝦蛤　2-84

格高五嶽　2-273

桀蹠鷔博儡以頓顇　3-157

桁梧複疊　2-311

桂林移植　7-319

桂枝徒攀翻　5-348

桂枝生自直　5-474

桂棟兮蘭橑　6-47

桂棟留夏颸　5-507

桂棹兮蘭枻　6-45

桂椒信芳　9-274

桂椒木蘭　2-45

桂樹交而相紛兮　3-66

桂樹冬榮　5-256

桂樹凌寒山　4-484

桂樹叢生兮山之幽　6-89

桂水日千里　5-520

桂深冬燠　9-403

桂父練形而易色　1-399

桂箭射筒　1-363

桂陽失圖　9-362

桃弧棘矢　1-270

桃李成蹊逕　5-383

桃李蔭翳　1-433

桃林之塞　1-157

桃枝簟簹　2-363

桃笙象簟　1-376

案乘輿之尊轝　2-224

案以從事　7-23

案六經而校德　1-126

案圖錄於石室　1-450

案流徵以却轉兮　3-69

案湣帝　8-307

案無蕭氏牘　5-306

案甲養威　9-48

案節未舒　2-47

案衍增曼　2-44

案衍陸離　3-214

案轡遵平莽　4-443

桐林帶晨霞　5-505

桐柏揭其東　1-294

桐鄉建遺烈　4-280

桐鄉有餘謠　4-424

桐葉何離離　4-416

桑中衛女　3-121

桑婦下機　9-424

桑扈贏行　6-59

桑末寄夫根生兮　3-22

桑柘起寒煙　5-370

桑梓接連　1-328

桑梓有餘暉　5-35

桑梓松柏　7-388

桑梓繁廡　2-304

桑榆陰道周　5-383

桑榆之陰不居　8-84

桑野多經過　3-489

桑間濮上　1-69

桑麻條暢　2-204

桑麻鋪棻　1-94

桓公不能救　7-171

桓公遭乃舉　5-491

桓后定周傾　5-107

桓文帥禮　8-447

桓文扶轂　7-96

桓桓上將　8-133

桓桓撫軍　4-331

桓桓東南征　5-33

桓桓梁征　3-332

桓桓魏武　8-199

桓王之麑　8-199

桓王之麑, 8-　8-199

桓王基之以武　9-42

桓王才武　6-345

桓靈今板蕩　5-423

桓靈失德　7-299

枹鼓一震　7-303

梁亡城緣陵之類是也　8-15

梁代五分　8-455

梁侯烏椑之柿　3-60

梁冀受鉞　8-334

梁叟患夫黎丘兮　3-21

梁孝王時有鄒、枚、嚴、馬　5-420

梁孫原　7-436

梁崩哲萎　9-343

梁嶽頹峻　9-458

梁弱水之潚潒兮　2-19

梁摧奄及　9-430

梁木實摧　9-233

梁王不受詭勝　7-204

梁王不悅　2-392

梁王昌邑彭越　8-142

梁王飾車騎　6-478

梁生適越　7-317

梁益肅清　7-307

梁陰載缺　9-377

梁鴻去桑梓　5-143

梅李羅生　1-328

梅杏郁棣之屬　3-60

梅生隱市門　5-487

梅福入城市　5-143

梓械楩楓　1-188

梗林爲之靡拉　1-200

條上造天　6-109

條分葉散　9-208

條支之鳥　1-95

條暢洞達　3-160

條枝巨雀　2-434

條決繽紛　3-193

條繁林彌蔚　4-348

條落者本孤　8-463

條風發歲　8-78

梟巨狷而餘怒　2-219

梟鷲不接翼　9-95

梢梢枝早勁　4-402

梢殺林莽　2-379

梢雲冠其嶠　2-367

梢雲無以踰　1-363

梧宮致辯　4-180

梧桐幷閭　6-109

椑棗楊梅　2-78

椑棗若留　1-301

棄之如脫遺　9-16

棄之長騖　9-130

棄事遺身　3-218

棄休令之嘉名　7-177

棄俗登仙　8-173

棄友焉足歎　5-83

棄同卽異　7-424

棄妻爲之獻歊　2-426

棄妻離友　3-183

棄官從好　9-276

棄室而灑雨者　9-19

棄席思君幄　5-148

棄彼寶衣　9-183

棄我夙零　9-211

棄我如遺跡　5-217

棄我忽若遺　4-293

棄捐勿復道　5-211

棄捐篋笥中　5-51

棄於漢祖　9-9

棄本殉末　6-247

棄燕雀之小志　7-326

棄瑕取用　7-383

棄瑕錄用　7-327

棄禮樂之敎　8-450

棄籩豆之禮　7-346

棄置勿復陳　5-253

棄置勿重陳　5-203

棄置北辰星　4-297

棄置莫復陳　4-217

棄義背理　6-472

棄身鋒刃端　5-68
棄軍爭免　9-264
棄道任術　9-64
棄餘親睦恩　5-34
棵榴禦霜　1-364
棓穴以斂　9-256
棗下纂纂　3-226
棘實滅性　9-296
棘林多夜哭之鬼　6-236
棟宇存而弗毁兮　3-75
棟宇已來　2-300
棟宇相望　1-328
棟宇與子辭　5-184
棟幹之器也　6-372
棧山航海　8-53
棧齴巉嶮　1-164
森蓴蓴而刺天　1-297
森奉璋以階列兮　2-28
森森散雨足　5-307
森森荒樹齊　5-23
森槮柞樸　3-180
棲勁越於會稽　1-397
棲巖挹飛泉　4-359
棲川怍淵沈　4-45
棲志浮雲　3-304
棲志雲阿　9-500
棲息乎其間　2-81
棲我以蔀家之屋　6-189
棲景宸軒　9-291
棲棲遑遑　7-472
棲無所滯　2-431
棲者擇木　1-431
棲越會稽　7-399
棲跱幽深　2-421
棲遲下位　8-174
棲遲泌丘　9-336
棲遲道藝之域　8-467
棲集建薄質　5-428
棲鳥去枯枝　5-286
棲鳳難爲條　4-391
棲鳴鳶　1-194
棹女謳　1-115
棹容與而詎前　3-114
棹歌發中流　5-23
棺上有五銖錢百餘枚　9-490
棺仍舊木　9-493
棺冥冥兮埏窈窕　9-303
椅梧傾高鳳　3-485
植以芳草　2-324
植操貞固　6-359
植於宮闕之下　8-463
植木如林　2-328
植根之本　6-352
植物斯生　1-188
植物斯高　3-285
植發如竿　1-199
植白　7-226, 7-232, 7-235
植華平於春圃　1-275
植鎩懸犮　1-168
植髮衝冠　8-479
椎埋穿掘之黨　9-420
椎紒而守敖庾海陵之倉　9-20
椎蜚廉　2-84
椎髻鬘首　9-422
椐椐彊彊　6-120
椒塗弛衛　9-316
椒專佞以慢慆兮　6-32
椒房之列　2-317
椓巀嶭而爲弋　2-133
椰葉無陰　1-364
椶枒楔樅　1-322
楈枒栟櫚　1-297
楊倩說於范武　7-252
楊園流好音　4-391
楊子曰　7-466
楊子笑而應之曰　7-458

楊朱興哀　4-322
楊班儔也　8-441
楊綏　9-227
楊雄含章而挺生　1-340
楊雄曰　1-314
楊雄甘泉　8-28
楊雄美新　8-246
楊雄譚思　7-481
楊雄騁羽獵之辭　1-285
楊駿被誅　8-285
楊葉之大　6-471
楓枏櫨櫪　1-297
楚之和璞　7-221
楚之善射者也　6-471
楚之陽劍　6-177
楚亦有平原廣澤　2-41
楚人心昔絶　4-478
楚人流遁於京臺　7-268
楚使子虛使於齊　2-40
楚元王积仁基德　6-227
楚則失矣　2-62
楚嚴未足以爲驂乘　2-107
楚囊之情　9-426
楚國之鄙人也　2-41
楚國之麗者莫若臣里　3-264
楚太子有疾　6-96
楚妃且勿歎　5-120
楚妃歎而增悲　3-227
楚威自撓　8-165
楚子築室之圍　9-39
楚客心悠哉　5-520
楚左史倚相能讀三墳五典八索九丘　8-3
楚師屠漢卒　9-91
楚有春申　8-375
楚王乃駕馴駁之駟　2-47
楚王之獵　2-41
楚王淮陰韓信　8-142
楚王誅之　6-448

楚穆謀於潘崇　9-98
楚築章華於前　1-225
楚翼寔摧　8-149
楚老惜蘭芳　4-154
楚苗之食　6-104
楚莊有孫叔子反　8-412
楚襄王問於宋玉曰　7-444
楚襄王旣遊雲夢　3-162
楚襄王時有宋玉、唐景　5-420
楚襄王與宋玉遊於雲夢之浦　3-256
楚襄王遊於蘭臺之宮　2-378
楚謂之檮杌　8-11
楚謠以幽蘭儷曲　2-393
楚賢臣也　9-470
楚風被琅邪　4-427
楛矢何參差　5-68
楛矢東來　7-332
楠榴之木　1-360
楡中以西　7-83
楡令人瞑　8-481
楡莢難輕重之權　6-239
梗枏幽藹於谷底　1-322
業優前事　6-255
業光列聖　3-398
業在攻伐　8-420
業空則緣廢　9-391
業行淳修　9-398
業遙年運儵　5-379
業隆弱冠　9-350
業類補天　9-197
楯類騰蛇　2-320
極六律　1-137
極勞心兮懍懍　6-43
極命草木　6-107
極夜不知歸　4-186
極孝也　8-237
極宴娛心意　5-213
極慮乎崖涘　6-117

極推小疵　9-250

極服妙采照萬方　3-256

極望成林　6-109

極望數百　2-366

極望梁陳分　4-494

極望無崖崿　5-322

極望見雲中　5-444

極棟宇之弘規　1-420

極沈水居　1-366

極泓量而海運　2-350

極深之庭　2-344

極無兩致　3-138

極眺清波深　5-500

極聽脩原　7-320

極般遊之至樂　3-44

極言無隱　6-258

極路之峻　9-176

極陸之毛　6-182

極風采之異觀　1-439

栔梲之材　8-429

楸梓木蘭　1-425

楹長杵聲哀　5-336

楙北極之嶒崚　2-12

榛林鬱盛　3-248

榛藪平夷　6-139

榜人奏采菱之歌　6-170

榜人歌　2-52

榜人理行艫　3-439

榜楚參井　7-387

槸又欲充夫佩幃　6-32

槶梠緣邊　2-315

榮光塞河　6-487

榮其文身　1-410

榮名以爲寶　5-220

榮名安所之　4-111

榮名緣時而顯　9-141

榮哀既備　6-372

榮問休暢　7-114

榮寵屢加　4-310

榮操行之獨得　1-454

榮曜中谷　9-322

榮曜當世　9-211

榮曜眩其前　7-323

榮曜秋菊　3-271

榮會在逢迎　4-158

榮期綺季之疇　3-207

榮枯立可須　4-220

榮樂止乎其身　8-442

榮立府庭　7-89

榮耀難久持　5-262

榮聲有歇　9-284

榮與壯俱去　5-301

榮與辱孰珍也　9-16

榮色豈能眩　3-497

榮色雜糅　1-360

榮華曄其始茂兮　3-96

榮辱之境　9-89

榮辱之所由興也　7-298

榮辱奚別　4-335

榮辱定其一言　9-118

榮重餽兼金　5-508

榮鏡宇宙　8-257

榮顯所期　9-164

榮高列將　7-22

榱棟傾落　8-175

榱橼毀而莫構　9-392

橼題黮黷　1-421

榹桃函列　1-328

槀本射干　2-71

槀街之邸不能及　1-437

槁工楖師　1-388

槁葉夕殞　2-386

槁葉待風飆　4-290

構不死而爲床　3-29

構害明賢　8-336

構於床第之曲　8-359

構流蘇　1-388
構玆盛則　9-190
構造同異　8-360
構阿房之屈奇　2-236
構雲梯　3-185
槐楓被宸　2-310
楉似瓊英　2-320
櫛財周欄　9-342
槃新夷　2-380
槪見墳籍　1-74
槾柏柤欓　1-297
槿籬疏復密　4-88
樂不徙懸　1-170
樂不極盤　1-132
樂不淫兮　3-160
樂之無量　3-258
樂乎　2-41
樂以忘憂　2-165, 7-165
樂以忘戚　6-170
樂以會輿　5-125
樂傾恒軌　8-99
樂分龍趙　9-446
樂北風之同車　1-200
樂在必行　8-174
樂天知命　9-103, 9-340
樂夫天命復奚疑　7-492
樂安任子咸　3-93
樂宵宴　2-407
樂往哀來　7-211
樂我君圃　8-219
樂我皇道　2-324
樂我稷黍　3-325
樂所以移風於善　3-229
樂會良自古　5-89
樂樂胥　2-97
樂欲崇和　7-207
樂毅出而燕懼　7-461
樂毅已拔卽墨矣　7-185

樂滑衍其方域　1-399
樂物具　1-262
樂率貢職　1-410
樂琴書以消憂　7-491
樂百卉之榮滋　3-216
樂羽族之群飛　2-147
樂者未荒　1-306
樂而不洗　3-173
樂而無節　1-280, 2-155
樂聲發而盡室歡　3-225
樂與士君子同之　7-353
樂莫樂兮新相知　6-52
樂薦歌笙　3-411
樂輪其財　1-282
樂道以忘飢　4-290
樂道閑居　4-130
樂遠則憂深　9-59
樂遷夏諺　9-197
樂闋延皇眄　5-508
樂闋日移　3-228
樂隤心其如忘　3-84
樂飲不知疲　3-356
樂飲今夕　1-335
樂飲過三爵　5-63
樊以菹圃　1-323
樊姬感莊　9-162
樊山開廣讌　5-374
樊抗憤以巵酒　2-210
樓玄賀劭之屬掌機事　9-38
樓船擧颿而過肆　1-375
樓船橫海之師　7-409
樓船萬艘　7-309
樓觀眺豐穎　4-65
標上議以虛談之名　8-301
標之以翠翳　2-364
標准無假　8-194
標峰采虹外　5-26
標敷紛以扶踈　3-150

標榜風流　8-195
樛天道其焉如　3-17
樛枝聳復低　5-10
櫨梨枰栗　2-45
樵夫恥危冠之飾　6-187
樵蒸昆上　2-20
樵蘇不爨　7-260
樵蘇之刑　7-7
樵蘇乏竭　9-249
樵蘇往而無忌　1-432
樵蘇罔識其禁　6-421
樵隱俱在山　5-342
樸叢爲之摧殘　1-200
樹中天之華闕　1-97
樹之以君　6-328
樹之形性　3-398
樹之風聲　7-78, 9-367
樹以嘉木　2-324
樹以柳杞　1-190
樹以靑槐　1-370
樹功而不忘　6-459
樹塞焉足慕　4-239
樹德懋于英六　3-22
樹招搖　1-194
樹木何蕭瑟　5-56
樹木發春華　4-205
樹木者憂其蠹　8-417
樹立失權　8-287
樹羽幢幢　1-260
樹翠羽之高蓋　1-251
樹脩旄　1-210
樹草自樂　8-78
樹輪相糺兮　6-90
樹靈旗　2-20
樹靈鼉之鼓　6-431
樹靈鼉之鼓　2-90
樹頂鳴風飆　4-88
樹風江漢　9-394

楙栗罅發　1-328
樽酒送征人　5-469
橋杞積薄於潯淲　2-363
橋葵授首　6-200
橘柚在南國　5-474
橘柚芬芳　2-45
橙柿枰樗　1-328
橚爽櫹槮　1-188
橚矗森萃　1-363
機不虛掎　1-112
機不虛發　6-139
機事之失　8-302
機務纏其心　7-287
機始以臺郎出補著作　9-476
機杼相和　1-333
機發響速　3-236
機答之曰　9-476
機聲振而未已　2-150
機迅體輕　3-168
機駭蜂軼　2-138
橦末之伎　1-211
檜杼重梦　1-175
橫中流兮揚素波　7-486
橫制八戎　6-178
橫厲糾紛　4-308
橫四海兮焉窮　6-43
橫塘查下　1-371
橫大江兮揚靈　6-44
橫奔似雷行　6-121
橫奮八極　7-321
橫截湘沅　7-409
橫挑彊胡　7-143
橫暴之極　6-122
橫此大江　4-175
橫江湖之鱣鯨兮　9-473
橫流涕兮潺湲　6-45
橫流賴君子　3-290
橫流逆折　2-65

橫玉柱而霤軒　3-114
橫被口語　7-165
橫被無窮　8-125
橫西洫而絶金墉　1-178
橫謂廢輿在我　9-96
橫鉅海　2-136
橫閾閾而流溢　1-375
橫鬱鳴而滔涸　3-235
檀欒蔭修竹　5-378
檀欒蟬蜎　1-363
橄到　7-378, 7-419
檣高砧響發　5-336
檏離朱楊　2-45
檢容授節　3-211
檳榔無柯　1-364
檻層軒些　6-79
檻猿猴之勢　7-249
權謳唱　1-388
權龍舟以濟予　3-16
櫟蜚遽　2-87
櫟輻輕鶩　1-177
櫟雌妒異　2-150
櫺檻邪張　2-320
櫻桃蒲陶　2-78
櫼櫨各落以相承　2-314
櫳槍旬始　1-237
櫳槍爲闌　2-110
櫳檀木蘭　2-79
權不外假　8-359
權之期命　7-409
權乎禍福之門　9-22
權侔京室　8-454
權倖之徒　8-360
權假日以餘榮　1-465
權傾五伯　7-152
權制嚴於伊尹　8-282
權均匹夫　8-461
權壓梁竇　9-114

權家雖愛勝　4-208
權所必開　9-154
權時苟從　7-392
權歸女主　8-316
權無私溺之授　8-314
權略紛紜　9-25
權立九品　8-357
權親以數萬之衆　7-414
權興天地未袪　8-226
欒卻之家　7-41
欒栱夭蟜而交結　2-314
欒櫨疊施　1-421

欠

次之　7-139
次則箴輿於補闕　1-70
次則結綬金馬之庭　6-485
次和樹表　1-266
次席紛純　1-245
次後庭之猗靡　2-222
次政曰貨　6-238
次故洛水浮橋　6-367
次有天祿石渠　1-168
次洛汭而大漸　9-484
次群臣　2-98
次舍甲乙　1-425
欣欣負載　9-440
欣然中流　7-486
欣願自此畢　3-486
欲醴吐鎬　1-158
欲野歆山　1-132
欲交無所　6-98
欲人不能加也　8-26
欲人勿知　6-471
欲人勿聞　6-471
欲令王師終不得渡　7-202
欲以厲我　6-154

欲以奢侈相勝　2-63
欲以安歸　6-389
欲以廣主上之意　7-145
欲以杜塞餘道　7-354
欲以爲宮　7-350
欲以積德　8-414
欲以立威　8-414
欲以螳螂之斧　7-389
欲以議愚惑敵　8-409
欲以贈遠人　5-235
欲以遣離情　4-166
欲以除害興利　6-279
欲使宮羽相變　8-351
欲使幼主孤立　8-360
欲使遠聽之臣　7-127
欲公崇篤斯義　7-173
欲其自得之　7-451
欲去復不忍　4-151
欲去情不忍　4-363
欲反忘術　2-327
欲善無厭也　6-456
欲因晨風發　5-231
欲因雲雨會　3-356
欲坐望顯報者　8-485
欲報之於陛下也　6-269
欲寂寞而絶端兮　6-73
欲寡其過　4-129
欲封其墓　6-346
欲少留此靈瑣兮　6-21
欲展淸商曲　5-236
欲崇其高　4-272
欲州郡崇禮　7-270
欲巧笑以干媚兮　3-8
欲延歲月之命耳　7-333
欲建立左氏春秋及毛詩逸禮古文尙書
　　　7-344
欲往從之梁父艱　5-243
欲往從之湘水深　5-243

欲往從之路阻修　5-415
欲往從之隴阪長　5-244
欲往從之雪紛紛　5-245
欲得長纓　6-280
欲從墊敦而度高乎泰山　7-479
欲從靈氛之吉占兮　6-30
欲抑一生歡　4-363
欲權時救急　7-176
欲此禮之不譽　2-318
欲步者擬足而投跡　7-464
欲歸忘故道　4-205
欲歸道無因　5-223
欲法堯而承羞　2-235
欲湯之滄　6-471
欲濟川無梁　4-212
欲濟河無梁　5-252
欲爲臣妾　7-374
欲獻之至尊　7-294
欲益反損　7-133
欲盡忠當世之君　6-459
欲立子圉　6-337
欲罷不能　7-66
欲聞流議者三年於茲矣　8-385
欲自勉强　7-286
欲自適而不可　6-26
欲苟活　7-154
欲苟順私情　6-311
欲莫順焉　8-46
欲蓋而章　8-16
欲辯已忘言　5-325
欲逞才力輸能於明君也　6-280
欲遠集而無所止兮　6-26
欲還絶無蹊　4-214
欲開忠信　6-459
欲降心順俗　7-286
欲隕之葉　8-39
欲離事自全　7-294
欲鳴當及晨　5-111

색인 353

欷秋冬之緒風　6-57

欺我雲壑　7-363

欷吸鵾雞悲　5-513

欸從背見　1-209

欸復見牽羈　8-33

欸焉大漸　9-424

欸神化而蟬蛻兮　3-16

欸聳擢以鴻驚　2-450

欽二子還降　7-427

欽修百祀　8-237

欽先王之允塞　2-317

欽哉　8-213

欽哉欽哉　2-34

欽明尚古　8-225

欽死罪死罪　7-61

欽泰容之高吟　3-208

欽翼昊天　3-361

欽聖若旦暮　4-475

欽若之義復還　6-241

欽若元輔　9-375

欽若皇姑　9-314

欽誕寇外　8-281

款曲洲渚言　4-368

款眷逾昵　4-322

款睇在何辰　5-511

款顔難久悰　5-333

歆因移書太常博士　7-345

歆我犧樽　9-493

歆親近　7-344

歇欸幽藹　2-299

歊蒸鬱冥　3-304

歊霧漨浡　1-352

歌之安能詳　3-352

歌九功　1-137

歌其路寢　2-281

歌卒　2-399

歌吹四起　3-111

歌吹沸天　2-273

歌吹盈耳　7-312

歌堂舞閣之基　2-276

歌投頌　2-142

歌曰　2-277, 2-399, 2-409, 3-27, 3-167, 3-212,
　　　3-226, 6-144

歌梁想遺轉　5-374

歌棗下之纂纂　3-226

歌江上之颾颾　1-335

歌皇華而遣使　6-249

歌竟長歎息　5-418

歌者應弦而遣聲　3-142

歌舞之象　3-202

歌舞入鄴城　5-32

歌詠以董其文　8-407

歌鐘析邦君之肆　1-460

歌雞鳴於闕下　6-237

歌響未終　2-409

歎　8-21

歎其有奇才而位不達　9-77

歎匏瓜之無匹兮　3-275

歎同節而異時　3-84

歎尸韓之舊處　2-230

歎彼年往駛　4-432

歎彼行旅艱　4-346

歎息垂淚　3-249

歎息於一朝　9-12

歎息獨何爲　5-402

歎息重欄側　5-184

歎悅誠未央　4-183

歎曰　8-96

歎河廣兮宋遠　9-302

歎深微管　7-100

歎漁父之棹歌　2-371

歎過孫陽　8-202

歎過綿駒　5-268

歎黃犬而長吟　3-75

歎黍離之憫周兮　3-74

歐冶所營　6-177

歐駱從祝髮　5-308

歛翮帶餘霜　5-399

歡友相解達　5-429

歡友蘭時往　5-413

歡娛在今夕　5-237

歡娛寫懷抱　5-435

歡心歟飛蓬　3-386

歡怨非貞則　4-208

歡情未接　3-261

歡情留　1-396

歡愛隔音容　4-367

歡攜手以偕老　3-90

歡極樂殫　6-175

歡樂不照顏　5-301

歡樂先故些　6-85

歡樂極兮哀情多　7-486

歡樂猶未央　3-351

歡樂難具陳　5-213

歡欣踊躍　7-252

歡此乘日暇　4-391

歡洽日斜　8-60

歡然交欣　8-125

歡然以喜　4-305

歡與麋鹿同群　9-130

歡舊難假合　4-301

歡虞讌兄弟　5-362

歡言酌春酒　5-330

歡願如今并　5-430

歡餘宴有窮　3-385

止

止乎禮義　7-497

止乎身者難結　9-145

止于坐隅兮　2-413

止則接席　7-214

止則操卮執觚　8-138

止於坐隅　2-412

止監流歸停　4-471

止而不滯　3-238

止謗於衆多之口　8-44

止足之分　6-350

正丁厥時　8-240

正之以魏都　8-30

正之術　7-173

正也　7-497

正以招疑　8-201

正以音律調韻　8-352

正位居室　9-162

正位居體　8-282

正位居體者　1-409

正位度宗　8-252

正位辨方　9-192

正值陛下升平之際　6-277

正其末者端其本　2-33

正冕帶　1-250

正冥楚鳩　3-251

正刑則罪非晉寇　6-346

正壘壁乎上蘭　1-195

正始之道　7-498

正始之道著　1-68

正嫁婆送終以尊之　8-236

正性也　8-263

正方　9-490

正月　2-4

正月丁未　2-26

正月二十四日戊申　9-207

正月八日壬寅　7-60

正歌有闋　8-84

正殿塊以造天兮　3-68

正殿虛筵　3-409

正殿路寢　1-165

正法既沒　9-388

正流俗之華說　6-153

正瀏溧以風冽　3-187

正瀏灠以弘悄兮　2-11

正當以接閒白水　6-391
正睹瑤光與玉繩　1-174
正紫宮於未央　1-162
正而不毅　8-200
正色處中　6-206
正言彌啓　8-195
正諸侯之禮　2-63
正身在朝　6-305
正身履道　2-173
正遐由近　3-298
正長朔風之句　8-352
正陽顯見　8-220
正雅樂　1-128
正雅頌之名　8-27
正體毓德於少陽　8-51
此一役也　2-36
此一時也　7-448
此三才者　2-179
此三祖所以顧懷遺志也　7-421
此不可以揚名發譽　2-63
此不可以虛辭借也　6-456
此不可掩　6-478
此世之所以多亂臣賊子者也　8-428
此乃吉凶之萌兆　7-298
此乃天然異稟　7-65
此乃忠臣肝腦塗地之秋　7-393
此乃有識者之所歎愍　7-351
此乃游俠之徒耳　6-150
此乃游觀之好　1-306
此乃衆庶之所爲耳　7-354
此之不爲　8-47
此之自與　1-367
此之謂不朽　9-348
此之謂也　8-222, 8-388, 8-393
此事之緣　7-195
此事便廢　7-288
此事會顯　7-287
此二人　6-452

此二人者　6-452
此二國豈拘於俗　6-453
此二子者　8-390
此二臣　6-280
此二臣者　8-387
此五子者　6-428
此五帝三王之所以無敵　6-434
此亦使者之累也　7-431
此亦天下之至悲也　6-103
此亦天下之至美也　6-105
此亦天下之至駿也　6-106
此亦天下之靡麗而皓侈廣博之樂也　6-110
此亦天下要言妙道也　6-125
此亦拙者之爲政　3-54
此亦款誠之至也　9-228
此亦田遊之壯觀　6-175
此人但聞悲風汩起　3-111
此人皆意有鬱結　7-157
此人皆身至王侯將相　7-152
此何氣也　3-244
此何與於殷人屢遷　1-218
此先漢所以興隆也　6-271
此兩人者　6-106
此其大較也　2-308
此其義也　8-22
此其與秦　6-476
此制作之本意也　8-21
此則大臣立權之明表也　7-381
此則宰衡之與皀隷　9-85
此則弗容　1-440
此則殉利之情未嘗異　9-124
此則老氏所誡　2-155
此十者　9-98
此又君之功也　6-200, 6-201
此又奇怪惚恍　8-173
此古今之患　8-399
此可謂能相終始　7-291
此君之忠於本朝也　6-199

此君子之所急　9-103
此君子所以自彊不息也　9-100
此四君者　6-430, 8-375
此四士者　7-202
此四科不同　8-441
此四者　9-98
此士所以日夜孳孳　7-451
此外亦何爲　4-416
此大奢侈　2-94
此天下之壯觀　8-216
此天下之窮覽極觀也　2-134
此天下之通稱也　8-481
此天下怪异詭觀也　6-122
此天下所希聞　7-126
此天譴也　9-466
此子不得復永年矣　7-171
此子大夫之所覩聞也　6-195
此子爲不朽矣　7-215
此孰吉孰凶　6-62
此守常而不變者也　8-481
此宮館之妙也　6-144
此容飾之妙也　6-137
此窰子商歌之秋　6-153
此實難矣　7-127
此少卿所以仰天槌心　6-483
此山具鸞鶴　4-81
此帝王所由昌也　8-390
此後漢所以傾頹也　6-271
此徒圈牢之養物　6-282
此志難具紀　4-150
此思亦何思　5-404
此悉貞亮死節之臣也　6-271
此愁當告誰　5-35
此愚臣之所大惑也　6-470
此所謂大王之雄風也　2-380
此所謂庶人之雌風也　2-382
此所謂藉寇兵而齎盜糧者也　6-434
此數寶者　6-431

此曲悲且長　5-202
此曲有絃無歌　8-33
此最近之　7-294
此朱生得玄珠於赤水　9-112
此校獵之至壯也　6-113
此歡信可珍　5-422
此歡諒可終　5-427
此江稱豁險　4-94
此焉二等　2-316
此焉則鏡　1-425
此焉君擧　2-155
此焉比廬　1-378
此焉淸暑　1-159
此焉自足　6-390
此焉遊處　2-384
此物何足貢　5-219
此牽乎天者也　1-155
此猶河濱之民　7-178
此猶魏武侯却指河山以自强大　7-308
此獨大王之風耳　2-378
此理之常　8-22
此理著來今　5-310
此理誰能察　5-309
此甘餐毒藥　6-99
此甚不可一也　7-287
此甚不可二也　7-287
此生人之所急　9-103
此由禽鹿少見馴育　7-284
此百世不易之道也　6-472
此皆兩失其情　8-478
此皆前鑒之驗　7-308
此皆國家之不幾者也　6-444
此皆天下所共知也　7-403
此皆往代成鑒　6-353
此皆甘人　6-78
此皆諸君所備聞也　7-425
此皆諸賢所共親見　7-425
此皆良實　6-270

此眞太子之所喜也　6-115
此眞少卿所親見　7-146
此眞所乏耳　7-294
此繋乎地者也　1-155
此羽獵之妙也　6-140
此聖人所以爲感也　8-21
此聲色之妙也　6-148
此肴饌之妙也　6-135
此臣之所爲大王患也　6-439
此臣之所爲大王樂也　6-477
此臣子於君父之常義　8-405
此臣所以報先帝而忠陛下之職分也　6-272
此臣所以爲大王患也　6-476
此蓋宴居之浩麗　6-170
此蓋希世之神兵　6-178
此蓋新哀之情然耳　9-304
此蓋春秋新意　8-14
此蓋音曲之至妙　6-167
此衆議所以歸高　7-72
此西賓所以言於東主　2-205
此言士節不可不勉勵也　7-148
此言雖小　6-465, 8-463
此言非是　8-244
此言非謬　8-353
此誠危急存亡之秋也　6-269
此豈才不足而行有遺哉　9-83
此貨將安設　5-308
此賈豎之事　7-167
此贊賈誼過秦篇云　8-244
此足下度內耳　7-291
此道今已微　4-411
此適足以明其不知權變而終惑於大道也
　　7-454
此還有眞意　5-325
此邦之人　7-248
此郊之姝　3-266
此郭非吾城　5-311
此鄉非吾地　5-311

此鄙人之所願聞也　7-438
此里仁所以爲美　3-59
此陵所以仰天椎心而泣血也　7-121
此霸道之至隆　6-153
此非其效與　2-208
此非所以跨海內制諸侯之術也　6-433
此風弗翦　7-47
此驊之人　9-211
此高祖之大略　8-433
此鮑焦所以忿於世　6-460
步中雅頌　9-394
步余馬兮山皐　6-57
步先哲之高衢　3-55
步光之劍　6-136
步出上東門　4-110
步出北寺門　4-189
步出西城門　4-41
步列星而極明　6-71
步及驟處兮　6-86
步寒林以凄惻　3-84
步庭廡以徘徊　3-91
步從容於深宮　3-67
步棲遲以徙倚兮　2-257
步欄周流　2-75
步欄籧瓊弁　5-508
步武之間　7-249
步毀垣以延佇　2-231
步甬道以縈紆　1-107
步登北芒坂　3-425
步蘅薄而流芳　3-275
步裔裔兮曜殿堂　3-256
步趾慰我身　4-184
步踟蹰於山隅　3-272
步逍遙以自虞　3-65
步馬之勢　7-118
步騎之所蹂若　2-88
步騎羅些　6-82
武丁用而不疑　6-31

武人歸獸而去戰　1-443

武仲以能屬文爲蘭臺令史　8-438

武侯處之無懼色　8-185

武則肅烈　3-315

武創元基　2-302

武力未畢　3-108

武力鼎士　6-441

武功侔山河　5-122

武功外悠　3-286

武卒散於黃池　7-400

武城播絃歌　4-280

武士星敷　1-266

武士赫怒　1-196

武子俄而亦作　4-288

武將連衡　9-34

武帝廣開上林　2-103

武帝從主父之策　8-455

武庫禁兵　1-182

武張而猛服也　8-419

武成止戈　6-344

武有大啓土宇　1-229

武毅不能隱其剛　3-165

武烈文昭　4-313

武烈旣沒　9-26

武王入殷而建宋　6-342

武王獲白魚而諸侯同辭　8-418

武王還師　7-184

武皇大漸　6-379

武皇帝嗣位　9-453

武皇忽其升遐　2-180

武皇旣崩　8-285

武皇晏駕　9-457

武盡美矣　8-340

武秋之後　7-44

武稱未盡　8-254

武節是宣　1-265

武節焱逝　8-212

武義粤其肅陳　2-444

武義虎威　1-331

武誼動於南鄒　2-124

武關是關　8-146

武雄略其焉在　2-220

武騎聿皇　2-119

武騎霧散　6-139

歧嶷繼體　1-372

歧路交朱輪　5-111

歧路多徘徊　5-368

歧路良可遵　5-111

歧路西東　7-88

步余馬於蘭皋兮　6-14

歲三月東巡狩　2-303

歲不我與　7-69

歲云暮兮日西頹　3-102

歲五六而至焉　3-181

歲候初過半　4-378

歲寒無早秀　4-30

歲寒無與同　4-149

歲寒終不彫　5-409

歲寒良獨希　3-435

歲寒霜雪嚴　4-351

歲將暮　2-392

歲崢嶸而愁暮　2-460

歲得再通　6-293

歲忽忽而遒盡兮　6-70

歲惟仲冬　1-265

歲方晏兮無與歸　2-409

歲旣晏兮孰華予　6-54

歲時不息　9-420

歲時伏臘　7-166

歲時於外府　8-71

歲時賞賜充給而已　8-314

歲晏君如何　5-20

歲暮一何速　5-221

歲暮不留儲　3-470

歲暮亦云已　4-103

歲暮以爲期　4-85

歲暮兮不自聊　6-89
歲暮可言歸　5-397
歲暮商焱飛　5-279
歲暮寒飆及　5-205
歲暮常慨慷　5-299
歲暮從所秉　5-502
歲暮懷百憂　5-307
歲暮涼風發　5-414
歲暮爾來同　4-91
歲暮百慮交　5-490
歲暮臨空房　3-488
歲月一何易　4-440
歲月不居　7-171
歲月其徂　3-299
歲月如流　5-420
歲月如馳　5-61
歲月忽已晚　5-211
歲月忽欲殫　4-186
歲月易得　7-214
歲月遷訛　8-357
歲次玄枵　2-178
歲老氣殫　2-442
歲華春有酒　5-14
歲課田租　6-253
歲躔閹茂　9-197
歲阜民和　9-185
歷七邑而觀覽兮　2-168
歷上蘭　1-111
歷世彌光　1-230
歷世才士　3-202
歷世承基　8-177
歷世會同　3-295
歷世莫眠　7-482
歷九州而相其君兮　9-473
歷五帝之寥廓　2-107
歷代規彗　9-185
歷位二十五年　8-33
歷倒景而絶飛梁兮　2-13

歷兩王而干位　2-187
歷列辟而論功　2-330
歷十二之延祚　1-89
歷千載而彌堅　2-298
歷古今之得失　8-435
歷吉日　2-5
歷吉日乎吾將行　6-35
歷命應化而微　9-39
歷國應聘　7-345
歷執古之醇聽　1-468
歷官有六　6-318
歷封巒　2-88
歷年茲多　7-431
歷政所不能裁　9-420
歷敝邑之南垂　2-236
歷於衰世之法　8-388
歷於西州　8-400
歷有鳴駒　9-256
歷江湘而北征　1-307
歷滎陽而過卷　2-169
歷盤鼓　6-146
歷窮巷之空廬　3-74
歷紀十二　8-133
歷素支而氷裂　2-452
歷職郎署　6-312
歷聽豈多工　4-374
歷茲以降　6-245
歷草莽　8-76
歷萬古而一遇　9-112
歷衆山以周流兮　3-9
歷觀前後　7-270
歷觀古今　8-39
歷觀古今功名之士　8-467
歷觀文囿　1-72
歷試無效　4-288
歷說而不入　9-93
歷載三六　1-236
歷載將百　8-350

歷選列辟　8-208

歷配鉤陳　2-446

歷金門上玉堂有日矣　7-457

歷長楊之榭　1-114

歷陽之都　9-91

歷雲門而反顧　2-159

歷馬長鳴　9-249

歷駭猋　2-87

歷驪虞　1-130

歷數有歸　6-331

歸之正義　8-110

歸人寶之喧卑　2-460

歸人望煙火　5-503

歸以告余　9-78

歸來安所期　4-25

歸來履俎豐　4-491

歸來歸來　6-77, 6-78, 6-82

歸來翳桑柘　4-406

歸來翳負郭　3-464

歸來蓺桑竹　5-3

歸去來兮　7-489, 7-491

歸反哭兮殯宮　9-303

歸客遙海嶠　3-394

歸徑窅如迷　5-10

歸從百兩　1-335

歸志莫從　7-88

歸憎其貌者也　7-54

歸母氏而後寧　3-11

歸流東北鶩　5-7

歸海流漫漫　5-26

歸海而會　1-351

歸琁臺之珠　9-183

歸田息訟　8-101

歸神太素　9-501

歸神日母　6-117

歸空館而自憐兮　3-98

歸義思名　6-440

歸華先委露　5-357

歸諸詁訓焉　1-316

歸身蓬蓽廬　4-290

歸軫愼崎傾　4-160

歸雁載軒　4-171

歸雁鳴鶪　1-302

歸雲乘巇浮　4-435

歸雲難寄音　5-404

歸骸洛浦　9-129

歸骸私門　6-354

歸魯子之功　9-44

歸鳥忘棲　9-211

歸鳥爲我旋　5-201

歸鳥赴喬林　4-215

歸鳥趨林鳴　5-326

歸鳥頡頏　9-233

歸鴈映蘭時　4-426

歹 ─────────────

死之豈虞劉之志　9-79

死何以虛諡爲　3-226

死傷積野　7-119

死則葬蠻夷中　7-127

死去何所道　5-191

死喪略盡　7-69

死士盈朝　6-441

死林薄兮　6-59

死沒棄中野　5-180

死無損於數　6-282

死爲壯士規　3-453

死爲愚鬼　7-177

死爲異域之鬼　7-127

死生不卒　2-382

死生各異倫　5-184

死生既齊　4-335

死生有命　9-15

死生焉　9-98

死生者　9-476

死生錯其不齊兮　3-18

死當結草　6-313

死當長相思　5-237

死罪　4-323

死罪死罪　3-312, 4-321, 6-317, 6-327, 6-328,
　　6-330, 6-334, 6-337, 6-386, 6-392, 7-19,
　　7-29, 7-60

死者可歸　9-466

死者相隨　6-438

死而不慼　9-103

死而不朽　8-246

死而不朽者已　9-344

死而有靈　9-260

歿則勒洪伐於金册　6-162

殃厥父之篡逆　2-236

殄之渭南　6-201

殄水族　1-205

殆不踐而獲厎　2-388

殆也　8-405

殆其茲怙　3-298

殆可以一言蔽矣　9-74

殆哉　8-392

殆如此矣　7-54

殆所謂國爵屛貴　9-277

殆無以過　6-359

殆無以過也　6-264

殆爲此也　7-153

殆而揭來　1-338

殆肆叔於朝市　2-193

殆難倉卒　7-182

殉業謝成操　4-349

殉沒身易亡　5-184

殉義非爲利　5-518

殉肌膚於猛鷙　9-391

殉軀馳兮　2-458

殊不知物有興亡　7-308

殊以幢蓋之制　9-250

殊俗款附　7-303

殊品詭類　6-143

殊塗而同致　7-281

殊形詭制　1-98

殊方別區　1-135

殊方咸成貸　4-359

殊方異類　1-95

殊於胡越　6-292

殊無物類之可儀比　3-246

殊略卓峙　9-210

殊異乎五方　1-90

殊相逸發　2-448

殊鄉別趣　2-115

殊鄰絶黨之域　2-139

殊隔過商參　5-292

殊類非所安　5-75

殘虁魖與罔像　1-271

殘悴盈化先　4-65

殘懸黎之夜色　9-93

殘戮之尸　6-343

殘賢害善　7-383

殞峕掛山　6-174

殞越爲期　6-383

殯野仲而殲游光　1-271

殫不可識　3-214

殫九州之腴　6-163

殫所未見　1-170

殫極之紇斷幹　6-472

殫睹衆物之變態　2-49

殫見洽聞　1-103

殯不簡器　9-244

殯宮何嘈嘈　5-183

殯宮已肅淸　5-483

殲其醜類　6-282

殲我吉士　9-207

殲我明懿　9-501

殳 ——————————

段生蓄魏國　3-288
段谷侯和沮傷之氣　7-425
殷五代之純黑　2-282
殷動宇宙　1-355
殷勤之旨　7-311
殷勤甚厚　7-163
殷勤訴危柱　4-478
殷勤陳篇　2-404
殷士之窺周武　9-183
殷天動地　2-84
殷宗用而不長　6-18
殷帝自翦　9-99
殷憂暫爲輕　4-346
殷憂結而靡訴　3-99
殷憑太阿　9-217
殷殷均乎姚澤　8-79
殷殷寰內　1-413
殷殷輆輆　2-110
殷湯之禱桑林　7-264
殷薦其勳　8-155
殷薦宗配帝　8-255
殷說夢發於傅巖　7-480
殷辛之瓊室也　1-231
殷辛暴虐　7-182
殷鑒四門　9-399
殷雷應其若驚　2-286
殺不盡物　1-132
殺儒士　7-346
殺戮賢臣　8-388
殺氣起嚴霜　5-518
殺豪俊　8-379
殺身以衛主　9-32
殺身無益　7-116
殺身良不易　5-75
殺身誠獨難　3-455
殽函之固自若也　8-381

殽函爲宮　8-382
殿居綺牕　1-436
殿未出乎城闕　1-254
殿翼相當　2-321
毀壤過一抔　4-142
毀壁摧柯　9-232
毀疾之重　9-361
毀譽一貫　6-382
毀譽流於千載　9-19
毀譽脅於勢利　8-286
毅武孔猛　6-114
毆溫致濕　2-381
毆除群厲　1-270

毋 ——————————

毋綿攣以倖己兮　3-21
母兄見驕　7-283
母兄鞠育　4-128
母后廢黜　8-285
母孙二人　6-312
母老子幼　9-275
母黨專政　8-458
每一念至　7-116, 7-211
每勞來而安集之　8-294
每各異善　3-192
每各異觀　1-98
每唯洛宴　3-402
每四節之會　6-295
每因禍以徙福　9-485
每在衰職　9-341
每常小便而忍不起　7-283
每念斯恥　7-160
每念昔日南皮之遊　7-210
每憑山海　4-332
每懷沖虛之道　9-350
每旦晨興　9-197
每時入窈藥　6-253

每極显重之地　6-302
每爲理屈　9-463
每紛綸於折獄　7-365
每自屬文　3-128
每至觴酌流行　7-214
每與臣論此事　6-271
每荒服請罪　8-109
每覽古今所由改趣　7-195
每覽史籍　6-284
每議及封爵　6-374
每除煩而去濫　3-141
每食不過數粒　2-431
毒卉冬敷　4-309
毒娛情而寡方　3-83
毒施人鬼　7-388
毒涇尙多死　5-162
毒遍宇內　9-25
毓德素里　9-291

比

比之於夫子而莫敢間其言　9-12
比之無色　3-258
比之猶浮雲　3-460
比之疎勒　7-20
比其義類　8-18
比其行事　8-181
比嚴徐而待詔　7-3
比屋可封　8-404
比屋連甍　1-331
比岡陳而無陂　1-420
比干以之忠　3-218
比干剖心　6-448
比干菹醢　6-59
比年已來　7-425
比微言於目論　9-388
比德車輔　4-174
比心矗斯　9-164

比於狼戾　9-96
比於臣乘　6-471
比景共波　9-500
比景後鮮輝　4-349
比朝華而菴藹　1-465
比榮乎往號　2-143
比權量力　8-382
比此爲輕　9-454
比滄浪而可濯　1-435
比物屬事　6-107
比物荃蓀　9-497
比目中路析　4-148
比翼共翺翔　4-104
比翼雙飛翰　5-412
比肩進取　6-344
比茲禍矣　8-250
比諸東郭　1-198
比足黔婁生　5-317
比迹同塵　4-244
比雛輻湊闕下　6-257
比風俗之清濁　8-30
比飾虯龍　1-391
比鶤首而有裕　1-388
比黔首以鷹鸇　9-110
毗代作楨　1-436
毗佐之選　9-355
毚兔聯猭　1-198

毛

毛公受眷於逆旅　7-252
毛嬙鄣袂　3-258
毛弗施於器用　2-431
毛炰豚胉　1-258
毛群以齒角爲矛鋏　1-385
毛群內闐　1-110
毛群陸離　1-337
毛羽日摧頹　3-356

毛翼産鷇　2-345
毛褐不掩形　5-261
毛體摧落　2-150
毫末成拱　9-441
毫芒寡忒　9-123
毫髮一爲瑕　5-165
氈帶佩雙鞬　5-455
氈裘之君長咸震怖　7-144

氏 ————————

氏中葉之炳靈　2-466
氏出楊侯　9-218
氏族之世　8-426
氏羌來服　6-195
民不回慝　6-201
民不見德　8-286
民之不臧　9-462
民之厥初　3-374
民之多僻　4-129
民之性也　7-497
民之父母　8-415
民之胥好　4-252
民之表兮　2-481
民亦尙其丘墳　2-170
民人升降移徙　7-433
民以殷盛　6-429
民以爲大　2-103
民以爲尙小　2-103
民以食爲天　2-33
民到於今稱之　8-390
民力普存　2-38
民厭淫詐　8-368
民去末而反本　1-278
民奔於邑　9-39
民安己受其利　9-73
民屬叡武　5-41
民庶悅服　7-303

民心固結　1-282
民心將變　8-198
民忘其勞　1-282
民忘其勞　9-59
民忘宋德　8-360
民思其軌　8-175
民思被歌聲　4-159
民怨彌重　7-384
民怨神怒　9-181
民斯悲悼　9-336
民是以息　9-358
民有定主　8-452
民有家給之饒　6-253
民望如草　6-152
民望未改　9-72
民未知德　8-193
民樂其生　8-284
民氓所不能命哉　8-403
民無怨聲　8-184
民無異國　6-434
民無華裔　2-32
民無謗言　7-83
民無饑寒之色　8-392
民用和睦　8-417
民相遇者如親　8-284
民神胥悅　9-325
民稟天地之靈　8-346
民胥攸詠　9-434
民風國勢如此　8-305
民勞師興　4-249

气 ————————

氛厲彌昏　6-329
氛旄溶以天旋兮　3-31
氛氳蕭索　2-395
氣不可奪　9-270
氣之淸濁有體　8-442

氣交憤於胸臆 2-258

氣似天霄 2-341

氣分淸濁 9-399

氣力相高 8-420

氣噴勃以布覆兮 3-187

氣均衡石 9-202

氣志如神 9-5

氣息奄奄 6-312

氣惠秋蘭 4-243

氣憤薄而乘胸兮 3-100

氣旁迕以飛射兮 3-153

氣沖襟以嗚咽 9-485

氣沖鬱而熛起 3-233

氣淸知雁引 5-517

氣瀚勃以霧杳 2-357

氣生川岳陰 5-508

氣盛怒發 6-180

氣結不能言 3-426

氣與三山壯 4-84

氣色少諧和 4-355

氣若幽蘭 3-275

氣若浮雲 3-169

氣若無假 9-256

氣茂三明 9-402

氣蘊風雲 9-407

氣高叔夜 9-500

氣高志遠 7-403

水·氵 ─────────────────────

水不漸刃 6-136

水中有甘蔗節 9-490

水人弄蛇 1-210

水兒雷咆乎陽侯 2-360

水名也 8-307

水周兮堂下 6-45

水國周地嶮 5-2

水宿淹晨暮 4-51

水德方衰 9-409

水懷珠而川媚 3-139

水掛槙鯉 3-62

水攻則章邯以亡其城 6-443

水斷蛟龍 8-119

水方輕舟 2-324

水旱有待而無遷 6-234

水有驚波之艱 9-47

水木湛淸華 4-33

水格鱗蟲 2-122

水母目蝦 2-359

水泫沄而湧濤 3-14

水浮陸行 1-374

水涉盡洄沿 4-459

水深橋梁絶 5-56

水潇潇以微凝 3-100

水滔滔而日度 3-80

水漸軔以凝冱 3-89

水漿不入於口者 9-451

水澍稉稌 1-433

水澹澹而盤紆兮 3-246

水激則旱兮 2-414

水物惟錯 2-242

水物殊品 1-322

水玉磊砢 2-68

水碧潜琲 2-361

水碧綴流溫 4-481

水碧驗未黷 5-513

水禽翔而爲衛 3-276

水積成淵 3-304

水至淸則無魚 7-451

水若警滄流 4-73

水草有依 7-21

水蟲駭 2-52

水行滿河 6-477

水衡虞人 1-111

水運告謝 9-366

水道陸衢 1-368

水還江漢流　3-445
水陸之塗三七　9-414
水陸所湊　1-319
水非石之鑽　6-472
水鶴巢層甍　5-489
氷夷倚浪以傲睨　2-367
永不朽兮　2-300
永世不相忘　4-104
永世克孝　1-311
永世貽則　9-199
永亡邊城之災　2-139
永以爲常　6-346
永伊鬱其誰愬　2-164
永初之末　9-263
永叹寔深　6-224
永嘉之際　6-329
永嘯呼些　6-79
永嘯長吟　4-132, 4-225
永夜繫白日　5-428
永奉神居　9-398
永安寧以祉福　2-298
永安幽冥　9-212
永安有昨軌　4-254
永安離宮　1-240
永巷壼術　1-425
永平中　8-327
永平中爲郎　7-472
永平之事　1-120
永平十七年　8-244
永平思忠　1-436
永年之術　3-173
永延長兮膡天慶　1-149
永得安期術　5-495
永念畫冠　6-236
永思厥艱　6-205
永思慮崇替　5-274
永悠悠以長生　2-347
永惟情事　6-414

永惟此邦　2-246
永愧於昔辰　7-47
永懷乎故貴　3-223
永懷哀悼　9-334
永懷寧夢寐　5-483
永懷戀故國　5-426
永懷求羊蹤　5-342
永戢東羽　4-312
永日行游戲　3-351
永昌之丹慚獲申　6-383
永明元年　8-101
永明八載　9-421
永有民　1-277
永服御而不厭　3-219
永歌之不足　7-495
永歎廢餐食　4-440
永歎懷密親　5-485
永歎結遺音　4-438
永歎莫爲陳　5-187
永歎遵北渚　4-442
永永萬年　8-125
永無朝覲之望　6-292
永爲世鑒　7-380
永爲功臣鑒戒　7-179
永爲藩輔　7-311
永瞻先覺　3-406
永秩於善人　6-375
永竊國權　8-360
永終古而不刊　2-235
永絶平生緣　4-358
永絶賞心悟　4-456
永絶賞心望　4-367
永翼雍熙　9-460
永藉閑安　9-396
永觀厥成　1-147
永言固之　8-156
永言孝思　2-38
永言寫情慮　5-289

永言必孝　9-375
永言攸濟　6-249
永言配命　8-146
永言長悲　8-166
永託茲嶺　2-261
永負冤魂　4-310
永貽世範　8-114
永路隔萬里　4-295
永配無疆　9-193
永錫洪算　3-397
永錫爾類　9-244
永錫難老　2-321
永鑒崇替　9-367
永離隔矣　7-323
氾崇蘭些　6-80
氾毓字孤　7-28
氾濫乎其上　1-354
氾濫溥漠　3-188
氾濫衍溢　7-433
汀曲舟已隱　4-363
汀葭稍靡靡　5-13
求中和而經處　8-79
求之不難　7-230
求之公私　6-395
求之如弗及　8-270
求之於戰陣　8-470
求之明據　9-212
求之曠年　7-222
求之至曙　3-261
求之若不及　8-342
求之載籍　8-111
求仁不遠　8-194
求仁旣自我　5-500
求仁自得仁　4-106
求仁養志　9-392
求偶鳴子　3-182
求其義也　8-3
求名而亡　8-16

求國無危　6-434
求天下之所以自悟　2-330
求宓妃之所在　6-24
求成其名　9-15
求所逞欲　6-201
求捷徑欲從誰　2-168
求攄檢如訴狀　7-29
求數刻之暫歡　4-305
求明察以官之　8-290
求榘矱之所同　6-31
求水無所得些　6-77
求涼弱水湄　5-431
求焉斯至　3-303
求爲黔首　8-452
求者不匱　1-183
求與違不其兩傷乎　9-479
求術士　8-414
求試屬國　6-279
求賢索友　8-400
求賢良獨難　5-66
求逐其志　9-15
求食而已　6-349
汎太液　2-213
汎汎東流水　4-191
汎海凌山　2-340
汎淫氾豔　3-225
汎淫泛濫　2-69
汎濫北湖遊　5-510
汎瑟臥遙帷　5-513
汎舟三峽　8-283
汎舟航於彭蠡　1-388
汎舟蓋長川　5-33
汎舟越洪濤　4-212
汎餘波　9-275
汔可休而凱歸　1-393
汗如振血　6-180
汗未嘗不發背霑衣也　7-160
汗汗沺沺　2-357

汗流沫墜　6-112
汗溝走血　2-453
汗馬出長城　3-505
汗馬躍銀鞍　4-94
汙國虐民　7-388
汙淥池以洗耳　7-368
汙辱之處　7-167
汙辱至今　7-380
汙隨染成　2-401
汜布護之　8-218
汝何不進裏罵之　7-33
汝何博謇而好修兮　6-16
汝南應瑒德璉　8-439
汝穎之士　5-431
汝等時時登銅爵臺　9-479
汝筮予之　6-76
汝郁之幼挺淳至　8-92
江上徒離憂　3-446
江介多悲風　5-263
江介有蠯蚳　3-290
江北曠周旋　4-467
江南佳麗地　5-177
江南倦歷覽　4-467
江南歌不緩　4-478
江南草長　7-332
江南進荊豔　4-73
江南金錫不爲用　6-432
江夏襄陽諸軍　7-409
江妃含嚬而矃眇　2-367
江左已來　9-417
江斐於是往來　1-357
江水逆流　6-120
江河旣導　2-336
江河雖廣　7-202
江海不以爲多　8-407
江海事多違　5-397
江海呈象　8-76
江海旣無波　5-373

江海稱其大者　6-290
江海經遭回　5-504
江湖可以逃靈誅　7-399
江湖迥且深　5-260
江湘來同　8-283
江漢分楚望　5-2
江漢有卷　4-180
江漢限無梁　4-399
江珠瑕英　1-320
江炎復依依　5-13
江蘺之屬　1-358
江蘺生幽渚　5-138
江路西南永　5-7
江陵之守　7-200
江離載菁　3-250
池卉具靈變　5-507
池塘生春草　4-45
池沼足以漁釣　3-54
汧人賴子　9-259
汧湧其西　1-87
汧督效貞　9-270
汩乘流以砰宕　1-392
汩乘流而下降兮　6-117
汩余若將不及兮　6-5
汩吾南征些　6-86
汩若湯谷之揚濤　1-319
汩㳻漂疾　2-66
汩乎混流　2-65
汩活澎濞　3-181
汩磑磑以璀璨　2-285
汪汪乎丕天之大律　8-265
汪汪焉　9-332, 9-351
汪汪軌度　8-191
汰瀺灂兮船容裔　1-306
汲引沮漳　2-351
汲流舊巇　9-282
汲長孺之正直　2-217
汲黯樂在郎署　7-259

決不盡敗　6-351
決事省禁　7-381
決勝乃罷　6-122
決命爭首　7-119
決帆摧橦　2-341
決拾旣次　1-263
決江疏河　7-433
決渠降雨　1-94
決渫則㬥　1-300
決狐疑者　7-312
決絕以諾　6-115
決陂潢而相㴞　2-336
汾沄沸渭　2-138
汾陰后土　2-4
沂水富英奇　4-415
沃若靈駕旋　5-333
沃野墳腴　2-27
沃野彌望　2-203
沃野爽且平　5-107
沅有芷兮澧有蘭　6-46
沆瀁安是非　5-480
沆瀁晶㵾　2-366
沈沈溶溶　2-119
沈溶淫鬻　2-71
沈之於地則土潤　9-14
沈冥之怨旣缺　8-71
沈冥豈別理　4-56
沈吟爲爾感　5-333
沈吟至今　5-53
沈吟齊章　2-403
沈姿無乏源　5-130
沈寒凝海　9-157
沈心善照　8-165
沈思鍾萬里　5-407
沈思鬱纏綿　4-442
沈憂令人老　5-261
沈憂懷明發　5-449
沈憂結心曲　5-304

沈憂萃我心　5-404
沈攸之跋扈上流　9-448
沈日夜些　6-85
沈朱李於寒水　7-211
沈機先物　8-368
沈沈隱隱　2-66
沈浮不相宜　5-480
沈浮交錯　8-248
沈浮往來　1-115
沈浮翱翔　2-324
沈液漱陳根　5-316
沈牛麈麋　2-73
沈珠於淵　1-140
沈痛瘡距　9-452
沈祭深淪　5-43
沈絲結　6-170
沈虎潛鹿　1-389
沈跡中鄉　8-143
沈迷猖獗　7-327
沈迷簿領書　5-250
沈醉似埋照　3-495
沈鉤緡於丹水　7-269
沈鬱澹雅之思　8-89
沉吟聊躑躅　5-221
沉憂日盈積　4-148
沉痛結中腸　4-154
沉稼湮梁潁　4-258
沈沈湲湲　6-122
沌沌渾渾　6-122
沐浴淸化　6-311
沐浴玄德　7-478
沐浴玄風　6-349
沐浴福應　1-450
沐浴聖澤　6-277
沐蘭澤　3-257
沐髮晞陽　7-89
沒世無聞　6-282
沒世遺愛　8-107

沒有餘喜　9-271

沒有餘泣　8-185

沒滑潰溺　1-299

沒無求贍　9-283

沒爲長不歸　3-487

沒而不朽者歟　9-466

沒而不覺　7-413

沒而彌著　6-371

沒而猶眠　9-259

沒著徽烈　6-417

沒齒而忘歸　1-399

沓雜似軍行　6-120

汤深潛以自珍　9-472

汤潚曼羨　8-211

汤穆無窮兮　2-413

沖漠公子　6-160

沖等不通大體　7-86

沖等死罪　7-82

沖等眷眷　7-82

沖飆起兮水揚波　6-52

沙場一候　9-394

沙場夷敵　7-255

沙棠櫟櫧　2-79

沙棠殖其西　3-206

沙石之歘　2-345

沙礫自飄揚　5-152

沙礫銷鑠　7-263

沙門釋慧宗之所立也　9-391

沙鴿忽爭飛　5-13

沛乎若巨魚縱大壑　8-125

沛吾乘兮桂舟　6-43

沛焉競溢　3-153

沛若濛汜之涌波　1-320

沛踾踧而來王　2-209

沛騰遝而競趣　3-210

沫如揮紅　6-180

沫潼潼而高厲　3-246

沫血飲泣　7-144

沮漳自可美　5-423

河不出圖　8-21

河兗凱歸　7-19

河兗當衝要　5-429

河南尹種府君臨郡　9-344

河南陽翟人也　9-349

河外無反正　3-290

河山信重復　5-2

河庭紫貝　9-186

河廣川無梁　5-449

河江爲陇　2-83

河汴之間　9-265

河汾之寶　3-222

河汾浩汻而皓溔　1-416

河洛出圖書　6-195

河洛爲王者之里　1-318

河洛開奧　1-450

河洲多沙塵　5-433

河流有急瀾　3-394

河流邅疾　6-367

河海不擇細流　6-434

河海夷晏　9-197

河渭爲之波蕩　1-196

河漢清且淺　5-219

河漢而不測　9-101

河激獻趙謳　4-73

河濱無洗耳之士　6-152

河目龜文　9-89

河西無警　9-184

河間所未輯　9-447

河陽視京縣　5-15

沸乎暴怒　2-65

沸卉軿訇　1-191

沸潭無湧　2-395

沸潰渝溢　2-342

沸聲若雷震　9-92

油油麻紵　1-433

油雲翳高岑　4-438

治世之音安以樂 7-495

治亂 9-12

治亂惟冥數 5-491

治亂焉 9-98

治五禮 9-184

治亦有聲 9-239

治兵於朔方 9-167

治國以禮 8-184

治威嚴 5-241

治彰既亂 3-397

治歷明時 6-240, 9-196

治民則黃霸王成龔遂鄭弘召信臣韓延壽
　　尹翁歸趙廣漢嚴延年張敞之屬 8-273

治穆乎鳥紀之時 6-186

治致升平之德 1-229

治近古之所務 1-123

沼池苑囿 2-102

沾君纓上塵 5-29

沾姬化而生棘 2-246

沾沐仰清徽 5-14

沾潤既已渥 5-138

沾濡浸潤 8-212

沿情之所隆 9-460

沿牒懵浮賤 5-508

況世哲繼軌 7-100

況乃協悲端 4-364

況乃曲池平 5-394

況乃服義徒擁 7-88

況乃淵角殊祥 8-89

況乃過之 7-214

況乃遭屯蹇 4-124

況乃陵窮髮 4-51

況乎上聖 7-435

況乎不得已者哉 7-317

況乎代主制命 8-41

況乎天子之貴 8-428

況乎甄陶周召 6-418

況乎聖德巍巍蕩蕩 8-403

況乎非體之尾 8-455

況值衆君子 5-421

況僕之不得已乎 7-154

況僞孽昏狡 7-331

況入神之制 9-199

況其在筋骨之間乎哉 6-98

況初制於甚泰 1-285

況吉士而是賴乎 7-476

況在下官 6-485

況在臣庶 8-467

況堂堂以有新 8-240

況將軍無昔人之罪 7-328

況巴蜀賢智見機而作者哉 7-427

況復南山曲 4-396

況復多病 7-293

況復已朝餐 4-293

況復雁南飛 4-293

況感陰陽之龢 3-159

況我君斯 9-435

況我將軍 8-134

況我神造 9-203

況我連枝樹 5-234

況於卿士乎 2-209

況於駑馬 7-66

況昉受敎君子 7-94

況曰家僕 9-259

況沈迹溝壑 8-187

況河冀之爽塏 1-411

況法身圓對 9-385

況爲天下之主乎 7-126

況當陵者 7-121

況盡汛掃前聖數千載功業 8-231

況秦吳兮絶國 3-114

況笛生乎大漢 3-199

況纂帝業 1-281

況臣等荷寵三世 6-330

況自先相國以來 7-83

況茂勳格于皇天 6-333

況蚑行之衆類　3-219

況視聽之外　9-382

況言有不得至於盡意　4-323

況賢者之有足乎　7-173

況酒妾身輕　4-163

況酒海隅　4-268

況青鳥與黃雀　1-172

況騒蝱與畢方　1-271

況齊瑟與秦箏　3-228

泄之反謠　3-222

泄爲行雨　1-433

泉室潛織而卷綃　1-366

泉流表其不匱　6-238

泉流迸集而映咽　1-463

泉涓涓而吐溜　2-147

泉涓涓而始流　7-491

泉湧湍於石間兮　2-389

泉石之美　9-465

泉魚奮躍　8-421

泊如也　7-456

泊恬靜以無欲　2-244

泊然無感　8-480

泓宏融裔　3-227

泓汯泂潒　2-356

泓澄澔溔　1-352

法令滋彰　6-236

法含弘而不殺　8-68

法師釋曇珍　9-398

法度無所因襲　7-347

法星三徙　9-99

法本不然　9-400

法流是挹　9-402

法筵久埋　7-365

法言太玄　7-481

法鼓琅以振響　2-268

泛之以遊菰　2-364

泛乎若不繫之舟　2-417

泛樓船兮濟汾河　7-486

泛此忘憂物　5-326

泛舟山東　1-94

泛舟淸川渚　5-89

泛覽周王傳　5-330

泛覽辭林　1-72

泝洄沿流　2-367

泝洄順流　1-353

泝洛背河　1-233

泝測其源　8-256

泠泠一何悲　5-235

泠泠澗水流　5-201

泠泠祥風過　5-120

泠泠纖指彈　5-129

泠然空中賞　5-498

泡溲汎濩　3-159

波如連山　2-337

波屬雲委　8-350

波振四海　8-143

波散廣衍　3-187

波涌而濤起　6-120

波涌雲亂　6-122

波淸源愈濬　4-348

波瀾鱗淪　3-181

波臣自蕩　7-89

波鴻沸　2-52

泣子子不知　5-184

泣涕如頹　9-211

泣涕忽沾裳　5-48

泣涕應情隕　4-151

泣涕零如雨　5-219

泣淚濕朱纓　5-75

泣漣落而霑衣　2-164

泣盡而繼之以血也　6-483

泣血千里　9-451

泣血待旦　6-381, 7-10

泣血泫流　3-184

泥人鶴立於闕里　7-263

泥滯苟且　7-413

泥首在顔　6-390
注五湖以漫漭　2-352
泫泫露盈條　4-36
泫然不知涕之無從也　7-338
沆寥兮天高而氣清　6-68
泯色空以合跡　2-269
泯規矩之員方　3-7
泰伯導仁風　5-121
泰古畢　1-137
泰始之初　9-356
泰山之霤穿石　6-472
泰山爲櫓　2-83
泰往人悔形　4-158
泰華爲旒　2-116
泰誓後得　7-349
泰階之平可升　2-444
泱彼樂都　9-240
泱漭澹泞　2-336
泱漭無疆　1-189
泳之彌廣　4-275
洞闇棲愴焉　6-122
洧至宜便習　4-462
洋洋之義　6-344
洋洋之風　8-46
洋洋乎若德　8-252
洋洋搢紳　9-336
洋洋焉　9-351
洋洋習習　3-173, 3-211
洋溢乎方外　7-430
洋溢乎要荒　8-261
洋溢八區　2-140
洗兵海島　1-442
洗渭之民　9-136
洗滌淮漢　2-338
洛中何鬱鬱　5-212
洛川迅且急　4-435
洛陽何寂寞　3-425
洛陽繁華子　5-401

洞參差其紛錯兮　2-476
洞庭始波　2-406
洞庭孟門　9-177
洞庭張樂地　3-445
洞庭波兮木葉下　6-46
洞庭空波瀾　5-348
洞庭雛潗　1-411
洞心駭耳　2-91
洞房叫窱而幽邃　2-287
洞房殊未曉　5-392
洞房淸宮　6-98
洞房結阿閣　5-103
洞杳冥兮　2-300
洞枌詣以與天梁　1-106
洞條暢而罕節兮　3-150
洞澈隨深淺　5-29
洞無厓兮　2-23
洞胸腋以流矢　2-197
洞胸達掖　2-48
洞轇輵乎　2-284
洞門方軌　1-370
津便門以右轉　2-223
津塗久廢　6-367
津梁誰能了　5-496
洩洩淫淫　2-346
洪化惟神　1-147
洪崖發淸歌　5-135
洪崖頷其頤　4-11
洪川控河濟　5-107
洪德施　1-202
洪恩所潤　8-415
洪恩素蓄　1-282
洪桃屈盤　1-356
洪業也　8-237
洪殺殊等　9-202
洪殺褒序　3-189
洪波振壑　6-363
洪波淫淫之溶滴　3-247

洪波陪飲帳　5-205
洪洞朗天　8-418
洪流何浩蕩　4-424
洪流華域　4-308
洪流響　1-388
洪涯立而指麾　1-208
洪淋淋焉　6-120
洪潦浩方割　5-316
洪濤瀾汗　2-336
洪瀾浣演而雲廻　2-357
洪由纖起　3-305
洪白　7-188
洪範九疇　9-343
洪細入韻　9-141
洪麋在手　2-31
洪纖有宜　3-214
洪聖啓運　3-360
洪臺崛其獨出兮　2-12
洪蚶專車　2-359
洪規遠略　9-46
洪鈞陶萬類　4-236
洪鍾越予區外　2-30
洪鍾頓於毀廟　2-214
洪鐘萬鈞　1-164
洪鐘虛受　9-385
洪飆扇海　8-188
洲島驟迴合　4-481
洲渚既淹時　4-369
洲渚馮隆　1-356
洲縈渚連綿　4-459
洵美之所不渝　1-456
洶洶旭旭　2-115
洶涌騰薄　3-205
洶湧彭湃　2-65
活活夕流駃　4-56
派流則異　9-113
流不處兮　2-481
流九派乎潯陽　2-351

流俗之所輕也　7-148
流俗多昏迷　5-309
流光正徘徊　4-135
流光潛映　2-365
流光濛汜　3-233
流化自滂沱　5-122
流千載之英聲　7-57
流嚶復滿枝　5-401
流大漢之愷悌　1-102
流宕忘反　8-28
流宕百罹之疇　6-166
流廣陵之名散　3-226
流必湍之　9-14
流念辭南滋　5-485
流惠下民　7-232
流懸黎之夜光　1-169
流戍隴陰　3-111
流攬無窮　6-117
流星旄以電燭兮　2-8
流映揚焆　2-357
流春澤之渥恩　2-182
流景內照　1-175
流景外煏　2-312
流景揚暉　6-137
流景曜之韠暐　1-163
流楚窈窕　3-217
流民泝荊徐　4-258
流水周於舍下　8-33
流水接軫　9-115
流汗相屬　7-376
流汗霡霂而中達泥濘　1-376
流池自化造　4-69
流沙千里些　6-77
流沫不足險　4-358
流泉東逝　7-61
流波戀舊浦　5-313
流波激淸響　4-139
流波爲魚防　3-352

流涕北顧　7-392
流渭通涇　1-210
流湍投濊　1-299
流湎千日　1-458
流滄浪而爲隍　1-294
流漢湯湯　1-321
流潦浩縱橫　4-212
流澇沒些　6-79
流澗萬餘丈　5-309
流澤加於生民　8-427
流焱激楯軒　4-198
流目玩鰷魚　4-235
流目眺夫衡阿兮　3-14
流目矚巖石　4-2
流盼發姿媚　4-104
流眄乎洛川　3-271
流睇未足稱奇　9-429
流磻平皐　4-226
流祚後嗣　7-199
流管弦而日新　3-146
流綺星連　6-177
流羽毛之威蕤　2-307
流耀含英　1-100
流而爲江海　1-409
流聞東軍失備　6-282
流聲將來　7-221
流聲悅耳　6-109
流聲馥秋蘭　4-281
流膏爲淵　2-345
流芳未及歇　4-147
流芳肆布　6-137
流荒之貉　6-187
流藻周施　2-451
流血漂楠　7-403
流血漂櫓　8-377
流裔畢萬　9-208
流觀山海圖　5-330
流詠太素　5-268

流連河裏遊　3-499
流連酒德　9-500
流金鑠石些　6-77
流鋒鏑於象魏　9-363
流鏑擾攘　1-196
流長則難竭　1-217
流離世故　5-431
流離大海之南　9-130
流離爛漫　2-286
流離親友思　5-188
流離輕禽　2-86
流離辛苦　7-125
流雲藹靑闕　4-381
流雲起行蓋　3-390
流響歸空房　5-271
流風徘徊　1-303
流風猶微　7-435
流風結　6-167
流風翼衡　3-326
流風蒸雷　2-354
流瓢萬里　2-423
浚城隍　1-85
浚明爽曙　3-406
浚虞淵之靈沼　2-323
浞又貪夫厥家　6-17
浤浤汩汩　2-342
浥露馥芳蓀　4-481
浩兮湯湯　3-211
浩唐之心　6-99
浩如河漢　2-240
浩如濤水之波　2-110
浩浩洋洋　3-188
浩浩洪流　4-225
浩浩澄澄　6-120
浩浩焉　9-332
浩浩襄陵　9-82
浩浩陰陽移　5-222
浩瀁瀁兮　6-117

浩蕩別親知　5-379
浪拽上京　7-368
浪跡無蚩妍　5-497
浮于渭濱　3-341
浮天淵以安流　3-130
浮天無岸　2-337
浮彭蠡　2-122
浮影交橫　2-462
浮惰及西崑　5-389
浮文鷁　2-52
浮景忽西沉　4-144
浮景映淸湍　5-130
浮杯樂飮　3-62
浮柱岌嶭以星懸　2-289
浮梁黝以徑度　3-56
浮榮甘夙殞　4-30
浮氛晦崖轍　4-355
浮沈各異勢　4-135
浮海難爲水　4-296
浮渤澥　2-55
浮游先生色勃皆溢　8-404
浮游先生陳丘子曰　8-401
浮游覽觀　6-108
浮滄海以遊志　3-232
浮甘瓜於淸泉　7-211
浮石若桴　1-366
浮磬肆乎陰濱　2-361
浮箭未移　6-180
浮舟千仞壑　4-358
浮舟江海　8-450
浮英華　7-473
浮藻聯翩　3-130
浮蟻星沸　6-183
浮蟻若萍　1-302
浮蟻鼎沸　6-135
浮蟻蟉而上征　3-31
浮蟻蟉而撤天　2-13
浮觴旬日　7-76

浮遊溥覽　1-116
浮遊近縣　1-90
浮鄧塞之舟　9-34
浮采鸓發　6-177
浮長川而忘反　3-278
浮陽映翠林　5-305
浮階乘虛　2-325
浮雲漢之湯湯　3-34
浮雲無光　3-110
浮雲爲我結　5-201
浮雲蔽白日　5-211
浮雲藹曾闕　5-449
浮雲鬱而四塞兮　3-66
浮騰累跪　3-170
浮驂無緩轍　3-394
浮鷁首　1-204
浴寒水而有灼爛之慘　7-263
浴蘭湯兮沐芳　6-42
海上名山之旨　8-89
海不厭深　5-54
海內乂安　8-270
海內冠冕　6-406, 8-87
海內同悅　1-278
海內定　7-453
海內寒心　7-381
海內晏然　8-392
海內未平　8-471
海內無主　8-448
海內知識　7-171
海內雲蒸　8-251
海內願安　7-179
海內髦傑　9-126
海外有謐　3-369
海外肅愼　6-195
海外遐方　8-240
海嶽黃金　9-186
海水上潮　6-120
海水知天寒　5-46

海水群飛　8-229

海濱饒奇石　5-495

海物錯萬類　5-107

海盜奔迸　6-201

海童之所巡遊　2-367

海童於是宴語　1-357

海苔之類　1-358

海若遊於玄渚　1-179

海鱗變而成龍　1-210

海鳥鶹鵰　2-434

海鷗戲春岸　4-59

浸以爲俗　6-235

浸以綿雒　1-327

浸彼稻田　1-300

浸決鄭白之渠　2-204

浸淫叔子遠其類　3-157

浸淫衍溢　7-434

浸淫蹴部　2-118

浸潤靈液之滋　3-222

浸石菌於重涯　1-178

浸蘭泉於玉砌　8-79

浹日初輝　9-192

沖融沆瀁　2-337

涂中罕千金之費　7-19

涅而不淄　3-282

涅而無滓　8-174

涇渭之川　1-143

涇渭揚濁淸　4-208

涇渭斯明　9-357

涇渭無舛　7-41

消一無於三幡　2-269

消息陽陰　6-109

消憂非萱草　5-483

消搖乎襄羊　2-87

消淪山谷　7-389

消遙順風翔　4-101

消雾埃於中宸　1-174

涉三皇之登閎　2-108

涉人於是攘桴　2-367

涉氷揭河　2-74

涉器千名　9-399

涉夏逾漢　9-434

涉姑緜而環迴　9-298

涉孟門其何嶮　8-68

涉安啓土而已哉　7-20

涉封丘而踐路兮　2-169

涉希靜之塗　8-485

涉徐而東　9-431

涉旬月　7-135

涉江采薐　6-83

涉江采芙蓉　5-216

涉沙漠　7-317

涉海則有方丈蓬萊　2-260

涉淸霄而升遐兮　3-31

涉漭漭　3-253

涉澗之濱　3-326

涉澤求蹊　7-318

涉積雪之皚皚　2-163

涉蘭圃　3-216

涉長路之綿綿兮　2-160

涉靑林以遊覽兮　2-147

涉躕寥廓　1-337

澀然汗出　6-125

涌瀆發川　1-325

涌觴卉起　6-115

涒鄰圖濟　2-356

涓吉日　1-451

涓子不能儔　7-363

涓子宅其陽　3-206

涓流決瀁　2-337

涔淚猶在袂　5-510

涕下如綆縻　3-452

涕下與衿連　4-189

涕下誰能禁　4-118

涕交橫而流枕　3-100

涕唾流沫　7-467, 9-118

涕垂睫而汍瀾　9-485
涕橫墜而弗禁　2-256
涕沾于巾　9-233
涕泣灑衣裳　4-186
涕泫流而霑巾　3-91
涕洟流漫　3-197
涕流離而從橫　3-70
涕淚漣洏　4-171
涕淚霑襟　9-222
涕潺湲兮霑軾　6-69
涕零心斷絶　5-158
泣泣下瀨　2-65
涯灌芊葉　2-364
涵泳乎其中　1-353
涸流好河廣　4-349
涸陰凝地　9-156
涸陰沍寒　1-159
涼冬氣勁　9-270
涼室處其西偏　2-315
涼沙振野　2-461
涼秋九月　7-114
涼秋八九月　3-505
涼葉照沙嶼　5-517
涼過大夏　7-267
涼野多嶮難　5-93
涼陰掩軒　9-501
涼風厲　1-328
涼風厲秋節　5-33
涼風吹沙礫　4-186
涼風嚴且苛　5-86
涼風奪炎熱　5-51
涼風拂衽　7-61
涼風振落　3-302
涼風撤蒸暑　3-347
涼風繞曲房　5-408
涼風蕩芳氣　5-473
涼風蕭瑟　2-425
涼風起將夕　4-452

涼風起座隅　3-488
涼飆自遠集　4-430
逐令行春反　4-419
淄磷謝清曠　4-459
淇洹之筍　1-458
湎珍沌兮　3-159
淋離廓落　2-114
淑人君子　8-156, 8-409
淑問犮犮　4-250
淑氣與時殞　5-138
淑穆玄眞　3-218
淑美難窮紀　5-122
淑貌耀皎日　5-128
淑貌色斯升　5-103
淑眈非所臨　4-391
淑質貞亮　6-263
淒兮如雨　3-244
淒愴傷我心　4-110
淒愴內傷悲　5-266
淒愴哀往古　4-143
淒愴無終畢　5-483
淒淒兮濊濊　6-90
淒淒朝露凝　4-150
淒淒節序高　5-501
淒淒諸舅　9-231
淒淒陽卉腓　3-393
淒矣自遠風　5-3
淒風尋帷入　4-435
淒風迕時序　4-257
淙大堅與沃焦　2-354
淚下不可揮　5-236
淚下不可收　5-38
淚下如流泉　5-200
淚下如流霰　5-16
淚下空霏霏　4-412
淚下霑衣衿　4-145
淚下霑裳衣　5-228
淚容不可飾　5-448

淚橫流兮滂沱　3-103
淚橫迸而霑衣　3-97
淚流襟之浪浪　3-277
淚爲生別滋　5-237
淚翟子之悲　7-361
淥水浩浩　2-324
淥水澹澹　1-241
淥蟻方獨持　4-396
淩厲中原　4-223
淩建章　2-213
淩波赴汨　3-281
淩波采水碧　5-495
淩高衍之峅嶸兮　2-8
淪亡神寶　8-316
淪徂音乎珩佩　9-310
淪池滅波　2-408
淪神域兮　2-481
淪精而漢道融　2-406
淪薄恆羈旅　5-431
淪躓困微弱　4-462
淪飄薄許京　5-429
淪餘波乎柴桑　2-351
淫挻而不可聽者　7-475
淫其聲色　9-16
淫嬖褒以縱慝　2-207
淫文放發　8-28
淫樂未終　6-145
淫淫與與　2-110
淫淫裔裔　2-84
淫荒田獵　2-141
淮南三割　8-455
淮南之壯　8-307
淮南取貴於食時　9-447
淮南好丹經　4-81
淮南干遮　2-91
淮南王六黥布　8-142
淮南連山東之俠　6-441
淮汴崩離　6-249

淮泗馳急流　5-263
淮浦再擾　8-281
淮海變微禽　4-9
淮陰　7-151
淮陽股肱守　4-395
淯水蕩其胸　1-294
深乎洋洋　8-403
深入不毛　6-272
深割嬰兒王之　6-442
深圖密慮　9-409
深壁高壘　6-477
深幽囹圄之中　7-146
深心託豪素　3-499
深心追往　9-284
深念遠慮　8-390
深思遠慮　1-68
深所未達　7-99
深林巨木　2-70
深林杳以冥冥兮　6-58
深沈映朱網　5-365
深溝嶔巖而爲谷　2-10
深溝高壘　9-48
深略緯文　8-368
深者入黃泉　7-457
深茲眷言情　4-346
深蒙薛公折節之禮　7-243
深衷自此見　3-497
深覩天命　7-308
深言直諫　8-388
深謀遠慮　6-337
深謀遠慮　8-381
深識臧否　9-350
深谷下無底　5-296
深谷邈無底　5-86
深踐戎馬之地　7-143
深辭鋒之明智　2-222
深追先帝遺詔　6-273
深達先天之運　9-367

深閉固距　7-354
深頌靡測　1-468
淳于越諫曰　8-450
淳化殷流　9-152
淳化通於自然　1-248
淳曜六合　3-361
淳源上派　9-399
淳耀之烈未渝　8-307
淵哉泰初　8-194
淵哉若人　9-244
淵塞沈蕩改恒常兮　3-165
淵客唱淮南之曲　6-170
淵客慷慨而泣珠　1-367
淵客築室於巖底　2-360
淵旋雲被　8-57
淵流浩瀁　6-223
淵游龜蠵　1-240
淵然深識　8-435
淵然萬頃　9-462
淵藪胥萃　9-417
淵雲之所頌歎　1-93
淵魚未懸於鉤餌者　6-279
淵魚猶伏浦　5-471
淵魚竦鱗而上升　1-395
淵默之容　9-183
混一齊楚　3-228
混品物而同廛　1-375
混妍蚩而成體　3-140
混汩汩兮　6-116
混流宗而東會　2-352
混混屯屯　6-122
混瀚灝溔　2-357
混濤幷瀨　1-351
混萬盡於一科　2-372
清不增潔　8-202
清交素友　9-500
清光信悠哉　5-392
清其質而濁其文　8-170

清切藩房　7-90
清升踰跬　6-122
清卮阻獻酬　5-374
清和條昶　3-214
清商應秋至　4-148
清商隨風發　5-215
清埃播無疆　3-480
清塗攸失　4-270
清塵彯彯　1-428
清塵竟誰嗣　3-289
清夜守空帷　5-482
清夜遊西園　3-344
清天步而歸舊物　9-27
清如玉壺氷　5-165
清室則中夏含霜　6-142
清宮俟宴　8-81
清川含藻景　5-129
清川帶華薄　5-103
清川過石渠　3-352
清廟肅以微微　1-308
清廟虛歸　9-325
清我帝宮　9-220
清明內昭　9-407
清明在躬　9-5
清時難屢得　3-426
清晨復來還　5-71
清晨戲伊水　5-401
清晨發皇邑　4-212
清暉在天　3-413
清暉映世　9-429
清暉能娛人　4-54
清暉自遠　9-409
清曠招遠風　5-342
清機發妙理　5-283
清歌制妙聲　4-183
清歌拂梁塵　5-422
清氛霽岳陽　5-2
清氣溢素襟　4-391

淸氣蕩暄濁　5-304
淸水淬其鋒　8-119
淸池映華薄　5-473
淸池激長流　4-205
淸泉洄而不流　3-24
淸洛濁渠　2-27
淸流之稻　1-458
淸流亹亹　1-371
淸涼增欷　2-380
淸涼宣溫　1-98
淸淵洋洋　1-178
淸淸泠泠　2-380
淸淺時陵亂　4-121
淸源無增瀾　4-10
淸漢表靈　9-322
淸激切於竽笙　3-233
淸濁效響　8-167
淸濁相和　3-248
淸濟涸無津　5-29
淸猷浚發　9-434
淸猿與壺人爭旦　9-463
淸蚏泠風　6-234
淸穆敞閑　3-56
淸義貫幽賾　4-343
淸虛靜泰　8-487
淸角發徵　1-303
淸談同日夕　4-184
淸談而已　7-260
淸論事究萬　5-428
淸謳微吟之要妙　1-446
淸越奪琳珪　4-387
淸蹕巡廣廛　4-65
淸輝光于四海　6-333
淸輝益天門　5-135
淸辭妙句　7-66
淸辭麗蘭藻　5-435
淸道案列　1-254
淸道而行　2-155

淸酤敍　1-202
淸酤如濟　1-445
淸醑滿金樽　5-348
淸陰往來遠　5-513
淸陽未可俟　5-283
淸雲卻炎暉　3-347
淸雲自逶迤　4-113
淸霧潤其膚　3-206
淸露隕素輝　4-443
淸露瀼瀼　2-324
淸露被皋蘭　4-105
淸靜少欲　2-173
淸風何飄颻　5-271
淸風動帷簾　5-276
淸風協於玄德　1-248
淸風吹我衿　4-100
淸風夜起　7-211
淸風承景　4-244
淸風淒已寒　4-185
淸風激萬代　3-470
淸風肅已邁　4-260
淸風肅穆　7-255
淸風萃而成響　2-328
淸風載輿　9-240
淸風飄我衣　5-265
淸風飄飛閣　4-202
淸飆振乎喬木　3-236
淸麗千眠　3-138
淹回水而疑滯　6-58
淹引時月　6-367
淹彼南汜　4-175
淹棲遲以恣欲兮　3-8
淹沈之樂　6-99
淹滯永久而不廢　6-99
淹留亦何益　4-147
淹留憩高密　5-427
淹留昔時歡　4-364
淹留訪五藥　4-85

淹移歲月　7-19
淹速之度兮　2-413
渙乎若一聽聖人辯士之言　6-125
渙揚寓內　8-258
渙汗於後葉　9-90
渙然冰釋　8-13
渙然流離　8-478
渙若天星之羅　2-110
渙衍葺襲　3-225
渚戲躍魚　1-239
渚禽驚　1-388
減之一分則太短　3-264
減後宮之費　8-392
減膳食　8-415
淳涔障潰　3-181
渠彌不復惡　3-195
渠懷之其幾何　9-304
渠黃不能企其景　2-368
渡瀘寧具腓　5-162
渤海亂繩　9-417
渤海方淫滯　4-407
渤澥之島　7-460
渤澥方春　7-89
渤蕩成氾　2-340
渥露沾我裳　5-271
溫溫瀆瀑　2-355
渫之以尾閭　2-364
渫雲已漫漫　5-10
測之寒暑　1-414
測恩躋踰逸　5-508
測表候陰　9-199
渭濱之賤老也　9-4
港洞坑谷　3-180
渴不飲盜泉水　5-80
渴賞之士　7-312
渴飲堅冰漿　5-93
游九原者　6-224
游原采蕭藿　5-322

游夏之徒乃不能措一辭　7-229
游女飄焉而來萃　3-219
游子不顧反　5-211
游子寒無衣　5-224
游子恒悲懷　4-338
游孟諸　2-55
游宦會無成　5-408
游宴之歡　7-73
游山澤　7-287
游心於寂漠　7-291
游心無方　6-150
游心至虛　3-378
游情無近尋　3-390
游惰寔繁　6-245
游戲宛與洛　5-212
游文章之林府　3-129
游於六藝之囿　2-96
游於後園　2-41
游林難爲觀　4-296
游涉乎雲林　6-112
游無所盤　2-431
游獵之地　2-41
游獵之靡也　2-128
游目典墳　9-221
游睢渙者學藻繢之綵　7-187
游神之庭　7-465
游精杳漠　8-148
游絲映空轉　5-401
游觀侈靡　2-104
游說之徒　7-475
游跨三春　4-251
游魂泰素　9-212
游魚動圓波　4-426
游魚失浪　9-211
游鱗萃靈沼　4-283
游龍曜路　7-312
渺瀰浹漫　2-337
渾一區宇　8-134

渾元運物　2-481
渾沌未分　6-131
渾萬艘而旣同　1-388
渾萬象以冥觀　2-269
渾雞犬而亂放　2-209
溘溴鼎沸　2-66
湊其智略　6-246
湍流遡波　6-102
湍險方自玆　4-419
溢流雷响而電激　2-354
湘州刺史吳郡張邵　9-496
湛恩厖鴻　8-209
湛恩汪濊　7-430
湛淡羽儀　1-354
湛湛江水兮　6-86
湛湛長江水　4-117
湛道德　7-473
湟中羌犎　7-408
湣帝奔播之後　8-307
湣眸子之喪精　3-153
湣神使之嬰羅　2-372
湧水躍波　2-73
湧泉起　2-53
湧湍疊躍　2-354
湧醴汨以生川　2-13
湫兮如風　3-244
湮沒林莽　7-415
湮沒罕稱　9-190
湮滅而不稱者　8-208
湮滅連踵　8-316
湯井溫谷　2-204
湯武之士　6-468
湯武誰革而用師哉　1-231
湯武革命　8-277, 9-51
湯沐具而非吊　7-95
湯泉發雲潭　5-161
湯湯川流　5-61
湯禹儼而求合兮　6-31

湯禹儼而祗敬兮　6-18
湯鑴體以禱祈兮　3-21
湯谷凝　2-395
湯谷涌其後　1-294
湯黜夏政　9-180
源二分於岷崍　2-351
源人身在遠　7-44
源先喪婦　7-44
源其飋流所始　8-349
源卽主　7-45
源官品應黃紙　7-47
源泉灌注　1-93
源流寔繁　1-66
源流趣舍　8-182
源流間出　1-71
源父子因共詳議　7-44
源雖人品庸陋　7-43
源頻叨諸府戎禁　7-43
溢吾遊此春宮兮　6-24
溢埃風余上征　6-21
溢死霜露　9-93
溝塍刻鏤　1-94
溝池湘漢　9-402
溝洫交流　2-324
溝洫脈散　1-327
溝澮脈連　1-300
溟海渾濩涌其後　6-162
溟涬溔湎　2-357
溟漲無端倪　4-51
溢于民聽　6-374
溢以江河　2-121
溢氣坌湧　6-264
溢浪揚浮　2-338
溢金罍而列玉觴　3-165
溥暢而至　2-378
溪壑無人跡　5-314
溪流春穀泉　5-370
溫乎如瑩　3-256

溫房則冬服絺綌　6-142
溫房承其東序　2-315
溫故知新已難　1-142
溫敏肅良　9-267
溫泉氷　2-395
溫泉怘湧而自浪　1-416
溫液湯泉　1-234
溫渥浹輿隷　4-66
溫溫恭人　4-328
溫直擾毅　3-193
溫調延北　1-165
溫酎躍波　1-445
溫風怠時　9-496
溫風翕其增熱兮　3-14
溫飭迎春　1-239
溲減瀘涓　2-355
潤泊柏而迤颺　2-339
溯九秋之鳴颷　6-165
溯流觸驚急　4-462
溯溪終水涉　4-471
溯秦川而舉旗　9-483
溯蕙風於衡薄　6-170
溯長風　6-162
溶方皇於西淸　2-13
溷章白鷺　6-108
溺女魃於神潢　1-271
溺招路以從己兮　2-470
溽暑隨節闌　4-148
滂洋洋而四施兮　3-246
滂濞沆溉　2-65
滄江路窮此　4-419
滄池潹沆　1-178
滄浪之水淸兮　6-66
滄浪之水濁兮　6-66
滄浪有時濁　5-29
滄海橫流　8-189
滅亡之後　8-307
滅其社稷　6-475

滅名不如報德也　7-121
滅彩淸都　9-317
滅秦項以寧亂　9-406
滅詩書　8-416
滅跡堷塵　7-118
滅迹入雲峰　4-367
滇洄淼漫　1-351
滈汗六州之域　2-352
滉瀁彌漫　2-240
滋令德於正中兮　3-29
滋味旣殊　6-134
滋味有厭　3-202
滋味煎其府藏　8-482
滋味雜陳　6-109
滋液滲漉　8-218
滌殷蕩周　8-229
滌濯靜嘉　1-258
滌穢紫宮　8-157
滌饕餮之貪欲　1-263
澄皐香粳　1-302
滎陽宛陵人也　9-227
滑稽則東方朔枚皋　8-271
滑臺之逼　9-264
滔滔其流　4-180
滔滔江漢　9-220
滔滔猶四瀆之紀於地　9-407
滔蕩固大節　4-220
滀㴽渫而爲魁　2-339
渾弗宓汨　2-65
渾涬汃瀱　8-233
滮池漑粳稻　5-142
滮滮泲泲　1-351
滯思叩而輿端　3-81
滯瑕難拂　3-404
滿堂兮美人　6-52
滿堂變容　2-409
滿奮身殞西朝　7-44
滿白羽　2-86

滿而後作　8-405
漁潭霧未開　5-23
漁父曰　6-65
漁父莞爾而笑　6-66
漁父見而問之　6-65
漲濘潃潘　2-339
漂不還兮　3-160
漂乍棄而爲他　3-154
漂崑崘　2-136
漂嶢峴而枝拄　2-289
漂淩絲簧　3-190
漂通川之硉硊　3-25
漂飛雲　2-367
漂鹵之威　9-156
漂龍淵而還九垠兮　2-18
漵漻藂蓼　6-108
漆園有傲吏　4-5
漏成進御　9-199
漏於末折　9-62
漏江伏流潰其阿　1-319
漑鹽汙澤　3-197
演以潛沫　1-327
演勿照之明　9-386
演聲色之妖麗　6-133
漕引淮海之粟　2-204
漢中地形　7-182
漢主不以爲疑　7-327
漢主比文章於鄭衛　6-248
漢之得人　8-271
漢之得材　8-179
漢之睦親　3-298
漢之綱紀大亂矣　8-334
漢之西都　1-87
漢亦折西河而下　6-439
漢亦負德　7-127
漢仍其謬　8-316
漢以之亡　9-71
漢位兼倍　6-245

漢公卿王侯　7-144
漢六葉而拓畿　2-199
漢初弗之宅　1-236
漢命虎臣　8-129
漢啓岐梁　9-192
漢女擊節　1-335
漢女水潛　2-121
漢宗室王侯　8-458
漢室中微　8-342
漢室龍興　8-5
漢帝之德　1-278
漢帝恢武功　4-90
漢帝益嗟稱　5-166
漢德久長　1-309
漢德雖朗　8-163
漢文缺三推之義　6-234
漢旆南振　8-165
漢明帝時　9-254
漢晉兩明　9-389
漢書具載其事　8-170
漢書有恩澤侯表　8-360
漢末喪亂　8-357
漢武不見明　5-202
漢武帝徐樂諸才　5-420
漢武非仙才　4-12
漢氏乞盟　9-35
漢氏初都　1-157
漢氏奉天　8-461
漢氏有岷益　9-42
漢法常因八月算民　8-314
漢潛夏陽　7-202
漢王亦憑帝王之號　9-34
漢王長者　8-431
漢皋之榛　6-183
漢知吳有呑天下之心　6-478
漢矯秦枉　9-66
漢祖膺圖　4-266
漢祚中缺　1-121

漢祚克廣　8-167
漢秉素祇之徵　6-240
漢結叔高　9-353
漢網絶維　1-413
漢罪流禦　1-463
漢與功臣不薄　7-122
漢興　7-347, 8-312, 8-331
漢興七十有八載　7-430
漢良受書於邳坦　7-480
漢虜方未和　5-455
漢賓祚於異代　2-479
漢載安而不渝　1-215
漢道亨而天驥呈才　2-444
漢道尊光靈　4-157
漢道日休明　5-465
漢鑒秦之失　8-454
漢隗囂納王元之言　7-204
漢風載徂　8-161
漢魏外禪　8-277
漢魏已降　6-392
漢魏衆作　8-113
漩澴滎瀯　2-354
漫之羶腥　7-277
漫乎數百里間　1-339
漫旣醉其樂康　3-165
漫漫方輿　3-285
漫漫秋夜長　5-252
漫漫長路迫　5-339
漫若天外　2-116
漫蹂紀以迄今　2-255
漭沆洋溢　1-299
瀰溘滂湃　2-354
漱六藝之芳潤　3-130
漱壑生浦　2-364
漱淸泉　3-237
漱飛泉之瀝液兮　3-11
漳　8-307
漸不可久兮　9-471

漸於靈景　9-8
漸漬德義之淵　8-467
漸漬疆宇　7-77
漸漬荒沈　7-397
漸用色授　8-314
漸登九年之畜　6-253
漸禮樂之腴潤　9-103
漸臺泰液　2-104
漸臺立於中央　1-178
漸臺臨池　2-296
漸靡使之然也　6-472
潳淚減汨　1-299
潅似摧折　3-171
漾舟陶嘉月　4-353
潁川時雨　9-418
潁川許人也　9-339
潁川陳君　9-341
潁陰銳敏　8-160
漱以華池之泉　2-268
潏湟淴泆　2-354
潚瀟淈淈　2-66
潔其道而穢其跡　8-170
潔豈我貞　2-400
潔齋俟兮惠音聲　3-266
潘子憑軾西征　2-178
潘楊之睦　7-44
潘楊之穆　9-230
潘陸特秀　8-349
潘陸顏謝　8-352
潛包禍謀　7-388
潛圖密已構　4-125
潛寐黃泉下　5-222
潛山隱几　4-334
潛盧洞出　1-299
潛志去世塵　5-478
潛慮帷幕　6-374
潛服膺以永靚兮　3-4
潛氏殲焉　9-249

潛氣內轉　7-60
潛波渙鱗起　4-7
潛演之所汩淈　2-355
潛潤德教　6-277
潛神黙記　7-473
潛穎怨靑陽　4-10
潛精墳籍　7-271
潛薈蔥蘢　2-364
潛處乎深巖　2-68
潛處蓬室　9-210
潛虯媚幽姿　4-45
潛謀雖密　8-281
潛跱官寺　9-255
潛逵傍通　2-366
潛隙密攻　9-256
潛靈居　2-343
潛靈幾載　9-492
潛靈邈其不反兮　3-98
潛魚擇淵　8-189
潛魚躍淸波　3-344
潛鰓駭　6-170
潛鱗在淵　4-171
潛龍伏螭　1-299
潛龍浮景　1-468
潛龍蟠於沮澤　1-324
潛龍躍洪波　4-280
潤以醴泉　8-488
潤色鴻業　1-81
潤草塗原　7-23
潮波汩起　1-352
潰淡淡而幷入　3-246
潰渭洞河　1-94
潰涑泮汗　1-351
潰濩泧潏　2-354
潺湲徑復　8-80
澄什結轍於山西　9-389
澄心徇物　9-147
澄江靜如練　5-16

澄澹汪洸　2-356
澄神定靈　6-129
澄觴滿金罍　5-422
澄醪覆觴　4-313
澄風觀水　9-145
澆薄之倫　9-121
澆身被服强圉兮　6-17
澆風下黷　9-399
澎濞慷慨　3-155
澎濞灪礑　2-340
涫溶沆瀁　1-352
澔澔汗汗　2-286
澗愧不歇　7-367
澡潔瀮淑　2-354
澗濱淪而澊潔　2-339
澡孝水而濯纓　2-189
澡秋水之涓涓兮　2-389
澡身滄浪　4-130
澡身玄淵　3-408
澡雪垢滓矣　3-198
澤不伐夭　1-448
澤及後世　7-447, 7-448
澤如時雨　3-311
澤從雲游　1-279
澤普氾而無私　8-68
澤洎幽荒　1-275
澤浸昆蟲　1-267
澤無不漸　9-414
澤葵依井　2-275
澤蘭漸被逕　4-48
澤虞是濫　1-205
澤雉登藿雛　5-314
澤霑退荒　8-134
澤靡不漸　2-209
澤靡不被　3-379
澤馬丁阜　1-449
澤馬來　8-76
澶湉漠而無涯　1-352

澶漫陸離　1-298

澶漫靡迆　1-159

澹乎洋洋　3-206

澹乎至人心　5-322

澹乎若深淵之靜　2-416

澹偃蹇而待曙兮　3-71

澹容與而獨倚兮　6-71

澹泊爲德　2-134

澹淡浮　1-115

澹淡隨波　1-300

澹清靜其愔嫕兮　3-259

澹漱手足　6-117

澹然自逸　9-340

澹臺載屍歸　3-195

激之以恥辱　7-197

激勢相沏　2-342

激卬萬乘之主　7-466

激哀音於皓齒　3-233

激堆埼　2-65

激情風烈　7-321

激憤於今賤　3-223

激日景而納光　1-106

激朗淸厲　3-193

激楚之結　6-84

激楚佇蘭林　4-22

激楚廻　6-167

激楚結風　2-91

激楚結風陽阿之舞　3-162

激楚陽阿　6-265

激水推移　2-44

激波連珠揮　3-435

激濤響以赴會　3-212

激湍生風　2-240

激澗代汲井　5-342

激矢虫飛　3-56

激神嶽之嶈嶈　1-108

激秦人以歸德　2-190

激義士之心　7-103

激義誠而引決　2-236

激芳香而常芬　2-298

激逸勢以前驅　2-352

激颺熛怒　2-379

濁不加染　8-202

濁河穢淸濟　5-360

濁酒一盃　7-293

濁酒聊自適　5-503

濁醪夕引　3-110

濁醪如河　1-445

潰薄沸騰　1-351

潰薄相陶　2-354

澈然彪沒　6-147

澠池平原　2-272

濛濛甘靄　3-283

濞之罵言未絶於口　7-400

濞洶洶其無聲兮　3-246

濞焉洶洶　1-351

濟世夷難之智　9-477

濟乎中州　3-205

濟九成之妙曲　9-111

濟元功於九有　9-481

濟南伏生　8-5

濟厥塗炭　4-331

濟同以和　4-250

濟岱江行　4-170

濟師洪河　6-201

濟必封之俗　7-104

濟文武於將墜　3-146

濟有無之常偏　1-439

濟檝溪而直進　2-264

濟沅湘以南征兮　6-17

濟河夷魏　8-150

濟治由賢能　4-283

濟洪災於炎旱　3-233

濟淸洛以徑渡　3-89

濟濟乎多士　8-414

濟濟京城內　3-461

濟濟俊乂 3-316
濟濟儒術 3-58
濟濟多士 8-125, 8-393
濟濟屬車士 3-481
濟濟焉 1-247
濟濟翼翼 8-261
濟濟蔭光儀 5-286
濟神器於甄井 6-345
濟蒸人於塗炭 7-269
濟黃河以汎舟兮 3-74
濡迹涉江湘 5-100
濡鱉炮羔 6-82
濫吹乖名實 5-493
濫巾北岳 7-363
濫泉龍鱗瀾 3-435
濫瀛洲與方壺 1-109
濬哲惟皇 4-325
濬房出清顔 5-128
濬決河洛 7-309
濬沖得茂彦 4-166
濮上有微音 4-116
濯下泉而潛浸 3-130
濯明月於漣漪 1-392
濯流激浮湍 4-478
濯濯之麟 8-219
濯穎散褰 2-365
濯纓淸川 9-210
濯纓登朝 9-353
濯翮疏風 2-363
濯翼淸流 4-274
濯翼陵高梯 3-356
濯色江波 1-333
濯足升龍淵 4-445
濯足洛水瀾 5-129
濯足湯谷波 5-135
濯足萬里流 3-462
濯靈芝以朱柯 1-178
濯鱗淸流 7-207
濯鱗鼓翼 3-286
濯鵠牛首 2-88
濯龍芳林 1-239
濱以鹽池 1-323
濱據河潼 6-201
濱渭而東 2-103
灂瀑噴沫 3-181
瀄汩潺湲 6-122
瀄汩澎湃 3-205
瀇滉困泫 2-356
瀌瀌奕奕 2-395
瀍洛蒿萊 9-268
瀏瀏出谷飆 4-36
瀏睉楹以抗憤 2-226
瀏若淸風 7-238
瀑布飛流以界道 2-263
瀇蕩浩汗 2-338
瀖泭濩渭 2-342
瀖濩燐亂 2-286
瀚海愁陰生 3-505
瀝泣共訣 3-117
瀝滴滲淫 2-336
瀟湘帝子遊 3-445
瀨戲鰋鮋 2-324
瀺灂實墜 2-65
瀺灂驚波 2-241
瀼瀼濕濕 2-339
瀾漫狼藉 6-174
灌三江而溯沛 2-352
灌以岐梁 2-121
灌園治産 7-165
灌園粥蔬 3-54
灌夫受辱於居室 7-152
灌木自悲吟 4-18
灌注乎天下之半 1-351
灌畦鬻蔬 9-276
灌章邯 6-443
灌莽杳而無際 2-275

灑堁羣穢　7-478
灑沈澹災　7-433
灑淚眺連崗　4-154
灑澒池而爲陸澤　1-327
灑練五藏　6-117
灑野蔽天　1-112
灑釣投網　2-243
灑零玉墀　9-316
灑序襂纚　2-8
灑潤瀾淪　2-354
灞涘望長安　5-15

火·灬 —————————————

火井沈熒於幽泉　1-320
火井滅　2-395
火以起焰　9-256
火列具擧　1-266
火山赫南威　5-161
火德旣微　8-188
火旻團朝露　4-455
火炎崑嶽　9-92
火烈熛林　1-382
火燎神州　4-308
火齊之寶　1-365
火龍黼黻　1-250
灼灼光諸華　5-121
灼灼其俊　9-239
灼灼在雲霄　5-409
灼灼懷春�粲　4-296
灼灼有輝光　4-104
灼灼淮陰　8-149
灼灼美顔色　5-408
灼灼西隤日　4-114
灼灼葉中花　5-418
灼繡頸而袞背　2-147
灼若明月之流光　2-312
灼若芙蕖出淥波　3-272

災蠹彌廣　9-422
災釁幷輿　7-299
炎之如日　7-478
炎光中矇　9-208
炎光飛響　8-233
炎區九譯　9-394
炎天方埃鬱　4-378
炎感黃龍兮　2-21
炎政中微　8-368
炎暑惟茲夏　4-113
炎炎燎火　8-365
炎靈遺劍璽　5-373
炎風不輿　2-395
炕浮柱之飛榱兮　2-14
炙魚野　1-202
炫燿虹蜺　3-250
炯介在明淑　5-3
炳海表岱　5-41
炳炳麟麟　8-239
炳焉與三代同風　1-83
炳若縟繡　3-138
烈士多悲心　5-263
烈士徇名　2-416
烈士有不易之分　7-472
烈士死節　9-40
烈士甘危軀以成仁　6-149
烈士立功之會　7-393
烈士貞女　2-295
烈士赴節於當年　9-140
烈心廣勁秋　5-111
烈火縱炎煙　4-358
烈炳乎後人　7-481
烈烈冬日　4-171
烈烈北風涼　5-252
烈烈夕風厲　4-150
烈烈寒螿啼　5-336
烈烈悲風起　5-201
烈烈楊侯　9-220

烈烈王生　8-194

烈烈陽子　9-270

烈烈黥布　8-152

烈熿千城　8-53

烈祖明皇帝　7-421

烈若鉤星在漢　2-312

烏丸三種　6-201

烏合之衆　8-289

烏有先生問曰　2-41

烏有先生曰　2-55

烏林預艱阻　5-431

烏滸狼睦　1-379

烏獲扛鼎　1-207

烏獲抗力於千鈞　7-482

烏睹大漢之云爲乎　1-119

烏聞梁岷有陟方之館行宮之基歟　1-346

烏能輕舉而宅之　2-261

烏菟之族　1-362

烏庫　6-195

烏謂此乎　7-432

烏賊擁劍　1-353

烏鳥私情　6-313

烏鵲南飛　5-54

威爲亡國　2-208

烟烟熅熅　8-248

烟雲閣漠　6-114

烹羊宰肥牛　5-63

烹羊炮羔　7-166

烹醢分裂　8-429

烽火入咸陽　5-152

烽火列邊亭　5-311

烽鼓相望　9-420

焉可殫籌　2-324

焉壞徹而能全　8-231

焉得七十而有二儀　2-107

焉得不相隨　3-452

焉得不速老　5-220

焉得久勞師　5-31

焉得成琴瑟　4-230

焉得獨曜於邳握　4-305

焉念無衣客　4-202

焉有息哉　9-102

焉有星流景集　7-183

焉比德於衆禽　2-422

焉獨三川　1-340

焉獨公明而已哉　9-78

焉知來者之不如今　7-80

焉知傾陁　1-207

焉知其餘　8-138

焉肯土崩魚爛哉　7-185

焉能凌風飛　5-225

焉能展其節　7-393

焉能抗之哉　9-92

焉能自免　6-485

焉能致此位乎　8-270

焉至觀形而懷怛　1-465

焉見王子喬　4-116

焉識其時　2-414

焉足爲大王言乎　3-265

焉足稱舉　1-306

焚書坑儒　8-5

焚燎堅林　9-387

焚玉發崑峰　4-358

焚經書　7-346

焚老上之龍庭　9-169

焚芰製而裂荷衣　7-364

焚萊平場　1-192

焚詩書而面牆　2-237

焚首金城　7-407

焜黃華蘂衰　5-49

無一日而忘前好　7-194

無下不殖　3-283

無下帷之思　7-259

無不居兮　2-165

無不幸甚　6-334

無不操權衡　9-121

無不煙斷火絶　3-111
無不響應　7-60
無乃兒女仁　4-217
無乃將爲魚　4-258
無乃是乎　3-271
無乃杞梁妻　5-214
無乃與僕私心刺謬乎　7-160
無乃恚與　8-258
無乃違其情　4-236
無乖黍累　9-199
無事明時　9-241
無事棄日　2-94
無事適華嵩　4-91
無人臣之禮　8-387
無今日之至治　2-330
無介紹之道　8-398
無令孤願言　4-459
無以仰摸淵旨　8-109
無以加之　9-264
無以加也　3-93
無以加於孝乎　2-35
無以慰延佇　5-490
無以承命　7-248
無以測其淺深　9-382
無以稱當　7-108
無以終餘年　6-312
無以肉食資　5-104
無以至今日　6-312
無以蒞之　7-78
無以豊其澤　6-186, 9-418
無以過也　7-76, 7-252, 7-268
無使名過實　9-173
無使弱思侵　5-517
無使臣爲箕子接輿所笑　6-448
無來不應　9-385
無侵執事　6-246
無假垂天之雲　9-148
無假里端之籍　9-418

無傷於孤　7-200
無儲稸以虞災　2-33
無兄弟之親　7-154
無創而死者　6-113
無功可紀　6-277
無勞被遇　6-349
無匿張勝貸故之變　7-195
無危明以安位　2-180
無厚我憂　4-181
無取白衣宦　4-121
無取雜種　7-330
無可憚之姿　8-358
無因而至前也　6-458
無多談　7-169
無妄惟時　8-196
無密爾音　4-176
無尙我言　4-180
無尺土之封　7-126
無屈權右　7-41
無幽不燭　6-337
無庸妨周任　4-470
無形可以見　9-87
無彰器用　9-197
無待干戈　6-249
無待韋弦　8-92
無得而稱　6-218
無得而稱也　9-199
無得蹂焉　7-54
無復貳辭　6-401
無微情以效愛兮　3-277
無忽　7-378
無思不擾　6-187
無思不極　9-315
無思無慮　8-138
無恃爾貴　9-164
無恨於灰骨　6-487
無悶徵在今　4-45
無愆前志　9-277

無愛於士　6-457

無慚仲路諾　5-510

無懈于位　3-381

無或游言　7-271

無或遷志　6-206

無或重跡　9-177

無所不淹　7-294

無所假烈風　8-39

無所容居　7-447

無所容過　9-73

無所寄付　8-451

無所寄霸王之志　9-60

無所復據　7-200

無所措其手足　8-416

無所改修　9-466

無所歸懷　6-333

無所比數　7-137

無所短長之效　7-139

無所繫心　6-337

無捨矜歎　6-239

無援於時　6-352

無改於行陣　9-183

無故自恐　3-250

無救劫弒之禍　9-72

無救於遲　9-142

無文之典咸秩　9-185

無明略以佐時　3-42

無是己之心　8-110

無晝夜而息焉　3-183

無蘉日之衆　9-41

無曰蠻裔　4-176

無替前規　9-350

無有二心　8-431

無有遊觀廣覽之知　8-118

無柳季之直道　2-179

無欲則賞之不竊　2-247

無求備於一人之義也　7-451

無求於和　4-334

無淬伊何　8-174

無營無欲　3-282

無爲之寂不撓　9-387

無爲二母之所笑　8-435

無爲守窮賤　5-214

無爲牽所思　4-33

無爲而治　1-217

無爲自得　8-488

無物不有　2-323

無物象而能傾　6-129

無玄黃以自貴　2-431

無理不經　3-378

無由參斷帷幄　8-333

無由稅歸鞿　5-18

無留事　3-178

無異射鮒於井谷　1-390

無異葦苕　7-417

無異蛛蝥之網　1-464

無異螳蜋之衛　1-465

無疑不質　9-221

無益也　6-471

無益國朝　6-277

無益於俗不信　7-160

無相奪倫　3-190

無矜爾榮　9-164

無知叡敏　8-164

無祿早終　9-229

無禮遄死之義　3-310

無競惟時　9-219

無競維人　8-145

無等級以寄言　2-191

無節可紀　6-319

無累陵火之熱　9-156

無絶終古　9-436

無繫於天　9-96

無罪無辜　3-335

無置酒之樂　7-260

無義不踐　3-378

無而言之　2-55
無聞東晉　7-44
無聞焉爾　8-350
無聲可以聞　9-87
無與臣比　6-350
無良媒以接歡兮　3-273
無苟進之志　6-306
無草不茂　2-147
無萬石之愼　7-285
無萱將如何　4-355
無衆星之明　7-218
無補憲章　9-190
無褐無衣　6-243
無見自鸒　2-153
無覥狐趍　4-329
無誘慕於世僞　2-432
無說則退　3-264
無說己之長　9-173
無讐厥緒　4-174
無謂爾高　9-242
無謝於往載　8-334
無讓賢之擧　8-302
無貽白首歎　4-121
無跡有所匿　4-438
無道之臣　7-388
無道人之短　9-173
無道吾不愚　3-55
無適非心　9-282
無金玉爾音　7-323
無陰以憩　7-263
無陳心悁勞　5-511
無陵于强　3-342
無非命也　9-78
無面目之可顯兮　3-70
無願爲世儒　4-221
無馨無臭　4-132
無骸不露　7-388
無高不播　3-283

無黨於朝　6-352
焦溪涸　2-395
焦煙起石圻　5-161
焦螟飛而風生　6-169
焦金流石　9-82
焯爍其陂　2-121
焱回回其揚靈　3-32
焱焱炎炎　1-132
焱絕煥炳　7-66
然一旅之衆　7-249
然上非奧主　9-71
然不能持論　8-440
然世之喪道　6-351
然主上猶以沈恩之未廣　6-153
然主上眷眷　7-311
然亦引用士人　8-331
然亦有史所不書　8-14
然今世作者　7-226
然以暴易亂　8-336
然使長才廣度　7-294
然侍衛之臣　6-269
然僕觀其爲人　7-141
然先臣之舊式　1-84
然八音之器　3-202
然公卿大臣絳灌之屬　7-347
然其宅天夷　8-50
然其所志不出一杯之上　8-470
然其所止　6-471
然其規矩制度　2-281
然則　7-466
然則一溉之益　8-480
然則三五迭隆　8-177
然則何樂　2-41
然則八代之制　9-74
然則利交同源　9-113
然則受命之符　7-437
然則君子居正體道　9-103
然則君王所見　3-271

然則天下善人少　9-95
然則張良之言一也　9-5
然則忠孝義烈之流　9-254
然則是所重者在乎色樂珠玉　6-433
然則書非盡言之器　4-323
然則歌詠所興　8-346
然則濤何氣哉　6-118
然則美麗之文　8-26
然則聖人所以爲聖者　9-14
然則荊軻湛七族　6-457
然則計議不得　6-442
然則賦也者　8-26
然則道胡不懷　1-279
然則配天之迹　6-417
然則關雎麟趾之化　7-498
然則高才而無貴仕　9-78
然劉子駿創通大義　8-18
然卒潤簨伏鑕　8-429
然原夫深圖遠筭　8-322
然呂氏之難　9-67
然周以之存　9-71
然命體周流　9-87
然咸能感會風雲　8-322
然嘗聞君子之行矣　6-484
然四寶邈焉已遠　7-222
然圖像之興　2-261
然在諸侯之位　2-56
然天實爲之　6-292
然孝宣帝猶復廣立穀梁春秋梁丘易大小
　　夏侯尚書　7-355
然宦人之在王朝者　8-329
然尙過於周堂　1-228
然山父不貪天地之樂　7-269
然秭志遠而疎　3-73
然年歲若墜　7-73
然後乃知步驟之士　7-320
然後二主用之哉　6-452
然後以六合爲家　8-382

然後以建王城　1-233
然後以獻精誠　1-250
然後侵淫促節　2-86
然後倘佯中庭　2-380
然後先置乎白楊之南　2-109
然後凌天池　1-270
然後升祕駕　8-57
然後可以託於世　7-136
然後可兼善天下　9-373
然後君子道　5-497
然後四校橫徂　9-168
然後圍騶虞之珍羣　8-212
然後國安由萬邦之思治　9-60
然後增周舊　1-128
然後姣人乃被文縠之華袿　6-146
然後威窮乎震主　8-44
然後宗上帝於明堂　1-257
然後宣二祖之重光　8-256
然後少息暨怠　3-191
然後展愍勤　4-217
然後弭節安懷　3-85
然後得成功也　9-3
然後得瞑些　6-78
然後成器　3-199
然後拂衣雙樹　9-386
然後推轂鍾鄧　8-282
然後揚節而上浮　2-87
然後撞鐘告罷　1-137
然後舉烽伐鼓　1-132
然後收以太牢之賦　1-225
然後收禽會衆　1-114
然後施行　6-270
然後是非乃定　7-160
然後會圍　6-139
然後有非常之事　7-380, 7-433
然後有非常之功　7-433
然後東野巴人　7-66
然後極雅意　7-245

然後樂正　7-345

然後欽若上下　8-251

然後歷掖庭　1-213

然後殪戎勝殷　7-183

然後河海之迹　8-47

然後沿才受職　6-244

然後灝溔潢漾　2-66

然後爲得也　8-13

然後百辟乃入　1-247

然後知其和寶也　8-403

然後知其幹也　8-403

然後知歲寒　4-125

然後知百里之卑微也　7-242

然後知聘周之爲虛誕　4-305

然後知衆山之邐迤也　7-242

然後立非常之功　7-380

然後精誠通於神明　8-427

然後縱棹隨風　6-170

然後臨滄洲而謝支伯　7-85

然後興師出兵　7-374

然後蒸以靈芝　8-488

然後設禮文以治之　8-290

然後謀力雲合　7-311

然後踐華爲城　8-379

然後退入溝壑　8-246

然後退理乎黃門之高廊　3-186

然後遠跡疆場　7-303

然後選義按部　3-131

然後遺文間出　9-389

然後鄒魯梁趙　7-348

然後采菱華　6-143

然後釣魴鱧　1-204

然後陳鐘鼓之樂　2-142

然後黔首有瓦解之志　9-39

然性不可化　7-286

然恐吾與足下不及見也　7-216

然悉力盡忠　7-447

然懷帝初載　8-307

然所謂命者　9-98

然斯事體大　7-432

然方於大道　6-151

然於他文　8-440

然日不我與　7-237

然春秋何始於魯隱公　8-21

然智者之慮　7-201

然有所恐　7-204

然未盡其理也　3-203

然未至於是也　6-97

然本非天子所宜近也　6-464

然檢鏡所歸　8-90

然欲儳而沈藏　6-70

然此可爲智者道　7-159

然此女登牆闚臣三年　3-264

然此數子　7-227

然此非獨行者之罪也　7-377

然江山之外　7-421

然無異端　8-209

然爻繫所筌　9-383

然片言勤王　9-65

然猶七日不食　7-121

然猶扶乘創痛　7-119

然猶斬將搴旗　7-118

然猶有事矣　8-240

然猶未能遍睹也　2-41

然猶蹕梁父　8-210

然百姓怪焉者　9-476

然皆不慎其身　7-71

然皆伏鈇嬰鉞　7-402

然皆弱小　8-448

然皆苞藏禍心　9-25

然皆負嫧嬰繳　2-430

然皆遊揚後世　8-246

然皆須數句以成言　8-18

然相如賦上林而引盧橘夏熟　1-314

然禍止畿甸　9-70

然秦以區區之地　8-382

然秦卒禽六國　6-475

然宵眇寂寥　8-64

然竊恨　7-163

然粲之匹也　8-440

然絜士之聞穢　9-253

然經怪此意　7-276

然而位不過侍郎　7-457

然而先賢玉摧於前　8-184

然而器不賈於當己　7-473

然而四海同宅西秦　1-160

然而婉孌房闥之內　9-479

然而學遁東魯　7-362

然而弟子抴口　7-55

然而後世因之　8-329

然而志士仁人　9-14

然而成敗異效　8-289

然而成敗異變　8-382

然而有起色矣　6-115

然而杜門不用　8-186

然而經略不同　9-58

然而聖上猶孜孜靡式　2-330

然而般於游畋　2-455

然而蟬蛻囂埃之中　8-340

然而選納尚簡　8-313

然而陳涉　8-380

然聞於師曰　6-120

然臣所以歷數王之朝　6-440

然臣等不能推有德　6-304

然自君臨萬寓　6-257

然自恨闇劣　4-288

然至忠已著　6-346

然至羽獵　2-104

然苟曰有情　4-322

然觀其甘心畎畝之中　8-340

然觀地形　7-77

然記籍所載　8-478

然語彝倫者　9-382

然諾之信　9-280

然賢哲之士　7-83

然道路既遠　7-207

然陵一呼勞軍　7-144

然陵不死　7-121

然陵振臂一呼　7-119

然陽氣見於眉宇之間　6-113

然非吾心之所懼也　7-318

然非夫曠遠者不能與之嬉游　3-217

然頗有憂生之嗟　5-434

然高宗有三年之征　7-183

然高祖封建　8-454

煌火馳而星流　1-270

煌煌乎　3-58

煌煌扈扈　2-79

煌煌文后　9-219

煌煌熒熒　3-248

煌煌發令姿　4-289

煌煌靈芝　4-132

煎鴻鶬些　6-82

煮海爲鹽　1-367

煒煒煌煌　2-286

煙交霧凝　2-462

煙塵俱起　7-312

煙景若離遠　5-511

煙滅淮海見　5-508

煙熅吐芳訊　4-348

煙雲相連　1-90

煙霏雨散　9-110

煙駕可辭金　5-517

熒熒爲之辯摽　6-167

熒熒僕夫　3-319

熒熒妾獨止　4-295

熒熒獨立　6-310

熒熒飄寄　7-323

煥乎有文　8-28

煥其炳兮被龍文　1-148

煥其盈門　8-164

煥大塊之流形　2-372

煥炳可觀　2-294
煥炳輝煌　8-220
煥炳照曜　8-236
煥爛錦斑　2-358
煥繽紛　6-146
煥若列宿　1-98
煥若崑崙　1-170
煥若雲梁承天　2-312
煥衍都內者矣　8-60
照之有餘暉　5-408
照妾桑榆時　5-448
照妾薄暮年　5-139
照我室南端　4-148
照我羅床幃　5-227
照景飮醴而已　6-487
照曜鉅野　2-79
照此高臺端　5-128
照殊策而去城闕　9-297
照灼爛霄漢　5-421
照爛龍鱗　2-43
照臨下土　3-298
照車去魏　9-289
照遠戎之來庭　2-320
照邻殆庶　6-222
照鄰幾庶　9-446
煩促每有餘　4-234
煩言碎辭　7-352
煩鶩庸渠　2-69
熊據虎跱　7-402
熊經鳥申　3-195
熊羆之挐玃　2-119
熊羆之衆霧集　9-25
熊羆咆其陽　1-322
熊羆對我蹲　5-56
熊耳爲綴　2-116
熊虎升而挐攫　1-209
熊豹臨戴　9-412
熊蹯之臑　6-104

熒惑司命　2-110
熒惑次於他辰　3-22
熙天曜日　6-143
熙帝載兮振萬世　9-169
熙春寒往　3-61
熙邯鄲　3-266
熛訛碩麟　2-21
熟視不睹泰山之形　8-139
熠燿宵流　3-302
熠燿生河側　5-408
熠燿粲於階闥兮　2-387
熱不息惡木陰　5-80
熲如橋石火　4-424
熺炭重燔　2-345
燀以秋橙　6-183
燂爍熱暑　6-98
燋爛爲期　8-316
燋齒梟瞷　8-421
燎京薪　1-195
燎火於原　8-290
燎薰皇天　2-20
燎薰鑪兮炳明燭　2-399
燒煩鬻　2-138
燒缸自還　7-199
燔炙芬芬　1-248
燔瘞縣沈　8-260
燔百家之言　8-379
燕人濟西之隊　9-39
燕君市駿馬之骨　7-172
燕圖窮而荊發　2-226
燕太子丹使荊軻刺秦王　5-194
燕姬色沮　2-462
燕居未及好　3-486
燕巢於飛幕之上　7-331
燕弧盈庫而委勁　1-440
燕昭有郭隗樂毅　8-412
燕昭無靈氣　4-12
燕王按劍而怒　6-450

燕王豊盧綰 8-142
燕祭齊廟 6-342
燕翩翩其辭歸兮 6-68
燕翼假鳳翔 5-296
燕趙多佳人 5-221
燕趙悲歌之士乎 6-486
燕趙歌兮傷美人 3-115
燕雀之疇 8-429
燕雀烏鵲 6-59
燕髀猩唇 6-182
燕魏暹文軌 3-290
營丘負海曲 5-107
營匠斲其樸 6-166
營合圍會 2-109
營宅濱洛 7-269
營宇之制 1-173
營宇寺署 2-213
營客館以周坊 1-437
營平守節 8-129
營建章鳳闕 2-104
營新宮於爽塏 1-330
營營市井人 4-76
營生奧且博 5-104
營處署居 1-435
營道無烈心 4-438
營郭郋 1-162
營魄懷茲土 4-263
燦爛炳煥 1-241
燭代輝梁 9-293
燭燭晨明月 5-237
燭燿乎其陂 1-115
燮和台曜 9-460
燮燮涼葉奪 5-489
燾瞾桔桀 1-174
燿神景於中沚 6-143
燿華屋而熺洞房 3-164
燿靈匿景 7-76
燿飛文 6-146

爆鱗骼於漫沙 2-221
爍以琅玕 2-328
爛兮若列星 3-248
爛兮若燭龍銜燿照昆山 2-397
爛昭昭兮未央 6-42
爛漫遠遷 2-82
爛漫麗靡藐以迭逿 3-35
爛然滿目 7-223
爛熠熻以放豔 3-228
爛耀耀而成光 3-68
爛若礩礫 1-196
爛齊光些 6-80
爢散而不可止些 6-77
爇除仲尼之篇籍 8-229
爨籔之魚 7-399
爨陳焦之麥 9-249
爨麥而炊 9-255

爪
爪牙信布 8-364
爪牙可任 7-383
爪牙景附 6-178
爭伐趙以徇國 2-224
爭倒衣裳 9-202
爭先萬里塗 4-76
爭光溢中天 4-65
爭割地而賂秦 8-377
爭千里之逐 6-106
爭塗忘遠 9-418
爭接縣垂 1-361
爭攀去轂 9-436
爭湍苹縈 3-181
爭爲先登 7-119
爭爲前登 7-389
爭爲梟雄者 7-402
爭訟寡嫂 7-36
爭訟息 5-241

爭采松竹　8-189

爭長於黃池　1-398

爭驅八衝　7-312

爰作斯誄　9-217

爰初生民　8-226

爰初發跡　8-190

爰初自臻　1-419

爰創前古　6-237

爰勒茲銘　9-337

爰及上代　8-299

爰及中葉　9-46

爰及冠帶　4-128

爰及末葉　9-39

爰及襄王　6-204

爰及贊契　9-460

爰取其旅　8-150

爰周邦隆　8-209

爰命下臣　9-191

爰命司歷　8-56

爰命日官　9-198

爰在中興　6-399

爰在弱冠　6-216

爰在澠池會　3-474

爰奉嬪於高族　3-95

爰契爾龜　6-205

爰始夫婦　9-162

爰始濯纓　9-434

爰定厥祥　9-322

爰定我居　3-60

爰客逃難　6-349

爰封衆子　4-266

爰履奠牧　3-401

爰建時雍　9-208

爰想遐蹤　8-174

爰應旌招　4-268

爰敬恭於明神　1-256

爰整其旅　2-138

爰整精銳　3-336

爰整駕而巫行　3-28

爰暨帝室　3-327

爰有包山洞庭　2-366

爰有樛木　3-325

爰有禁楄　2-312

爰有藍田珍玉　1-159

爰有象闕　9-192

爰有遐狄　2-309

爰有龍鳳之象　3-209

爰淵爰嘿　8-145

爰淸爰靜　7-465

爰游爰豫　2-449

爰登中鉉　9-367

爰發四方　6-206

爰究爰度　9-202

爰考休徵　1-147

爰聘西鄰　4-178

爰自古昔　7-19

爰自布衣　6-371

爰自待年　9-312

爰自近侍　9-412

爰至無心　7-12

爰茲有魏　4-248

爰茲發迹　8-363

爰該六師　9-167

爰談爰賦　9-501

爰逝靡期　4-171

爰造九言　9-465

爰造異論　4-334

爰逮兩漢　9-349

爰逮宋氏　8-350

爰逮戰國　8-311

爰遊爰豫　1-448

爰降詔書　9-361

爰集於棘　9-345

爰集通仙　2-268

爲一家言　8-114

爲上無苟且之心　9-73

爲下者必以私路期榮 8-179

爲不可爲於不可爲之時 7-468

爲且極歡情 3-357

爲世作楷 8-134

爲世作程 9-203

爲世作範 8-187

爲世所悲 7-116

爲世所疑 6-447

爲世朝市 1-340

爲之名秩 2-327

爲之營域 1-192

爲之者竟免刑戮 6-421

爲之薙草開林 9-392

爲人灌園 6-456

爲仁由己 9-243

爲余駕飛龍兮 6-35

爲供魚菽之祭 9-276

爲光爲龍 9-209

爲凋爲瘵 2-336

爲列侯將軍已下 7-407

爲利圖物 9-73

爲十表本紀十二書八章世家三十列傳七
　　十 7-158

爲君子之慮 2-244

爲君改卜 9-493

爲君謝逋客 7-369

爲善一 9-102

爲四六卷 8-6

爲四愁詩 5-241

爲國取悔 6-354

爲國大害 7-427

爲國爪牙者 6-279

爲國爲身 6-400

爲士作程 9-343

爲士卒先 6-282

爲壽爲夭 9-492

爲天下主 8-225

爲天下笑 7-376, 7-393, 8-387

爲天下笑者 8-382

爲如干秩 8-114

爲學窮於柱下 8-350

爲客者逐 6-433

爲寡人賦之 2-393

爲己在乎利人 9-59

爲己思治 9-73

爲己甚寡 9-20

爲彊秦乎築怨 2-161

爲得其實 8-23

爲念在玄空 4-91

爲怨難勝 3-108

爲恩誰能博 4-202

爲惡均 9-102

爲戎翟所逼 8-294

爲我吹參差 5-471

爲我發悲音 4-140

爲我西北飛 4-412

爲掃除之隸 7-139

爲是乎 9-108

爲樂常苦晏 5-405

爲樂當及時 5-224

爲歡未央 6-148

爲民軌儀 6-206

爲民除害 7-410

爲水嬉 1-204

爲河陽懷令 3-51

爲法受惡 3-335

爲法受黜 9-221

爲溟爲陸 1-300

爲無爲 1-277

爲燕尾生 6-450

爲牧人席 6-115

爲物甚衆 9-20

爲病之始也 8-484

爲皆有讐耶 7-56

爲盈爲實 7-465

爲相如文君取酒 3-65

爲網羅之目尙簡悉意正辭　6-246

爲置博士　7-348

爲而不有　8-277

爲萬世規　7-434

爲蕪城之歌　2-277

爲賦以吊屈原　9-470

爲道存也　7-107

爲邦歲已期　4-396

爲隷古定　8-6

爲非乎　9-108

爲高唐之客　3-244

爲魏取中山　6-450

爵乃上天　9-433

爵仇建蕭宰　3-479

爵列八品　8-312

爵同下士　9-282

爵同齊魯　9-208

爵在上列　6-277

爵服無常玩　4-19

爵爲公侯　8-390

爵爲通侯　7-164

爵賞由心　7-386

爵重祿厚之所致也　6-277

父

父世祖武皇帝　9-446

父兄之敎不先　7-377

父兄弗之罪也　8-302

父出子孤　3-335

父子凋殞　3-88

父子見陵辱　5-75

父守淮岱　9-239

父嵩　7-382

父母且不顧　5-68

父母嬰孩　7-407

父璿升采儲闈　7-43

父老不辜　7-435

爻

爽籟警幽律　4-30

爽而不離　6-291

爽鳩苟已徂　5-108

爾乃九賓重　1-244

爾乃促中筵　3-228

爾乃六禽殊珍　6-182

爾乃列輕武　6-172

爾乃卒歲大儺　1-270

爾乃取鄧艾於農隙　8-280

爾乃命支離　6-183

爾乃商賈百族　1-183

爾乃回輿駐罕　8-83

爾乃地勢坱圠　1-358

爾乃域之以盤巖　2-370

爾乃大軍過蕩西山　7-389

爾乃孤竹之管　1-256

爾乃嶢榭迎風　6-169

爾乃巾雲軒　6-180

爾乃布飛羅　6-173

爾乃廓開九市　1-183

爾乃廣衍沃野　1-159

爾乃建凌雲之層盤　2-323

爾乃建戲車　1-210

爾乃引飛龍　3-227

爾乃御文軒　6-145

爾乃懸棟結阿　2-291

爾乃振天維　1-192

爾乃擘場挂臂　2-148

爾乃撫輕舟兮浮淸池　1-306

爾乃文以朱綠　2-328

爾乃期門佽飛　1-111

爾乃正殿崔嵬　1-106

爾乃歸窮委命　2-423

爾乃浮三翼　6-170

爾乃潛隱衡門　9-333

爾乃理正聲　3-210
爾乃皇輿整駕　7-312
爾乃盛娛遊之壯觀　1-110
爾乃盛禮興樂　1-136
爾乃眉軒席次　7-364
爾乃移師趨險　1-112
爾乃端策拂茵　2-245
爾乃羲和亭午　2-268
爾乃聽聲類形　3-188
爾乃虎路三峻　2-109
爾乃衆靈雜遝　3-275
爾乃豊層覆之耽耽　2-307
爾乃越平樂　2-184
爾乃逞志究欲　1-214
爾乃逾天垠　6-180
爾乃邑居隱賑　1-328
爾乃開南端之豁達　2-309
爾乃階長樂　2-213
爾乃顚波奔突　3-205
爾乃食舉雍徹　1-136
爾乃龍吟方澤　3-43
爾乃翳雰祲於淸旭　2-368
爾之歸蕃　4-176
爾休爾戚　9-230
爾何懷乎故宇　6-29
爾來二十有一年矣　6-272
爾其則有謀臣武將　1-309
爾其地勢　1-294
爾其大量也　2-343
爾其山澤　1-351
爾其川瀆　1-299
爾其枝岐潭瀹　2-340
爾其水府之內　2-344
爾其水物怪錯　2-358
爾其流滴垂氷　2-397
爾其爲狀也　2-337
爾其疆域　1-416
爾其結構　2-311

爾宗惟瘁　9-230
爾實愀然　9-284
爾往孔邈　4-179
爾有覲於彼者乎　3-271
爾無帝女靈　5-484
爾無面從　6-248
爾獨何辜限河梁　5-59
爾祭詎幾時　4-151
爾舅惟榮　9-230
爾舜　8-426
爾迺稅駕乎衡皋　3-271

爿

牆不露形　1-100
牆宇高嶷　8-192

片

片則王餘　1-366
片善辭草萊　5-170
片言而求三輔　6-249
片言隻字　6-320
牒訴倥傯裝其懷　7-365

牙

牙旗繽紛　1-266
牙曠不我錄　4-230
牙曠高徽　7-253
牙淺弦急　7-319
牚距劫遻　3-187

牛

牛哀病而成虎兮　3-17
牛山有淚　9-501
牛酒日至　9-422

牛馬被野　8-284

牢剌拂戾　3-193

牢籠天地　8-68

牢籠百田　1-419

牢落凌厲　3-213

牢落羣散　1-362

牢落陸離　2-82

牧人不睹晨飲之羊　9-415

牧人逶迤　9-259

牧圭及荊　9-239

牧州典郡　9-418

牧獸者不育豺　8-416

牧疲人於西夏　2-182

牧羊酤酪　3-54

牧豕淄原　9-93

牧野之威　7-408

牧馬悲鳴　7-114

物之相物　8-40

物之藉也　9-274

物以羣分　8-28

物以賦顯　2-281

物以類同　8-409

物則由之　3-284

物尙孤生　9-280

物忌厚生沒　5-462

物忌堅芳　9-496

物性其情　3-413

物情棄疵賤　4-412

物我俱忘懷　5-497

物故不可論　3-495

物旣有之　1-65

物昭晣而互進　3-130

物是人非　7-211

物有其容　1-260, 9-371

物有同類而殊能者　6-464

物有所不足　6-63

物有欲而不居兮　2-477

物極其性　3-285

物極則長　3-285

物無一量　3-134

物無不可　2-416

物無不得其所　7-449

物無微而不存　9-487

物無盛而不衰　9-163

物無遯形　8-146

物無難而不知　2-327

物牲辯省　1-258

物産之魁殊　1-456

物産殷充　1-398

物疏道親　6-407

物盡穀殫　7-200

物背竈而就攻　1-440

物色桑榆時　3-491

物色關下　6-404

物莫之害　2-429

物見其然　9-79

物覩雙碣之容　9-191

物誘於外　8-485

物誰謂宜　6-382

物謝時旣晏　4-387

物靡不得其所　7-435

物靡盛而不虧　2-141

物類無頗偏　4-189

牲以特豚　9-493

特以爲智窮罪極　7-148

特善玄言　9-429

特回寵命　6-401

特有溫室　1-425

特深恒慕　8-102

特爲尤甚　6-312

特稟逸異之姿　2-442

特箭槀而莖立兮　3-180

特賜停絶　6-414

特鸁昏髟　3-182

牽世嬰時網　4-253

牽乎動則靜凝　9-152

牽乎時者 9-146
牽拙謬東汜 5-389
牽於世 6-453
牽於俗而蕪穢 6-76
牽於帷牆之制 6-460
牽牛不負軛 5-217
牽牛立其左 1-190
牽牛織女遙相望 5-59
牽牛西北迴 5-406
牽牛非服箱 4-299
牽率酬嘉藻 4-346
牽絲及元興 4-471
牽綴書土風 5-144
牽膠言而踰侈 1-410
牽致勁越 6-265
牽葉入松門 4-481
犀兕之抵觸 2-119
犀兕之黨 1-362
犀象之器不爲玩好 6-432
犀象競馳 1-320
犇遯碭突 3-181
惣有流而爲長 1-352
犒勤賞功 1-202
犗牛之腴 6-104
犢配眉連 1-457
犧雙觡共柢之獸 8-212

犬・犭

犬羊殘醜 7-389
犬馬之誠 6-295
犬馬悠悠 3-297
犬獟狡鋒俠 7-382
犯嚴淵 2-122
犯屬車之清塵 6-464
犯我朝儀 3-318
犯義侵禮 1-143
犯關干紀 6-206

犹蒙矜育 6-312
狀亭亭以苕苕 1-173
狀似流水 3-188
狀似走獸 3-250
狀何如也 3-256
狀如天輪 2-338
狀如奔馬 6-122
狀巍峨以岌嶪 1-162
狀滔天以森茫 2-351
狀甚奇異 3-256
狀若何也 3-244
狀若崇山 3-211
狀若悲愁於危處 2-292
狀若捷武 3-159
狀若砥柱 3-249
狀若積石之鏘鏘 2-285
狀若詭赴 3-214
狀蜿蜿以蝹蝹 1-210
狀貌崟崟兮峨峨 6-90
狂兒觸斸 1-112
狂狷厲聖 4-252
狂赴爭流 3-205
狂趡獷獇 1-381
狄牙喪味 3-219
狄隷可頒 9-259
狄鞮之倡 2-91
狃玩靈胥 1-388
狐兔麋鹿 2-132
狐兔窟其中 4-143
狐兔窟於殿傍 2-214
狐狸馳赴穴 4-139
狐白足禦冬 4-202
狐續旣降 9-266
狐藉虎威 8-359
狐貍夾兩轅 4-435
狐兔成穴 7-7
狖鼯猓然 1-361
狗馬飾彫文 8-336

狙潛鉛以脫牘 2-227

狙獷而不臻 8-229

狙詐飆起 9-113

狡免跧伏於柎側 2-292

狡寇窺窬 6-337

狡捷過猴猿 5-68

狡焉思肆 3-331

狡騎萬帥 2-115

狹三王之趑趄 1-279

狹三王之阨僻 2-107

狹世路之厄僻 3-232

狹巢由抗矯之節 6-334

狹百堵之側陋 1-162

狹豊邑之未宏 8-79

狹路傾華蓋 4-318

狹路峭且深 5-309

狹過彭碣 9-176

狼戾者聞之而不憖 3-156

狼摯虎攫 8-416

狼跋乎紱中 1-386

猋拉雷厲 2-115

猋迅已甚 2-150

猋遠舉兮雲中 6-43

猋駭雲迅 2-6

猖狂是俟 2-323

猖猾始亂 7-400

猗歟侍中 9-208

猗歟偉歟 6-195

猗歟汝陰 8-159

猗歟緝熙 1-146

猗狔從風 2-80

猗狔豊沛 3-248

猗靡情歡愛 4-101

猗頓之與黔婁 9-85

猛士如林 9-29

猛將如雲 7-120

猛氣不慴 6-139

猛氣紛紜 7-321

猛烈秋霜 9-256

猛犬猖猖而迎吠兮 6-72

猛獸驚而跳駭兮 3-247

猛虎在深山 7-149

猛虎憑林嘯 5-93

猛虎應於中谷 3-236

猛虞趪趪 1-164

猛銳長驅 7-302

猜恨坐相仍 5-165

猜爾小利 9-259

猥以不誦絕之 7-354

猥以微賤 6-311

猥以蒙鄙之姿 7-223

猥受顧錫 7-55

猥廁朝列 2-384

猥用朝錯之計 8-455

猥自枉屈 6-272

猥荷公叔舉 4-423

猥見照臨 7-252

猥見采擢 7-108

猥辱大命 6-323

猥首阿衡朝 4-31

猩猩啼而就禽 1-385

猩猩夜啼 1-320

猰貐猵象 1-362

猴猿相追 5-61

猴猿臨岸吟 4-139

猶不救於枯槁 8-463

猶不爲悔 7-197

猶不盡其勞積也 7-235

猶且具明廢寢 8-68

猶亦病諸家有千里 7-238

猶以二皇聖哲尠益 3-199

猶以服事殷 8-296

猶以爲德薄 8-213

猶以爲美談 7-83

猶依依以憑附 3-98

猶依違謙讓 7-353

猶保名位 9-63
猶假錐囊之喩 6-286
猶內魄於衞蘧 3-55
猶其寂寞 6-256
猶其昭德記功 9-199
猶兼正列其義 8-216
猶加上寵 7-427
猶化齊風 6-255
猶參掌選事 8-104
猶可救也 7-184
猶君昏於上 8-479
猶啓發憤滿 8-246
猶國之有君也 8-479
猶在心目 7-215
猶在聽覽 6-401
猶宜肅恭 7-388
猶將伸傴起躄 6-118
猶將銷鑠而挺解也 6-98
猶尚呀呷 2-340
猶幷置之 7-356
猶庶幾戮力上國 7-232
猶廣立於學官 7-348
猶弗能遍 1-170
猶弦么而徽急 3-140
猶彷彿其若夢 2-16
猶彼談單 9-259
猶復不能飛軒絶跡一擧千里 7-227
猶復徒首奮呼 7-119
猶復惠來章 4-369
猶怵惕於一夫 1-281
猶恐失之 8-466
猶愕眙而不能階 1-107
猶應固守三關 7-21
猶懷慚德 6-252
猶懷戀恨 7-317
猶懼不得爲臣妾 8-458
猶懼未允 6-410
猶懼隱鱗卜祝 6-403

猶我故人情 4-165
猶或不從 8-455
猶或如是 6-485
猶或見容 6-352
猶振霜雪 8-192
猶數功而辭辠 2-161
猶時有銜橛之變 6-465
猶曰天命未至 8-296
猶有一切 3-217
猶有日昃待旦之勞 8-467
猶有轉戰無窮 7-19
猶望妻子知歸 7-91
猶未若茲都之無量也 1-341
猶未足以喩其意也 8-123
猶未遇也 7-270
猶枝幹相持 8-448
猶棲遲以羈旅 2-424
猶欲保殘守缺 7-352
猶欲觸匃奮首 7-73
猶歎其艱 8-134
猶正其名教 8-296
猶測地情 9-203
猶無所教 7-183
猶無益於殿最也 7-473
猶犬馬之戀主 2-183
猶生之年也 6-282
猶生之年矣 6-354
猶當格以清談 6-405
猶百川之歸巨海 9-333
猶眩曜而不能昭晰也 2-309
猶知哀其將絶也 6-469
猶稱壯夫不爲也 7-232
猶絆良驥之足 7-249
猶習戰也 6-282
猶能授受惟庸 8-322
猶能推事理之致 8-431
猶致其身 9-243
猶著大武之容 8-296

猶詣己而遺形　2-480
猶謂爲之者勞　1-243
猶賞爾音　9-240
猶蹈之而弗悔　9-15
猶載厥聲　4-268
猶運之掌　7-449
猶開流以納泉　3-136
猶隨風而靡　7-167
猶霑餘露團　5-18
猶鷦鵬已翔乎寥廓之宇　7-437
猶勞貝錦詩　4-474
獐子長嘯　1-361
猾哉部司　9-258
猿啾啾兮狖夜鳴　6-54
猿狖失木　1-112
猿狖攀椽而相追　2-292
猿狖群嘯兮虎豹嘷　6-89
猿狖超而高援　1-209
猿狖騰希而競捷　1-322
猿猴戲我側　5-201
猿臂騈脅　1-381
猿蛙晝吟　3-182
猿鳴誠知曙　4-61
獄無繫囚　5-241
獄訟者無不思于聖德　6-333
獄訟謳歌　6-390
獄訟違魏　4-249
獎躐威柄　7-383
獅胡觳觫　2-81
獠徒雲布　6-139
獨不聞天子之上林乎　2-64
獨任成亂　6-453
獨任胸腹　8-450
獨儉嗇以齷齪　1-219
獨化於陶鈞之上　6-459
獨可抗疏　7-464
獨向隅以掩淚　3-223
獨坐愁苦　7-114

獨坐空堂上　4-115
獨壹鬱其誰語　9-472
獨夜不能寐　4-139
獨夜無物役　4-346
獨夫授首　9-183
獨宜世之君子　6-99
獨宿累長夜　5-225
獨居不御酒肉　9-427
獨居掩涕　7-103
獨展轉於華省　2-387
獨引過以歸己　2-193
獨微行其焉如　1-281
獨悲愁其傷人兮　6-73
獨指景而心誓兮　3-101
獨擄意乎宇宙之外　7-473
獨映當時　8-348
獨昭奇跡　8-164
獨曰由人　9-89
獨有延年術　4-116
獨有淸秋日　4-30
獨有盈觴酒　5-231
獨正者危　9-284
獨無李氏靈　4-149
獨爲匪民　7-422
獨生無伴　4-311
獨用懷抱　9-409
獨申旦而不寐兮　6-68
獨當群寇　9-250
獨秀先些　6-84
獨秦屈起西戎　8-228
獨稟先覺　8-195
獨立之負於俗　9-14
獨立高山之頂　9-130
獨聆風於極危　3-180
獨能離兮　7-294
獨臥郿平陽鄅中　3-179
獨與法吏爲伍　7-146
獨與道俱　2-416

獨與道息 2-416
獨見之鑒 7-306
獨觀於昭曠之道也 6-460
獨說數十餘萬言 7-457
獨超然而先覺 3-232
獨身孤立 7-154
獨離此咎兮 9-471
獨靜闕偶坐 4-378
獨馳思乎天雲之際 6-129
獨馳思乎杳冥 3-169
獨鬱結其誰語 3-91
獨鵠晨號乎其上 6-102
獨鶴方朝唳 5-10
獫狁亮未夷 5-96
獼猴兮熊羆 6-90
獫夷遷北歸之念 6-249
獫虜間釁 9-263
獱獺睒瞲乎廡空 2-364
獲之者張武 8-419
獲刈則顛倒殭仆 8-420
獲周餘珍放龜于岐 8-212
獲地無兼土之實 8-470
獲多乎 2-41
獲我所求夫何思 3-39
獲我擊壤聲 4-471
獲林光於秦餘 1-172
獲楚魏之師 6-429
獲獸何勤 7-22
獲白雉兮效素烏 1-148
獲稷契皋陶伊尹呂望之臣 8-123
獲罪宣德 6-380
獲若雨獸 2-48
獲車已實 1-132
獲車已實 3-253
獵捷相加 2-312
獵昆駼 1-200
獵獵曉風遒 5-5
獵若枚折 3-153

獵蒙蘢 2-116
獵蕙草 2-380
獵青林之芒芒 3-34
獸不及走 6-122
獸不得發 1-198
獸不得過 2-119
獸不擇音 1-382
獸之所同 1-265
獸亦宜然 6-464
獸咸作 1-192
獸在在草 3-284
獸廢足 1-338
獸狂顧以求群兮 2-257
獸相枕藉 1-114
獸肥春草短 5-455
獸號於林 3-303
獸隨輪轉 6-139
獸駭值鋒 1-112
獻之公門 6-114
獻俘萬計 9-49
獻壽羞璧 2-409
獻書於衛嶽 9-463
獻替帷扆 9-410
獻替盡規 9-243
獻歲發春兮 6-86
獻江南之明璫 3-277
獻洛飲之禮 8-56
獻狀絳闕 2-449
獻琛執贄 1-244
獻環珉與琛繡兮 3-27
獻納樞機 9-455
獻納雲臺表 5-177
獻終襲吉 3-411
獻茲文而淒傷 9-487
獻酬交錯 1-140
獻酬既交 1-303
獻酬既已周 5-135
獻馘萬計 6-201

獻鱉蜃與龜魚　1-241

獼猴杞柟　1-382

5획

玄 ————————————————

玄丘烟熅　9-291

玄伯剛簡　8-195

玄俗無影　1-457

玄冕丹裳　4-269

玄冕無醜士　4-445

玄冥適鹹　6-134

玄化參神　6-152

玄化所甄　1-424

玄化未周　9-220

玄化滂流　3-315

玄堂啓扉　9-320

玄妙足以通神悟靈　3-233

玄幕雲起　3-333

玄幀綠徽　3-56

玄廬竂其間　5-186

玄微子俯而應之曰　6-130

玄微子曰　6-133, 6-135, 6-137, 6-140, 6-144,
　　　　　6-148, 6-151

玄微子隱居大荒之庭　6-129

玄德通於神明　6-332

玄晏先生曰　8-26

玄景蔭素葵　5-279

玄景隨形運　5-271

玄暉峻朗　3-370

玄曰　9-51

玄木冬榮　3-248

玄林結陰氣　5-296

玄武伏川梁　5-519

玄武縮於殼中兮　3-24

玄泉洌清　1-240

玄津重柂　9-402

玄混之中　8-248

玄滋素液　1-416

玄澤滂流　3-376

玄熊攀檻　9-162

玄熊素膚　6-133

玄熊舐掞以斷斷　2-292

玄牡二駟　6-206

玄猨嘯而長吟　3-67

玄猿悲嘯搜索乎其間　3-151

玄猿臨岸歎　5-93

玄獺上祭　1-329

玄玉之梁些　6-82

玄瓚献膠　2-21

玄甲耀日　9-168

玄眉弛兮鉛華落　6-147

玄石嘗其味　6-183

玄秬黃之事耳　8-261

玄符靈契　8-233

玄蔭眈眈　1-370

玄蜂盈十圍　5-161

玄蠣硯磹而碨硪　2-360

玄蠡若壺些　6-77

玄謀設而陰行　1-284

玄豐亂內　8-281

玄豹之胎　6-183

玄軒交登　2-320

玄輅既駕　2-305

玄醴染朱顏　3-435

玄醴騰湧於陰溝　2-298

玄采紺發　6-180

玄陰凝不昧其潔　2-400

玄雲合而重陰　1-297

玄雲拖朱閣　4-258

玄雲蔭其上　3-206

玄雲起重陰　4-110

玄顏燕　6-86

玄風獨扇　8-350

玄風豈外慕　5-500

玄首未華　9-217

玄駟藹藹　3-326

玄駟騖飛蓋　5-188

玄髮已改素　5-491

玄鳥逝安適　5-217

玄鶴加　2-52

玄鷺孔雀　2-121

玄黃代起　9-98

玄黃剖判　8-226

玄黃猶能進　4-213

玄黃異校　1-336

玄韶巷歌　6-187

率下有方　9-263

率乎直指　2-88

率作興事　3-197

率厲有方　9-250

率厲義勇　7-19

率品物其如素　3-80

率土且弗遣　2-209

率土之濱　7-434

率土分崩　7-421

率土咸序　3-377

率土齊民　7-421

率寡弱之衆　9-249

率彼東南路　5-36

率彼江流　4-171

率彼江濱　4-178

率意無違　8-46

率民耕桑　2-303

率玆百群　6-219

率由嘉則　4-176

率由斯至　9-351, 9-407

率由舊則　3-316

率百萬之師　9-34

率禮無違　1-303

率禮蹈和　9-312

率禮蹈謙　9-376

率精甲五萬　7-408

率罷散之卒　8-380

率衆出降　7-411

率西水滸　2-185

率軍禮以長撞　2-224

率邁者踵武　8-208

旅弓十　6-207

旅矢千　6-207

玉·王 ——————————————

玉以瑜潤　4-275

玉堂對霤　1-356

玉堂陰映於高隅　2-266

玉疊作東別之標　2-353

玉女亡所眺其淸矑兮　2-19

玉女窺窗而下視　2-293

玉宇來淸風　5-449

玉容誰得顧　5-412

玉對曰　3-244

玉帛不時安　5-66

玉帛聘賢良　5-295

玉座猶寂漠　4-163

玉曰　3-162, 3-163, 3-244, 3-256, 3-257, 3-264

玉柱空掩露　5-20

玉樹信蔥靑　4-81

玉水記方流　4-374

玉液浸潤而承其根　3-150

玉潤碧鮮　1-363

玉潤而金聲　1-140

玉燭陽明　3-283

玉爲人　3-264

玉牒石記　1-346

玉璽戒誠信　4-38

玉生雕麗　8-194

玉石俱碎　7-418, 7-427

玉石同碎　8-189

玉石譽莝　2-121

玉笄簪會　1-250

玉繽則折　9-496

玉繩低建章　4-399

玉膏滒溢流其隅　1-296

玉臺生網絲　5-482

玉舄承跋　2-315

玉衡吐鳴和　5-135

玉衡指孟冬　5-216

玉貌絳脣　2-277

玉質幼彰　6-329

玉醴涌其前　3-206

玉鉤隔瑣窗　5-357

玉門罷斥候　3-506

玉關靖柝　9-453

玉階彤庭　1-100

玉題相暉　1-331

玉顏倖瓊蕤　5-411

玉顏掩嫭　2-396

王乃乘玉輿　3-251

王乃披襟而當之曰　2-378

王乃歌北風於衛詩　2-392

王之正內者五人　8-329

王也　7-151

王事離我志　5-292

王亦柔之　3-284

王以登徒子之言問宋玉　3-264

王佐佚民英　4-165

王侯厭崇禮　4-283

王侯多第宅　5-212

王侯設險　9-51

王侯豪帥　7-405

王侯貴片議　5-488

王信韓孽　8-154

王公保其位　3-195

王公大人所以屈體而下之者　7-107

王公羞焉　1-329

王其愛玉體　4-218

王化之基　7-498

王又升孔子堂　8-6

王合位乎三五　2-472

王君以山羞野酌　9-500

王命急宣　2-340

王問玉曰　3-244

王喬披雲而下墜　3-219

王喬控鶴以沖天　2-267

王喬爭年　8-488

王喬飛鳧舄　5-388

王因幸之　3-244

王國克生　8-393

王在東夏　8-152

王在華堂　3-370

王夏闋　1-262

王奢去齊之魏　6-450

王姬下姻　9-290

王子亦龍飛　4-289

王子拂纓而傾耳　6-167

王子歡自營　4-208

王季之穆　9-331

王孫兮歸來　6-90

王孫列八珍　4-13

王孫遊兮不歸　6-89

王勢察之　3-264

王室不造　6-380

王室之亂　4-248

王室喪師　4-327

王室遂卑　9-25, 9-63

王宰宣哲於元輔　8-51

王家多釁　8-315

王將欲往見　3-253

王師寡弱　6-201

王師薄伐　7-19

王師蹕運而發　9-39

王師首路　6-201

王度日清夷　4-290

王彌者　8-289

王心有違　8-166

王悉發境內之士　2-55

王悉發車騎　2-40

王戎簡要　9-355

王教所先　6-371

王於輿言　2-451

王明君者　5-74

王昭楚妃　3-217

王曰　2-378, 2-379, 2-381, 3-163, 3-244,
　　3-256, 3-257, 3-264, 3-265

王曰叔父　8-43

王氏擅朝　8-458

王源見告窮盡　7-44

王滿連姻　7-44

王澤竭而詩不作　1-81

王爵是加　3-319

王爾投其鉤繩　2-16

王猷允泰　3-285

王猷升八表　4-490

王猷四塞　6-186

王猷有倫　9-162

王珧海月　2-359

王生和鼎實　3-434

王生靈光　8-28

王略中否　9-263

王略威夷　8-199

王略未恢　9-267

王異之　3-256

王粲長於辭賦　8-440

王經字承宗　8-187

王綱弛者已張　8-238

王綱弛而復張　8-447

王綱弛而未張　8-232

王纘帝　8-234

王者不卻衆庶　6-434

王者之卒業　8-216

王者之嘉瑞也　8-21

王者之師　7-422

王者之風　7-498

王者莫由禋祀　2-261

王肅以宿德顯授　7-258

王肆侈於漢庭兮　3-18

王膺慶於所感　2-469

王良執靶 8-119
王良造父爲之御 6-106
王芻莔臺 1-188
王莽簒位 8-342
王褒劉向楊班崔蔡之徒 8-347
王褒韡曄而秀發 1-340
王覽其狀 3-258
王言如絲 9-354
王誅將加 7-410
王豹杜口而失色 3-238
王赧聽譖 3-295
王跡是因 8-145
王車駕千乘 2-41
王載有述 3-410
王輟謳 3-219
王迹隤陽九 5-121
王迺尋繹吟翫 2-399
王途尙阻 9-356
王道之正 8-16
王道之綱 7-481
王道奄昏霾 4-385
王道遐均 6-152
王道陵遲 8-27
王門所以貴 4-406
王閎爭於坐側 1-215
王陵之母 8-430
王陽驅九折 5-310
王雎關關 2-121
王雎鸝黃 3-251
王雎鼓翼 3-43
王韓起太華 5-134
王風哀以思 3-478
王鮪岫居 1-234
王鮪懷河岫 5-404
王鮪鯸鮐 1-353
玢豳文鱗 2-76
玩之則渝舞 1-324
玩其奇麗也 1-399
玩其磧礫而不窺玉淵者 1-347
玩好絶於耳目 8-108
玩志乎衆妙 6-160
玩春翹而有思 3-84
玩爾淸藻 4-275
玩空言者 9-142
玩遊儵之潎潎 2-389
玩陰陽之變化兮 3-37
玫瑰碧琳 2-76
玲瓏結綺錢 5-365
玷白信蒼蠅 5-165
玷辱流輩 7-43
珊瑚叢生 2-76
珊瑚幽茂而玲瓏 1-356
珊瑚琳碧 1-170
珊瑚碧樹 1-100
珊瑚間木難 5-65
珍寶充內 7-448
珍寶見剽虜 4-142
珍怪之所化産 2-370
珍怪奇偉 3-244
珍怪琅玕 3-206
珍怪鳥獸 2-56
珍怪麗 1-356
珍木鬱蒼蒼 3-352
珍樹猗猗 1-424
珍物羅生 1-170
珍瑰重跡而至 9-35
珍簟淸夏室 4-396
珍羞琅玕 1-303
珍臺閒館 2-17
珍裘非一腋 4-342
珕珋璿瑰 2-361
珠履故餘聲 5-394
珠柙離玉體 4-142
珠玉無脛而自至者 7-173
珠琲闌干 1-376
珠翠之珍 6-134

珠翠的皪而炤燿兮　3-165
珠與玉兮豔暮秋　3-115
珠襦玉匣　6-423
珠貝氾浮　1-339
珥瑤碧之華琚　3-272
珥筆華軒　4-270
珥蟬冕而襲紈綺之士　2-384
珥金貂之煟煟　2-388
珩紞紘綖　1-250
珪璋旣文府　4-391
珪璋特秀　9-78
珪璋見美詩人　7-221
珪璋雖特達　4-10
珪璧斯罄　9-101
珪瓚副焉　6-207
珪組賢君昞　5-487
班之以里闔　1-435
班乎天下者　8-233
班其相紛些　6-84
班列肆以兼羅　1-438
班劍爲六十人　9-373
班匠不我顧　4-230
班去趙姬昇　5-166
班同三事　6-372
班命彌崇　9-220
班嗣之書　7-268
班固兩都　8-28
班固曰　1-314
班固賦西都而歎以出比目　1-314
班妾有辭　9-162
班婕坐同車　5-205
班尾揚翹　2-149
班師振旅　7-101
班憲度　1-139
班揚明令　7-78
班揚符賞　7-393
班政方外　9-184
班絃海內　6-201

班正朔於八荒　8-284
班玉觸　1-136
班白攜手　9-241
班荊蔭松者久之　9-391
班輸無所措其斧斤　6-142
班迹陸海珍藏　2-205
珮綝纚以煇煌　3-30
琁題玉英　2-17
琁題納行月　5-462
球琳重錦　7-307
琅玡臨沂人也　8-87
琅琅先生　8-192
琅琅高致　9-259
理不勝詞　8-441
理之所極　9-144
理以精神通　4-343
理來情無存　5-348
理則然矣　9-47
理勝則惑亡　9-391
理勢然也　8-454, 9-14
理包清濁　1-409
理化各有準　4-30
理塞其通　9-147
理存則易　8-194
理宣其奧　3-413
理尙棲約　6-408
理弊患結　4-130
理弱而媒拙兮　6-26
理感深情慟　4-155
理懷淵遠　9-398
理或無異　8-346
理所固有　9-62
理扶質以立幹　3-132
理有固然　9-164
理有大歸　1-469
理有常然　2-33
理棹變金素　4-455
理棹逿還期　4-471

理無微而弗綸　3-146

理無隱而不彰　2-263

理盡於民　8-39

理秋御　1-448

理積則神無忤往　8-110

理節則不亂　8-291

理絶於毀譽　8-110

理絶終天　6-414

理絶言提　7-24

理絶通問　7-35

理翩整翰　1-354

理翳翳而愈伏　3-145

理至燋爛　7-331

理萬物之是非　6-125

理足未常少　5-497

理軍旅之陣　7-346

理重華之遺操　3-216

理難遍通　8-359

琛幣充牣　1-440

琢磨令範　8-69

琢磨道德　9-112

琢雕狌獺　1-303

琨頓首　4-305

琨頓首頓首　4-306

琪樹璀璨而垂珠　2-267

琳死罪死罪　7-65, 7-66

琳瑉昆吾　2-43

琳瑀之章表書記　8-440

琳瑉青熒　1-100

琳頃多事　7-181

琴德最優　3-203

琴書藝業　6-419

琴歌旣斷　7-365

琴瑟交揮　6-146

琴瑟滅兮丘壟平　3-111

琴羽張兮簫鼓陳　3-115

琴高之所靈矯　2-367

琴高沈水而不濡　1-457

璹瑁不蒩　1-278

璹瑁繁蕪　2-44

瑁玉旁唐　2-76

瑊玏玄厲　2-43

瑋其區域　1-347

瑋豊樓之閈閟　1-437

瑕石詭暉　2-344

瑚璉之宏器　8-111

瑚璉之茂器　6-410

瑞我漢室　2-300

瑞穰穰兮委如山　2-21

瑟瑟谷中風　4-192

瑤光正神縣　5-507

瑤席兮玉瑱　6-41

瑤漿蜜勺　6-82

瑤珠怪石琗其表　2-367

瑤琴詎能開　5-520

瑤瑾翁絶　3-206

瑤臺夏屋　9-103

瑤臺降芬　9-291

瑤草正翁絶　4-81

瑤華未堪折　5-339

瑩情無餘滓　5-500

瑰姿瑋態　3-256

瑰姿譎起　3-170

瑰姿豔逸　3-272

瑰異日新　1-170

瑰異譎詭　1-241

瑰貨方至　1-183

璅蛄腹蟹　2-359

璆鏘鳴兮琳琅　6-41

璇淵碧樹　2-276

璇源載圓折　4-374

璇臺九重　6-168

璋之下錢五萬　7-44

璋瓚奚獻　9-326

璜聲遠而彌長　3-8

瓊則志烈秋霜　9-85

璣旋輪轉　9-22

璧假許田之類是也　8-16

璧羔皮帛之贄旣奠　1-247

璧馬犀之騰瑀　2-11

璩報　7-267

璩白　7-252, 7-255, 7-258, 7-261, 7-263, 7-271

環堵自頹毀　5-316

環毂騎而清路　2-449

環林縈映　3-57

環洲亦玲瓏　4-59

璿弁玉纓　1-193

璕瑶磷彬　1-170

瓊壁靑葱　6-168

瓊山之禾　6-182

瓊木籬些　6-82

瓊枝抗莖而敷蕊　1-356

瓊珮結瑤璠　5-129

瓊臺中天而懸居　2-266

瓊蚌晞曜以瑩珠　2-359

瓊級入藥　2-30

瓌材巨世　1-421

瓌異之所叢育　1-352

瓌豔奇偉　3-214

瓚亦梟夷　7-389

瓚奮其猛銳　9-264

瓚少稟志節　9-263

瓛則關西孔子　9-84

瓛弟瓛　9-84

瓜

瓜瓞蔓長苞　4-430

瓜疇芋區　1-328

瓜表遺犀　9-492

瓠巴珥柱　3-197

瓦

瓦解氷泮　7-400

瓦釜雷鳴　6-62

瓿甊誇璵璠　5-308

甄大義以明責　2-182

甄有形於無欲　2-347

甄殷陶周　8-256

甄陶國風　2-321

甍宇齊平　1-181

甕牖繩樞之子　8-380

甘

甘之長川氾　3-492

甘和旣醇　6-134

甘寧淩統程普賀齊朱桓朱然之徒　9-29

甘微行以遊盤　2-199

甘心思喪元　5-264

甘心赴國憂　5-263

甘折苕之末　7-418

甘捐生而自引　3-101

甘棠不翦　9-258

甘棠且猶勿翦　6-228

甘棠之風　8-407

甘泉後涌　2-204

甘泉警烽候　4-94

甘泉遺儀　6-409

甘疲心於企想　2-149

甘盡辭以效愚　2-426

甘脆肥膿　6-98

甘臘毒之味　6-184

甘至自零　1-328

甘與秋草幷　5-75

甘茶伊蠢　1-432

甘蔗辛薑　1-328

甘赴江湘　3-322

甘露嘉醴　8-229

甘露如醴　1-424
甘露宵零於豊草　8-260
甘露旣降　8-392
甘露時雨　8-218
甘露滋液　8-418
甘露被宇而下臻　2-298
甘食美服　9-244
甚不可者二　7-286
甚於影響　7-265
甚於路人　6-292
甚未然也　7-202
甚爲二三君子不取也　7-356
甚玄燕之巢幕　2-181
甚相思想　7-258

生 ─────────────

生七年然後可覺耳　8-485
生不睹天地之體勢　3-152
生之無亨毒之心　9-79
生之無故兮　9-471
生人幾亡　1-121
生人陷荼炭之艱　7-299
生出獄戶　6-322
生命不圖　3-321
生在華屋處　5-64
生妻去帷　7-125
生子白頭　7-178
生孩六月　6-309
生平一顧重　5-385
生平少年日　3-448
生平未始聞　3-352
生年不滿百　5-224
生幸休明世　4-456
生微風兮　3-160
生心外叛者乎　7-177
生必上尊人君　7-456
生必耀華名於玉牒　6-162

生抽豹尾　6-140
生於窮巷之中　8-118
生於絶弦　9-140
生於蒿萊之間　2-429
生時等榮樂　3-455
生時遊國都　5-180
生曹死蔡　7-23
生有脩短之命　2-179
生榮死哀　9-212
生此王國　8-123
生死一交情　4-165
生死固之　4-171
生民之命　7-421
生民大情　9-119
生民屬心矣　8-96
生無益於事　6-282
生煙紛漠漠　4-79
生爲世笑　7-177
生爲別世之人　7-127
生爲百夫雄　3-453
生理不可不全　8-183
生生之所常厚　1-456
生甫及申　9-5
生當復來歸　5-237
生病造熱　2-381
生盡其養　9-244
生者日以親　5-223
生而不喜　9-103
生而無主　9-79
生自何代　9-492
生荊棘之榛榛　2-170
生貔豹　2-84
生軀蹈死地　5-162
産氄積羽　2-363
産祿專政　7-380

用 ─────────────

用不借物 3-233
用不復以聞 8-8
用不效於一世 7-473
用丕顯謀 6-200
用之不匱 8-203
用之以時 1-282
用之則爲虎 7-449
用之所趣異也 7-148
用之於射御 8-473
用之於智計 8-473
用之於詩書 8-473
用之於資貨 8-473
用之邦國焉 7-494
用乏驛騷 4-329
用人如由己 8-432
用人言必由於己 9-351
用力若此 8-448
用厭火祥 1-173
用取喉舌 9-241
用君之心 6-63
用啓息言之津 9-382
用垂頌聲 8-175
用安靜退 4-321
用廣其器 9-133
用建冢社 6-205
用彰世祀 8-102
用復前好 7-205
用忘進退 6-364
用懷魏都 5-255
用成大變 7-195
用成等級 8-357
用戒不虞 1-168
用晦其明 9-454
用朝群辟 1-165
用棐忱而祐仁 3-21
用死孰懲 8-165

用申胥之訓兵 7-399
用申超世之尚 9-371
用相陵駕 8-357
用秦魯以成其功 6-284
用等稱才學 3-510
用簡必從 9-434
用約而利博 9-155
用納乎聖德 7-481
用累千祀 1-368
用終爾顯德 6-207
用而不竭 8-265, 9-377
用能免群生於湯火 8-71
用能敷化一時 6-232
用能薪芻不匱 9-249
用融前烈 8-282
用行舍藏 9-340
用祛其蔽 9-333
用觀群后 1-422
用討韋顧黎崇之不恪 8-254
用過乎儉 9-342
用錫土宇 9-220
用錫聖皀 2-442
用集寶命 9-313
用集我大皇帝 9-28
用非經國 8-470
甫下滎陽 7-400
甫乃以情緯文 8-347
甬道入駕鸞 4-94
甯子檢手而歎息 3-238
甯戚扣角歌 5-491
甯戚飯牛車下 6-452

田 ─────────────

田單之智何貴 7-185
田園將蕪胡不歸 7-489
田家作苦 7-166
田家樵採去 4-411

田家無所有 3-509
田彼南山 7-166
田生獻籌 9-176
田種一也 8-481
田寶相奪移 5-286
田般於遊 3-303
田連操張 3-209
田遊馳蕩 6-189
田鶴遠相叫 5-13
由乎玄黃律呂 8-351
由余以西戎孤臣 1-224
由余子臧是矣 6-453
由余片言 4-330
由來事不同 5-342
由來常懷仁 5-421
由來從東道 4-105
由來有固然 5-313
由來自古昔 3-465
由來非一朝 3-458
由僑新之九廟 2-237
由儀 3-286
由儀率性 3-286
由克讓以立風俗 1-349
由其掌握 8-359
由力行而近仁 2-171
由基發射 1-132
由寬之過制 8-455
由庚 3-284
由數期而創萬代 1-120
由斯征伐 7-85
由斯而談 8-182
由斯言之 8-458
由是二邦之將 9-35
由是傾巢舉落 9-422
由是天下鼎沸 8-460
由是崇師之義 6-417
由是感激 6-272
由是文籍生焉 1-65, 8-2

由是毀譽亂於善惡之實 8-301
由是觀之 7-453, 9-124
由是言之 8-427
由此推之 8-307
由此觀之 2-247, 6-430, 7-183, 8-120, 8-295
由此言之 1-341, 7-153, 7-472, 8-479
由能引決 7-154
由衍識道 3-182
由近而被遠 9-415
由重山之束阨 1-464
甲卒化爲京觀 2-203
甲士寢而旌旗仆也 8-419
甲旣鱗下 6-218
甲第始修營 3-506
甲第崇高閨 5-103
甲第椒與蘭 5-410
甲車戎馬 2-104
申三驅於大信 6-363
申之以節儉 9-28
申之再三 7-248
申之而有裕 1-455
申令三驅 1-132
申以婚姻 4-326
申以止足之戒 8-96
申其趨王之意 9-464
申厥好以玄黃 3-27
申命群司 3-342
申炯戒於茲日 9-465
申申其詈予 6-16
申禮防以自持 3-274
申章復何言 4-199
申詠反覆 7-238
申酌長懷 9-501
申重繭以存荊 2-478
申韓之察也 3-193
申黜褒女進 5-166
男兒生以不成名 7-127
男務耕耘 1-139

男女姣服　1-304
男女條暢　8-418
男女老幼　9-425
男女莫違　2-142
男年八歲　7-293
男懂智傾愚　5-138
男有餘粟　2-102
甸內匝洽　8-239
甿謠響玉律　5-515
甿隸之人　8-380
畋不麋胎　1-282
畋於海濱　2-41
畋罷　2-40
界絶而不鄰　1-135
畏井渫之莫食　2-257
畏後世之嗤余也　7-227
畏映日之儵朗　2-150
畏極位之盛滿　2-212
畏榮好古　9-280
畏此簡書忌　4-432
畏立辟以危身　3-6
畏若禍戒　8-435
畏逼天威　6-321
留侯之發八難　1-74
留侯演成　1-88
留侯畫策　7-467
留則蔽而不彰　3-9
留宴汾陰西　5-441
留思文章　7-53
留情顧華寢　5-333
留我一白羽　5-455
留曲念於閨房　9-480
留有虞之二姚　6-26
留滯感遺萌　4-70
留瀛洲而采芝兮　3-12
留皇情而驟進　2-447
留际睞眙　3-197
留落胥邪　2-79

留葬所卒　9-342
留連瀾漫　3-218
留酌待情人　5-357
留金石之功　7-232
留靈脩兮憺忘歸　6-53
留鳹鶊　1-389
畜力待時　7-309
畜怒未泄　2-453
畜爲屯雲　1-433
畜積有餘　8-392
畜雞種黍　7-271
畢世而罕見　1-399
畢公毛公　6-206
畢出征而中律　1-442
畢力讚康哉　4-283
畢命之臣也　6-276
畢天下之至異　1-392
畢娶類尙子　4-470
畢志於衡軛之內　8-462
畢昴之所應　1-414
畢昴出於東方　3-71
畢景逐前儔　5-5
畢歲爲期　6-170
畢結瑤而構瓊　1-370
畢議願知　6-447
略不世出　7-24
略不盡擧　8-13
略亭皋　8-56
略以子之所聞見而言之　2-42
略可道者七十有二君　8-208
略同一揆　8-316
略定禮儀　7-347
略擧其梗槪　1-402
略斯楡　7-430
略考其行事　7-158
略陳固陋　7-160
畦留夷與揭車兮　6-9
番休遞上　6-292

畫以仙靈 1-370
畫作秦王女 5-470
畫地成圖 6-409
畫地成川 1-210
畫地而人不犯 6-437
畫墳衍而分畿 2-147
畫方軌之廣塗 1-330
畫流高陛 3-403
畫無失理 9-210
畫象而民不犯 6-195
畫野離疆 4-266
畫雍豫之居 1-419
畫龍蛇些 6-82
異世可同調 4-465
異乎交益之士 1-408
異乎余所聞 8-21
異乎古昔 1-66
異人幷出 6-263, 8-270
異人祕精魂 4-481
異人者心 7-46
異人輻湊 9-29
異出奇名 1-370
異哉秦始皇之爲君也 2-208
異國之樂也 6-433
異夫飾智巧以逐浮利者乎 8-340
異奉辭以伐罪 2-192
異姓爲後 6-290
異姓秉權 8-458
異政殊俗 7-421
異方之樂 7-116
異方殊類 2-56
異於他日 7-188
異於先代者也 8-300
異物來萃兮 2-413
異物崛詭 1-333
異端斯起 9-79
異絫同機 3-56
異而獻之 7-178
異色同榮 1-328
異荂蘛藒 1-358
異軌同奔 8-347
異類衆夥 1-325
異體峰生 2-448
畫長豁以爲限 6-173
當一校之隊 6-282
當世不能攓其度 9-373
當世之士 8-472
當世取說云爾哉 7-434
當世罕任 4-321
當世豈無騏驥兮 6-73
當世貴不羈 3-460
當中葉而擅名 1-341
當乃明實 3-340
當也 7-466
當今之先急也 8-472
當今皇帝盛明 7-332
當今縣令不請士 7-464
當令麟閣上 3-507
當休明之盛世 2-179
當伯天監二年六月從廣州還至 7-31
當伯是亡夫私賾 7-31
當伯遂經七年不返 7-31
當何言哉 6-485
當侍東宮 6-311
當便道之官 6-324
當光武之蒙塵 2-192
當其未遇時 3-465
當其無事也 7-461
當其臨局交爭 8-469
當味値胸 2-153
當報漢德 7-416
當塗駭龍戰 5-373
當學衛霍將 5-487
當官者以望空爲高 8-300
當年遨遊 3-251
當建安之三八 9-482

當忝外役　4-322
當戶理清曲　5-221
當戺永念　6-252
當斯之勤　7-433
當斯之時　7-236
當新羈之馬　7-118
當昔全盛之時　2-273
當是之時　6-118
當是時也　2-462, 8-374
當時受恩　6-344
當時嗟服　8-111
當有內病　7-287
當此之勤　2-136
當此之時　1-120, 6-198, 6-201, 7-120, 7-149,
　　7-165, 7-214, 7-226, 7-253, 7-349, 7-475,
　　8-375
當此時也　7-119
當此沖焱　9-229
當淺深而不讓　3-134
當爲誅始　6-319
當獎帥三軍　6-272
當白露兮下時　3-118
當秦之末　8-430
當者壞　6-121
當自圖之耳　7-204
當自白書　7-223
當行者或亡逃自賊殺　7-375
當衢向術　1-331
當觀乎殿下者　1-244
當賜脩理臣亡高祖晉故驃騎大將軍建興
　　忠貞公壺墳塋　7-6
當足見躧　1-196
當軌見藉　6-139
當途者升靑雲　7-460
當道直啓　1-181
當避豔陽年　5-460
當陽九之會　6-337
當音鳳恭顯之任勢也　2-218

當食吐哺　8-432
疆場侵駭　7-21
疆場分流　9-220
疆場大駭　9-421
疆場綺分　1-94
疆場得清謐　5-493
疆理宇宙　2-321
疆里綺錯　1-327
疇人廢業　9-196
疇克不二　9-258
疇克謀而從諸　3-17
疇匹婦其已泰　2-199
疇可與乎比伉　3-8
疇咨俊茂　9-28
疇咨熙載　6-262
疇德瑞聖之符焉　2-441
疇敢以渝　1-162
疇昔不造　8-198
疇昔之游　4-244, 9-241
疇昔同宴友　5-414
疇昔懷微志　5-311
疇昔歎時遲　5-307
疇昔覽穰苴　3-457
疇曩伊何　4-328
疇眞可掩　3-339
疇能宅此　1-182
疇能是恤　1-331
疇逆失而能存　8-208
疊嶂易成響　4-419
疊穎怒魄　7-368
疊華樓而島跱　1-388
疊霜毛而弄影　2-460
疊鼓送華輈　5-177

疋 ──────────────

疏之以沱汜　2-370
疏南山以表闕　2-237

疏土而弗用　6-430
疏客始闌　3-228
疏密有章　2-312
疏峰抗高館　4-55
疏煩想於心胸　2-265
疏爵紀庸　9-271
疏石蘭以爲芳　6-47
疏緩節兮安歌　6-41
疏糵役　8-415
疏者震恐　8-455
疏華竟無陳　5-511
疏轂飛輪　1-252
疏龍首以抗殿　1-162
疑似實生患　5-83
疑是徐方牧　4-411
疑是整婢釆音所偸　7-34
疑獄得情而弗喜　9-413
疑積於百姓之心　6-352
疑論無歸　6-240
疑震霆　1-446

疒─────────────

疢聖達之幽情　2-182
疢維痁疾　9-283
疫旱幷行　7-207
疫癘淫行　3-341
疲兵再戰　7-118
疲弱謝淩遽　4-66
疲薾慚貞堅　4-459
疲馬戀君軒　5-148
疵釁日興　7-285
疾之如讎　7-285
疾其若斯　9-130
疾如奔星　2-138
疾幽后之詭惑　2-207
疾惡如讎　9-220
疾惡若讎　6-264

疾沒世而名不稱　8-466
疾而不猛　2-368
疾防風之食言　3-13
疾雷聞百里　6-120
疾風衝塞起　5-152
病已　6-100
病昌言之難屬　3-143
痛乎風俗之移人也　1-119
痛可言邪　7-214
痛哉奈何　9-232
痛存亡之殊制兮　3-98
痛心在目　4-308, 6-367
痛心疾首　9-231
痛切怛以摧心　3-94
痛於陵夷也　9-62
痛棠陰之不留　9-430
痛椒塗之先廓　9-321
痛母子之永隔　2-424
痛沒世而永言　9-485
痛深一主而已哉　9-373
痛火正之無懷兮　3-14
痛百寮之勤王　2-196
痛矣楊子　9-233
痛知音之難遇　7-216
痛暈襜之重晦　9-311
痛酷摧心肝　4-126
痛靈根之鳳隕　3-81
痺不得搖　7-286
瘁此秋棘　4-312
瘁零露於豊草　3-85
癰瘠改貌　9-427

癶─────────────

登乎頌祇之堂　2-18
登九天兮撫彗星　6-52
登假皇穹　8-233
登光辨色　8-81

登城望洪河 4-426
登城望郊甸 4-432
登城眷南顧 4-423
登城臨淸池 4-430
登壇受譏 8-186
登壇慷慨 9-44
登壇有降火之祥 9-181
登天光於扶桑 1-262
登孔昊而上下兮 2-480
登封降禪 1-277
登山懷遠而悼近 2-385
登山滅趙 8-150
登山臨水兮送將歸 6-68
登山臨水送將歸 2-385
登岱勒封 1-238
登崇岫而傷遠 2-403
登崑崙兮食玉英 6-57
登崖遠望涕泗流 5-416
登崤坂之威夷 2-193
登崤澠而朅來 9-484
登嶺始山行 4-471
登嶽均厚 9-376
登嶽長謠 7-317
登巉岩而下望兮 3-246
登帝大位 8-43
登庸以德 3-377
登庸伊始 9-427
登庸莅事之年 9-407
登建嬪后 8-314
登徒子則不然 3-264
登徒子悅之 3-264
登明堂 2-97
登春臺之熙熙兮 2-388
登曜紫闥 9-314
登朝光國 9-500
登未央 2-213
登東歌 1-394
登東皐以舒嘯 7-492
登棧亦陵緬 4-62
登椽欒而狃天門兮 2-9
登樓爲誰思 5-339
登泰山 8-210
登爲侯伯 6-204
登爵臺而群悲 9-487
登爾於朝 6-243
登玉輅 1-131
登白薠兮騁望 6-46
登祖廟兮享聖神 1-148
登箕山以揖許由 7-85
登翠阜 6-170
登翼王室 9-167
登聖皇於天階 1-284
登自東除 1-248
登臺升庫 9-198
登艫眺淮甸 5-5
登芒濟河 7-267
登茲樓以四望兮 2-254
登蓬萊而容與兮 3-11
登蘭臺而遙望兮 3-66
登豫章 1-203
登赤須之長阪 2-160
登遐醜裔 6-329
登郊歌乎司律 2-445
登鄣隧而遙望兮 2-162
登重基 3-216
登長平兮雷鼓磕 2-22
登閬風之層城兮 3-29
登閬風而緤馬 6-24
登闉訪川陸 5-2
登降千里餘 4-449
登降峛崺 2-23
登降弗爽 9-203
登降揖讓之禮極目 8-414
登降施靡 2-70
登降炤爛 1-98
登降闇藹 2-116

登降阤靡 2-44
登降飫宴之禮旣畢 1-140
登陣起退望 4-94
登陸則有四明天台 2-260
登靈臺 1-134
登高且遊觀 5-250
登高岡而擊鼓吹 7-392
登高望九州 4-115
登高望所思 4-111
登高眺迢荒 5-322
登高臨四野 4-106
登高遠望 3-249
登龍臺 2-88
登龍舟 1-115
發乎情 7-497
發五色之渥彩 1-97
發五蓋之遊蒙 2-265
發京倉 1-248
發倉廩以救貧窮 2-95
發其音聲者哉 7-453
發函伸紙 7-242
發參差於王子 8-84
發口成音 3-233
發命東夏 7-382
發哀音於舊倡 9-487
發地多奇嶺 4-84
發大義 8-14
發妙聲於丹唇 3-233
發巴蜀之士各五百人 7-375
發引和 1-204
發彩流潤 9-239
發彼五的 3-380
發徵則隆冬熙蒸 3-238
發怒座杳 6-122
發思古之幽情 1-86
發憤囹圄 9-259
發憤畢誠 8-390
發於寤寐 7-269

發明耳目 2-380
發昔夢於木禾兮 3-12
發書占之兮 2-413
發棹謳 1-339
發楊荷些 6-83
發權西江陣 3-439
發沛中兒得百二十人 5-197
發流吹 8-57
發淸商 6-147
發淸角 3-210
發源巖穴 1-299
發激楚些 6-84
發皇耳目 6-118
發皓羽兮奮翹英 1-148
發矕披聾而觀望之也 6-118
發祥流慶 8-255
發秀吐榮 2-291
發篇雖溫麗 4-236
發紅華 2-79
發義無所與展 6-295
發聲寥亮 3-74
發蕣收之變商 6-166
發藻儒林 7-480
發藻玉臺下 5-138
發蘋藻以潛魚 1-129
發蘭惠與萼蕚 2-16
發虢榮 8-215
發西秦 3-216
發言中旨 9-409
發言可詠 9-209
發言抗論 7-72
發言爲 4-271
發言爲詩 7-495
發言爲詩者 1-315
發跡三秦 8-231
發軌喪夷易 4-160
發軫北魏 9-211
發迹翼藩后 4-260

發還師以成命兮　2-472
發采揚明　3-209
發閭鄉而警策　2-202
發青條之森森　3-133
發鞍高岳頭　5-201
發音在詠　9-314
發鯨魚　1-262
發黃龍之穴　2-125

白 ——————————————————

白上呈見　7-60
白刃磑磑　6-115
白刃起相讎　5-155
白圭戰亡六城　6-450
白圭顯於中山　6-450
白如截肪　7-221
白日傾夕　7-254
白日入虞淵　5-180
白日半西山　5-35
白日寢光　7-318
白日已西傾　4-236
白日忽其將匿　2-257
白日忽已冥　5-247
白日忽西匿　4-215
白日忽蹉跎　4-108
白日於都市手劍父讎　9-254
白日既匿　7-211
白日朝鮮　2-397
白日未及移其晷　1-197
白日無精景　5-452
白日照園林　5-301
白日西匿　3-109
白日西南馳　5-71
白日西頹　6-147
白日隱寒樹　5-491
白日馳西陸　5-305
白日麗江皐　4-39

白日麗飛甍　5-16
白楊亦蕭蕭　5-191
白楊何蕭蕭　5-222
白楊信裊裊　5-435
白楊多悲風　5-223
白楊早落　2-275
白水滿春塘　5-398
白水過庭激　4-432
白玉兮爲鎭　6-47
白玉雖白　2-400
白珪尚可磨　4-474
白環西獻　7-332
白登幸曲逆　4-316
白羽一麾　6-218
白羽雖白　2-400
白芷生些　6-86
白華　3-281
白華朱萼　3-282
白華玄足　3-282
白華絳跗　3-282
白藏之藏　1-440
白虎敦圉乎崑崙　2-13
白虎麒麟　1-98
白虎鼓瑟　1-208
白虹貫日　6-447
白象行孕　1-210
白質黑章　8-219
白雉朝雊　1-320
白雉落　1-382
白雪停陰岡　4-18
白雲上杳冥　4-81
白雲在天　7-90
白雲屯曾阿　4-33
白雲抱幽石　4-459
白雲誰侶　7-366
白雲隨玉趾　4-85
白露中夜結　4-144
白露之茹　6-105

白露凝　1-328
白露凝兮歲將闌　9-296
白露塗前庭　4-186
白露既下降百草兮　6-70
白露曖空　2-403
白露沾我裳　5-252
白露滋園菊　5-336
白露爲朝霜　5-298
白露生庭蕪　3-488
白露霑衣衿　4-139
白露霑野草　5-216
白龗負霜　3-60
白頭如新　6-450
白首不見招　3-458
白首同所歸　3-435
白馬飾金羈　5-67
白駒無聞於空谷　6-357
白駒空谷　6-403
白駒遠志　4-176
白驪悲鳴　9-212
白骨交衢　3-335
白骨蔽平原　4-138
白髮生鬢　7-73
白鶴噭以哀號兮　3-69
白鶴飛　3-227
白鶴飛兮繭曳緒　1-304
白鷳失素　2-396
白鹿子蜺於樽櫨　2-292
白鹿麌麌兮　6-90
白麟赤雁芝房寶鼎之歌　1-82
白龍魚服　1-281
百丈見遊鱗　5-29
百不處一　2-213
百世不易　7-467
百世之良遇也　8-472
百世可知　8-27
百二侔秦京　5-107
百人揚之　6-471

百代之一時矣　8-284
百代勞起伏　5-3
百代同風　7-82
百僚先置　2-27
百僚師師　1-244
百六道喪　8-195
百卉具零　1-192
百卉含葩　3-27
百卉挺蔵葵　3-347
百司俊乂　9-211
百司定列　8-59
百四十五　1-187
百城八郡　6-201
百城各異俗　4-301
百堵皆作　9-492
百姓不失其業　8-179
百姓不足　6-253
百姓信之無異辭　8-185
百姓力屈　7-431
百姓同於饒衍　1-282
百姓士民　7-427
百姓安堵　7-407
百姓弗能忍　1-226
百姓征衍　8-416
百姓所以不易心者　8-454
百姓樂用　6-429
百姓歡欣　8-405
百姓無賈於心　9-135
百姓皆知上德之生己　8-290
百姓雖勞　7-437, 7-438
百官備具　2-82
百官聽於冢宰　2-180
百官象物而動　9-360
百室離房　1-333
百家衆流之論　8-171
百寮逡退　1-137
百寮鉗口　7-386
百川東到海　5-49

百川派別　1-351
百川潛澳　2-336
百川赴巨海　5-421
百工惟時　3-53
百年上壽　6-389
百年信荏苒　5-487
百年忽我遒　5-64
百年會有役　5-503
百年荒翳　6-367
百年誰能持　4-218
百度之缺粗修　9-46
百度自悖　9-73
百感淒惻　3-114
百揆惟敍　9-209
百揆惟穆　9-460
百揆時序　6-419, 9-455
百揆時序於上　6-333
百舉必脫　6-469
百有餘區　1-117
百有餘年矣　8-382
百果甲宅　1-328
百步之內耳　6-471
百歲孰能要　4-424
百毒所傷　8-484
百濮所充　1-323
百物殷阜　1-217
百獸率舞而抃足　3-238
百獸震恐　7-149
百獸駭殫　1-111
百王之極　8-163
百王澆季　8-99
百病咸生　6-97
百發百中　6-471
百神森其備從兮　3-30
百神翳其備降兮　6-30
百禮暨　1-137
百禽悷遽　1-196
百種千名　1-302

百穀蓁蓁　1-147
百穀蕃廡　1-301
百篇之義　8-6
百籟坐自吟　5-309
百籟群鳴轟其山　6-162
百色妖露　2-341
百草滋榮　3-43
百萬之衆　8-376
百藥灌叢　1-325
百蠻之最彊者也　8-420
百蠻執贄　8-214
百行兼苞　8-472
百行愆諸己　3-492
百越之君　8-379
百足之蟲　8-463
百辟輔其治　6-329
百里奚在虞而虞亡　9-4
百里奚愚於虞而智於秦　4-306
百里子房之用於秦漢　9-15
百里自鬻　8-122
百金不市死　3-502
百隧轂擊　1-439
百雉紆餘　9-391
百馬同轡　1-211
的爾殊形　2-296
的皪江靡　2-68
皆上天威明　7-406
皆不及也　7-182
皆云漢世主　4-142
皆享萬戶之封　7-407
皆以功勤濟國　6-277
皆以官方庸能　9-72
皆以客之功　6-430
皆以疾辭　9-333
皆以鴻漸之翼　8-270
皆俟命而神交　7-480
皆信命世之才　7-124
皆信必然之畫　6-452

皆兆發於前期　9-90
皆先儒之美者也　8-18
皆先帝所親論　7-354
皆先識博覽　2-305
皆出於建元之間　7-348
皆列於學官　7-344
皆剝割萌黎　8-336
皆卒於傾覆　8-307
皆及時君之門闌　7-481
皆反中和　3-195
皆取定俄頃　8-99
皆取成於婢僕　8-302
皆古文舊書　7-351
皆可推校　6-320
皆可攀附　7-185
皆名重海內　8-301
皆嚮風慕義　7-374
皆因文以寄其心　8-27
皆垂頭搨翼　7-392
皆塗觀卒遇　8-398
皆夷漫滌蕩　2-213
皆奉觴上壽　7-144
皆奔競之士　8-302
皆如漢初諸王之制　6-207
皆如群后也　9-73
皆宜膺受多福　7-415
皆密知名　5-241
皆將軍封候　7-427
皆弘敏而多奇　9-27
皆忠壯果烈　7-412
皆懷慷慨之節　7-77
皆我國家良寶利器　7-416
皆我王誅所當先加　7-405
皆所以起新舊　8-14
皆折衷於公　8-92
皆揚淸風於上烈　2-218
皆據舊例而發義　8-14
皆擧手曰　9-341

皆擯斥於當年　9-85
皆攝弓而馳　7-376
皆收視反聽　3-130
皆明智而忠信　8-375
皆暗與理合　8-352
皆有功跡見述於後世　8-273
皆有師傅　8-410
皆有徵驗　7-354
皆有積累殊異之跡　8-467
皆服事華髮　6-306
皆束手奉質　7-389
皆極慮盡忠　8-387
皆樂其生而哀其死　8-290
皆樂立名於世　7-179
皆此物也　2-34
皆武人屈起　8-323
皆毓德於衡門　9-85
皆沒而不說　8-18
皆浮出　9-490
皆深文爲吏　8-111
皆爲之有漸　8-463
皆爲匍匐逶迤　9-122
皆爲鯨鯢　7-407
皆玄聖之所遊化　2-260
皆由勢族　8-356
皆短於仁義　8-416
皆私其姻者也　6-351
皆科斗文字　8-6
皆稽顙樹頷　2-139
皆經國之常制　8-14
皆聚此書也　8-3
皆能攫戾執猛　1-309
皆腐身薰子　8-336
皆與謠俗汁協　1-395
皆著藏中　9-479
皆著銅爵臺　9-479
皆薰歇燼滅　2-277
皆見隳壞　2-281

색인 **431**

皆言交州爲君所執　7-207
皆諸子傳說　7-348
皆謂之俗吏　8-301
皆象刻於百工　6-188
皆跨有千里之土　8-461
皆近代辭賦之偉也　8-28
皆逡不至　9-341
皆避濁世以全其身者也　8-390
皆銀璫左貂　8-331
皆非姻黨　6-351
皆非詔書所特會疾　7-410
皆非通方之論也　8-30
皆非陛下之意也　7-375
皆願摩頂至踵　9-115
皆顯其異同　8-19
皆飛仁揚義　6-150
皆體天作制　2-302
皆體著而應卒　1-385
皆鷹揚虎視　7-258
皇上以叡文承歷　8-51
皇上嘉悼　9-270
皇上纂隆　3-361
皇之介弟　9-435
皇乎備矣　5-42
皇佐揚天惠　4-208
皇儲時乂　8-159
皇剡剡其揚靈兮　6-31
皇十紀而鴻漸兮　2-466
皇合德於乾坤　2-182
皇哉唐哉　8-265
皇唐之世　8-403
皇天后土　6-313, 7-101
皇天平分四時兮　6-70
皇天淫溢而秋霖兮　6-72
皇天無私阿兮　6-18
皇天輔德　9-99
皇太子不矜天姿　8-103
皇媼來歸　8-166

皇家不造　9-209
皇家帝世　8-257
皇家有土崩之釁　9-39
皇居體寶極　4-381
皇帝咨故督守關中侯馬敦　9-250
皇帝嗣建　6-329
皇帝御天下之七載也　9-190
皇帝有天下之五載也　9-197
皇帝痛掖殿之旣闋　9-289
皇帝親臨祖饋　9-310
皇帝親率羣后　2-26
皇帝體膺上聖　8-67
皇心憑容物　4-159
皇心美陽澤　4-39
皇恩溥　1-202
皇恩畢　2-456
皇恩竟已矣　5-10
皇恩綽矣　1-454
皇恩褒迹　6-372
皇恩過隆　3-320
皇情爰眷　3-402
皇慶攸興　3-361
皇戚比彥　3-412
皇教遐通　9-209
皇晉遘陽九　5-490
皇朝以治定制禮　8-108
皇朝軫慟　8-106
皇極肇建　3-374
皇歡浹　1-137
皇流共貫　3-397
皇涂昭列　9-310
皇漢凱入　8-147
皇漢成山樊　5-452
皇漢逢屯遭　5-425
皇澤廣被　6-318
皇皇哉　8-215
皇皇帝祜　3-366
皇皇焉　1-247

皇矣漢祖　8-363

皇矣能仁　9-399

皇祇發生之始　8-55

皇祖夷於獯徒　9-67

皇祖歆而降福　1-308

皇祖止焉　1-311

皇穹神察　9-207

皇統幽而不輟　9-63

皇綱幅裂　4-247

皇綱弛紊　9-25

皇綱解紐　7-300

皇聖昭天德　4-386

皇肯照微　3-322

皇胤璇式　9-293

皇覽揆余初度兮　6-4

皇赫斯怒　3-336

皇車幽輖　2-118

皇輿乃徵　9-240

皇輿凱歸　3-369

皇運來授　8-132

皇道煥炳　6-186

皇鑒揆余之忠誠　2-182

皇階授木　8-143

皇齊握符於後　9-406

皋蘭被徑兮　6-86

皋蘭被徑路　4-117

皎潔不成妍　5-460

皎潔如霜雪　5-51

皎皎亮月　5-268

皎皎天月明　4-120

皎皎寒潭潔　3-393

皎皎彼姝女　5-408

皎皎彼姝子　4-296

皎皎悲泉　2-461

皎皎明發心　4-475

皎皎明秋月　3-442

皎皎河漢女　5-219

皎皎當窗牖　5-211

皎皎白間　2-312

皎皎窗中月　4-148

皎皎霞外　7-360

皎若太陽升朝霞　3-272

皎若明月舒其光　3-256

皎鏡無冬春　5-29

皋伊之徒　2-17

皋搖泰壹　2-20

皋魚節其哭　3-195

皓壁崎曜以月照　2-286

皓天舒白日　3-462

皓月鑒丹宮　4-381

皓爾太素　2-481

皓獸爲之育藪　1-448

皓皓旰旰　2-307

皓腕約金環　5-65

皓質呈露　3-272

皓頤志而弗傾　2-478

皓首以爲期　5-232

皓首而歸　7-125

皓鶴奪鮮　2-396

皓齒內鮮　3-272

皓齒娥眉　6-98

皓齒粲爛　2-92

皓旰曒絜之儀　2-397

晶晶川上平　4-452

晶貙鴟於萋草　1-337

唯唯白鳥　2-324

皤皤國老　1-147

皤皤然被黃髮者　1-310

皤皤董叟　8-165

皦日炯晃於綺疏　2-266

皦日籠光於綺寮　1-428

皦皦流素光　5-299

皦皦然絶其雰濁　9-130

皦皦白素絲　4-293

皦皦高且懸　4-189

皭若君平　1-340

皮 ─────────────

皮褐猶不全　4-198

皿 ─────────────

盈塗咽水　9-425
盈塞天淵之間　8-233
盈尺則呈瑞於豐年　2-394
盈數可期　9-147
盈數固希全　5-114
盈於孔甲之沼　6-188
盈溢天區　1-264
盈牣珍藏　8-336
盈盈一水間　5-219
盈盈樓上女　5-211
盈篋自余手　5-336
盈縮之度無準　9-196
盈縮遞運　9-97
盈虛自然　1-355
盈衍儲邸　8-75
盈量知歸　8-108
盈難久持　8-46
益以淮陽　6-442
益宜振起道義之徒　6-360
益州先主　7-424
益州刺史之所作也　8-401
益州罷敝　6-269
益復無聊　7-116
益用增勞　7-210
益稷合於皐陶謨　8-6
盍亦覽東京之事以自寤乎　1-231
盍各言志　2-172
盍孟晉以迨群兮　2-468
盍將把兮瓊芳　6-41
盍遠跡以飛聲兮　3-23
盎或醨醢　9-492

盖聞古人申於見知　6-303
盛三雍之上儀　1-127
盛哉　8-257
盛哉乎斯世　1-141
盛夏后之致美　1-256
盛孝章　7-414
盛年一過　7-73
盛年處房室　5-66
盛從軼儀韋斯之邪政　8-228
盛德之風　6-419
盛德大業至矣哉　2-36
盛德日新　9-227
盛怒於土囊之口　2-379
盛明蕩氛昏　4-359
盛時不可再　5-64
盛業光於後嗣　9-98
盛烈光乎重葉　2-444
盛狄獲之收　2-143
盛矣麗矣　3-256
盛稱其本土險阻瓌琦　8-30
盛衰各有時　5-220
盛衰無常　1-214
盛衰相襲　9-124
盛飾入朝者　6-461
盛鬐不同制　6-81
盜賊奔突　2-280
盜跖挾曾史之情　9-152
盟津有再駕之役　7-183
盟津達其後　1-233
盡不可益　3-138
盡予哀兮祖之晨　9-302
盡人神之壯麗矣　2-260
盡任棠置水之情　9-422
盡其心禮　8-195
盡加隆於園陵　2-238
盡忠恕而與人　2-171
盡思慮　7-139
盡日處大朝　5-32

盡服擒　5-241
盡歡情　7-245
盡歡朝夕　9-351
盡爲萬戶侯　7-126
盡爲難矣　6-464
盡規獻替　9-358
盡言非報章　4-387
盡言非尺牘　3-439
盡變態乎其中　1-170
監於太淸　1-120
監督方部之數　9-407
盤于遊田　4-223
盤岸巑岏　3-249
盤庚三篇合爲一　8-6
盤庚作誥　1-218
盤或梅李　9-492
盤於遊畋　1-200
盤桓毓養　3-213
盤樂極　1-212
盤渦谷轉　2-357
盤盂小器　9-199
盤猛激而成窬　2-339
盤石振崖　2-76
盤石膠固　8-454
盧播違命　3-335
盧欽兼掌　8-100
盧綰嫌畏於已隙　7-195
盧綰自微　8-154
盧跗是料　1-326

目

目不見其可欲　1-277
目不視靡曼之色　8-385
目中夏而布德　1-134
目之察也有畔　9-136
目仿佛乎平素　3-98
目倦俯塗異　4-449

目冥眴而亡見　2-10
目如燿星　7-457
目察區陬　1-271
目惑玄黃　8-482
目感隨氣草　5-117
目所一見　6-263
目所曾眂者　3-265
目曾波些　6-84
目有虞　2-122
目極千里兮　6-86
目極四裔　1-114
目極盡所討　5-435
目極華靡　6-277
目欲其顔　3-267
目流睇而橫波　3-165
目炯炯而不寐　3-100
目無匪制　1-442
目牛無全　2-268
目略微眄　3-261
目眇眇兮愁予愁予　6-46
目眴轉而意迷　1-107
目睇毫末　9-219
目瞪瞪而喪精　2-287
目窕心與　6-109
目翫三春黃　4-56
目翫阿房　1-228
目色仿佛　3-256
目覩嚴子瀨　4-465
目觀窮　1-202
目送歸鴻　4-226
目駭耳回　2-17
目騰光些　6-81
目龍川而帶坰　1-350
直上千仞　9-462
直事所繇　1-424
直以不能內審諸己　7-327
直以前代外戚　7-35
直使人踣焉　6-122

直壏霓以高居　1-172
直如朱絲繩　5-165
直嶢嶢以造天兮　2-10
直念古者　3-107
直恐爲諸大夫累耳　6-115
直情忤意　8-334
直憭溧鬱邑　2-381
直憯淒惏栗　2-380
直指吳會　7-409
直指商郊　6-252
直指高於九疑　2-262
直書其事　8-16
直由婚媾之私　6-352
直由意無窮　4-91
直繩則虧喪恩舊　8-325
直置忘所宰　5-500
直而不倨　3-214
直衝濤而上瀨　1-393
直視千里外　2-275
直言正色　7-383
直道受黜　8-202
直道正辭　9-332
直髮馳騁　1-381
相下女之可詒　6-24
相也　7-151
相公實勤王　5-426
相公征關右　5-31
相兼二八　1-453
相厚益隆　7-195
相去復幾許　5-219
相去悠且長　5-238
相去日已遠　5-211
相去萬里　7-127
相去萬餘里　5-210, 5-227
相合而成　7-349
相國平陽懿侯沛曹參　8-142
相國晉王　7-306
相國舞陽侯沛樊噲　8-142

相國酇文終侯沛蕭何　8-142
相如卒於園令　9-93
相如工爲形似之言　8-348
相如恧溫麗　4-407
相如抗節　7-221
相如折其端　3-474
相如於是避席而起　2-393
相如末至　2-392
相彼反哺　4-332
相待而成　8-410
相得益章　8-123
相思之樹　1-360
相思巫山渚　5-520
相思無終極　4-215
相承云是高平舊族　7-44
相攜持而去之者　8-342
相擒以兵　7-448
相望屠潰　9-264
相望於境　9-248
相望於巖中矣　8-342
相期憩甌越　3-442
相次殂落　9-85
相沿莫反　6-234
相爾南陽　9-241
相繼屠剿　8-360
相羊乎五柞之館　1-203
相背而異態　2-64
相與列乎高原之上　2-111
相與弘道　8-183
相與復翱翔　3-351
相與昧平生　3-489
相與昧潛險　1-391
相與爲一　8-375
相與爲部　8-19
相與第如澠池　1-338
相與聊浪乎昧莫之坰　1-382
相與觀所尙　4-19
相與集於靖冥之館　2-121

相與騰躍乎莽罡之野　1-381
相與齊乎陽靈之宮　2-18
相見在近　7-271
相見日淺　7-134
相見未有期　5-237
相觀人之計極　6-18
相計土地　7-202
相輕所短　8-438
相送越坰林　4-353
相逢詠蘪蕪　5-385
相都麗聞見　5-507
相隨把鋤犁　5-32
相隨顚沒　7-416
省刑罰　2-95, 8-392
省幽明以黜陟　1-273
省庖廚　8-392
省微身兮孤弱　3-102
省方巡狩　1-128
省生事之故　2-330
省田官　8-415
省緐愼獄　6-243
省訃卻賻　9-283
眄山川以懷古　2-190
眄庭柯以怡顏　7-490
眄睞以適意　5-225
眄睞成飾　7-94
眄箱籠以揭驕　2-147
眄般皷則騰淸眸　3-170
眄隰則萬頃同縞　2-396
眇不知其所返　1-177
眇千載而遠期　9-483
眇古昔而論功　1-126
眇天末以遠期　1-275
眇天際而高居　6-142
眇曠治夷　2-341
眇泣素軒　9-317
眇焉悠邈　1-72
眇然絶俗離世哉　8-125

眇然萬里遊　5-495
眇眇孤舟遊　4-448
眇眇客行士　5-266
眇眇忽忽　2-51
眇眇玄宗　9-376
眇眇陵長道　5-447
眇翩翩兮薄天游　3-212
眇若雲翼絶嶺　2-368
眇衆慮而爲言　3-132
眇覿玄風　1-64
眇闇易以䘏削　2-92
眇麗巧而聳擢　1-106
眇默軌路長　4-493
眈眈其眄　8-152
眈眈帝宇　1-413
眉如翠羽　3-264
眉聯娟以蛾揚兮　3-259
眉連娟以增繞兮　3-165
看天險之衿帶　2-198
看成皐之旋門　2-169
眝美目其何望　9-487
眞不可强　7-278
眞人南巡　1-311
眞人恬漠兮　2-416
眞人革命之秋也　1-309
眞僞因事顯　4-125
眞吾徒之師表也　7-481
眞天子之表也　8-233
眞定之梨　1-458
眞想初在衿　4-449
眞所謂漢之舊都也　1-307
眞相知者也　7-291
眞神明之式也　8-250
眞秦之聲也　6-433
眠優聽苦　9-147
眠褥告珍　9-316
眥血下霑衿　3-474
眩將墜而復擧　1-304

眩然心綿邈　4-3

眩燿青熒　2-121

眭固伏罪　6-200

眐藐流眄　1-214

眴煥粲爛　2-379

眷亦旣親　4-329

眷余以嘉姻　3-90

眷同尤良　4-329

眷峻谷曰勿墜　2-467

眷戀庭闈　3-280

眷戀想南枝　4-431

眷我二三子　5-473

眷我耿介懷　5-81

眷椒塗於瑤壇　6-170

眷然惜良辰　5-502

眷然顧鞏洛　4-432

眷眷思鄴城　5-34

眷眷懷苦辛　4-301

眷眷浮客心　4-353

眷西極而驤首　2-453

眷西路而長懷　2-424

眷言懷君子　4-154

眷言懷桑梓　4-258

眷言訪舟客　5-28

眷言采三秀　5-26

眷言靈宇　9-402

眷鞏洛而掩涕　2-183

眷顧成綢繆　5-493

眸子炯其精朗兮　3-259

眸矑黑照　6-180

眺華岳之陰崖　2-202

眼無留眄　9-203

眽眽然自以爲得矣　9-16

睆焉不得度　5-406

睇目有極覽　3-390

睇眄流光　6-147

睋北阜　1-89

睎形影於几筵兮　3-99

睎高慕古　3-232

睞眥蠆芥　1-185

睚眦則挺劍　1-398

睚眦有違　6-257

睟容已安　9-403

睟容有穆　8-83

睠留重華而比蹤　1-454

睢河鯶其流　9-91

睢盱拔扈　1-196

睢睢盱盱　8-226

睦親之行　9-280

睨影高鳴　2-451

睨觀魚乎三江　1-387

睨部曲之進退　2-86

睨驍媒之變態　2-147

睒睒諂夫　3-297

睹一麗人　3-271

睹先生之縣邑　8-173

睹前車之傾覆　8-461

睹幾蟬蛻　8-152

睹斯而胎曰　2-281

睹有黎之圮墳　3-14

睹正風而化俗　9-451

睹牛羊之下來　2-160

睹絲而後獻歙哉　4-322

睹舊里焉　1-311

睹著知微　4-179

睹蒲城之丘墟兮　2-170

睹農人之耘耔　2-326

睹陳根而絶哭　9-476

睽衆庨豁　1-174

睿哲惟晉　3-367

睿哲玄覽　1-237

睿問川流　9-323

睿圖炳睟　3-408

睿心因於令圖　9-28

睿思纏故里　4-69

腰眇蟬蜎　2-345

瞋喃咄以紆鬱　3-153
瞋菌磑挾　3-189
睞焉失所　1-467
瞥若截道飆　4-424
瞠蕡忘食　3-158
瞬目矖曾穹　5-333
瞭多美而可觀　3-259
瞰四裔而抗稜　1-134
瞰宛虹之長鬐　1-174
瞰康園之孤墳　2-236
瞰烏弋　2-141
瞰瑤谿之赤岸兮　3-26
騰悍目以旁睞　2-147
瞵然馬生　9-256
瞻之不隊　8-203
瞻仰二祖　1-281
瞻仰王室　4-175
瞻前而顧後兮　6-18
瞻前軌之既覆　3-83
瞻前顧後　8-263
瞻唯我王　3-298
瞻塗意少悰　4-353
瞻山則千巖俱白　2-396
瞻崑崙之巍巍兮　3-28
瞻廬望路　9-501
瞻彼崇丘　3-285
瞻彼日月　4-327
瞻彼景山　6-421
瞻彼陵上柏　5-289
瞻彼靈光之爲狀也　2-284
瞻彼黑水　4-180
瞻恩唯震蕩　5-18
瞻拜之日　6-367
瞻挺稼之傾掉　2-152
瞻星揆地　9-190
瞻星比婺　9-291
瞻曠野之蕭條兮　3-74
瞻望反側　3-311

瞻望往代　8-174
瞻望東路　4-171
瞻望遐路　4-170
瞻棟宇而興慕　8-113
瞻烏靡托　9-181
瞻系天衢　6-324
瞻羅思越　9-497
瞻萬物而思紛　3-129
瞻貴賤之所在　2-326
瞻雅詠於京國　9-373
瞻雲雁之孤飛　2-398
瞻靈衣之披披　3-98
瞀叟清耳　9-143
瞀夫違盛觀　3-481
瞧睞無度　2-342
矍龍虎之文舊矣　7-473
矗似長雲　2-273
矐焉相顧　1-467

矛

矛戟交錯　6-115
矛鋋飄英　1-441
矜其宴居　1-377
矜其車徒　9-16
矜劬勞　2-142
矜名道不足　4-51
矜巴漢之阻　1-347
矜愚愛能者　3-311
矜矜元王　3-296
矜而自功　2-41
矜臣所乞　6-401
矜誇館室　1-119
喬雲翔龍　1-449

矢

矢不單殺　1-112

矢不虛舍 1-196

知盡不可益 8-46

矢激則遠 2-414

知章知微 9-229

矢盡道窮 7-144

知能拯物 8-190

矢陳厥謀 6-235

知與不知也 4-306, 6-450

知一過之害生 8-480

知言之貫 8-163

知井臼之逸 6-387

知言有誠貫 4-382

知人未易 9-255

知諸君子復有漳渠之會 7-255

知來者之可追 7-489

知足下故不知之 7-276

知其不可 6-400

知足免戾 3-322

知其不如古人遠矣 7-269

知足勝不祥 9-173

知其有由也 7-259

知陵夷之可患 9-65

知其然也 8-290

知離夢之躑躅 3-114

知其爲人不如厚己 9-59

知音世所希 4-296

知函夏之充牣 2-446

知音苟不存 5-328

知去就之分 7-169

知頑素之迷惑 6-154

知名位之傷德 8-487

知黎元不可以無主 6-328

知命不憂 2-417

矧乃今日 9-230

知命亦何憂 5-64

矧乃吾子 9-258

知命故不憂 4-317

矧乃在吾愛 4-350

知和樂於食苹 8-84

矧云私粟 9-259

知國爲己土 9-73

矧人力之所爲 2-237

知在三之如一 9-369

矧伊嬿婉 4-175

知天地不可以乏饗 6-328

矧匹夫之安土 2-182

知將帥之不讓 8-304

矧夫赫赫聖漢 8-256

知己誰不然 4-199

矧幽冥之可信 3-21

知復何云 7-323

矧復値秋晏 4-119

知必爲朝士所笑 6-288

矧禽鳥之微物 2-424

知性命之在天 2-171

矧耽躬於道眞 2-480

知恤下人 7-264

矧茲狹隘 9-176

知患莫改 8-316

矧荷明哲顧 5-430

知勷勳之可矜 8-44

矧迺値明德 5-426

知有定主 9-59

矧迺歸山川 5-345

知此路之良難 3-83

矩步豈逮人 5-111

知死不吝 9-162

短則不可緩之於寸陰 9-80

知死不撓 8-194

短宋玉曰 3-264

知治國之佞臣 2-317

短弱自有素 4-339

知深覺命輕 5-430

短歌微吟不能長 5-59

知獨守之不能固也 8-446

短歌有詠 5-125

短羽之栖翳薈　6-163

短翻㠀飛翻　5-388

短長之期者　8-291

矯志崇邈　4-242

矯性失至理　4-25

矯應容以赴節　9-487

矯手頓世羅　5-121

矯扶蘇於朔邊　2-227

矯掌望烟客　5-495

矯矯三雄　8-152

矯矯先生　8-174

矯矯楊侯　9-217

矯翅雪飛　2-461

矯翼厲翮　7-458

矯菌桂以紉蕙兮　6-10

矯跡入崇賢　4-445

矯跡廁宮臣　5-485

矰繳相纏　1-112

石

石壁映初晰　5-505

石子鎮海沂　3-434

石室有幽　5-499

石室相距　1-356

石帆水松　1-358

石帆蒙籠以蓋嶼　2-361

石杠飛梁　1-435

石林豈爲艱　4-358

石梁有餘勁　5-455

石榴蒲陶之珍　3-60

石橫水分流　4-59

石泉咽而下愴　7-364

石泉漱瓊瑤　4-18

石淺水潺湲　4-465

石瀨兮淺淺　6-45

石瀨湯湯　1-427

石磊磊兮葛蔓蔓　6-54

石磴瀉紅泉　4-484

石稱丈量　6-472

石苞白　7-313

石逕荒涼徒延佇　7-366

石韞玉而山輝　3-139

石蛙應節而揚葩　2-359

砏汃輣軋　1-299

砥室翠翹　6-80

砥礪名號者　6-461

硈巖鼓作　2-354

砰揚桴以振塵　2-203

砰磅訇礚　2-66

破堅摧剛　1-309

破敗奔走　7-414

破棺裸屍　7-388

破穹廬　2-138

破董卓於陽人　6-345

破齊克完　9-259

研桑心計於無垠　7-482

研精耽道　3-304

研覈是非　1-224

研道德之玄奧　3-232

硠硠礚礚　2-53

碧砮山谷　1-365

碎此明月　8-192

碎玉斗其何傷　2-210

碎轒輼　2-138

碑披文以相質　3-135

碑版誰聞傳　4-484

碑碣誌狀　1-71

碓投灔穴　3-181

碕岸爲之不枯　1-365

碕嶺爲之嵒崿　2-355

硬石砥砆　2-43

硬礧彩緻　1-100

碧出萇弘之血　1-340

碧嶺再辱　7-368

碧樹先秋落　5-473

碧沙瀢漉而往來 2-355
碧砮芒消 1-325
碧色肅其芊芊 2-30
碧鄣長周流 5-505
碧雞倏忽而曜儀 1-320
碨磊山壟 2-340
碩果灌叢 1-431
碩畫精通 1-442
確乎其操 9-336
確乎純乎 9-80
磅礚象乎天威 1-208
磈磈磈磈 1-351
磊匒匌而相豗 2-339
磊砢相扶 2-289
磊磊澗中石 5-212
磊落蔓衍乎其側 3-60
磐石險峻 3-249
磔裂屬國 2-138
磞硠震隱 3-238
磧礫皆羊腸 5-518
磨礱砥礪 6-472
磪嵬岑嵒 3-204
磬折似秋霜 4-104
磬折忘所歸 4-114
磬折欲何求 5-63
磬襄弛懸 3-197
磴之以瀿瀷 2-364
磵石摧絶無與歸 7-366
磷磷水中石 4-191
磷磷爛爛 2-68
磻不特絓 1-203
磻溪之漁者 7-82
礉鈫碒乎數州之間 1-351
礐硞礐確 2-355
礔礰激而增響 1-208
礧石相擊 2-53
礧磈瑰瑋 2-300
礫石與琬琰俱焚 9-92
礫磊磊而相摩兮 3-246
礮石雷駭 3-56

示·ネ

示之以禍難 7-197
示人主以軌範也 8-5
示均鎔造 7-10
示太素 1-139
示威示德 9-220
示我以遊娛 4-234
示我漢行 1-147
示戮斬牲 1-266
示武懼荒 3-381
示民不偷 1-264
示民同志 6-390
示珍符 8-215
示遠之觀 1-241
社稷是經 8-364
社稷時難 6-328
社稷無位 6-198
社稷神武 7-406
社稷靡安 6-332
祀八百而餘慶 2-185
祁祁傷豳歌 4-45
祁祁士女 3-325
祁祁大邦 4-276
祁祁搢紳 9-221
祁祁甘雨 1-147
祁祁生徒 3-58
祁祁臣僚 3-371
祆始於夏庭 9-6
祇以昭其愆尤 1-285
祇奉社稷守 4-432
祇攪予心 6-154
祈福乎上玄 1-250
祈禨禳災 1-244
祐貞良而輔信 2-171

祓於陽瀨　1-304
祓飾厥文　8-216
祖太祖高皇帝　9-446
祖宗濬哲欽明　2-282
祖宗焚滅　7-380
祖宣皇帝　9-406
祖少卿　7-43
祖構之士　8-28
祖武宗文之德　9-394
祖母劉　6-309
祖母劉今年九十有六　6-312
祖母無臣　6-312
祖載當有時　5-184
祖雲螭兮　2-458
祗召旋北京　3-438
祗吾子之不知言也　1-230
祗役出皇邑　3-442
祗承往告　7-311
祗承怵惕　3-320
祗承皇命　4-251
祗攪予情　4-131
祗聖敬以明順　3-57
祗足攪懷人　5-511
祚之宅土　3-360
祚垂後嗣　9-63
祚始玉筐　9-431
祚爾輝章　8-154
祚由梅鋗　8-155
祚自會稽　4-335
祚融世哲　3-398
祚隆昌發　2-185
祚靈主以元吉　1-256
祚靈集祉　9-293
祝史正辭　2-38
祝宗諏日　2-34
神一夕而九升　3-100
神之營　2-300
神之聽之　7-482

神之辨也　9-89
神交疲夢寐　5-389
神交造化　8-173
神人獲安　6-334
神仙嶽嶽於棟間　2-292
神仙排雲出　4-11
神仙長年　1-98
神何適而獲怡　3-84
神先心以定命兮　2-476
神光燿暉　8-418
神光離合　3-275
神兵東驅　9-26
神具醉止　1-258
神功無紀　7-96
神動氣而入微　2-479
神化翁忽　1-355
神卦靈兆　8-236
神和形檢　8-202
神哉華觀　9-193
神器化成　6-177
神器否而必存者　9-63
神器暉其顧盼　8-40
神器流離　6-330
神器遷逼　8-182
神基與極天比峻　9-406
神女稱遽　3-261
神宇曖微微　5-397
神山峨峨　1-178
神山崔巍　1-209
神州丘墟　6-357
神州儀刑之列嶽　6-382
神往同逝感　4-299
神御出瑤軫　4-73
神心怖覆　3-261
神心所受　3-380
神思反德　8-368
神悅悅而外淫　3-66
神情所涉　8-186

神情玄定　8-190

神姿形茹　1-467

神意協　3-167

神感因物作　5-322

神感飛禽　3-303

神應休臻　6-153

神所依兮　2-23

神扶電擊　2-118

神旌乃顧　8-369

神明之祚　8-428

神明之道也　9-5

神明其位　8-50

神明崛其特起　1-173

神明知之矣　6-292

神明馭娑　2-104

神明鬱其特起　1-106

神有所不通　6-63

神期恒若在　4-154

神木叢生　1-109

神木靈草　1-208

神歆馨而顧德　1-256

神歇靈繹　8-229

神武一朝征　5-311

神武應期　7-300

神武睦三正　3-480

神武聖哲　7-421

神母告符　8-363

神氣以醇白獨著　8-488

神氣恬然　8-191

神氣晏如　4-130

神氣激揚　3-110

神池靈沼　1-94

神清氣茂　6-407

神無不暢　4-336

神無滯用　8-99

神物儀兮　2-457

神物怪疑　6-122

神獨亨而未結兮　3-259

神用挺紀　1-234

神略獨斷　8-280

神皋載穆　9-452

神監孔明　8-175

神監淵邈　9-460

神祇收歆　2-38

神聽無響　9-164

神茂初學　9-350

神荼副焉　1-271

神莫莫而扶傾　2-14

神藏於形　9-156

神蚖蟺蜦以沉遊　2-360

神螭掩　1-383

神行埒浮景　4-65

神襟蘭郁　9-323

神謀不忒　9-221

神足遊息　9-403

神跡是尋　8-148

神路幽嚴　9-310

神躁於中　8-479

神辱志沮　4-130

神農是嘗　1-326

神農更王　4-266

神農造瑟　3-198

神迷體倦　8-469

神遰眛其難覆兮　3-17

神道無跡　9-202

神道見素　3-369

神鉦迢遞於高巘　1-416

神降之吉　2-246, 9-243

神雀五鳳甘露黃龍之瑞　1-82

神雀仍集　8-418

神雀棲其林　2-102

神靈扶其棟宇　2-298

神靈日照　8-256

神須形以存　8-480

神風潛駭　3-368

神麗接丹轂　3-344

神飇自遠至　5-471

神駕東還　9-425

神高馳之邈邈　6-37

神鼎烹魚　5-268

祠以少牢　9-251

祠后土　7-486

祠宇斯立　8-175

祠骸府阿　9-493

祥正而靑旗肅事　6-234

祥河輟水　9-399

祥發慶膺　9-312

祥習在卜征　4-70

祥風翕習以颾灑　2-298

祥飇被綵斿　4-73

祭之以豚酒　9-490

祭則寡人　8-41

祿威八紘　1-442

祿不代耕　7-11

祿利然也　6-255

祿勤增奉以厲貞廉　8-415

祿微賜金　6-389

祿等上農　9-282

祿賢能　8-390

禁兵外散於四方　8-287

禁固二十年　9-340

禁固明時　6-292

禁旅尊嚴　9-416

禁省鞠爲茂草　2-214

禁禦不若　1-195

禁禦所營　2-104

禁臺省中　1-424

禁軒承幸　8-81

禁錮終身　7-47

禁門平旦開　5-169

禊飮之日在茲　8-78

禍何自來　6-472

禍作福階　4-335

禍兮福所倚　2-413

禍固多藏於隱微　6-465

禍基京畿　9-25

禍延凶播　4-310

禍成於庚宗　9-6

禍於何而不有　2-225

禍有愈乎向時之難　9-49

禍有所歸　8-430

禍淫莫驗　4-309

禍溢於世　7-476

禍生有胎　6-472

禍福焉　9-98

禍積起於寵盛　8-44

禍辱及身　8-307

禍集非無端　5-83

福不盈眥　7-476

福之上也　7-418

福亦隨之　7-204

福兮禍所伏　2-413

福善則虛　4-309

福善禍淫　9-97

福地奧區之湊　8-78

福履旣所綏　5-477

福應尤盛　1-82

福所以興　9-164

福爲禍始　4-335

福生有基　6-472

福祿來臻　3-367

福謙在純約　4-424

福過災生　6-350

福鍾恒有兆　5-83

禔萬福　9-181

禦以沅湘　1-381

禦其大災而不尸其利　8-290

禦史大夫沛周苟　8-142

禦自汧渭　2-108

禦隆車之隧　7-389

禪代不同　8-426

禪位大魏　8-461

禪慧攸託　9-402

禪梁基　2-125

禪梁父　8-239

禮上下而接山川　1-118

禮不愆器　3-399

禮不違詑　3-261

禮之若舊　6-343

禮乐崩丧　6-217

禮也　2-26, 8-57, 8-107, 9-310, 9-320, 9-373,
　　　9-428, 9-458

禮事展　1-262

禮交樂舉　5-41

禮以仁淸　9-500

禮儀孔明　1-258

禮儀是具　2-305

禮壞樂崩　7-349

禮太一　3-251

禮官博士　8-229

禮官整儀　1-130

禮屈於厭降　9-452

禮屬觀盥　3-411

禮序凋缺　8-311

禮舉儀具　1-241

禮教彫衰　7-41

禮文旣集　8-401

禮樂是悅　9-336

禮樂陵遲　9-8

禮法刑政　8-304

禮登竛睿情　5-508

禮神祇　1-133

禮紊舊宗　8-99

禮經舊典　9-190

禮義之不愆　7-451

禮義信　9-364

禮義廢　7-496

禮義旣敷　9-423

禮行宗祀　5-43

禮術銷亡　9-202

禮設三爵之制　3-163

禮變商俗　9-197

禮讓何濟濟　5-122

禰處士　2-420

禱璿室　3-251

禱祀非恤　9-283

禴祠蒸嘗　1-303

禸

禹不偪伯成子高　7-290

禹不能名　2-56

禹無十戶之聚　6-468

禹穴神皋　9-417

禹至神宗　9-180

禹錫玄珪　9-239

禹同之有　1-347

禹禹鮐鰌　2-68

禽勁吳而霸中國　6-456

禽息碎首　9-139

禽息鳥視　6-282

禽獸悍爲犧　5-32

禽獸珍夷　1-112

禽獸相若　9-125

禽獸駭分亡其曹　6-90

禽王莽於已成　8-459

禽相鎭壓　1-114

禽闔閭之將　7-84

禽項定功　8-160

禽鳥翔集之嬉　3-222

禾

秀出中天　6-169

秀色若可餐　5-128

秀騏齊丁　2-454

私心獨悅　3-258

私怪其故　2-413

私意自試　7-292

私懷誰克從　4-147

私所仰慕　7-222

私湛憂而深懷兮　3-6

私自憐兮何極　3-102, 6-69

私貨得錢　7-29

私門播遷　4-327

私願不果　7-222

私願偕黃髮　4-239

秉國之均　9-360

秉心淵塞　8-198

秉意乎南山　6-117

秉文兼武　9-220

秉機省闥　9-211

秉筆侍兩闈　4-385

秉節高亮　6-305

秉繁弱之弓　6-139

秉纖纊　9-121

秉翻然之成議　7-197

秉靈圖而非泰　8-68

秉靑蓱干將之器　7-65

秋之爲氣也　2-385

秋九月十五日　9-248

秋儲無以競巧　9-429

秋兔依山基　5-447

秋場庶能築　5-380

秋夜涼風起　5-304

秋岸澄夕陰　4-455

秋帳含玆明月光　3-119

秋旣先戒以白露兮　6-70

秋日多悲懷　4-185

秋日懸淸光　5-20

秋日蕭索　3-110

秋月如珪　3-121

秋月照簾籠　5-481

秋桂遺風　7-367

秋榮冒水潯　5-517

秋榮者零悴　7-261

秋水落芙蕖　5-205

秋河曙耿耿　4-399

秋泉鳴北澗　4-364

秋潦漱其下趾兮　3-180

秋田乎靑丘　2-55

秋至恒早寒　3-491

秋草含綠滋　5-306

秋草萋已綠　5-220

秋菊兼餱糧　4-18

秋菊有佳色　5-326

秋藕折輕絲　4-396

秋蘭兮麋蕪　6-52

秋蘭兮靑靑　6-52

秋蘭可喩　5-256

秋蘭茝蕙　3-250

秋蘭被幽涯　5-471

秋蘭被涯　1-239

秋蘭被長坂　3-344

秋蜩不食抱樸而長吟兮　3-151

秋螟不散　6-246

秋蟬之翼不足擬其薄　6-183

秋蟬鳴樹間　5-217

秋霜宵墜　9-142

秋霜悴之　5-256

秋露未凝　9-501

秋韭冬菁　1-302

秋風乘夕起　5-289

秋風何洌洌　5-298

秋風吐商氣　4-144

秋風吹廣陌　5-397

秋風吹飛霍　4-103

秋風生桂枝　4-85

秋風發微涼　4-215

秋風罷兮春草生　3-111

秋風落庭槐　5-336

秋風蕭瑟天氣涼　5-59

秋風詠於燕路　3-228

秋風起兮白雲飛　7-486

秋黃之蘇　6-105

科斗書廢已久　8-6

科條如左　7-419

科條譬類　3-155

科防互設　7-388

秖居逼以示專　2-180

秖攬懷歸志　4-432

秘儀景冑　9-312

秘寶盈於玉府　2-442

秘舞更奏　1-213

秣馬脂車　3-325

秣馬皋門　2-184

秣馬華山　4-226

秣馬訓兵　9-181

秣馬赴楚壤　5-423

秣馬辭帝京　5-475

秣馬陵楚山　4-490

秣駟乎芝田　3-271

秦不生一焉　6-431

秦之任李斯　7-453

秦之社稷　8-244

秦人不綱　8-363

秦人來求市　3-473

秦人坑趙士　9-92

秦人寢兵　8-412

秦人折北慮　4-338

秦人是憚　4-330

秦人開關而延敵　8-376

秦以虎視　1-88

秦信左右而亡　6-459

秦兵不敢出　5-493

秦地天下樞　5-440

秦娥張女彈　5-405

秦孝公據殽函之固　8-374

秦嶺九峻　1-143

秦幷天下　8-312

秦得百二　9-176

秦成力折　1-112

秦據勢勝之地　8-448

秦據雍而強　1-156

秦政利觜長距　1-225

秦有餘力而制其弊　8-377

秦法酷烈　7-467

秦漢之典　9-74

秦漢之所極觀　1-93

秦漢未聞有良比也　7-222

秦無亡矢遺鏃之費　8-377

秦王御殿坐　3-474

秦王獨制其民　8-446

秦皇御宇宙　4-90

秦皇東遊以厭其氣　8-433

秦穆先下世　3-455

秦穆有王由五羖　8-411

秦穆殺三良　3-452

秦章華大夫在側　3-265

秦箏何慷慨　5-63

秦箏發徽　7-246

秦箏發西氣　4-220

秦籌齊縷　6-79

秦繆以霸　3-299

秦缺樓季爲之右　6-106

秦虎狼之彊國　2-190

秦觀周之弊　8-450

秦負阻於二關　1-231

秦貨旣貴　7-476

秦趙值薄蝕　5-490

秦趙欣來蘇　3-290

秦里其朔　1-157

秦隴之僭　9-248

秦靑不能識其衆尺　6-180

秦項之災猶不克牟　1-122

秦餘制度　8-231

秦餘徒刜　1-463

秩秩斯干　8-79

秪令人悲　7-116

秪足攬余思　4-369

秪足結怨而不見德　6-459

秬鬯弓矢　6-204

秬鬯沖淡　2-21

移博奕之力　8-473

移圍徙陣　2-118

移居華池邊　5-138

移帝伊洛　8-162

移師東指　7-374

移晷忘倦　1-72

移氣朔兮變羅紈　9-296

移淫風之穢俗　3-236

移珍來享　2-125

移風俗　7-495

移風易俗　6-429

稀鳴桴於砥路　8-73

稅此西墉　3-327

稅蠻登山椒　4-39

稅駕從所欲　4-22

稅駕西周　2-184

稉稻莫莫　1-327

稊菽糵糕　2-152

程巧致功　1-181

程形賦音　9-135

程表朱裏　3-186

程角觝之妙戲　1-207

稍去關市之賦　6-253

稍增焉　8-231

稍暗暗而靚深　2-16

稍見朝霞上　5-18

稍離其眞　7-351

稚子候簷隙　5-503

稚子候門　7-490

稚賓自免　9-282

稚齒豊車馬之好　8-73

稜威南厲　6-200

稜威可厲　9-256

稜威章臺顚　3-475

稜威遐厲　3-337

稜稜霜氣　2-275

稟之自然　8-478

稟仰太龢　7-478

稟元氣於靈和　2-372

稟命不融　9-333

稟嶽瀆之精　9-343

稟承在昔　6-414

稟氣懷靈　8-346

稟氣靈淵　6-180

稟澤洪幹　4-333

稟然皆有節槩　7-168

稟玉几之顧　9-370

稟蒼色之潤堅　3-150

稟訓丹陽　9-440

稟質蓮脆　1-463

稟道毓德　3-406

稟靈月馭　2-457

種一頃豆　7-166

種別群分　1-111

種樹畜養　6-472

種繁類殊　2-435

種苗在東皋　5-503

種落煽熾　9-255

種落繁熾　9-97

種葵北園中　5-279

種蠡存而越霸　7-461

稱亂紫微　3-368

稱亂陝服　9-448

稱仁漢牘　6-237

稱俸于張　9-219

稱兵內侮　6-200

稱其材幹　3-203

稱制下令　8-333

稱君侯昔有美玦　7-223

稱吾道窮　8-23

稱圖照言　9-292

稱多則吾豈敢　3-53

稱族尊君命　8-15

稱爲佐命　8-322
稱物納照　9-135
稱疾不到　9-277
稱疾避事　7-71
稱萬壽以獻觴　3-62
稱詩納順　9-312
稷嗣制禮　8-163
稷契匡虞夏　8-95
稷契熙載　8-249
稷契身佐唐虞　9-406
稽我王委　3-283
稻栽萠仟仟　4-430
稻粢穱麥　6-82
稽之上古則如彼　1-84
稽其成敗興壞之紀　7-158
稽古之政如彼　8-71
稽合乎同異　1-103
稽帝文　1-122
稽帝王之世運　8-435
稽顙來享　7-374
稽顙漢北　9-210
稽顙絳闕　7-307
稽顙城闕　6-324
稽首再拜　8-224
稽首言　7-40
稽鷫鸘　1-389
穀十斛　9-250
穀崑崙之高岡　3-12
穆公委之以政　6-452
穆公用之　6-428
穆如和風　9-220
穆如灑淸風　4-234
穆將愉兮上皇　6-41
穆屆天以悅牛兮　3-19
穆溫柔以怡懌　3-214
穆滿八駿　8-65
穆生謝病　7-201
穆穆之禮殯　1-250

穆穆伊人　4-276
穆穆列布　8-123
穆穆天子　3-298
穆穆帝典　8-163
穆穆延陵子　5-121
穆穆焉　1-247, 9-369
穆穆煌煌　1-146
穆穆聖容　3-377
穆若金蘭　8-103
積久德逾宣　4-199
積善有餘慶　4-220
積善餘慶　9-101
積土爲室　8-388
積威約之勢也　7-149
積威約之漸也　7-149
積實莫尙　3-398
積微成損　8-484
積德延祚　2-246
積德累行　6-472
積思常憤盈　5-75
積悲滿懷　9-244
積憤成痎痏　4-355
積成卷軸　9-466
積成山岳　8-47
積損成衰　8-484
積於亡秦　9-9
積毁銷骨　6-453
積水曾微增氷之凜　1-65
積水深　1-431
積水違方　9-197
積獸如陵　6-140
積痾謝生慮　3-443
積石峩峩　9-176
積石擁基階　4-56
積粟固守　6-478
積素惑原疇　4-355
積習成奸　8-111
積習生常　1-315

積翠亦蔥仟　4-65
積而後滿　8-405
積聚玩好　6-477
積看若山丘　1-394
積鑱磨骨　6-485
積陽熙自南　4-256
積雪被長巒　5-93
積靈祀而方多　2-460
積數十年　7-447
穢宣后之失貞　2-160
穢長沙之無樂　1-307
積橙鄧橘　1-301
稬秀菰穗　1-367
穲麥服處　6-106

穴 ─────────────

穴宅奇獸　1-322
穴處識陰雨　5-276
究之無窮　2-80
究人事之終始　3-56
究休祐之所用　1-118
究先聖之壺奧　7-481
究八體於毫端　9-429
究其所窮　8-13
究吾境之所曁　2-223
究年歲而不敢忘　3-71
究歡愉之極　5-420
究漢德之所由　1-142
究皇儀而展帝容　1-136
究萬乘之勢　6-470
穷凶極虐　6-217
穹天所以紀物　9-133
穹居之君　8-53
穹谷饒芳蘭　5-407
穹隆反宇　9-192
穹隆放蒼天　5-186
穹隆雲橈　2-65

空令日月逝　5-491
空出有餘資　5-31
空城凝寒雲　4-494
空守貞分　2-400
空床難獨守　5-212
空庭來鳥雀　5-345
空悲故劍　9-325
空成寵章　6-395
空房來悲風　5-408
空擅崑玉　9-196
空桑之里　9-91
空此河陽別　4-407
空殫菽粟　6-386
空水共澄鮮　4-468
空濛如薄霧　5-368
空班趙氏璧　4-456
空穴來風　2-378
空置百司　8-359
空負百年怨　5-148
空食疲廊肆　4-70
空館閴其無人　3-91
穿昆明池　2-103
穿池類溟渤　5-462
穿胸露頂之豪　9-181
穿鑿異端者　9-388
窀罗東麓　9-493
突倒投而跟絓　1-211
突刃觸鋒　6-282
突怒而無畏　6-121
突抓孤遊　2-345
突棘藩　1-200
突進房中　7-29
窅然难究　6-223
窈冥兮潛翳　3-102
窈冥終不見　4-85
窈窕多容儀　5-128
窈窕承明內　4-350
窈窕援高柯　3-489

窈窕淑女　2-321
窈窕究天人　5-421
窈窕繁華　1-101
窈藹瀟湘空　5-513
宨隆異等　1-367
宨隆詭戾　3-181
窅咤垂珠　2-291
窐寥窈冥　3-250
窒隙之策　1-462
窒隙踣瑕而無所詘也　7-464
窓中列遠岫　4-394
窘步懼先迷　4-385
窘然坐自拘　4-234
窘若囚拘　2-416
窘身就羈勒　5-425
窠宿異禽　1-322
窾窳其民　2-135
窮之所接　9-152
窮六義於懷抱　9-429
窮尤闞輿　2-119
窮則自得而無悶　7-280
窮咽豈及多喩　7-11
窮困不易其素　8-468
窮地之險　9-176
窮地而游　6-163
窮城極邊　8-134
窮塗悔短計　5-173
窮夜爲日　6-170
窮天步而高尋　2-460
窮奇極妙　2-300
窮奇象犀　2-74
窮妙極巧　3-198
窮妙極麗　2-104
窮寵極崇　8-233
窮山海之奧秘　2-220
窮山海之瓌富　2-260
窮岫泄雲　1-463
窮巷隔深轍　5-330

窮年忘歸　1-170
窮年迫憂慄　5-428
窮年非所用　5-308
窮性極形　1-355
窮愈達　9-148
窮夐極遠者　2-111
窮於五弦　9-155
窮於此域　9-383
窮日盡明　8-469
窮曲隨隈　6-121
窮東荒　2-368
窮泉爲漊　9-491
窮海之錯　6-182
窮涯而反　8-108
窮理盡微　7-72
窮相御之智巧　6-112
窮神行之軌躅　2-454
窮神觀化　8-146
窮祥極瑞者　8-261
窮老還入門　5-148
窮與達其必濟　2-466
窮虎奔突　1-112
窮覽其山川　9-168
窮身極娛　1-214
窮通之數　9-78
窮達　9-2, 9-12
窮達斯已　4-330
窮達有命　4-131
窮達有定分　4-125
窮達有違　4-245
窮遠凝聖情　4-69
窮陸飮木　1-366
窮飛走之棲宿　1-386
窳圖賁斄　3-191
窶數矩設　2-314
窺七貴於漢庭　2-180
窺地底而上回　2-19
窺我利器　3-331

窺東山之府　1-369
窺秦墟於渭城　2-226
窺窬神器　9-362
窺鳳凰之巢　2-125
竄南巢以投命　2-185
竄身清漳濱　4-184
竇武何進　8-336
竇號行於代路兮　3-18
竇融斥逐張玄　7-204
竊不敢忘初之厚德　6-73
竊不自量　6-282
竊不願於聖代　6-297
竊以此鳥自遠而至　2-420
竊以爲人誠有之　6-464
竊以爲未之思也　7-56
竊以爲過矣　6-428
竊作典引一篇　8-246
竊備矇瞍　7-57
竊其權柄　8-429
竊動心焉　8-401
竊十亂之或希　2-246
竊又疑焉　7-184
竊名號於中縣　9-97
竊尋獮獵侵軼　7-19
竊尋璋之姓族　7-44
竊弄神器　1-236
竊悲夫蕙華之曾敷兮　6-72
竊惟帝跡多緒　7-2
竊惟聖體　7-61
竊愁涼風至　5-470
竊感相鼠之篇　3-310
竊感豫讓國士之分矣　6-482
竊慕古人之所志　6-131
竊慕大王之義　6-482
竊慕此耳　7-121
竊所獨守　6-298
竊有以得其用心　3-128
竊爲先生不取也　8-385

竊爲左右患之　7-431
竊爲足下不取也　2-55
竊獨悲此凜秋　6-70
竊盜鼎司　7-382
竊聞巴西譙秀　6-358
竊聞明公固讓　7-82
竊自念　7-165
竊自惟度　6-286
竊自料度　6-294
竊見玉書稱美　7-221
竊見秘書丞琅邪臣王暕　6-406
竊見處士平原禰衡　6-263
竊視流眄　3-266
竊託慕於闕庭　2-183
竊貲莫非皁隸　7-41
竊高下風之行　6-440

立

立上以恒　8-202
立乎將卒之間　9-264
立俗迕流議　3-496
立修莖之仙掌　1-179
立功於漢　7-425
立功於聖世　6-284
立功立事　7-326
立十二之通門　1-89
立名者　7-136
立君臣之節　2-128
立唐祀乎堯山　1-307
立基孝公　8-228
立市朝　1-125
立彊天下　6-456
立德不在大　4-261
立德之柄　4-272
立忠貞　9-103
立性命兮　2-481
立應門之將將　1-239

색인　453

立戈逍夏　1-253
立我蒸民　8-293
立教也　9-101
立於廟門之下　8-41
立景福之秘殿　2-306
立歷天之旅　2-113
立民極　8-50
立片言而居要　3-138
立禪誦之堂焉　9-392
立素王　8-20
立績宋皇　9-267
立而熊經　3-250
立萬石之虔　2-90
立號高邑　1-123
立行可模　9-407
立言必雅　8-108
立躑躅而不安　3-259
立身揚名　7-271
立身者不階其術　8-470
立身苦不早　5-220
立郡縣之官　8-450
立金人於端闈　1-97
竟先朝露　2-458
竟免虎口之厄　9-249
竟得頌述功德　8-245
竟未上達　6-350
竟未之致也　7-337
竟橫噬於虎口　2-187
竟瓜剖而豆分　2-275
竟立昏弱　8-336
竟能發明主之至心　7-173
章厥有罪　6-206
章句之徒相與坐而守之　7-461
章后皇之爲貴　1-213
章漢祚之有秩　1-284
章甫薦履　9-471
章皇周流　2-109
章程明密　8-52

章陵鬱以青蔥　1-308
童牧哀歌　7-7
童蒙賴焉　9-333
竦余身而順止兮　3-4
竦劍而趨　1-378
竦峭雙碣　1-422
竦肅肅以靜謐　3-206
竦衆聽而駭神　3-216
竦踶企一方　3-481
竦輕軀以鶴立　3-275
竦長劍兮擁幼艾　6-52
竦長條　1-322
竭南極　2-368
竭命以納忠　8-470
竭心公朝　4-314
竭涸九州　2-336
竭知盡忠　6-60
竭磐石　2-344
竭精馳說　7-449
竭股肱於昏主　2-207
竭誠盡敬　3-282
端坐守圍房　5-296
端坐苦愁思　4-205
端委虎門　8-195
端憂多暇　2-403
端操或虧　2-155
端服整弁　3-412
端流平衡　9-359
端爲誰苦辛　4-76
端飾相招攜　5-336
競其區宇　1-376
競周容以爲度　6-12
競媚取榮　1-214
競恣奢欲　8-336
競收杞梓　8-189
競毛羽之輕　9-113
競氣繁聲　8-59
競游遠枝　1-362

競相高以奢麗　1-225
競羞野奠　9-436
競遯逃以奔竄　2-198
競錐刀之利哉　6-485

6획

竹 ─────────

竹使符第一至第十　6-205
竹帛無所宣　5-114
竹書無落簡之謬　6-409
竹木蕭薆　3-60
竹林果園　1-93
竹柏得其眞　4-19
竹樹近蒙籠　4-91
竹花何莫莫　4-416
竽瑟狂會　6-84
竽殳之所揑畢　1-196
竿翠豊尋　4-311
竿量大小　7-418
笑古人之未工　8-44
笑而被格　1-385
笑與抃會　7-223
笙歌待明發　5-462
笙竽俱唱　1-361
篋笐抑隱　3-191
符仲長之言　9-463
符命用出　1-450
符守江南曲　4-349
符瑞不同斯度　8-435
符瑞臻玆　8-213
符瑞衆變　8-214
符祥非一　2-370
符節謁者　1-425
符采彪炳　1-320
符采照爛　6-137
第二弟整仍奪敎子　7-31
第從臣之嘉頌　1-118
笳鼓震溟洲　4-73
筆不停綴　2-420
等契者以氣集　9-27
等宰輔之高位也　6-305

等寂默於不言　2-269

等惠於百司　6-293

等曜日月　6-152

筋駑肉緩　7-283

筋骨挺解　6-99

筌鮞鰽　1-389

筍虞巋以軒蘯兮　2-30

筐篋無尺書　3-510

筑聲厲而高奮　2-227

答三靈之蕃祉　8-263

答客指事之制　1-70

答曰　8-18, 8-21

策出無方　8-149

策名委質　6-422

策名委身　9-219

策名淸時　7-114

策定帷幄　9-183

策我良馬　5-61

策扶老以流憇　7-490

策書曰　9-250

策疲乏之兵　7-118

策非甲科　7-464

策馬遊近關　4-124

策駑駘而取路　6-73

箾灑連鋒　2-368

筭祀有紀　1-454

筵卷六衣　9-320

箪于白屋　6-201

箕坐椎髻之長　9-181

箕子被髮佯狂　8-390

箕子訪周　7-480

箕帚咸失其所　7-41

箕張翼舒　1-266

箕箒留江介　5-351

箕踵漫衍　3-250

箕風動天　2-461

算嬴氏之利害　2-198

算我師旅　9-210

算無不經　8-190

算無遺策　9-210

管商之制也　3-193

管啾啾而幷吹　3-58

管孟之流　1-73

管寧之黙遼海　6-359

管弦燁煜　1-136

管弦發徽音　3-347

管彎弧欲斃讎兮　2-469

管攢羅而表列　3-222

管書記之任　5-433

管籥之音　2-80

管蔡不靖　6-204

箭不苟害　2-85

箭異鏑銖　9-198

箭馳風疾　1-299

箴疵鴆盧　2-69

箴規顯之也　1-468

箴闕記言　8-52

箴頓挫而淸壯　3-135

節不苟立　7-413

節以軍聲　1-266

節北里之奢淫　3-233

節同時異　7-211

節奏同檢　8-442

節將撫而弗及　3-225

節彌效而德彌廣　8-47

節往戚不淺　4-42

節循虛而警立　3-79

節慕原嘗　1-90

節理人情　8-298

節解句斷　3-193

節豈我名　2-400

節趨不立　8-402

箯棲鵙鷺　2-324

箯竹之脅　9-451

箯筱懷風　1-431

範爲士則　9-343

范蔡之說也　3-194

篆刻爲文　6-386

篆籀之則　9-429

篇章畢覩　1-451

篇翰靡不通　5-457

篇辭引序　1-70

築壘遵渚　9-48

築室兮水中　6-47

築室種樹　3-54

築室穿池　3-60

築山擬蓬壺　5-462

築曾宮以迴匝　1-420

築觀基曾巓　4-459

篠簜敷衍　1-189

篠簳菎箷　1-298

篤信通神者　2-261

篤好林藪　8-33

篤慈愛以固之　8-290

篤生吾子　9-229

篤生我后　3-362

篤生我皇　3-315

篤生戴侯　9-219

篤行則石建石慶　8-271

篤誠款愛　2-209

篤顧棄浮沈　4-391

簦扶桑　6-121

簨簴有叢　1-363

簞食盈塗　9-183

簠簋普淖　2-34

簡久遠大之方　9-407

簡二傳而去異端　8-18

簡偉塞門　2-449

簡元辰而俶裝　3-11

簡八刑而罕用　9-368

簡兵授才　9-268

簡其華質　1-391

簡力狡獸　2-141

簡恤爾衆　6-207

簡惰跳踃般紛挐兮　3-165

簡才備行李　3-473

簡棄煩促　9-277

簡求忠貞　8-315

簡珠墮沙石　3-356

簡珠玉　1-277

簡縉紅　1-203

簡積顅砥　3-180

簡練之臣　7-392

簡習水戰　7-309

簡與禮相背　7-283

簡良人以自輔　2-227

簡良授能　6-278

簡車徒以講武　1-130

簡輿玄服　3-253

簪玉出北房　5-336

簪蒿杖藜　9-440

簫笳發音於後　7-235

簫管備擧　3-190

簫管嘲哳以啾嘈兮　2-30

簫管有遺聲　5-174

簫管清且悲　3-435

簫管齊鳴　6-146

簫籟鳴　1-388

簫鼓流漢思　5-152

簫鼓鳴兮發棹歌　7-486

簷前露已團　5-468

簸林薄　1-192

簦笠聚東葘　4-396

籌畫不以要功　8-182

籌畫軍國　8-280

籌策運帷幄　5-36

籍含怒於鴻門　2-209

籍平逵而九達　1-438

籍死罪死罪　7-107

籍無鄒卜之德　7-107

籍甚二門　9-440

籍籍關外來　5-440

籍閟宮之遠烈兮　9-327

篡金所過　1-333

籠天地於形內　3-132

籠山絡野　1-111

籠張趙於往圖　7-365

籠烏兔於日月　1-386

籠罩靡前　8-172

籥動邠詩　8-84

米 ─────────────

米未展送　7-29

粃粰蜜餌　6-82

粗擧大綱　7-181

粗與范訴相應　7-34

粟帛滯積　6-206

粵上斯已　8-78

粵九月二十六日　9-310

粵在於建武焉　9-394

粵有生民　4-265

粵若稽古帝漢　2-282

粵謨訓　9-110

粵蹈秦郊　8-363

粲乎隱隱　1-118

粲以成章　2-6

粲兮若馮夷剖蚌列明珠　2-397

粲突突而高逝　3-210

粲然可觀　1-69

粲然啓玉齒　4-7

粲答詩　8-96

粲粲光天步　5-406

粲粲妖容姿　5-408

粲粲綺與紈　5-128

粲粲翰墨場　3-481

粲粲都人子　4-295

粲粲門子　3-282

粲若春林葩　5-122

粲風飛而猋豎　3-133

精交接以來往兮　3-259

精冠白日　9-256

精含丹而星曜　2-460

精彩相授　3-261

精微足以窮幽測深　3-233

精微非所慕　5-289

精性命之至機　3-232

精散思越　7-242

精曜協從　2-445

精曜潛穎　1-365

精曜華燭　1-100

精核數術　3-178

精權奇兮　2-458

精浮神淪　3-85

精爽若飛沉　4-263

精爽飛越　6-330

精理亦道心　4-391

精瓊糜以爲粻　6-35

精神之於形骸　8-479

精神察滯　3-253

精神悅忽　3-256

精神相依憑　3-267

精神越渫　6-97

精練藏於鑛朴　8-403

精義測神奧　5-283

精若爛星　1-362

精衛銜木石　5-481

精衛銜石而遇繳　1-391

精誠發於宵寐　2-467

精誠通於明神　2-171

精貫白日　6-201

精通靈而感物兮　2-479

精靈永戢　8-175

精靈留其山阿　1-399

精騖八極　3-130

精魂回移　3-28

精巖可施　9-141

糈以芳酸　6-134

糅以蘋蘩　1-328
糅以蘪蕪　2-71

系 ─────────────

系不得而綴也　8-248
系乎靜則動貞　9-152
系唐統　1-123
系唐胄楚　5-41
系我皇漢　8-369
系日　3-39
系紫房　1-364
系纅號泣　7-435
系自有周　9-218
系高頊之玄胄兮　2-466
紏慝繩違　7-45
紏枝還會　3-248
紏纏斡流　9-283
紏華綏戎　1-460
紏逖王慝　8-72
紏錯相紛　2-414
紀信誑項　8-165
紀別異同　1-75
紀於沂川之側　6-417
紀焚躬以衛上兮　2-478
紀禪肅然之功　1-229
紀言事於仙室　8-72
紀郢皆掃盪　5-424
紂之不善　3-337
約史記而脩春秋　8-4
約同要離焚妻子　9-115
約己不以廉物　8-110
約從離橫　8-376
約文申義　8-7
約言示制　8-15
紅塵四合　1-90
紅塵蔽於機榻　7-260
紅壁沙版　6-82

紅粒貴瑤瓊　5-316
紅羅颯纚　1-100
紅肌綺散　6-183
紅葩紫飾　1-326
紅葩鞞鞢　2-313
紅藥當階翻　5-365
紅蜺爲繯　2-110
紅顏宜笑　6-147
紅顏曄其揚華　3-165
紅鮮紛其初載　2-244
紆佩金紫　9-341
紆南山以爲罝　2-133
紆廣念於履組　9-486
紆形赴遠　3-171
紆徐委曲　2-50
紆朱懷金者　8-335
紆淸陽　3-166
紆皇組　1-245
紆素領　3-277
紆長袖而屢舞　1-335
紆靑拖紫　7-457
紆餘委蛇　2-64
紆餘婆娑　3-211
紆體衡門　7-473
紆鬱游子情　4-254
紈扇如圓月　5-470
紈牛露犬之玩　8-75
紈素旣已成　5-336
紈袖懃冶　2-396
紉秋蘭以爲佩　6-5
納其基　6-472
納女於管庫之人　7-47
納子房之策　8-432
納彼輔弼　3-296
納於大麓　9-167
納旌弓於鉉台　2-179
納歸雲之鬱蓊　2-204
納百姓於休和　8-71

納虞氏之白環　2-331
納言是司　9-412
納言有章　1-425
納賢用能　2-321
納隱淪之列眞　2-370
納龍斂之圖　9-184
紐三王絶業　9-394
紐大音之解徽　9-481
紓漢披楚　8-164
純化旣敷　6-333
純孝辦其俱毀　9-296
純懿淑靈　9-336
純粹全犧　6-114
純鈞湛盧　1-378
純馳浩蜺　6-120
紗縠之裳　6-137
紙勞於手　9-233
紙落如雲　9-219
紛儽磊以流漫　3-213
紛升降而相襲　3-79
紛厖鴻兮　2-299
紛吾去此舊都兮　2-160
紛吾旣有此內美兮　6-5
紛吾旣邁此全節　2-202
紛吾隔嚻滓　5-29
紛威蕤以駆遄　3-145
紛屯澹淡　6-97
紛屯遭與塞連兮　2-469
紛或彧其難分　2-308
紛披風什　8-346
紛文斐尾　3-214
紛旖旎乎都房　6-72
紛淋浪以流離　3-210
紛溶箾蔘　2-80
紛焱悠以容裔　1-251
紛焱若絶　3-171
紛獨有此姱節　6-16
紛瑰麗以奓靡　1-207

紛紛擾擾　3-256
紛紛翼翼　6-122
紛紛軫軫　8-82
紛紜天地　8-403
紛紜揮霍　3-134
紛紜梁趙　8-369
紛紜玄綠　6-108
紛紜齊萬　3-339
紛絶袖而自引　2-226
紛綸后辟　1-123
紛綸威蕤　8-208
紛綸翕響　3-219
紛總總其離合兮　6-22, 6-25
紛縱體而迅赴　1-213
紛繁鶩而激揚　3-235
紛翼翼以徐戾兮　3-31
紛葩爛漫　3-187
紛蒙籠以棍成　2-14
紛虹亂朝日　5-360
紛被麗其亡鄂　2-10
紛諍空軫　6-240
紛首頺而臆仰　2-151
素不便書　7-286
素卷莫啓　4-313
素因遇立　2-401
素女撫弦而餘音兮　3-32
素帶曳長颷　5-169
素心正如此　5-503
素意所不蓄　8-99
素所自樹立使然也　7-148
素文信而厎麟兮　2-479
素旄一麾　8-134
素景淪伊穀　5-379
素月流天　2-403
素柰夏成　1-328
素水盈沼　6-143
素漸河潤　9-453
素王之道　6-417

素琴晨張 3-110
素甲日曜 3-333
素秋馳白日 5-483
素章增絢 9-312
素絲與路歧 5-286
素縑丹魄 8-359
素膚雪落 6-183
素舒佇德 9-324
素華斐 1-364
素葉紫莖 6-108
素葉隨風起 4-184
素質仁形 2-320
素質幹之醲實兮 3-259
素質遊商聲 4-110
素雪云飛 5-255
素靈夜哭 8-144
素靈夜歎 8-132
素靈承祜 3-360
素非能相善也 7-141
素風愈鮮 8-191
素風道业 6-227
素驂佇輴軒 5-188
素髮颮以垂領 2-388
素魚斷蛇 8-234
素鱝揚鬐 2-243
索人求士者 8-120
索居慕疇侶 5-489
索居易永久 4-45
索杜郵其焉在 2-224
索然已盡 3-79
索琴而彈之 3-74
索胡繩之纚纚 6-10
索藑茅以筳篿兮 6-28
索非木之鋸 6-472
紫宮是環 1-98
紫梨津潤 1-328
紫殿肅陰陰 5-365
紫淵徑其北 2-64
紫淵爲池 3-108
紫燕光陸離 5-401
紫翼青鬐 6-183
紫脫華 8-76
紫臺稍遠 3-109
紫莖屏風 6-82
紫菜熒曄以叢被 2-361
紫蘭丹椒 6-134
紫蚢如渠 2-359
紫貝流黃 1-365
紬大弦而雅聲流 3-251
累之以日力 8-467
累卵之危 9-256
累如疊縠 6-134
累層構而遂隮 1-174
累微以著 3-305
累德述懷 9-311
累忝非服 6-349
累稱屢讚 3-197
累積而增益 1-386
累臺增成 2-75
累良質而爲瑕 3-140
累蒙荣進 6-318
累藩咸受其弊 9-420
累起相襲 7-345
累轂疊跡 1-333
細不幽散 7-60
細不過羽 3-228
細故蔕芥兮 2-417
細柳夾道生 4-189
細者入毫纖之內 8-28
細者入無間 7-457
細而不沈 3-233
細草藉龍騎 3-417
紱冕所興 1-91
紲子嬰於軹塗 1-228
紳佩之士 9-332
紳冕所共棄 7-37

紵衣絺服　1-375

紹伊唐之炎精　2-282

紹千載之運　6-332

紹唐虞之絶風　8-236

紹圜府之職　6-239

紹天闞繹　8-248

紹少典之苗　8-238

紹巢許之絶軌　9-333

紹文之跡　3-284

紹淸和於帝猷　8-66

紹漢祀於旣絶　8-459

紹熙有晉　4-325

紹百王之荒屯　1-123

紹衰緒以中興　2-238

紹開中興　8-21

紹陵陽　3-216

紹陽阿之妙曲　6-145

紹隆前緒　7-421

紺趾丹觜　2-421

紺轅綴於黛耜　2-27

終一目之所加　2-422

終三代而始蕃　1-307

終不一聞　6-322

終不可以爲榮　7-134

終不可用　7-157

終不察夫民心　6-12

終不爲此移　3-452

終不能自列　7-146

終不過差　3-267

終乃最衆賦　4-339

終乎榮辱之算　9-22

終于七雄　9-62

終以六博　7-210

終以反林巢　4-39

終以約簡之制　8-28

終保己而眙則兮　2-466

終優遊以養拙　3-63

終全孤竹之絜　8-340

終冬始春　1-335

終則遺顯號於後世　7-376

終南表秦觀　4-84

終反班生廬　4-449

終受備物之錫　8-282

終向之者　6-295

終夕不寐　7-35

終夜不遑寐　4-185

終奮翼而高揮　2-192

終始灟澥　2-64

終委寇讎之手　9-71

終宛轉而龍躍　2-461

終宴不知疲　3-344

終嵬瓘以塞愕　3-223

終得擅場　1-225

終愷樂之令儀　1-303

終懷蓼莪罔極之哀　6-295

終成氣乎太阿　2-371

終於五子作亂　8-311

終於殄滅　9-248

終於白首　6-282

終於覆滅　7-400

終於轉死溝壑　8-428

終於逸樂　8-296

終於陵夷大運　8-316

終日不成章　5-219

終日不離其輜重　1-281

終日仰歎　8-421

終日寂無事　4-432

終日無覿　7-114

終日矻矻　8-119

終明風槃　8-189

終晨三省　3-282

終有望夷之敗　7-380

終有榮顯之福　8-468

終朝未餐　8-478

終歲常端正　4-192

終歲非一日　5-430

終歸骨兮山足　3-103
終流離於濡翰　3-132
終焉遊集　9-396
終無伯樂韓國之擧　6-286
終無益於主上之治　8-388
終無補益　8-470
終然不變　9-80
終然允淑　1-273
終然夭乎羽之野　6-16
終然莫致增永吟　5-416
終然謝夭伐　4-51
終爲世笑　7-204
終爲戮於此世　2-433
終知反路長　4-399
終童山東之英妙　2-217
終與之窮達　6-457
終莫能磨　4-310
終蕪絶兮異域　3-110
終覿紫芳心　5-517
終詠微子　3-212
終詩卒曲　3-160
終謝智效　3-413
終負素質　3-303
終軍以妙年使越　6-280
終軍才始達　5-487
終軍欲以長纓　6-265
終都攸卒　8-210
終配祇而表命　9-327
終開簾而入隙　2-396
終除大憝　8-333
終隱南山霧　5-8
終非其任　7-163
終鮮兄弟　6-309
絃以園客之絲　3-209
絃絶念彌敦　4-481
絃長故徽鳴　3-217
組帳揚春風　5-354
組帳空煙　9-294

組帳高褰　4-227
結九秋之增傷　1-304
結交亦相因　5-234
結以倚廬　7-460
結儔附薰　1-335
結典籍而爲罟兮　3-37
結友事仙靈　5-173
結壘千里　9-34
結宇窮岡曲　5-313
結實商秋　2-310
結崇基之靈址兮　2-27
結幽蘭而延佇　6-23
結廬在人境　5-325
結徒營　1-266
結志區外　9-276
結念屬霄漢　5-348
結思想伊人　5-449
結恩而絶　9-164
結情紫闥　6-292
結懽三十載　4-165
結撰至思　6-85
結春芳以崇佩　7-267
結朱實之離離　1-320
結架山之足　4-85
結根奧且堅　5-138
結根彌於華岱　2-262
結根比景之陰　1-364
結根泰山阿　5-217
結根竦本　1-297
結梦橑以相接　1-163
結構何迢遞　4-394
結湊冀道　1-416
結琦璜些　6-80
結精遠遊使心携　3-39
結綢繆　9-128
結綏生纏牽　4-19
結綬登王畿　3-486
結繩闡化　4-265

結罝百里　1-193

結而爲山嶽　1-409

結而爲山皐　2-262

結襷以行　7-41

結言固終始　3-492

結車高闕下　5-444

結軌還轅　7-430

結軫青郊路　5-383

結輕舟而競逐　1-391

結轡頓重基　5-183

結遊略年義　4-391

結遺情之婉孌　9-487

結部曲　1-195

結重欒以相承　1-173

結長悲於萬里　2-463

結陽城之延閣　1-330

結雲閣　1-225

結飛雲之袷絡　1-250

結駟方蘄　1-177

結駟繽紛　1-336

結髮不相見　5-469

結髮事明君　3-452

結髮倦爲旅　5-370

結髮爲夫妻　5-236

結黨連群　1-185

絓應洗之源　7-35

絓曲瓊些　6-80

絓諸應及答者　7-25

絙洞房些　6-81

絜爾晨羞　3-280

絜爾晨餐　3-280

絜身寡欲　6-305

絝白虎　2-84

絞槃汨湟　3-192

絞灼激以轉切　3-187

絡以綸連　1-100

絡以美玉　1-169

絡甲乙以珠翠　2-221

絢練貪絶　2-452

給九旒鑾輅　9-461

給事殿省　8-331

給事黃門侍郎兼御史中丞吳興邑中正臣
　沈約　7-40

給園多士　9-400

給班劍二十人　9-364

給節　8-107, 9-373

給鼓吹一部　9-427

統以京尹　1-187

統偏師之任　6-282

統和天人　1-143

統四海焉　1-311

統大魁以爲笙　3-223

統東郡之任　7-79

統此九患　7-287

絲桐感人情　4-140

絲淚毀金骨　5-462

絲竹乃發　1-335

絲竹厲清聲　5-236

絲竹并奏　7-214

絲竹徒滿坐　5-159

絲竹生塵　4-313

絲竹罷調　9-501

絲竹駢羅　3-62

絲綸允緝　9-455

絲路有恒悲　4-350

絳侯幽獄　6-485

絳侯誅諸呂　7-152

絳侯質木　8-156

絳氣下縈薄　4-81

絳脣錯雜　3-152

絳陽之粟　3-341

絶世超倫　9-341

絶乎心繫　2-48

絶交遊　9-110

絶信布之覦覬　8-435

絶其胎　6-472

絶命永安　9-34

絶唱高蹤　8-347

絶大漠　9-168

絶岸萬丈　2-354

絶後光前　9-433

絶景乎大荒之遐阻　6-161

絶景遺風之騎　8-82

絶望已久　9-341

絶棄人事　3-232

絶殊離俗　2-92

絶流遁之繁禮　2-331

絶滅微學　7-354

絶甘分少　7-145

絶目盡平原　5-5

絶筆于獲麟之一句　8-21

絶纓盜馬之臣　6-284

絶肌膚而不顧　2-201

絶足奔放　6-265

絶跡窮山裏　4-25

絶輝照淵　3-367

絶重甲而稱利云爾而已哉　6-178

絶阬逾斥　1-198

絶雲霓　7-444

絶頂復孤員　5-26

絶飛梁　1-270

絹紈綷縩　2-29

綈衣不弊　2-137

綏以五弦　8-488

綏旍卷悠悠之旆　8-75

綏爰九域　6-205

綏用中典　9-413

經三峽之崢嶸　1-337

經之以歲月　8-467

經之條貫　8-18

經乎桂林之中　2-65

經井田　8-237

經其舊廬　3-74

經十二日　7-29

經千載以待價兮　3-204

經國之略旣遠　9-478

經城洫　1-162

經堂入奧　6-80

經塗不盈旬　4-167

經塗延舊軌　5-2

經始之制　1-419

經始勿亟　1-243

經始圖終　9-373

經始東山廬　4-19

經始闢聖賢　4-490

經始靈臺　2-246

經山陽之舊居　3-74

經師人表　8-103

經建春而右轉　9-297

經彼公田　3-325

經徵列商　3-222

經扶桑之中林　1-352

經敎弘道　3-361

經於洞房　2-380

經日月而彌遠　2-467

經歷山河　9-211

經涉其左右　3-183

經瀍池而長想　2-190

經營乎其內　2-64

經營切礙　3-170

經營炎景之外　2-352

經營酆鎬　2-109

經玄蹄而雹散　2-452

經目而諷於口　8-172

經磧鹵　9-168

經禮垂布憲之文　9-185

經籍道息　8-8

經紀天地　2-370

經終古而常然　3-80

經綸草昧　6-252, 7-100

經綸訓典　1-309

經緯乎陰陽　1-96

색인　465

經緯禮俗　8-298
經脈藥石之藝　8-171
經萬載而不遷　3-150
經迥路　7-317
經泂漠　6-129
經途九軌　1-235
經途所亘　1-319
經途瀯渶　2-343
經通谷　3-270
經重廇乎寂漠兮　3-25
經阻貴勿遲　5-310
經駘盪而出馺娑　1-106
綜其終始　7-158
綜孔氏之舊章　6-153
綜覈精裁　9-353
綝縭離纚　3-214
綠幘文照耀　5-401
綠房紫葯　2-291
綠柏參差　2-148
綠槐夾門植　4-432
綠水揚洪波　4-112
綠池汎淡淡　3-434
綠泉湧陰渚　5-489
綠碧紫英　1-295
綠竹夾清水　5-471
綠竹蔭閑敞　5-498
綠篠媚清漣　4-459
綠紱綬　9-461
綠芰泛濤而浸潭　1-431
綠苔生閣　2-403
綠苔鬐髟乎研上　2-361
綠菱紅蓮　1-328
綠葉兮素華　6-52
綠葉兮紫莖　6-52
綠葉日夜黃　5-299
綠葉朱榮　6-143
綠葉發華滋　5-218
綠葉紫裹　3-248

綠葉繁縟　4-311
綠葉翠莖　1-363
綠葉腐秋莖　5-316
綠葵含露　3-60
綠藜被廣隰　4-435
綠蘿結高林　4-8
綠蛇衛轂　2-453
綠衣翠衿　2-421
綢繆之旨　4-322
綢繆叡后　8-145
綢繆史館　9-292
綢繆哲后　8-196
綢繆委心　4-330
綢繆家人之務　9-479
綢繆淸讌娛　5-424
綢繆累月　9-227
綢繆結風徽　4-348
綢繆縟繡　1-360
綢繆逾歲年　5-485
綢繆遺寄　9-370
綦局逞巧　9-209
維咸寧元年　9-217
維孝饗親　5-42
維宋孝建三年九月癸丑朔　9-500
維岳降神　6-263
維御群后　8-280
維慕維愛　9-297
維永明九年夏五月三十日辛酉薨　9-424
維聖饗帝　5-42
維長綃　2-341
維風可觀也　8-209
縜墨綬　7-365
縮自同閟　8-366
綱紀　6-222, 6-227
綱絡群流　2-352
綱維弛絶　7-392
網戶朱綴　6-79
網漏于楚　8-363

網罟接緒　1-389

網羅天下放失舊聞　7-158

網羅鍾律　3-228

網蟲垂戶織　5-397

網軒映珠綴　5-392

綴下里於白雪　3-139

綴以二華　1-157

綴以萬年　2-310

綴以驪龍之珠　6-136

綴平臺之逸響　8-349

綴文之士　8-28

綴明珠以耀軀　3-272

綴河上之悲曲　9-119

綴賞無地　8-113

綴辭之士　9-254

綵吹震沈淵　5-515

絳以紫榛　2-310

絳以藻詠　1-425

綸組紫絳　1-358

綺井列疏以懸蒂　1-421

綺井含葩　6-142

綺席生浮埃　5-520

綺態隨顔變　5-130

綺窗出塵冥　5-412

綺糺公子　9-118

綺組繽紛　1-100

綺縞何繽紛　5-261

綺羅畢兮池館盡　3-111

綺看紛錯重　5-354

綺錯鱗比　2-327

綺麗不可忘　3-352

綽有餘裕　6-384, 7-323

綽約閑靡　3-168

綽綽有裕　8-159

綾羅被光於螺蚌之節　2-345

綿日月而不衰　3-4

綿杬柂櫨　1-360

綿留氣序　9-427

綿綿女蘿　4-333

綿綿思故鄉　5-252

綿綿思遠道　5-46

綿綿歸思紆　4-448

綿綿迥塗　1-445

綿綿連連　8-392

綿纊房子　1-458

綿蠻黱鷽　2-309

綿駒吞聲　3-197

緄珮綢繆　6-137

緇塵染素衣　4-402

緇衣弊而改爲　2-207

練三帥以濟河　2-193

緒信所斃　7-197

緒言餘論　7-338

緜緜瓜瓞　4-266

緝彼民黎　9-376

緝熙中敎　9-454

緝熙帝圖　8-108

緝熙王旅　9-358

緝隆聖世　6-372

締交翩翩　1-373

締構之初　1-414

締構斯在　6-216

締構草昧　6-390

緝纚專用　6-238

緣事斷誼　8-246

緣以劍閣　1-321

緣以大江　2-44

緣以結不解　5-227

緣山之隈　3-326

緣山置罝　6-139

緣延坻坂　1-298

緣泰山之阿　2-379

緣源殊未極　5-10

緣陵流澤　2-84

緣雲上征　2-296

緣霤承隅　2-397
總廐設位　9-343
編以綷疏　2-313
編戶殷阜　9-455
編町成篁　1-189
編結沮顔　8-421
編著甲令　8-314
編蒲緝柳　6-409
編蓬爲戶　8-388
緩帶傾庶羞　5-63
緩救資敵　7-21
緩步集穎許　5-431
緬以年歲　7-473
緬彼行人　4-180
緬成飛沈　4-332
緬映石壁素　5-500
緬然若雙潛　4-438
緬然若飛沈　5-117
緬追刑厝　6-236
緬邈兮長乖　3-102
緬邈區中緣　4-468
緬邈若飛沈　5-404
緯羣龍之所經　2-480
練世情之常尤　3-143
練色娛目　6-109
緶冤蜿蟺　3-191
緹帷宿置　8-81
緹幕與素瀨交輝　9-463
緹殼代回環　4-65
緹衣韎韐　1-196
緻錯石之瓵甓兮　3-68
頒藥麖　1-382
縈帶爲垣　7-184
縈抱山丘　3-206
縈纏歌鼓　3-228
縈隨所歷　2-153
縈馺婪而款駞盪　2-213
縉紳之倫　1-309

縑緫淸河　1-458
綾粗非隆殺之要　9-452
繽紛軋芴　2-73
縟旨星稠　8-349
縟組爭映　2-361
縣弘農而遠關　2-199
縣象闍而恒文乖　8-249
縣賁父御魯莊公　9-253
縫爲萬里衣　5-336
縮䚕蕭茅　2-34
縱縒莘莘　3-250
縱不悉全　6-351
縱余緤乎不周　3-25
縱少覺悟　8-484
縱弛罹歾　3-171
縱心儒術　9-221
縱心條暢　9-244
縱心皓然　2-401
縱恣於曲房隱間之中　6-99
縱意所如　8-138
縱橫絡繹　2-290
縱橫逾延　2-328
縱櫂棹歌　1-204
縱欲而不忍　6-17
縱無九患　7-292
縱獵徒　1-195
縱獵者　2-83
縱碧雞之雄辯　9-118
縱禽獸其中　2-132
縱耳目之欲　6-98
縱聞養生之事　8-485
縱聲樂以娛神　2-238
縱軀委命兮　2-416
縱輕翼於中荒　6-173
縱輕體以迅赴　6-147
縱逸西都　6-329
縱逸遊於角觚　2-221
縱鋪漣而　9-492

縱騁馳鶩　8-119　　　　繁榮麗藻之飾　3-60
緵胡之纓　1-441　　　　繁滋族類　2-429
縶此幽阻　4-130　　　　繁縟駱驛　3-194
縶騑裹以服箱　3-7　　　繁看旣閱　6-183
縹碧素玉　1-365　　　　繁英落素秋　4-318
縹繚澈泂　3-215　　　　繁華及春媚　3-502
總八方而爲之極　1-129　繁華將茂　5-256
總公卿之議　8-218　　　繁華有憔悴　4-103
總六服以收賢　2-446　　繁華流蕩　7-323
總成爲頌　1-70　　　　繁華蔭綠渚　5-276
總括漢泗　2-351　　　　繁蔚芳蘺　2-364
總括趨欽　1-299　　　　繁辭將訴誰　4-107
總會仙倡　1-208　　　　繁采揚華　2-345
總歸諸凡　8-18　　　　繁霜降當夕　5-274
總神靈之旣祐　2-331　　繁飾參差　6-137
總禮官之甲科　1-103　　繁飾累巧　2-313
總章饒淸彈　4-296　　　繄二國是賴　6-205
總脩百行　9-339　　　　繄二國而是祐　2-186
總茲戎重　7-333　　　　繄公是賴　9-454
總莖椛椛　1-328　　　　繆子稱其賢　3-473
總萬乘兮徘徊　1-310　　繆繞玉綏　2-51
總角料主　8-186　　　　繆默語之常倫　1-410
總輕武於後陳　1-254　　繇此而揆之　1-400
總轡扶桑枝　5-135　　　總帳　9-479
總轡登長路　4-442　　　總帳猶懸　9-129
總轡遐路　7-320　　　　總幃飄井幹　4-162
總集瑞命　1-275　　　　織女東南顧　5-406
總風雨之所交　1-232　　織女無機杼　5-414
總齊群邦　3-294　　　　織女處其右　1-190
績簡帝心　9-357　　　　織文鳥章　1-380
繁組綺錯　7-253　　　　織爲寒女衣　4-293
繁富夥夠　1-458　　　　織絢緯蕭　9-276
繁巧神怪　6-142　　　　織錦曲兮泣已盡　3-119
繁手累發　3-190　　　　繕其城隍　1-419
繁文綺合　8-349　　　　繕脩毀垣　6-368
繁星依靑天　5-271　　　繚之兮杜衡　6-47
繁會之音　9-140　　　　繚以周牆　1-94
繁林收陽彩　3-385　　　繚以藻井　2-313

繚垣綿聯　1-188
繚垣開囿　1-431
繚繞磐辟　2-153
繞屋樹扶疏　5-330
繞梁之音　9-137
繞樹三匝　5-54
繞雷未足言其固　1-398
繞黃山而欵牛首　1-187
繡桷雲楣　1-163
繡甍結飛霞　5-462
繡瓦解而氷泮　2-203
緤賄紛紜　1-376
繩樞之士　9-116
繩窮匭開　7-223
繩繩八區　1-413
繫一人之本　7-497
繫之周公　7-498
繫乎其人　9-62
繫乎物者　8-38
繫奇偏之辭哉　6-453
繫於苞桑　8-448
繫獄抵罪　7-152
繫纜臨江樓　4-363
繫馬長松下　5-201
緫犝服于縹軛兮　2-27
繳大風於長隧　8-73
繹精靈之所束　3-167
繼之以日夜　6-22
繼以朗月　7-211
繼以脂燭　8-469
繼以華燈　7-76
繼以闌夕語　5-432
繼周氏之絶業　7-437
繼天接聖　3-407
繼天而作　1-123
繼成康之隆　6-278
繼明代照　6-186
繼此洪基　9-209

繼池絆於通軌兮　9-327
繼統揚業　7-353
繼絶世　1-451
繼絶接于百世　6-344
繼賽糧盡　9-221
繼韶夏　8-208
繼體承基　1-217
繼體納之無貳情　8-185
繽紛交錯　3-235
繽紛往來　2-111
繽紛戾高冥　5-430
繻連翩兮紛暗曖　3-37
繾綣情所希　4-289
繾綣東朝　4-271
纂修洪業　8-272
纂堯之緒　8-363
纂戎于魯　4-250
纂戎洪緒　9-219
纂承基緒　6-262
纂組綺縞　6-80
纂脩堂宇　9-392
纂隆皇統　9-68
緪率之長　3-305
纊不能飛　9-121
纊微影撇　9-122
纊所以屬其鼻息　9-121
續以五侯合謀　8-334
續以濡須之寇　9-34
續爲叛亂　7-402
續遇董卓侵官暴國　7-382
纍纍辮髮　1-445
纏綿彌思深　4-144
纏綿胸與臆　4-440
纏緜自相尋　4-257
纓其玉　6-280
纓婑爲徽纆　4-234
纓徽流芳　3-212
纓颯空爲忝　5-397

纓笏匪序　3-412

纖不長　3-256

纖埃起於朱輪　2-28

纖手淸且閑　5-412

纖末奮積　3-183

纖條悲鳴　3-248

纖毫之惡　6-206

纖經連白　2-243

纖縟紛敷　2-313

纖縠蛾飛　3-171

纖纖出素手　5-211

纖纖如玉鉤　5-356

纖纖擢素手　5-219

纖蘿不動　2-340

纖質寔微　4-333

纖阿案晷　3-284

纖雲時髣髴　5-271

纖驪接趾　2-454

纖鱗亦浮沈　4-18

繊麗星繁　1-332

纚幽蘭之秋華兮　3-4

纚乎淫淫　2-53

纚朱鳥以承旗　3-15

纚鰋鮋　1-205

缶

缺王道之儀　8-215

罄九區而率順　2-446

罄圖效祉　7-103

罄天作主　5-41

罄澄心以凝思　3-131

罇酒若平生　4-162

网・罒・罓

罔不云道德仁義禮智　8-227

罔不具集　1-137

罔不兼綜者與　9-447

罔不咸秩　6-202

罔不夷儀　8-238

罔不必建　9-230

罔不披靡　7-430

罔不振威　8-238

罔不覆載　8-403

罔不遺靈　8-175

罔不率俾　6-195, 6-205

罔光度而遺章　8-263

罔兮不樂　3-256

罔兮沕　6-90

罔圖惟舊　6-247

罔弗同心　6-243

罔或遊盤　3-280

罔敢或貳　1-236

罔有不庭　8-129

罔有不韙　1-272

罔有孑遺　7-402

罔浪孟以惆悵　3-223

罔然若醒　1-287

罔瑇珝　2-52

罔若淑而不昌　8-208

罔薜荔兮爲帷　6-47

罔計廝庶　7-41

罔識所則　1-165

罔識所實　7-3

罔識所屆　2-309

罔象求求　3-158

罕徂離宮　2-126

罕愛憎之情　8-110

罕有落其一毛　9-122

罕生逝而國子悲　9-108

罕能切直　6-257

罕能精古今之淸濁　1-142

罘罟不傾　3-253

罘網彌山　2-41

罘網連紘　1-111

罓以鐵鑼機關　9-249
罓梁爲礧　9-256
罠蹏連綱　1-380
罨翡翠　1-339
罩兩魪　1-389
罪三王　7-230
罪不容誅　6-352
罪也　7-121
罪實深矣　6-363
罪得其實　6-485
罪有可察　6-323
置中常侍官　8-331
置之虛室　9-463
置互擺牲　1-202
置博士之職　9-185
置嶺白雲間　5-26
置書懷袖中　5-226
置石而投之哉　8-470
置經行之室　9-392
置言成範　9-407
置酒乎顥天之臺　2-90
置酒坐飛閣　5-471
置酒宴所歡　5-410
置酒弦琴　9-282
置酒慘無言　4-491
置酒文昌　1-445
置酒樂飲　7-69
置酒欲飲　3-108
置酒此河陽　3-427
置酒沛宮　5-197
置酒若淮泗　1-394
置酒迎風館　5-405
置酒飲膠東　5-427
置酒高堂　1-335, 5-125
置酒高殿上　5-63
署行議年　8-71
罷困相保　9-264
罷歸田里　3-110

罷池陂陀　2-43
罷獠迴邁　6-140
罷車馬之用　2-98
權墳塞之厄災　2-158
罺鱨鰕　1-389
罻羅絡幕　1-337
罼罕瑣結　1-380
罾罶比船　2-368
罾何爲兮木上　6-46
罾繳充蹊　7-388
罾罘滿　1-387
罷罟以道　1-448
罝罻普張　1-380
羂嘄陽　2-119
羂騞囊　2-84
羅丰茸之遊樹兮　3-68
羅乎後宮　2-78
羅千乘於林莽　2-133
羅帳延秋月　5-449
羅帷自飄颺　5-47
羅幬張些　6-80
羅生兮堂下　6-52
羅疏柱之汩越　2-307
羅綺朝歌　1-458
羅肆巨千　1-332
羅與綺兮嬌上春　3-115
羅落境界　7-393
羅衣何飄飄　5-65
羅衣從風　3-168
羅襪生塵　3-275
羅襪蹋蹀而容與　1-304
羅金石與絲竹　1-394
羅青槐以蔭塗　1-435
羅鱗捷獵　3-152
羅縷豈闕辭　5-421
羇旅騈辭　7-475
羇堅轡　6-106
羇孤遞進　2-408

羈心積秋晨　4-465
羈於彊臣　8-307
羈旅去舊鄉　5-493
羈旅及寬政　4-338
羈旅懷土之徒　6-166
羈旅無定心　5-311
羈旅無疇匹　4-112
羈旅無終極　4-140
羈旅遠遊宦　4-439
羈束戎旅間　5-312
羈致北闕　6-280
羈雌戀舊侶　4-42

羊 ─────────────

羊公深罷市之慕　9-425
羊琇願言而匪獲　9-416
羊職悅賞於士伯者也　9-361
羊腸阪詰屈　5-55
羊質復虎文　5-296
羋彊大於南汜　2-472
羌人伐竹未及已　3-200
羌低徊而不忍　3-101
羌槇東馳　2-139
羌內恕己以量人兮　6-9
羌孰可爲言己　3-6
羌戎東馳　7-83
羌戎睢眥　2-138
羌未得其云已　2-471
羌殊尤而絕世　3-238
羌無以異於眾芳　6-72
羌無實而容長　6-32
羌瑰瑋以壯麗　2-308
羌瑰譎而鴻紛　2-284
羌禽從其己豫　2-155
羌笛隴頭鳴　3-506
羌習禮而明詩　3-274
羌見偉於疇昔　1-340

美難得而稱計　8-82
美人何其曠　5-409
美人惌歲月　4-33
美人戒裳服　5-336
美人既醉　6-83
美人望昏至　3-491
美人歸重泉　5-483
美人贈我貂襜褕　5-244
美人贈我金琅玕　5-244
美人贈我金錯刀　5-243
美人贈我錦繡段　5-245
美人遊不還　5-348
美人邁兮音塵闕　2-409
美價難克充　4-382
美其君術明而臣道得也　8-402
美其感化　3-203
美其林藪　1-347
美哉乎斯詩　1-145
美哉邈乎茲土之舊也　2-195
美女妖且閑　5-65
美往昔之松喬　1-179
美志不遂　7-215
美教化　7-495
美物者貴依其本　1-316
美盛德之形容　7-497
美目揚玉澤　5-128
美紛紜以從風　3-37
美終則譏發　1-70
美者自美　9-164
美者顏如玉　5-221
美聲將輿　3-209
美聲暢於虞氏　1-213
美嬳積以酷烈兮　3-4
美要眇兮宜脩　6-43
美話信非一　5-428
美貌橫生　3-256
美酒斗十千　5-70
美風俗　8-390

羞以牛後　7-197
羞取路傍觀　4-95
羞炰膾炙　6-115
羞玉芝以療饑　3-26
羞當世之士邪　7-140
羞當白璧貺　5-458
羞與黃雀群　4-193
羞逐市井名　4-81
羨此永生　6-129
羣下鼎沸　7-70
羣凶覬覦　6-198
羣卿不揖客　7-464
羣后失位　6-199
羣善必擧　6-206
羣生懷來蘇之望　6-329
羣臣愿焉　8-215
羣臣百僚　6-292
羣臣輯穆　6-337
羣英翹首　7-107
羣黎未綏　4-243
羣鹿爭逸　7-458
群下得盡其忠　8-179
群下知膠固之義　9-73
群仙縹眇　2-347
群公亟爲言　5-440
群公休之　9-333
群公先正　8-238
群公常伯陽朱墨翟之徒　2-125
群公旣喪　9-39
群公百寮　9-342
群公祖二疎　3-469
群凶側目　9-27
群凶靡餘　1-237
群后恌動於下　9-372
群后旁戾　1-244
群善湊而必擧　2-231
群士慕響　8-270
群士響臻　6-262

群夷蠢蠢　9-434
群女出桑　3-266
群妖競逐　4-308
群妖遘迕　2-341
群娭乎其中　2-122
群寮賀之　9-341
群山旣略　2-336
群情之所不能免　6-352
群方咸邃　8-342
群望咸秩　1-256
群木旣羅戶　5-342
群氏如蝟毛而起　9-249
群浮乎其上　2-69
群浮動輕浪　5-399
群燕辭歸雁南翔　5-59
群獸騃駭　1-188
群生重畜也　8-289
群生霑濡　7-430
群百郡之廉孝　1-103
群窈窕之華麗　1-169
群策畢擧　8-433
群臣之序旣肅　1-128
群臣請備禮秩　9-46
群臣醉　1-137
群英必來臻　5-421
群萌反素　6-187
群虜寇攻　7-386
群談者受顯誅　7-386
群賢濟弘績　4-342
群辟崇替　3-360
群辟慟懷　9-222
群飛侶浴　2-345
群鳥幷從　8-418
群鳴號乎沙漠　3-236
群鷟亂飛　7-332
群黎爲之不康　2-135
群黎踤顇沛之艱　6-359
群龍見而聖人用　9-3

羨上都之赫戲兮　3-31
羨斯嶽之弘敞　3-207
羨昔王子喬　4-2
羨漫半散　2-115
羨爾歸飛翼　4-440
羨西都之沃壤　2-425
羨門高谿　3-251
義不苟取比周於朝　6-452
義之表也　7-136
義兵四合　9-25
義兵紛以交馳　2-237
義策家邦　6-405
義分明於霜　5-440
義則師友　4-288
義勇冠三軍　7-124
義同買鬻　9-124
義在緝熙　8-196
義在資敬　9-368
義均梁徙　9-432
義大矣哉　8-340
義夫赴節　4-248
義存改作　6-394
義存祀典　6-222
義形于色　8-156
義形風色　8-192
義征不譓　8-214
義心多苦調　3-490
義感人神　8-94, 8-461
義懷靡內　6-188
義旣川流　9-376
義有可納　7-387
義有必甄　9-266
義格終始　8-193
義桓友之忠規　2-207
義正乎揚雄　1-145
義歸乎翰藻　1-75
義殫乎此　8-350
義深情感　6-375

義深追遠　6-371
義渠哀激　7-253
義無完都　4-309
義無詩人　7-222
義由恩深　4-330
義窮機象　9-500
義立邊疆　9-270
義等休戚　4-326
義聲弗聞　6-360
義貫丹靑　9-211
義貴於身　9-155
義足灰没　6-319
義隆自遠　6-227
義隔卿士　8-358
義隨周旋積　4-343
義雖相反　7-356
義風旣暢　6-333
義高登漢　3-397
義和假道於峻歧　1-322
義和逝不留　4-205
義農有熊　1-454
羶肉酪漿　7-114
羹藜哈糗者　8-118

羽

羽人絕髣髴　4-484
羽儀初升　9-240
羽天與而弗取　2-229
羽旄掃霓　1-132
羽旄揚葖　1-380
羽旆臨崇基　4-85
羽族之可貴　2-420
羽族以觜距爲刀鈹　1-385
羽族紛泊　1-337
羽旗棲瓊鸞　5-135
羽書時斷絶　3-505
羽校燭日　7-312

羽楫萬計　9-34
羽檄交馳　7-70, 9-183
羽檄從北來　5-68
羽檄起邊亭　5-152
羽檄飛京都　3-457
羽毛入貢　2-430
羽毛蕭紛　6-114
羽爵執競　1-335
羽爵飛騰　7-253
羽翮頡頏　1-431
羽翼各有歸　5-480
羽翼百姓哉　8-413
羽翼臨當乖　5-235
羽葆鼓吹　9-373
羽蓋威蕤　1-252
羽衛藹流景　5-515
羽觴不可筭　5-405
羽觴無算　8-84
羽觴行無方　4-183
羽觴行而無算　1-213
羽騎營營　2-111
羿氏控弦　2-118
羿淫遊以佚畋兮　6-17
翅翮摧屈　7-322
瓴瓴精衛　1-456
翊衛幼主　7-386
翍桂椒而鬱栘楊　2-15
習仁義　9-103
習俗之殊也　1-408
習俗傑暴　8-420
習其弊邑而不睹上邦者　1-347
習戰射　6-478
習數則貫　9-143
習步頓以升降　1-428
習禦長風　1-388
習習冠蓋　1-435
習習祥風　1-147
習習籠中鳥　3-465

習習谷風　4-224
習習隨風翰　5-410
習苦不言非　5-169
習蓼蟲之忘辛　1-467
習鄉閭以弓騎　6-248
習隱南郭　7-362
習非而遂迷也　1-288
習馬長楊　2-141
翔不翕習　2-431
翔區外以舒翼　9-333
翔天沼　2-347
翔必擇林　2-421
翔爾鴻矗　6-147
翔陽逸駭於扶桑之津　2-338
翔集尋常之內　2-429
翔集遏宇　1-346
翔霧連軒　2-346
翔風蕭蕭而逕其末兮　3-150
翔驟之所往還　8-57
翔鳥薄天飛　5-266
翔鳳嬰籠檻　4-435
翔鸐仰而不逮　1-172
翔鷺集其巔　3-206
翁呷萃蔡　2-51
翁忽揮霍　6-173
翕然鳳舉　9-210
翕純皦繹　8-255
翕習容裔　1-395
翕習邊城　1-335
翕翼而不能去　6-103
翕而韠暐繁縟　3-210
翕肩踣背　7-466
翕赫曶霍　2-6
翕響揮霍　1-337
翠山方藹藹　5-517
翠布舒皐　9-320
翠幕黓以雲布　2-27
翠為蓋　3-253

翠玉樹之靑蔥兮 2-11
翠磵澹無滋 5-513
翠觀岑靑 6-169
翠雲崇靄 3-370
翠蠆紫纓 6-108
翠鳳翔淮海 4-84
翡帷翠幬 6-82
翡翠不裂 1-277
翡翠列巢以重行 1-364
翡翠垂榮 2-121
翡翠戲蘭苕 4-7
翡翠火齊 1-100, 1-169
翡翠珠被 6-80
翡翠脅翼而來萃兮 3-67
翦其翅羽 2-423
翦截浮辭 8-5
翦旄塵 1-337
翦棘開舊畦 4-386
翦爪宜侵肌乎 7-264
翦除其跡 6-200
翦髮黥首 8-421
翩以取尤 9-164
翩似秋蒂 7-88
翩幡互經 2-81
翩綿綿其若絶 1-304
翩綿連以牢落兮 3-154
翩繽處彼湘濱 3-13
翩翩傷我心 5-260
翩翩厲羽翼 4-215
翩翩如懸旌 5-311
翩翩孤嗣 9-211
翩翩棲孤禽 4-144
翩翩游宦子 4-263
翩翩漂吾舟 5-38
翩翩然有以自樂也 2-430
翩翩獨翺翔 5-48
翩翩翠蓋羅 5-135
翩翩者鴻 4-178

翩翩鳴鳩羽 5-117
翩翩黃鳥 1-450
翩翩類回掌 5-173
翩若驚鴻 3-271
翩躚躚以裔裔 1-335
翫其所以先入 1-286
翫進退之惟谷 1-467
翬翟毀衽 9-293
翯乎滈滈 2-66
翰動若飛 9-219
翰墨久謠吟 4-391
翰墨時間作 5-345
翰墨有餘跡 4-147
翰撫西翼 4-312
翰擧足以沖天 2-430
翰林主人曰 2-134
翰牘所未紀 8-111
翰音之踖 6-182
翰飛戾高冥 5-414
翶翔乎其顚 3-151
翶翔乎書圃 2-97
翶翔乎禮樂之場 8-236
翶翔倫黨之間 7-323
翶翔容與 2-48
翶翔往來 2-86
翶蠹先路 2-462
翳乎蔑爾之士 9-477
翳修袖以延佇 3-275
翳翳窮壘 9-270
翳翳結繁雲 5-307
翳華芝 3-216
翳薈蓊茸 1-386
翳薈莽茸 2-152
翳薈蒙籠 2-431
翳雲芝 1-204
翺翔乎杳冥之上 7-444
翺翔乎禮樂之場 9-351
翺翔於激水之上 2-380

翹思慕遠人　5-260

翹翹趙王　3-332

翹莖瀵蕊　2-365

翹跡企潁陽　4-7

翹遙遷延　1-304

翹關扛鼎　1-373

翻動成雷　2-346

翻浪揚白鷗　5-5

翻爲我扇　8-152

翻翻歸鴈集　5-414

翻覆若波瀾　5-83

翻飛南翔　5-255

翻飛各異概　4-350

翻飛自南　4-242

翼不暇張　6-139

翼乎如鴻毛遇順風　8-125

翼乎徐至於上蘭　2-118

翼亮孝治　9-454

翼帝霸世　6-152

翼放縱而綽寬　3-259

翼新大猷　6-371

翼爾悠往　3-170

翼爾鷹揚　8-151

翼百神　9-181

翼翼京室　1-413

翼翼濟濟也　1-143

翼翼矜矜　9-164

翼翼與與　1-301

翼翼邕邕　8-418

翼翼飛輕軒　5-184

翼翼飛鸞　4-169

翼若垂天　1-355

翼若游鴻翔曾崖　3-214

翼訓姒娌　9-292

翼軫寓其精　1-350

翼輔魏室　7-83

翼迅風以揚聲　3-9

翼飄風之颻颻　1-393

翩翩歧歧　3-223

翮鳥舉而魚躍兮　3-11

耀乎若白日初出照屋梁　3-256

耀夜之日　9-138

耀威南楚　9-210

耀威靈而講武事　1-110

耀我皇威　3-56

耀於內府　9-35

耀靈忽其西藏　3-8

老 ─────────────────

老不曉事　7-56

老冉冉其將至兮　6-10

老大乃傷悲　5-49

老夫不敏　7-185

老夫亦何寄　8-96

老子莊周　7-278

老安少懷　9-418

老成突世　1-373

老晼晚其將及　3-79

老母終堂　7-125

老氏守其眞　5-478

老氏誡剛强　9-173

老聃伏柱史　4-24

老莊之縶也　3-193

老莊之作　1-73

考之以風雅　1-130

考之四隈　1-414

考之於道藝　8-470

考之果木　1-314

考之漢室又如此　1-84

考乎其時則相接　8-21

考五者之所謂　8-435

考休徵　1-134

考傳驗圖　9-168

考其君臣　8-181

考其文理　7-453

考其眞僞而志其典禮 8-12

考分次之多少 8-30

考士中于斯邑 2-186

考川瀆而妙觀 2-372

考平吳之功 8-304

考庸太室 8-66

考廣袤 1-162

考文章 1-81

考方載於往牒 2-444

考星耀 1-420

考時度方 2-303

考景皇帝 9-406

考曆數之所在 1-451

考殿最於錙銖 3-137

考治亂於律均分 3-32

考終定諡 9-222

考聲敎之所被 1-128

考訊吏兵 9-250

考辭就班 3-131

考邁懃以行謠 2-466

耆山廣運 9-400

耆年闐市井之游 8-73

耆老大夫搢紳先生之徒二十有七人 7-431

而 ─────────────

而一匡天下 6-456

而一朝翻然 6-320

而一經不治 6-386

而三代迭興 7-345

而三冬靡就 6-386

而三登令尹 7-279

而上下和 2-102

而下官抱痛圓門 6-487

而下比有餘 2-435

而不一獲其主 9-11

而不免卑濁之累 9-477

而不屈潁陽之高 8-340

而不得貴於人 9-11

而不忍百姓之命 8-294

而不惟飛廉惡來之滅其族也 9-16

而不懲張湯牛車之禍也 9-17

而不懼石顯之絞縊於後也 9-17

而不戒費無忌之誅夷於楚也 9-17

而不改其轍跡 8-461

而不敢北窺生路 9-49

而不敢自棄者也 3-311

而不求生以害義 8-291

而不牽乎卑辭之語 6-459

而不獲免 9-258

而不用其長策 8-461

而不留富貴之樂也 6-460

而不知京洛之有制也 1-143

而不知其弘妙 3-200

而不知去勢以求安 8-44

而不知愼衆險於未兆 8-484

而不知王者之無外也 1-144

而不知辭寵以招福 8-44

而不纓垢氛 3-288

而不肯試 7-354

而不能不恨恨者 6-322

而不能彌綸於俗 9-11

而不能振形骸之內 9-477

而不見信於時 9-11

而不說田常之賢良 6-455

而不謂浚己以生也 8-290

而不顧恩義 7-177

而世人不察 8-482

而世又不與能死節者 7-148

而世常謂一怒不足以侵性 8-480

而世族貴戚之子弟 8-302

而世皆不精 8-478

而世貧賤 8-430

而丘封翳然 6-228

而中道崩殂 6-269

而丹徒之刃以陷其胸　7-400

而主豈復能眷眷乎　7-127

而乃師謨申商　8-451

而久懷寶　8-397

而九服夕亂哉　9-70

而事乃有大謬不然者夫　7-141

而事異篇章　1-74

而二主易心　9-162

而二國以危　6-453

而二美具焉　2-36

而云七十二君哉　8-215

而云仲尼素王　8-23

而亡從善服義之公心　7-352

而人多不强力　8-443

而人無所食也　2-98

而人道以此爲重　7-286

而人間多事　7-286

而今各逝　7-71

而今敗績　9-253

而今而後　1-288

而介士奮棟　8-408

而令朝议用臣不以爲非　6-304

而以爲親者也　8-398

而以疑留不斷　8-336

而任揔西伐　9-449

而任隆於百辟　9-368

而伯通獨中風狂走　7-179

而伯通自伐　7-178

而似不能言　6-215

而何暇博奕之足耽　8-470

而作三爵之誓　9-44

而作論文　8-440

而使內處心膂　6-353

而使直臣杜口　6-257

而來示乃以爲彼之惡稔　7-183

而侍中身奉奏事　8-356

而侵弱之辱　9-62

而便陸梁放肆　7-398

而俗不長厚也　7-377

而信不諭兩主　6-447

而修禮地祇　8-215

而偉長獨懷文抱質　7-215

而偸榮昧進　6-350

而傷肌者被刑　2-423

而傾側顛沛　8-43

而僕又佴之蠶室　7-146

而僕對以雲夢之事也　2-41

而僥幸無疆之期　8-459

而允寐寐次於心　8-263

而元凶折首　7-303

而元功遠致　1-398

而先帝登遐　6-350

而先生行之　2-55

而光祖考　8-123

而光耀洪流　1-339

而免諸艱難　9-227

而入無知之俗　7-116

而內不失正　7-278

而內外潛通　1-178

而內無存變之意　6-465

而全軀保妻子之臣　7-142

而兩家之難解　1-408

而公卿大臣御史大夫倪寬太常孔臧太中
　　大夫董仲舒宗正劉德太子太傅蕭望
　　之等　1-82

而其主不文　5-420

而其人已亡　7-338

而其妃后躬行四教　8-295

而其資稍增　8-333

而其道密微　9-87

而冒風波於險塗　9-15

而出重淵之深　3-130

而刑政糾雜　8-359

而列於君子之林矣　7-136

而制其命　6-280

而制於十里之內矣　6-478

而制者必割　2-247

而割情欲之歡　9-43

而劉夙嬰疾病　6-310

而劉氏之將興也　8-430

而功不圖　2-134

而功不竟　7-431

而功已倍之　8-39

而功濟塵劫　9-386

而功績存乎辭　2-281

而功羨於五帝　2-98

而功越於湯武也　6-477

而功銘著於景鍾　6-284

而加之以篤固　9-28

而勤思乎參天貳地　7-434

而勵重於當世　7-328

而匕首竊發　6-459

而化以醇薄　3-229

而化風俗之倫哉　3-159

而卒車裂之　6-456

而南朝羌筰　6-476

而南面以聽矣　1-246

而却爲魏主　8-30

而去其鑿契　8-304

而反爲利者乎　7-121

而取讎於桓雖　9-11

而受困魏闕之下　9-477

而受小人之讒　7-124

而受高爵　6-302

而叛逆於哀平之際也　8-459

而可以已乎　8-467

而司曆亡官　9-196

而司部懸隔　7-19

而同居正號者　8-317

而名不可奪　9-14

而名教束物者乎　8-184

而吏卒守之　7-286

而君人者莫肯爲也　8-393

而吳客往問之　6-96

而吳漢不離公門　8-468

而吳莞然坐乘其弊　9-35

而吾子言蜀都之富　1-346

而吾方欲秉耒耡於山陽　7-269

而呂望所以投綸而逝也　6-154

而周德著　6-278

而周瑜爲之傑　9-27

而周瑜驅我偏師　9-34

而周盛門戶無辜被戮　7-415

而命有司曰　2-94

而商臣之惡　9-98

而嗇其神　9-20

而嗜好常在耳目之前　8-485

而器不周於魯衛　9-10

而四夷未賓　8-270

而四方之所軌則　1-397

而四海已沸　9-70

而固其土宇　9-52

而固小之　8-438

而圉居九百　2-98

而國富刑清　2-303

而國恩不已　6-351

而圖富貴之榮　7-270

而在幾必兆　8-281

而地狭乎四履　6-218

而垂神聽也　6-298

而城池不守　7-303

而執事者云云　7-121

而執玉帛者以萬國　1-397

而墜曾雲之峻　3-130

而墨翟有非之之論　7-231

而夏功昭　6-278

而外內受敵　8-483

而外私肅愼　2-62

而多自謂能與司馬長卿同風　7-227

而多黍多稌　6-243

而夢與神遇　8-433

而大欲不乏於身　8-47

而天下所以不能傾動　8-454
而天下永寧　7-433
而天下用足　2-102
而天下諸侯已困矣　8-377
而天命昭顯　8-293
而夷狄殊俗之國　7-435
而奸渠必翦　9-418
而好詆訶文章　7-230
而妄肆醜辭　7-35
而妨功害能之臣　7-126
而始皇晏然　8-450
而姜維面縛　7-306
而姻親坐離　7-198
而婦制莫釐　8-312
而子之姑　9-227
而子固已下獄發憤而卒也　9-250
而子大夫之賢者　1-410
而子弟爲匹夫　8-451
而存救之要術也　2-34
而孤貧守約　9-227
而孫吳之術興　7-346
而學者不識　3-199
而安民之譽遲　9-73
而宗室子弟　8-461
而宗室有文者必限以小縣之宰　8-461
而官事鞅掌　7-287
而官有微於侍郎　9-85
而官止少府丞　9-78
而定維城之業　9-59
而客自覽其切焉　2-134
而宿草將列　7-338
而富實於天子　6-477
而富彊相繼　1-399
而寢不安席　6-281
而將軍魚遊於沸鼎之中　7-331
而尊嚴之度　9-183
而小白爲五伯之長　6-332
而尙父於周　9-4

而居伊周之位者有矣　8-39
而居過於中國　6-477
而屈厄於陳蔡　9-11
而屈迹於萬夫之下　6-214
而屑屑從斗筲之役乎　3-53
而崇冠於二后　8-210
而州之有司　9-250
而左氏小邾射不在三叛之數　8-23
而左氏經終孔丘卒　8-20
而巧言於沛公也　9-5
而己得與之同憂　9-59
而已見大漢之滅矣　9-72
而巴漢舟師沿江東下　9-48
而巴蜀一州之衆　7-425
而帝天下　8-231
而帝業固矣　9-36
而帝王之道備矣　1-127
而常爲稱首者用此　8-216
而年世貿遷　7-7
而幷天下　6-475
而幷見驅迮　7-416
而幽泉高鏡　1-468
而廉於殖財　9-462
而建功之路不一　8-38
而建約之屬　7-407
而弊帷毀蓋　6-423
而張昭爲之雄　9-27
而彊威宣　6-453
而彊霸諸侯　6-456
而形喪於外　8-479
而形於言　1-68
而形瑰足瑋也　2-434
而後之君子　9-12
而後因雜揖紳先生之略術　8-216
而後大漢之文章　1-83
而後御之　2-54
而後有賢明之臣　8-123
而後楚王胡亥之聽　6-448

而後陵遲衰微　8-209

而徒務於詭隨匪人　1-410

而得乎亡者無存　9-478

而得倔起在此位者也　8-427

而得古文於壞壁之中　7-350

而得百官之邪　8-305

而徘徊危國　7-308

而從之末由　4-288

而從其所懼哉　7-288

而復得措其手足哉　8-452

而復有云者　7-173

而微誠淺薄　6-354

而德音猶存者　9-334

而心已馳於吳會矣　6-282

而心箐獲乂　9-60

而忍斯心　4-332

而忍絕王命　7-196

而志在豐草也　7-284

而忿戾之色發　8-470

而怒扁鵲之先見　8-484

而怠於東作也　1-139

而怨行乎上下　8-44

而恩與其敗　6-343

而息討伐於彼　7-437

而悔吝不生耳　7-278

而悖逆之罪重也　7-401

而悝繆公於宮室　1-224

而悟戎狄之有釁　8-304

而情均天屬　9-364

而惑甚盜鍾　7-101

而惜死之人哉　7-121

而惟新其命　8-295

而惡子咸誅　9-418

而惰游廢業　6-256

而意不指適　3-138

而感致之數匪一　8-340

而愧情一集　8-478

而愼周易牽復之義　7-207

而慕義無窮也　6-450

而慮性命之所平　2-304

而懇喻之綢繆乎　7-242

而懷帝以豫章王登天位　8-307

而懷舊蘊於邇年　1-415

而懽名稱之不建也　8-467

而懽讒邪　5-242

而懽同娛老　6-389

而懿親戚屬　3-79

而成帝業　8-454

而成敗貿理　9-41

而成王不遣嫌吝於懷　8-41

而成輒削藁　6-215

而我在萬里　5-469

而我得與之共害　9-59

而我軍過之　7-182

而或者睹湯武之龍躍　9-87

而所輕者在乎民人也　6-433

而才實世資　6-410

而拙艱之有餘也　3-55

而招毀於叔孫　9-11

而挾非常之勳　8-40

而操帥將吏士　7-388

而操豺狼野心　7-388

而操遂承資跋扈　7-383

而舉世人才　8-357

而攻守之勢異也　8-382

而故於燕魏也　6-450

而教有定式　2-247

而救之於此　6-471

而文侯擁篲　7-107

而文彩不表於後世也　7-154

而文最有氣　5-429

而文非一體　8-438

而斯風未殄　7-41

而方偃仰瞵昳　8-44

而施治群有　9-386

而施績范愼以威重顯　9-38

而族蒙晉榮　6-344
而春雉未馴　6-246
而昭王陪乘　7-107
而是有魏開國之日　1-414
而時有袨服荷戟　8-41
而晷緯冥合　9-180
而智者避危於無形　6-465
而更膚引公羊穀梁　8-18
而曾不鑒秦之失策　8-459
而曾子銜哀　8-478
而有免官之謠　8-286
而有其陋　7-107
而有大造於操也　7-384
而有天下　8-426
而有好盡之累　7-285
而有慢弛之闕　7-285
而有救世之心　8-181
而有斯疾　9-243
而有退心　7-323
而服美自悅　1-433
而望其巧捷之能者也　7-249
而望嘉穀於旱苗者也　8-480
而望所思　3-244
而未之至　9-12
而未寤於前覺也　1-402
而未得其要妙也　1-402
而未有路　7-145
而未能及　7-285
而未識情之可無乎　9-476
而未达者不少　6-304
而朱益州泪彝敍　9-110
而朱穆所以絶交也　7-171
而東支吳人輔車之勢　8-280
而杼情素　8-118
而桑濮之流已作　3-229
而桓公任之以國　6-452
而梁甫罔幾也　8-215
而楚夏移情　8-101

而榮辱由茲　9-164
而樂出萬有一危之塗　6-465
而樂盡人臣之道也　7-376
而樂萬乘之侈　2-98
而樊鄧威懷　9-182
而機械則彼我之所共　9-48
而橫爲故齊王閩所見枉陷　6-319
而權殺之　7-414
而欣戴高祖　1-226
而欲一丸銷之　4-305
而欲乘累卵之危　6-470
而欲闚干天位者也　8-429
而款關之學如市　9-185
而歌呼嗚嗚快耳者　6-433
而此不倦　3-202
而此孺子　7-61
而此無變　3-202
而此秘未睹　8-352
而此諸子　7-215
而歷謗議於當時　9-15
而死之日　2-218
而母獲於楚　8-431
而民輕重不等也　6-475
而求者以不專喪業　8-485
而求親近於左右　6-462
而江外底定　9-27
而江東蓋多士矣　9-27
而汩之以人　9-97
而決其隄防　8-304
而況乎涉豊草　6-465
而況大丈夫之事乎　8-431
而況帝王選於四海　8-413
而況庸庸者乎　9-83
而況於慷慨之士乎　7-137
而況於隣里乎　2-209
而泄之以尾閭　8-485
而浮秉征伐之任　7-176
而海畔有逐臭之夫　7-230

而淫昏之君　9-73
而深鑒止足　6-413
而淺深難察　9-156
而游子殉高位於生前　8-46
而漢紹之　8-426
而潛底震動　8-408
而潢潦獨臻　1-300
而澤周萬物　9-386
而激迅風也　1-245
而炳諸典謨　8-249
而無伶倫之察　9-143
而無傷善之心焉　7-498
而無傾危之患矣　8-464
而無德厚之恩　2-98
而無慍色　7-159
而無慷慨死難之臣乎　6-286
而無摧拔之憂　8-464
而無繭生詭奪之誑　7-223
而無車馬喧　5-325
而無輔弼　8-451
而無馮諼三窟之效　7-244
而照有重淵之深　9-136
而燕秦不悟也　6-447
而爭寶之訟解　6-188
而爲之誅　9-265
而爲例之情有五　8-15
而爲儕類見寬　7-283
而爲善者未賞　7-374
而爲李陵游說　7-146
而爲殿門　2-109
而爲滅族之計乎　7-176
而爲田常之亂　8-458
而爲督郵　3-178
而爲萬乘器者　6-458
而爲見讎者所快　7-179
而狐鼠微物　7-41
而狹節信　8-300
而猥超然降发中之詔　6-303

而猥隨俗之毀譽也　7-163
而猶未蒙此选　6-306
而猶遵覆車之遺轍　9-68
而獨納羊祜之策　8-283
而獲見於父友東武戴侯楊君　3-88
而獻其忠　6-288
而玄微子曰　6-150
而王制之巨麗也　3-58
而王子比干直言於紂　8-387
而琴之感以末　8-38
而瓚誓命沈城　9-264
而生生之理足矣　2-429
而用流俗人之言　7-133
而用舍之間　8-186
而畏迫宗姬　8-447
而當與之共事　7-286
而當裹以章服　7-286
而當關呼之不置　7-286
而發於人所忽者也　6-465
而發溧幽情矣　3-217
而百度草創　6-253
而皆扶病　7-119
而皇情眷眷　9-412
而皇極不建　8-307
而盛德形於管弦　1-415
而盛推雲夢以爲高　2-55
而盛稱長安舊制　1-85
而相如爲文以悟主上　3-65
而相詬病矣　8-301
而省遊田之娛　9-43
而眠周天壤之際　9-136
而睹寵賂之彰　8-305
而知人善采拔　8-280
而知德者鮮矣　1-142
而碎結綠之鴻輝　9-93
而社稷夷矣　9-40
而神降之吉也　2-35
而禍福異其流　9-102

而禍至常酷也　8-45
而禮官儒林屯用篤誨之士　8-258
而禮樂不正　7-345
而秉鈞當軸之士　8-301
而秋菊春蘭　7-338
而秦二世而亡　8-446
而秦無彊大之名也　6-430
而空妨日廢業　8-470
而竇憲兄弟專總權威　8-332
而竊位東藩　6-277
而竊自痛者也　6-286
而競見排斥　8-334
而笑勤恪　8-300
而築室百堵　1-419
而素無根柢之容　6-459
而紃其義　8-451
而終嬰傾離之患故乎　9-477
而終於逸樂者也　7-437
而綿世浸遠　9-274
而編戶之氓又肆逆焉　9-248
而繼飛廉之功　9-142
而羅者猶視乎藪澤　7-437
而羌夷接軫也　6-464
而義起於彼　8-15
而翟公方規規然勒門以箴客　9-124
而翳諸鶡首　1-160
而聖人罕言焉　9-480
而聲名自傳於後　8-443
而能不營　7-294
而能享祐者哉　8-231
而能寬綽以容納　8-280
而能抗節玉立　6-359
而能與世推移　6-65
而能長久者　8-451
而脩短可量　9-156
而臣之所附　6-398
而臣敢陳聞於陛下者　6-287
而臣獨唱言者　6-297

而自以爲見身名之親疏　9-21
而與天下爭衡矣　9-32
而與夫樽木龍燭也　1-401
而與巴蜀異主哉　7-376
而與桎梏疏屬也　1-401
而舜禹遁帝堯也　8-397
而良史書之　3-50
而苟且之政多也　8-287
而苟昧權利　8-435
而茅土弗及　6-374
而茹戚肌膚　9-452
而荷厚祿　6-302
而荼毒之極哀也　3-93
而莫知飾其性　9-163
而菜蔬芼實　2-242
而萬機殷遠　8-333
而萬民騷動　8-387
而著錄之生若雲　9-185
而蒸嘗絕於三葉　6-346
而蔽郤於讒　6-60
而蕪音累氣　8-347
而蕭何造律　7-467
而蕭望之梁丘賀夏侯勝韋玄成嚴彭祖尹
　更始以儒術進　8-272
而薄其葬　9-244
而薰蕕不同器　9-95
而藏諸名山　6-417
而藝美不忒　2-442
而蜂蠆有毒　9-248
而衆聽或疑　1-286
而行桀虜之態　7-388
而衒前典　8-239
而衡軸猶執其中　9-22
而裁其守　9-255
而賽萬里之糧　7-117
而襜帷交質　7-36
而西以南陽王爲右丞相　8-307
而見師尹之多僻　8-304

而見忌於子西　9-11

而見魏武帝遺令　9-476

而覺禮教崩弛之所由　8-304

而觀者莫不抃舞乎康衢　2-32

而言不行於定哀　9-10

而言出禍從　8-336

而託姻結好　7-43

而許洛不震　8-281

而詠至德　8-421

而談者皆擬於阿衡　7-460

而論者莫不詆訐其研精　1-314

而謬加大杖　7-36

而謬生妍蚩　9-94

而變風變雅作矣　7-496

而讓齒乎一卷之師　6-214

而象闕未箴　6-232

而財居權寵　6-352

而責以千里之任　7-249

而賊臣教之　7-119

而賞卑乎齊晉　6-205

而賤名儉　8-300

而質四年　7-249

而質闇弱　7-78

而赴蹈不息　8-316

而趙衛之女不充後庭　6-432

而足思願愛樂矣　3-206

而跖之客可使刺由　6-457

而跡入魏幕　8-182

而跡淪驕餌　7-95

而躇昊蒼也　7-482

而身不免於幽縶　7-171

而身名幷滅　6-285

而身已屠戮　8-452

而身無安處　8-460

而身親其勞　7-433

而身都卿相之位　7-447

而軌式模範矣　9-227

而輕天位　1-281

而輳觀游　2-126

而辰極猶居其所　9-22

而退師延頸　7-21

而逢大遇　7-173

而道不可屈　9-14

而道元公嗣　3-88

而遘疾彌留　9-424

而適足以貶君自損也　2-63

而遷徙之徒也　8-380

而遺千載之功　8-443

而邦家顛覆　9-49

而邪諂之人幷進　8-387

而鄙居正　8-300

而釋耒佩牛　6-234

而鏡至清　1-140

而鑒窮沙界　9-386

而長卿之儔　8-28

而門多好事　6-389

而閼伯實沈之却歲構　8-285

而闡經世之算乎　9-62

而阮略既泯　6-421

而防閑未篤　8-314

而阿衡於商　9-4

而陛下悅之　6-431

而除其眚　1-248

而除刑法之煩　9-44

而陳氏以寧　8-430

而陸公亦挫之西陵　9-34

而隆器大名　6-391

而隔蹤奕世　1-433

而隨俗雅化　6-432

而雄猜多忌　5-420

而雍州從事　9-250

而雍熙之盛際　6-153

而離其薪燎也　8-304

而離婁燭千里之隅　2-143

而離彼不祥些　6-76

而難臻其極　2-246

而霸中國　6-453

而靈光巋然獨存　2-281

而非吳人之存亡也　9-47

而非園林之實　9-274

而非建侯之累也　9-67

而顚墜戮辱之禍日有　8-286

而風之力蓋寡　8-38

而風移俗易　8-402

而餘思之芒芒　2-214

而餘蘙寔繁　9-363

而館其縣　9-249

而首路同塵　9-275

而驚蟄飛競　1-468

而體氣和平　8-480

而高門有閌　1-419

而高鳥未挂於輕繳　6-279

而魏以交禪比唐虞　8-30

而魯謂之春秋　8-11

而黃霸受道於囹圄　8-468

而黜六經　8-300

而齊亦未爲得也　2-62

而齊王之疾痊　6-188

耒
　
耒耜斯耕　3-295

耕夫釋耒　9-424

耕東皋之沃壤兮　2-389

耕父推畔　6-187

耕父揚光於淸泠之淵　1-295

耕稼豈云樂　5-345

耕穫不愆　6-234

耕耘於巖石之下　9-95

耕讓畔以閑田　2-246

耗精神乎虛廓　6-130

耦耕幽藪陰　5-313

耤我公田　2-37

耳
　
耳不聽鐘鼓之音　8-385

耳不輟音　9-203

耳倦絲竹者　6-277

耳傾想於疇昔兮　3-98

耳務淫哇　8-482

耳嘈嘈以失聽　2-287

耳嘈嘈於無聞　7-246

耳忘和音　9-162

耳悲詠時禽　5-117

耳所暫聞　6-263

耳比八音之調　3-187

耳無照景之神　9-151

耳目之娛　1-306

耳目之所不該　1-402

耳目之所聞覺　1-446

耳目弗營　1-140

耳目所不接　8-111

耳目所寄　8-359

耳目所見　7-61

耳目暫無擾　5-368

耳飽從諛之說　8-40

耶谿之鋌　6-177

耽口爽之饌　6-184

耽學好古　7-415

耽思傍訊　3-130

耽樂是從　1-217

耽虛好靜　6-129

耻磝駁以奮肆　3-187

耻耻雷聲　2-379

耿介之意旣傷　1-68

耿介立衝冠　4-94

耿介繁慮積　4-120

耿吾旣得此中正　6-21

耿耿夜何長　5-47

耿賈之鴻烈　8-324

聆嘉聲而響和者　9-333

聆廣樂之九奏兮　3-32
聆我慷慨言　5-264
聆淸和之正聲　8-241
聆皋禽之夕聞　2-408
聆鳴鳳於高岡　6-153
聆龍瞵九泉　4-374
聊且以乎長生　3-12
聊且夜行遊　4-198
聊且憑化遷　4-449
聊且爲大康　4-183
聊乘化以歸盡　7-492
聊以卒歲　2-389, 9-373
聊以娛情　3-43
聊以從容　8-174
聊以忘憂　5-61
聊以永日　3-173
聊以當覲　7-80
聊以肆所養　5-498
聊以適諸越　5-308
聊假日以媮樂　6-37
聊優游以娛老　3-85
聊先期而須臾　1-388
聊兮慄兮　6-116
聊厚不爲薄　5-212
聊取永日閑　4-359
聊可瑩心神　4-19
聊可閑余步　4-88
聊因筆墨之成文章　2-132
聊奮藻以散懷　2-261
聊宣之乎斯文　3-130
聊布往懷　7-334
聊復得此生　5-326
聊恣山泉賞　5-365
聊舉其一隅　1-316
聊暇日以銷憂　2-254
聊欲投吾簪　4-18
聊浪乎宇內　2-116
聊浮游而求女　6-33

聊浮遊以逍遥　6-26
聊爲吾子復翫德音　1-408
聊爲大弟陳其苦懷耳　7-261
聊用布所懷　4-387
聊用布親串　4-121
聊用申苦難　3-491
聊用辭辯　6-249
聊綴思於斯文　3-91
聊翺遊兮周章　6-42
聊自意所輕　3-490
聊襄海而徇珍　1-392
聊訊興亡言　5-452
聊逍遙以相羊　6-70
聊逍遙兮容與　6-45, 6-48
聊遊目而遨魂　2-168
聊須臾以婆娑　2-162
聊須臾以相羊　6-22
聊齊朝彥跡　4-342
聖主不以人廢言　6-288
聖主嗣興　9-457
聖人不凝滯於物　6-65
聖人之大寶曰位　9-22
聖人之德　2-35
聖人則之　8-329
聖人包周身之防　8-22
聖人受命河洛曰　9-8
聖人弗禁　7-166
聖人忌功名之過己　8-45
聖儀載佇　8-60
聖列顯加　9-243
聖哲不能謀　9-80
聖哲之常　7-482
聖哲所施　3-163
聖喆之上務　6-360
聖妾合於兩儀　6-332
聖孚也　8-263
聖帝德流　7-449
聖帝明王　7-345

聖帝明王鑒其若此　6-328
聖德無私　6-351
聖心眷嘉節　3-385
聖心豈徒甄　3-480
聖恩難可再恃　3-310
聖政維新　6-351
聖明之君　9-2
聖智弗能豫　2-179
聖有綱繆之惠　6-344
聖朝乃顧　7-24
聖朝乾乾　8-471
聖朝寬仁覆載　7-407
聖朝無一介之輔　7-392
聖朝疇咨　9-250
聖朝西顧　9-258
聖朝赦罪責功　7-327
聖朝開弘曠蕩　7-417
聖朝震悼於上　9-372
聖期缺中壤　5-373
聖武與言　1-441
聖漢權制　7-467
聖王嗟悼　9-222
聖王底節修德　6-440
聖皇之所逍遙　1-308
聖皇受終　9-220
聖皇宗祀　1-146
聖皇穆穆　2-23
聖皇紹祚　3-330
聖皇苞止　1-147
聖神紀物　9-265
聖賢且猶若此　9-83
聖賢以此鏤金版而鐫盤盂　9-109
聖賢因而不奪　6-353
聖賢良已矣　5-452
聖賢莫能度　5-222
聖靈昔廻眷　4-357
聖風雲靡　2-140
聘丘園之耿絜　1-249

聘爲資　7-45
聘王母於銀臺兮　3-26
聚之咸陽　8-379
聚也　8-3
聚人曰財　6-238
聚以京峙　1-188
聚壤成基　9-492
聚散成分離　4-367
聚木乖方　9-202
聚精會神　8-123
聞之乎故老　1-118
聞之前典　7-46, 9-258
聞之有司　3-337
聞之有立　7-28
聞之者悲傷　2-426
聞之者莫不張耳鹿駭　3-195
聞之者足以戒　7-496
聞之者響震　7-473
聞之驚喜　7-223
聞乎數百里之外　2-53
聞佳人兮召予　6-47
聞凶哀震　9-427
聞君遊高唐　3-244
聞吾風聲　8-138
聞善若驚　9-220
聞子之歸　7-126
聞孔墨之挺生　9-87
聞弦歌而赴節　7-339
聞樂而竊抃者　6-286
聞此國之千歲兮　3-15
聞烽舉燧燔　7-376
聞王會之阜昌　2-446
聞稷鷹揚　9-259
聞纘女之遐慶　9-327
聞至人之休風兮　2-388
聞荊楊諸將　7-207
聞蜀郡成都司馬相如　3-65
聞言如響　9-89

聞道雖已積　3-390
聞金石絲竹之音　8-6
聞雷霆之相激　1-172
聞魏周榮虞仲翔　7-415
聞鳳吹於洛浦　7-360
聞鳳窺丹穴　4-374
聞鳴鏑而股戰　7-326
聞鳴雞兮戒朝　9-302
聯以昆德　1-165
聯城辭趙　9-289
聯延夭夭　3-250
聯延曠盪　3-150
聯橫許郭　9-126
聯綿漂撇　3-160
聯翩何窮已　5-433
聯翩飛灑　2-395
聯趺齊穎　9-293
聯顯懿於王表　8-66
聯飛龍　1-203
聰明眩曜　6-97
聰明睿達　9-42
聰明神武　8-363
聰明聖德之后　6-231
聰有所不聞　7-451
聰睿明哲　9-332
聲似竽籟　3-248
聲價隆振　2-447
聲八鸞以節步　2-449
聲動響飛　6-173
聲勢沸騰　9-255
聲化之有倫　9-454
聲名馳其右　7-323
聲哀厲而彌長　3-275
聲嚌吰而似鍾音　3-68
聲如雷鼓　6-122
聲幼妙而復揚　3-69
聲急由調起　3-492
聲悲舊笳　7-60

聲成文而節有敘　3-229
聲成文謂之音　7-495
聲教南暨　3-379
聲教布濩　1-264
聲教所加　6-333
聲教燭氷天　5-515
聲敷物聽　9-357
聲明且蕙藟　5-374
聲有止兮哀無終　9-303
聲未遒於雲閣　9-118
聲林虛籟　2-408
聲流喝　2-52
聲清暢而蜲蛇　1-208
聲溢金石　9-497
聲激曜而清厲　3-238
聲激越　1-115
聲烈遐布　3-211
聲盈塞於天淵　7-481
聲礚礚而澍淵　3-150
聲稱浹乎于玆　7-433
聲聞于外　7-450
聲聞于天　7-450
聲聞鄰國　7-152
聲與風翔　1-279
聲色是耽　8-482
聲若自然　3-217
聲若雷霆　2-122
聲若震霆　1-362
聲訇礚其若震　2-309
聲象君之車音　3-66
聲貴二都　6-178
聲馳海外　9-94
聲駍隱以陸離兮　2-8
聲駍隱而歷鍾　2-16
聲駱驛而響連　3-237
聳淵魚之赤鱗　3-115
聳轡駑前蹤　5-333
聳顏誚項　8-158

職事相塡委　5-249

職典大邦　7-177

職司旣備　6-368

職在遐外　6-337

職是之由　7-21

職此之由　9-164

職汝之由　4-180

職競弗羅　1-461

職臣之由　6-380

職貢納其包匭　1-359

聽其聲不如察其形　3-162

聽參皐呂　9-219

聽受一謬　9-466

聽天命之所歸　2-168

聽廟中之雍雍　2-142

聽我歌吳趨　5-120

聽我薤露詩　5-183

聽政作寢　1-424

聽朔管之秋引　2-408

聽朝不怡　7-144, 9-421

聽篪弄者　3-193

聽者傾首而竦耳　7-53

聽者增哀　1-303

聽者未云疲　5-471

聽者未聞音　7-437

聽聆風俗　8-225

聽臣微志　6-313

聽葛天氏之歌　2-90

聽覽之暇　6-254

聽覽餘日　2-213

聽采風聲　7-52

聽雞人之響　9-198

聽離鴻之晨吟兮　2-387

聽雲和之琴瑟　9-103

聽響兮增哀　3-102

聽鳴笛之慷慨兮　3-75

聽鳴鳳之嗈嗈　2-265

聿

聿中龢爲庶幾兮　2-470

聿來扶輿王　3-479

聿來歲序暄　4-391

聿來迦衛　9-399

聿修祖宗之志　8-283

聿光往記　3-408

聿兼鄧林　1-322

聿懷多福　8-295

聿求多祜　2-321

聿皇求索　3-191

聿經始於洛汭　2-350

聿越巇險　1-382

聿追孝以嚴父　3-57

聿采毛之英麗兮　2-147

肄業脩聲　3-186

肄水戰於荒服　2-242

肅何千千　3-250

肅祗鄂之鏘鏘　2-307

肅天威之臨顔　2-224

肅宗亦禮鄭均而徵高鳳　8-342

肅將朕命　6-206

肅恭崇憲　9-292

肅愼爾儀　9-162

肅愼貢其楛矢　7-303

肅我征旅　3-325

肅我朝命　9-219

肅承明詔　3-325

肅明典憲　7-24

肅桂苑　2-403

肅此塵外軫　4-30

肅清荒遏　9-217

肅祗群神之禮備　8-260

肅穆恩波被　3-417

肅肅之儀盡　1-250

肅肅先生　8-175

肅肅君子　3-286

蕭蕭宵征　5-268
蕭蕭宵駕動　5-135
蕭蕭廣殿陰　5-472
蕭蕭我祖　3-294
蕭蕭戒徂兩　5-17
蕭蕭淒風　4-171
蕭蕭焉　9-369
蕭蕭習習　1-254
蕭蕭荊王　8-155
蕭蕭莎雞羽　5-336
蕭蕭階闥　1-436
蕭蕭高桐枝　4-144
蕭鷹典策　7-94
蕭舲出郊際　5-516
蕭雍往播　3-367
蕭雍揆景　9-290
蕭駕在祈年　5-514
肆乎永歸　2-66
肆于淮南　6-200
肆于百里　4-243
肆口而食　9-151
肆呈窈窕容　5-142
肆廛管庫　2-213
肆於人上　2-455
肆玉軑而下馳　2-18
肆目平隰　7-320
肆目眇不及　4-438
肆義芳訊　9-144
肆行凶忒　7-383
肆觀天宗　2-268
肆議芳訊　3-410
肇允契幽叟　3-480
肇允才淑　9-441
肇允雖同規　4-350
肇受命而光宅　1-418
肇命民主　8-248
肇基景命　6-329
肇基王命　8-98

肇彼梟風　8-152
肇惟淑聖　9-322
肇有父子　1-125
肇濟黎蒸　4-247
肇經天人　9-162
肇自初創　4-265
肇自弱齡　9-460
肇自高而終平　1-89
肇謀漢濱　8-150
肇載天祿　8-143
肇錫余以嘉名　6-4

肉・月 ────────

肉弗登於俎味　2-431
肉登俎而永御　2-155
肉角之獸　8-229
肉角馴毛宗於外圍　8-260
肌力盡鞍甲　5-148
肌如白雪　3-264
肝腦塗中原　7-376
肝腦塗地　3-335
肝膽楚越　4-334
肝血之诚　6-321
股戰脅息　3-247
股肱先正　6-199
股肱弗置　3-318
股肱惟良　9-375
股肱旣周　8-249
股肱無折沖之勢　7-392
股肱猶存　9-39
股肱竭力　8-401
股肱良哉　8-209
股肱蕭曹　8-364
肥牛之腱　6-82
肥狗之和　6-104
肥豢膿肌　6-133
肥遯居貞　8-174

肩若削成　3-272

肯事郡邑權　5-440

育獲之儔　1-199

育翩翩之陋體　2-431

育豐肌於朽骨　6-334

肴乾酒未缺　5-357

肴乾酒澄　3-412

肴來不虛歸　4-220

肴槅四陳　1-335

肴樂胥　2-142

肴糅錯該　6-109

肴羞未通　6-83

肴蔌芬藉　8-59

肴籔仁誼之林藪　8-265

肴醳順時　1-425

肴駰連鑣　6-174

胏體布寫　2-72

胏體豐融　2-21

背世湮沈　9-230

背五帝　8-416

背伊闕　3-270

背僞而歸眞　1-139

背先賢之去就　7-418

背墳衍之廣陸兮　2-254

背山臨溪　7-61

背擊北岸　6-122

背榮宴　7-317

背洞溪　6-130

背流各百里　5-142

背淮千里而自致者　6-440

背神京之弘敞　9-326

背穴偃蹇　3-249

背繩墨以追曲兮　6-12

背繩墨而改錯　6-73

背蠻夷之下國　2-424

背行先些　6-79

背長林　3-216

背阿房　2-128

胎卵得以成育　8-415

肺石少不寃之人　6-236

胡不棲而　4-175

胡不時鑒　3-299

胡亥少習剋薄之敎　8-451

胡亥極刑　6-448

胡亦益進　6-439

胡人不敢南下而牧馬　8-379

胡人遙集於上楢　2-292

胡厥夫之繆官　2-199

胡可勝原　1-355

胡可勝言　2-413

胡地玄氷　7-114

胡塵罕嘗夕起　6-217

胡寧不師　4-179

胡寧久分析　5-292

胡寧可昧　6-375

胡寧自舍　3-302

胡廣累世農夫　8-355

胡愆斯義　9-283

胡欲傲其所不知　7-61

胡漢子弟部曲將校　7-407

胡爲遑遑欲何之　7-492

胡笳互動　7-114

胡笳關下思　3-506

胡縊莽分　8-251

胡虜數遷移　5-68

胡貉之長　2-125

胡風南埃　9-268

胡風吹朔雪　5-459

胡馬依北風　5-210

胡馬失其群　5-235

胡馬奔走　7-119

胡馬如雲屯　5-86

胡馬洞開　8-149

胡馬逤進窺於邯鄲　6-438

胡馬顧度燕　5-313

胡騎千群　7-389

胤嗣乃長　8-366

胤嗣殄沒　7-44

胤殷周之失業　8-236

胤緹騎　8-57

胤陽阿　1-395

胥仍物而鬼訕兮　2-474

胸中去機巧　5-497

胸中谿其洞開　2-231

胸喘膚汗　8-119

胸突銛鋒　1-207

能不依依　7-114

能不得展　7-124

能不悲哉　7-115

能不惑者　1-286

能不慨然　7-114

能不懷所歡　4-186

能不懷苦辛　4-217

能不永歎　4-228

能之難也　3-128

能事畢矣　9-386

能以國讓　6-413

能使窮澤生流　6-133

能使高興盡　4-30

能內察屬縣　5-241

能否居然別　5-309

能喉囀引聲　7-60

能強起而游乎　6-115

能得人死力　7-145

能從我而友之乎　6-151

能摠衆淸之林　3-229

能本而孝　2-36

能淸伊何　8-174

能濟其厄　1-462

能無中林士　4-25

能爲秦聲　7-166

能盡雅琴　3-219

能研群聲之淸　3-229

能聽忠臣之言　6-469

能貊其德音　8-295

能負析薪　7-416

能違之者寡矣　1-155

能馴擾以安處　2-424

能鱉三趾　1-234

能鼓琴吹笛　3-178

朓實庸流　7-89

朓聞潢汗之水　7-88

脂韋便辟導其誠　9-122

脅息增愀　3-252

脅於位勢之貴　6-462

脅於暴虐之臣　7-393

脅遷當御省禁　7-386

脆促良可哀　4-155

脈脈不得語　5-219

脈脈阻光儀　4-415

脟割輪焠　2-54

脣腐齒落　7-447

脩之仰望　7-54

脩人事　6-292

脩儀操以顯志兮　3-169

脩孕婦之墓　6-455

脩學敏行而不敢怠也　7-451

脩完補輯　7-383

脩家子雲　7-56

脩廢職　1-451

脩成內則　8-310

脩日朗月　4-271

脩春秋　8-20

脩條摩蒼天　4-28

脩檝內辟　3-223

脩死罪死罪　7-51, 7-57

脩煩辱之事　8-295

脩短之運　2-173

脩竹冬青　1-240

脩芒鬱岧嶤　4-424

脩薄具而自設兮　3-66

脩袖繚繞而滿庭　1-304

脩詩貫道　9-292
脩誦習傳　7-434
脩路無窮迹　4-301
脩身則足　9-140
脩辭立誠以居業　3-50
脩造舟楫　7-309
脩阪造雲日　4-213
脩額短項　1-190
脩飾丹青　6-225
脫冠謝朝列　3-394
脫屣千乘　6-413
脫屣金沙　9-386
脫巾千里外　3-486
脫略公卿　3-110
脫耒爲兵　8-289
脫若三秋　5-255
脫落塵俗　8-96
脫角挫脰　1-112
脫迹違難　8-153
腥醲肥厚　6-98
腐肉之齒利劍　6-476
膜膜坰野　1-432
腠理則治　1-425
腥臊并御　6-59
腦方良　1-271
腦沙幕　2-138
腰佩翠琅玕　5-65
腰如束素　3-264, 3-272
腰帶準疇昔　5-336
腰鐮刈葵藿　5-148
腹心不同　8-283
腹心良平　8-364
腹議者蒙隱戮　7-386
腹陘阻　3-185
膏塗平原　9-85
膏壤平砥　2-27
膏沐之遺　6-293
膏沐爲誰施　4-101

膏液潤野草而不辭也　7-376
膏澤之潤　8-13
膏澤多豐年　4-199
膏澤洽乎黎庶　1-102
膏火自煎熬　4-109
膏腴兼倍　1-367
膏蘭孰爲銷　4-283
膏鑪絶沈燎　5-520
膚不生毛　7-433
膚寸自成霖　5-314
膝下之懽　7-11
膝步而前曰　8-407
膠戾而激轉　2-338
膠結則不遷　8-291
膠緻理比　3-152
膳夫有官　1-425
膳夫馳騎　1-202
膴膴亭皋　9-402
膴膴尙於周原　8-79
膺多福以安恣　1-275
膺庸祗之秩　9-357
膺期誕德　9-433
膺籙受符　3-375
膺茲顯秩　9-220
膺萬國之貢珍　1-136
膺門沫赭　2-452
膺陑阤　3-185
膺靈符而在茲　9-483
膽劣心狷　2-153
膾西海之飛鱗　6-134
膾鯉臇胎鰕　5-70
臂之使指　8-455
騰漢南之鳴鶉　6-134
臑若芳些　6-82
臚人列　1-244
矐江東之潛鼉　6-134

臣 ────────────

臣下動然後知君之節趨 8-402

臣不勝受恩感激 6-273

臣不勝屛營延仰 6-324

臣不勝忧懼 6-306

臣不勝犬馬怖懼之情 6-313

臣之事君 6-279

臣之始望 6-323

臣之得罪 7-166

臣之微诚 6-320

臣之愚暗 6-464

臣之愚蔽 6-297

臣之所見 2-43

臣之罪又積矣 6-354

臣之辛苦 6-313

臣之進退 6-311

臣乘願披腹心而效愚忠 6-468

臣亦何人 7-7

臣亦簡君 9-219

臣亦胡顏之厚 6-364

臣亮言 6-269, 6-349

臣今在假 6-401

臣以供养無主 6-311

臣以寡劣 6-373

臣以险衅 6-309

臣伏以爲 6-295

臣伏思尋 6-373

臣伏惟陛下以至聖之德 8-224

臣伏自惟省 6-294

臣位任隆重 6-405

臣侍汤药 6-310

臣具以表聞 6-311

臣具對素聞知狀 8-245

臣凡庸固陋 6-349

臣出身而事主 2-423

臣初信之 6-295

臣則幸矣 6-288

臣固常伏刻誦聖論 8-246

臣固愚戇 8-246

臣固才朽不及前人 8-246

臣固被學最舊 8-246

臣固言 8-244

臣固頓首頓首 8-246

臣处之不以爲愧 6-304

臣契闊屯夷 6-375

臣始不信 6-448

臣子不宣者 8-405

臣子之職旣加矣 8-390

臣密今年四十有四 6-312

臣密言 6-309

臣實懦品 7-41

臣對 8-244

臣少多疾病 6-309

臣少曾遠遊 3-266

臣常以爲然 6-447

臣常有顓胸病 8-225

臣幸得下愚之才 7-73

臣弄權於下 8-460

臣彬啓 7-6

臣忘子臧之節 6-414

臣恐周鼎復起於漢 6-443

臣恐救兵之不專 6-438

臣愚竊以爲過 8-393

臣所不能忘也 6-354

臣所不能甘也 6-354

臣所宜守 6-350

臣所見雖狹 6-305

臣挟一時之志 9-73

臣於陛下 6-351

臣早奉龍潛 7-3

臣昉云云 7-38

臣昉啓 7-2

臣昉頓首頓首 7-19, 7-29

臣昔奉役 6-358

臣昔從先武皇帝 6-284

색인 **497**

臣昨出　6-302

臣更越之　6-306

臣有何功可以堪之　6-303

臣本吳人　6-318

臣本布衣　6-272

臣本庸才　6-378

臣本自諸生　6-399

臣東鄙幽介　2-405

臣某云云　6-364

臣植言　3-310, 6-276, 6-290

臣植誠惶誠恐　3-312

臣機頓首頓首　6-317

臣欲奉詔奔馳　6-311

臣歷觀庶姓在世　6-352

臣每覽史籍　6-330

臣濟爹以陵君　1-285

臣無以家爲　6-280

臣無有也　3-264

臣無祖母　6-312

臣無虛受　6-276

臣爲股肱　8-410

臣獨何顏　6-319

臣獨何人　6-285

臣獨何德　7-69

臣王言　6-403

臣琨臣碑　6-334

臣琨臣碑等頓首頓首　6-337

臣琨臣碑頓首頓首　6-327, 6-328, 6-330

臣琨謹兼左長史右司馬臣溫崎主簿臣
　辟閭巡　6-337

臣生當隕首　6-313

臣盡秋霜之戒　9-369

臣知不愜　6-382

臣碑遣散騎常侍征虜將軍淸河太守領右
　長史高平亭侯臣榮劭　6-337

臣祜言　6-302

臣竊哀之　6-479

臣竊恥之　7-71

臣竊悼之　6-346

臣竊感先帝早崩　6-284

臣竊爲陛下不取也　6-465

臣竊自傷也　6-292

臣竊自比葵藿　6-296

臣竊見海內淸平　1-85

臣竊觀之　2-54

臣等區區　6-265

臣等參議　7-37, 7-47

臣等受面欺之罪　6-266

臣等各忝守方任　6-337

臣等奉表使還　6-329

臣等絶朝　3-311

臣約誠惶誠恐　7-48

臣素門凡流　6-386

臣者外體　8-402

臣聞　6-284, 6-285, 6-290, 6-297, 6-363,
　6-371, 6-447, 6-448, 6-458, 6-461, 6-464,
　6-468, 7-40

臣聞世之所遺　9-134

臣聞任重於力　9-133

臣聞傾耳求音　9-147

臣聞公族者　8-458

臣聞出乎身者　9-146

臣聞出豫爲象　8-64

臣聞利眼臨雲　9-139

臣聞動循定檢　9-147

臣聞古人之言　6-302

臣聞吏議逐客　6-428

臣聞因雲灑潤　9-141

臣聞圖形於影　9-155

臣聞地廣者粟多　6-434

臣聞士之生世　6-276

臣聞天生蒸人　6-328

臣聞太朴旣虧　6-357

臣聞將軍死綏　7-18

臣聞尊位不可久虛　6-336

臣聞尋煙染芬　9-144

臣聞巧盡於器　9-143
臣聞弦有常音　9-150
臣聞忠臣率志　9-138
臣聞性之所期　9-144
臣聞情見於物　9-156
臣聞應物有方　9-137
臣聞成湯革夏而封杞　6-342
臣聞披雲看霄　9-145
臣聞放身而居　9-151
臣聞於師　2-378
臣聞日薄星廻　9-133
臣聞昏明迭用　6-331
臣聞春雨潤木　6-344
臣聞春風朝煦　9-142
臣聞智周通塞　9-138
臣聞枕敬希聲　9-150
臣聞楚有七澤　2-43
臣聞歌以詠言　3-162
臣聞殷周之王　8-450
臣聞求賢暫勞　6-403
臣聞沈潛旣義　2-405
臣聞河洛之神　3-271
臣聞洪水橫流　6-262
臣聞煙出於火　9-153
臣聞理之所守　9-154
臣聞理之所開　9-157
臣聞目無嘗音之察　9-151
臣聞示應於近　9-150
臣聞祿放於寵　9-135
臣聞秦倚曲臺之宮　6-437
臣聞積實雖微　9-137
臣聞絕節高唱　9-144
臣聞聽極於音　9-148
臣聞良宰謀朝　9-140
臣聞虐暑熏天　9-156
臣聞蛟龍驤首奮翼　6-440
臣聞衝波安流　9-152
臣聞覽影偶質　9-142

臣聞觸非其類　9-153
臣聞託閻藏形　9-145
臣聞赴曲之音　9-141
臣聞足於性者　9-157
臣聞通於變者　9-155
臣聞達之所服　9-152
臣聞適物之技　9-154
臣聞遯世之士　9-148
臣聞郁烈之芳　9-140
臣聞鑒之積也無厚　9-136
臣聞鑽燧吐火　9-142
臣聞雪宮建於東國　2-393
臣聞靈輝朝覿　9-135
臣聞音以比耳爲美　9-146
臣聞頓網探淵　9-136
臣聞飛轡西頓　9-149
臣聞馬援奉嫂　7-28
臣聞髦俊之才　9-134
臣聞鷙鳥累百　6-441
臣自出身已來　6-302
臣自抱疊歸藩　3-310
臣至公矣　1-454
臣與賈逵傅毅杜矩展隆郗萌等　8-244
臣莫賢於后稷　8-209
臣蓁言　6-413
臣裕言　6-367
臣觀其麗者　3-266
臣觀管輅　9-78
臣誠惶已下　6-423
臣誠惶誠恐　6-414
臣誠樂昭著新德　8-225
臣諱誠惶誠恐　6-384
臣謹　7-35
臣謹以劾　7-24
臣謹奉白簡以聞云云　7-25
臣謹案　7-22, 7-46
臣賁世藏承家　6-413
臣質言　7-69, 7-76

臣輒奉白簡以聞 7-47

臣進逆耳 1-68

臣雺等離心 6-390

臣里之美者莫若臣東家之子 3-264

臣里閭孤賤 6-422

臣門籍勳蔭 6-413

臣門緒不昌 7-6

臣雄稽首再拜以聞 8-225

臣雄經術淺薄 8-224

臣雖不達 6-354

臣雖小人 6-303

臣雖無識 6-399

臣雲言 6-386, 6-417

臣雲誠惶以下 6-401

臣雲頓首頓首 6-386

臣雲頓首頓首 6-392

臣須顧眄 8-198

臣領中書 6-351

臣願大王熟計而身行之 6-472

臣願聞之 3-271

臣願陛下留意幸察 6-465

臣驚言 6-378

臥不得暝 6-97

臥喜晚起 7-286

臥於巖石之下 6-484

臥治今可尚 5-23

臥疾豊暇豫 5-345

臥痾對空林 4-45

臥覺明燈晦 5-448

臥觀天井懸 5-186

臥轍棄子 8-103

臧札飄其高厲 2-198

臨上路 6-477

臨下莊敬 9-434

臨不測之谿以爲固 8-379

臨世濯足 8-174

臨丹谷 6-170

臨乎昆明之池 1-114

臨乎未央 1-106

臨事且猶旰食 8-470

臨事制變 7-397

臨事每不可奪 8-110

臨凶若吉 9-283

臨危奮節 9-250

臨危而智勇奮 2-216

臨危自放 3-191

臨危致命 8-195

臨命忘身 9-231

臨哭其喪 6-343

臨啓慚恧 7-3

臨四遠而特建 1-369

臨回江之威夷 3-207

臨坼阻參錯 4-462

臨坻注壑 2-65

臨城自剄 6-450

臨堂對星分 4-378

臨塗未及引 4-491

臨大阺之稀水 3-246

臨安定 7-169

臨岐矩步 2-462

臨岩側 3-237

臨峻路而啓扉 1-98

臨川哀年邁 4-9

臨川感流以歎逝兮 2-385

臨川摧銳 9-34

臨川暮思 5-256

臨川送離 3-228

臨川靡芳餌 4-290

臨年被戮 7-116

臨廣望 2-451

臨象分微 9-292

臨撝坎而累抃 2-231

臨敵有餘 6-264

臨曲池些 6-82

臨曲池而行觴 7-243

臨書恨然 7-323

臨朋違怨 9-293

臨望遠矣 3-244

臨朝有光 8-365

臨朝者六后 8-316

臨朱汜而遠逝兮 6-117

臨樂何所歡 5-286

臨此歲方秋 4-407

臨此洪渚 4-179

臨歿要之死 3-452

臨民親職 7-176

臨水兮浩汗 9-303

臨水愧遊魚 4-449

臨江塞要 7-202

臨江暹來客 5-339

臨池無洗耳 8-71

臨沒顧命 9-342

臨沙漠矣 7-323

臨河思洗耳 4-7

臨河濯長纓 5-231

臨波望哭 9-436

臨洞庭 6-146

臨津不得濟 4-355

臨流別友生 4-452

臨流對回潮 4-36

臨流怨莫從 3-386

臨淄之揮汗成雨 9-412

臨深罔戰 9-203

臨淵揆水 9-156

臨淵有懷沙之志 1-68

臨淸流 3-216

臨淸流而賦詩 7-492

臨渭濱而有疑 9-484

臨源挹淸波 4-5

臨濟壑而怨遙 2-403

臨焦原而不悛 1-430

臨牖禦櫺軒 5-263

臨當就命 3-73

臨皋隰之沃流 2-254

臨眺殊復奇 4-84

臨眠通壑 9-402

臨穴仰天歎 3-455

臨穴呼蒼天 3-452

臨穴永訣 9-233

臨終遺誓 9-244

臨組不肯緤 3-460

臨組乍不緤 3-288

臨縈河之洋洋 3-28

臨舊鄉之暗藹 3-35

臨芳洲兮拔靈芝 6-170

臨菑牟落 1-414

臨萬丈之絶冥 2-264

臨萬仞之石磎 3-180

臨表悚戰 6-410

臨表悲懼 6-423

臨表涕泣 6-273

臨觴而歎息也 6-295

臨財廉 7-142

臨路獨遲回 5-170

臨軹作令 9-219

臨辟雍 1-134

臨迥望之廣場 1-207

臨重岫而攬轡 6-161

臨金郊而講師 6-172

臨陣來降 7-411

臨難不惑 8-198

臨難忘身 8-200

臨難而制變者也 6-284

臨難而王不拯 7-173

臨靑壁 1-364

臨風悅兮浩歌 6-52

臨風歎兮將焉歇 2-409

臨風默含情 4-81

臨驚風之蕭條 2-461

臨高守要 7-182

臨高山些 6-79

臨麒麟之囿 2-125

自 ─────────────────────

自一時之雋也 7-216
自三墳五典八索九丘 8-171
自上下下 2-28
自上仁所不化 2-139
自下財物者哉 8-41
自下逆上 8-289
自予及有識 4-236
自京徂秦 2-178
自京畿隕喪 6-332
自令放爲 6-65
自以兵强國富 7-400
自以夷滅 7-165
自以爲娛 2-54
自以爲得志矣 7-323
自以爲控弦十萬 7-302
自以爲智能海內無雙 7-447
自以爲關中之固 8-379, 8-450
自仲秋而在疚兮 3-100
自使懷百憂 4-205
自來彌年代 5-143
自傷情多 5-423
自元康以來 6-329
自公所知 7-173
自公退食 9-259
自冬徂秋 7-19
自分黃耇永無執珪之望 3-311
自初呈試 7-61
自剝木以來 7-309
自前代而固然 6-13
自前代而間出 2-445
自力服藥 8-485
自勒功業 8-229
自卜已審 7-292
自取其獲 2-132
自古在昔 9-217

自古多俊民 4-406
自古患之 8-420
自古所歎 9-78
自古所難 8-157
自古無殉死 3-452
自古皆有死 3-111
自古皆有然 5-181
自古而恥之 7-137
自古而然 8-438
自古迄今 9-177
自古雖主幼時艱 8-315
自同全人 6-364
自同匪他 4-330
自同資敬 8-90
自君二祖 9-209
自吾爲子家婦 8-430
自周章於省覽 7-52
自咸洛不守 8-90
自國而遷 4-270
自壽春而南 7-408
自夏徂秋 9-371
自夏殷以前 8-27
自夏涉玄冬 4-184
自天之命也 9-80
自奉淸塵 4-321
自姬漢以來 1-72
自孝武之所不征 1-135
自守奇士 7-142
自守者身全 7-465
自宋氏失御 7-41
自宸歷御寓 7-41
自左騏史娵鬙姐明倡能識以來 7-61
自己而及物 9-415
自已爲誰纂 4-478
自幽深宮 8-452
自建武曁於義熙 8-350
自弱冠涉乎知命之年 3-52
自彼京師 4-174

自彼河汾　3-361

自後帝德稍衰　8-343

自得之　7-451

自從初降　7-114

自從食萍來　5-434

自惟亦皆不如今日之賢能也　7-294

自惟至熟　7-286

自成鋒穎　1-362

自成離羣　4-271

自我別旬朔　5-283

自我天覆　8-218

自我違京輦　4-430

自我高祖之始入也　1-161

自捐盛時　7-179

自整裝　3-166

自旋之初　7-242

自昊穹兮生民　8-208

自明帝以後　8-333

自昔同寮寀　4-234

自昔哲王　3-360

自昔把臂之英　9-130

自昔枉光塵　3-492

自是之後　8-455

自是以來　7-82

自是士林憤痛　7-384

自是始有應務之跡　8-95

自是烽燧罕警　9-49

自時厥後　8-28

自時迄今　9-232

自晉氏不綱　6-249

自書傳而有焉　2-169

自曹騰說梁冀　8-336

自有佳政　7-239

自朝章國紀　8-99

自期三年歸　5-261

自未央而連桂宮　1-105

自此之後　8-447

自此以還　8-357

自此迄今　9-412

自武元之後　8-313

自武關與項羽戮力咸陽　8-231

自比六國　7-178

自氓俗澆弛　6-236

自求多福　7-311, 7-332

自沈汨羅　9-470

自溫徂陽　9-266

自漢至魏　8-348

自炎漢中葉　1-69

自然之數　7-261

自然往復　2-352

自然者　9-79

自營部分司　8-100

自爾介居　9-284

自相喧呫　2-363

自相夷戮　7-331

自矜其得　9-64

自祖考而隆好　3-90

自立天子之後　6-442

自結明主　7-139

自義熙草創　6-373

自致寶區之外　8-340

自茲以降　1-66, 8-323, 8-340, 8-347, 9-432

自茲厥後　9-350

自茲而作　1-68

自茲遂隆　7-303

自葉流根　6-344

自董卓作亂　7-402

自衛反魯　7-345

自西京未央建章之殿　2-280

自詒伊愧　8-153

自謂三分鼎足之勢　7-304

自謂可終始相保　7-69

自謂無奇　7-79

自謂策得　7-201

自貽患責邪　6-354

自貽虧衄　7-21

自近及遠　6-290
自逆胡縱逸　7-24
自遠每相匹　3-486
自金行不競　9-96
自開闢以來　8-454
自開闢而未聞　2-208
自附衆美　4-334
自靈均以來　8-352
自非可以弘獎風流　8-92
自非坦懷至公　9-367
自非攀龍客　3-462
自非王子晉　4-105
自非略其蕪穢　1-72
自非知命　7-322
自非聖賢國　5-38
自非重怨　7-294
自頂至踵　7-22
自頃國家　7-309
自頃翰張　4-305
自顧非杞梓　5-493
自顧非金石　4-216
自魏至晉　8-357
臭味風雲　8-101
臭馨香　8-241
皐記墳於南陵　2-193

至 ─────────

至丈必過　6-472
至乃伍員浮屍於江流　9-83
至乃愚佻短略　7-383
至乃抗憤而不顧　8-343
至乃掖庭三千　8-313
至乃敬通見抵　3-110
至乃易天子以太上之號　8-286
至乃歷玄闕　7-243
至乃秋露如珠　3-121
至乃趙母深識　7-18

至乃集螢映雪　6-409
至乎勍敵糾紛　1-441
至乎哀平　8-458
至乎永平之際　1-127
至乎臨谷爲塞　1-341
至于兄弟　6-290
至于兄弟　8-295
至于垓下　8-152
至于夏商周之書　8-2
至于成立　6-309
至于戰國　8-27
至于桓靈　8-460
至于王道衰　7-496
至人不嬰物　5-306
至人攄思　3-208
至人遺物兮　2-416
至今未許也　3-264
至今治彊　6-429
至今聲不虧　3-453
至令聖朝流涕　7-388
至令趙高之徒　8-451
至令遷正黜色賓監之事　8-258
至以身陷刑之故　8-245
至使英姿茂績　8-322
至使菁華隱沒　9-275
至公以奉上　9-429
至公均被　8-326
至公至平　7-85
至其將衰也　2-379
至其晚節末路　6-437
至其紐金章　7-365
至則未見濤之形也　6-116
至則靡耳　7-453
至司馬安四至九卿　3-50
至哉操斤客　5-499
至夫秦用商鞅之法　6-456
至夫組織仁義　9-112
至夫繽紛繁鶩之貌　2-397

至如一赴絕國　3-118
至如下官　6-485
至如夏后兩龍　8-65
至如李君降北　3-109
至如相如上林　8-28
至如秦帝按劍　3-108
至如身爲漢隸　8-182
至妙之容　6-265
至孝文皇帝　7-347
至孝武皇帝　7-348
至尊親奉奠某皇帝　9-320
至小忿怒　9-478
至微至陋　6-312
至德未能蹝　9-80
至性過人　7-285
至或賭及衣物　8-469
至政破縱擅衡　8-228
至方則礙　9-284
至於三萬里　1-95
至於世祖　8-282
至於今之作者　1-66
至於伏劍不顧　7-125
至於先士茂制　8-352
至於公劉　8-294
至於制春秋　7-229
至於功均一匡　6-382
至於參五華夏　8-254
至於反袂拭面　8-23
至於司馬長卿　7-71
至於國家將有大事　7-352
至於外戚　6-352
至於太原　8-134
至於奉遵科教　7-78
至於好色　3-264
至於始皇　8-448
至於孝惠之世　7-347
至於孝景　8-455
至於孝武　8-331

至於室廬　2-381
至於導養得理　8-478
至於山川之悼詭　1-456
至於岐下　8-294
至於帝皇　2-303
至於建安　8-347
至於引氣不齊　8-442
至於思政明臺　6-243
至於愚臣　6-363
至於應天順人　8-426
至於成帝　8-458
至於所善　7-216
至於措身失理　8-484
至於操斧伐柯　3-128
至於文王　8-295
至於斟酌損益　6-272
至於旬時　7-242
至於有周　3-295
至於枝附葉從　7-410
至於樹養不同　8-481
至於欲使陛下崇光被時雍之美　6-298
至於武宣之世　1-81
至於殄敗　8-336
至於注心皇極　6-292
至於湯武　8-426
至於王孰　8-448
至於疾病而遺忠　8-245
至於經緯乾坤　8-257
至於翼扶王室　8-323
至於脩者　7-52
至於臣者　6-292
至於虧名損實　6-400
至於蜀都　7-431
至於言窮藥石　9-466
至於記事之史　1-74
至於許昌　2-303
至於軍國遠圖　8-110
至於道被如仁　6-421

至於還颷入幕　7-366
至於露滋月肅　2-451
至於鞭箠之間　7-153
至於顧眄增其倍價　9-128
至於體分冥固　8-177
至於高言妙句　8-352
至於鶡冠甕牖　9-78
至是賢遷遠矣　8-246
至有旦撫鳴琴　6-246
至有皓首　7-270
至樂無怨乎舊　8-47
至樂非有假　4-22
至欲見中傷者　7-286
至止之日　3-311
至止伊順　4-325
至死不僵　8-463
至比天下於逐鹿　8-428
至永平中　8-332
至激於義理者不然　7-154
至爲禮法之士所繩　7-285
至猶影響　9-203
至皆秉兩　8-359
至石必差　6-472
至聞天下穆清　6-154
至聞皇風載韙　6-189
至自禹穴　9-451
至自非敦　9-280
至若文案自環　8-111
至若曲臺之禮　9-446
至若蘭茝傾頓　7-319
至若齒危髮秀之老　8-90
至若龍馬銀鞍　3-115
至誠懇惻　9-466
至身死之日　8-451
至通夜不瞑　7-218
至魯共王好治宮室　8-6
致之於堯禹　6-417
致之有由也　9-464

致之者反蒙嘉歎　6-421
致倉廩於盈溢　2-34
致氷匪霜　3-298
致卭蒟其奚難　2-221
致命於帝　6-78
致命知方　9-258
致在賞意　4-333
致墜匪嫚　3-298
致天下誅　7-405
致天之屆　3-368, 6-218
致屆官度　6-201
致延譽之美　8-186
致恭祀乎高祖　1-274
致感之途　4-322
致歡忻於春酒　1-263
致王業之艱難者　8-298
致王誅于赤眉　2-192
致盈必損　9-164
致聲化於雍熙　9-370
致茲虧喪　7-24
致萬乘之權　8-382
致誠效志　3-197
致足樂也　7-216
致辱非所　7-24
致遠流離與珂玫　1-375
致飾程蠱　1-304
致高煙乎太一　1-256
臺城層構　6-108
臺澗備曾深　3-390
臺隸參差　8-357
臺館無尺椽　4-490

日 ─────────────

春稅足以代耕　3-54
舃鹵可腴　6-235
舃奕乎千載　8-255
舅奪母志　6-309

與一世同其波流　7-278

與三皇競其萌黎　9-97

與世事乎長辭　3-43

與世亦殊倫　3-463

與世無營　4-130

與世長乖　9-233

與之將見賣　3-473

與之斟酌道德之淵源　8-265

與之述業　9-26

與乎州郡之豪傑　1-91

與二三君子比意同力　7-353

與人同其安者　8-446

與人通流　7-229

與仁義乎逍遙　3-38

與余少而歡焉　3-93

與佳期兮夕張　6-46

與使者出敗　2-40, 2-55

與俗殊服　2-92

與先世而常然　1-465

與公母武康公主素不協　8-93

與其窮極倦劇　2-88

與其過而廢之　7-356

與前世而皆然兮　6-59

與匈奴南單于呼完廚　7-408

與卿相等列　8-343

與君共翱翔　4-183

與君爲新婚　5-218

與君生別離　5-210

與君行止　9-210

與周之所以王也　8-12

與唐比蹤　3-315

與單于連戰十有餘日　7-143

與坤元等契　9-199

與士信　7-142

與士卒之抑揚　1-385

與天下爲更始　2-95

與天亨巍巍　3-348

與天剖神符　8-233

與天地乎幷育　3-143

與天地分比壽　6-57

與夫唱和之隆響　1-395

與子之別　3-121

與子別山阿　4-363

與子別幾辰　4-167

與子別後　7-116

與子同一身　5-234

與子結綢繆　5-231

與子隔蕭墻　4-257

與存與亡　6-419

與定天下安社稷者也　8-142

與岡岑而永固　1-430

與左悺徐璜幷作妖孽　7-382

與建忠將軍協同聲勢　7-393

與弟超書曰　8-438

與志遷化　3-169

與我別所期　5-339

與政隆替　2-247

與日月俱懸　1-73

與日月兮齊光　6-42, 6-57

與時俯仰　7-160

與時息兮　2-165

與時抑揚　1-308

與晉爭長　7-399

與月虧全　1-355

與朋信心　9-240

與汝沐兮咸池　6-52

與汝遊兮九河　6-52

與江介之湫湄　1-411

與波上下　6-61

與波搖蕩　2-69

與波潭沱　2-365

與海通波　1-94

與煙俱滅者　7-413

與爾剖符　5-268

與牛驥同皁　6-460

與物無傷　7-285

與物無患　2-431
與物無營　6-129
與物齊終始　4-25
與猛獸之恐懼　2-49
與獄吏爲伍　6-483
與王趨夢兮　6-86
與百姓共之　2-126
與相維持　8-461
與神俱　2-87
與神遊　1-339
與笳同音　7-60
與羣臣飮燕　7-486
與羣賢同行　7-457
與群賢幷　8-224
與義相扶　7-453
與聞政事　7-71, 7-164
與聽斯調　7-61
與螻蟻何以異　7-148
與衆無忌　7-417
與衆絶慮　7-306
與諸侯遠方交遊兄弟　6-116
與謀曰及之類是也　8-15
與謳謠乎相龢　3-155
與賈馬而入室　7-3
與造化合符　9-199
與運籌之謀　4-322
與道俱隆　6-131
與道翱翔　2-416
與陳涉度長絜大　8-382
與隨侯之明珠　2-343
與靈合契　6-152
與風飈颺　1-360
與麋鹿而同死　9-85
與黃比崇　1-238
輿亂罔不亡　3-478
輿兵新野　7-424
輿命公子　5-268
輿哀無情之地　9-476

興國救顚　3-299
興實在德　9-177
興山止簀　9-435
興廉擧孝　8-71
興廢之術　6-235
興建不同　8-277
興建庠序　9-185
興復漢室　6-272
興復表門　9-190
興微繼絶　8-105
興德而升　8-219
興文自成篇　4-198
興樹禍隙　8-360
興此崇麗　9-191
興滅加乎萬國　6-344
興王之軌可接　2-444
興自高辛　2-184
興茲雙起　9-192
興言在臨觴　4-299
興謠輟相而已哉　9-430
興賦究辭凄　4-387
興農桑之盛務　1-139
興隆大好　7-424
舊三爲一　8-241
舊勳雖廢　9-266
舊史遺文　8-13
舊囿化而爲薪　3-91
舊室滅以丘墟兮　2-158
舊德前功　6-202
舊惟淮海　9-455
舊文新藝　9-230
舊楚是分　8-155
舊物克甄　6-329
舊痾有瘳　3-61
舊章靡存　8-163
舊老爲之歎息　7-41
舊邦喪亂　6-349
舊邦惟新　2-185

舊難詳一　9-417

舊齒皆凋喪　5-100

疊聞罕漫而不昭察　8-226

舌 ─────────

舌如電光　7-457

舍君之樂處　6-76

舍我衡門依　5-311

舍族尊夫人　8-15

舍檻檻而卻倚　1-107

舍此世也　2-125

舍爵兩楹位　5-184

舍生取誼　2-481

舍生豈不易　3-474

舍爸淒愴　9-492

舍福取禍　8-152

舍罪責功者　3-311

舍舟眺迥渚　4-58

舍車遵往路　3-490

舍高亥之切憂兮　2-161

舒丹氣而爲霞　1-319

舒先生之憤　8-409

舒化以揚名　8-407

舒向金玉淵海　9-121

舒布爲詩　1-70

舒恢炱之廣度兮　3-167

舒息悁而增欷兮　3-70

舒情將焉訴　4-338

舒意自廣　3-168

舒憤訴穹蒼　5-48

舒文廣國華　4-374

舒盛德　8-215

舒蓄思之悱憤　3-237

舒虹爍電　3-402

舒誃婧之纖腰兮　3-27

舛 ─────────

舛錯縱橫　1-332

舜亦以命禹　8-426

舜在假典　8-221

舜無立錐之地　6-468

舜禹遊焉　1-399

舞丹穴之鳳皇　1-275

舞以盡意　3-162

舞八佾　1-137

舞干戚　2-97

舞德垂容　8-418

舞於松柏之下　2-379

舞旣蹈而中輟　3-225

舞陽道迎　8-157

舞飛容於金閣　2-461

舞館識餘基　5-374

舞鷔鷔於庭階　3-219

舟 ─────────

舟凝滯於水濱　3-114

舟堅不可攀　5-502

舟子於是搦棹　2-367

舟車不通　7-435

舟車之用　7-309

舟遙遙以輕颺　7-489

航琛越水　3-399

舫舟翩翩　4-170

般乎裔裔　2-53

般倕棄其剞劂兮　2-16

般倕騁神　3-208

般桓不發　3-173

般紛紛其離此尤兮　9-473

般般之獸　8-219

般輸摧巧於斧斤　7-482

舳艫千里　9-47

舳艫相屬　2-367

船容與而不進兮　6-58
艤舟汨渚　9-496
艤輕舟　1-338

艮 ─────────────────

良不可任　7-210
良不可度　7-318
良久乃言曰　1-288
良久無緣　7-237
良人在外　4-175
良人忽以捐背　3-96
良人惟古懽　5-225
良人游不歸　5-408
良人處鴈門　5-351
良人行從軍　5-261
良人顧有違　3-486
良以寒心　7-312
良以食惟民天　6-234
良余膺之所服　3-143
良儔不獲偕　4-338
良儔交其左　7-323
良友既沒　3-93
良友遠離別　5-238
良可痛惜　7-215
良可詠矣　8-185
良增邑邑　7-255
良士之所希及　9-73
良多變矣　3-128
良守共治　6-246
良家入徒　9-452
良將勁弩　8-379
良工砥之　8-403
良時不再至　5-230
良時不見遺　4-456
良時在茲　7-207
良時無停景　5-271
良時爲此別　3-488

良書限聞見　5-374
良有以也　7-218
良朋貽新詩　4-234
良木攢於褒谷　1-322
良樂之所急也　6-265
良樂軼能於相馭　7-482
良游匪晝夜　5-435
良游呃喔　2-150
良無盤石固　5-217
良無要於後福　2-242
良玉比德君子　7-221
良田廣宅　9-463
良田無晚歲　4-199
良自然之至音　3-233
良致霸其有以　2-194
良苗實已揮　5-32
良謀莫陳　4-329
良質美手　3-219
良辰在何許　4-110
良辰征　1-396
良辰感聖心　3-393
良辰竟何許　4-396
良辰遂往　4-327
良遇不可值　3-356
良遊常蹉跎　4-33
良醽醽而有味　3-156
良難以辭逮　3-128
良馬既閑　4-223
良駿逸足　3-172
艱哉何巍巍　5-55
艱患未弭　6-373
艱禍繁興　6-329

色 ─────────────────

色以悅目爲歡　9-146
色思其柔　3-280
色授魂與　2-93

色法上圓　9-192
色淺體陋　2-429
色滋畏沃若　5-510

艸·++ ──────────

芎藭菖蒲　2-44
芒種斯阜　1-432
芒芒九壤　3-285
芒芒九有　4-265
芒芒元氣　6-131
芒芒其稼　3-283
芒芒原隰　3-325
芒芒宇宙　3-370, 8-143
芒芒恍忽　2-73
芒芒積流　2-347
芒芒終古　1-425
芒芒甂甂　1-355
芔然與道而遷義　2-98
芙蓉含華　1-300
芙蓉始發　6-82
芙蓉始發池　4-48
芙蓉散其華　3-352
芙蓉覆水　1-239
芝房菌蠢生其隈　1-296
芝栭欑羅以戢香　2-289
芝蓋九葩　1-210
芝蕙被其涼　9-142
芟夷無餘　8-336
芟夷煩亂　8-5
芟敵搴旗　7-412
芥千金而不眄　7-360
芬之使香而無使延哉　8-482
芬至今猶未沫　6-33
芬芬酷烈　1-328
芬芳漚鬱　2-92
芬若椒蘭　9-418
芬葩蔭映　1-376

芬馥歇蘭若　4-387
芬馥肸蠁　1-359
芬馨良夜發　5-238
芮尹江湖　8-365
芰荷迭映蔚　4-54
花上露猶泫　4-61
花叢亂數蝶　5-385
芳不得薄兮　6-59
芳塵凝樹　2-403
芳塵凝瑤席　5-348
芳塵未歇席　5-510
芳年有華月　5-447
芳旨發自幽巷　7-253
芳旨萬選　6-183
芳林園者　8-78
芳枳樹籬　3-60
芳樹垂綠葉　4-113
芳氣隨風結　5-412
芳流歇絶　9-275
芳澤無加　3-272
芳猷永謝　9-436
芳猷淵塞　9-313
芳猷秘秘　3-400
芳與澤其雜糅兮　6-15
芳草久已茂　5-413
芳草亦未歇　4-50
芳草如積　1-165
芳草甘木　1-93
芳草羅生　3-250
芳草被堤　1-115
芳菰精稗　6-133
芳菲菲兮滿堂　6-41
芳菲菲兮襲予　6-52
芳菲菲其彌章　6-15
芳菲菲而難虧兮　6-33
芳葵成宿楚　5-489
芳葵豈再馥　5-305
芳襟染淚跡　4-163

芳追氣邪　1-326

芳酒登　2-407

芳酷烈之闈闆　3-66

芳風晻藹　9-211

芳風被鄉鼇　4-374

芳餌沈水　6-143

芷葺兮荷屋　6-47

芸若充庭　2-310

芻狗之談　4-309

芻蕘罄絕　9-249

芻靈已毀　9-492

苑囿之大　2-56, 2-63

苑太液　8-56

苑戲九尾之禽　6-187

苑鹿化以爲馬　2-227

苔滑誰能步　5-348

苕折子破　7-417

苕苕匡音徽　5-413

苕苕寄意勝　5-499

苕苕峻而安　5-412

苕苕椅桐樹　4-230

苕苕歷千載　3-289

苕遞陟陘峴　4-61

苗扈所以薿　7-182

苗松豫章　6-108

苗生滿阡陌　5-503

苟慝不作　7-84

苟慝不作　9-220

苟慝暴三殤　3-478

苞舉藝文　8-265

苞溫潤之玉顏　3-259

苞白　7-298

苞筍抽節　1-363

苞苴所入　9-122

苞茅不貢　8-447

苞靈曜之純　9-343

苟中情之端直兮　3-38

苟中情其好脩兮　6-31

苟云免罪戾　4-339

苟人必有心　9-227

苟以夸大爲名　7-299

苟余心其端直兮　6-58

苟余情其信姱以練要兮　6-10

苟傷廉而愆義　3-138

苟允德義　9-277

苟全性命於亂世　6-272

苟出不可以直道也　8-170

苟削丹書　6-323

苟可貴其若斯　2-298

苟台嶺之可攀　2-264

苟合取容　7-139

苟因陋就寡　7-352

苟在食土之毛　6-330

苟奴仍隨邊歸宅　7-34

苟奴登時欲捉取　7-34

苟奴與郎邊往津陽門襦米　7-34

苟奴隱避少時　7-34

苟形聲之翳沒　9-487

苟得用此下土　6-18

苟德義其如斯　2-305

苟性命之弗殊　3-82

苟怨陵以不死　7-121

苟懷四方志　4-124

苟或衰陵　9-73

苟明法以釋憾　2-231

苟曰易昭　6-384

苟有代謝　8-277

苟有槩於貞孝者　9-265

苟有胸而無心　1-224

苟有至道　8-398

苟民志之不諒　1-231

苟無大瑕　6-352

苟無實其孰信　2-479

苟理窮而性盡　9-482

苟生亦何聊　5-75

苟竭心於所事　2-426

苟縱心於物外　3-45

苟能修身　7-450

苟能實其必榮　2-478

苟能隆二伯　4-317

苟莫開懷　9-259

苟蔽微以繆章　2-181

苟趣舍之殊塗兮　2-388

苟遂愚誠爾　6-414

苟達變而識次　3-136

苟違斯義　9-164

苟銓衡之所裁　3-137

苟非命世　8-195

苟非異德　4-326

苟非鴻鵬　4-171

若不改轍易御　7-249

若不自勝　8-93

若中原之有菽　3-143

若乃一旦進璽　8-184

若乃三光旣淸　2-346

若乃下吏之肆其噤害　9-253

若乃不忘經國之大美　7-56

若乃交二族之和　7-40

若乃交神坻上　6-223

若乃伯夷抗行於首陽　7-481

若乃儗儓瑰瑋　2-56

若乃偏荒速告　2-340

若乃剛悍生其方　1-324

若乃匠人輟成風之妙巧　9-109

若乃卓犖奇譎　1-340

若乃嘉穀靈草　8-260

若乃大明擽轡於金樞之穴　2-338

若乃大火流　1-328

若乃宇宙澄寂　2-367

若乃少昊司辰　2-425

若乃岷精垂曜於東井　2-371

若乃嚴坻之隈　2-345

若乃巢高之抗行　9-274

若乃巴東之峽　2-354

若乃廟祧有事　2-34

若乃徐聽其曲度兮　3-154

若乃忠規密謨　6-374

若乃明練庶務　8-110

若乃春蘭被其東　3-206

若乃曾潭之府　2-356

若乃樂禍懷寧　7-418

若乃流遁忘反　1-280

若乃淸才俊茂　9-227

若乃牙曠淸耳於管絃　7-482

若乃王道旣衰　8-322

若乃登高臺以臨遠　3-235

若乃白商素節　6-172

若乃目厭常玩　6-169

若乃砥節厲行　9-332

若乃系情累於外物　9-480

若乃統體必善　8-113

若乃綿蔓紛敷之麗　3-222

若乃美政所施　8-415

若乃耽槃流遁　2-155

若乃背冬涉春　3-58

若乃華堂曲宴　3-216

若乃華裔之夷　6-187

若乃虯龍灌注　2-324

若乃觀其四郊　1-90

若乃趙王旣虜　3-108

若乃距陽平　7-184

若乃近者之觀　7-246

若乃追淸哇　6-166

若乃遊崇崗　3-237

若乃遠心曠度　8-171

若乃邁德種恩　7-78

若乃邊境有虞　7-70

若乃重幰增起　3-204

若乃金版玉匱之書　8-89

若乃閑舒都雅　3-214

若乃階除連延　2-320

若乃雲錦散文於沙汭之際　2-345

若乃霾曀潛銷　2-340

若乃靈瑞符應　8-433

若乃順時節而蒐狩　1-130

若乃顧影中原　7-321

若乃騎疊跡　3-111

若乃高薨崔嵬　2-309

若乃高軒飛觀　3-212

若乃龍火西頹　6-166

若乃龍鯉一角　2-360

若乘奔而無轡　1-281

若九牛亡一毛　7-148

若五色之相宣　3-136

若五音之變化　9-111

若今者也　7-183

若以俗人皆喜榮華　7-294

若以子之功高論於朝廷　7-178

若以臣爲異姓　6-294

若仰崇山而戴垂雲　2-308

若仲宣之擅漢表　7-51

若使下官事非其虛　6-485

若使善惡無徵　9-100

若使墨翟之言無爽　7-339

若使憂能傷人　7-171

若使水而可恃　7-399

若使羽位承前緒　6-343

若使賈高延陵之風　6-414

若使郅部救兵　7-20

若使陛下出不世之詔　6-282

若來若往　3-168

若侮慢　7-311

若俯若仰　3-168

若偷安旦夕　7-427

若僕大質已虧缺矣　7-134

若僕所聞　1-288

若光若滅者　2-111

若公肆大惠　4-323

若其五縣遊麗　1-185

若其亭亭物表　7-360

若其園圃　1-301

若其寬樂令終之美　9-277

若其寵鈞董石　9-114

若其廚膳　1-302

若其紀一事　1-67

若其舊俗　1-335

若其讚論之綜緝辭采　1-75

若其負穢臨深　2-341

若其靈寶　6-178

若出於神　3-250

若列先賢之數　6-346

若前有浮聲　8-351

若升闕里之堂　9-127

若危若安　3-275

若司馬相如虞丘壽王東方朔枚皋王褒劉
　　向之屬　1-82

若合符契　8-179

若吾多病困　7-294

若吾子之所傳　1-402

若吾志未果　7-232

若味滋旨　9-466

若咆渤澥與姑餘　1-431

若和平者聽之　3-218

若四體之無骨　2-191

若回施方徂　7-392

若在遠行　2-385

若堯舜禹湯文武之君　8-123

若壎篪之相須　2-426

若墜之惻每勤　6-243

若壞頹兮　3-160

若罋牙之調琴　2-16

若夫一言一行　6-419

若夫三春之初　3-215, 3-216

若夫上稽乾則　8-249

若夫假象金革　3-238

若夫偏師裨將之殞首覆軍者　9-248

若夫出處不違其時　9-22

若夫出處有道　8-187

若夫制作之文　8-22

若夫土有常産　8-28

若夫壯士忼慨　2-115

若夫多疑少決　2-153

若夫天封大狐　1-296

若夫姬公之籍　1-73

若夫平子艷發　8-347

若夫彈冠出仕之日　9-407

若夫應感之會　3-144

若夫敷衽論心　8-351

若夫文王日昃不暇食　8-301

若夫族茂麟趾　8-70

若夫明妃去時　3-109

若夫時陽初暖　3-228

若夫椎輪爲大輅之始　1-65

若夫氣霽地表　2-406

若夫游鷁高翬　1-198

若夫燕之用樂毅　7-453

若夫王孫之屬　1-336

若夫田文無忌之儔　6-150

若夫白鳩丹鳥　8-234

若夫盛德之胤　7-41

若夫立德必須貴乎　9-18

若夫終日馳騁　2-98

若夫翁伯濁質　1-184

若夫繭生收功於章臺　7-468

若夫藻扃黼帳　2-276

若夫觸酌凌波於前　7-235

若夫說誘甘言　7-413

若夫豐約之裁　3-142

若夫長年神仙　1-165

若夫隨手之變　3-128

若夫靑琴宓妃之徒　2-92

若夫鞅斯之倫　7-479

若夫高冠長劍　8-335

若夫數公者　8-325

若好古博雅君子與我同志　8-8

若存若亡　3-189, 9-382

若孝子之事父也　3-155

若季秋之降霜　3-71

若客　2-134

若客所謂末學膚受　1-224

若審越之勤　8-467

若將來而復旋　3-259

若將飛而未翔　3-275

若將飛而未逝　6-130

若履氷而臨谷　3-95

若已有之　9-462

若已納之於隍　1-248

若已再升者也　2-261

若平王能祈天永命　8-21

若幽星之纚連也　2-308

若彌年載　7-51

若往而歸　2-462

若往若還　3-275

若得辭遠游　6-294

若復五爵　8-237

若循環之無賜　2-222

若必專己守殘　7-356

若必筮予之　6-76

若忽至誠以處僥倖　7-205

若恃水戰　7-202

若慈父之畜子也　3-155

若憐子布　7-205

若成誦在心　7-54

若摛朱霞而耀天文　2-308

若摛錦布繡　1-115

若舉炎火以爇燔飛蓬　7-390

若舉翼而中留　6-130

若斯之流　1-74

若斯之盛　6-218

若斯之類　1-314

若日月之麗天也　2-307

若是者何也　6-433

若有人兮山之阿　6-53

若有作姦犯科　6-270

若有所喜　3-256
若有神道　8-111
若望僕不相師　7-133
若東屬大司馬　6-282
若東方朔枚皐之徒　7-70
若枯旱之望雨　7-435
若格之功臣　8-325
若榴競裂　1-328
若次其曲引所宜　3-216
若欲絶而復肆　3-223
若此　1-284, 2-98
若此之事　7-406
若此之屬　1-458
若此之黶也　3-271
若此二子　6-279
若此以往　8-488
若此仲山周旦之儔　7-56
若此所論　8-17
若此易見　8-393
若此盛矣　3-257
若此移年　9-427
若此終年　6-277
若此者　1-395
若此者數百千處　2-82
若歷世而長存　1-180
若江海之浸　8-13
若泥在鈞　3-305
若流波之將瀾　3-259
若浮海而望碣石　3-246
若涉淵水　6-195, 6-205
若游目於天表　1-107
若游魚銜鈎　3-130
若湛露之睎朝陽兮　2-28
若無官令　7-35
若無所容　6-322
若無毛質　2-462
若然　3-199
若然受之　8-262

若然者　8-428, 9-93
若然辭之　8-215
若爰井開制　6-235
若率土而論都　1-349
若生於鬼　3-250
若疾霆轉雷　1-245
若登高眺遠　2-14
若白鷺之下翔　6-120
若神仙之仿佛　2-51
若神龍之變化　1-212
若秀蒙蒲帛之徵　6-360
若積水於防　8-290
若立辟雍封禪巡狩之儀　7-352
若竦若傾　3-168
若笳若簫　3-238
若終畝不稅　6-253
若絙瑟促柱　3-183
若綴旒然　6-198
若群雛之從母也　3-227
若翔若滯　2-309
若翡翠之奮翼　3-258
若翰鳥纓繳　3-130
若胡越之異區　2-426
若胤彭而偕老兮　2-480
若能内取子布　7-205
若能審識安危　7-311
若能翻然大舉　7-418
若臣之陋　3-265
若臣者　1-118
若茂松之依山巔也　2-30
若莊周魏牟楊朱墨翟便蜎詹何之倫　6-125
若葵藿之傾葉　6-295
若蒙西山藥　4-88
若薙氏之芝草　1-226
若薛方逢萌聘而不肯至　8-342
若衡不能擧　9-121
若衡等輩不可多得　6-265
若衡重錙銖　9-122

若論其體勢　3-217
若謂驅貙虎　9-90
若賓之言　7-474
若賢人之美辭　1-73
若質之志　7-245
若趣欲共登王塗　7-294
若身之使臂　8-455
若洒涼夜自淒　2-408
若洒玄律窮　2-395
若洒申娛翫之無已　2-398
若洒積素未虧　2-397
若追前宴　7-245
若造次徙於山林之中　8-463
若邃不改　7-333
若道盡塗窮則已耳　7-292
若遺金門步　4-394
若金受礪　3-305
若鈞天之下陳　1-394
若銜若垂　3-223
若鏗鏘之在耳　2-218
若門到戶說矣　9-455
若閑冗畢棄　6-245
若闓闔兮洞開　3-102
若降天地之施　6-296
若陰若陽　2-286
若陵虛兮失翼　3-102
若雙碣之相望　1-173
若離翮之止殺　8-87
若離若合　3-236
若離若合者　1-381
若離鴻之鳴子也　3-227
若雲漢含星　1-339
若雷霆之聲　2-53
若霈然降臨　7-12
若韓信傷心於失楚　7-195
若頹復反　3-191
若顛隆而復稽　1-107
若風流雨散　1-339

若駭鯨之決細網　7-182
若驚鶴之群罷　1-213
若鬼神之仿佛　2-293
若麗山之孤畝　3-246
若翾若行　3-168
苦哉遠征人　5-86, 5-87
苦溢千歲　6-163
苦辛何慮思　4-217
苦雨遂成霖　4-257
苦夷致果　9-266
茉蓴蓬茸　1-188
英俊下僚　6-405
英俊之域　1-91
英俊沈下僚　3-458
英俊著世功　5-493
英名擅八區　3-461
英喆雄豪　1-453
英威既振　8-368
英布憂迫於情漏　7-195
英才俊偉　7-383
英才卓躒　6-263
英聲發越　3-213
英英夫子　9-239
英英文若　8-189
英英朱鸞　4-269
英華外發　9-350, 9-407
英華沈浮　2-140
英華靡絕　7-338
英蕊夏落　4-309
英衰暢人謀　5-361
英跱俊邁　9-126
英辭潤金石　8-347
英辯榮枯　1-462
英雄有屯邅　3-465
英雄誠知覺寤　8-435
英雄陳力　8-433
英髦秀達　9-85
苴以白茅　6-205

苴茅分虎 8-335

茂八區而菴藹焉 1-319

茂宰深邈睇 5-374

茂崇嘉制 9-460

茂彼春林 4-312

茂德所不綏 2-139

茂德淵沖 3-362

茂德繼期 9-219

茂惠文 8-228

茂林列芳梨 3-435

茂樹蔭蔚 1-115

茂盛其枝葉 8-463

茂矣美矣 3-256

茂績惟嘉 9-217

茂育群生 1-123

茂陵之原 1-185

茂陵將見求 3-446

范今年二月九日夜 7-33

范公之鱗 6-183

范及息逡道是采音所偷 7-33

范問失物之意 7-29

范喚問 7-33

范張款款於下泉 9-109

范未得還 7-33

范氏施御 1-132

范燮必爲之請死 8-305

范蔡以下 7-466

范蠡出江湖 5-143

范謀害而弗許 2-209

范送米六斗 7-33

范雎 7-466

范雎以折摺而危穰侯 7-461

范雎摺脇折齒於魏 6-452

茄蔕倒植 2-312

茅棟囀愁鴟 4-88

茈薑蘘荷 2-71

苟余情其信芳 6-14

苟得引乎衆芳 6-32

茗邈苕嶢 6-165

苢若椒風 1-99

茫昧與善 9-296

茫茫上天 8-132

茫茫海岱 9-220

茫茫終何之 4-475

茫茫造化 9-162

茲乃喪亂之丘墟 1-347

茲事體大 8-263

茲亦於舜 8-219

茲亦等競 1-426

茲可謂一勞而久逸 9-169

茲山亙百里 5-9

茲山復鬱盤 4-94

茲嶺復巑岏 5-378

茲川信可珍 5-28

茲情已分慮 4-364

茲沮善而勸惡 2-232

茲焉永歎 4-251

茲物苟難停 5-114

茲理不可違 5-35

茲理庶無睽 5-10

茲禮容之壯觀 3-58

茲言翔鳳池 5-365

茲辰自爲美 5-460

茲道未革 8-355

茲選特難 9-416

茲願不遂 4-327

莊蘺蘼蕪 2-44

茵疇張故房 4-150

茹毛飲血之世 1-64

茹鱗甲 2-345

荀卿有言曰 8-340

荀宋表之於前 1-66

荀彧字文若 8-187

荀息冒險難 5-491

荀慈明韓元長等五百餘人 9-343

荀摯競爽於晉世 8-108

荀攸字公達　8-187
荀爽之十旬遠至　6-399
荀裴之奉魏晉　9-367
荃不察余之中情兮　6-7
荃壁兮紫壇　6-47
荃獨宜兮爲民正　6-52
荃蕙化而爲茅　6-32
荃蕙豈久芬　4-378
荄軫谷分　6-121
莕遟離支　2-78
荇亂新魚戲　3-417
草以春抽　3-284
草伏木棲　1-192
草偃風從　6-255
草則蔵莎菅蒯　1-188
草則藿蒳豆蔻　1-358
草創惟始　6-394
草創新器　9-198
草創未就　7-159
草創華闕　9-190
草堂之靈　7-360
草木不夭　9-434
草木塗地　1-111
草木搖落而變衰　2-385
草木搖落露爲霜　5-59
草木無餘　1-112
草木焦卷　7-263
草木節解　1-379
草木茂　2-102
草木蕃廡　1-282
草木遂其零茂　8-415
草木黃落兮雁南歸　7-486
草未素而先彫　6-165
草根積霜露　4-88
草無朝而遺露　3-80
草萊弗除　8-175
草萊樂業　8-71
草蟲鳴何悲　5-252

草隸兼善　9-219
草露之滋方渥　8-84
草露霑我衣　5-35
荊人或違　9-210
荊南懷憓　1-445
荊吳鄭衛之聲　2-91
荊土本非己分　7-200
荊寶挺璞　9-231
荊州下宛葉而掎其後　7-390
荊州刺史戴侯之孫　9-227
荊扉新且故　4-88
荊揚克豫　7-312
荊棘上參天　3-425
荊棘成榛　3-341
荊河是依　7-101
荊玉亦眞還　3-474
荊王喟其長吟　3-227
荊王沛劉賈　8-142
荊蠻非我鄉　4-139
荊豔楚舞　1-395
荊軻慕燕丹之義　4-322
荊軻慕燕丹之義　6-447
荊軻歌　5-194
荊軻飲燕市　3-463
荊門闕竦而磬礴　2-354
荊魏多壯士　5-440
荏苒代謝　3-302
荏苒冬春謝　4-147
荒亭亭而復明　3-71
荒塗橫古今　4-18
荒夷懷南懼　4-338
荒庭寂以閑　5-313
荒憬淸夷　8-74
荒服來王　3-315
荒林紛沃若　4-465
荒楚鬱蕭森　5-314
荒池秋草遍　5-374
荒淫之闕　3-319

荒淫相越　2-63
荒疇不復田　3-425
荒草何茫茫　5-191
荒葛冐塗　2-275
荒裔帶其隅　1-409
荒阡亦交互　4-88
荒阻率由　1-442
荒階少諍辭　4-396
荔枝之林　1-364
荷兵而走　7-376
荷君子之惠渥　3-95
荷天下之重任　1-248
荷天衢　8-241
荷天衢以元亨　2-282
荷挿成雲　1-94
荷擔吐奇　8-200
荷棟桴而高驤　1-97
荷策來附　8-159
荷芰始參差　4-406
荷衣兮蕙帶　6-52
荼毒于秦　3-341
莅以威神　9-168
莅政弘簡　6-306
莊生悟無爲　5-478
莊缶猶可擊　4-148
莊舄顯而越吟　2-256
莖弱易凋　4-333
莘莘將將　6-120
莘莘蒸徒　1-435
莫不以爲不壯不麗　2-305
莫不來注　2-337
莫不傷氣　7-137
莫不優游以自得　2-330
莫不優遊而自得　1-140
莫不動聽　7-197
莫不北面人宗　8-90
莫不叩心絶氣　6-330
莫不同源共流　7-478

莫不同祖風騷　8-349
莫不咨嗟　9-342
莫不埋魂幽石　2-277
莫不如珪如璋　8-70
莫不宗匠陶鈞而群才緝熙　8-177
莫不定策帷幄　8-316
莫不寄言上德　8-350
莫不屈膝交臂　9-184
莫不崇尙其道　8-50
莫不崇重斯軌　6-357
莫不怡悅　3-171
莫不憯懍慘悽　3-218
莫不援旗請奮　9-181
莫不欣戴　6-333
莫不歡若親戚　9-418
莫不沾濡　2-141
莫不泫泣殞涕　7-61
莫不浸仁沐義　6-487
莫不皆然　8-485
莫不相應　8-482
莫不相襲　3-202
莫不終以功名　8-325
莫不結駟而造門　9-12
莫不締恩狎　9-128
莫不總制淸夷　8-89
莫不罹被災毒　8-336
莫不翹足引領　7-410
莫不肌栗慴伏　8-416
莫不芟夷翦截　9-185
莫不衄銳挫芒　1-385
莫不誅殛　6-207
莫不諷誦　7-248
莫不蹻足抗首　2-139
莫不開元於太昊皇初之首　8-248
莫不陸讋水栗　1-135
莫不霑濡　8-405
莫不風馳雨集　8-414
莫不飲恨而吞聲　3-111

莫不駿奔稽顙　6-187
莫之受也　9-4
莫之敢仇　1-199
莫之能改　8-357
莫之能獲　1-198
莫之能致　9-333
莫之與　7-320
莫之課而自勵　2-32
莫之逆也　9-5
莫之點辱　3-282
莫二其一　2-246
莫以爲意　7-347
莫匪安恆　4-272
莫匪爾極　8-293
莫吾知而不悶　3-38
莫大之衅　6-321
莫大於殤子　3-430
莫好脩之害也　6-32
莫宿丹水山　5-200
莫崇乎陶唐　8-249
莫忘歡樂時　5-237
莫我大也　1-219
莫我知也　9-470
莫我能形　1-239
莫所憑恃　7-393
莫振莫竦　2-340
莫敢正言　7-380
莫斯爲甚　7-43, 7-415
莫有北首燕路者矣　7-173
莫有固志　6-201
莫測其端矣　6-223
莫涅匪緇　9-243
莫測其深　1-352
莫測其裏　9-239
莫由親接　8-333
莫知其緯　9-78
莫知古來惑　5-426
莫知所由　8-485

莫磨匪磷　9-243
莫究其廣　1-352
莫繫於去來　9-387
莫肯費其牛萩　9-122
莫能損益　7-55
莫能逢旃　1-195
莫與交歡　4-227
莫若勿爲　6-471
莫若勿言　6-471
莫若衆建諸侯而少其力　8-455
莫莫紛紛　2-115
莫見其際　6-374
莫赤匪狐　1-449
莫辯百世後　4-484
莫近於詩　7-495
莫近於音聲也　3-202
莫邪爲鈍兮　9-471
莫離散而發曙兮　6-117
莫非二品　8-357
莫非公侯　8-323
莫非其舊　1-315
莫非妖妄者　8-478
莫非王土　7-434
莫非王臣　7-434
莫黑匪烏　1-449
菀以玄武　1-431
菈攞雷硠　1-382
菉蘋齊葉兮　6-86
菊揚芳於崖澨　2-389
菊散芳於山椒　2-406
菌桂臨崖　1-320
莔蔽象棊　6-84
菜以筍蒲　6-104
菜則蔥韭蒜芋　3-60
菡萏披敷　2-291
菡萏敷披　3-60
菡萏溢金塘　3-352
菡萏紵翁　2-313

색인 **521**

耕蕢芋瓜　1-301
華不再陽　5-125
華不星燭　4-328
華夏充實　6-206
華夏稱雄　6-149
華夷士女　2-213, 9-182
華夷慕義　8-103
華子魚不强幼安以卿相　7-290
華宗誕吾秀　4-348
華容一何冶　5-406
華容備些　6-81
華容婀娜　3-275
華容溢藻椒　4-296
華容灼爍　3-209
華實之毛　1-87
華實代新　6-170
華實照爛　3-60
華實紛敷　2-204
華實蔽野　2-255
華封致乘雲之拜　6-231
華屋富徐陳　4-406
華屋非蓬居　5-428
華屏齊榮　1-436
華山爲城　3-108
華嶽峩峩　1-208
華幔長舒　5-268
華星出雲間　4-28
華月照方池　5-475
華桐發岫　8-80
華楓枰櫨　2-79
華榱璧璫　2-75
華淸蕩邪而難老　1-416
華燈散炎輝　4-186
華燭爛　6-147
華睆切錯　3-198
華紛何擾弱　4-192
華組之纓　6-136
華繁中零　9-207

華繁玉振　9-239
華繁難久鮮　5-138
華繪彫琢　3-208
華纓結遠埃　5-169
華而不實　1-288
華色含光　3-266
華茂春松　3-271
華草錦繁　6-170
華蕚相光飾　4-348
華落理必賤　4-297
華落豈留英　5-484
華蓋承辰　1-194
華蓮爛於淥沼　2-241
華蓮重葩而倒披　1-421
華藻繁縟　6-136
華衰與緼緒同歸　9-463
華袿脅而雜纖羅　3-165
華裔之情允洽　6-334
華裔殷至　8-59
華貂深不足之歎　6-394
華酌旣陳　6-82
華采衣兮若英　6-42
華鍾杭其高懸　2-309
華鐙錯些　6-85
華閣緣雲　6-142
華闕雙邈　1-331
華館寄流波　3-352
華魴躍鱗　2-243
華黍　3-283
菰蒲冒淸淺　4-62
菲言厚行　1-451
菴閭軒于　2-44
菡露夜沾衣　5-161
菽麥稷黍　1-301
萁稈空虛　9-256
萃從沈溶　2-114
莨弘魏舒　1-235
萊氏有逸妻　4-5

萊黃之鮎　6-183
萋萋感楚吟　4-45
萋萋春草繁　5-348
萋萋綠林　4-225
萋萋辭翰　9-376
萌俗繁滋　9-455
萌柢疇昔　1-417
萌隸營農圃　4-143
萎葉愛榮條　4-349
萬不失一　6-125
萬世之業　8-379
萬世安可思　5-184
萬事俱零落　4-462
萬事難幷歡　5-345
萬人不得進　7-182
萬人和　2-90
萬代同一時　4-111
萬古陳往還　5-3
萬品一區　2-434
萬商之淵　1-332
萬國受世及之祚矣　9-59
萬國攸平　3-296
萬國錯跱　1-318
萬夫傾望　6-407
萬夫婉孌　9-146
萬夫莫向　1-341
萬夫趑趄　9-177
萬室不相救也　6-438
萬寶以之化　9-80
萬寶增煥　8-133
萬感盈朝昏　4-481
萬戶如一　2-297
萬方以祇　2-37
萬方輻湊　1-142
萬族各有託　5-327
萬景攸正　3-367
萬有三千餘乘　9-168
萬期爲須臾　8-138

萬楹叢倚　2-289
萬樂備　1-137
萬機不可久曠　6-336
萬歲更相送　5-222
萬歲無斁　6-115
萬殊一轍　4-335
萬殊之曲　9-155
萬民不贍　7-431
萬流仰鏡　3-407
萬爝星繁　6-175
萬物一何小　3-431
萬物不能害其貞　9-373
萬物之大歸　9-476
萬物之生　3-286
萬物仰之而彌高　9-407
萬物可齊於一朝　1-428
萬物同塗　4-309
萬物咸得其宜　8-392
萬物回薄兮　2-414
萬物得極其高大也　3-285
萬物得由其道也　3-284
萬物思治　8-180
萬物我賴　1-279
萬物權興於內　2-108
萬物波蕩　8-194
萬物煙熅　6-188
萬物熙熙　8-218
萬物爲銅　2-416
萬物生光暉　5-49
萬物祖矣　3-244
萬物紛以迴薄　2-385
萬物紛錯　6-131
萬物蠢生　1-354
萬物衆夥　2-68
萬物變化兮　2-413
萬物隨其俯仰　8-40
萬石以之訥愼　3-219
萬石周愼　4-131

萬祥必臻　8-125
萬穴俱流　2-336
萬端鱗崒　2-56
萬紀載弦吹　4-159
萬舞在中堂　4-183
萬舞突奕　1-258
萬色隱鮮　2-345
萬萬有餘　2-343
萬象咸光昭　4-39
萬象已陳　9-383
萬軸胤行衛　4-73
萬辟千灌　6-177
萬邑謩焉　1-414
萬邦作詠　4-252
萬邦咸震慴　3-290
萬邦宅心　8-144
萬邦旣化　3-316
萬里一息　8-120
萬里赳期　7-409
萬里無差　7-24
萬里無際　2-336
萬里猶比鄰　4-217
萬里肅齊　7-408
萬里與雲平　3-505
萬里贈所思　5-482
萬里連檣　2-367
萬類取足於世　9-135
萬騎紛紜　1-131
萬騎龍趨　1-194
萱草忘憂　8-481
荊欐梢之可哀兮　6-70
落五界而迅征　2-264
落勁翮　6-173
落宿半遙城　5-449
落帶金鈿　2-316
落日次朱方　4-154
落日隱欄楹　5-333
落翳雲之翔鳥　6-143

落而爲萁　7-166
落英幡纚　2-79
落英隕林趾　4-423
落英飄颻　1-326
落落卉木疏　5-282
落落窮巷士　3-466
落葉俟微風以隕　8-38
落葉委埏側　4-152
落葉後秋衰　5-279
落葉隨風摧　5-272
落雪灑林丘　4-354
落雲間之逸禽　3-43
葆佾陳階　8-83
葉不雲布　4-328
葉比枝分　2-328
葉菸邑而無色兮　6-70
葉落何翩翩　5-65
著中論二十餘篇　7-215
著之于篇　6-195
著之話言　9-367
著乎前誥　7-40
著以累世　4-326
著以長相思　5-227
著作之庭　1-103
著作者前列之餘事耳　7-473
著名海內　7-415
著於後嗣　1-83
著於春秋　8-426
著於竹帛　7-447
著粉則太白　3-264
著論准過秦　3-457
著馴風之醇釀　1-440
著黃虞之裔　8-238
葛弱豈可捫　5-348
葛綿綿於樛木兮　2-467
葛越布於朔土　7-302
董卓之亂　8-182
董卓初興國難　6-199

董弱冠而司袞兮　3-18
董我三軍　8-155
董氏淪關西　5-425
董生下帷　7-480
董生不云乎　7-167
董生之篤　8-467
董褐荷名　4-179
董襲陳武　9-32
葩瑤曲莖　1-252
葩華覆蓋　3-248
葩華跡沖　2-339
葬於江魚腹中　6-65
葬禮一依晉安平獻王孚故事　9-461
葭葦夾長流　5-38
葭蒲雲蔓　2-363
蒽翠陰煙　8-57
葳持若蓀　2-71
葵生鬱萋萋　5-279
葺之兮以荷蓋　6-47
葺宇家林　9-282
葺宇臨迴江　4-459
葺牆冪室　1-437
葺鱗鏤甲　1-353
蒂倒茄於藻井　1-163
蒂華藕於脩陵　7-319
蒐三王之樂　9-35
蒙不辜之名　8-387
蒙世俗之塵埃乎　6-65
蒙公先驅　2-113
蒙厖祓以拯民　3-21
蒙故業　8-375
蒙有猜焉　9-110
蒙清塵　6-110
蒙漢恥而不雪　2-236
蒙盾負羽　2-109
蒙竊惑焉　1-219
蒙竊惑焉　2-134
蒙籠荊棘生　4-143

蒙籠蓋一山　4-8
蒙聖主之渥恩　3-151
蒙詔書之恩　6-346
蒙鶹蘓　2-84
蒟醬流味於番禺之鄉　1-333
蒟蒟士子　3-282
蒯聵能退敵　3-195
蒱盧縈繳　3-303
蒲且發　1-203
蒲且贊善　7-268
蒲伏連延　6-122
蒲稗相因依　4-54
蒲苴不能以射　8-399
蒲陶亂潰　1-328
蒲陶結陰　1-431
蒸性染身　8-482
蒸民以匱　3-297
蒸禋皇祖　9-25
蒸蒸之心　1-258
蒸靈液以播雲　3-205
蒹葭贄　1-431
蓊阿拂壁　6-80
蒼生更始　8-134
蒼生顯然　6-333
蒼苔依砌上　5-365
蒼蒼中山桂　5-474
蒼蠅間白黑　4-214
蒼靈奉涂　8-57
蒼鷹鷙而受緤　2-433
蒼黃翻覆　7-361
蒼龍吹篪　1-208
蒼龍玄武之制　9-186
蒼龍覿於陂塘　2-331
蓀何以兮愁苦　6-52
蓂莢晨生　9-203
蓂莢載芬　3-376
蓄力待時　7-424
蓄寶每希聲　4-374

蓄怨兮積思 6-69
蓄意忍相思 4-419
蓄炎上之烈精 8-252
蓄筆削之刑 8-111
蓄軫豈明懇 4-65
翕湛湛而弗止 3-246
翕茸蕭瑟 1-363
蓋不可勝數 8-342
蓋不可勝載 7-475
蓋不欲以枉其天才 7-291
蓋不足云 8-359
蓋世必有非常之人 7-433
蓋丘明之志也 8-18
蓋乃事美一時 1-74
蓋乃遭遇乎斯時也 1-145
蓋乘風之淑類 2-446
蓋云備矣 1-71
蓋云殊性而已 9-274
蓋亦先生之所高會 1-397
蓋亦弘矣 3-219
蓋亦明靈之所酬酢 1-450
蓋亦無量 7-61
蓋亦知爲之而弗得矣 9-15
蓋亦簡易之義 3-199
蓋亦音聲之至極 3-239
蓋以一人治天下 9-22
蓋以十數 8-335
蓋以十數 9-248
蓋以官行其義 9-22
蓋以強幹弱枝 1-91
蓋以漢主當陽 8-183
蓋以百數 1-101
蓋以立意爲宗 1-73
蓋以膺當天之正統 8-252
蓋以論人才優劣 8-357
蓋企及進取 9-73
蓋信乎其以寧也 8-126
蓋傷時王之政也 8-21

蓋兆基於上世 1-318
蓋六籍所不能談 1-120
蓋共嗤點以爲灰塵 8-301
蓋受命日不暇給 8-240
蓋同王子洛濱之歲 9-409
蓋君子審己以度人 8-440
蓋君子恥當年而功不立 8-466
蓋君爲元首 8-410
蓋周之舊典禮經也 8-12
蓋周公之志 8-12
蓋周躍魚隕航 8-213
蓋嘗賦詩云 8-95
蓋在乎樂天知命矣 9-14
蓋在高祖 8-432
蓋堯之爲教 6-290
蓋天子穆然 2-17
蓋奏御者千有餘篇 1-83
蓋奏議宜雅 8-441
蓋山之泉 7-339
蓋山嶽之神秀也 2-260
蓋徒以微辭相感動 3-267
蓋得之於時勢也 8-39
蓋志之所之也 1-68
蓋恥得之而弗能治也 9-22
蓋惴惴之臨深兮 2-467
蓋慊如也 9-46
蓋懷能而不見 8-385
蓋所以臻茲也 2-126
蓋所能言者 3-128
蓋損益隨時 2-33
蓋數萬以二 1-244
蓋文王拘而演周易 7-155
蓋文章經國之大業 8-442
蓋景帝程姬之子 2-280
蓋有助焉 8-87
蓋有南威之容 7-229
蓋有形必朽 6-131
蓋有晉之融皇風也 6-186

蓋有爲以爲之矣　8-299

蓋有百數　6-334

蓋有算矣　9-15

蓋有非常之功　6-193

蓋未嘗有　8-219

蓋本同末異　4-322

蓋欲兼功　1-73

蓋比物以錯辭　1-458

蓋民情風教　8-291

蓋爲此也　8-45

蓋特其小小者耳　2-43

蓋理有毀之　6-188

蓋用昭明寅畏　8-261

蓋發怒於一博　2-232

蓋發蒙　3-253

蓋百代之儀表　9-430

蓋皆弓馬之士　8-289

蓋知伍子胥之屬鏤於吳　9-16

蓋秦王之子也　8-307

蓋端委之所彰　1-349

蓋笑蕭望之跋躓於前　9-17

蓋節之淵　1-456

蓋聖人之敎化如此　7-451

蓋聖人握金鏡　9-111

蓋聞中國有至仁焉　7-435

蓋聞其聲　8-219

蓋聞受金於府　7-99

蓋聞國有道　8-396

蓋聞天以日月爲綱　1-317

蓋聞天子之牧夷狄也　7-431

蓋聞挹朝夕之池者　9-382

蓋聞明主圖危以制變　7-380

蓋聞明者遠見於未萌　6-465

蓋聞智者順時而謀　7-176

蓋聞皇漢之初經營也　1-86

蓋聞禍福無門　7-397

蓋聞聖主之養民也　2-133

蓋聞聖人不卷道而背時　6-162

蓋聞聖人有一定之論　7-472

蓋聞見機而作　7-298

蓋聞過高唐者效王豹之謳　7-187

蓋賞莢爲難蒔也　1-279

蓋藩援之與國　9-47

蓋號以況榮　8-215

蓋蜀包梁岷之資　8-30

蓋見龍逢比干之亡其身　9-16

蓋詠雲門者難爲音　8-246

蓋詩有六義焉　1-314

蓋譏汲黯之白首於主爵　9-17

蓋象戎兵　2-321

蓋象琴筑幷奏　1-361

蓋象金石之聲　2-80

蓋踵其事而增華　1-65

蓋追先帝之遇　6-269

蓋遠績屈於時異　9-71

蓋錄其絕塵不及　8-343

蓋鍾子期死　7-133

蓋非知之難　3-128

蓋音有楚夏者　1-408

蓋鳳鳴高岡　7-417

蓐收整轡　2-425

蓐收淸西陸　4-12

蓐收調辛　6-134

蓬心旣已矣　4-491

蓬籠之戰　9-34

蓬萊起乎中央　1-109

蓬蒿滿中園　5-488

蓬門子彎烏號　8-123

蓮藕觚蘆　2-44

蒔實時出而漂泳　2-361

蓼菱芬芳　3-60

蓼蟲避葵菫　5-169

蔌蔌風威　2-275

蔑以過之　6-333

蔑彼名級　9-280

蔑王侯　7-363

茂祖辱親　7-47
蔓草緣高隅　4-76
蔓草縈骨　3-107
蔓草芳苓　6-108
蔓葛亦有尋　5-117
蔓葛以敷　4-328
蔗傳餘節　9-492
蔚彼高藻　4-252
蔚爲帝師　6-222, 8-89
蔚爾鱗集　8-28
蔚矣其文　7-51
蔚矣荒塗　4-170
蔚若朝霞爛　5-405
蔚若相如　1-340
蔚若鄧林　1-188
蔡公儒林之亞　8-90
蔡氏五曲　3-217
蔡澤　7-466
蔡澤以噤吟而笑唐擧　7-461
蔡莽螫刺　1-463
蔣琬字公琰　8-187
蔣苧青煩　2-71
蔣蒲兼葭　1-300
蔥翠紫蔚　2-300
蔭本枝兮　2-458
蔭此百尺條　3-458
蔭法雲於眞際　9-388
蔭潭隩　2-364
蔭牛宿以曜峯　2-262
蔭脩竹之蟬蜎　3-237
蔭華蓋　2-29
蔭落落之長松　2-265
蔭西海與幽都兮　2-13
蔽日引高旆　3-506
蔽荊山之高岑　2-256
蕃屛皇家　1-453
蕃廬錯列　1-433
蕃衛如舊　6-368

蕉葛升越　1-376
蕊蕊芬華落　5-322
蕙帳空兮夜鵠怨　7-366
蕙心紈質　2-277
蕙肴芳醴　8-83
蕙肴蒸兮蘭藉　6-41
蕙草饒淑氣　5-117
蕙風如薰　1-424
蕙葉憑林衰　5-411
蕝爾之生　6-321
蕝爾小臣　3-362
蕞芮於城隅者　2-213
蕡實時味　1-328
薜榮不終朝　4-13
蕩乎大乎　9-80
蕩亡秦之毒螫　1-102
蕩取南山　6-122
蕩埃藹之溷濁　3-236
蕩子行不歸　5-212
蕩川瀆　1-192
蕩平天下　7-198
蕩春心　6-112
蕩樂娛心　6-109
蕩海夷嶽　7-321
蕩滌放情志　5-221
蕩瀁不可期　5-513
蕩蕩上帝　9-102
蕩蕩乎八川分流　2-64
蕩蕩夷庚　3-284
蕩蕩誰名　8-68
蕩遺塵於旋流　2-265
蕩雲沃日　2-342
蕩魂傷精　1-305
蕩颺島濱　2-338
蕪沒鄭鄕　9-441
蕪穢不復掃　4-143
蕪穢不治　7-166
蕭傅之賢　9-457

蕭公權宜而拓其制　1-120

蕭墻阻且深　4-257

蕭收圖以相劉　2-228

蕭散得遺慮　5-500

蕭斧戕柯以柙刃　1-443

蕭曹扶翼漢祖　9-406

蕭曹雖不以三代事主　8-179

蕭曹魏邴　1-102

蕭曼雲征　2-320

蕭朱所以隙末　9-124

蕭條數千里外　2-115

蕭條江上來　5-367

蕭條洲渚際　4-355

蕭條無可欲　4-85

蕭條萬里　9-168

蕭條衆芳　2-380

蕭森繁茂　2-148

蕭樊且猶縲紲　8-323

蕭樊且猶縲紲, 8-　8-323

蕭灑出塵之想　7-360

蕭瑟入南闈　5-397

蕭瑟兮草木搖落而變衰　6-68

蕭瑟含風蟬　4-120

蕭瑟掃前林　4-144

蕭瑟虛玄　6-162

蕭艾與芝蘭共盡　9-92

蕭艾蒙其溫　9-142

蕭蕭愁殺人　5-223

蕭遠論其本而不暢其流　9-79

薄伐獫狁　8-134

薄宦東朝　6-399

薄帷鑒明月　4-100

薄戍綿幂　1-464

薄採其茅　2-37

薄援助者　7-258

薄暮宿蘭池　5-401

薄暮心動　3-108

薄暮方來歸　4-411

薄暮未安坻　5-35

薄暮無宿棲　5-56

薄暮苦饑　5-60

薄湊會而淩節兮　3-188

薄狩於敖　1-267

薄索合沓　3-158

薄索蛟螭　2-122

薄終義所尤　5-63

薄耆之炙　6-105

薄草靡靡　3-250

薄言寄松菌　4-30

薄言慕之　4-175

薄言鼎後命　4-445

薄言解控　8-196

薄言載考　3-371

薄言遵郊衢　5-501

薄賞子以守節　7-127

薄賦斂　8-392

薄身厚志　9-280

薄遊似邟生　4-470

薄遊第從告　5-13

薄霄愧雲浮　4-45

薇蕨安可食　5-201

薇蕨荔芳　1-188

薇蕪蓀葰　1-301

薇藿常不充　5-261

薇藿弗充虛　4-198

薈蔚雲霧　2-337

蕡薐葹以盈室兮　6-16

蘹呋胙以棍批兮　2-16

薑彙非一　1-358

薑芋充茂　1-433

薑芋紛廣畦　4-430

薀軸之疾已消　8-71

薛包分財　7-36

薛洪樛尙　7-411

薛莎靑熴　2-44

薜荔拍兮蕙綢　6-44

薛荔無恥　7-368
薛蘿若在眼　4-62
蔪草霍靡　6-90
薦名宰府　6-216
薦天下豪俊哉　7-137
薦於郊廟　1-82
薦饗王衷　5-42
薨於建康官舍　8-106
薨於私第　9-372
薪芻前見陵　5-165
薰之使黃而無使堅　8-482
薰以幽若　6-137
薰尸滿窟　9-256
薰息猶芳　9-144
薰蕕不雜　7-46
薰辛害目　8-481
蕞積乎其中　2-68
藉以翠綠　3-209
藉於千畝之甸　2-26
藉用可塵　9-497
藉田以禮動　1-448
藉臯蘭之猗靡　3-237
藉荆軻首以奉丹事　6-450
藉莞蒻　2-386
藉萋萋之纖草　2-265
藉蘭素多意　4-81
藉響川鶖　9-114
藍田美玉　1-93
薹滯抗絶　3-189
藏之書府　8-6
藏器在身　9-137
藏器屠保　6-404
藏垢懷恥　4-129
藏往伊智　9-323
藏於區區之木　9-477
藏於秘府　7-351
藏景蔽形　9-212
藏書弗紀　9-192
藏氣讖緯　1-417
藏理於終古　1-402
藏用玄默　1-451
藏舟易遠　9-392
藏若景滅　3-144
藏諸名山　7-159
藏金於山　1-277
藏鉇於人　1-378
藏鏹巨萬　1-334
藏鳴端　7-368
藐爾諸孤　9-130
藐盼覿靑崖　4-73
藐藐標危　1-430
藜莠不給　9-275
藝殖仆　2-87
藤垂島易陟　5-23
藥以勞宣　3-61
藥劑弗嘗　9-283
藥劑有司　1-425
藥餌情所止　4-48
藸荺致功　3-304
藩司抑而不許　9-425
藩國奉聘　1-244
藩嶽作鎭　4-269
藩服之職　2-315
藪爲毛林　6-174
蘍苬尙歙　2-80
藷蔗薑䕉　1-301
藹藹列侍　1-425
藹藹慶雲被　5-120
藹藹東都門　3-469
藹藹浮浮　2-395
藹藹皆王侯　3-462
藹藹翠幄　1-357
藹藹萋萋　2-310
藹藹風雲會　5-129
藺生在下位　3-473
藻絆鼇厲　1-250

藻茆菱芡　1-300
蘄陽之役　6-200
蘇子狹三河　4-106
蘇張喜而詐騙　2-247
蘇秦北遊說　3-466
蘇秦張儀一當萬乘之主　7-447
蘇秦相燕　6-450
蘇糞壤以充幃兮　6-29
蘇稷紫薑　1-302
蘊孔佐之弘陳云爾　8-252
蘊眞誰爲傳　4-468
蘊而莫傳　7-338
蘋以春暉　5-125
蘋涖泛沈深　4-62
蘋藻生其涯　4-192
蘋蘩行潦　6-225
蕧荷依陰　3-60
蕖氏在城之東南兮　2-170
蕖與國而舒卷　2-181
蕖蒢戚施之人　9-16
蕖藕拔　1-205
蘭以秋芳　5-125
蘭厄獻時哲　3-393
蘭室接羅幕　5-103
蘭室無容光　5-276
蘭宮秘宇　6-168
蘭有秀兮菊有芳　7-486
蘭林披香　1-169
蘭林蕙草　1-99
蘭桂有芬　9-409
蘭桂移植　4-312
蘭橑停冬霰　5-507
蘭殿長陰　9-316
蘭池周曲　2-204
蘭池淸夏氣　3-390
蘭渚莓莓　1-427
蘭澤多芳草　5-216
蘭肴兼御　3-216

蘭膏停室　9-151
蘭膏坐自凝　5-274
蘭膏明燭　6-81, 6-85
蘭臺之群英　3-122
蘭臺金馬　1-168
蘭芝婀娜於東西　2-298
蘭芳假些　6-85
蘭芷變而不芳兮　6-32
蘭苕已屢摘　5-339
蘭英之酒　6-105
蘭茝發色　1-115
蘭茝蓀蕙之芳　7-230
蘭蕙綠淸渠　5-276
蘭薄戶樹　6-82
蘭薰而摧　9-496
蘭逕少行跡　5-482
蘭野茂稊英　4-69
蘭錡內設　1-373
虁襄薦法　3-208

厃

虎嘯六合　7-321
虎嘯山丘　3-43
虎嘯深谷底　4-442
虎嘯而谷風洌　8-123
虎嘯豊谷　8-144
虎夫戴鶡　1-253
虎戟交鍛　1-244
虎步原隰　9-34
虎步秣陵　7-312
虎步西河　9-181
虎步谷風　6-149
虎澗龍山　1-456
虎牙蝶豎以屹崒　2-354
虎臣武將　7-309
虎臣毅卒　9-35
虎蛟鈎蛇　2-358

虎蜧其師　8-254
虎視眈眈　3-333
虎視龍超　8-82
虎豹之凌遽　2-119
虎豹九關　6-78
虎豹夾路啼　5-56
虎豹岅　6-90
虎豹狋獌　2-132
虎豹豺兕　3-247
虎豹長嘯而永吟　1-322
虎豹鬥兮熊羆咆　6-90
虎豹黃熊遊其下　1-297
虎賁班劍百人　9-461
虎賁贅衣　1-103
虎賁鈇鉞　6-204
虐亦深矣　9-42
虐項氏之肆暴　2-190
慮有逼迫　6-320
虓虎之陳　2-115
虔修遺憲　9-37
虔劉庸代　8-368
虔奉武園　6-381
虔恭中饋　9-162
處不諱之朝　7-457
處之彌泰　8-190
處之斯何　2-321
處乎斯列者　1-101
處以濯龍之奧　2-456
處位而任政者　8-416
處儉罔憂　8-174
處其玄根　4-335
處列東第　7-376
處危非所恤　5-493
處子懷春　3-27
處子耿介　8-343
處安不異易　4-343
處富不忘貧　5-473
處幽隱而奧玾兮　3-151

處把握而卻寥廓　8-405
處於玄宮　2-107
處智勇之淵偉　2-191
處有能存無　4-239
處死匪難　8-194
處死誠獨難　3-474
處沃土則逸　1-155
處涼臺而有鬱蒸之煩　7-263
處父勤君　9-266
處甘泉之爽塏　1-172
處痟土則勞　1-155
處窮獨而不悶者　3-202
處者歌式微　5-266
處薄者不怨其少　8-108
處言愈見其默　9-275
處身孤且危　4-230
處身行道　7-479
處雁乏善鳴之分　4-321
處順故安排　4-56
處順故無累　5-478
處麗絺紛　9-291
虛中重聽　6-97
虛之一日　6-336
虛其應而失其歸　8-21
虛受弗弘　6-257
虛受謂之尸祿　6-276
虛名復何益　5-217
虛宮館而勿仞　2-95
虛寂在川岑　3-389
虛己以遊　9-373
虛己備禮　9-333
虛己若不足　9-466
虛廓無見　9-212
虛張異類　8-28
虛往實歸　9-395
虛心定志　8-385
虛恬竊所好　4-236
虛懷博約　9-430

虛授謂之謬擧　6-276

虛握靈珠　9-196

虛檐雲構　8-79

虛滿伊何　4-312

虛無求列仙　4-217

虛無自相賓　5-187

虛晶淵德　3-338

虛聞松聲　3-250

虛舟有超越　4-51

虛荷上位而忝重祿　6-282

虛薄乏時用　4-430

虛誓愆祈　2-341

虛館淸陰滿　5-397

虛館絶諍訟　5-345

虜救死扶傷不給　7-143

虜辱於戎卒　8-289

虜陣精且强　5-152

虜騎入幽幷　3-505

虞人掌焉　1-192, 1-265

虞人數獸　6-174

虞公輟聲而止歌　3-238

虞卿以顧眄而捐相印　7-475

虞夏之餘人　1-414

虞庠飾館　3-408

虞志於怛惕　3-193

虞我國壻　3-331

虞文繡砥礪淸節　7-415

虞書所著　1-316

虞書茂典　6-236

虞機發　1-389

虞氏以興　8-219

虞淵引絶景　5-413

虞翻字仲翔　8-187

虞芮愧而訟息　2-247

虞虢雙禽　7-221

虞韶美而儀鳳兮　2-479

虞風載帝狩　4-72

虞魏之昆　1-372

號天以泣　9-255

號慟崩摧　9-211

號曰朝雲　3-244

號曰解嘲　7-456

號爲近蜀　1-93

號送逾境　9-425

號鍾高調　3-183

號馮夷俾淸津兮　3-16

虢公納諫　6-234

虩魁鱸　1-382

虧形次之　6-483

虧敎廢禮　7-10

虫

虹踊螭騰　6-180

虯虎雛驚　8-188

虯龍騰驤以蜿蟺　2-291

虹旃蜺旄　1-194

虹旍攝麾以就卷　1-443

虹旗委旆　8-59

虹洞兮蒼天　6-117

虹蜺回帶於雲間　1-368

虹霓回帶於棼楣　1-107

虹鞞煜熠　3-225

蚌蛤珠胎　1-355

蚑蟜螻蟻聞之　6-103

蚑行喘息　3-158

蚡縕繙紆　3-191

蚩尤之倫　2-5

蚩尤幷轂　2-113

蚩眩邊鄙　1-183

蚩鄙已彰　7-3

蚩鄙益著　7-66

蚯蚓盡取　1-205

蚓蟺相紏　3-205

蛟何爲兮水裔　6-47

蛟螭與對　1-391

蛟龍連蜷於東厓兮 2-13
蛩蛩亦念饑 4-114
蛩蛩驒騱 2-74
蛭蜩蠼猱 2-81
蛾眉蔽珠櫳 5-357
蛾眉象翠翰 5-128
蛾眉連卷 1-304
蜀侯見禽於秦 7-425
蜀志四人 8-187
蜀滅則吳亡 9-47
蜀琴抽白雪 5-357
蜀石黃碝 2-68
蜂聚蟻同 3-190
蜃蛤剝 1-205
蜉蝣出以陰 8-123, 8-409
蜉蝣豈見夕 4-13
儵螭拂翼而掣耀 2-360
蜘蛛網四屋 5-304
蜚英聲 8-216
蜚襳垂髾 2-50
蜛蝫森衰以垂翹 2-360
蜜房郁毓被其阜 1-324
蝓蟳鰼蝞 2-358
蝼蛇姌嫋 3-171
蝼蝼蜿蜿 3-247
蝴蜎蠖濩之中 2-17
蜷局顧而不行 6-37
蜺旌飄以飛颺 3-31
蜺爲旌 3-253
蜻蛚吟階下 5-304
蜼玃飛蠝 2-81
蜿蟬揮霍 6-147
蝄像暫曉而閃屍 2-341
蝝蝗弗起 9-423
蝨處頭而黑 8-481
蝮蛇在手 7-418
蝮蛇蓁蓁 6-77
蝴蝶飛南園 5-313
蝹若神龍之登降 2-312
融去京師逾年 3-179
融又過二 7-171
融旣博覽典雅 3-178
融等已逝 8-443
融而爲川瀆 2-262
螢燭末光 6-288
螭虎之士 9-167
螭魅我何親 5-187
螭魅魍魎 1-195
螭龍德牧 6-108
螻蛄夕鳴悲 5-224
螻蟻之穴靡遺 9-414
螻蟻爾何怨 5-187
螻蟻蝘蜓 3-158
蝘蜓貙犴 2-45
蟋蟀依桑野 5-476
蟋蟀俟秋吟 8-123, 8-409
蟋蟀傷局促 5-221
蟋蟀吟戶庭 5-414
蟋蟀在房 5-125
蟋蟀夾岸鳴 5-35
蟋蟀鳴乎軒屛 2-387
蟋蟀鳴床帷 4-107
蟋蟀鳴此西堂 6-71
螫蛺山棲 1-323
蟠木根柢 6-458
蟠螭宛轉而承楣 2-292
蟪蛄鳴兮啾啾 6-89
蟬冕熲以灼灼兮 2-30
蟬嘒嘒而寒吟兮 2-386
蟬寂寞而無聲 6-68
蟬翼之割 6-133
蟬翼爲重 6-62
蟬聯陵丘 1-358
蟬蛻內向 7-308
蟬蛻龍變 8-173
蟬鳴高樹間 5-271

蟻壤漏山河　5-462
蟾蜍與龜　1-210
蠁智如神　2-124
蠅蠅翊翊　3-158
蠖屈固小往　4-283
蠖略葳緌　2-8
蠢爾戎狄　3-331
蠢蠢庶類　3-284
蠢蠢犬羊　9-256
蠲其徭役　6-346
蠶月得紡績　5-503
蠶月觀時暇　3-489
蠶食九國　8-448
蠶食諸侯　6-430
蠻夷猾夏　7-182
蠻夷自擅　7-374
蠻貊之人　7-126
蠻陬夷徼　9-420
蠻陬夷落　1-409

血 ─────────────────────

血下霑襟　3-111
血尸逐以染鍔　9-168
血脈淫濯　6-99
衆不可戶說兮　6-16
衆不可蓋　4-180
衆人何嗷嗷　5-66
衆人惑惑兮　2-416
衆人所共樂　7-231
衆人所好　7-230
衆人皆醉　6-65
衆人皆醉我獨醒　6-65
衆制鋒起　1-71
衆叛親離　9-181
衆口鑠金　6-453
衆哀集悲之所積也　3-183
衆器之中　3-203

衆士之常路也　8-399
衆女嫉余之蛾眉兮　6-12
衆實勝寡　9-242
衆山亦對窓　5-342
衆工歸我妍　5-70
衆庶潰叛　8-452
衆形殊聲　1-191
衆心日侈　8-44
衆必非之　9-14
衆懷欣　1-394
衆星之拱北辰也　2-28
衆星何歷歷　5-216
衆星環北辰　5-421
衆星粲以繁　4-198
衆未盛乎曩日之師　9-49
衆果具繁　7-211
衆毀所歸　7-167
衆流之隈　1-87
衆滿堂而飲酒　3-223
衆物居之　2-44
衆獻而儲　1-328
衆皆我民　9-73
衆皆競進以貪婪兮　6-9
衆聲繁奏　3-238
衆色炫耀　2-43
衆芳芬郁　6-109
衆莫不按劍相眄者　6-458
衆莫能窺　9-409
衆薆然而蔽之　6-32
衆變繁姿　2-462
衆賓悉精妙　5-435
衆賓會廣坐　4-183
衆賓還城邑　5-472
衆賢所述　7-248
衆雀嗷嗷　3-251
衆雞鳴而愁予兮　3-71
衆音將歇　3-213
衆音猥積　3-190

衆香發越　2-72

衆香馥以揚烟　2-268

衆鮮克擧　3-303

衆鳥欣有託　5-330

衆鳥皆有所登棲兮　6-73

衆鳥相與飛　5-328

衆鳥翩翩　1-188

行 —————————————

行不脩飾　8-191

行不舍之檀　9-386

行不變玉　1-282

行之極也　7-136

行之苟有恒　9-173

行乎東極之外　1-352

行乎洲淤之浦　2-65

行乎漫瀆之口　2-195

行事甚忠敬　7-376

行人懷往路　5-231

行人爲隕涕　3-470

行人難久留　5-232

行以號彰　9-217

行任數以御物　8-280

行光自容裵　5-517

行入諸變　3-191

行則連輿　7-214

行合於志　6-450

行君之意　6-63

行吟澤畔　6-65

行哭致禮　9-435

行子夜中飯　5-158

行子心腸斷　5-158

行已虧矣　7-165

行年四歲　6-309

行庖旛旛　1-445

行役在戰場　5-237

行徒用息駕　5-65

行悲道泣　9-418

行慶動於天矚　8-78

行所朝夕　1-118

行投趾於容跡兮　2-388

行旅草舍　8-284

行旅讓衢　1-435

行是古之罪　7-346

行歌而忘歸　6-485

行止屈申　2-165

行此三年　8-392

行步拜起　7-177

行殊者得辟　7-464

行比州壤　9-349

行河南太守毛脩之等　6-367

行潦暴集　8-407

行無禮必自及　2-208

行無轍跡　8-138

行猶響起　3-144

行矣保嘉福　5-90

行矣倦路長　5-18

行矣勵令猷　4-351

行矣自愛　7-212

行積氷之礚礚兮　3-24

行簡易　2-142

行而不流　3-238

行能無異　8-224

行能無算　7-89

行自念也　7-216

行至河東　7-178

行致賽於九扈　1-274

行舍其華　3-378

行若由夷　7-134

行莫醜於辱先　7-136

行號巷哭　6-330

行行入幽荒　5-308

行行將復去　5-108

行行日已遠　5-56, 5-75

行行遂已遠　4-442

行行道轉遠　4-354

行行鄙夫志　9-173

行行重行行　5-210

行衰於寡黨　8-399

行觴奏悲歌　5-428

行話談於公卿之門　8-398

行足以應神明　9-11

行路傷情　9-354

行路掩泣　8-106

行路正威遲　3-487

行身者以放濁爲通　8-300

行軍用兵之道　8-381

行連駕而比軒　3-82

行遊目乎三危　2-18

行邁越長川　4-301

行鋃鋀以繇嚁　3-154

行雲徘徊　9-211, 9-233

行雲思故山　5-313

行非孝廉　7-464

行頗僻而獲志兮　3-7

行高於人　9-14

衍地絡　1-192

衍溢漂疾　6-120

衍溢陂池　2-66

衍漾觀綠疇　4-73

術以殞潰　6-200

術兼詹公　1-389

術同原而分流　2-476

術數則吳範趙達　9-32

術旣妙而猶學　3-120

街巷紛漠漠　5-103

街號巷哭　9-260

街衢如一　2-209

街衢相經　1-181

街談巷議　1-185

街里蕭條　2-213

衛之稚質　1-457

衛人嘉其勇義兮　2-170

衛以嚴更之署　1-103

衛伐邢而致雨　7-264

衛使者不然　7-375

衛先生爲秦畫長平之事　6-447

衛公參乘　2-83

衛后興於鬒髮　1-214

衛君當祭而輟禮　9-372

衛女矯桓　9-162

衛宏載傳呼之節　9-196

衛將軍王儉綴而序之　9-465

衛尉八屯　1-168

衛無所措其邪　3-229

衛生自有經　4-359

衛霍不足侔也　7-235

衛靑奮於奴仆　8-271

衛鬒髮以光鑒　2-222

衛魚之心　9-426

衝孔動楃　2-379

衝孔襲門　2-381

衝巫峽以迅激　2-350

衝牙錚鎗　2-29

衝狹燕濯　1-207

衝蒙涉田而能致遠　8-399

衝踔而斷筋骨　1-385

衝輣息於朔野　9-36

衝飆發而廻日　6-162

衝颷斯値　4-333

衡下車　5-241

衡人散之　7-475

衡因爲賦　2-420

衡宜與爲比　6-265

衡巫奠南服　5-2

衡所以揣其輕重　9-121

衡紀無淹度　5-336

衡總滅容　9-293

衡蘭芷若　2-44

衡軌若殊迹　4-299

衡霍磊落以連鎭　2-353

衣·衤

衣冠之族　7-41
衣冠未絹　9-357
衣冠泯絶　6-217
衣冠禮樂　6-252
衣冠禮樂在是矣　8-96
衣冠終冥漠　4-159
衣則羽褐　2-368
衣工秉刀尺　4-293
衣帶日已緩　5-211
衣無常主　7-36
衣狐貉　9-103
衣葛常苦寒　5-158
衣裳則雜遝曼暖　6-98
衣裳有殊　2-294
衣裳雲合　9-127
衣赭衣　7-152
衣食之源　1-94
衣食租稅　8-456
表之素旗　9-207
表以太華終南之山　1-87
表以建城峻廬　2-325
表以百常之闕　6-169
表厥蹈以密緻　2-148
表啓酸切　8-94
表墓旌善　9-258
表奏相望　9-361
表奏牋記之列　1-70
表嶢闕於閭闔　1-162
表微子之去　7-102
表揚京國　9-210
表於辯才之戲　7-3
表朱玄於离坎　2-30
表求解職　8-102
表淸簾　1-432
表獨立兮山之上　6-53

表相祖宗　8-250
表神委於江都　2-352
表薦孤遺　8-102
表行東郡　7-383
表裏俱濟也　8-480
表裏悅穆　8-53
表裏望皇州　5-155
表裏窮形勝　4-94
表裏融通　9-462
表賢簡能　1-244
表靈物莫賞　4-468
表龍章於裸壤　7-319
衻衻裶裶　2-50
衰世之中　8-179
衰周之凶人　7-479
衰夕近辱殆　4-234
衰柳尙沈沈　5-361
衰疾忽在斯　4-48
衰賤焉足紀　4-295
衷料戻以徹鑒　2-148
衽席無改　7-91
衾枕昧節候　4-45
衾衻長塵　9-501
衾裳一毁撤　4-151
衿帶中流　9-414
衿帶易守　1-217
衿帶窮巖險　5-373
衿帶繞神坰　4-84
衿衛徙吳京　4-69
袁家擁河北　5-425
袁尙因之　6-201
袁帝時丁傅董賢用事　7-456
袁既延譽於遐邇　9-353
袁本初書記之士　5-425
袁煥字曜卿　8-187
袁生秀朗　8-165
袁紹逆常　6-200
袁絲變色　7-137

袁術僭逆 6-200
袁譚高幹 6-201
袁陽源才氣高奇 9-353
袂聳筵上 7-364
袒裼徒搏 1-381
袒裼戟手 1-199
袒裼身薄 6-114
袖中有短書 5-469
袖如素蜺 3-171
袖幕紛半 1-439
袞服委蛇 4-250
袞龍之服 8-473
袞龍比象 8-167
袤丈則表沴於陰德 2-394
袤廣三墳 2-273
袨服叢臺之下者 6-441
袨服縟川 8-60
袨服靚妝 1-332
袪黼帷 1-115
被以哀矜 9-418
被以江蘺 2-71
被以虎文 7-383
被以非罪 7-387
被六藝 8-414
被尙書召 6-386
被山緣谷 2-80
被我輕裘 5-61
被文服纖 6-84
被文裘 6-130
被於幽薄 3-282
被明月兮佩寶璐 6-57
被服光且鮮 5-70
被服紈與素 5-223
被服羅裳衣 5-221
被服雜錯 1-303
被毛羽之襳襹 1-208
被毛褐之森森 2-264
被淋灑其靡靡兮 3-155
被班文 2-84
被石蘭兮帶杜衡 6-53
被禮義之繡裳 3-8
被箠楚受辱 7-148
被練鏘鏘 1-380
被羽翮之襂纚 2-347
被臺司召 6-378
被荑楊 2-380
被華藻之可好兮 3-258
被蒙風雲會 5-138
被薜荔兮帶女蘿 6-53
被蘭澤 6-110
被袿裳 3-256
被褐出閶闔 3-462
被褐懷珠玉 4-111
被褐振裾 2-32
被褐欣自得 4-448
被褐獻寶 8-162
被讒放逐 9-470
被輕縠之纖羅 6-144
被金石而德廣 3-146
被長江 2-364
被阿緆 2-50
被陵緣岅 2-110
被麗披離 2-379
袨若交竿 6-84
裁二十餘篇 8-5
裁以當適便易持 3-200
裁加表異 6-346
裁岐屺以隱嶙 2-226
裁成義類者 8-14
裁成被八荒 3-480
裁書敍心 7-218
裁爲合歡扇 5-51
裁爲合歡被 5-227
裁用笥中刀 5-336
裁金璧以飾璫 1-97
裂帛系書 3-109

裂膝破觜 2-153
裂裳爲旗 8-289
裂裳裹足 9-130
裕民之與奪民也 2-103
裖陳磓磓 3-249
裘冕類禋郊 5-373
裘馬悉輕肥 4-411
裛以藻繡 1-100, 1-169
裛葉蓁蓁 1-328
裛露掇其英 5-326
補不足 2-95
補吏之日 7-108
補太尉右長史 8-98
補益山海 6-287
裨販夫婦 1-183
裴楷淸通 9-355
裸壤垂繒 2-395
裹糧攜弱 4-310
裹足不入秦 6-434
製以鏆鈇 7-460
製芰荷以爲衣兮 6-14
複廟重屋 1-243
複閣重闈 2-323
複陸重閣 1-208
褒崇庸德 9-460
褒德賞功 7-82
褒旣爲益州刺史王襄作中和樂職宣布之詩 8-396
褒有德 8-390
褒異宗族之禮也 8-462
褒贊成功 1-70
褒采一介 7-89
褘褕罔設 9-326
褰余幬而請御兮 3-259
褰帷斷裳 8-72
褰微罟以長眺 2-149
褰袵欲從之 5-247
褰裳不足難 5-283
褰裳摘明珠 5-473
褰裳而涉汶陽之丘 9-20
褰裳順蘭沚 4-33
褰開暫窺臨 4-45
褻之者固以爲園囿之凡鳥 7-188
襁負賫贄 1-445
襃夫君之善行 2-234
襄墨縗以授戈 2-193
襄岸夷塗 1-164
襄惠振於晉鄭 9-70
襄陵廣舄 2-338
襛不短 3-256
襛纖得衷 3-272
襞積褰縐 2-50
襟帶盡巖巒 4-94
襟帶要害 9-48
襟懷擁靈景 5-276
襲九淵之神龍兮 9-472
襲以示來人 8-241
襲偏裻以讀列 1-442
襲氷紈 9-103
襲周之舊制 8-459
襲四宗之緝熙 8-256
襲大王之都 6-478
襲封豫寧侯 8-93
襲春服之萋萋兮 2-28
襲朝服 2-96
襲溫恭之黻衣兮 3-8
襲狐貉之暖者 8-120
襲琁室與傾宮兮 2-14
襲窮泉兮朽壤 9-303
襲長夜之悠悠 6-70
襲雜并至 8-414
襲靑氣之煙熅 3-118
襲養兼年 2-442
襬以蘭紅 2-363

西 ————————

西京亂無象　4-138
西京有陵夷之運　9-135
西京病於東帝　9-67
西京許史　8-359
西傾順軌　1-445
西嶽之長　7-374
西入關則五星聚　8-433
西出登雀臺　5-461
西包大秦　1-276
西北一候　7-460
西北有浮雲　5-253
西北有織婦　5-261
西北有高樓　5-214
西北秋風至　5-520
西南乃得其朋　8-307
西南其戶　1-240, 1-425
西厭月窟　2-141
西取由餘於戎　6-428
西園成市　6-394
西園游上才　5-392
西土宅心　8-363
西土耆老　1-85
西城善雅舞　4-296
西塞江源　7-85
西屠庸益之郊　9-35
西山何其峻　5-411
西嶽出魯陽　5-20
西帶常山　7-77
西并巴蜀　6-429
西廂踟躕以閑宴　2-287
西患昆夷　3-340
西戎有卽序之人　6-344
西戎猾夏　9-255
西接嶢武　9-420
西接昭丘　2-255
西揖彊秦之相　7-467

西舉巴蜀　8-375
西收邊地賊　5-31
西方之害　6-77
西施掩面　3-258
西施爲之巧笑　6-137
西暢無崖　2-121
西有伯陽之館　7-255
西有玉臺　1-165
西望昆明池　4-84
西望玉門　6-284
西朝顚覆而莫持　1-285
西東其宇　2-320
西楚大破　6-443
西極流精　9-186
西河之人蕭然歸德　9-12
西泊臨洮狄道　6-487
西浮七澤　7-89
西海失其遊鱗　1-391
西涉岐雍　1-117
西漸流沙　3-379
西濟關谷　3-326
西狩涕孔丘　4-318
西登少華　1-240
西眺城邑　9-391
西瞻廣武廬　4-239
西瞻輿遊歡　4-355
西禦水軍　9-49
西缶終雙擊　3-474
西羈反舌　9-184
西耀流沙　2-21
西臨鴈鶩陂　5-401
西自褒斜　2-132
西至於河　6-204
西至長楊五柞　2-103
西蕩河源　1-134
西薄青徐　2-343
西蜀丹青不爲采　6-432
西蜀之於東吳　1-401

西赴許都　6-346

西距孟諸陸　5-378

西辟延秋　1-422

西迫彊秦　8-448

西通鄧鄂　9-414

西逾金隄　1-336

西遊咸陽中　4-108

西郊則有上囿禁苑　1-94

西都賓矍然失容　1-145

西門溉其前　1-432

西阳九阿　1-233

西阻險塞　9-46

西零不順　8-133

西顧太行山　5-435

西馳宣曲　2-88

西馳閶闔　2-108

要不得不彊爲之名　6-214

要之將誰使　4-7

要之死日　7-160

要以歲暮之期　8-96

要列子兮爲好仇　3-212

要吾君兮同穴　3-103

要子同歸津　5-112

要子天路　9-212

要帝臺於宣嶽　2-454

要干將　1-245

要復遮其蹊徑兮　3-155

要我以陽春　4-184

要我朱紱　3-319

要欲追奇趣　5-10

要沒世而不朽兮　2-478

要盟之主　1-397

要紹修態　1-214

要羨門乎天路　1-179

要荒之衆　6-334

要荒來質　1-244

要荒濯沐　8-239

要萬途而來歸　9-481

要趹追蹤　1-111

要辭達而理舉　3-135

要離燔妻子　6-457

要領不足以膏齊斧　7-398

覆亡迫脅　7-392

覆以懿鑠　8-261

覆公餗　8-430

覆冒鼓鍾　3-190

覆尸許市　7-407

覆師敗績　9-34

覆滄海以沃燋炭　7-390

覆滅之禍　9-65

覆虧丘陵　6-122

覆車之軌　9-177

覆車繼軌　9-14

覆軍喪器　9-258

覆露重陰　9-222

覼玄玄於道流　7-363

7획

見 ─────────────

見一善則盱衡扼腕 9-127
見一婦人 3-256
見主上慘愴怛悼 7-145
見主父而歎息 8-270
見之者隕淚 2-426
見先生之遺像 8-173
見公弱齡 8-96
見其外不識其內也 2-134
見善如不及 6-231
見善如不及 8-432
見善若驚 6-264
見喬山之帝像 2-347
見困豫且 1-281
見在其版屋 1-314
見執轡者非其人兮 6-73
見姜后之解佩 2-317
見就玉山岑 4-394
見屈吳起 9-177
見崇西漢 8-356
見張桓之朱紱 9-87
見情素 6-457
見意於篇籍 8-442
見故國之旗鼓 7-332
見於訥言之旨 7-3
見易象與魯春秋曰 8-11
見有娀之佚女 6-25
見棄州部 9-93
見機而作 9-340
見獄吏 7-149
見獄吏之尊 6-387
見璋之任王國侍郎 7-44
見百姓之謀己 8-44
見百年 2-142
見睠良不翅 3-347

見紅蘭之受露 3-114
見細德之險徵兮 9-473
見綠竹猗猗 1-314
見群豕皆白 7-178
見而不行 8-385
見行塵之時起 3-117
見西施之容 7-54
見託爲息鸞覓婚 7-44
見陵如此 7-116
規主於足 8-148
規億載 2-136
規同造物 8-51
規周矩値 3-409
規天矩地 1-243
規廣於黃唐 7-478
規摹觿矩 3-185
規摹逾溢 1-228
規於未兆 7-201
規矩冥立 9-385
規矩應天 2-289
規矩既應乎天地 2-330
規萬世 8-233
規萬世而大摹 1-275
規行無曠迹 5-111
規遵王度 1-241
覓陛殿之餘基 2-226
視之無端 2-73, 2-80
視之盈目 3-258
視之若埃塵 3-463
視予猶父 9-230
視事如故 7-47
視人用遷 1-309
視候忽兮若仿佛 9-302
視儔列如草芥 8-172
視喬木兮故里 3-118
視天日兮蒼茫 9-303
視彭韓之豹變 9-87
視徒隸 7-149

視明聽聰　4-179

視朔書氛　9-293

視林載赴　6-180

視死如歸　7-118, 7-127, 9-254, 9-283

視死忽如歸　5-68

視民如傷　3-342

視民如傷　9-219, 9-241

視民庶不恍　4-424

視汙若浮　8-174

視若遊塵　9-121

視險忽艱　4-327

覘五兩之動靜　2-368

覘往昔之遺館　1-172

覘魯縣而來遷　1-307

覩史籍之煩文　8-4

覘靈驗而逐徂　2-264

親九族淑賢以穆之　8-236

親交義不薄　4-203

親交義在敦　4-199

親仁敷情昵　4-387

親仁罄丹府之愛　9-42

親則東牟　6-380

親加吊祭　8-101

親友各言邁　3-434

親友多零落　5-100

親友彫殘　4-305

親友從我遊　5-63

親友贈予邁　4-438

親奉成規　3-337

親好自斯絶　4-419

親小人　6-271

親居賤職　7-278

親屬別事　8-317

親彌懿其已逝　3-81

親御監門　1-461

親愛在離居　4-213

親懿莫從　2-408

親戚安居　7-328

親戚對我悲　4-138

親戚弟與兄　4-254

親戚或餘悲　5-191

親戚貪佞之類　7-126

親戚還相蔑　3-466

親所踶而弗識兮　3-21

親故多離其災　7-214

親昭夜景之鑒　9-389

親昵并集送　3-427

親理之路通　6-292

親疏足以相衛　8-447

親疾　3-52

親者怨恨　8-455

親臨發掘　7-388

親自合圍　7-118

親與項羽對爭存亡　6-343

親舊側目　7-35

親莫昵焉　8-43

親落落而日稀　3-84

親蒙英達顧　4-456

親親之義　6-291

親親之謂仁　7-414

親親子敎予　4-349

親賓兮淚滋　3-118

親賢并軌　6-421

親賢臣　6-271

親賢莫貳　9-457

親近讒夫　8-388

親逢旦暮　7-2

覿明堂　1-134

覿王母於昆墟　2-454

覺今是而昨非　7-489

覺在民先　9-433

覺悟童蒙　8-246

覺悟黎蒸　8-220

覺涉無之有間　2-268

覺涼夜之方永　2-386

覽乎陰林　2-48

覽人德焉錯輔 6-18
覽余初其猶未悔 6-19
覽傅玄劉毅之言 8-305
覽其旨趣 3-203
覽冀州兮有餘 6-43
覽前物而懷之 3-84
覽大易與春秋 1-459
覽寒泉之遺歎兮 3-94
覽察草木其猶未得兮 6-29
覽將帥之拳勇 1-384
覽將帥之變態 2-86
覽山川之體勢 1-114
覽巾箑以舒悲 3-96
覽彼遺音 4-328
覽德輝而下之 9-473
覽斯宇之所處兮 2-254
覽於有無 2-41
覽曲臺之央央 3-69
覽書林 8-235
覽椒蘭其若玆兮 6-33
覽樛流於高光兮 2-13
覽滄海之湯湯 1-108
覽爾遺衣 9-244
覽物奏長謠 4-39
覽物眷彌重 4-59
覽盈虛之正義 6-154
覽相觀於四極兮 6-25
覽老氏之要言 7-245
覽者奚信 1-316
覽花蒔之時育兮 2-385
覽荀卿 1-420
覽蒸民之多僻兮 3-6
覽見遺籍以慷慨 9-487
覽觀乎群臣之有亡 2-126
覽觀春秋之林 2-96
覽餘跡兮未夷 9-303
覽駉鐵 1-130
覽麥秀與黍離 1-465

觀天皇於瓊宮 3-32
觀子杏未僝 5-511
觀安期於蓬萊 2-346
觀幽人之仿佛 2-467
觀游女于水濱 6-143
觀翔鷥之裔裔 2-265
觀高掌之遺蹤 2-202
觀三軍之殺獲 1-114
觀之前載 6-330
觀乎人文 1-65
觀乎天文 1-65
觀乎成山 2-55
觀五代之存亡 8-461
觀享頤賓 1-422
觀先生之祠宇 8-173
觀其兩傍 6-120
觀其姓名 7-215
觀其所以顧命塚嗣 9-478
觀其所駕軼者 6-116
觀其治平臨政 8-324
觀其結構 2-289
觀古今文人 7-215
觀古今於須臾 3-130
觀古忠臣義士 6-284
觀古論得失 5-493
觀器械之良窳 2-326
觀國之光 6-152
觀壁壘於北落兮 3-34
觀士大夫之勤略 2-88
觀壯士之暴怒 2-49
觀天網之紘覆兮 2-479
觀夫漢高之興也 2-209
觀夫靡靡而無窮 3-68
觀奇經禹穴 5-505
觀始知終 8-196
觀孤衛數 7-202
觀宇之餘 6-367
觀宇相臨 1-431

觀所恒　1-443

觀政藩維　9-394

觀書鄙章句　3-499

觀望之有圻　6-114

觀此遺物慮　4-62

觀法於節奏　3-192

觀流水兮潺湲　6-46

觀海莫際其瀾　8-89

觀海齊量　9-376

觀游龍於神淵　6-153

觀物必造其質　9-155

觀百谷之俱集　3-246

觀省英瑋　7-248

觀窈眇之奇舞　9-103

觀綠水之節　7-66

觀者俯聽　7-61

觀者咸稱善　5-70

觀者增歎　3-169

觀者未覩旨　7-437

觀者爲之寒心　8-450

觀者狹而謂之陋　1-228

觀者稱麗　3-171

觀者駭視而拭目　7-53

觀而知法　9-191

觀聽之所煒燁也　6-184

觀聽之所踊躍也　1-340

觀聽駭集　8-59

觀臺告祲　9-293

觀藝於魯　2-281

觀虞姬之容止　2-317

觀衆星之行列兮　3-71

觀豊年之多稌　1-274

觀象洞玄　3-367

觀邃虎奮　3-338

觀隋和者難爲珍　8-246

觀雷觀火　7-465

觀風久有作　4-66

觀魚鳥　7-288

觀鷹隼　1-379

覯海陵之倉　1-369

角 ────────

角壯永埒　2-452

角弓不可張　5-153

角睞分形　2-462

觡距足以自衛　2-430

解疏屬之拘　6-163

解丹陽尹　8-103

解作竟何感　4-59

解佩纕以結言兮　6-25

解佩襲犀渠　5-458

解劍竟何及　4-155

解印釋綬　8-458

解嚴顏　3-228

解尚書令　9-455

解帶臨淸風　4-91

解心累於末迹　3-85

解朱組　6-294

解玉佩以要之　3-274

解玉飲椒庭　5-174

解甲投戈　7-467

解疑釋結　6-264

解紛挫銳　8-201

解纜候前侶　5-511

解纜及流潮　3-442

解罦放麟　1-267

解署某布　1-371

解義皇之繩　6-187

解脰陷腦　2-85

解槇鯉於黏徽　2-243

解辯請職　7-332

解鞍犯霜露　3-487

解龜在景平　4-471

觴以淸醥　1-335

觴至反無餘　4-220

觸醽泛浮　8-59
觸山之力無以抗　9-80
觸巖觝隈　3-205
觸情任式　7-387
觸曲匡以縈繞　2-357
觸澗開渠　2-364
觸物增悲心　4-144
觸物眷戀　4-323
觸白刃　7-376
觸目崩隕　6-414
觸矢而斃　3-43
觸石吐雲　1-319
觸穹石　2-65
觸萬類以生悲　3-84
觸輻關膊　2-120
觸類多能　8-171
觸類感物　3-233
觸類而長之　8-16, 8-26

言

言不以賊遺於君父也　6-279
言不盡意　4-323
言不自宣　6-423
言不辱者　7-149
言之不可以已　9-383
言之不足　8-405
言之不足故嗟歎之　7-495
言之傷心　7-214
言之可爲愴然　7-415
言之已詳　9-465
言之者無罪　7-496
言乎其位則列國　8-21
言九州所有　8-3
言以暢神　4-312
言公羊者　8-20
言其所由出　3-200
言其違患之遠也　8-342

言其難也　7-182
言化自北而南也　7-498
言占其良　1-419
言去其辯　3-378
言吳蜀以擒滅比亡國　8-30
言命也　9-101
言固可以若是　9-253
言大道也　8-2
言天下之事　7-497
言奇者見疑　7-464
言守險之由人也　9-51
言寡情而鮮愛　3-140
言封禪事　8-245
言帝王之因天時也　9-51
言常道也　8-2
言念伯舅　8-135
言思其順　3-377
言恢之而彌廣　3-133
言我寒門來　3-356
言我朝往而暮來兮　3-65
言戻舊邦　4-169
言所不能極也　3-60
言拙信而有徵　3-53
言授斯詩　4-171
言於安處先生曰　1-155
言於東吳王孫　1-317
言是客子妻　4-135
言時稱伐　9-398
言有怒者　6-188
言未卒　2-145
言未發而水旋流　7-264
言未終　6-188
言樹絲與桐　4-382
言樹背與衿　4-263
言歸定省　8-173
言歸望綠疇　5-383
言歸東藩　3-270
言泉流於唇齒　3-145

言炳丹青 8-69
言無可否 9-16
言爲國之恀險也 9-51
言王政之所由廢興也 7-497
言登給事 9-271
言祚爾孤 8-161
言神明所祚 8-227
言稅遼東田 5-370
言窮者無隘 3-134
言笑吐芬芳 4-104
言藉其農 2-37
言觀其高 9-336
言觀維則 9-313
言論准宣尼 3-461
言謀王室 4-248, 6-218
言象所未形 9-373
言足以經萬世 9-11
言辭已畢 3-251
言辭漏渫 7-243
言通帝王 7-480
言過于實 8-28
言適茲邑 8-175
言鄙陋之愚心 7-163
言采其蘭 3-280
言陟兮山阿 3-103
言陟陝郊 2-195
言非盡意之具矣 4-323
言高則旨遠 8-22
言鬱郁於蘭茝 9-109
訇礚聊嘈 3-238
訇隱匈礚 6-120
計不得已也 1-120
計不旋踵 7-376
計同范蠡 7-453
計如投水 9-183
計未從而骨肉受刑 7-121
計殖物之衆寡 8-30
計深慮遠 7-376, 7-413

計無不從 8-390
計策棄不收 3-466
計能則莫出魏武 8-181
訊之遺老 8-111
訊景皇於陽丘 2-232
訊曰 9-472
訊此倦遊士 5-443
訊諸故老 2-238
討子頹之樂禍 2-186
討彼東南夷 5-3
討有逆而順民 1-120
討論墳典 8-4
訏望之以求直 2-231
訓人必書之舉 2-449
訓以政事 7-249
訓秦法而著色 2-246
訓若風行 3-58
訓誓在耳 6-380
訓革千載 8-178
訖于今而稱云 2-170
訖于周 8-5
訖無索而不臻 1-392
託之丹青 2-294
託九成之孤岑兮 3-180
託于兆民之上 6-205
託付非才 8-287
託夢通精誠 5-247
託好憑三益 4-342
託好老莊 4-128
託山阪以孤魂 3-14
託峻嶽之崇岡 3-204
託廢立之命於奸臣之口 8-451
託彤管于遺詠 9-327
託微莖於樛木 3-95
託情風什 7-2
託意玄珠 8-350
託有於無 8-28
託末契於後生 3-84

託理以全其制　8-28

託生王室　9-385

託與之期　4-175

託與國於亡虞　2-194

託菲薄之陋質　2-179

託跡黃老　8-147

託身依叢廡　4-427

託身承華側　4-439

託身文墨職　5-475

託身早得所　5-431

託身無人之鄉　7-320

託身軀於后土兮　3-150

託身靑雲上　4-359

託輕鄙之微命　2-426

託運遇於領會兮　3-75

託遠圖於博望　9-190

託靈越以正基　2-262

託驗於顯　9-150

託體同山阿　5-191

記事者以事繫日　8-10

記功書過　8-310

記室參軍事任防死罪死罪　7-94

記曰　8-119

訣北梁兮永辭　3-118

訣厲悄切　3-227

訪國美於舊史　2-444

訪懷沙之淵　9-496

訪游禽於絕澗　6-237

訪萬機　1-248

訪諸故老　6-358

訪道宣室　6-243

訪靈夔於鮫人　1-391

設三乏　1-260

設令守無巧拙　7-185

設令忽如過隙　9-93

設其楅衡　1-258

設切厓隒　1-164

設在蘭錡　1-182

設壇場望幸　8-215

設官兆祀　6-200

設官分職　1-435

設官建輔　9-240

設宮分羽　3-222

設挾書之法　7-346

設業設虡　1-260

設王隆而弗處　3-19

設璧門之鳳闕　1-105

設神理以景俗　8-68

設程試之科　8-472

設罝麗　1-205

設置守龜兔　5-457

設謗木　6-257

設闌闠以襟帶　1-438

設險祇天工　4-381

許史乘華軒　5-488

許少施巧　1-112

許歷爲完士　5-36

許由之巖棲　7-280

許相理而鞠條　2-475

許臣兄賁所請　6-413

許與氣類　8-108

許趙氏以無上　1-215

訴來哲而通情　2-480

訴空宇兮曠朗　3-102

詎存空谷期　4-369

詎憶無衣苦　5-351

詎相見期　3-118

詎聞歌吹聲　4-163

詐僞者進達　8-416

詔伯益於流沙　2-422

詔加中書監　8-104

詔加侍中　8-100

詔因日　8-245

詔徒登季月　5-514

詔招搖與太陰兮　2-5

詔曰　6-193

詔書切峻　6-311
詔書特下　6-311
詔書遽許　9-250
詔梁野而驅獸　1-110
詔給溫明秘器　9-458
詔西皇使涉予　6-36
詞人才子　1-72
詞旨淺末　3-312
詞賦作焉　8-27
詠一物　1-67
詠世德之駿烈　3-129
詠其所志也　1-316
詠北狄之遐征　7-61
詠南山於周雅　2-392
詠南音以顧懷　1-308
詠南風以爲綏　2-467
詠周孔之圖書　3-44
詠園桃之夭夭　3-226
詠在昔而爲言　3-81
詠柏舟兮淸歌　3-103
詠歌之不厭　8-405
詠歌盈篋笥　4-167
詠歎中雅　8-400
詠歸途以反旆　9-484
詠殷周之詩　1-142
詠牽牛之獨處　3-275
詠玆文以自慰　3-219
詠蓼莪之餘音　3-94
詠言著斯章　4-112
詠采菱以叩舷　2-369
詠騑任　1-395
詢封禪之事　8-218
詢朝政　1-248
詢道求中　2-321
詣臺訴　7-29
試之狡兔之捷　6-285
試使山東之國　8-382
試左氏可立不　7-353

試望平原　3-107
試水客　1-338
試爲寡人說之　3-265
試爲寡人賦之　3-163, 3-244, 3-257
試用於昔日　6-270
試用此道推　4-54
試與征徒望　5-13
詩三百篇　7-157
詩不云乎　8-388
詩之小雅　8-329
詩之志也　7-497
詩之素餐　6-276
詩云　7-451, 9-102, 9-5
詩人之作　8-27
詩人之興　2-281
詩人之賦麗以則　1-314
詩人感而後思　8-405
詩人所歌　8-420
詩人歌之　8-134
詩人歌功　8-129
詩人美樂土　5-38
詩大澤之博　8-218
詩始萌芽　7-348
詩序云　1-66
詩曰　7-450, 8-123
詩書所歎　8-316
詩書敦宿好　4-452
詩書是敦　9-336
詩書歎載　7-182
詩書煬而爲煙　2-227
詩有六義焉　1-66
詩析齊韓　9-446
詩緣情而綺靡　3-135
詩者　1-68, 7-495
詩賦欲麗　8-441
詩賦體既不一　1-76
詬莫大於宮刑　7-137
詭係單于　6-265

詭怪石異像　5-23

詭時則異　9-280

詭色殊音　2-346

詭類殊種　1-191

詭類舛錯　1-353

詰旦闔闔開　3-416

詰朝陪輦　1-425

話言盈耳　9-466

該於六位　9-155

詳其風聲　3-217

詳度費務　2-305

詳思至言　7-419

詳求淑哲　8-314

詳略異聞　8-50

詳而不密　9-196

詳而視之　3-256

詳觀其區土之所産毓　3-206

詳觀夫曲胤之繁會叢雜　3-187

詵詵衆賢　8-203

詹尹乃端策拂龜　6-61

詹尹乃釋策而謝　6-63

誄德策勳　9-222

誄纏綿而淒愴　3-135

誅叛柔服　9-27

誅在一人　7-417

誅夷逆暴　7-381

誅惡亂　8-390

誅賞安實　7-21

誅鋤宗室　8-451

誅鋤干紀　9-27

誇競之輿　8-28

誇詡衆庶　2-143

誑燿世俗哉　7-79

誓不遵奉　8-94

誓不降辱　6-359

誓將帥　1-132

誓殉荊卿湛七族　9-115

誓還漢恩　3-109

誕命建家　8-66

誕彌八圻　8-233

誕授命世　8-88

誕授欽明　6-329

誕曜應神明　4-69

誕略有常　8-255

誕發蘭儀　9-291

誕節令圖　8-161

誕育丞相　6-199

誕育洪胄　4-250

誕茂淑姿　9-229

誕隆駿命　3-366

誘我松桂　7-363

誘接恂恂　9-462

誘於威重之權　6-462

誘騁先　6-86

語不傳於輶軒　6-187

語余其期　2-413

語往實款然　4-359

語曰　2-208, 6-450, 7-453, 9-253

語流千載　1-74

誠不可忘　7-210

誠不足怪　6-263

誠乃天啓其心　7-413

誠也　6-296

誠仁聖所哀悼而不忍也　6-342

誠以天網不可重權　3-310

誠以虛死不如立節　7-121

誠以身賤犬馬　7-243

誠千載之嘉會　8-472

誠可以感盪心志　3-217

誠可喜也　3-187

誠可悲乎　3-150

誠可謂恕己治人　6-292

誠嘉於心　6-456

誠奮厥武　6-121

誠如來命　7-70

誠宜開張聖聽　6-269

誠得其君也 8-390

誠復驅迫者衆 6-363

誠心固其如結 3-4

誠必不悔 6-115

誠忿其慢主而陵君也 6-279

誠思畢力竭情 8-246

誠恕旣孚 9-418

誠恥之也 9-130

誠惠愛之洽著 2-231

誠惶誠恐以聞 7-38

誠愧伐檀人 5-37

誠應義理 3-155

誠有自然之妙物也 7-60

誠未遇其匹合 6-73

誠欲效其款款之愚 7-145

誠欲混同宇內 6-278

誠淫荒無度 7-167

誠由太祖之威風 9-363

誠畏之也 9-130

誠知性命之理 8-482

誠竊嘉之 8-385

誠美意也 7-270

誠能深鑒成敗 7-427

誠與國分形同氣 6-287

誠莫之能善御 6-73

誠言以人廢 6-410

誠非一揆 7-40

誠骨肉之恩 6-290

誠在寵過 6-303

誠征夫 1-379

誠此苦不早 3-431

誣臣與衆人共作禪文 6-319

誥誓所不及已 8-252

誦三略之說 9-4

誦以永周旋 4-391

誦先人之淸芬 3-129

誦六藝以飾姦 2-237

誦詠而已 7-57

誦讀反覆 7-51

說事頗過其實 7-181

說以使民 9-59

說以忘罪 7-165

說操築於傅巖兮 6-31

說煒曄而譎誑 3-135

說者以爲仲尼自衛反魯 8-20

說者尙何稱於後 8-215

說色微辭 8-388

說行如流 7-453

說難孤憤 7-157

說難旣遒 7-476

誰不希令顔 5-66

誰不曰宜 6-346

誰不爲之痛心哉 7-124

誰之功歟獨爲君子 7-104

誰云克備 9-373

誰云愁可任 4-144

誰云相去遠 4-415

誰云聖達節 4-317

誰云路之不平 3-10

誰云釋矣 7-323

誰令乏古節 5-5

誰令君多念 4-205

誰任其咎 6-380

誰佐天官 4-175

誰其繼之 3-333

誰其配之 1-146

誰勁捷而無㥓 1-430

誰可告愬者 7-146

誰可與歡者 4-115

誰弼予身 3-319

誰復能屈身稽顙 7-127

誰忘泛舟 5-257

誰毀誰譽 9-243

誰爲好色者矣 3-265

誰爲客行久 5-449

誰爲爲之 7-133

誰爲發皓齒　5-262
誰爲行路人　5-234
誰當九原上　5-394
誰知其終　6-131
誰知吾之廉貞　6-62
誰知已卒歲　4-150
誰知心曲亂　5-352
誰知斯路難　4-125
誰知非荒宴　3-497
誰箴余闕　9-285
誰者可語　3-261
誰肯相爲言　5-46
誰能不憤悒者哉　7-322
誰能不營　1-214
誰能久京洛　4-402
誰能享斯休　5-38
誰能克成乎此勳　2-297
誰能別離此　5-227
誰能宣我心　5-292
誰能常美好　4-105
誰能得神仙　4-28
誰能拔俗　9-244
誰能摹暫離之狀　3-122
誰能救之　8-289
誰能測幽微　5-481
誰能無戀情　5-33
誰能爲此曲　5-214
誰能繽不變　5-16
誰能證奇璞　4-231
誰能離此者　5-181
誰與偕沒齒　3-492
誰與入室　9-466
誰與同歲寒　4-149
誰與消憂　5-256
誰與爲歡　7-114
誰與爲鄰　7-85
誰與盡言　4-226
誰與鼓彈　4-227

誰規鼎食盛　5-370
誰言捐軀易　3-455
誰謂不傷　9-207
誰謂不庸　9-207
誰謂伏事淺　4-445
誰謂古今殊　4-465
誰謂帝宮遠　4-152
誰謂形迹拘　4-449
誰謂情可書　3-439
誰謂晉京遠　4-424
誰謂相去遠　4-188
誰謂荼苦　3-335
誰謂言精　4-333
誰謂邑宰輕　4-424
誰謂駑遲而不能屬　1-279
課六曆之疏密　9-199
課士人之優劣　8-30
課後先　6-86
課職責咎　8-324
課虛無以責有　3-133
譎詭之殊事　1-402
誼合乎靈囿　1-129
誼方激而遐騖　1-263
誼既以謫居長沙　2-412
誼爲長沙王傅　2-412
誼爲長沙王太傅　9-470
誼自傷悼　2-412
誼追傷之　9-470
闉闍於洙泗之上　9-9
調元氣　1-137
調心腸　3-257
調笑輒酬答　5-432
談何容易　8-386
談空空於釋部　7-363
談笑卻秦軍　3-459
談者以虛薄爲辯　8-300
談者又以先生噓吸冲和　8-172
談話不過農夫田父之客　2-384

談陰陽者　9-383
請不足申盡　7-38
請事此言　6-100
請付外詳議　6-375
請付獄測實　7-38
請以見事　7-25, 7-37, 7-47
請以身先之　7-438
請係單于之頸　6-279
請受纓縻　8-75
請吏帥職　6-201
請問于鵬　2-413
請奮其旅　8-129
請婚於漢　5-74
請尋後塵　6-189
請對以臆　2-413
請廻俗士駕　7-369
請待來哲　8-353
請徒三萬　3-332
請從上世人　5-3
請從文命敷　5-141
請從昌門起　5-120
請息交以絶游　7-491
請攘臂而靡之　1-385
請爲吾子陳之　1-156
請爲大夫粗陳其略　7-432
請爲左右揚推而陳之　1-318
請爲遊子吟　5-235
請獻厥珍　2-139
請略舉其凡　2-134
請略陳固陋　7-135
請終身而誦之　1-145
請聞其說　8-401
請言其始　2-394
請試粗論之　8-478
請辨其惑　9-110
請遵前烈　9-466
請附任公言　4-51
請陳其梗概　9-88

諒不登櫟而椓鑫兮　2-168
諒以齊徽二南　9-460
諒多顏之感目　3-84
諒天道之微昧　3-42
諒實身幹　9-376
諒惠聲之寂寞　2-231
諒時運之所爲兮　2-164
諒求味於兼采　6-404
諒無愁而不盡　2-386
諒遭世之巫蠱　2-201
論不阿諂　7-384
論其刑賞　6-270
論列是非　7-140
論則析理精微　1-70
論功賜胙　1-114
論嚴苦則春叢零葉　9-118
論孔氏之春秋　1-142
論德則惠存江南　6-346
論德於外　8-53
論德謀跡　9-343
論時則民方塗炭　8-181
論曰　8-322
論最犢勤　6-174
論物靡浮說　5-421
論精微而朗暢　3-135
論者云　2-107
論者莫當　7-457
論而錄之　1-83
論說無疑　8-125
論變化之至妙　6-133
論輸左校　6-257
論達者唯曠　3-134
誼譁喤呷　1-376
誼譁鼎沸　1-333
謚曰文憲　8-107
謚曰文範先生　9-343
謚曰文簡　9-373
謚曰昭侯　9-427

謚爲至愚　7-376
諤諤黃髮　3-297
諫而不犯　8-200
諫諍則見聽　8-122
諭以威德　8-129
諭咨故老　8-265
諮其考室　1-454
諮臣以當世之事　6-272
諮謀趙高　8-451
諶之願也　4-323
諶死罪　4-323
諶稟性短弱　4-321
諷漢廣之所詠　6-143
諷誦詩書百家之言　7-447
諷高歷賞　8-352
諸侯不朝　7-448
諸侯不期而會者八百　8-296
諸侯之風也　7-498
諸侯亦各有國史　8-11
諸侯傲而復肅　8-447
諸侯僭縱　8-311
諸侯强盛　8-455
諸侯必應　9-65
諸侯恐懼　8-375
諸侯有相滅亡者　7-171
諸侯爲之止戈　1-461
諸侯立家　9-217
諸侯西馳　3-108
諸侯親服　6-429
諸侯賓服　7-449
諸儒博士或不肯置對　7-345
諸吏中散大夫臣雄　8-224
諸夏樂貢　8-214
諸好備矣　3-256
諸姬微矣　8-448
諸子但爲未及古人　7-216
諸工莫當　3-169
諸所記注　8-12
諸所連逮　7-35, 7-37
諸所避諱　8-16
諸柘巴苴　2-44
諸稱書不書先書故書不言不稱書曰之類
8-14
諸舍中無所爲　9-479
諸葛亮字孔明　8-187
諸葛孔明仍規秦川　7-424
諸葛家之而滅　1-347
諸葛瑾字子瑜　8-187
諸豪俠遊客　5-241
諸賁之氣也　3-193
諸賢處之　7-417
諸附離之者起家至二千石　7-456
諺曰　7-133
諼草樹蘭房　4-101
謀之不臧　8-152
謀之而必從　9-2
謀出股肱　9-449
謀協上策　9-184
謀危社稷　6-200
謀合神聖　7-480
謀士未得高枕者　6-278
謀夫之話　1-73
謀夫是與　9-210
謀寧社稷　8-201
謀成几案　9-183
謀我平陰　8-165
謀折儀尙　9-496
謀無不成　8-390
謀無遺諝　9-32
謀猷弘遠矣　9-455
謀而後動　9-122
謀臣如雨　7-120
謀解時紛　8-189
謀言必賢　4-179
謀謨乎其上　1-102
謀踳駮於王義　1-410

謀龜謀筮 1-419
謁帝承明廬 4-211
謁帝蒼山蹊 4-386
謁款天神 8-215
謂不如彼矣 3-265
謂之三墳 8-2
謂之不善持生也 8-484
謂之不然 8-485
謂之九丘 8-3
謂之五典 8-2
謂之何哉 6-292
謂之八索 8-3
謂之凶賊 7-415
謂之可庶 4-322
謂之大寶 2-179
謂之尙書 8-5
謂之弗克 8-129
謂之未究 7-245
謂之自然 8-484, 9-79
謂之良田 8-481
謂之變例 8-14
謂之通而蔽 7-238
謂之雅 7-497
謂之風 7-497
謂其力盡 7-204
謂其鷹犬之才 7-383
謂原隰兮無畔 9-303
謂可北憺肅愼 7-246
謂商無十倍之價 8-481
謂天地之理盡此而已矣 8-485
謂天蓋高 9-283
謂孔氏猶未可 2-470
謂宋玉曰 3-162
謂宜加贈正司 6-375
謂川流兮無岸 9-303
謂左氏不傳春秋 7-352
謂己爲賢 8-441
謂幽蘭其不可佩 6-29

謂徒虛語 6-481
謂斯忠而鞅賢 2-227
謂明經拾靑紫 9-87
謂曰 8-431
謂爲中才處之 7-182
謂爲倩人 7-188
謂爲舟檝足以距皇威 7-398
謂申椒其不芳 6-29
謂登龍門之阪 9-127
謂百年己分 7-214
謂督勳勞 9-220
謂若傍無人 3-463
謂若無人 7-235
謂英睿擅奇響 9-87
謂蕙茝之不香 3-7
謂蕭曹不足儔 7-235
謂行多露 4-332
謂足以誇世 8-44
謂蹠蹻爲廉 9-471
謂道輔仁 9-315
謂騏驥兮安歸 6-73
謂鳳皇兮安棲 6-73
謂鷙猛致人爵 9-87
謂龜亂在神功 9-87
謇其有意些 6-81
謇吾法夫前脩兮 6-10
謇朝誶而夕替 6-11
譽厲天 1-115
謗絶衆口 6-323
謗議庸何傷 9-173
謗議沸騰 4-129
謗讟旣集 6-350
謙光愈遠 8-104
謙己以安百姓 9-52
謙謙君子德 5-63
講文德於明堂 6-153
講武盤桓 7-302
講羲文之易 1-142

講肄之場　2-321

講藝立言　3-406

講論乎六蓺　1-103

講論其議　7-345

謝主人兮依然　3-120

謝朝華於已披　3-130

謝琰功高而後至　9-416

謝病下邑　6-399

謝病不待年　4-357

謝職　9-361

謠諑謂余以善淫　6-12

謨先聖之大猷兮　2-479

謨明之效不著　4-322

謨神睿而爲言　9-112

謨臣盈室　9-34

謫戍之衆　8-381

謬充本州役　4-343

謬其疲隷　4-331

謬彰甲吉　3-338

謬掌天憲　7-41

謬於心而便於身者　8-386

謬玄黃之袟叙　3-136

謬登和氏塲　5-295

謬蒙聖主私　5-475

謳吟乎聖世　2-32

謳吟何嗟及　5-301

謳歌者無不吟詠徽猷　6-333

謳歌適晉　4-249

謹上　6-337

謹再拜　7-160

謹受命矣　2-100

謹啓　7-3, 7-7, 7-12

謹奉啓事陳聞　7-12

謹奉啓以聞　7-7

謹奉表以聞　6-401

謹奉賦一篇　7-224

謹好惡以示之　8-290

謹房室　8-329

謹拜表以聞　6-313, 6-324

謹拜表以聞　6-364

謹拜表幷獻詩二篇　3-312

謹書起予　7-265

謹案　7-29

謹狀　9-466

謹觸冒拜表　6-306

謹詣聽奉白牋謝聞　7-96

謹詣闕拜表以聞　6-414

謹謝客　6-97

謹貢詩一篇　4-323

謹輒率率庸陋　7-3

謹遣傳詔殿中中郎臣某　6-368

謹遣敎於後耳　8-209

謹附某官某甲奉表以聞　6-384

謹附遣白答　7-250

謹輼櫝玩耽　7-66

謿門曲榭　1-240

譊譊讙咋　9-79

譎詭奇偉　3-250

識亦高矣　8-182

識人情之大方　9-59

識伯禹之仰嗟　2-371

識其不由智力　9-103

識函谷之可關　1-144

識前脩之所淑　3-143

識厚味之害性　8-487

識妙物之功　9-383

識密鑒亦洞　3-495

識微在金奏　3-498

識曲聽其眞　5-213

識潘濬於係虜　9-42

識苦樂之異宜　2-425

識達之深　9-222

識量局致　6-372

識音者希　3-219

譙人也　9-238

警夜巡晝　1-168

譬踔淸夷　8-53
譬之種樹　8-463
譬人之誠　6-295
譬偏弦之獨張　3-140
譬命駕而游五都之市　9-20
譬天王之冕旒　9-87
譬如朝露　5-53
譬如水也　9-14
譬如野田蓬　4-423
譬彼伺晨鳥　5-405
譬彼向陽翹　5-409
譬彼春華　9-197
譬彼樛木　4-328
譬彼濁水瀾　5-410
譬日及之在條　3-80
譬海出明珠　4-220
譬猶池魚籠鳥　2-384
譬猶舞者赴節以投袂　3-142
譬猶芟刈股肱　8-450
譬猶草木之植山林　7-478
譬猶蠅蚋之附群牛　6-476
譬猶衆目營方　9-60
譬猶豫章　8-485
譬猶飛兔流星　7-66
譬猶鷇卵　7-398
譬由抱薪而救火也　6-471
譬由疾疢彌年　4-305
譬由韝鞲之襲狗　7-453
譬畫虎不成反爲狗也　7-227
譬臨河而無航　3-8
譬若江湖之崖　7-460
譬若畫形於無象　6-130
譬若鶡鴝　7-451
譬衆星之環極　1-165
譬諸具官臣　5-36
譬諸政刑　2-322
譬諸音樂　8-442
譬陶匏異器　1-71

譬隲絶而復聯　1-211
譯導而通　1-409
議不反顧　7-376
議不可對　7-149
議其所以　8-138
議其舉厝　1-454
議獄緩死　6-236
議稷下　1-73
議者多非光武不以功臣任職　8-322
護其短也　7-290
護有慚德　8-254
護軍中尉隨何　8-142
護軍如故　9-364
禱一姓之或在　2-180
譽望所歸　8-100
譽浹龜沙　9-500
譽滿天下　9-430
譽表六條　9-415
讀之喜笑　7-181
變其本而加厲　1-65
變化之道不得一　9-124
變化故而相詭兮　2-469
變化無窮　3-244
變化而蟺　2-413
變化非一　9-87
變古易俗兮世衰　6-73
變名異形　6-142
變度易意　6-99
變律改經　9-199
變成洪川　9-91
變所欲爲　6-469
變故在斯須　4-218
變權易勢　6-443
變無窮兮　3-160
變爲煨燼　1-413
變用雜而并起　3-216
變色易容　9-242
變陰陽之至和　3-236

變音聲以順旨　2-433
讎作后而成己　2-469
讎天地以開基　2-327
讎校篆籀　1-451
讎訟所聚　9-125
讒人罔極　8-388
讒人高張　6-62
讒巧令親疏　4-214
讒構不能離其交　9-3
讒莠蔑聞　8-73
讒諛得志　9-471
讓三老孝悌以不敎誨之過　7-378
讓其天下　1-454
讓國之賢君也　8-21
讞言其度　2-413
讚帷幄之謀　7-329
讚易道以黜八索　8-4
讜言弘說　1-140
讜言忠謀　9-243
讜言盈耳　8-193

谷 ────────────

谷幽光未顯　4-61
谷水灌以揚波　2-163
谷無幽蘭　8-189
谷風乘條　9-153
谷風拂修薄　4-438
谷風有棄予之歎　6-297
谷風誚輕薄　5-510
谷風起而增哀　1-297
谺呀谾閉　2-70
谽谺爲之一聲　1-392
谽谺錯繆而盤紆　1-296
谿子巨黍　3-56
谿谷不能踰其險　9-113
谿谷厭芳煙　6-175
谿谷多風　5-60

谿谷少人民　5-56
谿谷嶄岩兮水曾波　6-89
谺之以洞壑　2-370
豁爽塏以宏壯　2-203
豁爾而醒　8-139
豁若天開　2-357
豁若涸流　3-145
豁達來風涼　3-352
豁達大度而已也　2-209
豁險呑若巨防　1-341
豳如地裂　2-357

豆 ────────────

豈三聖之敢夢　2-246
豈上帝臨我而貳其心　8-307
豈不以國尙威容　2-441
豈不以所立冥奧　2-261
豈不以資高明之質　9-477
豈不企高蹤　4-289
豈不休哉　8-314
豈不信然　7-182
豈不克自神明哉　8-255
豈不危哉　9-68
豈不哀哉　2-98, 6-447, 7-353, 7-413, 8-289,
　　8-391, 8-458
豈不善始善終哉　8-209
豈不夙夜　4-332
豈不寒與飢　5-328
豈不常勤苦　4-193
豈不快哉　7-205
豈不思天子南巡之辭者哉　1-310
豈不悖哉　8-450
豈不愧中腸　3-427
豈不愴悢　7-332
豈不懿哉　8-239
豈不殆哉　6-464
豈不然哉　8-415

豈不盛乎　7-85
豈不盛哉　8-418
豈不羅凝寒　4-192
豈不美與　7-427
豈不詭哉　1-160
豈不誤哉　7-179
豈不謬哉　8-47
豈不識高遠　4-351
豈不遠哉　7-376, 8-183
豈不鬱陶而思君兮　6-72
豈世乏義時之臣　9-71
豈云人事之厚薄哉　7-479
豈云其誠　5-256
豈云嶄絶　9-130
豈云晩與早　5-435
豈云異夫犬羊　9-473
豈云能補　4-130
豈人事乎　8-278
豈今日之論乎　7-232
豈伊不懷歸於枌榆　1-162
豈伊不虔思於天衢　1-162
豈伊人和　3-398
豈伊千里別　5-510
豈伊川途念　3-394
豈伊年歲別　3-443
豈伊時遘　9-280
豈伊橋梓　8-92
豈伊白璧賜　5-170
豈余心之可懲　6-15
豈余身之憚殃兮　6-7
豈余身之足殉兮　2-467
豈偸生之士　7-121
豈其多幸　7-2
豈其有他故兮　6-32
豈其深而好遠哉　9-274
豈其爲身而有顓辭也　8-261
豈劉項之能闚覦　9-65
豈勢少力乏　7-202

豈古人所謂立言於世　9-466
豈可使芳杜厚顏　7-368
豈可偏絶哉　7-356
豈可勝道哉　9-85
豈可同哉　7-231, 7-448
豈可得哉　6-303
豈可得哉　8-452
豈可聞乎　2-381
豈可見黃門而稱貞哉　7-294
豈可謂其借翰於晨風　7-188
豈可重以芟夷　1-73
豈同波而異瀾　3-83
豈唯僑終蹇謝　9-430
豈唯哀纏一國　9-372
豈唯娛情　2-322
豈唯是其有女　6-29
豈唯皁隸　2-155
豈唯讜言嘉謀　6-373
豈啓度於往舊　1-162
豈嚴刑而猛制哉　2-32
豈在義日　9-65
豈地勢之安危　2-199
豈好爲夸主而曜世俗哉　6-280
豈如二子　7-200
豈如宅中而圖大　1-231
豈如是乎　9-102
豈如霸上戲　4-95
豈如鶺鴒者　4-416
豈宜妄加寵私　6-395
豈宴安鴆毒　7-425
豈屑末代誚　4-465
豈崔馬之流乎　9-94
豈布政未優　6-243
豈待明經　6-391
豈徒人事哉　9-3
豈徒以翰墨爲勳績　7-232
豈徒暫淸曠　5-23
豈徒欲淫覽浮觀　2-143

豈徒水截蛟鴻　6-178

豈徒積太顚之寶貝　2-343

豈徒春人不相　9-459

豈徒荀令可想　6-407

豈徒蹻高天　1-226

豈徒蹇愕而已哉　8-186

豈徒闇於天道哉　8-428

豈得念所私　5-35

豈復歎呇嗟　4-106

豈必親魚鳥樂林草哉　8-340

豈忘爾眙　5-256

豈忘載奔　9-222

豈惑於衆口哉　6-453

豈惜終憔悴　4-112

豈惟地所固　4-338

豈惟夕情斂　4-364

豈惟民哉　7-433

豈惟盤樂而崇侈靡　2-326

豈惟興主　9-6

豈惟蒸之使重而無使輕　8-482

豈惡生而尙死哉　6-279

豈愁慕之可懷　3-36

豈愁濛汜迫　5-495

豈意事乖己　5-426

豈意得全首領　7-165

豈慕巡河前　5-515

豈憶同輿之愉樂　2-277

豈懷盈而自足　3-144

豈戀生民樂　4-3

豈或帝王之彌文哉　2-107

豈所以昭末景　9-275

豈敢盤桓　6-312

豈敢聽金聲　5-34

豈敢陋微官　4-427

豈斯宇之獨隤　2-237

豈日者卜祝之流乎　9-78

豈昏惑而能剖　3-20

豈易爲力哉　7-121

豈時俗之足慕　1-179

豈時王之無僻　2-186

豈曩秦之所圖　2-163

豈曰摸擬　8-197

豈曰無感　5-125

豈曰無過　3-338

豈曰無重繢　4-149

豈曰能賢　6-414

豈有六卿之胄　7-47

豈有史公董相不遇之文乎　9-103

豈有恨哉　7-261

豈有悔哉　7-159

豈有說乎　2-378

豈有身帶三綬　7-177

豈有遊惰哉　8-468

豈期終始參差　7-361

豈校耳目前　5-441

豈欲之而不能　1-219

豈欲非聖無法　6-248

豈欺我哉　9-49

豈焉是居　8-175

豈無一時好　5-418

豈無和樂　5-257

豈無園中葵　4-192

豈無璵璠　4-278

豈無錐刀之用　6-294

豈無鵪鴿　8-201

豈爲古今然　4-484

豈爲民乎哉　2-134

豈爲誇譽名　4-114

豈特委瑣喔齪　7-434

豈特方軌幷跡　1-123

豈特暋史之異闕景　9-477

豈特系一婦人之惡乎　8-305

豈獨君子恥之而弗爲乎　9-15

豈獨無心　6-398

豈獲晤言之適　5-420

豈獲自已　7-23

豈玩二王之禍　9-62
豈珵美之能當　6-29
豈生命之易投　2-231
豈由愛顧之隆　7-51
豈直受降可築　7-20
豈直春者不相　8-106
豈直雕章縟采而已哉　8-113
豈直鼪鼠有必對之辯　6-409
豈知新室委心積意　8-234
豈知有力者運之而趨乎　9-87
豈移於浮辭哉　6-450
豈窮達而異心　2-256
豈笙簧之能倫　3-216
豈素宦於朝　6-452
豈維紃夫蕙茝　6-7
豈習俗之移人哉　7-169
豈聖人哉徒通變思深　7-202
豈能容夫吞舟之巨魚　9-473
豈能臨敵引義　9-264
豈能與之料天地之高哉　7-444
豈能與之量江海之大哉　7-445
豈能與吾同大丈夫之憂樂者哉　7-323
豈能通其條貫　7-453
豈能長壽考　5-220
豈臣蒙垢含吝　6-324
豈與文章相妨害哉　7-57
豈苟而已哉　7-354
豈若乘斯去　5-29
豈若二漢　9-70
豈若夫子　9-280
豈若淮陰捐舊之恨抑遏劉馥　7-195
豈茲情之足攬　3-85
豈蔑清廟憚勑天命也　8-263
豈薪樵之道未弘　6-246
豈虛也哉　2-261, 7-258
豈虛名之可立　2-194
豈要先茅之田　9-139
豈言語以階亂　2-424

豈誣也哉　8-31
豈謂人爵多　4-281
豈謂多幸　7-95
豈謂鄉曲譽　4-343
豈識乎功在身外　8-40
豈足爲大王道哉　6-457
豈足稱達生　4-470
豈輕舉措也哉　7-412
豈長算之所研　9-482
豈關視聽　7-10
豈陽阿之能擬　2-462
豈非功深砥礪　8-107
豈非否泰相傾　9-97
豈非吾子壯志哉　7-236
豈非大丈夫之樂哉　7-236
豈非天懷發中　8-184
豈非希世之雋民　8-111
豈非深根固蔕　8-448
豈非療饑不期於鼎食　6-247
豈非置勢使之然與　9-63
豈非象新垣等哉　6-443
豈顧乘日養　5-424
豈鮮耀於陽春　2-399
豐倅淮海　2-324
豐冠山之朱堂　1-97
豐功厚利　6-218
豐功厚利積累之業　8-427
豐圃草以毓獸　1-129
豐報顯賞　7-311
豐朱草於中唐　1-275
豐條丼春盛　5-279
豐沛之士　9-148
豐注溢修霤　4-258
豐澤振沈泥　4-386
豐約唯所遭遇　8-38
豐肌饗螻蟻　5-187
豐看衍衍　1-445
豐膳出中廚　4-220

豊茂世之規 2-128

豊草停滋潤 5-296

豊蔚所盛 1-319

豊融披離 3-213

豊隆奮椎 6-177

豊隆軒其震霆兮 3-30

豊隆迎號屛 5-315

豊麗博敞 2-284

豎亂叔而幽主 3-19

豎儒守一經 5-519

豎刁亂齊 8-330

豔色餌其後 7-323

豔陸離些 6-84

豔陽桃李節 5-460

豕 ——————

豚魚不爽 9-422

豚魚不養 8-481

象下管之偏疾 3-140

象太極之構天 2-357

象弧挿彫服 5-455

象扶桑與濛汜 1-190

象教陵夷 9-388

象服是加 9-313

象正雖闃 9-400

象泰壹之威神 2-11

象海水周流方丈瀛洲蓬萊 2-104

象滇河 2-103

象物方臻 9-316

象璵瑁之文章 3-68

象積石之將將 3-68

象筵鳴寶瑟 5-401

象耕鳥耘 1-367

象設旣辟 9-402

象變化乎鬼神 3-146

象興婉僤於西淸 2-76

豢豹之胎 6-105

豪俊黑沸雲擾 2-135

豪右何足陳 3-463

豪士枉尺璧 5-518

豪彦多舊親 5-111

豪徽互經 1-428

豪桀共推陳嬰而王之 8-430

豫三五賤伎之末 6-482

豫北竹葉 6-183

豫同夏諺 3-403

豫往誠歡歇 4-375

豫章女貞 2-79

豫章有天子氣 8-307

豫章珍館 1-190

豫章距命 7-207

豫議世事 8-182

觳觫猱狿戱其巓 1-297

豸 ——————

豺狼從目 6-78

豺狼愊竄 1-112

豺狼當路立 4-435

豺狼當路衢 4-214

豺虎方遘患 4-138

豺虎競逐 9-255

豺虎肆虐 1-309

豺虎遠跡 9-423

豺豕當路 6-360

豺狼抗爪牙之毒 7-299

貂馬延乎吳會 7-302

貌嬢妙以妖蠱兮 3-165

貌思其恭 3-377

貌恭豈易憑 5-166

貌無停趣 2-462

貌無外悅 9-466

貌甚閑暇 2-413

貌豐盈以莊姝兮 3-259

貔虎爲群 8-368

貝 ─────────────

貝胄星羅　8-82
貝胄象弭　1-380
貝錦斐成　1-333
貞不常祐　9-266
貞介所羞　9-125
貞休康屯邅　4-359
貞信之色　6-115
貞固足以幹事　9-332
貞士發憤　9-138
貞夷粹溫　9-280
貞女蒙冶容之悔　9-152
貞於期者　9-157
貞石南刊　9-403
貞節克擧　3-335
貞節苦心　9-392
貞純之名章也　8-470
貞而不諒　8-191
貞而爲戮　6-481
貞臣底力而辭豊　9-133
貞臣衛主　9-140
貞臣見於國危　2-207
貞蔑椒蘭　9-496
貞軌偕沒　8-166
負之者北　1-411
負乘爲我戒　4-236
負劍遠行遊　5-155
負固不恭　7-405
負固方城　8-447
負執其咎　9-221
負心二十載　4-471
負戈宿衛　8-356
負戴成群　9-435
負戶以汲　9-249, 9-255
負斧扆　1-245

負書燕魏　6-386
負朝陽而抗殿　8-79
負杖行吟　4-305
負檐裁弛　7-22
負河縈城　9-269
負海橫地理　5-141
負筍業而餘怒　1-164
負羽從軍　3-118
負荊謝厥愆　3-475
負荷國重　6-373
負荷時命　8-197
負蒼天　7-444
負薪疲病　7-108
負重切君臨　3-421
負雪懷霜　9-267
財以工化　1-439
財其親疏之宜　9-59
財豊巨萬　1-376
財賦之所底愼　1-440
財足以奉郊廟　2-102
財輕君尙惜　5-162
貢公未遺榮　4-470
貢奉社稷　8-458
貧且賤焉　8-396
貧富焉　9-98
貧居晏里閈　5-429
貧窮亦有命也　8-428
貧賤則懾於饑寒　8-443
貧賤親戚離　5-286
貧賤誠足憐　4-198
貨別隆分　1-90
貨得錢七千　7-31
貨殖之民　9-417
貨殖之選　1-376
貨殖私庭　1-334
貨略不足以自贖　7-146
販鬻祖曾　7-41
貪不可冀　8-435

貪夫徇財兮　2-416
貪孩童以久其政　8-316
貪殘酷烈　7-388
貪誘賂以賣鄰　2-194
貪雉兔之獲　2-98
貪餌吞鉤　3-43
貫三光而洞九泉　2-229
貫以三木　9-260
貫倒景而高厲　3-35
貫歷覽其中操兮　3-70
貫薜荔之落蘂　6-10
貫鰓咢尾　2-243
責千里於寸陰　1-388
責成吏職　8-325
責成斯在　6-395
責攸之褘允等咎　6-273
責臣逋慢　6-311
責讓之日　7-345
責重困才輕　4-236
責重山嶽　6-382
貯水渟洿　1-300
貲巨程羅　9-116
貴且快意　7-236
貴公子孫　5-423
貴其寶利也　1-399
貴在無猜　8-200
貴有或遺　9-152
貴欲觀湖濼之形　7-201
貴正與天乎比崇　2-107
貴相知心　7-116
貴者雖自貴　3-463
貴而好禮　9-466
貴耳而賤目者也　1-224
貴識其天性　7-290
貴賤　9-2, 9-12
貴賤以班　2-32
貴賤何算焉　9-277
貴賤同量　9-144

貴賤焉　9-98
貴賤猶如此　5-394
貴賤貧富　2-173
貴足不願餘　3-466
貴道德與仁賢　2-170
貴重都城　7-221
貴露下情　3-312
貴非吾尊　1-461
貶成抑定　8-257
貶損當世　8-245
買臣困采樵　3-464
貺同師錫　8-164
費府庫之財　2-98
費白日些　6-84
貽厥之寄　9-359
貽厥孫謀　9-22
貽厥方來　8-314
貽厥遠圖　9-326
貽塵謗於後王　9-487
貽宴好會　3-380
貽我嬪則　9-323
貽我蕙蘭　4-278
貽我高矩　3-303
貽於時君　5-242
貽此越鄉憂　5-5
貽此音翰　4-252
貽漢宗以傾覆　2-234
貽燕後昆　8-261
貽爾新詩文　4-184
貽謀四子　9-478
賀生達禮之宗　8-90
賈父曰　9-253
賈父殞節　9-270
賈石逞伎　6-174
賈育之倫　2-109
賈育之斷　3-250
賈鼓密而含響　9-154
賑丘陵　2-78

색인 **565**

賄以商通　1-440
賄貨山積　1-332
資始旣正　9-343
資忠履信　4-313
資性忠果　9-263
資於故實　7-79
資此夙知　3-409
資此永幽棲　3-443
資父之義廢　6-163
資生仰化　3-285
資用常苦多　4-108
資神任獨往　5-498
資糧旣乏盡　5-201
賈大夫沮志於長沙　9-83
賈景伯父子許惠卿　8-18
賈生所以垂泣　8-181
賈生洛陽之才子　2-217
賈生直言　6-234
賈誼亞夫之徒　7-123
賈誼以之發憤　9-12
賈誼位方尊　5-487
賈誼必爲之痛哭　8-305
賈誼曰　8-455
賈誼相如振芳塵於後　8-347
賈貿墻鬻　1-332
賈長淵以散騎常侍　4-247
賈馬繼之於末　1-66
賊盜如豺虎　4-142
賊義殘仁　7-415
賓僕遠傾慕　5-456
賓儀式序　8-83
賓又不聞和氏之璧韞於荊石　7-482
賓友仰徽容　5-354
賓奉萬年酬　5-63
賓客大會　2-420
賓寫爾誠　3-286
賓御皆涕零　5-158
賓御紛颯沓　3-502

賓戲主人曰　7-472
賓於閒館　8-212
賓旅旋　1-339
賓旅竦而遲御　2-244
賓旅闃而不接　8-469
賓旣卒業　1-145
賓曰　1-86, 7-479
賓禮名賢　9-27
賓至下塵榻　5-388
賓至可命觴　4-121
賓至駕輕鴻　4-91
賓階綠錢滿　5-394
賓飲不盡觴　3-427
賚皇寮　1-248
賜不過二百萬　7-126
賜寢嚴命　7-12
賜書教督以所不及　7-163
賜朕休寶　6-239
賜許刊立　6-421
賞不失勞　9-357
賞同千室　6-382
賞廢理誰通　4-59
賞心不可忘　5-342
賞心惟良知　4-48
賞心於此遇　5-8
賞心樂事　5-420
賞心非徒設　5-504
賞有功　8-392
賞罰之行　3-295
賞罰之要　8-359
賞罰懸乎天道　9-19
賞茂通侯　7-22
賞賜金帛　6-115
賞逐四時移　4-85
賞錢五千萬　7-393
賢不必以　6-59
賢主降嘉賞　5-476
賢人之業也　3-199

賢人之謀 9-49
賢人君子 8-120
賢君信愛才 5-169
賢君恥之 7-434
賢哉此丈夫 3-470
賢士失志 3-249
賢士無名 6-62
賢愚勇懼 3-195
賢愚成敗 2-295
賢愚所共有 8-46
賢旣公而又侯 1-215
賢智之嘉會 8-181
賢相謝世運 3-291
賢者志其大者 7-356
賢聖之德也 7-417
賢聖卓犖 7-55
賢聖逆曳兮 9-471
賢能蔽壅 8-323
賢與不肖 7-449
賢良方正徵 9-238
賢良明於古今王事之體 6-195
賢諸葛之言 9-43
賢賢吾爾賞 4-349
賢達不可紀 5-143
賢達無奈何 5-191
賢鍾離之讜言 2-318
賤不憂戚 8-172
賤奇麗而弗珍 1-140
賤妾亦何爲 5-218
賤妾縈縈守空房 5-59
賤妾當何依 4-135
賤妾終已矣 5-206
賤子實空虛 3-510
賤子歌一言 5-147
賤役也 8-355
賤彼貴我 2-416
賤物貴身 4-128
賤犀象 1-277

賤老貴壯 8-420
賤者雖自賤 3-463
賤而必尋 9-152
賤與老相尋 5-301
賦之作也 8-26
賦之首也 8-28
賦事行刑 7-79
賦以風之 2-105
賦其聲音 3-203
賦政之宮 2-321
賦政任役 1-282
賦新詩 3-216
賦有凌雲之稱 3-122
賦歌能妙絶 4-407
賦納以言 1-310
賦者 1-81, 1-314
賦膏雨而懷賓 6-249
賦詩欲言志 4-150
賦詩歸來 9-282
賦詩申懷 4-288
賦詩稱壽 7-69
賦詩連篇章 4-186
賦體物而瀏亮 3-135
賓犪積塲 1-440
質以輕兮 2-400
質判玄黃 9-399
質劑平而交易 1-439
質如耀雪 6-177
質委漢王 8-151
質小人也 7-248
質弱易版纏 4-359
質微則莫以自保 6-363
質死罪死罪 7-73, 7-80
質無塵玷 8-202
質疑斯在 6-410
質白 7-242
質直則汲黯卜式 8-271
質非荊璞 4-328

賴先后之德宗廟之靈　6-329
賴先哲以長懋　2-186
賴光武皇帝挺不世之姿　8-459
賴君之力　6-97
賴此盈罇酌　5-13
賴蒙聖化　3-160
賴道德典刑以維持之也　8-291
贈以古人之服　9-463
贈以芳華辭甚妙　3-266
贈我如此兮不如無生　3-266
贈詩見存慰　3-356
贊之如流　9-16
贊事者宜本其實　1-316
贊疊疊之弘致　9-111
贊典禮於辟雍　6-153
贊庶績於帝室　2-179
贊拜不名　9-457
贊揚迪喆　8-250
贊曰　8-270, 8-368
贊舞操　3-167
贊軌堯門　9-292
贊道槐庭　9-354
贍智宏材　8-171
贏糧而景從　8-381

赤

赤亭無淹薄　4-462
赤亭風已颷　5-23
赤刀粵祝　1-210
赤城霞起以建標　2-263
赤山之精　6-177
赤擬雞冠　7-222
赤文候日　2-444
赤斧服而不朽　1-324
赤松臨上游　4-8
赤玉隱瑤溪　5-505
赤瑕駮犖　2-76

赤縣之畿　1-411
赤鳥副焉　6-206
赤蟻若象　6-77
赤阪橫西阻　5-161
赤靈解角　1-295
赤須蟬蛻而附麗　1-399
赤首圜題　2-74
赦小過　7-451
赦楚趙以濟其難　6-284
赧然汗下　7-248
赮如宛虹　2-311
赫突章灼　2-307
赫如奔螭　2-311
赫怒震天威　5-31
赫斯怒以北征　2-160
赫旴旴以弘敞　1-178
赫然加怒　6-478
赫然殊觀　8-479
赫然發憤　1-122
赫燡燡而燭坤　2-285
赫矣壯乎　9-191
赫矣煥乎　9-199
赫矣陳君　9-343
赫矣隆晉　4-250
赫矣高祖　8-143
赫赫三事　9-336
赫赫三雄　8-189
赫赫大晉朝　4-289
赫赫天子　3-319
赫赫宗周　2-208
赫赫明明　8-364
赫赫王侯居　3-461
赫赫虎臣　3-379
赫赫震震　1-453
赬丹明璣　1-365
赬素炳煥　6-169
赬莖素毳　8-53
赬蜃肺躍而吐璣　2-360

赭堊流黃　1-295

赭衣爲虜　6-387

赭陽東陂　1-300

走 ─────────────

走上天之難　6-470

走亦不任厠技於彼列　7-482

走入巴中　7-405

走獸交橫馳　4-112

走獸未及發　3-253

走箭飛鏃　8-420

走索上而相逢　1-207

走者未及去　1-132

走還涼州　7-404

走雖不敏　1-288

走馬長楸間　5-70

赳赳桓桓　8-129

赳赳雄斷　8-369

赴丹爛以明節　2-236

赴交益　2-367

赴公家之難　7-142

赴告策書　8-12

赴嚴節　6-166

赴塗炭而不移　2-207

赴春衢　6-180

赴曲迅驚鴻　5-129

赴曲隨流　3-251

赴洞穴　1-200

赴絶遠　1-337

赴者同哀　9-222

赴蹈湯火　7-284

赴長莽　1-195

赴隘陝之口　2-65

赴險凌虛　2-312

起予聖懷　9-409

起事者據秦川　8-307

起坐失次第　4-189

起坐彈鳴琴　4-100

起寢廟於武昌　1-369

起建安而首立　1-437

起彼集此　1-192

起於后稷　8-293

起於青蘋之末　2-379

起洪濤而揚波　1-178

起烽燧　2-53

起甘泉　1-225

起纤青组　6-324

起而爲亂　2-400

起自荆州　7-303

起苑囿　1-85

起西音於促柱　1-335

起視夜何其　5-237

起視月之精光　3-71

起觀辰漢中　4-381

起鄭舞些　6-84

超之妻孥　7-407

超乘盡三屬　3-421

超于桓文　7-85

超入陰而高會　2-190

超哉邈猗　3-413

超唐陂　2-116

超商越周　3-315

超埃塵以遐逝　3-42

超天衢以高峙　9-333

超山越海　7-66

超忽荒　7-482

超攄絶夫塵轍　2-449

超殊榛　1-200

超洞壑　1-112

超然獨往　9-466

超然獨處　7-445

超然自喪　2-416

超然自引　8-46

超然遠覽　8-435

超登宮卿之位　8-333

超登景雲 9-212

超百王之庸庸 1-454

超紆謞之清澄 2-9

超絶跡而遠遊 2-158

超若自失 2-100

超補三事 9-341

超跡絶塵網 5-499

超軒轅於西海兮 3-15

超逍遙兮今焉薄 6-69

超逾騰躍絶世俗 3-39

超濠遁而奔狄 2-203

超遙行人遠 3-488

超遺物而度俗 3-167

超長吟以永慕兮 3-275

超長懷以遐念 2-221

超隆平於殷周 6-152

超騰踰曳 3-159

超憭悗兮慟懷 3-103

超繪鳥集 3-171

越上箾而通下管 3-225

越世高踽 6-160

越亦狗盜 8-365

越亦益深 6-439

越人之射耳 7-271

越人之巫 9-451

越六月既望 2-303

越卬州而遊遨 3-14

越叟識行止 5-143

越可略聞 2-246

越在纏褓 4-127

越在西土 6-198

越地隔 6-180

越埃壒而資始 1-430

越堅凌岑 2-150

越堅厲水 2-84

越奔沙 6-161

越女侍前 6-99

越安定以容與兮 2-161

越安陵而無譏 2-231

越客腸今斷 4-478

越俗宗之觸石 2-370

越峻崖 1-112

越巨海 1-95

越巫陳方 1-172

越幽壑 3-207

越廣陵 6-439

越成湯武 8-249

越敷邦教 9-355

越旗亦星羅 5-86

越棲會稽兮 2-414

越次妄據 8-435

越水長沙 6-438

越海凌三山 4-475

越海而田 2-62

越爲三軍 7-202

越用大夫種之謀 6-456

越用遁違 4-174

越登司官 9-219

越石負芻而窘晏嬰 8-398

越砥斂其鍔 8-119

越禮自驚衆 3-495

越裳重譯 3-379

越峹嘲之洞穴兮 3-25

越幰轅 3-270

越遷晉陽 8-154

越陌度阡 5-54

越韶夏與咸池 3-238

越香掩掩 3-250

越鳥巢南枝 5-210

趙漲截洄 2-368

趙之鳴瑟 1-457

趙使擁節前 3-474

趙侵弱之餘燼 2-190

趙分爲六 8-455

趙囚邯鄲 6-478

趙奢正疆場 4-338

趙女不立於側也　6-432
趙建叢臺於後　1-225
趙張三王之尹京　2-217
趙祖昌國　9-435
趙文懷其餘風　9-348
趙景王大梁張耳　8-142
趙有平原　8-375
趙李相經過　4-108
趙氏有和璧　3-473
趙良寒心　7-137
趙輕體之纖麗　2-222
趙高執柄　7-380
趣一遇兮目中　9-304
趣得一號　6-295
趣從容其勿迷兮　3-153
趣時如響起　8-432
趣舍罔要　4-330
趣途遠有期　4-353
趨事辭宮闕　5-361
趨巇道兮　3-159
趨舍異路　7-141
趨走丹墀者疊跡　9-128
趨錐刀之末　9-113
趁趨狑璐　1-381
趫悍虓豁　1-185
趫材悍壯　1-378

足─────────

足下不深惟其終始　7-163
足下不遠千里　2-55
足下之徒　7-211
足下傍通　7-276
足下去後　7-258
足下又云　7-122
足下哀其愚矇　7-163
足下好伎　7-238
足下所治僻左　7-210

足下昔稱吾於潁川　7-276
足下無事宄之　7-292
足下胤子無恙　7-127
足下舊知吾潦倒麤疎　7-293
足下若嬲之不置　7-293
足下見直木不可以爲輪　7-291
足下高視於上京　7-226
足下鷹揚其體　7-235
足不及騰　6-139
足不輟行　9-219
足之蹈之也　7-495
足以兼棊局而賈博奕矣　8-473
足以垂世立教　8-5
足以昭近署之多士　6-265
足以沒齒　3-321
足以鎮靜頹風　6-360
足傳于後　7-215
足力不彊　7-108
足可搔而絶　6-472
足樲羊　2-84
足往神留　3-278
足撥飛鋒　6-174
足歷五都　3-266
足歷王庭　7-143
足盡汗出　3-250
足趾之所不蹈　1-402
足蹈幽遐　4-329
足逸驚飇　1-305
跂予旅東館　4-381
跂予間衡嶠　4-386
跂彼無良緣　5-406
趹踔湛藻　2-342
跅弛之士　6-193
跆籍貴勢　8-172
踔巒坑　2-116
跐蹂竹柏　1-382
跋犀犎　2-115
跋篾縷　3-185

跌宕文史 3-110
蚵躚摩跌 3-170
距岩而立 6-130
距捍中國 7-304
距日中而畢會 1-439
距華蓋於曇和 2-224
距逐鹿之瞽說 8-435
距連卷 2-115
距遠關以闔闥 1-464
跡不暫停 8-190
跡因公正 8-334
跡屈朱軒 9-376
跡有優劣 8-177
跡洿必僞 8-194
跡遍湘干 9-497
跨世淩時 8-174
跨中州之轍迹 2-454
跨制淮梁 8-366
跨制荊吳 9-32
跨功逾德 8-154
跨北嶽 1-123
跨周法 1-162
跨樊馬 2-84
跨安侯 9-168
跨屬城之雄 7-365
跨州連郡 7-402
跨平原而連幡冢 2-204
跨彫虎 1-337
跨掩昌姬 8-70
跨昆侖而播弋 2-422
跨汪氏之龍魚 3-15
跨穹隆之懸磴 2-264
跨芝塵 8-56
跨谷彌阜 1-187
跨躡燕趙 1-416
跨躡蠻荊 1-350
跨靈沼而浮榮 8-79
跨騰風雲 7-473

跨騰風雲 9-219
跪敷衽以陳辭兮 6-21
踖行安步武 4-351
路不周以左轉兮 6-36
路人增欷 9-222
路威夷而脩通 2-265
路嶮不得征 5-247
路幽昧以險隘 6-7
路曜便娟子 5-142
路曼曼其脩遠兮 6-21
路有飢婦人 4-138
路極悲有餘 4-152
路次限關梁 5-296
路無歸輈 9-268
路無行輪聲 5-316
路脩遠以周流 6-36
路脩遠以多艱兮 6-36
路貫廬江兮 6-86
路車乘黃 8-135
路逶迤而脩迴兮 2-256
路遠莫致之 5-219
路遠莫致倚增歎 5-245
路遠莫致倚惆悵 5-244
路遠莫致倚踟躕 5-244
路遠莫致倚逍遙 5-243
路遠隔思存 5-389
路長當語誰 4-354
路闇光已夕 5-503
路阻莫贈問 5-339
路險難兮獨後來 6-53
路難涉矣 7-323
峙遊極於浮柱 1-173
跳丸劍之揮霍 1-207
跳然復出 3-153
疏爵普疇 1-443
疏通溝以濱路 1-435
踢天蹐地 6-322
踶鑣轡之牽制 2-453

踈飮餞於東都　2-212
踊躍之懷　6-337
踐二子之遺跡兮　3-74
踐八九之遙跡　8-77
踐宣平之清闥　2-212
踐得二之機　8-88
踐朝霧　6-180
踐椒涂之鬱烈　3-275
踐神區其既遠　2-460
踐莓苔之滑石　2-264
踐華因削成　4-69
踐蘭唐　2-114
踐遠遊之文履　3-272
踐霜雪之交積　2-398
踐飛除　6-147
踔夭蟜　2-115
踟跌步趾　3-233
踟躕亦何留　4-215
踟躕在親宴　5-469
踟躕感節物　5-408
踟躕清防密　4-381
跡迹回唐　2-453
踦躣交錯　7-318
踰十葉以逮楸　2-187
踰岸出追　6-121
踰繩越契　8-248
踰長庚之初輝　1-411
踴絕於地　9-457
踴躍之懷　3-311
踵二皇之遐武　1-279
踵亡國之法　8-459
踵武前王　9-375
踵武於雲臺之上　9-95
踵義皇而齊泰　6-152
踵門陳書　3-408
踸踔碨硌　3-209
踽踱攢仄　3-190
蹀足循廣除　5-333
蹀䢔其中　1-437
蹂屍興廝　2-138
蹂蕙圃　2-114
蹂踐芻蕘　2-143
蹂躪其十二三　1-111
蹄足灑血　3-253
蹇哭孟以審敗　2-193
蹇將憺兮壽宮　6-42
蹇步愧無良　3-481
蹇淹留而無成　6-68
蹇產溝瀆　2-70
蹇脩時不存　4-7
蹇誰留兮中洲　6-43
蹈一聖之險易云爾哉　1-123
蹈不頓趾　3-170
蹈先王之盛則　9-103
蹈其閫閾　9-127
蹈壁衝津　6-121
蹈德詠仁　1-140
蹈恭姜兮明誓　3-103
蹈據無所　7-384
蹈海之節　8-340
蹈獖獺　2-122
蹈玉階之嶢崢　3-10
蹈秦郊而始闢　2-203
蹈節之容　9-141
蹈節如集鷖　5-129
蹈虛遠蹠　6-147
蹈踐麇鹿　6-112
蹈道則爲君子　8-355
蹈飛豹　2-119
蹉纖根　3-185
蹊徑無所由　5-38
蹊田自嘿　9-454
蹊迤登童豎　4-143
蹋太山令東覆　7-322
蹌捍淩越　3-172
蹐厚地而已哉　1-226

蹐地無歸　9-181

蹔聞甚悲而樂之　3-179

蹔遊萬里　3-120

蹔遊越萬里　5-174

蹙封豨　6-174

蹙竦讋怖　2-120

跳履起而彷徨　3-70

蹠地遠群　3-172

蹩蹩蹁躚　1-304

蹲鴟所伏　1-325

蹴履狡獸　2-86

蹴崑崙使西倒　7-322

蹴蛩蛩　2-47

蹴蹋咸陽　1-309

蹴蹋蒙籠　1-337

蹶如歷塊　8-120

蹶崢巖　1-112

蹶松柏　2-116

蹶浮欙　2-115

蹶然改容　7-311

蹶白門而東馳兮　3-16

蹶石伐木　2-379

蹶石闕　2-88

蹶角受化　7-333

蹻容世於樂府　1-324

蹻捷若飛　6-147

躁中煩外　6-106

躊躇冬愛　9-292

躊躇稽詣　3-160

躊躇足力煩　4-18

躋俗於仁壽之地　6-246

躋於羅帷　2-380

躋日中于昆吾兮　3-14

躋江津而起漲　2-350

躋躓連絕　3-159

躋險築幽居　5-348

躍濤戲瀨　1-329

躍馬疊跡　1-373

躍龍騰蛇　1-353

躑躅再三歎　5-412

躑躅徘徊　2-461

躑躅欲安之　4-22

躑躅獨吟歎　5-407

躑躅遵林渚　5-413

躑躅還自憐　5-486

躔建木於廣都兮　3-15

躐不周之逶蛇　2-19

躐二老之玄蹤　2-265

躐五阨之塞漊　1-337

躐冒頓之區落　9-168

躐函谷之重阻　2-198

躐堅氷之津　6-161

躐屬於鍾阿　9-463

躐屬齊楚　6-386

躐景追飛　4-223

躐章亥之所未迹　6-180

躐足行伍之間　8-380

躒踵側肩　2-32

躒蹻獻器　3-408

躒步陵丹梯　5-433

蹁玄鶴　2-87

身 ────────

身不足惜　6-354

身世兩相棄　3-502

身之窮困　7-114

身亡而意結　9-427

身伏斧質　9-258

身兼官以十數　8-301

身出禮義之鄉　7-116

身刑輮以啓前　2-227

身危由於勢過　8-44

身厭荼毒之痛　8-47

身名竟誰辯　5-505

身嗣昌暉　9-325

身在貧賤 6-459
身寄虎吻 6-359
身幽北闕 7-165
身恨幽圄 6-483
身意會盈歇 5-462
身或難照 9-147
身手不能相使 8-460
身才非實 9-284
身扡黼繪 2-149
身旣招殃 6-352
身旣沒而名存 2-170
身服厥勞 8-294
身服干戈事 5-35
身服義而未沫 6-76
身死于齊 8-161
身死人手 8-382
身死家戮 7-19
身死汧獄 9-260
身死無名 7-376
身死爲國殤 5-153
身死驪山之北 2-208
身歿讓存 9-458
身殘望夷 8-452
身沒名垂 9-217
身沒被戮 8-388
身無足采 6-323
身熱頭且痛 5-161
身爲國史 8-13
身犯霧露於雲臺之上 8-316
身玉要俱捐 3-474
身登三閣 6-318
身直爲閨閣之臣 7-160
身窮志逸 9-221
身窮志達 9-210
身終下藩 8-157
身終鋒栝 9-270
身絶郅闕 9-497
身經險阻 4-329

身罄越軍 7-400
身膏氏斧 3-334
身與煙消 8-165
身處三公之位 7-388
身處尊位 7-448
身被輕暖 6-277
身負國恩 7-116
身負日月 9-407
身足於蔭 9-148
身輕若飛 6-154
身送東市 7-330
身逾逸而名逾劭 8-47
身逾遠而名劭 9-398
身隔兩赴 9-321
身隕沈黃泥 3-356
身雖屠裂 6-284
身雖胡越 7-323
身雖陷敗 7-145
身非木石 6-483, 7-146, 8-483
身首橫分 7-312
身首被梟懸之誅 7-384
身齊逸民 3-56
躬三推於天田 1-259
躬亲抚养 6-309
躬先勞以悅使兮 2-32
躬兼貧病 9-282
躬奉天經 8-260
躬帶紱冕之服 7-473
躬服節儉 2-137
躬瞻宵載 9-310
躬耕於南陽 6-272
躬聖明之資 8-460
躬膝胝無胈 7-433
躬自暴露 7-264
躬自流涕 7-144
躬親節儉 8-392
躬覽萬國之有無 1-128
躬覽載籍 8-13

躬追養於廟祧　1-258

車 ──────────────────

車不得旋　1-90
車中不內顧　1-281
車亦瓦裂　6-218
車同軌　8-284
車屯軌　3-111
車徒不擾　9-422
車徒傾國鄘　5-440
車按行　2-53
車掛轊　2-273
車書共道　8-369
車服有輝　3-316
車欄夾杖龍牽　7-33
車殆馬煩　3-271
車結軌　3-61
車覆能起之　6-106
車輪爲之摧　5-55
車逶遲於山側　3-114
車雷震而風厲　1-306
車音若雷　3-173
車馬困山岡　5-296
車馬若川流　5-155
車馬雷駭　1-339
車駕夕瀎而歸　6-69
車騎四方來　5-169
車騎將軍信武肅侯靳歙　8-142
車騎幷狎　3-172
車騎競驚　6-173
車騎雲會　2-116
車騎雷起　2-83
軋盤涌崙　6-120
軋盤涌崙, 6-　6-120
軌出蒼垠　6-161
軌制無章　8-311
軌塵掩迒　1-266

軌訓囂俗　6-360
軌踦躕以低仰　2-203
軌躅淸晏　9-421
軍不得太息　6-478
軍中倉卒　8-357
軍主南中郎版補行參軍署法曹　9-449
軍人多妖饒　5-31
軍入散關　7-405
軍士冰爲漿　5-518
軍容蓄用　1-378
軍政不戒而備　9-360
軍政象物而具　8-52
軍敗戲水之上　2-208
軍旅屢動　8-280
軍旅素未習　4-435
軍旅非無素也　8-289
軍書狎至　9-183
軍書輻至　7-70
軍未浹辰　9-40
軍沒微軀捐　5-96
軍行數千里　6-477
軍馬弭毦而仰秣　1-395
軍驚師駭　2-119
軍麾命服之序　9-407
軍駃趨迅而已　2-441
軒冕以庸　2-294
軒冕相襲　9-350
軒冕藹藹　6-188
軒曜懷光　9-324
軒檻曼延　2-296
軒蓋已雲至　3-502
軒蓋照墟落　4-411
軒車來何遲　5-218
軒輬旣低　6-82
軒轅之前　8-208
軒轅承紀　4-266
軒駕時未鼐　3-389
軒磑隱訇　1-245

軸以昆崗　2-272

軺軒是乘　8-165

軺驕驪　1-380

軼五帝之長驅　1-279

軼埃塲之混濁　1-109

軼態橫出　3-170

軼我河縣　9-270

軼歸鴻於碣石　9-118

軼無形而上浮　3-26

軼聲前代　8-246

軼赤電　2-86

軼野馬　2-48

軼雲雨於太牢　1-106

軾梐枑於武庫　2-219

軿輅晨遷　9-294

較然有辨　8-357

較而未詳　9-196

較而論之　8-478

較言其略　9-113

較面朝之煥炳　2-222

載以檻車　2-132

載呂尚而歸　6-459

載在銘典　9-199

載坐載起　4-175

載太華之玉女兮　3-27

載惟話言　9-426

載懷平圃　8-78

載懷矜惻　7-24

載懷祗懼　6-232

載懷輿蕡　9-402

載懽載笑　7-66

載我輕車　4-223

載挹載味　8-203

載採其芳　4-269

載揚休風　9-229

載欣載奔　7-490

載漢女於後舟　1-392

載瀾載清　3-304

載猲獢獢　1-194

載筆陪旌㮁　5-361

載籍旣記其成敗　7-298

載耀寒暑　2-423

載脂載轄　4-277

載華載裔　1-445

載謠南國　9-313

載還後宮　8-314

載錫之光　8-295

載離多悲心　4-440

載離寒暑　5-256, 9-250

載雲罕　2-97

載雲旗之委移　6-37

載雲車之容裔　3-276

載霞載陰　1-382

載靈輿　2-113

載飛載東　4-169

載馳載驅　5-61

載驅璇臺之上　8-65

載鼎載革　9-433

輒下禁止　7-47

輒勒外收付廷尉法獄治罪　7-37

輒去官免　3-52

輒受所惠　7-57

輒向帳作妓　9-479

輒復苟活　7-116

輒攝媒人劉嗣之到臺辨問　7-44

輒攝整亡父舊使奴海蛤到臺辯問　7-31

輒收付近獄測治　7-35

輒深自抑絶　6-374

輒誦於口　6-263

輔不逮　3-253

輔世成名　7-479

輔主惠民　6-277

輔人主之政　6-459

輔我京室　4-269

輔果識智伯之爲趙禽　7-201

輔相帝室　7-306

輔翼則成化　1-102

輕也薄也　6-352

輕先疾雷而馭遺風　2-8

輕劍拂鋻厲　4-445

輕哀薄斂　9-284

輕塵不飛　2-340

輕帝重于天下　2-200

輕扇動涼飊　4-396

輕舉乘紫霞　5-135

輕條象雲構　4-22

輕棘霸之兒戲　2-224

輕此削黜　3-297

輕死重氣　1-184

輕汗染雙題　5-336

輕生諒昭洒　5-361

輕祿傲貴　6-129

輕禽狡獸　1-385

輕繳弋飛　6-143

輕而肆之　8-480

輕肆直言　7-287

輕脫躒於千乘　1-349

輕舟反溯　7-90

輕黃承玉輦　3-417

輕葉振芳　1-427

輕葉隨風轉　4-189

輕蓋承華景　5-111

輕蓋若飛鴻　5-354

輕薄好弦歌　4-108

輕薄閑遊子　4-116

輕行浮彈　3-215

輕衾覆空床　5-276

輕裘斯御　2-305

輕裾猶電揮　4-296

輕裾隨風還　5-65

輕襟隨風吹　4-430

輕訬之客　1-373

輕跡凌亂　2-462

輕車將軍關內侯臣郭穆奉表　6-337

輕車迅邁　4-224

輕輦隨風移　3-344

輕輿按轡以經隊　1-375

輕進易退　7-383

輕重悉異　8-352

輕銳僄狡趫捷之徒　1-200

輕隨風飛　6-134

輕雲出東岑　4-391

輕雲承蓋　3-326

輕雲暖松杞　5-142

輕霞冠秋日　3-385

輕露棲叢菊　5-305

輕風摧勁草　5-307

輜耕擊轄　9-127

輜耕青紫　6-255

輝烈火燭　1-279

輝輝天業昌　3-479

輝輝王塗　9-211

輟哭止哀　8-186, 8-200

輟塗殊軌者多矣　9-275

輟張女之哀彈　3-226

輟棹子夷猶　3-446

輟策共駢筵　4-36

輟而弗康　1-86

輟春哀國均　4-167

輟食棄餐　6-282

輦瞵逾障　3-399

輦路經營　1-105

輦車相屬　6-438

輦車飛素蓋　3-351

輦道纏屬　2-75

輦道邪交　6-108

輪不輟運　3-327

輪困虯蟠　1-360

輪困離奇　6-458

輪奐離立　9-402

輪按軌以徐進兮　3-98

輪移北隍　9-493

輪翮無取　6-386
輯輯和風　3-283
輯農功之暇豫　2-306
輜車朱軒　8-52
輜車霆激　1-132
輜軒不知所適　6-421
輜軒命歸僕　3-439
輜軒東踐　8-161
輜軒蓼擾　1-381
輜軒騁於南荒　9-35
輜軒萃止　6-218
輸力竭忠貞　5-34
輸寫泱濁　6-118
輸文武之神器　2-187
輸貨權門　7-382
輸長楊射熊館　2-132
輸黍稷之稅　7-108
輸黍稷之餘稅　2-389
輻湊同奔　8-359
輾流霜　6-161
輾轉不可見　5-46
輿不及還轅　6-464
輿徒不勞　1-267
輿有重輪之安　2-456
輿棺未毀　6-390
輿臺笑短後之服　6-187
輿輦雜沓　1-333
輿輪徐動　7-211
輿金輦璧　7-382
輿馬翹翹　4-313
輿騎朝猥　1-437
輼輬車　9-461
轂下以淸　9-452
轅馬悲且鳴　5-75
羍於東階　1-262
轉太子舍人　9-353
轉尙書吏部郞　9-355
轉徙朔方　6-257

轉相攻伐　8-447
轉相誣染　8-336
轉相逾延　1-177
轉昒流精　3-275
轉石成雷　1-208
轉禍爲福者也　7-413
轉粟流輸　6-438
轉粟西鄉　6-477
轉縣成鄧　2-312
轉而攻秦　8-380
轉蓬離本根　5-260
轉運中律　8-400
轉騰澈冽　2-65
轉鬪千里　7-144
轍含氷以滅軌　3-89
轔距虛　2-48
轔輕飛　2-116
轗軻長苦辛　5-214
犧珋輿而樹葩兮　3-30
轟轟闐闐　1-339
轟轟隱隱　8-82
輻轤不絶　2-111
轡不詭遇　1-132
轡者施技　2-114
轏白鹿　2-86
轏陶駼　2-48
轠枌詣而轢承光　2-214

辛 ────────────

辛勤風波事　4-368
辛受生而飛廉進　9-95
辛壬癸甲　2-327
辛夷楣兮藥房　6-47
辛夷車兮結桂旗　6-53
辛有必見之於祭祀　8-305
辛李衛霍之將　2-216
辛甘行些　6-82

辛苦誰爲心　4-263, 4-438
辛苦誰爲情　4-455
辜讎之人　7-415
辤不就職　6-311
辤不赴命　6-311
辟二九之通門　1-330
辟太尉府　9-238
辟書始下　7-107
辟玄闈以闡化　9-454
辟雍湯湯　1-147
辨伉合之義　7-40
辨分天之邪正　9-199
辨於天文者也　1-346
辨物居方　1-316
辭一官不減身累　6-382
辭三公　6-456
辭不及究　3-261
辭不爲也　7-228
辭世卻粒　8-147
辭人才子　8-348
辭倫好　7-317
辭各美麗　6-128
辭多不可一二　7-181
辭寵悲班扇　5-385
辭曰　6-280
辭有詳略　8-12
辭未卒而澤滂沛　7-264
辭未及終　6-149
辭殫意未已　5-144
辭浮漂而不歸　3-140
辭滿豈多秩　4-357
辭畢　7-431
辭祿延喜　9-241
辭祿而不返　6-485
辭程才以效伎　3-134
辭約則義微　8-22
辭義典雅　7-215
辭義可觀　8-27

辭義麗金騰　5-473
辭訣未及終　5-75
辭賦小道　7-231
辭賦擬相如　3-461
辭賦淸新　6-407
辭賦爲君子哉　7-232
辭通絶楚　8-150
辭遜意狹　7-204
辭醜義陋　7-248
辭霍不婚　7-40
辯貞亮以爲鑿兮　3-8
辯士之端　1-73
辯方位而正則　1-257
辯時俗之得失　7-232
辯有雕龍之聲　3-122
辯析天口　6-215
辯氣朔於靈臺　8-72
辯章舊聞　7-481
辯詐之僞　9-8
辯詩測京國　5-515
辯論之士　1-185

辰

辰事旣難諧　5-430
辰倏忽其不再　2-468
辰晷重光　3-369
辰精感運　9-375
辱十城之虛壽　2-190
辱高位　6-303
農不易壠　2-152
農不易畝　7-427
農不遷業　9-183
農人告余以春兮　7-491
農夫安所獲　4-202
農帝嘗其華　6-182
農服先疇之畎畝　1-118
農民不得收斂　2-132

農無百斛之望 8-481
農爲政本 6-234
農輿輅木 1-253

辵·辶

迄上林 1-266
迄乎延平 8-333
迄于仙都 2-266
迄于四紀 7-304
迄于孝武 8-323
迄四嶽 8-239
迄在茲而蒙昧 9-485
迄將一紀 8-112
迄於明發 7-255
迄於聖代 1-76
迄至于今 7-226
迅商薄淸穹 3-385
迅漂巧兮 3-159
迅澓增澆 2-354
迅猋潚其媵我兮 3-25
迅若波瀾 9-124
迅蜼臨虛以騁巧 2-364
迅足羨遠游 4-10
迅過俯仰 4-327
迅雷中宵激 4-258
迅風拂裳袂 4-139
迅風首旦發 4-76
迆涎八裔 2-336
迎夏之陽 3-266
迎帝西京 8-460
迎文以謀 8-149
迎淸風而立觀 6-142
迎潮水而振緡 1-391
迎蹇叔於宋 6-428
迎隆冬而不凋 1-320
迎風高中天 4-198
近且婚媾不通 6-292
近世侯者 6-396
近世有樂安任昉 9-126
近世有沛國劉瓛 9-84
近世雙笛從羌起 3-200
近之則破 2-118
近之旣妖 3-258
近乎卜祝之間 7-147
近以朝命蘊策 7-99
近侍莫見其傾弛 9-462
近別數千齡 5-174
近則伯魚被名於不義 6-485
近則本人物之至情 2-303
近則江漢炳靈 1-340
近則考侯思故 1-307
近取諸身 3-233
近周家園 3-61
近啓歸訴 7-10
近嘉阮生之放曠 4-305
近在青門外 4-109
近屢奉牋 7-60
近情能不深 5-90
近情苦自信 5-84
近惑文成而溺五利 2-220
近慮事勢 7-197
近振旅河湄 6-367
近於此惑 1-224
近日南陽宗惠叔 7-223
近日路粹嚴象 6-265
近智者以守見而不之 2-263
近火固宜熱 5-83
近矚祛幽蘊 4-36
近綴岷嶓 9-176
近者吾子所述華淫 6-154
近者關中諸將 7-402
近者陸子優游 7-480
近自託於無能之辭 7-158
近萃庸薄 6-413
近覽董卓擅權之際 9-71

近諸葛孔明不偪元直以入蜀　7-290

近識悲悼　9-277

近闕於晉典　7-7

近魏叔英秀出高峙　7-415

远杜蹊塞　1-193

迋風先躓　9-284

违命诚忤天威　6-303

迢嶢倜儻　2-284

迢迢牽牛星　5-219

迢迢萬里帆　4-475

迢遞封畿外　4-350

迢遞瞰高峰　5-342

迢遞起朱樓　5-177

迢遞陵峻嶽　4-3

迥千里而無家　2-163

迥時世而淵默　1-417

迥眺冥蒙　1-356

迨及歲未暮　5-114

迨我暇以翱翔　3-32

迨營魄之未離　9-485

迪一人　8-404

迫季冬　7-135

迫季秋　6-483

迫於急節　3-170

迫而察之　2-308, 3-272

迭唱迭和　7-60

迭彼大彭　3-295

迭毀迭興　4-247

述作不倦　8-113

述作之茂　6-419

述其都畿　8-30

述易道　2-97

述清都之閑麗　1-458

述職巡禦　9-167

述職投邊城　5-312

述職方以除九丘　8-4

述職期闌暑　4-455

述詠所不盡　9-373

逃遵無廢　6-234

逃邑居　1-66

逃鄙宗之過言　7-56

逃錄高行　9-344

迴小人之腹　2-244

迴曜靈於太清　1-396

迴身赴床寢　5-35

迴車背京里　5-447

迴軒駐輕蓋　5-357

迴靶乎行邪　1-387

迴風吹四壁　4-114

迴首見長安　4-94

迷下蔡　3-264

迷不知其所之　2-462

迷不知吾之所如　6-58

迷惑失故路　5-56

迷方獨淪誤　5-457

迷而不反　7-427

迷而忘復　7-418

迷鳥懷故林　4-42

迸涕交揮　9-244

迹隆昭憲　6-483

迹諸侯之勇怯　2-198

迹逾多　6-470

迺命執事　2-409

迺喟然歎曰　2-178

迺搜逑索偶　2-17

迺望通天之繹繹　2-10

迺淸蘭路　2-403

迺登夫鳳皇兮而翳華芝　2-8

迺置旨酒　2-392

追之則奔遁　8-420

追亘卷領與結繩　1-454

追亡慮存　7-69

追亡逐北　8-377

追伶倫於嶰谷　8-84

追兵一旦至　5-155

追問何時會　4-184

追天寶　2-119
追奔逐北　7-118
追奔電　8-120
追存六國　6-342
追寵旣彰　9-264
追尋前軌　7-79
追尋棲息時　4-478
追思昔遊　7-215
追思曩昔遊宴之好　3-74
追思罪戾　3-310
追思黃髮　3-299
追怪物　2-86
追悟毛子捧檄之懷　9-275
追惟吳僑武烈皇帝　6-345
追惟夫子　9-492
追惟耿介　7-255
追慕南越　7-311
追慕王子淵枚乘劉伯康傅武仲等簫琴笙
　　頌　3-179
追晉賈而同塵　1-392
追欲縱逸　3-297
追歎功德　9-344
追水豹兮鞭蝄蜽　1-306
追漁父以同嬉　3-42
追甄土宇　6-375
追甄墟墓　6-228
追皇駕而驟戰　2-196
追羲農之絕軌　2-265
追荒忽於地底兮　3-26
追虜窮塞垣　5-147
追術者以小道自溺　8-485
追覆車而不寤　2-220
追贈侍中領衛將軍　9-427
追贈太宰　9-373
追贈太尉　8-107
追蹤丈人　7-271
追輕翼　1-337
追逸響於八風　6-166

追遠尊戚　9-460
追飛生　1-382
迾卒淸候　1-195
退不失德　8-198
退不守丘明之傳　8-18
退不揚主譽　8-385
退不終否　8-174
退不能揚君美以顯其功　8-385
退不能辭粟首陽　6-363
退不飾詩書以驚愚　6-482
退傅有在鄒之作　1-69
退則恤其私　4-290
退則虜南越之君　6-485
退守丘壑　9-221
退守名都　8-161
退將復脩吾初服　6-14
退就散輩　6-322
退幽悲於堂隅兮　3-98
退彈箏而取韶虞　6-433
退復次列　3-171
退忘私位　8-200
退念古之受爵祿者　6-277
退惟諸王　6-292
退慚狂狷　6-386
退求己而自省　3-63
退無所據　7-318
退無苟利之專　6-419
退無薛方詭對之譏　6-359
退爲觸藩羝　4-6
退爲開吳之主　6-346
退老於家　9-12
退而論書策　7-157
退耕力不任　4-45
送其終也　7-166
送君南浦　3-121
送君如昨日　5-468
送子以賤軀　5-231
送子俱遠飛　5-236

送子長夜臺 5-184
送客金谷 3-115
送往事居 9-360
送愛子兮霑羅裙 3-118
送我出遠郊 5-191
送迎拜乎三壽 1-264
逆有全邑 4-309
逆節不生 8-447
逆胡劉曜 6-329
逆謀消於脣吻 8-447
逆賊宋建 7-404
逆釐三神者 2-17
逆順之分 7-408
迥瞰蒼江流 5-383
迣迣離宮般以相燭兮 2-10
逋逸迸脫 7-404
逍遙乎山川之阿 2-389
逍遙乎文雅之囿 9-351
逍遙城郭 8-173
逍遙撰良辰 4-19
逍遙攜手 3-233
逍遙步城隅 4-338
逍遙步西園 4-28
逍遙河堤上 5-36
逍遙獨延佇 5-276
逍遙百氏 7-210
逍遙綜琴書 4-239
逍遙臨華池 5-471
逍遙自得 3-54
逍遙襄城之域 8-64
逍遙觀洛川 5-486
逍遙越城肆 4-33
逍遙踴躍 3-160
逍遙閑宮 6-145
逍遙陂塘之上 7-267
逐人駓駓些 6-78
逐什一之利 7-167
逐孔子 6-453
逐水隨畜 8-420
逐物遂推遷 4-459
逐狡獸 6-112
逐臣尙何有 5-83
逐華陽 6-430
逐赤疫於四裔 1-270
逐遺風 8-120
逐馬鳴鑣 6-112
途泰命屯 3-404
途窮能無慟 3-495
途艱屯其難進 3-89
途薄暮而意迮 3-84
逖聽者風聲 8-208
逗橈有刑 7-18
逗華陰之湍渚 3-16
通之斯爲川焉 9-14
通二方之險塞 8-284
通人之弘致 7-99
通人闇於好惡兮 3-20
通億載而爲津 3-146
通其變 1-443
通厲骨母之場 6-121
通古今之變 7-159
通塞之紀 3-144
通塞異任 9-154
通夜郎之塗 7-431
通天訬以竦峙 1-172
通川絶行舟 4-355
通川過於中庭 2-76
通帛績旆 1-253
通幽洞冥 8-146
通幽洞靈 9-203
通急戒無年 4-66
通旦忘寐 3-184
通望乎東海 6-117
通望彌博 1-327
通池旣已夷 2-275
通波激枉渚 4-301

通涉六經　9-84
通而不雜　8-192
通而能固　8-191
通莊九折　9-400
通蔽互相妨　4-155
通衢列高椅　4-430
通衢化爲渠　4-258
通變神化　8-249
通邑大都　7-159
通門二八　1-368
通關中人　8-329
通闌帶闠　1-183
通驛萬里　8-53
逝如朝霜　5-125
逝如激電　9-203
逝將候秋水　4-48
逝將去乎　4-311
逝將去我　4-245
逝將徙舉　4-332
逝將歸舊疆　4-211
逝將與君違　4-290
逝川無待　9-436
逝川豈往復　3-439
逝慚陵墓　3-321
逝日長兮生年淺　9-302
逝矣安及　9-244
逝矣將歸客　3-386
逝矣經天日　5-114
逝者一何速　4-230
逝者不追　9-244
逝者如可作　3-481
逝者如斯　3-302
逝者如流水　4-184
逝者彌疏　4-328
逝而不召　9-103
逞欲畋鯀　1-205
速燭龍令執炬兮　3-26
造作者以爲程也　1-341

造分手而銜涕　3-115
造化權輿　1-409
造化爲工　2-416
造化雖神明　5-180
造器械　1-125
造姑蘇之高臺　1-369
造我京畿　6-200
造我區夏　7-421
造我區夏矣　1-229
造我友廬　5-268
造文昌之廣殿　1-420
造新歌些　6-83
造書契　1-64, 8-2
造梟鴟之逆謀　7-177
造次以之　7-45
造沐猴於棘刺　1-410
造物以神不以器　9-136
造理常若可干　8-110
造膝詭辭　6-374
造自太伯　1-349
造自帝詢　2-238
造舟清池　1-243
造舟爲梁　1-147
造託湘流兮　9-470
造長山而慷慨　2-231
造響於無聲　6-130
逡巡而揖　2-393
逡巡避席　2-100
逡巡降階　1-145
逡語苟奴　7-34
逢之則碎　2-118
逢厄旣已同　5-493
逢吉丁辰　8-263
逢時不祥　9-470
逢此世之侘傺　6-71
逢湧原泉　8-211
逢蒙列眥　2-118
逢蒙絕技於弧矢　7-482

색인 585

逢辰之缺　9-496
連交合衆　1-90
連以永寧　2-320
連卷欄偃　2-79
連四海之外以爲帶　7-449
連城旣僞往　3-474
連岡乎嶓冢　1-158
連岡平代　7-77
連峰競千仞　5-142
連巖覺路塞　4-56
連廊四注　6-108
連延駱驛　3-160
連拳偃蹇　2-299
連榻設華茵　5-422
連氛累靄　2-395
連理之木　6-334
連璧曜前庭　3-460
連翩御飛鶴　4-3
連翩戒征軸　5-379
連翩擊鞠壤　5-70
連翩西北馳　5-67
連舫踰萬艘　5-36
連觀霜縞　2-407
連軫萬貫　1-439
連軫距阡陌　4-109
連郭疊巘崿　4-42
連閣煥其相徽　1-308
連閣相經　1-370
連閣雲蔓　1-177
連闥對廊　1-424
連陪厠王寮　4-423
連陰盛農節　4-396
連雞互而不棲　2-199
連頭受戮　8-289
連類龍鸞　9-497
連騎相過　1-184
連駕鵝　2-52
逮三葉而遘武　3-18

逮下延和　9-293
逮乎伏羲氏之王天下也　1-64
逮乎其上　3-185
逮事世祖武皇帝　3-51
逮事休命始　4-158
逮二子而世親　3-90
逮于二漢　8-355
逮元嘉廓祚　9-265
逮叔世民訛　9-113
逮奉聖朝　6-311
逮我皇晉　2-35
逮步闡之亂　9-48
逮漢賈誼　8-28
逮羿之死　6-343
逮至中葉　9-68
逮至大新受命　8-233
逮至聖文　2-137
逮至顯宗　1-238
逮衣裳外除　9-451
逮觀終始　9-240
逮輿臺　1-248
進不入以離尤兮　6-14
進不成爲錯綜經文以盡其變　8-18
進不能稱往古以廣主意　8-385
進不能見危授命　6-363
進不買名聲於天下　6-482
進亦避榮　8-174
進仕不得施效　8-122
進仕者以苟得爲貴　8-300
進以顯秩　9-250
進免糞勝亡身之禍　6-359
進則保龍見　4-6
進則無云補　4-290
進南荊　3-216
進各異方　6-153
進婚族危　6-351
進封竟陵郡王　9-453
進御君子　3-209

進德修業　3-305
進德智所拙　4-45
進思必告之道　6-419
進思才淑　9-314
進明德而崇業　1-263
進曰　7-431
進有功　6-304
進款誠　9-117
進止難期　3-275
進淳仁　8-417
進無所依　7-318
進爲徇漢之臣　6-346
進爵爲侯　9-364
進獨拜於床垂　3-98
進盡忠言　6-273
進督南徐州諸軍事　9-458
進純犧　3-251
進者樂其條暢　8-414
進能徽音　8-198
進脯糒而誰嘗　9-487
進臨漢中　7-405
進芻粲　9-103
進號冠軍將軍　9-451
進號衛將軍　8-101
進謀誦志　6-249
進謁嘉謀　8-161
進謝中庸　6-386
進讓之道　8-213
進責寅妻范奴苟奴　7-34
進責整婢朶音　7-32
進賢才以輔佐君子　8-310
進迫遮迊　2-450
進退可度　9-340
進退可限　9-282
進退屈伸　1-308
進退履獲　2-120
進退得關其忠　8-122
進退而不離群　8-170

逴躒諸夏　1-93
逵似連璐　2-396
逶迤帶淥水　5-177
逶迤傍隈隩　4-61
逶迤勢利之間　9-16
逶迤自相屬　5-220
逶迤詰屈　2-297
逶迤魏闕　9-434
遏彼前文　3-409
遏矣玁虜　9-270
逸奔驥而超遺風　6-139
逸志不群　8-186
逸態超越　6-180
逸氣奮湧　3-235
逸爵紆勝引　4-30
逸珠盈椷　4-311
逸禮有三十九篇　7-350
逸群之儁　2-150
逸群公子　3-232
逸翮凌北海　4-415
逸翮後塵　2-462
逸翮思拂霄　4-10
逸翮獨翔　9-500
逸豫無期　2-38
逸遊是娛　3-297
逸驥騰夷路　4-280
逼之不懼　2-422
逼區中之隘陋兮　3-24
逼據塞北　6-201
逼迫太元始　3-290
逾厖鴻於宕冥兮　3-35
逾履霜以踐氷　3-100
逾岷越障　2-423
逾嶺自致　2-434
逾思長林　7-284
逾昆侖　1-95
逾沙軼漠之貢　8-53
逾波趨浥　2-65

遙鎬京而不豫　9-483

遁佚之志　6-99

遝下於理　7-146

遂乃定禮樂　8-4

遂乃宴安昏寵　6-363

遂乃解體世紛　9-276

遂乃遠謬推恩　6-413

遂乃郡國離心　8-452

遂乃風擧雲搖　1-116

遂亡秦族　8-416

遂享分土之封　8-333

遂享皇極　8-282

遂令孤城窮守　7-21

遂令海內棄末而反本　1-139

遂以陵遲　8-456

遂作七啓　6-128

遂作君臣之儀　7-467

遂作德陽　1-238

遂作斯賦　3-270

遂作誄曰　9-207

遂作賦曰　2-282

遂作頌曰　1-311, 2-107, 8-218

遂使碑表蕪滅　7-7

遂使縉紳道塞　8-323

遂依丘陵積石之固　7-304

遂便復戰　7-119

遂偃蹇而上躋　1-106

遂克有成　6-374

遂克西戎　8-129

遂其厚恩　4-323

遂去　6-66

遂去左右　4-322

遂去故而就新兮　2-167

遂及百子　2-320

遂及飛廉惡來革等　8-387

遂古之初　2-294

遂因魯僖基兆而營焉　2-280

遂垂曲照　6-322

遂奮袂以北征兮　2-158

遂存往古務　4-338

遂定邊城　6-201

遂對漢使伏劍而死　8-431

遂居深山之間　8-388

遂居玄微子之所居　6-130

遂幷起而亡秦族矣　8-381

遂廓洪基　7-300

遂建許都　6-200

遂往不戒　8-388

遂往而不返　2-94

遂忘淄蠹　8-314

遂成卑庶　8-357

遂掃清宗祏　9-25

遂排群議而杖王杜之決　8-283

遂排金扉而北入　2-287

遂推而進之曰　6-114

遂援翰而寫心　3-75

遂放湘南　1-68

遂散六國之從　6-429

遂旋反而北徂　3-74

遂服興輇　8-280

遂欲流唐漂虞　8-229

遂欲舍百齡於中身　9-391

遂死之　9-253

遂淩高闕　9-168

遂無以奪也　8-94

遂營目前之務　8-443

遂爲成法　8-357

遂爲逐末　3-173

遂獻宏謨　8-199

遂申之以婚姻　3-88

遂登群峰首　4-484

遂稱乎始皇　8-228

遂綏哀牢　1-136

遂繞酆鄗　1-111

遂考覽六經　9-332

遂肥遯於河陽別業　8-33
遂自北面　8-254
遂自投汨羅而死　9-470
遂至虢土　1-187
遂與塵事冥　4-452
遂舒節以遠逝兮　2-160
遂荒三界　9-399
遂荒雲野　9-409
遂荷阿衡之號　7-82
遂荷顧託　6-380
遂表東海　8-150
遂覆瀍洛　9-96
遂許先帝以驅馳　6-272
遂誅其身　6-456
遂超大河　1-123
遂躋天號　9-35
遂躡乎王庭　2-138
遂辟司徒掾　9-333
遂造匈奴城　5-75
遂造區夏　6-329
遂進道而少前兮　2-169
遂逾涿邪　9-168
遂適沖漠之所居　6-161
遂遭變故　7-165
遂遷龜鼎　8-336
遂重熙而累盛　2-303
遂鑽龜而啓繇　2-186
遂陵遲而不興　2-171
遂階親寵　6-349
遂隱丘山　9-340
遂集乎中囿　1-132
遂霸西戎　6-429
遂頹思而就床　3-70
遂齎見薄之決計　7-197
遇一才則揚眉抵掌　9-127
遇之不能無欣　8-181
遇九皋之介鳥兮　3-10
遇事便發　7-287

遇今世兮　3-219
遇可淹留處　4-91
遇同土梗　9-121
遇君難　8-180
遇天雨之新霽兮　3-246
遇折足之凶　8-435
遇時之容　7-475
遇物難可歇　3-442
遇者死　6-121
遇與不遇也　4-306
遇與不遇者乎　8-187
遇蒙時來會　4-342
遇見采音在津陽門賣車欄龍牽　7-34
遇醉忘辭　8-192
遊乎秘閣　9-476
遊仙聚靈族　5-134
遊以卒時　6-170
遊俠之雄　1-90
遊俠逾侈　1-143
遊塵外而瞥天兮　3-11
遊士擬於公侯　1-90
遊女弄珠於漢皋之曲　1-295
遊子久不歸　3-425
遊子何時還　5-468
遊子值頹暮　4-455
遊子悲其故鄉　2-164
遊子憺忘歸　4-54
遊子戀故鄉　5-238
遊子易感慨　5-486
遊子暮何之　5-232
遊子歎黍離　5-266
遊子眇天末　5-404
遊客竦輕轡　3-502
遊客芳春林　5-117
遊役去芳時　4-491
遊彼雙闕間　4-198
遊彼靈時　8-219
遊心於浩然　6-160

遊心泰玄 4-226
遊心無垠 3-168
遊思竹素園 5-314
遊方之外者已 8-172
遊於兔園 2-392
遊於江潭 6-65
遊於淸池 2-52
遊曲臺 6-477
遊氛朝興 2-386
遊氣高褰 2-268
遊泳之所攢萃 8-57
遊湘歷九嶷 4-475
遊無子孟之資 7-270
遊獵可以娛情 6-138
遊當羅浮行 4-475
遊目乎五柞之宮 2-240
遊目四野外 5-276
遊目歷朝寺 4-432
遊者美矣 5-420
遊聖門而靡救兮 2-470
遊藝文兮 2-165
遊藝殫數 9-292
遊觀乎道德之域 8-414
遊說之士 8-428
遊車歸西鄰 4-184
遊道德之平林 3-37
遊都邑以永久 3-42
遊非我隣 5-257
遊顧移年 9-500
遊魚潛淥水 5-266
遊鱗灢瀩 3-60
運也 9-2, 9-12
運命之謂也 9-5
運天關 2-136
運極命衰 9-211
運極道消 8-192
運流有代謝 4-9
運無常通 6-357
運用無方 8-190
運短才而易聖哲所難者哉 8-44
運神道以載德 9-481
運籌則桑弘羊 8-271
運籌合上意 8-122
運籌固陵 8-147
運纏大過 8-188
運自然之妙有 2-262
運艅艎 2-367
運蒙則正 3-407
運裛穾洝 3-180
運諸神策 6-201
運鍾下武 8-67
運開申悲涼 4-154
運阻衡言革 4-166
過乎泱漭之壄 2-65
過亦爲失 3-381
過以非方之物 8-28
過以仉剽之單慧 1-467
過半於州國 8-336
過半路愈峻 4-351
過南岡 3-277
過大梁者 6-224
過少皞之窮野兮 3-11
過屠門而大嚼 7-236
過已大矣 7-165
過庭長哀吟 5-260
過延門而責成 2-234
過彼豊沛都 4-183
過時而不采 5-218
過此以往 8-44, 8-478, 9-19
過此而言不病者 7-229
過汗漫之所不游 6-180
過沛 5-197
過泥陽而太息兮 2-160
過澗既厲急 4-62
過耳而闇於心 8-172
過聽而給與 7-393

過蒙拔擢　6-312
過街郵　2-184
過都越國　8-119
過鍾山而中休　3-26
過靈溪而一濯　2-265
過鳲鵲　2-88
遐哉邈乎　8-209
遐夷貢獻　8-125
遐川阻昵愛　5-333
遐想管樂　8-184
遐氓爲之不安　2-138
遐眺存亡　4-332
遐邇一體　7-437
遐邇五三　2-107
遐邇同哀　9-427
遐邇悅豫而子來　1-420
遐闊泳沫　8-212
遐阡繩直　2-27
遑恤我後　1-205
遒孔鷔　2-87
遒文麗藻　9-126
遒白露之爲霜　3-8
遒相迫些　6-84
遒麗之辭　8-350
道不偶物　9-275
道不可以貳也　7-476
道不可預謀　2-414
道不挂於通人　9-118
道之將廢也　9-15
道之所閉　9-154
道之旣由　3-284
道之難全也如此　7-345
道互折而曾累　3-246
道人讀丹經　5-495
道以神理超　4-39
道來斯貴　1-443
道修長而世短兮　2-474
道冠民宗　9-460

道勝之韻　9-395
道勝貴陸沈　5-314
道喪時昏　6-357
道喪涉千載　5-496
道固不同　9-242
道在則是　3-58
道契不墜　8-178
道契商洛　6-223
道家之明忌也　6-287
道家所尙　7-311
道峻芳塵流　5-379
道已寂而未傳　3-120
道峽長殯　7-365
道德之富　1-143
道德亦何懼　5-456
道德玄同　9-2
道必懷邦　9-281
道敷歲暮　8-191
道方伯之失得　8-405
道映天下　8-194
道極數殫　8-232
道消結憤懣　4-154
道深難可期　5-289
道混成而自然兮　2-475
道淸斯順　9-176
道潤金璧　8-69
道由周鄭間　4-490
道盡途殫　2-87
道積自成基　5-306
道系於神　9-143
道罔隆而不殺　9-163
道義重則輕王公也　8-341
道葉膠漆　9-109
道術由此遂滅　7-346
道衰足以禦暴　9-60
道裹遼遠　7-374
道路以目　7-386
道路阻且長　5-210

道逢深識士　4-435
道遇通而不迷　2-467
道邁舟航　8-107
道長苦智短　4-236
道阻且長　6-367
道隆自天　3-367
道隱旒纊　6-403
道隱未形　3-397
道非兼濟　6-419
道風秀世　6-399
道風素論　7-104
達人之讌言矣　9-478
達人也　7-279
達人共所知　3-452
達人兼善　8-189
達人垂大觀　3-431
達人大觀兮　2-416
達人從事　2-165
達人知止足　3-469
達人貴自我　3-288
達四方之志　8-11
達士徇名　9-212
達於事變而懷其舊俗者也　7-497
達於聽受　8-432
達曙酣且歌　5-417
達生幸可託　5-345
達義茲昏　3-406
達者所規　7-201
達識繼軌　6-392
達音何用深　3-498
達餘萌於暮春　1-263
違三王　8-416
違世業之可懷　2-467
違之則爲小人　8-355
違君能無戀　4-290
違命則苦　6-354
違寒長沙渚　5-431
違彼執憲　3-318

違志似如昨　4-459
違方往有咎　4-351
違明詔　7-356
違棄君親之恩　7-116
違率土以靖寐　9-485
違異之恨　7-194
違衆旅叛　7-393
違衆速尤　9-284
違謝闕庭　6-364
違豐安匱　9-230
遘天禍之未悔　3-96
遘此顚沛　8-190
遘自三季　9-62
遘茲多幸　7-22
遘茲淹留　4-131
遘茲神武　7-104
遙噱乎紘中　2-119
遙役不得歸　5-266
遙心逐奔龍　5-333
遙思於古昔　3-193
遙懷具短札　4-375
遙曾擊而去之　9-473
遙望博　6-86
遙望城西岑　4-41
遙望洛陽山　3-425
遙望西苑園　4-189
遙望郭北墓　5-222
遙望高山陰　5-89
遙望鳳皇池　4-415
遙源潽波　9-386
遙然留想　9-369
遙目九野　2-325
遙睇月開雲　4-378
遙興遠駕　5-43
遙裔起長津　5-421
遙逝兮逾遠　3-102
遙遙征駕遠　5-158
遙遙播淸塵　3-289

遙遙至西荊 4-452
遙遙行遠之 5-447
遙酸紫蓋 9-317
遙集乎文雅之囿 8-236
遞宿迭居 1-168
遞爲心極 8-90
遞爲隱犯 9-455
遞相乘邅 3-192
遞相師祖 8-347
遞行天討 8-369
遠世則劉后甘厥龍醢 1-307
遠之有望 3-258
遠人回面 6-206
遠佞人 8-392
遠則岷山之精 1-340
遠則直生取疑於盜金 6-485
遠則襲陰陽之自然 2-303
遠協神期 8-102
遠哉義用 9-196
遠國先叛 9-65
遠國忘迓 3-379
遠圖因事止 3-291
遠士傷情 9-277
遠夷慕義 8-109
遠嫁難爲情 5-75
遠小人 6-271
遠屬荊衡 9-176
遠峰隱半規 4-48
遠巖映蘭薄 4-39
遠庇有道 6-349
遠念賢士風 4-338
遠思長想 3-168
遠情逐化 9-284
遠惟則哲 6-392
遠惟王莽篡逆之事 9-71
遠惟田生致親之議 9-275
遠想出宏域 5-478
遠慕兼慰 6-368

遠慕老莊之齊物 4-305
遠慕鹿鳴君臣之宴 6-295
遠我達世情 5-326
遠撫長駕 7-437
遠方懷之 8-390
遠方異俗之人 8-392
遠明管樂 8-195
遠明風流 8-184
遠有可察 9-150
遠有慚德 9-425
遠望令人悲 4-117
遠望周千里 5-263
遠望悲風至 5-231
遠望絶形音 4-354
遠期鮮克及 5-114
遠樹暖仟仟 4-79
遠流於皇代 7-7
遠濁世而自藏 9-472
遠無不懷 9-415
遠無不服 7-85
遠無不肅 9-376
遠無異望 6-333, 9-368
遠矣姬德 2-184
遠祖彌芳 9-208
遠竄荊蠻 9-210
遠節嬰物淺 5-90
遠紆廻以樛流 2-160
遠績不辭小 4-261
遠而望之 2-308, 3-272
遠自周室 1-76
遠與君別者 5-468
遠蒙眷顧言 4-295
遠行多所懷 5-56
遠行有羈旅之憤 2-385
遠行蒙霜雪 3-356
遠被南國 9-324
遠視蕩誼矚 4-36
遠覽王畿 3-61

遠覽長圖　2-325
遠託異國　7-114
遠賢臣　6-271
遠跡羊豕之間　8-270
遠跡頓於促路　9-477
遠蹈獨遊　8-174
遠身適荆蠻　4-138
遠辱還答　7-114
遠迄南淮　9-211
遠近所以同聲也　7-73
遠近攸則　9-358
遠近會葬　9-343
遠近觀者　7-53
遠近送春目　5-379
遠遊入長安　5-410
遠遊欲何之　5-263
遠遊越山川　4-443
遠遊越梁陳　4-445
遠道不可思　5-46
遠邇悼心　6-372
遠集吳地　8-385
邈淸風　6-112
遣中大夫與掖庭丞及相工　8-314
遣使發兵　7-393
遣大鴻臚監護喪事　9-458
遣官屬掾吏　9-343
遣書致意　7-207
遣此弱喪情　5-498
遣羽林黃頭　6-478
遣近臣奉旨銜命　7-353
遨遊快心意　4-28
遨遊放情願　5-410
適也　7-467
適人而所天又殞　3-93
適以增驕　7-204
適使矯易去就　8-340
適十數年　6-302
適子素館　9-244

適對嘉賓　7-240
適己物可忽　4-51
適情任欲　8-311
適會召問　7-145
適有事務　7-255
適欲遣書　7-255
適與飄風會　5-253
適萬乘之虜　7-125
適觀而已矣　6-433
適足以彰來詩之益美耳　4-306
適足以見笑而自點耳　7-134
適足取辱耳　7-160
適足增羞　7-116
適足自亂　8-18
適驪館　1-213
遭一途而難忍　2-386
遭世方擾　8-199
遭世罔極兮　9-470
遭亂流寓　5-423
遭千載之嘉會　2-182
遭周文而得舉　6-31
遭國顚沛　6-319
遭壞以穿　9-284
遭巫蠱倉卒之難　7-350
遭時不遇　7-125
遭時匪難　8-180
遭時擾攘　7-303
遭時難　8-180
遭漢中微　2-280
遭漢室之弱　6-345
遭物悼遷斥　4-465
遭狄人之亂　8-294
遭疾而終　9-342
遭紛濁而遷逝兮　2-255
遭藪爲圃　1-358
遭逢聖明后　4-416
遭遇厄運　6-262
遭遇嘉運　6-349

遭遇明主　7-326

遭遇時變　7-163

遭離不同　8-177

遭離疫氣　7-199

遭難能解紛　3-460

遭甕縣之多艱　2-168

暹奉聖顔　3-322

暹暮獨如何　4-33

暹留法未輕　5-465

暹覲人神開泰之路　6-337

暹速承意　3-173

暹速有命兮　2-414

暹暹出林翮　5-328

暹暹前塗盡　3-490

暹頓首　7-326

遵吉路兮凶歸　9-303

遵四時以歎逝　3-129

遵塗歎緬邈　4-349

遵塗遠蹈　4-244

遵大路兮攬子祛　3-266

遵天之道　7-449

遵彼承華　4-242

遵彼河滸　3-326

遵文武之度　2-141

遵渚攀蒙密　3-390

遵渚有來鴻　3-385

遵渚號追　9-436

遵渚鵞倚坰　4-471

遵游自然之勢　8-125

遵皇衢　1-128

遵節儉　1-277

遵繩墨而不跌　3-4

遵義方之明訓兮　3-95

遵赤水而容與　6-36

遵通衢之大道兮　2-168

遵道顯義　2-140

遵長城之漫漫　2-161

遵鮒隅以同壤　9-326

遷于唐衛　6-198

遷于彭城　3-295

遷于荆楚　4-174

遷使持節侍中都督南兗徐北兗青冀五州
　　諸軍事征北將軍南兗州刺史　9-453

遷博士　3-52

遷吏部尚書　9-356

遷善罔匱　1-450

遷坐登隆坻　3-435

遷太子舍人　8-95

遷客海上　3-111

遷尙書吏部郎參選　8-97

遷尙書左僕射　8-100

遷左軍邵陵王主簿記室參軍　9-449

遷延引身　3-261

遷延徙迤　3-158

遷延微笑　3-171

遷延而辭避　7-438

遷延辭聘　9-282

遷延暹暮　2-462

遷延邪睨　1-202

遷於房陵　3-108

遷秘書丞　8-95

遷者三而已矣　3-52

遷都改邑　1-125

遷鼎息大坰之慚　8-66

選士皆百金　3-421

選尙餘姚公主　9-353

選巫咸兮叫帝閽　2-21

選徒萬騎　2-41

選德則功不必厚　8-325

選明中之士　9-190

選爲太子僕　9-238

選者爲人擇官　8-301

選自閫禹　1-388

選色遍齊代　5-462

選衆而擧　9-450

選賢建戚　8-52

색인 **595**

選賢與能　9-217
遺世越俗　6-145
遺之在草澤　3-465
遺仁義之英　6-130
遺余褋兮澧浦　6-48
遺像在圖　8-175
遺像陳昧　6-224
遺光儵爤　1-193
遺光耀　2-86
遺其形骸　4-334
遺命以公爲散騎常侍中書令護軍將軍
　　9-360
遺形莫紹　9-233
遺思在玄夜　3-351
遺思結南津　4-442
遺情想像　3-278
遺情舍塵物　3-291
遺愛常在去　4-339
遺我一書札　5-226
遺我一端綺　5-227
遺我雙鯉魚　5-46
遺掛猶在壁　4-147
遺文不睹　8-346
遺文炳然　8-27
遺時雍之世　9-148
遺榮忽如無　3-469
遺烈光篇籍　3-465
遺物識心　4-243
遺生而後身存　8-488
遺聖人之洪寶　3-85
遺聲抑揚　7-61
遺芳射越　6-134
遺芳烈而靖步　6-144
遺芳結飛飆　5-130
遺芳餘烈　6-227
遺華反質　3-369
遺視矚些　6-81
遺言城郢　9-221

遺詔以公爲侍中尙書令鎭國將軍　8-101
遺跡江湖之上　9-112
遺音猶在耳　4-149
遺響入雲漢　5-405
遺類流離　7-415
遺風餘烈　8-349
遺餘佩兮澧浦　6-45
遺餘玩而未已　3-233
遺黎偸薄　6-360
遼水無極　3-118
遼絶異黨之域　7-435
遽邅水火　9-202
遽飾幽泉　6-423
避世不避喧　5-388
避地獨竄　6-163
避席跪自陳　3-510
避風而至　2-434
邀潤屋之微澤　9-116
邀隙趣危　3-214
邁三五而不追　8-77
邁三代之英風　8-67
邁勳惟嬰　9-239
邁德振民　8-145
邁心玄曠　4-242
邁梁騶之所著　1-448
邁餘皇於往初　1-388
邃宇列綺窗　5-103
還向北闕　7-127
還在近　7-261
還定渭表　8-150
還居近侍　9-416
還師於京　8-129
還得靜者便　4-459
還敍平生意　4-167
還於舊都　6-272
還望故鄉　5-61
還望方鬱陶　5-511
還望靑山郭　4-79

還期不可尋　5-404
還期那可尋　4-365
還歸國家　7-410
還治諷采所著　7-248
還濟洛川　3-270
還爲戎首　7-427
還睠司隷章　5-361
還祔雙魂　9-493
還聞稚子說　4-411
還舟靑陽　6-438
還討睚固　7-411
還邛歌賦似　5-13
還顧情多闕　4-353
還顧望大梁　4-112
還顧望舊鄕　5-216
遭吾道兮洞庭　6-44
遭吾道夫崑崙兮　6-36
邇不逼而遠無攜　3-229
邇安遠肅　9-184
邇無不懷　9-376
邇無不肅　7-85, 9-415
邇無異言　9-368
邇狹遊原　8-212
邇陌如矢　2-27
邇靡著於成周　8-227
邈其迥深　4-176
邈哉崔生　8-192
邈哉惟人　8-165
邈姱俗而遺身　3-232
邈希世而特出　2-284
邈彼絶域　2-262
邈彼荒遐　3-362
邈投身於鎬京　2-183
邈焉異處　4-170
邈無日矣　7-323
邈然高蹈　7-427
邈疇類而殊才　2-149
邈矣悠哉　2-178

邈矣終古　4-247
邈矣達度　4-336
邈矣遠祖　9-218
邈終天兮不反　9-302
邈若凌飛　3-207
邈若升雲煙　4-484
邈若墜雨　7-88
邈若胡與秦　5-234
邈邈先生　8-174
邈隆崇以極壯　3-204
邈難極兮　3-219
邊不恤寇　8-419
邊兵喪律　9-267
邊士慘裂　7-114
邊城多警急　5-68
邊城屢翻覆　5-455
邊城苦鳴鏑　3-457
邊聲四起　7-115
邊鄙無虧　8-280
邊風急兮城上寒　2-277
邊馬有歸心　5-292

邑 · 阝(右) ─────

邑人念弟無已　7-270
邑居不聞夜吠之犬　9-415
邑居散逸　2-213
邑居相承　1-90
邑屋相望　1-433
邑屋隆夸　1-371
邑氏遂傳　9-266
邑無豪俠之傑　7-79
邑社摠地靈　4-69
邑號千人　2-238
邑號朝歌　6-462
邑邑相屬　1-118
邑里向疏蕪　5-361
邑野淪藹　9-317

邑頌被丹弦　5-515

邑邑群鳴　6-108

邙山洛水　9-463

邛杖傳節於大夏之邑　1-333

邪荒岐雍之疆　8-228

邦事是廢　3-297

邦分崩而爲二　2-187

邦國殄瘁　9-435

邦國殄瘁　9-49

邦家之彦　8-163

邦家之輝　9-229

邦彦應運輿　5-122

邦族揮涙　9-222

邦有湫陋而踦跼　1-400

邦祀絶亡　9-208

邪主之行固足畏也　8-388

邪僻銷於胸懷　8-291

邪叟忘其西戾　9-451

邪孼當朝　8-343

邪徑捷乎輲轅　1-233

邪氣壯而攻中　3-67

邪氣襲逆　6-97

邪界細柳　1-187

邪界虞淵　2-109

邪界褒斜　2-204

邪眺旁剔　2-152

邪睨崑崙　3-207

邪與肅愼爲鄰　2-55

邪薄入甕牖　2-381

邪論不能惑孔墨　8-407

邪贏優而足恃　1-183

邪阻城洫　1-240

邯鄲躧步　1-457

邸余車兮方林　6-57

邸華葉而振氣　2-380

郁捋劫悟　3-227

郁穆舊姻　4-310

郁郁乎文哉　9-343

郁郁乎煥哉　8-238

郁郁菲菲　2-72

邽惲投竿　7-269

郊廟或替　6-328

郊扉常晝閉　4-374

郊牧之田　7-271

郊甸之內　1-187

郊野之富　1-93

郊餞有壇　3-402

郢罔遺室　1-122

郢郭周匝　1-368

郢鄽之內　9-417

郎中溫雅　8-191

郎將司階　1-244

郡中大治　5-241

郡又擅爲轉粟運輸　7-375

郡國宮館　1-187

郡士所背馳　5-286

郡守不迎師　7-464

郡縣之治　9-58

郡縣之長　9-73

郡縣掾吏　8-356

郡縣逼迫　6-311

郡縣非致治之具也　9-63

郢人逝矣　4-226

郢曲發陽春　5-357

部曲亦罕存　5-148

部曲偏裨將校諸吏降者　7-393

部曲有署　1-111

部落攜離　7-331

郭伋亦議南陽多顯　8-325

郭奕已心醉　3-498

郭有道人倫東國　9-117

郭璞誓以淮水　8-87

都中雜遝　2-213

都人仰而朋悅　2-453

都人士女　1-90, 1-332, 7-77

都人駢玉軒　5-410

都令人徑絶　4-91
都偶國而禍結　2-198
都城屠於勾踐　7-399
都於洛陽　7-467
都會殷負　9-412
都正俗士　8-357
都無常處　8-420
都爲一集　7-215
都爲三十卷　1-76
都盧尋橦　1-207
都茲洛宮　1-237
都莊雲動　3-412
都護之堂　1-436
都輦殷而四奧來暨　1-374
都邑之綱紀　1-368
都邑遊俠　1-184
都都相望　1-118
鄂渚同游衍　5-375
鄒子居黍谷之陰　7-107
鄒衍自齊往　7-173
鄒陽北遊　7-202
鄒陽聞之　2-399
鄒魯之珍　3-222
鄕乏不二之老　8-300
鄕人敦懿義　5-286
鄕曲豪舉　1-90
鄕淚盡沾衣　5-13
鄕貢八蠶之縣　1-367
鄕邑殷賑　1-187
鄕風而聽　2-98
鄙也　8-405
鄙人固陋　2-100, 7-432
鄙人黷淺　8-421
鄙哉予乎　1-288
鄙哉牛山歎　5-108
鄙夫固陋　6-188
鄙夫寡識　1-288
鄙情贅行　7-45

鄙殆之累　8-405
鄙生乎三百之外　1-218
鄙陋沒世　7-154
鄂杜濱其足　1-93
鄒郢丘壚　1-414
鄒郢繽紛　2-91
鄲氣晝熏體　5-161
鄧后以女主臨政　8-333
鄧攸之緝熙萌庶　9-413
鄧生何感激　4-316
鄭葉於韓　8-447
鄭無所容其淫　3-229
鄭璞逾於周寶　8-112
鄭當時之推士　2-217
鄭白未足語其豊　1-398
鄭綿絡些　6-79
鄭翟是爭　9-269
鄭興又戒功臣專任　8-325
鄭衛之樂　3-163
鄭衛妖玩　6-84
鄭衛桑間韶虞武象者　6-433
鄭雅異宜　3-163
鄰人有吹笛者　3-74
鄰菌繚糾　3-152
鄱陽暴譴　1-373
鄴騎既到　7-223
酃琅磊落　3-189
酃鎬潦潯　2-64
酈食其之下齊　7-453

酉

酋豪猜貳　7-331
酌以彤觴　6-135
酌以滌口　6-105
酌允鑠　2-142
酌典憲　1-443
酌己親物者矣　6-384

酌彼春酒　7-267

酌桂酒兮揚淸曲　2-399

酌淸酤　1-339

酌湘吳之醇酎　2-398

酌而不竭　9-386

酌言豈終始　5-433

酌醴焚枯魚　3-509

酌鐏酒以弛念兮　2-167

酌龜蒙之故實　9-394

配五帝　8-225

配天光宅　6-186

配帝居之縣圃兮　2-11

配服馪衡　9-267

配皇等極　9-203

配紫微而爲輔　2-283

配藜四施　2-21

配霑潤於雲雨　3-146

配鷰皇而等美　2-422

酎淸涼些　6-82

酎飮旣盡　6-85

酒以兩壺　9-493

酒則九醞甘醴　1-302

酒後耳熱　7-166

酒池鑒於商辛　2-220

酒肉踰川坻　5-31

酒賦無續　7-365

酒車酌醴　1-202

酒酣　5-197

酒酣徒擾　3-228

酒酣氣益振　3-463

酒酣耳熱　7-214

酒駕方軒　6-174

酖毒不可恪　5-104

酤以春梅　6-183

酣湑半　1-395

酣湑無譁　1-446

酲醵病酒之徒哉　6-118

酷烈之極　9-9

酷烈淑郁　2-92

酷烈馨香　6-135

酸甜滋味　1-302

酸鼻痛骨　6-483

醇酎中山　1-458

醇醴發顔　8-479

醉而不醒　1-302

醒寤之後　7-76

醜夫爲之改貌　2-155

醜正惡直　9-259

醜狀不成惡　4-456

醪敷徑寸　1-302

醪澄莫饗　4-277

醮諸神　3-251

醴泉流其唐　2-102

醴泉涌溜於陰渠　2-266

醴泉湧於池圃　2-331

醴泉湧於淸室　2-76

醴泉湧流而浩浩　1-449

醴醪鬻其腸胃　8-482

釁在勝齊　4-335

釁成文景　8-455

釁鼓震　1-394

采

采三秀兮於山間　6-54

采之欲遺誰　5-216

采之薦宗廟　4-192

采千載之遺韻　3-130

采南皮之高韻　8-349

采吉日　1-130

采周之舊　8-22

采夫差之遺法　1-369

采奇律於歸昌　6-166

采撫羣言　8-7

采桑歧路間　5-65

采此欲貽誰　5-413

采游童之歡謠　1-118
采湍瀨之玄芝　3-273
采色世所重　5-470
采色灝汗　2-68
采色炫燿　8-220
采芳洲兮杜若　6-45
采英奇於仄陋　6-153
采茨葺昔宇　4-386
采菊東籬下　5-325
采蕭相　1-420
采薇以下治外　8-296
采薇山阿　4-132
采薜荔兮水中　6-45
采藥白雲隈　5-498
采詩以顯至德　8-407
采遺於內　8-52
采采不盈掬　5-407
采采粲粲　3-213
采采麗容　2-421
采飾纖縞　1-169
采菱調易急　4-478
釋之則爲寇　8-420
釋二名之同出　2-269
釋位公宮　9-314
釋位揮戈　4-248
釋余馬於彭陽兮　2-160
釋例詳之也　8-19
釋域中之常戀　2-264
釋我吝與勞　4-369
釋智遺形兮　2-416
釋此出西城　5-250
釋網更維　9-402
釋纖絺　2-386
釋褐中林　8-196
釋褐著作佐郎　9-353

里 —————

里上仁之所廬　2-466
里無曲突煙　5-316
里社鳴而聖人出　9-3
里罕者盍　1-464
里語　8-438
里語曰　8-438
里讌巷飲　1-373
里閈對出　1-331
重不可以獨任　9-59
重丘宋灌　3-186
重之若千鈞　3-463
重乎公相之位也　9-341
重以夜猿悲　4-419
重以明德　6-201
重以此故　7-201
重以泚水　7-77
重以虎威章溝　1-168
重光相襲　7-300
重圍克解　3-338
重坐曲閣　2-75
重城結隅　1-368
重基可擬志　5-314
重增其放　7-283
重壤永幽隔　4-147
重士蹟山　1-461
重山積險　9-47
重山萬里　9-420
重惜民命　7-417
重惠苦言　7-249
重戴帶以定襄　2-187
重扃閉兮燈已黯　9-298
重於布言　9-280
重明固已朗　5-499
重日　3-102, 9-304
重桴乃飾　2-315
重條侯之倨貴　2-224

重欒承游極　5-120
重殿疊起　6-169
重氣輕命　6-149
重江複關之隩　2-272
重無怨而生離兮　6-72
重煩百姓　7-378
重熙而累洽　1-127
重爲侍中　9-358
重爲天下觀笑　7-146
重爲鄉黨所笑　7-160
重玄匪奧　8-148
重珍兼味　9-244
重申前冊　9-368
重疊增益　3-249
重矣大矣　6-352
重經平生別　4-475
重耳以主諸侯盟　6-332
重耳任五賢　4-317
重胝存楚　7-101
重舌之人九譯　1-276
重英曲瑤之飾　8-82
重葩殗葉　1-360
重蒙陛下愷悌之宥　6-322
重衾無暖氣　5-274
重礙當伯教子列　7-34
重見漢朝則　5-426
重言愼法　8-282
重譯納貢　7-374
重譯而至　6-201
重譯貢篚　1-445
重資幣以誘群蠻　9-48
重軒三階　1-97
重輪貳轄　1-252
重遭戰國　7-346
重部大掾　9-344
重醉行而自稛　2-472
重門再扃　1-436
重門洞開　1-331

重門猶未開　5-368
重門襲固　1-164
重闈幽闥　1-177
重闔洞出　1-424
重皁何崔嵬　5-186
重陰匪息　3-325
重陰潤萬物　4-205
重陳令心傷　5-203
重陽集淸氣　5-507
野人有快炙背而美芹子者　7-294
野廬掃路　2-27
野徑旣盤紆　4-88
野曠朗而無塵　6-161
野曠沙岸淨　4-471
野有委骸　9-268
野有歸燕　2-386
野有菜蔬之色　2-33
野棠開未落　5-26
野每春其必華　3-80
野無毛類　6-140
野無遺寇　9-168
野獸聞之　6-103
野王令　9-238
野盡山窮　2-119
野絶動輪之賓　9-130
野繭之絲以爲弦　6-102
野老時一望　5-23
野聞聲而應媒　2-149
野蒲變而成脯　2-227
野蕨漸紫苞　4-369
野蕭條以莽蕩　2-163
野途曠無人　4-442
野雀滿空園　5-351
野雉群雊　5-61
野風吹秋木　5-158
野馗風馳　3-412
野鳥入室　2-413
野鳥號東箱　5-271

野鼠城狐　2-275

量力守故轍　5-328

量君所據　7-202

量寸旬　1-451

量己畏友朋　4-351

量己知弊　6-354

量能授器　9-42

量能而受爵者　6-276

量苞山藪　4-322

釐三才之闕典　9-481

8획

金

金人仡仡其承鍾虡兮　2-11

金匏在席　8-83

金印紫綬　8-314

金城千里　8-379, 8-450

金埠玉箱　6-142

金墉鬱其萬雉　2-212

金壺啓夕淪　5-357

金如粟而弗睹　9-422

金字不傳　9-199

金岸岬嶃　6-165

金張服貂冕　5-488

金張籍舊業　3-458

金徒抱箭　9-203

金皉玉階　1-169

金昭玉粹　3-399

金枝中樹　5-43

金柝夜擊　9-269

金根照耀以炯晃兮　2-29

金楹齊列　2-315

金樽坐含霜　5-20

金樽盈清醥　5-432

金水遑用　9-198

金沙銀礫　1-320

金波麗鵁鶄　4-399

金湯失險　8-369

金湯非粟而不守　6-234

金溝朝灟潗　4-94

金潭恒澄澈　5-505

金版出地　7-102

金狄遷於灞川　2-214

金玉素所佩　5-187

金璫綴惠文　4-289

金瓶汎羽卮　5-401

金相玉振　1-73

金石之樂　8-473

金石寢聲　3-219

金石崢嶸　1-109

金石幷隆　3-190

金石終消毀　4-121

金石絲竹之恒韻　1-446

金石難弊　9-211

金石震而色變　3-117

金碧之巖　9-134

金科玉條　8-236

金章有盈笥之談　6-394

金簡方員之制　9-198

金粟來儀　9-400

金精仍頹　8-144

金精玉英瑱其里　2-367

金練照海浦　4-73

金罍中坐　1-335

金罍含其醴　4-183

金羈相馳逐　5-433

金聲夙振　6-329

金聲夙振　9-312

金聲玉振　9-350

金膏滅明光　4-481

金膏翠羽將其意　9-122

金膏靈詎緇　5-513

金華之舄　6-137

金華啓運　6-186

金華玉堂　1-98

金華銀樸　1-365

金蘭之分　6-375

金蘭之友　9-130

金虎符第一至第五　6-205

金虎習質　4-247

金蜩齊光　1-425

金貂服玄纓　5-476

金資寶相　9-396

金鄰象郡之渠　1-379

金釭曖兮玉座寒　9-296

金釭衛壁　1-100

金銀琳琅　1-303

金鋄鏤錫　1-252

金鋪交映　1-331

金鏝映秋山　5-515

金鎰磊砢　1-376

金鏃淫夷者　2-139

金閨之諸彦　3-122

金陵帝王州　5-177

金雀垂藻翹　5-129

金革之患　2-139

金革已平　7-467

金風扇素節　5-306

金馬騁光而絶景　1-320

金駕映松山　4-65

金駕總駟　8-60

金鼓迭起　2-91

金鼓響振　7-384

金龜紫綬　9-210

釣臺臨講閱　5-374

釣鰻鲋　1-339

鈇鉞瘡痏　8-359

鈞天之樂張焉　8-64

鈞天廣樂　6-265

鈞調中適　2-316

鉅平之懇誠必固　6-383

鉅石隤　1-112

鉅鹿河間　1-456

鉗口結舌　6-321

鉗衆口而寄坐　2-228

鉛刀爲銛　9-471

鉛刀皆能一斷　7-475

鉛刀貴一割　3-457

鉛華弗御　3-272

鉤深探賾　9-229

鉤爪鋸牙　1-362

鉤盾所職　1-240

鉤紫貝　2-52

鉤膺玉瓖　1-252

鉤赤豹　2-116

鉤距靡用　9-418

鉤餌縱橫　1-389

鉤錯矩成　2-320

鉤陳罔驚　1-429

鉦鼓一動　7-406

鉦鼓疊山　1-382

鉦鼙震於閫宇　9-70

銀書未勒者哉　9-199

銅史司刻　9-203

銅錫鉛錯　1-295

銅錯之垠　1-365

銅陵映碧潤　4-484

銅雀鐵鳳之工　9-186

銓時論道　8-162

銘則序事清潤　1-70

銘功景鍾　7-57

銘勳彝器　1-230

銘博約而溫潤　3-135

銘德於昆吾之鼎　6-187

銘志不存　9-490

銘志湮滅　9-492

銘志滅無文　4-494

銘誄尙實　8-441

銜使則蘇屬國　2-216

銜哀東顧　4-332

銜如絲之旨　9-410

銜思至海濱　5-511

銜怨別西津　5-485

銜恨沒世　9-217

銜恩戀行邁　4-299

銜恩遇　9-117

銜恩非望始　4-295

銜書來訊　1-450

銜木償怨　1-456

銜朱葵　1-359

銜杯漱醪　8-138

銜枚檀桓　6-121

銜枚無聲　1-381, 3-253

銜泥巢君屋　5-221

銜組樹羽之器　8-59

銜草不違食　4-215

鈑摵葇呈　1-334

銳思於毫芒之內　7-473

銳意三山上　4-91

銳氣剗於中葉　1-324

銳騎千旅　9-34

銷印慸廢　8-147

銷漏參倍　6-238

銷神躬於壤末　9-298

銷落湮沈　3-111

銷逾羊頭　6-177

銷金罷刃　8-75

銷鋒鍉　8-379

鋌不苟躍　1-196

鋌猛氏　2-84

鋒交卒奔　3-334

鋒接必無事矣　6-476

鋒猶駭電　8-152

鋒鉅靡加　7-322

鋒鏑流乎絳闕　9-70

鋒鏑爭先　7-312

鋒鏑縱橫　1-413

鋤穩棘矜　8-381

鉈氣彌銳　1-442

鋪聞遺策在下之訓　8-257

鋪衍下土　8-233

鋪觀二代洪纖之度　8-253

鋪首炳以焜煌　3-165

鋪鴻藻　1-127

鋸牙挏　6-174

錄功五帝　2-5

錙銖周漢　9-274

錙銖無爽　7-23

錙銖軒冕　9-463

錚鏾謍嗃　3-183

錢神之論　8-305

錦帶佩吳鉤　5-155

錦繡之飾　6-432

錦纚襄邑　1-458

錦衾遺洛浦　5-224

錦質報章　1-329

錫介珪以作瑞　2-283

錫以二輅　6-204

錫以咳唾之音　4-323

錫以嘉謚　9-343

錫君玄土　6-205

錫戎獲胡　2-133

錫文纂事　6-363

錫用此土　1-159

錫碧金銀　2-43

錫類所及　7-12

錮人於重議　9-462

錯以犀象　3-209

錯以瑤英　6-169

錯以荊山之玉　6-136

錯綜人術　2-370

錯翡翠之威蕤　2-51

錯落其間　1-100

錯說申輔　4-179

錯陶唐之象　6-187

鍖硐隤墜　3-185

鍊藥矚虛幌　5-513

鍊金鼎而方堅　3-120

鍔鍔列列　1-175

鍤未見鋒　9-256

鍾儀幽而楚奏兮　2-256

鍾山之英　7-360

鍾山出靈液　4-13

鍾岱之牡　6-106

鍾期棄琴而改聽　3-238

鍾期牙曠悵然而愕兮　3-157

鍾期聽聲　3-209

鍾浮曠之藻質　2-460

鍾石徒刊　9-436

鍾簴夾陳　1-421

鍾簴空列　6-367

鍾鼎遞列　7-22

鍾鼓俱振　6-146

鍾鼓或愁辛　5-479

鍾鼓鏗鏘　1-136

鍛羽儀於高雲　9-83

鍛翮周數仞　4-351

鍛翮由時至　5-519

鍍會襄厠　3-208

鍍鏤離灑　3-152

鎭以崇臺　2-323

鎭俗在簡約　4-239

鎭我北疆　8-366

鎭衞四境　6-278

鎭西府版寧朔將軍　9-449

鎭軍臣裕　6-363

鎩析毫芒　1-305

鏗華鍾　1-262

鏗華鐘　1-131

鏗鍾搖虡　6-84

鏗鎗閴䶩　2-91

鏘楚挽於槐風　9-298

鏘洋遺烈　9-377

鏘鏘濟濟　1-424

鏞鼓設　1-244

鏟利銅山　2-273

鏡文虹於綺疏　8-79

鏡朱塵之照爛　3-118

鏡機子曰　6-133, 6-136, 6-138, 6-142, 6-145, 6-149, 6-150, 6-152

鏡水區　1-388

鏡淸流　1-115

鏡無畜影　9-150

鏡照四海　8-225

鏡純粹之至精　8-241

鏤以金華　6-169

鏤檻文梘　1-164

鏤章霞布　2-450

鏤身之卒　1-391

鏤靈山　7-436

鐐質輪菌　2-309

鐔以大岯　1-234

鐘石畢陳舞詠之情不一　8-50

鐘鳴猶未歸　5-169

鐘鼓喤喤　1-258

鐵馬千群　9-182

鏷越鍛成　6-177

鑲耳之傑　1-445

鑄以爲金人十二　8-379

鑒之以蒼昊　3-431

鑒于小星　9-164

鑒亡王之驕淫　2-185

鑒戒唐詩　1-214

鑒武穆　2-456

鑒獻其朗　8-167

鑒茅茨於陶唐　1-419

鑒賞無昧　9-353

鑒達治體　8-111

鑠王師兮征荒裔　9-169

鑪捶萬物　9-114

鑽之愈妙　8-189

鑽仲父之遺訓　7-245

鑽屈轂之瓠　6-163

鑽東龜以觀禎　3-10

鑽燧忽改木　5-304

鑾以節涂　1-281

鑾旂歷頹寢　3-480

鑾無廢聲　3-327

鑾聲噦噦　1-252

鑿空萬里　9-184

鑿齒之徒相與摩牙而爭之　2-135

鑿齒奮於華野　9-96

長 ――――――――

長三尺　9-490

長世字甿者　1-409

長世異術　9-58

長亂起奸　8-455

長享其福　7-198

長人千仞　6-76

長以相付　7-205

長余佩之參參　3-37

長余佩之陸離　6-14

長保天秩　9-243

長傲賓於柏谷　2-199

長則不可急之於箭漏　9-80

長千仞　2-79

長卿冠華陽　4-390

長卿慕相如之節　7-281

長卿棄官　9-282

長卿淵雲之文　2-216

長卿還成都　3-465

長吏隳官　3-249

長吟遠慕　2-425

長嘯入飛飆　5-409

長嘯哀鳴　2-81

長嘯歸東山　4-423

長嘯氣若蘭　5-65

長嘯激淸風　3-457

長嘯若懷人　3-495

長嘯高山岑　5-80

長城地勢嶮　3-505

長塗牟首　1-428

長夜何冥冥　3-455

長夜忘歸來　4-183

長夜無荒　5-125

長太息以掩涕兮　6-11

長委離兮　2-458

長存非所營　5-108

長安　8-307

長安五陵間 5-440
長安輕薄兒 5-401
長寄心兮爾躬 9-304
長寄心於君王 3-277
長實素心 9-275
長干延屬 1-371
長幼雜遝以交集 2-32
長庭砥平 1-421
長廊廣廡 1-177
長往之軌未殊 8-340
長徽已纓 4-332
長恨黃泉 8-225
長想憑華軒 5-351
長想遠思 3-232
長慚舊孤 4-310
長懷慕仙類 4-3
長懷永慕 3-327
長懷無已 3-110
長懷莫與同 4-367
長戚自令鄙 4-150
長戟百萬 7-389
長扃幽隴 9-441
長揖愧吾生 4-346
長揖歸田廬 3-457
長揖當塗人 4-13
長揖謝夷齊 4-6
長揚緩騖 2-462
長文通雅 8-193
長於蓬茨之下 8-118
長於藩籬之下 2-429
長於酷虐 8-416
長旌誰爲旆 5-188
長松萋兮振柯 3-103
長林羅戶穴 4-56
長棘勁鍛 9-35
長楊映沼 3-60
長歌承我閑 5-114
長歌欲自慰 5-159

長歌正激烈 5-236
長歌赴促節 5-411
長歎不成章 4-155
長歎不能言 4-189
長江制其區宇 9-46
長沙之權 8-307
長沙卑濕 2-412
長沙投賈 9-242
長沙文王吳芮 8-142
長沙桓王逸才命世 9-26
長河韜映 2-407
長波浹渫 2-357
長波涾溻 2-336
長瀾瀰瀰 9-432
長無極兮 2-23
長無西患 7-201
長無鄉曲之譽 7-141
長煙引輕素 4-88
長爲周賓 7-425
長爲委輸 2-337
長爲群后惡法 7-179
長爲蠻夷之域 7-116
長爲農夫以沒世矣 7-165
長率連屬 9-73
長當從此別 5-230
長眉連娟 2-93
長響遠引 3-188
長秀被高岑 5-117
長算屈於短日 9-477
長簟竟床空 4-149
長給灑扫 6-229
長絕子徽音 4-365
長纓皆俊人 5-485
長纓鄙好 6-255
長纓麗且鮮 4-445
長翼臨雲 6-169
長而弘潤 9-429
長而翫之 3-202

長而見羈　7-284
長自丘樊　2-405
長與大漢而久存　2-298
長與歡愛別　4-358
長與足下生死辭矣　7-127
長萬輟逆謀　3-195
長慮數直筆而不能糾　8-302
長號北陵　6-423
長蛇固能翦　5-379
長衢羅夾巷　5-212
長袂屢以拂　5-401
長袖交橫　3-168
長裾日曳　7-89
長裾隨風　6-146
長跪讀素書　5-46
長路漫浩浩　5-216
長輸遠逝　1-299
長輿追専車之恨　8-104
長轂四分　9-168
長轂雷野　8-368
長轡遠御　7-306
長辭遠逝　3-160
長途中宿　2-75
長途升降　2-296
長逝入君懷　4-135
長遵凶父之業　8-451
長鋏鳴鞘中　5-311
長門失歡宴　5-385
長離云誰　4-268
長離殃而愁苦　6-76
長顑頷亦何傷　6-10
長風激於別隯　1-178
長風至而波起兮　3-246
長風萬里擧　5-134
長風飈以增扇　2-368
長驅上南山　5-70
長驅山河　7-183
長驅庸蜀　8-282
長驅河朔　8-145
長驅西征　7-405
長驅蹈匈奴　5-68
長髮曼鬋　6-84
長鳴於良樂　4-306
長殺短兵　1-381

門

門千戶萬　1-177
門多長者　8-108
門有車馬客　5-100
門無卿相輿　3-461
門無富貴　6-399
門無結駟之跡　7-259
門磁石而梁木蘭兮　2-236
門罕漬酒之彦　9-129
門衛供帳　1-170
門衰祚薄　6-309
門闥洞開　1-97
門階戶席　9-466
門雖設而常關　7-490
門館有虛盈　5-394
閈出長者　1-436
閈庭詭異　1-177
閉以雕籠　2-423
閉戶自精　6-254
閉濛汜之谷　7-237
閉由往漢　9-176
閉門荒郊　6-389
閉關却掃　3-110
閉骨泉裏　3-111
開元自本者乎　6-229
開元首正　5-41
開內藏　8-392
開八正之門　9-385
開公直之路　2-330
開冬眷徂物　4-65

開務有謚 1-453
開北垠受不周之制 2-108
開北戶以向日 1-367
開卷獨得 6-254
開合解會 2-339
開國之所基趾 1-368
開國光宅 7-85
開國建元士 5-295
開國於中古 1-318
開國稱孤 7-326
開地五千 7-306
開城就化 7-411
開塞所宜 6-239
開天制寶殿 5-507
開天庭兮延羣神 2-21
開寬裕之路 8-120
開市朝而幷納 1-375
開府之日 7-107
開建陽則朱炎豔 2-315
開敢諫之直言 1-248
開榮灑澤 3-402
開永昌 1-136
開爵園而廣宴 8-60
開禁苑 2-126
開秋兆涼氣 4-107
開而出銅 6-239
開胷殷衛 1-416
開自有晉 9-176
開花已匝樹 5-401
開芳及稚節 4-76
開衿濯寒水 4-91
開褻瑩所疑 5-510
開襟乎淸暑之館 2-240
開設二者 7-205
開設學校 8-5
開賢聖 3-253
開軒幌 1-388
開軒滅華燭 4-345

開軒臨四野 4-111
開辟以來 8-225
開逕望三益 5-503
開門入兵 7-412
開集雅之館 9-185
開顏披心胸 4-367
開高軒以臨山 1-331
閑閶闔其寥廓兮 2-14
閑以琴心 9-369
閑夜命歡友 5-405
閑夜撫鳴琴 5-411
閑夜肅淸 4-227
閑宮顯敞 6-142
閑居三十載 4-452
閑居玩萬物 5-306
閑居隘巷 1-460
閑居非吾志 5-263
閑心靜居 9-340
閑房來淸氣 5-289
閑房有餘淸 4-345
閑習辭賦 7-248
閒者北遊 7-267
間不容息 3-214
間天下之無事 9-395
間徙倚於東廂兮 3-68
間者歷覽諸子之文 7-216
間聞足下遷 7-277
間自入益部 7-187
間遼故音痺 3-217
閔主澤不下流 8-387
閔予不祐 9-325
閔奇思之不通兮 6-72
閔獯鬻之猾夏兮 2-162
閔耄老之逢辜 8-415
閱象竹帛 1-417
閣道穹隆 1-170
閨中旣遼遠兮 6-26
閨中起長歎 3-491

閩中風暖 3-118
閩房周通 1-97
閩房肅雍 8-310
閩牖房闥之任也 8-334
閩草含碧滋 5-482
閩中安可處 4-358
閩越相亂 2-138
閩越相誅 7-374
閩越衣文虵 5-313
閫外莫先 9-414
閫德斯諒 9-441
閭閻恣趨 8-365
閫風不能踰 1-296
閭閻且千 1-90
閭閻閴嘖 1-373
閭閻闡茸 7-35
閱水環階 8-57
閭閻之內 1-173
閭閻既闢 4-242
閭閻洞啓 2-29
閶闔西南來 4-7
閽尹審門闈 8-329
閽尹閽寺 1-103
閽謁賊而寧后 3-19
閽者守中門之禁 8-329
閫閫譎詭 1-370
闃若無主 7-11
闍主衆 9-95
闍土崩之爲痛也 9-65
闡大雅之所保 7-418
闡復輇已 3-170
闍忽不還 8-232
闡於機宜 7-285
闡於白黑之貌形 3-152
闇漠感突 6-121
闇然而暝 3-261
闇跳獨絶 3-172
闡道德之實 7-474

闤闠有匪存之思 7-258
闊細體之苟縟 3-167
關城溢郭 1-90
闟茸奪顯兮 9-471
闡堂依德 8-60
闡閭信其威 1-397
關側足以及泉兮 2-388
關典未補 8-90
關大羹之遺味 3-141
關庭神麗 1-129
關溝乎商魯 1-398
關然久不報 7-135
關爾無聞 6-246
關載於常典者 2-260
闖闓蘬葉 2-153
闢天文之秘奧 3-56
闢戶牖以踟躕 2-426
闢玉策於金縢 1-450
關三木 7-152
關右震惶 9-258
關塞謐靜 9-423
關外一區 6-389
關山無極 3-109
關梁閉而不通 6-72
關河蕩柝 6-249
關河重複 9-450
關石之所和鈞 1-440
關諸隆替 6-392
關路曾不盈千 9-420
關門無結草之固 8-287
關關嚶嚶 1-240
關關嚶嚶 3-43
關雎 7-494
關雎作諷 8-310
關雎麟趾 1-68
闤戟轇輵 1-253
闠坤珍 1-122
闠揚文令 3-407

색인 611

闌犙威稜 2-451

闌迦維之化 9-466

闌鉤繩之筌緒 1-420

闌闔閭之所營 1-369

闌風烈 9-111

闌闌之裏 1-333

闥爾奮逸 3-213

陂池連乎蜀漢 1-94

附于二百四十二年行事 8-16

附以蘭錡 1-429

附其行事 8-22

附從太白 6-120

附性命乎皇天 3-150

附易路 6-106

附會平勃 8-163

附蟬之飾 6-395

附駔驥之旄端 9-118

附驥尾則涉千里 8-397

附麗皇極 1-410

陋吾人之拘攣 2-181

陋蒼梧之不從兮 9-326

陋譙居之猶褊 8-79

陌上草薰 3-118

降以顏色 9-462

降几杖於藩國兮 2-163

降厥福兮 2-23

降及亡秦 9-64

降及元康 8-349

降及歸命之初 9-38

降及羣后 4-247

降及近古 3-360

降及霸德 8-322

降周流以徬徨 1-107

降家人之慈 6-378

降將著河梁之篇 1-69

降尊就卑 1-212

降年不永 9-217, 9-336

降從經志 3-409

降德在民 5-43

降惟微物 3-403

降承龍翼 8-249

降曲崤而憐虢 2-194

降澄輝之藹藹 2-407

降煙熅 1-137

降爲庶人 8-448

阜·阝（左）

阜陵別隝 2-70

阡陌成群 9-420

陁此嫚秦 3-295

阮公雖淪跡 3-495

阮嗣宗口不論人過 7-285

防儉於逸 2-34

防口猶寬政 5-360

防微慮遠 9-163

防禦之阻 1-87

阷蒙避迴 6-320

陁以九疑 1-381

阻二華 7-402

阻以石門 1-321

阻兵怙亂 9-25

阻河爲固 7-389

阻眾陵寡 9-256

阻關谷以稱亂 2-203

阽余身而危死兮 6-19

阽危賴宗衰, 微管寄明牧 5-379

阽焦原而跟趾 3-6

阿旨曲求 8-334

阿縞之衣 6-432

阿那當軒織 5-408

阿那腰者已 3-158

阿郍蓊茸 1-298

阿閣三重階 5-214

陂池交屬 1-93

陂池貏豸 2-70

降祚有漢　8-132

降福於此也　7-408

降福穰穰　1-258

降者難信　7-207

降而生商　9-431

降自秦漢　8-323

降至尊以訓恭　1-263

降興客位　9-311

降遙思於征役　2-196

降集乎北絃　2-87

限以巫山　2-44

限役廢晨昏之半　7-11

限蠻隔夷　1-409

陛下不棄菅蒯　6-401

陛下亦宜自課　6-273

陛下仁育羣生　8-214

陛下仰監唐典　8-260

陛下卽位　7-374

陛下察其丹款　6-414

陛下弘宣敎義　7-7

陛下弘獎名敎　6-423

陛下患使者有司之若彼　7-377

陛下應期萬世　6-390

陛下所以負扆興言　7-41

陛下撫寧江左　6-333

陛下明幷日月　6-337

陛下睿聖　6-262

陛下篤愼取士　6-266

陛下聖德嗣興　6-358

陛下謙讓而弗發　8-215

陛下踐祚　6-351

陛下雖欲遐巡　6-337

陸戟百重　1-104

陟中壇　1-451

陟則在巘　8-294

陟屺爰臻　9-290

陟岵嶸　6-166

陟峭崿之崢嶸　2-264

陟峰騰輦路　4-69

陟峻崿　3-207

陟彼朔垂　4-245

陟罰臧否　6-270

陟配在京　5-43

陟降信宿　2-266

陟陘皇之赫戲兮　6-37

除中書侍郎　9-354

除主之禍也　8-387

除使持節都督會稽東陽臨海永嘉新安五
　　郡諸軍事輔國將軍會稽太守　9-450

除名爲民　3-51, 6-387

除彫琢之巧　2-137

除滅忠正　7-388

除無用之官　2-330

除給事黃門侍郎　8-97

除臣洗馬　6-311

除邵陵王友　9-449

除長安令　3-52

陪京泝伊　3-56

陪以幽林　1-431

陪以甘泉　1-93

陪以白狼　1-325

陪外廷末議　7-139

陪奉朝夕　8-358

陪廁回天顧　4-158

陪窈窕於玉房　9-487

陪臣陸機言　6-317

陪輔朝廷之遺忘　7-165

陪龍駕於伊洛　9-424

陬互橫梧　3-249

陰交書命　7-389

陰儀內缺　9-325

陰堂承北　2-320

陰奉彫琢刻鏤之好　8-388

陰戒期門　1-212

陰授鈿以約莊　2-210

陰明浮爍　5-43

陰有鄭武取胡之詐　7-198
陰條秋綠　6-170
陰氣下微霜　4-112
陰池幽流　1-240
陰淫案衍之音　2-91
陰火潛然　2-345
陰祇濛霧於其裏　1-431
陰虯負簷　6-169
陰蟲先秋聞　4-378
陰蟲吐噏　9-203
陰謝陽施　3-58
陰谷曳寒煙　4-65
陰陽之所接　8-421
陰陽和調　8-392
陰陽圖緯之學　8-171
陰陽易位　6-59
陰陽淸濁穆羽相和兮　2-16
陰陽爲炭兮　2-416
陰陽陶蒸　2-434
陰雲興巖側　5-93
陰霞屢興沒　4-51
陰風振涼野　4-490
陳三皇之軌模　3-45
陳丘子見先生言切　8-407
陳交接之大綱　3-277
陳信無愧者歟　8-61
陳兵而歸　1-373
陳利兵而誰何　8-379
陳卒被隰坰　5-33
陳后稷先公風化之所由　8-298
陳吳奮鈠　6-82
陳戚憤積　7-79
陳嘉辭而云對兮　3-259
陳圭置臬　9-190
陳寶鳴雞在焉　1-158
陳將軍足下無恙　7-326
陳師按屯　1-132
陳師鞠旅　1-266

陳平出奇　7-467
陳平無産業　3-464
陳平背項　7-425
陳徐劉應　7-69
陳思見稱於七步　9-447
陳懇誠於本朝之上　8-398
陳戎講武　9-210
陳於東階　3-186
陳書輟卷　9-282
陳柯橅以改舊　2-147
陳氏之跨冀域　7-52
陳汧危逼　3-338
陳法服於帷座　9-487
陳泰字玄伯　8-187
陳涉之位　8-381
陳王初喪應劉　2-403
陳王曰　2-409
陳王鬥雞道　4-87
陳留歸蕃　4-249
陳留阮瑀元瑜　8-439
陳百寮而贊群后　1-136
陳皇后復得親幸　3-65
陳竽瑟兮浩倡　6-41
陳群字長文　8-187
陳茵席而設坐兮　3-165
陳荽被於堂除　3-91
陳虎旅於飛廉　1-195
陳衆車於東阬兮　2-18
陳見慍誠　8-122
陳詩展義　9-323
陳詩愧未妍　4-66
陳說平生　7-293
陳說禮法　8-138
陳象設於園寢兮　9-326
陳賞越丘山　5-31
陳輕騎以行炰　1-114
陳辯惑之辭　6-162
陳農所未究　9-446

陳金石　1-136
陳鍾枒鼓　6-83
陳鍾陪夕讌　5-462
陳風緝藻　9-292
陵不難刺心以自明　7-116
陵也不才　7-118
陵先將軍　7-124
陵厲淸浮　7-188
陵夷之禍　9-62
陵夷而不禦也　2-141
陵夷至於暴秦　7-346
陵威奮伐　7-306
陵崗掇丹黃　4-5
陵巒超壑　1-198
陵復何望哉　7-126
陵敗書聞　7-144
陵景山　3-237, 3-270
陵未沒時　7-144
陵母知輿　8-431
陵母見之　8-431
陵波微步　3-275
陵爲宰相　8-431
陵爲漢將　8-431
陵獨何心　7-115
陵獨遇戰　7-117
陵絶嶕嶢　1-382
陵縱播逸　3-211
陵苕哀素秋　4-10
陵虐天邑　6-329
陵誠能安　7-127
陵謂足下當享茅土之薦　7-126
陵轢沙漠　7-302
陵邁超越　8-302
陵邑轉蔥靑　4-159
陵重巘　1-200
陵阜霑流膏　6-175
陵陽感鮑生之言　6-413
陵陽挹丹溜　4-11

陵隰相望　7-318
陵雛不敏　7-114
陵雛孤恩　7-127
陵風協紀　3-367
陵鯉若獸　1-366
陵黃岑　6-173
陶化染學　1-451
陶唐旣謝　3-375
陶唐舍胤而禪有虞　8-249
陶朱猗頓之富　8-380
陶陽氣　6-112
陷亂逆以受戮　2-180
陷社稷之王章　2-234
陸公以偏師三萬　9-48
陸公噏之長蛇　9-48
陸公歾而潛謀兆　9-49
陸剸犀革　8-119
陸大夫宴喜西都　9-117
陸擊則荊王以失其地　6-444
陸摘紫房　3-61
陸斷犀象　6-136
陸機之賦　9-196
陸死鹽田　2-345
陸沈之羽　6-323
陸海珍藏　1-93
陸灑奔駟　6-178
陸無長轂之徑　9-47
陸産尙千名　5-107
陸蒔稷黍　1-433
陸行不絶　6-477
陸設殿館　2-324
陸賈之優遊宴喜　2-216
陸遜字伯言　8-187
陽侯澆兮掩梟鷿　1-306
陽侯破碨以岸起　2-357
陽侯逫形乎大波　2-371
陽光爲之潛翳　2-32
陽氷不冶　2-345

陽嘉中　5-241
陽子驂乘　2-47
陽文之與敦洽　9-85
陽文陰縵　6-177
陽春布德澤　5-49
陽春無和者　5-309
陽景罕曜　2-384
陽曜陰藏　1-164
陽書喩於詹何　7-252
陽樹外望　2-296
陽鳥回翼乎高標　1-322
陽爻在六　4-308
陽石汙而公孫誅　1-185
陽臺之下　3-244
陽舒陰慘　9-119
陽葉春青　6-170
陽薶陰數　1-328
陽阿奏奇舞　5-63
陽陵之勳　8-160
陽陵之朱　1-185
陽陸團精氣　4-65
陽靈停曜於其表　1-430
陽馬承阿　6-169
陽魚騰躍　6-108
陽鳥收和響　4-144
陽鳥爰翔　2-363
陽鳥爲之頓羽　6-180
隃絕梁　2-81
隅目高匡　1-199
隅限夷險之勢　3-222
隆上都而觀萬國也　1-91
隆乎孝成　1-99
隆厦重起　1-430
隆周之卜旣永　8-51
隆周爲藪澤　5-452
隆家之訓亦弘　9-478
隆崇嵂崒　2-43
隆崇崔嵬　1-308

隆崛岉乎青雲　2-284
隆崛崔崒　1-158
隆想彌年月　5-409
隆於今日矣　7-311
隆於姬公之處岐　6-186
隆昌季年　6-216
隆暑固已慘　5-86
隆暑方赫羲　4-430
隆殺止乎其域　8-38
隆隆者墜　9-164
隆隆者絕　7-465
隆隱天兮　2-23
隋侯於是鄙其夜光　1-365
階下伏泉湧　5-316
階撤兩奠　9-297
階毀留攢　9-436
階闥之任　8-358
階闥蹔擾　9-70
階鬥麤麤　2-275
階陌嶄岣　1-421
隱鱗戢翼　6-214
隔千里兮共明月　2-409
隔此西披垣　4-188
隔箔攘拳大罵　7-29
隔箔與范相罵　7-33
隔閡之異　6-292
隔閡華戎　1-158
隕吳嗣於局下　2-232
隕明月以雙墜　2-221
隗雖小才　7-173
隘交引而卻會　3-246
隘通都之圈束　2-453
隤其家聲　7-146
隤牆塡塹　2-94
隧路抽陰　9-298
隨事俯仰　8-357
隨事造曲　3-236
隨以光融　4-275

隨何辯達　8-164

隨侍先臣　6-349

隨侯之珠藏於蚌蛤乎　7-482

隨侯明月　1-100

隨光之介也　3-193

隨前踵古　8-234

隨口吻而發揚　3-238

隨山上崛嶔　3-390

隨山望菌閣　4-79

隨山疏濬潭　3-291

隨抑揚以虛滿　3-225

隨時之義大矣哉　8-277

隨時代熟　1-300

隨時愛景光　5-238

隨時變改　1-65

隨武既沒　9-348

隨波參差　1-354

隨波回轉　5-61

隨波截鴻　6-136

隨波漂流　7-413

隨波澹淡　2-241

隨波遊延　2-358

隨波闔闢　3-248

隨流而化　2-98

隨流而攘　7-430

隨珠和氏　2-121

隨珠夜光　1-295

隨義而發其例之所重　8-13

隨而媒孽其短　7-142

隨聲是非　7-352

隨色象類　2-294

隨踵而立者　9-274

隨迎不見其終始　9-383

隨違續奏　7-25

隨集帝學　9-332

隨難滎陽　8-146

隨雲融泄　2-309

隨風乘流　2-137

隨風澹淡　2-69

隨風猗萎　2-365

隨風聞我堂　5-238

險亦難恃　9-177

險謁不行者也　8-310

險逗無測度　4-484

險過呂梁壑　4-462

險阻之利　9-41

險阻四塞　1-142

險險戲戲　6-122

隋高平而周覽　2-163

隰壤瀸漏而沮洳　1-463

隰有翔隼　2-386

隰朋仰慕　3-305

隰爲丹薄　6-174

隱之彌曜　8-189

隱公　8-21

隱公能弘宣祖業　8-21

隱其義　8-20

隱夫蓂楝　2-78

隱心而後動　9-173

隱思君兮陫側　6-45

隱楢徒御悲　4-491

隱括足以矯時　9-332

隱汀絶望舟　4-363

隱淪惆悵　7-6

隱淪旣已託　5-10

隱淪駐精魄　5-495

隱焉磳礚　1-351

隱王母之非命　2-238

隱約就閑　9-282

隱蒿水松　2-364

隱處安林薄　3-196

隱賑崴嵬　1-365

隱轔鬱𡾋　2-70

隱轔鬱律　1-158

隱陰夏以中處　2-286

隱隱乎　3-58

隱隱展展　1-187
隱隱轔轔　1-254
隱鯤鱗　2-343
隳名城　8-379
隳肝膽　6-457
隳膽抽腸　9-115
隴雁少飛　3-110
隸首不能紀　1-188

佳 ─────────────

雀群飛而赴楹兮　3-97
雀聲愁北林　5-472
雁噰噰而南遊兮　6-68
雁山參雲　3-118
雁流哀於江瀬　2-406
雁行有序　7-329
雁行緣石徑　5-152
雁邕邕以群翔兮　2-164
雁飄飄而南飛　2-386
雄俊之士　9-60
雄圖悵若茲　5-374
雄圖旣溢　3-108
雄從　2-102
雄從至射熊館　2-132
雄心四據　7-321
雄心挫於卑勢耳　9-71
雄心摧於弱情　9-477
雄志倜儻　2-458
雄戟耀芒　1-380
雄才盛烈　9-406
雄朔野以颺聲　2-466
雄節邁倫　8-172
雄臣馳騖　4-248
雄虺九首　6-77
雄解之　7-456
雄賦甘泉而陳玉樹靑蔥　1-314
雄霸上而高驤　2-210

雄鳩之鳴逝兮　6-26
雅俗所歸　6-393
雅善鼓琴　7-166
雅好博古　1-155
雅志彌確　8-195
雅性內融　8-196
雅昶唐堯　3-212
雅杖名節　8-192
雅步擢纖腰　4-295
雅美蹲蹲之舞　3-163
雅者　7-497
雅致同趣　8-203
雅舞播幽蘭　5-129
雅誥奧義　8-3
雅議於聽政之晨　9-369
雅達而聰哲　9-27
雅頌乃得其所　7-345
集乎禮神之囿　2-18
集乎豫章之宇　1-114
集乎長楊之宮　1-202
集其淸英　1-72
集同好　3-232
集君瑤臺裏　5-460
集太微之閶闔　3-33
集於江洲　1-338
集洞庭而淹留　1-394
集禁林而屯聚　1-111
集素娥於后庭　2-405
集而謂之詩　8-27
集芙蓉以爲裳　6-14
集若霞布　2-363
集華夏之至歡　2-331
集輕禽　6-112
集重陽之淸澂　1-174
集重陽而望椒風　9-290
集錄如左　8-114
集長風乎萬里　3-233
集隼歸鳧　1-191

雉腴肩而旋踵　2-152

雉驚驚而朝鴝　2-147

雛者擇音　1-431

雋乂盈朝　7-309

雌雄未決　8-469

雌雄相失　3-251

雌黃出其脣吻　9-127

雌黃白圩　2-43

雍丘之粱　1-458

雍人縷切　2-243

雍容垂拱　8-125

雍容惆悵　3-168

雍容揄揚　1-83

雍容暇豫　6-140

雍容閑步　6-137

雍州之地　8-381

雍益二州　7-311

雍神休　2-5

雍造怨而先賞兮　2-469

雍部之內屬羌反　9-248

雍門不啓　3-338

雍門刎首於齊境　6-279

雍雍喈喈　3-227

雍鬱抑按　3-213

雎鳩麗黃　1-240

雕刻百工　9-114

雕楹玉碣　1-163

雕玉瑱以居楹　1-97

雕虎嘯而清風起　9-108

雕題之士　1-391

雕題黑齒　6-77

雕鶚競於貪婪兮　3-11

雕鶚鴻其陰　1-322

雕鶚鷹鵰　3-247

雕鶪介其觜距　2-433

雖一冒於垂堂　2-264

雖一唱而三歎　3-142

雖一日萬機　6-254

雖七葉珥貂　8-356

雖三五弘道　6-344

雖不周於今之人兮　6-10

雖不得肉　7-236

雖不悟其可悲　3-81

雖不爾以　9-243

雖不足雍容明盛萬分之一　8-246

雖之蠻貊　2-165

雖九死其猶未悔　6-12

雖事緣義感　9-364

雖云優愼　8-258

雖云王者之師　7-182

雖亡身明順　8-182

雖今之作者　9-275

雖令扁鵲治內　6-99

雖以中庸之才　8-305

雖仲尼之因史見意　8-246

雖仲尼忘味於虞韶　7-268

雖仲尼至聖　9-9

雖伊周其猶殆　2-180

雖伊尹格于皇天　6-202

雖伯牙操蹏鍾　8-123

雖使子孫有失道之行　8-452

雖使梁幷淮陽之兵　6-439

雖信美而無禮兮　6-25

雖信美而非吾土兮　2-255

雖信險而勦絶　1-465

雖假容於江皋　7-363

雖側席求賢　6-304

雖傳之簡牘　1-74

雖僻遠之何傷　6-58

雖元勳未終　6-346

雖兄弟之愛　3-93

雖充車聯駟　8-28

雖光昭於曩載　9-482

雖共工之蒐慝　9-122

雖兵以義合　9-25

雖兵折地割　7-197

雖其不敏　2-173

雖其人之瞻智哉　7-467

雖其遭遇異時　8-426

雖冥冥而罔覯兮　3-98

雖出隨侯之珠　6-459

雖則同域　4-176

雖則殞越　7-96

雖則無道　9-65

雖則生常　1-408

雖則衰世　1-415

雖則追慕　4-171

雖功奪其成　6-343

雖勉勵於延吳　2-189

雖勞樸斲　3-303

雖區分之在茲　3-135

雖千秋之一日九遷　6-399

雖厥裁之不廣　1-170

雖取則不遠　3-128

雖古之名將　7-145

雖古之遺愛　8-185

雖司命其不脚　3-18

雖同方不能分其慼　9-147

雖同族於羽毛　2-421

雖吾顏之云厚　3-55

雖咸池之壯觀　2-324

雖單門後進　8-108

雖嗣君棄常　6-380

雖園綺之栖商洛　6-359

雖在不敏　6-164

雖在我而不臧　9-486

雖在父兄　8-442

雖埋輪之志　7-41

雖壅之以黑墳　8-463

雖大旨同歸　8-187

雖大風立於青丘　9-96

雖太上至公　6-351

雖太平未洽　8-284

雖奮迅其焉如　2-426

雖好相如達　4-120

雖子大夫之所榮　6-184

雖安國免徒　6-324

雖客猶願留　5-38

雖室無趙女　6-389

雖寇鄧之高勳　8-324

雖實唱高　9-240

雖寶非用　1-314

雖小人貪幸　6-398

雖少庶幾　8-485

雖崇臺五層　8-119

雖帶甲一朝　1-398

雖年齊蕭王　7-72

雖張曹爭論於漢朝　8-108

雖張蔡不過也　8-440

雖彌高而弗達　3-4

雖形存而志隕　3-101

雖形隱而草動　2-152

雖御己有度　8-314

雖復時有鳩合同志　9-71

雖復臨河而釣鯉　1-390

雖復身塡溝壑　7-91

雖微則順　9-153

雖微達節　4-322

雖德慚往賢　6-255

雖德非君子　7-222

雖心希九鼎　8-447

雖忠不烈　7-127

雖忠臣孤憤　9-40

雖忠良懷憤　8-336

雖恃平原養士之懿　7-243

雖情投於魏闕　7-368

雖情謬先覺　7-95

雖慚丹臒施　4-385

雖懷尺璧　8-190

雖成敗事異　8-317

雖或失之　9-72

雖才懷隨和　7-134

雖抱中孚爻　4-474

雖改日而易歲　2-191

雖文質異時　8-299

雖文體稍精　8-352

雖斯宇之既坦　1-171

雖新不代故　5-470

雖方征僑與偓佺兮　2-16

雖日夕而忘勌　3-44

雖昆侖之靈宮　2-329

雖明珠兼寸　1-468

雖昔侯生納顧於夷門　7-252

雖星有風雨之好　1-468

雖星畢之滂沱　1-327

雖春申之大啓封疆　9-413

雖時有忠公　8-334

雖智弗能理　2-247

雖曰無魯　4-175

雖曰義直　4-130

雖書疏往返　7-214

雖有區區之意　7-294

雖有唐虞大夏成周之隆　2-125

雖有夏之遘夷羿　6-333

雖有太牢之饌　8-469

雖有孫田墨釐　7-183

雖有心略辭給　6-116

雖有忠義之佐　7-393

雖有淑姿　3-303

雖有淹病滯疾　6-118

雖有烏獲逢蒙之伎力不得用　6-464

雖有石林之岑崿　1-385

雖有糇糧　3-325

雖有聖人無所施才　7-449

雖有荷鋤倦　5-503

雖有賢者無所立功　7-449

雖有金石之堅　6-98

雖有銳師百萬　9-47

雖有雄虺之九首　1-385

雖未別火食　7-31

雖未究萬分之一　8-225

雖未能擒權馘亮　6-282

雖未能藏之於名山　7-232

雖末士之榮悴兮　2-385

雖杼軸於予懷　3-138

雖楚趙群才　8-113

雖榮田方贈　5-316

雖欲勿困　7-453

雖欲悔之　7-427

雖欲救之　7-418

雖欲無患　7-285

雖欲盡節效情　7-449

雖欲騰丹谿　4-9

雖歷內外之寵　6-306

雖殊其年　9-230

雖比響聯辭　8-350

雖深照其情　7-353

雖淵流邃往　8-50

雖淵雲之墨妙　3-122

雖清辭麗曲　8-347

雖淺近　8-18

雖漢在四世　7-2

雖潛處於太陰　3-277

雖濬發於巧心　3-143

雖無六奇術　5-491

雖無受脤出車之庸　9-366

雖無君人德　4-424

雖無壯士節　3-463

雖無德與民　7-249

雖無玄豹姿　5-8

雖無田田葉　4-406

雖無箕畢期　5-314

雖無鉛刀用　5-37

雖然　2-42, 2-134, 7-21, 7-450, 8-118, 8-397

雖燕飲彌日　7-235

雖爲五載別　3-489

雖牽以物役　9-466

雖猴猿而不履　2-388

雖王旅致討　9-248

雖甚愚之人　6-469

雖異術而同亡　2-238

雖疾弗應　9-153

雖皋夔衡旦密勿之輔　8-250

雖瞿然自責　7-286

雖禮以賓　4-271

雖秘猶彰徹　4-374

雖秩輕於袞司　9-368

雖移易而不忒　2-476

雖竭精神　6-459

雖簡其面　4-271

雖系以隤牆塡壍　1-285

雖紛藹於此世　3-143

雖累百世　7-160

雖累繭救宋　7-101

雖累葉百疊　1-398

雖終歸燋爛　8-480

雖綱維之備設　2-422

雖群黎之所御　2-469

雖自以爲道洪化以爲隆　1-454

雖自己作　7-47

雖自見之明　6-379

雖舅氏隆盛　9-227

雖色艶而賂美兮　3-27

雖英宰臨戎　9-363

雖茲宅之夸麗　1-370

雖茲物之在我　3-146

雖萎絶其亦何傷兮　6-9

雖萬乘之無懼　1-281

雖萬全無患　6-464

雖萬被戮　7-159

雖蒙堯舜之術　6-459

雖蒙幸於今日　2-433

雖蒙曠盪　6-319

雖虞卿適趙　7-76

雖虞夏以前　8-346

雖衆辭之有條　3-138

雖袁紹糞行　8-336

雖覆醢其何補　2-470

雖言事必史　6-232

雖設敎不倫　8-3

雖諷雅頌　7-51

雖諸貴不能安其位　6-442

雖貧窮而不改　3-6

雖貴非所榮　5-75

雖賢不乏世　6-282

雖踰千祀　1-415

雖身分蜀境　6-282

雖輕迅與僄狡　1-107

雖近則密　9-156

雖通塞有遇　3-52

雖逝止之無常　3-136

雖速亡趨亂　9-64

雖造門猶有不得賓者焉　9-12

雖逢昆其必噬　3-17

雖遇塵霧　8-192

雖遇履虎　8-191

雖遊夏之英才　9-92

雖遊娛以媮樂兮　3-35

雖道謝先代　8-181

雖違古而猶襲之　8-232

雖遠猶疏　9-156

雖選言以簡章　1-458

雖邯鄲其敢詠　2-462

雖鄧訓致劓面之哀　9-425

雖醴化懿綱　9-46

雖陛下二相　6-353

雖除舊布新　7-41

雖隙駟不留　7-338

雖雅知惲者　7-167

雖離方而遯員　3-134

雖非一塗　8-360

雖非休憩地　4-359

雖非甲冑士　3-457

雖靡率於舊典　2-238

雖革命殊乎因襲　9-180
雖音景其必藏　9-487
雖頹割其三垂　2-104
雖顏冉龍翰鳳雛　9-121
雖願其繾綣　4-288
雖願忠其焉得　6-73
雖飾以金鑣　7-284
雖馳辯如濤波　7-473
雖體解吾猶未變兮　6-15
雖麗非經　1-314
雖龍飛於文昌　9-483
雙兔過我前　5-70
雙則比目　1-366
雙宇如一　3-58
雙崎望河澳　5-378
雙情交映　4-243
雙材悲於不納兮　3-27
雙枚既修　2-315
雙棲一朝隻　4-148
雙棺在茲　9-492
雙椅垂房　3-248
雙涕如霑露　5-407
雙渠相溉灌　4-28
雙游豊水湄　5-411
雙瞳夾鏡　2-448
雙美幷進　3-214
雙袂如霧散　4-296
雙角特起　2-149
雙轅是荷　2-312
雙闕似雲浮　5-155
雙闕指馳道　5-473
雙闕百餘尺　5-213
雙闕雲竦以夾路　2-266
雙鳧飛不爲之少　7-460
雙鳳嘈以和鳴　3-228
雙鴻翔　3-227
雙鶴下　2-52
雙鷺游蘭渚　4-289

雚蒲攸在　9-417
雚蒲竟廣澤　5-38
雚蒻森　1-431
雜雉必懷　9-422
雜以流徵　7-444
雜以留夷　2-71
雜以蘊藻　1-328
雜以離宮　6-477
雜伎藝以爲珩　3-8
雜商羽於流徵　3-233
雜夭采於柔荑　8-80
雜弄間奏　3-191
雜揷幽屛　1-365
雜有賦體　8-27
雜杜若　6-109
雜杜衡與芳芷　6-9
雜沓從萃　1-375
雜沓叢頹颯以方驤　3-34
雜物奇怪　2-294
雜珮雖可贈　5-511
雜瑤象以爲車　6-35
雜申椒與菌桂兮　6-7
雜糅紛錯　1-447
雜縣寓魯門　4-10
雜纖羅　2-50
雜而集之　1-75
雜舌其間　2-76
雜芰荷些　6-82
雜花生樹　7-332
雜英滿芳甸　5-16
雜衣裳　2-124
雜裾垂髾　6-109
雜襲絫輯　2-80
雜襲錯繆　1-386
離人始唱　9-115
離犬罕音　6-367
離登棲而斂翼　3-97
離鳴不已　9-102

雞鳴洛城裏　5-169

雞鳴達四境　5-38

雞鳴關吏起　4-75

雞鳴高樹巓　4-442

離之則雙美　3-137

離別在須臾　5-230

離別永無會　4-218

離堅合異之談　8-89

離妻爲之失睂　6-143

離妻眇目於毫介　7-482

離宮之苦辛哉　2-277

離宮別館　1-94

離宮天邃　9-294

離宮收杞梓　4-406

離居幾何時　5-304

離居殊年載　3-491

離思一何深　4-438

離思固已久　5-93

離思故難任　5-260

離思難常守　5-408

離思非徒然　5-486

離房乍設　8-79

離散別追　2-84

離散轉移　2-379

離於全經固以遠矣　7-349

離會雖相親　3-439

離朱之至精　2-309

離朱脣而微笑兮　3-27

離榭脩幕　6-81

離樓梧而相撐　3-68

離此患也　8-122

離此阻艱　9-210

離爲十二　7-458

離獸東南下　4-115

離獸起荒蹊　3-487

離畢之雲　6-186

離石之將兵都尉　8-289

離秦衡　2-380

離絶以來　7-194

離綱別赴　2-461

離群喪侶　2-423

離群戀所思　5-306

離群獨遊　7-317

離群難處心　4-45

離聲斷客情　5-158

離背別趣　2-328

離芳藹之方壯兮　6-70

離若散雪　6-134

離蔬釋蹻而享膏粱　8-123

離衆絶致　3-139

離身反踵之君　8-74

離辭連類　6-107

離邦去里　3-116

離離列錢　2-312

離離山上苗　3-458

離靡廣衍　2-72

離項于懷　8-148

離騷詠其宿莽　1-359

離鳥悲舊林　4-262

難以冀矣　7-414

難以敵堂堂之陣　7-425

難以當子來之民　7-425

難以目識　8-485

難以禦天下之師　7-425

難以託根　7-319

難可再遇　7-73

難可與等期　5-224

難可詳悉　1-65

難固易携　9-125

難得之貨　1-440

難於上天　6-469

難測究矣　3-256

難爲俗人言也　7-159

難與慮始　7-354

難與道純綿之麗密　8-118

難與王室　9-69

雨 ————————

雨垂落而復收　7-264

雨師氾灑　1-131

雨師灑道　7-267

雨息雲猶積　3-417

雨泗丹掖　9-316

雨泣交頤　9-212

雨無微津　1-421

雨絶於天　7-416

雨絶無還雲　5-484

雨足灑四溟　5-315

雨雪飄飄　1-192

雨露未嘗晞　5-161

雪之時義遠矣哉　2-394

雪山峙於西域　2-393

雪會稽之恥　8-412

雪滿群山　2-461

雪粉糅而遂多　2-395

雪落何霏霏　5-56

雪霏霏而驟落兮　3-100

雲中辨江樹　5-8

雲之油油　8-218

雲動風偃　8-233

雲去蒼梧野　3-445

雲合電發　2-138

雲和之瑟　1-256

雲夢者　2-43

雲天亦遼亮　5-500

雲容容兮而在下　6-53

雲屋天構　8-90

雲屋晧旰　6-142

雲屋萬家　9-417

雲屏爛汗　6-168

雲屯七萃士　3-506

雲布雨施　2-84

雲布霧散　8-211

雲師雥以交集兮　3-30

雲廻風烈　6-173

雲撤叛換　1-442

雲散原燎　7-402

雲散城邑　3-173

雲散還城邑　5-71

雲斂天末　2-406

雲施象漢徙　5-514

雲旗拂霓　1-244

雲旗輿暮節　3-393

雲日相輝映　4-468

雲根臨八極　5-315

雲粲藻梲　2-291

雲歸日西馳　4-47

雲氣四除　5-267

雲漢之詩　7-263

雲漢有靈匹　5-333

雲漫漫而奇色　3-114

雲潤星暉　8-76

雲無心以出岫　7-490

雲無處所　3-244

雲生梁棟間　4-7

雲端楚山見　5-13

雲精燭銀　2-361

雲罕九斿　1-253

雲罕晻藹　2-30

雲羅更四陳　5-478

雲翔電發　9-48

雲聚岫如複　5-378

雲臥恣天行　5-174

雲臺與年峻　4-348

雲輿聲之霈霈　3-247

雲菲菲兮繞余輪　3-37

雲蒸昏昧　1-352

雲蒸雨降兮　2-414

雲螭非我駕　4-9

雲行雨施　2-321

雲裝信解馽　5-517

雲覆霑霽　2-300
雲起雪飛　1-208
雲起龍驤　8-365
雲轉飄忽　3-171
雲錦被沙汭　5-505
雲雀踶甍而矯首　1-428
雲集霧散　1-115
雲雨之澤　6-322
雲雨所儲　1-366
雲靠靠兮承蓋　9-303
雲靠靠而承宇　6-58
雲霞之所沃蕩　9-391
雲霞冠秋嶺　5-502
雲霞收夕霏　4-54
雲霞肅川漲　5-20
雲霧之所蒸液　2-370
雲霧杳冥　1-210
雲飛揚兮雨滂沛　2-22
雲飛水宿　1-329
雲飛電薄　9-111
雲騎亂漢南　5-424
雲驁靈丘　8-156
雲髻峨峨　3-272
雲鬱石道深　5-517
零丁孤苦　6-309
零淚沾衣裳　5-20
零淚緣纓流　4-10
零落在中路　5-471
零落將盡　5-420
零落從此始　4-103
零落悲友朋　5-362
零落歸山丘　5-64
零落殆盡　7-171
零落略盡　7-214
零雨潤墳澤　4-354
零雨被秋草　3-430
零雪寫其根　6-165
零露垂鮮澤　5-279

零露彌天墜　5-411
零露沾凝　9-244
雷動焱至　2-48
雷動雲合　7-460
雷動電標　8-251
雷叩鍛之炭谷兮　3-187
雷同影附　8-28
雷同相從　7-352
雷塡塡兮雨冥冥　6-54
雷奔電激　1-111
雷師告余以未具　6-22
雷抃重淵　1-355
雷殷殷而響起兮　3-66
雷輻蔽路　9-168
雷雨窈冥而未半　1-428
雷霆虎步　7-390
雷風通饗　8-66
雷駭電逝　8-82
雷鬱律於巖窔兮　2-13
雷鼓夔夔　1-256
雹布餘糧　2-361
電儵忽於牆藩　2-13
電動風驅　9-181
電往杳溟　2-368
電擊壤東　8-145
電照風行　9-94
電發荊南　9-25
霄月皓中閨　5-336
霄靄靄而晻曖　2-287
雪曄炭炭　3-225
霅然陽開　2-8
霅煜其間者　7-475
霆奮席卷　7-408
霆擊昆陽　1-122
霆駭電滅　3-172
霆駭風徂　9-211
震主之勢　8-46
震動於厥心　9-460

震動郛邑 9-425
震天駭地 7-312
震悼于厥心 6-199
震耀都鄙 2-218
震聲日景 8-233
震遠則張博望 2-216
震電晦冥 8-433
震震塡塡 2-30
震震爚爚 1-111
震響成雷 9-425
震風洞發 9-152
震風過物 8-167
震驚台司 9-255
震鬱怫以憑怒兮 3-187
震鱗槃於夏庭兮 2-473
霍濩紛葩 3-211
霍然病已 6-125
霍繹紛泊 1-192
霍若碎錦 2-150
霍融敍分至之差 9-196
霏霜封其條 6-165
霐寥窲以崢嶸 2-286
霑余襟之浪浪 6-19
霑恩撫循 9-256
霑玉斝之餘瀝 9-117
霑繁霜而至曙 3-278
霑胸安能已 4-149
霖潦淹庭除 5-282
霖瀝過二旬 5-316
霖雨成川澤 4-202
霖雨泥我塗 4-212
霜刃染 1-383
霜夜流唱 9-316
霜戾秋登 2-451
霜氣何皚皚 4-186
霜氣橫秋 7-363
霜蓄露葵 6-133
霜被庭兮風入室 3-102
霜鍔水凝 6-177
霜鏑高翬 9-270
霜降休百工 3-385
霜雨多異同 5-444
霜雨朝夜沐 5-380
霜雪零而不渝其色 9-112
霜露一何緊 5-474
霜露沾衣 5-60
霜鵽黃雀 6-182
霞駮雲蔚 2-286
霤泠泠以夜下兮 3-100
霧失交河城 5-465
霧涌雲蒸 9-108
霧集而蒙合兮 2-6
霧集雨散 8-233
霧雨咸集 6-440
霧露沾衣裳 5-296
霰淅瀝而先集 2-395
霰雪紛其無垠兮 6-58
露下地而騰文 3-118
露往霜來 1-379
露凄淸以凝冷 2-387
露申辛夷 6-59
露華識猿音 5-517
露采方汎豔 5-520
露雞臛蠵 6-82
霸功興宇縣 5-373
霸楚寔喪 8-147
霸業已基 8-197
霸池不可別 5-13
霸王之所根柢 1-368
霹靂烈缺 2-113
霽如晨霞孤征 2-368
靄歎頹息 3-183
靃靃霏霏 2-244
靈之來兮如雲 6-47
靈仙之所窟宅 2-260
靈偃蹇兮姣服 6-41

靈囿繁若榴 3-435
靈囿耀華果 4-430
靈圄燕於閑館 2-76
靈境信淹留 5-504
靈雍川以止鬮 2-187
靈壽桃枝 1-323
靈妃顧我笑 4-7
靈山紀地德 4-84
靈廟荒頓 6-224
靈心往還 9-403
靈慶既啓 8-369
靈旗樹旆 3-368
靈景耀神州 3-462
靈果參差 3-60
靈柩寄京師 4-215
靈武冠世 8-149
靈氛既告余以吉占兮 6-35
靈淵之龜 6-183
靈湖之淵 2-356
靈源與積石爭流 9-406
靈爲星辰 8-173
靈物吝珍怪 4-481
靈物咸秩 2-446
靈獻微弱 4-267
靈異俱然棲 5-10
靈皇皇兮既降 6-42
靈監敍文 5-41
靈監無象 9-164
靈祇之所保綏 1-308
靈祖皇考 1-258
靈臺傑其高峙 3-56
靈臺既崇 1-147
靈芝望三秀 5-511
靈芝生於丘園 2-331
靈若翔於神島 2-220
靈蚪承注 9-203
靈衣虛襲 9-294
靈谿可潛盤 4-5

靈睨自甄 8-368
靈輀回軌 9-212
靈迊迄兮 2-23
靈連蜷兮既留 6-42
靈運之興會摽擧 8-350
靈鑒洞照 8-189
靈鑒集朱光 3-478
靈響時驚於四表 1-416
靈鳥宿水裔 3-352
靈鳳振羽儀 5-478
靈鼓動於座右 7-246
戁飋其形 2-344
戁韛雲布 2-341
儠昱絶電 2-341

青

青冥肝瞑 1-297
青壁萬尋 3-204
青壇蔚其嶽立兮 2-27
青州之散吏也 8-289
青州涉濟漯 7-389
青徐戰士 7-312
青徼釋警 6-186
青春滿江臯 5-511
青春速天機 5-483
青松挺秀萼 5-500
青松落陰 7-366
青松蔭修嶺 4-435
青林結冥濛 5-507
青柳何依依 3-434
青條若摠翠 5-301
青樓臨大路 5-66
青浦正沈沈 5-517
青煙傍起 9-249
青瑣丹墀 1-164
青瑣丹楹 1-370
青瑣銀鋪 2-315

靑社白茅 9-220
靑筍紫薑 3-60
靑簡尙新 7-338
靑精翼紫軨 5-361
靑紫明主恩 5-487
靑綸競糾 2-361
靑翠杳深沈 4-42
靑翰侍御 8-59
靑苔依空牆 5-304
靑苔日夜黃 5-489
靑荃射幹 3-250
靑莎雜樹兮 6-90
靑蓋南泊 9-192
靑蕃蔚乎翠澂 2-241
靑谿千餘仞 4-6
靑騰丹粟 1-295
靑雲浮洛 6-487
靑雲爲紛 2-110
靑霞雜桂旗 4-85
靑靑園中葵 5-49
靑靑子衿 5-53
靑靑河畔草 5-211
靑靑河邊草 5-46
靑靑陵上松 4-2
靑靑陵上柏 5-212
靑鞦莎麾 2-149
靑驪結駟兮 6-86
靑驪逝駸駸 4-117
靑骹擊於構下 1-198
靑鳥海上遊 5-480
靑龍蚴蟉於東箱 2-76
靖恭委命 2-173
靖恭自思 9-164
靖潛處以永思兮 2-467
靖端肅有命 4-438
靖難河濟 8-151
靚糚刻飾 2-92
靚莊藻野 8-60

靜一流競 6-357
靜亂庇人 8-179
靜嘯撫淸弦 4-8
靜守約而不矜 2-432
靜安海內 7-412
靜寂愴然歎 5-289
靜惟淶群化 4-375
靜無徵效 7-263
靜聽不聞雷霆之聲 8-139
靜觀尺棰義 5-497
靜言幽谷底 5-80
靜躁亦殊形 4-236
靜閒安些 6-79
靜闔門以窮居兮 3-96
靜默鏡綿野 5-517

非 ——————

非一世也 7-137
非一世所選 9-41
非一丘之木 8-410
非一人之略也 8-410
非一時也 8-28
非一狐之腋 8-410
非不厚也 6-281
非不才於虞而才於秦也 9-4
非人事也 8-277
非人力也 8-434
非以風民也 3-163
非余力之所戮 3-146
非余心之所嘗 3-8
非余心之所急 6-10
非余揚濁淸 4-166
非例也 8-14
非俟西子之顏 9-146
非假物所隆 9-146
非假百里之操 9-146
非傍詩史 8-352

非克己所勖 9-146
非公莫可 9-421
非其任也 7-70
非其然者與 8-42
非其罪也 9-254
非凡耳所悲 9-144
非劉氏有也 8-454
非及曩時之士也 8-382
非取制於一狐 6-404
非受匏瓜之性 9-148
非可以一理徵 9-87
非可以一途驗 9-87
非可單究 1-458
非君子之法也 7-475
非君撤瑟晨 4-167
非君攸濟 6-205
非君獨撫膺 5-166
非君美無度 4-394
非君誰能贊 4-296
非吳蜀之敵也 8-289
非吾人之所寧 1-109
非吾人之所欲 6-189
非周瑜水軍所能抑挫也 7-199
非命世之雄 8-307
非國家鍾禍於彼 7-407
非堯舜成湯文王三驅之意也 2-104
非天下之和樂 3-229
非天命之靡常 2-159
非夫淵靜者不能與之間止 3-217
非夫貞壯之氣 9-264
非夫通神之俊才 2-297
非夫遠寄冥搜 2-261
非夫遺世翫道絕粒茹芝者 2-261
非夫體通性達 7-53
非如八卦之爻 8-18
非子之念 4-245
非子爲慟 9-244
非宗子獨忠孝於惠文之間 8-458

非尊於齊楚燕趙韓魏宋衛中山之君也 8-381
非常之原 7-433
非常寐而無覺 1-467
非常音之所緯 3-139
非幽蘭所難 9-137
非庸聽所善 9-144
非張良之拙說於陳項 9-5
非待期月 9-418
非徒人力所能立也 7-406
非徒聰明神武 2-209
非復別離時 3-448
非復掖庭永巷之職 8-334
非復漢有 7-300
非德孰可 8-152
非必絲與竹 4-18
非性之適 9-153
非悅鐘鼓之娛 9-136
非惟遍之我 8-218
非惟雨之 8-218
非惡臣國而樂吳民 6-440
非意相幹 9-463
非感玉帛之惠 9-136
非應物之具 9-142
非懼眞龍 6-255
非戰國之器也 8-289
非所以保守社稷 8-458
非所以勸進賢能 8-462
非所以安社稷爲萬代之業也 8-461
非所以强幹弱枝 8-461
非所以愛人治國也 1-411
非所以深根固蒂也 1-411
非所以爲繼嗣創業垂統也 2-94
非所以襃獎元功 9-250
非所克堪 7-108
非所敢望也 4-323
非所望於士君子也 7-354
非所望於蕭傅 2-231

非所聞也　8-22
非所聞也　8-451
非抗於九國之師也　8-381
非放達者不能與之無吝　3-217
非敢羨寵光之休　7-242
非新家其疇離之　8-233
非新於齊秦　6-450
非是時之攸珍　3-4
非時俗之所服　6-10
非有他故　7-327
非有仲尼墨翟之賢　8-380
非有先生仕於吳　8-385
非有先生伏而唯唯　8-385
非有剖符丹書之功　7-147
非有吳先主諸葛孔明之能也　8-289
非有工輸雲梯之械　9-39
非有明王聖主　8-386
非有期乎世祀　1-430
非有求而爲也　9-103
非有深入攻戰之計　7-201
非有積素累舊之歡　8-398
非有聖智之君　8-409
非楚鄭之政　7-239
非欲以騁道里　7-172
非欲窮武極戰　7-422
非欲而强禁也　8-487
非止恒受　9-410
非止萬機　9-183
非毀譽所至　9-446
非求效於方今　7-7
非火之和　9-153
非無懷春之情　9-148
非爲守禦　2-62
非爲財幣　2-62
非獨蜀之人士及二州牧伯所見明知　6-313
非獨今也　7-238
非獨昊天　9-501
非王心之所怡　9-483

非當世所奉者　8-317
非直也明　9-283
非直旦暮千載　9-465
非相侵肌膚　7-200
非祚惟殃　8-366
非秦之爲與　8-234
非秦者去　6-433
非積學所能致也　8-478
非章華　2-126
非精誠其焉通兮　2-479
非純德之宏圖　1-307
非絲竹之所擬　3-233
非編列之民　7-376
非蠡王室　3-295
非聖人孰能脩之　8-12
非聖人所脩之要故也　8-13
非臣之尤　6-380
非臣之所志也　6-282
非臣毀宗夷族　6-324
非臣隕首所能上報　6-311
非至精者不能與之析理也　3-217
非至聖無軌　3-50
非致治之機　9-142
非致雨之備也　7-264
非興邦之選　9-135
非舟非駕　9-284
非良樂之御　7-239
非苟尚辭而已　8-26
非若晚代分爲二塗者也　8-356
非蕭曹子房平勃樊霍則不能　7-461
非蘇世而居正　1-468
非虛明之絶境　8-90
非要之皓首　7-232
非說之辜　8-161
非誼士也　8-245
非論公侯之世　8-355
非謂世族高卑　8-357
非謂侯伯無可亂之符　9-62

非貪瓜衍之賞　9-138
非貪而後抑也　8-487
非買價於泉裏　3-117
非遇其時　8-270
非道弘人者乎　8-307
非疏樕之士所能精　1-455
非都盧之輕趫　1-174
非鄙人之所庶幾也　7-245
非鄙俚之言所能具　1-455
非鄰國之勢也　8-289
非醇粹之方壯　1-410
非銛於鉤戟長鎩也　8-381
非鑽仰者所庶幾也　7-65
非陛下而誰　6-333
非隆家之舉　9-135
非隱之也　8-22
非韶夏之樂也　7-475
靡不受獲　2-98
靡不奔走貢獻　8-421
靡不宣臻　8-236
靡不抑退　6-206
靡不望影星奔　9-114
靡不由之　6-328
靡不畢殖　3-60
靡不被築　2-71
靡不載綏　2-295
靡事不咎　9-221
靡事不惟　4-179
靡國不夷　4-174
靡地不營　1-232
靡幽不喬　9-229
靡得而詳焉　8-27
靡微風　1-115
靡德不鑠　4-242
靡所寘念　9-334
靡扶靡衛　3-295
靡日不思　4-175
靡日月之朱竿　2-110

靡暴于衆　3-342
靡曼美色　2-92
靡有兵革之事　7-375
靡有寧歲　6-373
靡有闕遺矣　7-434
靡木不滋　2-147
靡然向風　9-185
靡玄無所成名乎　7-466
靡田不播　3-283
靡田不殖　3-283
靡節西征　2-139
靡而不典　8-246
靡耳目兮一遇　9-302
靡聞而驚　2-152
靡薜荔而爲席兮　2-18
靡號師矢敦奮撝之容　8-252
靡誰督而常勤兮　2-32
靡譽靡違　7-85
靡軀不悔　4-322
靡迤趨下田　5-342
靡適不懷　3-296
靡邦不泯　4-248
靡雲旗　2-83
靡靡即長路　4-354
靡靡忽至今　5-292
靡靡愔愔　1-395
靡靡我心愁　5-37
靡靡日夜遠　4-301
靡靡江離草　5-408
靡靡猗猗　3-215
靡顏膩理　6-81
靡魚須之橈旃　2-47

9획

面

面有逸景之速　7-237
面終南而背雲陽　2-204
面縛西都　7-330
面邑不遊　3-326
面邑里兮蕭散　9-303
面郊後市　3-56
靨輔承權　3-272

革

革命創制　8-363
革宋受天　8-66
革心於來日　7-47
革正朔　2-95
革滅天邑　8-254
革車近次　9-182
革鞈不穿　2-137
靫雪警捷　1-379
鞍馬光照地　3-502
鞍馬塞衢路　5-456
鞏更恣睢　9-255
鞏更爲魁　9-248
鞠巍巍其隱天　1-296
鞠爲禾黍　6-367
鞠稚子於懷抱兮　3-101
鞠茂草於圓扉　8-73
鞠躬中堅內　5-36
鞭洛水之宓妃　2-123
鞮譯無曠　8-75
鞮鍪生蟣蝨　2-136
鞮鞻所掌之音　1-447
鞶帨之麗　9-429

韋

韋轉毳幕　7-114
韑昧任禁之曲　1-447
韓公淪賣藥　5-487
韓午助亂於外內　8-305
韓哀附輿　8-119
韓國知其才　6-285
韓國趙厠　3-116
韓子所見　8-12
韓宣子適魯　8-11
韓幷魏俀　7-308
韓彭葅醢　7-122
韓暹楊奉　6-200
韓王按劍　7-197
韓王窘執　8-149
韓王韓信　8-142
韓當潘璋黃蓋蔣欽周泰之屬　9-30
韓盧噬於縲末　1-199
韓設辯以激君　7-476
韓非囚秦　7-157
韜於简中　1-376
韜此洪族　9-280
韜精日沈飲　3-497
韜跡匿光　8-151
韜軼炎漢　8-70
韞奇才而莫用　9-85
韞櫝毀諸　4-309
韙哉言乎　6-154

音

音以賞奏　4-312
音均不恒　3-238
音塵愍寂蔑　3-443
音容選和　2-408
音徽日夜離　5-404
音徽與春雲等潤　9-351

音朗號鍾　6-166
音冷冷而盈耳　3-145
音義旣遠　7-66
音聲日夜闊　4-257
音聲凄以激揚　2-426
音要妙而含淸　3-222
音要妙而流響　3-238
音韻天成　8-352
音韻盡殊　8-352
音響一何哀　3-355
音響一何悲　5-214, 5-221
韶夏之樂　8-469
韶武備　1-137
韶濩武象之樂　2-91
韶濩錯音　8-167
韻宇弘深　9-351
韻淸繞梁　6-166
韻與道合　8-192
響乘氣兮蘭馭風　9-298
響我明德　9-210
響抑揚而潛轉　3-233
響若坻隤　7-467
響難爲系　3-139

頁

頂凝紫而煙華　2-460
頃之　9-238, 9-455
頃之解職　8-103
頃何以自娛　7-218
頃戎車遠役　6-371
頃撰其遺文　7-215
頃深汰珪符　6-246
頃者炎旱　7-263
頃者足下離舊土　7-169
頃諸鼓吹廣求異妓　7-60
頃轉增篤　7-292
項氏爵號　8-232

項氏畔換　8-363
順乎天　9-51
順乎天而享其運　8-290
順君之情　7-205
順命以創制　8-263
順地之理　7-449
順大名也　8-277
順天性而斷誼　2-477
順天行誅　1-227
順天道以殺伐　2-94
順序卑　3-257
順彌代些　6-81
順微風　3-166
順德崇禮　1-424
順紋卑迖　3-155
順斗極　2-135
順時服而設副　1-252
順時立政　2-302
順時而動　4-131
順民終始　9-400
順流而東　7-311
順皇高禪　9-367
順籠檻以俯仰　2-426
順辰通燭　2-405
順阿而下　2-65
順陰陽以開闔　1-106
順非辯僞者　9-388
順風烈火　7-403
順風而稱曰　6-130
須富貴何時　7-166
須自經營　7-255
須臾之間　3-244, 3-256
頌之徽音　3-37
頌優游以彬蔚　3-135
頌其所見也　1-316
頌曰　1-141, 8-142
頌有醉歸之歌　3-163
頌者　1-69, 7-497

頌聲載路而洋溢　1-450

頌莽恩德　8-458

頌酒雖短章　3-497

預今所以爲異　8-18

預班通徹　7-43

預見古人風　5-457

頑凶是嬰　3-321

頒官分務　8-310

頒賜獲鹵　1-202

頓八紘以掩之　7-227

頓精爽於自求　3-145

頓綱縱網　6-140

頓羲和之轡　7-237

頓脩趾之洪姱　2-460

頓象羆　1-112

頓足託幽深　5-301

頓足起舞　3-62, 7-166

頓轡倚嵩巖　4-443

頓首死罪上書　6-327

頓首頓首　3-312, 6-334, 8-246

頗妒　3-65

頗常觀覽　6-254

頗復有所述造不　7-218

頗悅鄭生偃　4-121

頗有秦趙之聲　8-33

頗有詩禮春秋先師　7-348

頗有飄薄之歎　5-431

頗節之以禮　8-28

頗見親幸　8-331

頗識其情　6-353

頗識治亂情　5-429

頗迴故人車　5-330

領主簿欽　7-60

領兗州刺史　7-383

領右衛將軍　9-358

領司徒　9-457

領吏部　8-99

領太傅主簿　3-51

領太子右衛率　9-357

領太子少傅　8-103

領略歸一致　5-497

領衛尉　9-359

領袖後進　6-407

領選如故　8-100

領驃騎大將軍　9-371

頤性養壽　4-132

頤情志於典墳　3-129

頮薄怒以自持兮　3-259

頮杳眇而無見　2-75

頮眺流星　6-142

頭上金爵釵　5-65

頭蓬不暇梳　2-136

頭陀寺者　9-391

頭面常一月十五日不洗　7-283

頰濯髮齒　6-117

頰尾丹鰓　6-183

頷若動而躞跕　2-292

頸處險而瘿　8-482

頽唐遂往　3-160

頽綱既振　3-369

頽陽照通津　3-438

頽隴并墾發　4-143

頽響赴曾曲　4-22

頽魄不再圓　4-121

頽齡儵能度　4-88

頻作二守　9-358

頻於塗炭　9-248

頻繁省闥　6-349

頻致怨憎　4-129

顧淡滂流　3-181

題以巧宦之目　3-50

題子行間　9-266

題湊既肅　9-297

顯顯印印　6-120

顏丁之合禮　9-364

顏冉大賢　9-9

顔回以之仁　3-218
顔回敗其叢蘭　9-82
顔淫溢而將罷兮　6-70
顔淵樂於簞瓢　7-481
顔的礫以遺光　3-27
顔與冉又不得　2-470
顔色憔悴　6-65
顔謝騰馨　8-350
顔閔相與期　4-111
願一見兮道余意　6-69
願一見而有明　6-72
願一見顔色　5-468
願乞終養　6-313
願二子措意焉　8-407
願二生亦勿疑　8-409
願仁君及孤虛心回意　7-207
願以潺湲水　5-29
願以黃髮期　5-435
願低帷以昵枕　2-399
願依彭咸之遺則　6-10
願俟時乎吾將刈　6-9
願假夢以通靈兮　3-100
願假飛鴻翼　5-75
願先生爲之賦　2-420
願其弗與　4-170
願勉旃　7-169
願反初服　6-154
願君少留意焉　7-204
願君崇令德　5-238
願君廣末光　5-139
願告吾子　8-431
願因先生決之　6-61
願因流波超重深　5-416
願垂晉主惠　5-149
願垂湛露惠　5-482
願垂薄幕景　5-448
願大王察玉人李斯之意　6-448
願大王寬其罪　7-444

願大王熟察　6-448
願大王熟察之　6-444, 6-448
願大王熟察焉　6-479
願子留斟酌　5-235
願寄雙飛燕　5-469
願得受號者以億計　7-435
願得展嬿婉　3-427
願得常巧笑　5-225
願得遠渡以自娛　3-39
願從足下　8-397
願復守先人弊廬　6-303
願復聞之　6-114
願忠者衆　6-434
願我賢主人　3-348
願接手而同歸　2-398
願舉泰山以爲肉　7-236
願朝宗而每竭　7-88
願欲一輕濟　5-263
願欲託遺音　5-260
願濟須臾　8-405
願爲南流景　5-261
願爲比翼鳥　3-427
願爲臣妾　7-308
願爲臣妾者哉　6-333
願爲西南風　4-135
願爲雙鳴鶴　5-215
願爲雙黃鵠　5-236
願王勿與出入後宮　3-264
願留意顧老母少弟　7-179
願睹卒歡好　4-113
願竭力以守誼兮　3-6
願終惠養　2-458
願聞之乎　6-133
願聞大國之風烈　2-55
願聞德音　7-200
願聞所以辯之之說也　1-219
願蒙矢石　3-322
願言不獲　4-225

願言之懷　7-210
願言俱存　7-205
願言寄三鳥　5-486
願言屢經過　4-33
願言思所欽　4-263
願言旋舊鄉　4-432
願託歸風響　5-117
願責先帝之遺約　6-476
願賓攄懷舊之蓄念　1-86
願賜問而自進兮　3-66
願足下勉之而已矣　7-239
願足下勿似之　7-295
願足下勿復望陵　7-127
願銜枚而無言兮　6-73
願陛下全之　8-216
願陛下存舜禹至公之情　6-334
願陛下沛然垂詔　6-293
願陛下矜愍愚诚　6-313
願陛下親之信之　6-271
願陛下託臣以討賊興復之效　6-273
願隨越鳥　5-255
願飛安得翼　5-252
願騁代馬　5-255
願黔黎其誰聽　2-228
顚倒偃側　6-122
顚倒失據　3-261
顚倒衣裳　8-311
顚沛之釁　9-64
顚沛遇災患　4-124
顚覆之軌轍　1-347
顚覆巢居　1-385
顑羈旅而無友兮　3-14
類不護細行　7-215
類分之中　1-76
類帝禋宗　9-184
類有微而可以喻大　2-430
類此遊客子　5-261
類物之通稱　8-355
類田文之愛客　9-126
類肧渾之未凝　2-357
顧亦曲士之所歎也　1-347
顧以顏色　6-482
顧侯體明德　4-260
顧六翮之殘毁　2-426
顧厚固而繕藩　2-161
顧取笑乎鳴玉　3-144
顧史弘式　9-323
顧哂連城　8-190
顧國家於我已矣　7-116
顧女師　3-261
顧妻子　7-154
顧己反躬　6-391
顧己循涯　7-96
顧己枉維縶　4-39
顧己雖自許　4-470
顧常以爲士之生也　3-50
顧弄稚子　3-110
顧形影　3-165
顧影兮傷摧　3-102
顧影悽自憐　4-442
顧循良菲薄　5-389
顧念張仲蔚　5-488
顧念蓬室士　4-198
顧惟後昆　3-406
顧戀慈母　9-231
顧我梁川時　5-431
顧日影而彈琴　3-75
顧曜後嗣之末造　1-120
顧有至愚極陋之累　8-118
顧望但懷愁　4-205
顧望懷怨　3-278
顧望歔欷　9-501
顧望無所見　4-144
顧望脰未悁　4-363
顧望避敵　7-18
顧此悢悢　7-293

顧此腹背羽　4-342
顧此難久耽　5-301
顧步佇三芝　4-85
顧步咸可懽　5-130
顧無足算　6-394
顧疇弄音　4-224
顧盼生姿　4-223
顧省闕遺　8-222
顧眄千里　7-188
顧眄遺光采　5-65
顧瞻情感切　5-296
顧瞻戀城闕　4-212
顧瞻望宮闕　5-200
顧知死所　7-94
顧石室而廻輪　6-161
顧稚子兮未識　3-102
顧而言曰　9-466
顧聞號泣聲　4-138
顧臨太液　1-178
顧自以爲身殘處穢　7-133
顧舊要於遺存　3-84
顧茲梧而興慮　3-208
顧草木而如喪　7-364
顧葛藟之蔓延兮　3-95
顧行吠主　7-398
顧西尙有違命之蜀　6-278
顧視帝京　7-486
顧視日影　3-73
顧請旋於僸汎　2-196
顧謂僕曰　2-41
顧謂四坐賓　3-470
顧謂文學夫子　8-407
顧謂枚叔　2-400
顧躊躇以舒緩　3-226
顧邈同列　6-318
顧金天而歎息兮　3-15
顧陸之裔　1-372
顧雍字元歎　8-187

顧非累卵於疊棊　1-465
顧黙而作太玄五千文　7-457
頷頤折頵　7-467
顯仁翌明　1-451
顯允陸生　4-274
顯宗追感前世功臣　8-327
顯宗阿都說足下議以吾自代　7-276
顯巖穴之士　7-139
顯左右之勤也　7-80
顯戮亦從　3-340
顯文武之壯觀　1-448
顯明臧否　4-129
顯朝惟淸　6-152
顯棣華之微旨　9-111
顯猷翼翼　3-283
顯祖揚名　7-416
顯祖曜德　9-239
顯禎祥以曲成　1-449
顯翼翼　1-128
顯考康侯　9-229
顯茲太原　7-85
顯誅我帥　9-258
顯軌莫殊轍　5-452
顯顯令問　8-135
顴骨成嶽　2-345

風 ─────────

風之始也　7-494
風之所被　7-430
風也　7-494
風人之作　7-258
風人詠之　6-290
風以動之　7-494
風以詩書　7-460
風伯掃途　7-267
風伯淸塵　1-131
風俗以鼇果爲嬶　1-464

風俗淫僻　8-300

風儀與秋月齊明　9-351

風光草際浮　5-383

風出窗戶裏　4-7

風動神行　9-418

風動萬年枝　5-365

風化之美　8-97

風厲焱舉　6-139

風厲霜飛　6-172

風去雨還　2-462

風后陪乘　1-262

風嗥雨嘯　2-275

風土豈虛親　4-301

風塵不起　9-423

風寒所災　8-484

風必摧之　9-14

風悲黃雲起　5-433

風情張日　7-363

風憲愈薄　8-311

風揚月至　8-76

風散松架險　5-517

風斷陰山樹　5-465

風標秀舉　9-429

風止雨霽　3-244

風毛雨血　1-112

風氣所宜　8-3

風泉相渙　9-396

風泠泠兮入帷　9-302

風波一失所　5-230

風波子行遲　4-369

風波豈還時　4-475

風流彌繁　8-340

風流彌著　8-347

風流溷淆　2-247

風流籍甚　9-354

風流遂往　6-257

風流遠尚　9-441

風流雲散　4-170

風溯溯而扶轄兮　2-19

風潮難具論　4-481

風瀏瀏而夙興　3-100

風烈昭宣也　1-310

風無纖埃　1-421

風燧將爲災　4-10

風煙四時犯　5-380

風爲自蕭條　5-191

風物自淒緊　4-30

風眇眇兮震余旟　3-37

風睎三代　8-164

風移俗易　7-475

風篁成韻　2-408

風簾入雙燕　5-385

風美所扇　8-178

風聞東海王源　7-43

風聲一何盛　4-192

風至授寒服　3-385

風舞之情咸蕩　8-78

風蕭瑟而并興兮　2-257

風蕭蕭兮易水寒　5-195

風蕭蕭而異響　3-114

風衍遏坼　9-35

風觸楹而轉響　2-398

風謠尙其武　1-324

風謠歌舞　1-315

風起塵合　8-45

風起雨止　3-253

風軌德音　8-187

風連延蔓於蘭皋　1-326

風遅山尙響　3-417

風雅之則　8-28

風雅之所詠　6-293

風雅則諸葛瑾張承步騭　9-30

風雅寢頓　8-27

風雅無別耳　7-56

風雨如晦　9-102

風雨急而不輟其音　9-112

색인 **639**

風雨玉燭 6-241

風雪既經時 5-510

風雲之路千里 9-414

風雲律呂 9-197

風雲有鳥路 4-399

風雲未和 8-188

風雲淒其帶憤 7-364

風雲玄感 6-222

風雲草木之興 1-67

風雲通 1-356

風靡雲披 1-298

風颷電激 7-475

風颯颯兮木蕭蕭 6-54

風飄蓬飛 5-256

風飄飄而吹衣 7-489

風颰揚塵起 5-247

風颰發以漂遙兮 2-163

風餐委松宿 5-174

風馳羽檄 9-449

風馳電逝 4-223

風駭雲亂 3-213

風驚塵起 9-20

風體所以弘益 9-449

風鴻洞而不絶兮 3-154

颮颮紛紛 1-112

颯沓矜顧 2-462

颯沓鱗萃 9-117

颶瀏颰颰 1-361

颶撝合幷 3-168

颶凱風而南逝 2-344

颶摅燎之炎煬 1-256

颶翠氣之宛延 2-14

飆凱風而蟬蛻兮 2-466

飄忽潧潒 2-379

飄忽若神 3-275

飄萍浮而蓬轉 2-181

飄遊雲於泰淸 3-233

飄遙神擧逞所欲 3-39

飄風屯其相離兮 6-22

飄風迴而起闈兮 3-66

飄颻兮若流風之迴雪 3-272

飄颻冒風塵 4-301

飄颻可終年 5-480

飄颻戲九垓 4-11

飄颻放志意 3-344

飄颻若仙步 5-289

飄颻逼畏 2-434

飄颻遠遊之士 7-320

飄颻隨長風 5-260

飄颻高擧 9-212

飄飄焉如輕車之勒兵 6-120

飄飄窮四遐 5-86

飄餘響乎泰素 3-211

飀奮霆擊 7-183

飀起之師跨邑 9-25

飀騰波流 2-138

飀蕭條而淸泠 2-286

飀瑟兮 2-385

飛

飛不妄集 2-421

飛不飄颺 2-431

飛且鳴矣 7-451

飛光忽我遒 4-88

飛兔騁襄 6-265

飛名帝錄 8-143

飛奔互流綴 4-65

飛宇承霓 2-309

飛宇若雲浮 3-462

飛廉應南箕 5-315

飛廉扇炭 6-177

飛廉死紂 7-415

飛廉無以睎其縱 2-368

飛廉雲師 2-114

飛廉鼓於幽隧 3-236

飛揚伏竄　3-247
飛文染翰　1-72
飛旍翩以啓路　3-98
飛星入昴　6-218
飛柳鳥踶　2-312
飛梁偃蹇以虹指　2-289
飛榮流餘津　4-19
飛檄秦郊　3-334
飛檐轣轆　1-175
飛欄翼以軒翥　2-307
飛步遊秦宮　5-457
飛沈出其顧指　9-118
飛沫起濤　2-338
飛泉漱鳴玉　4-22
飛流吐納之規　9-198
飛流蘇之騷殺　1-254
飛澇相礦　2-342
飛燕寵於體輕　1-214
飛燕躍廣途　5-142
飛爛浮煙　1-382
飛狐白日晚　3-505
飛甍各鱗次　3-502
飛甍夾馳道　5-177
飛甍舛互　1-371
飛矢雨集　9-255
飛繪理　6-170
飛礫起而灑天　6-162
飛礫雨散　1-270
飛禽走獸　2-291
飛纖指以馳鶩　3-213
飛罕瀟箭　1-196
飛羽上覆　1-110
飛翠綾　2-217
飛翩凌高　6-143
飛翩成雲　6-140
飛翼天衢　7-207
飛者未及翔　1-132
飛聚凝曜之奇　2-398

飛聲有漢　4-331
飛聲激塵　6-147
飛舞兩楹前　5-460
飛英蕤於昊蒼　3-204
飛莖秀陵喬　4-423
飛華荐接　6-183
飛蒙茸而走陸梁　2-6
飛蓋東都門　5-488
飛蓋相追隨　3-344
飛蓋遊鄴城　5-476
飛薄殊亦然　4-491
飛藻雲肆　7-322
飛蛾拂明燭　5-304
飛觀榭乎雲中　1-331
飛觀百餘尺　5-263
飛觀神行　8-79
飛觴舉白　1-373
飛軒電逝　6-139
飛輕軒而酌綠酃　1-394
飛輶軒以戒道　2-449
飛辯摛藻　9-239
飛辯騁辭　6-264
飛遯離俗　6-129
飛采星燭　6-170
飛鋒無絶影　5-86
飛閣干雲　2-325
飛閣神行　1-239
飛閣纓虹帶　5-410
飛閣跨通波　5-120
飛閣逶迤　9-396
飛陛揭孽　2-296
飛陛方輦而徑西　1-427
飛陛躡雲端　5-412
飛陛陵山　6-169
飛陛陵虛　6-142
飛雨灑朝蘭　5-305
飛雪千里些　6-77
飛雪千里驚　5-464

飛雪督窮天　4-490
飛雲蓋海　1-388
飛雲霧之杳杳　2-163
飛雲龍於春路　1-239
飛霜急節　9-496
飛霜擊於燕地　6-481
飛霜迎節　6-166
飛霜鍔　6-183
飛青縞於震兌　2-30
飛軑越平陸　5-455
飛音響亮　1-361
飛駿鼓楫　2-340
飛鳥何翩翩　4-189
飛鳥未及起　3-253
飛鳥相與還　5-325
飛鳥相隨翔　4-112
飛鳥繞樹翔　5-261
飛鳥翔我前　4-28
飛鳥翔故林　4-139
飛鳥翕翼　8-421
飛鳥聞之　6-103
飛鳥鳴相過　4-106
飛鳴薄廩　2-150
飛鴻不我顧　5-75
飛鴻響遠音　4-45
飛黃服皁　2-444
飛龍兮翩翩　6-45
飛龍在天　8-123, 8-409
飜助逆以誅錯　2-232
飜飛指帝鄉　3-480

食 ────────

食不甘味　8-385
食不遑味者　6-281
食以駃騠　6-450
食其之下齊國　1-74
食原武之息足　2-169

食多方些　6-82
食惟蔬鮮　2-368
食舉雍徹　3-186
食有故人　7-36
食梅常苦酸　5-158
食苗實碩鼠　5-165
食若塡巨壑　7-236
食葛香茅　1-358
食邑三千戶　6-378
食邑二千戶　8-100
食邑五百戶　9-357
食邑加千戶　9-453
食邑千戶　6-386, 9-451
食野之蘋　5-54
飢不及餐　2-136
飭禮神之館　8-53
飲余馬於咸池兮　6-22
飲御酎　1-339
飲德方覺飽　5-435
飲河期滿腹　3-466
飲烽起　1-394
飲石泉兮蔭松柏　6-54
飲至臨華沼　3-435
飲若木之露英　2-18
飲若灌漏卮　7-236
飲讌遺景刻　5-426
飲青岑之玉醴兮　3-12
飲食不節　8-484
飲食則溫淳甘膬　6-98
飲食樂而忘人　3-65
飲餞觴莫舉　5-184
飲餞豈異族　4-254
飲餞野亭館　4-353
飲馬出城濠　5-491
飲馬南海　7-309
飽於文義　1-287
飽於盛德　8-421
飾以文犀　6-136

飾以碧丹　2-328
飾像薦嘉甞　3-480
飾固陋之心　6-440
飾巾待期而已　9-341
飾文杏以爲梁　3-68
飾法修師　9-27
飾獎駑猥　4-329
飾玉路之繁纓　6-138
飾玩華少　8-313
飾華榱與璧璫　1-163
飾華離以矜然　1-410
飾赤烏之韠暐　1-370
飾遺儀於組旒　9-310
飾高堂些　6-82
餉屈原與彭胥　2-123
養之以和　8-488
養之如春　7-478
養交都邑　1-335
養喪家之宿疾　9-68
養德乃入神　5-478
養更老以崇年　3-57
養流睇而猿號兮　2-479
養生念將老　5-435
養由基　6-471
養由矯矢　3-303
養痾亦園中　5-342
養眞尙無爲　5-314
養眞衡茅下　4-452
養空而浮　2-417
養素丘園　6-407
養素克有終　3-386
養素全眞　4-128
養老乞言　8-295
養隆敬薄　3-281
養鴛雛以死鼠也　7-291
餌出深淵之魚　7-268
餌朮黃精　7-287
餐和忘微遠　3-481
餐東野之秘寶　9-368
餐沆瀣以爲粻　3-12
餐沆瀣兮帶朝霞　3-212
餐玉淸涯　2-347
餐茶更如薺　5-360
餐興誦於丘里　9-373
餓於首陽之下　8-388
餘不滿百　7-119
餘光照我衣　4-114
餘哇徹淸昊　5-435
餘如故　8-100
餘威震於殊俗　8-380
餘巧未及展　5-70
餘弄未盡　7-61
餘弦更興　3-190
餘悉如故　8-103, 8-104, 9-455, 9-457, 9-458
餘日怡蕩　3-163
餘景就畢　2-409
餘波獨湧　2-340
餘烈千古　6-232
餘燎逶見遷　4-358
餘生幸已多　5-426
餘簫外透　3-223
餘糧棲畝　8-284
餘糧棲畝而弗收　1-450
餘芳隨風捐　5-138
餘霞散成綺　5-16
餘風足染時　5-306
餘香可分與諸夫人　9-479
餝賓侶之所集　1-437
餞宴光有孚　3-393
餞席樽上林　3-422
餞我千里道　3-430
館宅充塵里　5-38
館御列仙　1-143
饑不遑食　3-325
饑無甘旨之資　7-11
饑寒道路　8-428

饑待零露餐　5-93

饑渴未副　7-222

饑猿莫下食　5-162

饑食猛虎窟　5-80

饑饉是因　3-341

饑鷹厲吻　2-275

饑鼯此夜啼　5-10

饒樂若此者乎　2-41

饕餮浹乎家陪　1-248

饕餮放橫　7-382

饕餮而居大位　9-78

饗以嘉肴　7-284

饗以鈞天廣樂　1-159

饗天下以豊利　9-59

饗戎旅乎落星之樓　1-394

饗祀不輟　1-230

饗賜畢　1-114

饜而飫之　8-13

香

香芬茀以穹隆兮　2-15

香芳腐其骨髓　8-483

馥焉中鏑　2-153

馥馥我蘭芳　5-237

馥馥芬芬　2-310

馥馥芳袖揮　5-129

馨烈彌茂　1-217

馨爾夕膳　3-280

馨香盈懷袖　5-219

首

首冠靈山　1-355

首唱義兵　6-345

首啓戎行　6-199

首夏猶淸和　4-50

首尾爲用　8-452

首惡鬱沒　8-212

首應弓旌　6-216

首懸吳闕　6-282

首腰分離　7-402

首葯綠素　2-149

首路踖險難　4-489

首身分而不寤兮　2-161

首陷中亭　3-337

首陽非吾仁　4-19

首鼠彊界　9-422

10획

馬 ————————————————

馬以龍名　2-441

馬佚能止之　6-106

馬倚輈而徘徊　3-35

馬如羊而麏入　9-422

馬寒鳴而不息　3-114

馬實拑秣　9-270

馬悲鳴而踢顧　3-98

馬方駮　6-469

馬服爲趙將　5-493

馬材不同　3-172

馬毛縮如蝟　5-153

馬無泛駕之佚　2-456

馬煩轡殆　8-159

馬爲仰天鳴　5-191

馬生爰發　9-256

馬融廣成　8-28

馬超成宜　6-201

馬足未極　1-266

馬踠餘足　1-132

馬迴首兮旋斾　9-302

馬銜當蹊　2-341

馬首便以南向　9-420

馬驚敗績　9-253

馬鹿超而龍驤　1-306

馭不詭遇　1-266

馮公豈不偉　3-458

馮夷鳴鼓　3-276

馮媛趍進　9-162

馮寵自放　4-128

馮歸雲而遐逝兮　3-12

馮相告祲　9-326

馮相觀祲　1-244

馮都尉皓髮於郎署　9-83

馮陵險遠　7-302

馮鬱鬱其何極　6-73

馳乎沙場　1-305

馳九折之坂　1-337

馳五利之所刑　1-109

馳光見我君　5-261

馳域外之義　6-460

馳妙譽於浙右　7-365

馳炭炭以相屬　3-210

馳弋乎神明之囿　2-126

馳心輦轂　3-311, 6-324

馳情整中帶　5-221

馳我君輿　8-219

馳散渙以逴律　3-153

馳暉不可接　4-399

馳東皋之素謁　7-367

馳椒丘且焉止息　6-14

馳波跳沫　2-66

馳煙驛路　7-360

馳精爽於丘墓　3-99

馳翰未暇食　5-250

馳聲九州牧　7-366

馳蘋蘋　3-253

馳趣期而赴躓　3-188

馳道周屈於果下　1-427

馳道周環　2-296

馳道如砥　1-370

馳道直如髮　5-462

馳道聞鳳吹　3-416

馳遙思於千里　2-398

馳闔闔而入淩兢　2-9

馳馬遵淮泗　5-485

馳馳未能半　5-70

馳騁北場　7-211

馳騁常人之域　8-484

馳騁文辭　8-350

馳騁秔稻之地　2-143

馳騁角逐　6-114

馳騁足用蕩思　6-138

馳騖之俗　9-121

馳騖乎仁義之塗　2-96

馳騖往來　2-65

馳騖起翦恬賁之用兵　8-228

馳驟合度　2-442

馳鳴鏑　6-173

馴麗異變　2-154

馺娑駘盪　1-174

罦潜牛　1-205

罦礱儓束　1-389

駃騠驢贏　2-74

駈馳當世　6-151

駐驛長陵　6-421

駑蹇之乘　7-88

駔駿函列　8-82

駕不亂步　1-282

駕八龍之婉婉兮　6-37

駕紅陽之飛燕　6-173

駕言出遊　4-225

駕言出遠山　5-484

駕言從此逝　5-189

駕言發故鄉　5-100

駕言遠徂征　4-253

駕言陟東皋　4-151

駕超野之駟　6-129

駕青虯兮驂白螭　6-57

駕飛輪之輿　6-112

駕飛龍兮北征　6-44

駕鴻乘紫煙　4-8

駕鶴上漢　3-120

駙承華之蒲梢　1-253

駙馬奉車　6-295

駝馬不敢南牧　9-423

駉倉螭　3-251

駉玉虬以乘鷖兮　6-21

駉蒼螭兮六素虯　2-8

駉飛龍兮翳翳　1-310

駢交錯而曼衍兮　2-14

駢密石與琅玕　2-287

駢嵯峨兮　2-23

駢巃嵸兮　2-299

駢田偪仄　1-193

駢田㸌攤　3-223

駢田磅唐　3-189

駢田胥附　2-328

駢田逼側　2-213

駢羅列布　2-6

駢衍佖路　2-110

駢部曲　1-132

駭不存之地　6-464

駭崩浪而相礧　2-357

駭水迸集　2-339

駭浪暴灑　2-354

駭溷濁　2-381

駭雞之珍　1-365

駭駟摧雙輈　4-318

駭黃龍之負舟　2-371

駮蝦蛬蛇　1-299

駱漠而歸　3-173

駱統劉基　9-32

駱驛縱橫　9-109

駱驛繽紛　1-304

駱驛飛散　3-168

馘雷鼓　1-195

駸駸策素騏　5-184

駿民效足　8-144

駿發開其遠祥　8-67

駿良駃騠不實外廄　6-432

駿足思長阪　4-407

駿騄齊驤　6-140

騁丘墟　6-465

騁奔牛之權　7-185

騁子妍辭　2-393

騁文成之乇誕　1-109

騁淸角　3-167

騁神變之揮霍　2-267

騁絶技　2-153

騁羽則嚴霜夏凋　3-238

騁者奔欲　2-115

騁舟奮驪　6-282

騁良弓勁弩之勢　7-389

騁西山之逸議　7-367

騁譎詐之術　8-448

騁足幷馳　1-211

騁騖乎其中　1-90

騁黃馬之劇談　9-118

駤馬騰波以噓蹀　2-360

騄驪齊鑣　1-305

駢武齊轍　6-173

駢馳翼驅　3-214

駒駼橐駝　2-74

騎京魚　2-122

騎就隊　2-53

騏驥伏匿而不見兮　6-73

騏驥見維縶　4-435

騑遲遲以歷茲　2-160

騑驂倦路　3-326

騖合遝以詭譎　3-153

騖於鹽浦　2-41

騖望分寶隩　5-507

騖棹逐驚流　4-363

騖橫橋而旋軫　2-236

騖翩飄而不禁　3-25

騖驟相及　3-173

騤瞿奔觸　1-196

騧徙增錯　2-312

騰吹寒山　2-403

騰山赴壑　6-139

騰文魚以警乘　3-276

騰步躕飛塵　5-111

騰殊榛　2-81

騰沙鬱黃霧　5-5

騰波沸涌　1-339

騰波赴勢　2-336

騰清霄而軼浮景兮　2-8

騰猿飛蟗棲其間　1-298

騰空虛　2-115

騰茂實　8-216

騰虹揚霄　2-354

騰蛇蜿而自糾　3-24

騰蛇蠖蚓而繞榱　2-292

騰衆車使徑待　6-36

騰觚爵之斟酌兮　3-165

騰趠飛超　1-361

騰跡虎噬　8-149

騰躍道藝　6-150

騰軌高騁　4-244

騰遠射干　2-45

騰酒車以斟酌　1-114

騰雲似湧煙　5-306

騰駕罷牛　9-471

騶虞奏　1-263

騶虞應乎鵲巢　2-196

騶虞承獻　2-320

騷人之文　1-68

騷擾邊境　9-211

驀六駮　1-382

驂乘旦　8-119

驂唐公之驪驅　6-173

驂蹇驢兮　9-471

驂飛黃　6-161

驂鸞騰天　3-120

驃騎上將之元勳　6-382

驃騎發跡於祁連　7-468

驄馬金絡頭　5-155

驅儒墨以爲禽　3-37

驅八駿於㽔羼　2-371

驅吁嗟而妖臨　2-237

驅役宰兩邑　4-430

驅征馬而不顧　3-117

驅橐駝　2-138

驅烏集之衆　8-454

驅率羌胡　7-403
驅盡誅之氓　7-104
驅走之人　8-289
驅車上東門　5-222
驅車出郊郭　3-487
驅車策駑馬　5-212
驅車鼎門外　4-399
驅馬復來歸　4-108
驅馬棄之去　4-138
驅馬舍之去　4-103
驅馬過西京　4-208
驅馬陟陰山　5-96
驅馳三世　8-280
驅馳氈裘之長　7-330
驅騖迅於滅沒　2-449
驅驟於蠻夏之域　9-11
驍勇百萬　7-309
驍騎十萬　9-168
驍騎電騖　1-132
驕其險棘　1-410
驗行事之成敗　8-435
驚憚讋伏　2-88
驚懼子弟　7-375
驚沙坐飛　2-275
驚波飛薄　2-354
驚浪雷奔　1-321, 2-339
驚湍激巖阿　4-426
驚禽易落　6-249
驚翰起　6-170
驚身蓬集　2-461
驚透沸亂　1-362
驚邊扤士　8-420
驚雀無全目　5-455
驚電光夜舒　4-258
驚風扶輪轂　4-28
驚風湧飛流　4-354
驚風飄白日　4-197, 5-63
驚飆褰反信　5-404

驚飇拂野　6-363
驚駟馬之仰秣　3-115
驚魍魎　1-204
驚鳥縱橫去　3-487
驚麋去不息　4-88
驕駻骬礚　2-115
驛合韶護　9-394
驟失小利　9-248
驟山驟水　1-445
驟睹俗屯平　5-173
驟長歎以達晨　3-91
驤首天路　8-203
驥不稱力　2-441
驥不驟進而求服兮　6-73
驥垂兩耳　9-471
驥而不珍焉　7-238
驥騄不追　9-466
驥騏長鳴　6-285
驪不可以顳　9-164
驪兜之掩義　9-122
驪其愉樂　9-112
驪虯摻其址　2-367
驪駒就駕　7-254
驪駕四鹿　1-210
驫駥矗盍　1-379

骨
骨不隱拳　6-140
骨像應圖　3-272
骨塡川谷　9-85
骨法多奇　3-258
骨肉悲而心死　3-117
骨肉緣枝葉　5-234
骨肉還相薄　3-464
骨都先自讋　3-506
髓余吾　2-138
體三才之茂　8-88

體不安席 8-385
體之以質 3-304
體以行和 3-61
體倦帷幄 6-170
體元作嗣 3-409
體元則大 8-64
體元立制 1-123
體兼晝夜 1-409
體制風流 3-202
體國垂制 8-145
體國端朝 6-419
體國經制 8-31
體失之漸 8-28
體奇好異 3-232
體如遊龍 3-171
體妙心玄 8-488
體安所習 1-285
體川陸之汙隆 2-240
體微知章 9-375
體性純懿 8-200
體文德也 8-277
體文王翼翼之仁 6-292
體有萬殊 3-134
體服菲薄 9-227
體正心直 8-192
體河嶽之上靈 9-406
體洪剛之猛毅 2-309
體淸以洗物 9-14
體淸心遠 3-219
體澤坐自捐 5-114
體無惠而不亡 9-487
體生民之俊 9-463
體發旦之資 7-53
體睿履正 9-460
體美容冶 3-266
體行德本 8-263
體變曹王 8-349
體象乎天地 1-96

體貌衰於下 8-443
體貌閑麗 3-264
體輝重光 3-362
體迅飛鳧 3-275
體逸則安 9-151
體道而不居 6-231
體金精之妙質兮 2-421
體靜心閑 2-268

高

高不可登 7-184
高丘之阻 3-244
高人何點 9-463
高以下基 3-305
高以下爲基 2-33
高位重爵 7-205
高余冠之岌岌兮 6-14
高光爭伐 8-277
高卑異級 9-203
高唐溧雨 9-291
高四皓之名 8-433
高堂邃宇 6-79
高墉積崇墉 5-142
高墳正礁嶢 5-191
高尙其事 8-340
高尙遺王侯 5-306
高尙霸功 9-210
高山安足凌 4-261
高山景行 7-222
高山有崖 5-61
高崖被華丹 5-129
高巖暨穹蒼 5-296
高帝設爵以延田橫 7-200
高平師師 8-41
高廊四注 2-75
高張公之德 9-43
高張宿設 1-445

高張生絶弦　3-492

高矣顯矣　3-244

高徑華蓋　2-296

高祖以聖武定鼎　8-51

高得待詔　7-464

高祖創業　1-217

高志局四海　5-299

高祖奉命　2-135

高情屬天雲　3-288

高祖少連　6-399

高拱而竊天位　8-458

高祖帷薄不修　8-313

高掌遠蹠　1-157

高祖文皇帝　7-421

高揖七州外　3-291

高祖膺籙受圖　1-227

高揖而退　8-46

高祖還　5-197

高擧振六翮　5-217

高祖都西而泰　1-156

高文一何綺　5-472

高祖階其塗　1-309

高旗彗雲　8-368

高祖雖不以道勝御物　8-179

高明之家　7-465

高窻時動扉　5-397

高明克柔　8-174

高節之所興　1-349

高明旣經　2-405

高節卓不群　3-460

高會君子堂　3-347

高節難久淹　3-490

高會曾城阿　5-134

高義薄雲天　8-347

高會集新豐　5-354

高翶翔之翼翼　6-36

高楊拂地垂　5-401

高者出蒼天　7-457

高樓一何峻　5-412

高聲大罵　7-29

高樓切思婦　5-392

高臥猶在茲　4-395

高樓飛觀　2-296

高臺多妖麗　5-128

高樹翳朝雲　7-255

高臺多悲風　5-260

高歌陳唱　6-115

高臺未傾　7-328

高步承華　4-250

高臺眺飛霞　4-33

高步超常倫　5-478

高臺驟登踐　4-121

高步追許由　3-462

高蔡相追尋　4-117

高步長江　8-160

高談一何綺　5-405

高氣蓋世　8-172

高談娛心　7-211

高浪駕蓬萊　4-11

高談無所與陳　6-295

高漸離擊筑　5-194

高談玩四時　5-489

高燎煬晨　5-43

高論堯舜之道　7-177

高爛飛煽於天垂　1-320

高謝萬邦　1-454

高牙乃建　3-332

高議雲臺之上　6-485

高百尺而無枝　6-101

高貴沖人　8-299

高皇帝燒棧道　6-443

高蹈海隅　7-99

高皇赫矣　9-433

高蹈獨善　9-282

高眄邈四海　3-463

高蹈風塵外　4-6

高車塵未滅　5-394
高軌難追　9-392
高逾嵩華　9-176
高門擬於閶闔　2-285
高門旦開　9-115
高門有閌　1-165
高門納駟　1-331
高門結重關　5-66
高門羅北闕　5-410
高門降衡　7-47
高閣常晝掩　4-396
高閣連雲　2-384
高闈有閌　1-370
高陵有四五　4-142
高風送秋　6-166
高高上無極　5-261
高高入雲霓　4-365
高鳥候柯　8-189
高鳳自穢　7-36

髟

髣髴兮若輕雲之蔽月　3-271
髣髴想蕙質　5-483
髣髴谷水陽　4-263
髦殘象白　6-182
髣若玄雲舒蜺以高垂　1-421
髻髦被繡　1-253
髽首之豪　1-445
髽首貫胸之長　8-74
髻鬣刺天　2-345

鬥

鬥城不休　6-438
鬥雞東郊道　5-70

鬱

鬱何壘壘　5-61
鬱兮蓗茂　1-359
鬱兮峨峨　3-211
鬱圠扎以嶒崺　2-284
鬱崌重軒　9-192
鬱卉起而穹崇　3-68
鬱彼唐林　4-176
鬱律構丹巘　4-84
鬱怒彪休　3-205
鬱嶤溪谷　2-50
鬱沕迭而隆頹　2-339
鬱爲時棟　8-196
鬱紆將難進　4-213
鬱紛紜以獨茂兮　3-204
鬱興王之瑞　9-90
鬱蓲蓲以翠微　1-319
鬱蓊葰萳　1-188
鬱蓬勃以氣出　3-228
鬱軒翥以餘怒　2-147
鬱雲起乎翰林　3-133
鬱靑霞之奇意　3-111
鬱鬱不得志　5-241
鬱鬱園中柳　5-211
鬱鬱多悲思　5-252
鬱鬱望佳城　5-394
鬱鬱澗底松　3-458
鬱鬱西陵樹　4-163

鬲

鬻官之吏　9-73
鬻者兼贏　1-183
鬻良雜苦　1-183

鬼 ─────────

鬼亢回以黷秦　3-22

鬼出神入　9-203

鬼方賓服　8-129

鬼無隱謀　8-146

鬼瞰其室　7-465

鬼神之望允塞　8-238

鬼神接靈圉　8-212

鬼神泯絶　1-122

鬼神無以究其變　9-113

鬼神爭奧　1-73

鬼神猶且不免　8-40

鬼神莫能要　2-179

鬼神莫能預　9-80

鬼神降福　6-434

鬼謀所秩　1-450

鬼魅不能自逮兮　2-13

魁岸豪傑　1-372

魁梧長者　1-315

魂亡魄失　2-120

魂兮來歸　6-76

魂兮往矣　9-233

魂兮歸來　6-76, 6-77, 6-78, 6-79, 6-82, 6-85,
　　6-86

魂往必釋些　6-77

魂悅悅以失度　1-107

魂悚悚其驚斯　2-287

魂煢煢與神交兮　2-467

魂眇眇而昏亂　2-11

魂眷眷而屢顧兮　3-35

魂而有靈　9-251

魂煢煢以無端　3-259

魂褫氣懾而自踶跙者　1-386

魂蹻佚而不反兮　3-65

魂輿寂無響　5-188

魂迁迁若有亡　3-71

魂魄離散　6-76

魂憯惘而無儔　3-24

魄若君之在旁　3-71

魏主著令　7-18

魏之亡命也　7-466

魏人據中夏　9-42

魏其　7-152

魏后北面者哉　8-184

魏君待之若舊　7-327

魏國先生有睟其容　1-408

魏國置丞相以下羣卿百僚　6-207

魏太祖武皇帝　8-460

魏建安中　8-170

魏德㷊而澤馬效質　2-445

魏志九人　8-187

魏故侍中關內侯王君卒　9-207

魏文候師之　9-12

魏文悼之　3-93

魏文有段干田翟　8-412

魏晉以來　8-357

魏晉以降　9-349

魏有信陵　8-375

魏武因之　8-336

魏武始基　8-357

魏武所不容　8-184

魏武撥亂　8-30

魏武置法　7-23

魏武赫以霆震　2-203

魏氏乘時於前　9-406

魏氏嘗藉戰勝之威　9-34

魏氏發機　6-143

魏氏順天　9-220

魏稱三祖　7-2

魏稱黃星之驗　6-240

魏舒之亡　6-421

魏豹不意　7-202

魏跨中區之衍　8-30

魏郡太守遣兼丞張舍　6-317

魏都之卓犖　1-412

魏顆亮以從治兮 3-22

11획

魚 ───────────────

魚不及回 6-122

魚不及竄 1-306

魚仰沫兮失瀨 9-303

魚則橫海之鯨 2-345

魚則江豚海豨 2-358

魚戲新荷動 4-79

魚甲煙聚 8-82

魚目笑明月 5-308

魚瞰雞睨 3-158

魚矜鱗而並凌兮 3-24

魚窺淵 1-116

魚堅讓陸 6-187

魚藏淵而網沈 9-154

魚蟲禽獸之流 1-67

魚貫度飛梁 5-152

魚貫梟躍 9-117

魚跨梟角 6-112

魚跨梟角 6-112

魚躍順流 3-284

魚遊清沼 3-286

魚頡而鳥䀼 2-6

魚鼈禽獸 3-195

魚鱗雜襲 7-460

魚鳥失飛沈 3-421

魚鳥聱耴 1-354

魚麗六郡兵 3-506

魚黿鰈之 7-482

魚鼈失勢 6-122

魚鼈讙聲 2-68

魚龍灪溜 4-225

魚龍爵馬之玩 2-277

魯之五子 7-407

魯之璵璠 7-221

魯人是志 9-270

魯侯垂式　9-361

魯公戾止　4-250

魯公贈詩一篇　4-247

魯及胡濩　7-407

魯史記之名也　8-10

魯國孔融文舉　8-439

魯客事楚王　5-456

魯東海絶吳之釀道　6-478

魯滅於楚　8-447

魯肅字子敬　8-187

魯衛名諡於銘謠　2-474

魯連一說　7-230

魯連以之赴海　8-179

魯陽揮戈而高麾　1-396

魯靈光殿者　2-280

鯽鰈參差　3-223

鮐背之叟　1-310

鮑肆不知其臭　1-286

鮑魚芳蘭　9-98

卿龜鱔鮨　1-353

鮪鯢鱣鯊　1-190

鮫人之室　2-344

鮫人構館於懸流　2-361

鮫鯔琵琶　1-353

鮮不按劍　7-319

鮮不敗績　9-177

鮮以紫鱗　1-335

鮮俟晨葩　3-282

鮮克弗留　4-180

鮮卑丁令　6-201

鮮哉希矣　2-35

鮮扁陸離　2-110

鮮支黃礫　2-71

鮮生民之晦在　2-468

鮮能以名節自立　7-215

鮮能備善　8-438

鮮膚一何潤　5-128

鮮車駑華轂　4-94

鮮雲垂薄陰　5-117

鮮顥氣之淸英　1-109

鮮鯉之鱠　6-105

鉅鱧漸離　2-68

鯡鱧紗鰭　1-329

鯤魚朝發崑崙之墟　7-445

鯨牙低鏃　2-150

鯨魚失流而蹉跎　1-179

鯨鯢既懸　6-358

鯨鯢踊而夾轂　3-276

鯪鰱蹄蹋於垠隒　2-364

鯪鯦輪鰱　2-358

鰻鱉順時而往還　2-358

鯛鰭鰴魼　2-68

鰍鱣幷逃　8-407

鰥夫有室　2-243

鰭鰊鰺鮂　2-358

徽鯨輩中於群犗　1-389

鼈令殪而尸亡兮　3-18

鱏魚喁於水裔　3-196

鱣鱨鯉鰱　1-299

鱗介之宗龜龍也　9-333

鱗介浮沈　1-431

鱗介異族　1-322

鱗以雜沓兮　2-6

鱗甲之所集往　1-352

鱗甲異質　2-344

鱗甲鏃錯　2-358

鱗甲隱深　6-143

鱗羅布烈　2-114

鱗翰聳淵丘　4-73

鱗被菱荷　2-365

鱗集仰流　7-435

鱗鱗夕雲起　5-5

鱝鼇黿黿　2-358

鱧鮪鱣鮂　1-329

鱧鯉鱮鯛　1-190

鱺鱔紗　1-389

鳥 ────────────

鳥不及飛 2-118, 6-122
鳥不擇木 1-382
鳥不暇擧 1-198
鳥不暇翔 1-306
鳥企山峙 2-309
鳥俯翼兮忘林 9-303
鳥倦飛而知還 7-490
鳥則擇木 9-219
鳥則玄鶴白鷺 1-115
鳥則鵲鷄鷓瑪 1-354
鳥則鸛鵝鴟鴒 1-191
鳥因將死而鳴哀 9-119
鳥墮魂來歸 5-161
鳥擇高梧 8-198
鳥散餘花落 4-79
鳥次兮屋上 6-45
鳥獸之囿 1-143
鳥獸之氓也 1-409
鳥獸猶知懷德兮 6-73
鳥獸膌膚 1-379
鳥獸阜滋 1-282
鳥生杜宇之魄 1-340
鳥畢駭 1-192
鳥登木而失條 3-24
鳥相鳴而擧翼 2-257
鳥策篆素 1-346
鳥群翔 1-116
鳥萃兮蘋中 6-46
鳥萃平林 3-286
鳥鍛翮 1-338
鳥集獸屯 6-139
鳥集獸散 8-420
鳥集鱗萃 1-183
鳥驚觸絲 1-112
鳥驚雷駭 9-113

鳥魚之毓川澤 7-478
鳧藻馳目成 3-490
鳧躍鴻漸 2-241
鳧雁皆唼夫梁藻兮 6-73
鳧雛離褷 2-345
鳧鵠嘯儔侶 4-406
鳧鵠遠成美 5-165
鳧鷖振鷺 2-122
鳧鷖鴻雁 1-115
鳩經始之黎民 2-305
鳩諸靈囿 1-265
鳳皇既受詒兮 6-26
鳴鳩之仁也 3-311
鳳不及棲 8-189
鳳亦不貪餒而妄食 6-73
鳳凰巢其樹 2-102
鳳凰翔於千仞兮 9-473
鳳凰集南嶽 4-193
鳳愈飄翔而高擧 6-73
鳳歎虎視 7-235
鳳漂漂其高逝兮 9-472
鳳獨遑遑而無所集 6-73
鳳皇上擊九千里 7-444
鳳皇來儀 8-418
鳳皇來儀而拊翼 3-238
鳳皇來集 8-392
鳳皇翼其承旂兮 6-36
鳳皇高飛而不下 6-73
鳳皇駕鷟 1-169
鳳翔兌豫 8-460
鳳翔參墟 1-237
鳳翔陵楚甸 5-373
鳳臺無還駕 5-174
鳳蓋俄軫 8-59
鳳蓋芬麗 1-131
鳳騫翥於甍標 1-173
鳳鳥不至 8-21, 9-101
鳳鳴朝陽 3-376

鳴儔嘯匹旅　5-70
鳴和鸞　7-437
鳴嚶已悅豫　4-369
鳴女牀之鷟鳥　1-275
鳴控弦於宗稷　9-363
鳴根廣響　2-243
鳴條律暢　1-361
鳴條隨風吟　5-80
鳴玉豈樸儒　5-111
鳴玉鸞　2-96, 3-261
鳴玉鸞之啾啾　6-36
鳴玉鸞之瞥瞥　3-31
鳴玉鸞以偕逝　3-276
鳴珮多清響　5-365
鳴琴在御　4-227
鳴琴薦　2-407
鳴石列於陽渚　2-361
鳴笳發春渚　4-39
鳴簧發丹脣　4-296
鳴聲相應　8-409
鳴聲聒耳　7-287
鳴葭戾朱宮　3-393
鳴葭泛蘭汜　5-433
鳴蟬廣寒音　4-426
鳴謙以接下　9-430
鳴金步南階　5-336
鳴鏑自相和　5-86
鳴雁飛南征　4-110
鳴雄振羽　2-152
鳴雞戒旦　7-317
鳴韶磬之和　2-142
鳴鞞響杳障　5-23
鳴驥橫厲　9-270
鳴鳥蔑聞　6-256
鳴鳳在林　6-188
鳴鶡雞　3-227
鳴鶴交頸　3-27
鳴鶴聒空林　5-309

鳩告余以不好　6-25
駕鵝屬玉　2-69
駕鵝鴻鶤　1-191
鴛雛弄翮乎山東　2-364
鴛鸞飛翔之列　1-99
鴟梟翱翔　9-470
鴟梟鳴衡扼　4-214
鴟眎狼顧　3-195
鴟鴞恤功　6-344
鴟鴞東徙　6-420
鵙鳩相和　3-27
鶬鶖鷗鴄　2-363
鴻化中微　9-313
鴻恩良未測　5-475
鴻毛今不振　5-187
鴻漸晉室　9-219
鴻漸隨事變　4-348
鴻濛沆茫　2-109
鴻爌炾以爡閎　2-286
鴻絧緁獵　2-110
鴻荒朴略　2-294
鴻規盛烈　9-190
鴻都不綱　6-394
鴻門是寧　8-146
鴻門消薄蝕　3-479
鴻門賴留侯　4-316
鴻雀戢翼於汙池　7-188
鴻雁嚶嚶　2-122
鴻飛冥冥　8-342
鴻鵠駕鵝　1-300
鴻鸕鵠鴇　2-68
鴻鸞之黨漸階　8-238
鴻黃世及　8-277
鵝鶬魚麗　1-266
鵠亭之鬼　6-487
鵠酸膆臇　6-82
鵠鷺軼於雲際　2-433
鵬乃歎息　2-413

鵬似鷃 2-412

鵬集余舍 2-413

鶉鶹秋棲 1-240

鵲巢騶虞之德 7-498

鵲起登吳山 5-373

鵁雛鵁鴺 6-108

鵁鶄擾其間 1-363

鵙雞竄於幽險 2-433

鵙雞鳴以嘖嘖 2-164

鵙鶏哀鳴 1-305

鵙鶏哀鳴翔乎其下 6-102

鵙鶏喗晰而悲鳴 6-68

鵠鶴鴛鴦 1-354

鵙鳩發哀音 4-110

鵙鳩鳴而不芳 3-8

鷄鷗避風 1-354

鷗鶒燕居 3-168

鶡雞先晨鳴 4-25

鷄鵙鶹鷎 1-300

鷉頮顙而睨睢 2-292

鵑鴣鴒鷎 1-115

鵑鷳哀鳴 3-43

鵑鷳喈喈 3-266

鶯綺翼而頹撝 2-147

鶴子淋滲 2-345

鶴書赴隴 7-363

鶴蓋成陰 9-115

鶴鳴九皋 4-268, 7-450

鶡鴢春鳴 1-240

鶺首戲清沚 5-142

鷟鷟鵜鶘 1-329

鷥鴣南蠡而中留 1-364

鷥鳥之不羣兮 6-13

鷥鳥累百 6-264

鷦鴨不能飛 5-519

鷦蝘巢於蚊睫 2-435

鷦鷯 2-429

鷩雉雛於臺陵 2-214

鶒鵡鷗鷗 1-300

鶒如鷖鳥之失侶 2-341

鷹揚之校 9-167

鷹犬倏眒 1-337

鷹臌鷃視 1-381

鷹鸇過猶俄翼 2-431

瀄鶒鵜鶘 1-354

鶺視狼顧 7-402

鶺鳩之鳥 7-417

鷺鷺食其實 1-363

鷬斯蒿下飛 5-480

鸘鴰鷥鴻 1-354

鸚螺蜓蝸 2-359

鸚鵡惠而入籠 2-433

鶼鴣摩天遊 5-38

鶺鶺在幽草 5-476

鸇鷗鴒鷎 1-354

鸞刀若飛 2-243

鸞又爲王慈吳郡正閤主簿 7-44

鸞旗皮軒 1-253

鸞皇爲余先戒兮 6-22

鸞翮有時鎩 3-496

鸞觴酌醴 5-268

鸞鳥鳳皇 6-59

鸞鳳伏竄兮 9-470

鸞鳳紛其銜蕤 2-19

鸞鳳翔而北南 3-67

鸞鷺鵁鶄翔其上 1-297

鸞龍之文奮矣 7-72

鹵 ——————

鹽梅之和 6-233

鹿 ——————

鹿鳴思野草 5-234

麀鹿麌麌 1-193

麋何爲兮庭中　6-47
麋蕪布濩於中阿　1-325
麋鹿芻蕘　2-126
麋鹿遊我前　5-201
麒麟在郊　8-392
麒麟朱鳥　1-165
麒麟自至　8-418
麒麟臻其囿　2-102
麗則麗矣　3-203
麗哉神聖　2-107
麗於高隅　5-268
麗日屬元巳　5-401
麗服以時　3-216
麗服有暉　4-223
麗服颺菁　1-214
麗服鮮芳春　5-111
麗美奢乎許史　1-183
麗而不奇些　6-84
麗草交植　6-143
麗靡爛漫於前　2-91
麝食柏而香　8-482
麟超龍翥　6-180
麟趾信於關雎　2-196
麟趾邈難追　4-289
麟鳳五靈　8-21
麟鳳在郊藪　6-195

麥

麥漸漸以擢芒　2-147
麥秀丘中　3-283
麥秀無悲殷之思　9-52
麥秀蕲兮雉朝飛　6-103
麥隴多秀色　4-391
麵有桄榔　1-333

麻

麾城若振槁　1-398
麾旆每反　9-418
麾旮則千里流血　6-177
麾蛟龍使梁津兮　6-36

12획

黃

黃侔蒸栗　7-222
黃初三年　3-270
黃坂是階　3-326
黃塵匝地　3-111
黃塵爲之四合兮　2-32
黃壤千里　2-203
黃屋左纛　9-461
黃屋示崇高　4-38
黃屋非堯心　3-389
黃帝唐虞　2-294
黃憲牛醫之子　8-355
黃支之犀　1-95
黃旗映朱邸　5-361
黃旗東指　9-192
黃暉旣渝　3-360
黃棘宣明　2-213
黃權字公衡　8-187
黃池紆曲　6-108
黃沙千里昏　5-452
黃潤比筒　1-333
黃潦浸階除　4-258
黃犬何可復牽　2-227
黃琬之早標聰察　8-93
黃瑞湧出　8-233
黃甘橙楱　2-78
黃祚告釁　4-249
黃神邈而靡質兮　2-467
黃稻鮮魚　1-302
黃腸旣毁　9-492
黃華如散金　5-301
黃金百溢盡　4-108
黃金難化　9-436
黃鍾爲主　3-185
黃鐘毁棄　6-62

黃間機張　1-305
黃雲蔽千里　5-468
黃靈詹而訪命兮　3-17
黃髮不近　3-299
黃髮擊壤　6-187
黃鳥作悲詩　3-453
黃鳥底定　6-218
黃鳥爲悲鳴　3-455
黃鵠一遠別　5-235
黃鵠遊四海　4-115
黃鵠鵁鶴　1-115
黃龍游其沼　2-102
黈纊充耳　7-451
黈纊塞耳　1-281

黍

黍發稠華　3-283
黍稷委疇隴　4-202
黍稷油油　1-327
黍稷盈原疇　5-38
黍稷盈疇　2-255
黍稷馨香　2-34
黍苗何離離　4-430
黍苗延高墳　4-494
黍華陵巓　3-283
黍離無愍周之感矣　9-52
黎庶和睦　8-401
黎收而拜　3-171
黎民懼焉　7-433
黎淳耀於高辛兮　2-472

黑

黑丹石緇　1-234
黑山順軌　6-201
黑水玄阯　1-190
黑蜧躍重淵　5-315

黑矕純漆　7-222

黑鴆零　1-382

黔婁既沒　9-285

黔首幾絶　6-332

黔黎之怪頹岸乎　9-477

黔黎竟何常　4-427

默無爲以凝志兮　3-38

默然無言者三年矣　8-385

默語不失其人　9-22

默默以苟生　5-75

默而已乎　7-479

默而自守　7-164

默默者存　7-465

黜之流伍　7-47

黜之赤壁　9-34

黜帝號於尉他　2-162

黜我巴漢　8-363

黜殯之請　9-466

黜陟日用　9-73

黝黝桑柘　1-433

點世塵家　7-47

點以銀黄　2-328

點翰詠新賞　5-510

黨同門　7-356

黮黮重雲　3-283

黯然銷魂者　3-114

黹 ──────────

黼帳袪而結組兮　3-165

黼衣朱黻　3-294

黼黻不同　1-71

黼黻之服　6-137

13획

黽 ──────────

黽勉安能追　4-186

黽勉恭朝命　4-147

黽勉趣荒淫　4-116

黿鼉鮫蠪　1-299

黿鼉鱣鮪　3-247

黿龜水處　1-324

鼂錯受戮　7-123

䲷鼉鯖鱧　1-353

鼇鱮抔而不傾　3-12

鼎 ──────────

鼎折足　8-429

鼎貴高門　9-79

鼎跱而立　9-35

鼎食之資　8-355

鼓 ──────────

鼓脣窅以漰渤　2-357

鼓之以朝夕　2-370

鼓動陶鑄而不爲功　9-79

鼓吹震　1-115

鼓嚴簿　2-83

鼓帆迅越　2-368

鼓掖而笑　8-421

鼓枻而去　6-66

鼓棹則滄波振蕩　9-362

鼓洪濤於赤岸　2-351

鼓無停響　8-134

鼓瑟吹笙　5-54

鼓翅翻翩　2-363

鼓而驚之　6-469

鼓鍾不足歡　3-497